T0267671

SARAH LARK es el seudónimo de una exitosa autora alemana que reside en Almería. Durante muchos años trabajó como guía turística, gracias a lo cual descubrió su amor por Nueva Zelanda, cuyos paisajes asombrosos han ejercido desde siempre una atracción casi mágica sobre ella. Ha escrito diversas sagas, como la Saga de la Nube Blanca, la Trilogía del Kauri o la Trilogía del Fuego, de las que ha vendido, en total, más de un millón y medio de ejemplares solo en lengua española. Sus últimas novelas, *Allí donde nace el día*, *La estrella de la Isla Norte* y *La veterinaria. Grandes sueños*, han recibido también el favor del público.

www.sarahlark.es

Saga de la Nube Blanca
En el país de la nube blanca
La canción de los maoríes
El grito de la tierra
Una promesa en el fin del mundo

Trilogía del Kauri
Hacia los mares de la libertad
A la sombra del árbol Kauri
Las lágrimas de la diosa maorí

Trilogía del Fuego
La estación de las flores en llamas
El rumor de la caracola
La leyenda de la montaña de fuego

Papel certificado por el Forest Stewardship Council®

Título original: *Der Klang des Muschelhorns*

Primera edición con esta presentación: julio de 2024

© 2014 by Bastei Lübbe AG, Köln
© 2016, 2018, 2024, Penguin Random House Grupo Editorial, S. A. U.
Travessera de Gràcia, 47-49. 08021 Barcelona
© Susana Andrés, por la traducción
Diseño de la cubierta: Penguin Random House Grupo Editorial / Marta Pardina
Imagen de la cubierta: Fotocomposición de Leo Flores,
a partir de imágenes de © Shutterstock y © iStock

Printed in Spain – Impreso en España

ISBN: 978-84-1314-805-2
Depósito legal: B-9.177-2024

Impreso en Novoprint
Sant Andreu de la Barca (Barcelona)

BB 4 8 0 5 2

El rumor de la caracola

SARAH LARK

Traducción de Susana Andrés

E rere kau mai te awa nui nei
Mai i te kahui maunga ki Tangaroa.
Ko au te awa
Ko te awa ko au.

El río corre
de las montañas al mar.
Yo soy el río
el río soy yo.

Canción de las tribus maoríes de Whanganui
(traducción libre)

Los maoríes creen que el alma del ser humano está firmemente anclada a su lugar de nacimiento e inseparablemente unida a los ríos y montañas de su tierra.

NUEVA ZELANDA

Cabo Reinga

Bahía de Islas

NORTHLAND

• Russell
• Whangarei

Auckland •

WAIKATO • Hamilton

Opotiki •

ISLA NORTE

MAR DE TASMANIA

Patea • • Whanganui
Waitotara •

• Otaki

• Wellington
Blenheim •

Arthur's Pass

Llanuras de Canterbury

Christchurch
• Lyttelton

Bridle Path

ISLA SUR

OTAGO
• Queenstown

Gabriel's
Gully
SOUTHLAND
Lawrence*

Invercargill •

*   En 1866 se cambió el nombre de Tuapeka por el de Lawrence.

LA MISIÓN

Russell - Nueva Zelanda (Isla Norte)
Adelaida - Australia

1863

1

—¿Falta mucho?

Mara Jensch estaba aburrida y de mal humor. El trayecto hasta el poblado ngati hine se le estaba haciendo eterno y, aunque el paisaje era bonito y hacía buen tiempo, ya estaba harta de tanto *manuka*, *rimu* y *koromiko*, de bosques pluviales y selvas de helechos. Quería volver a casa, a la Isla Sur, a Rata Station.

—Un par de kilómetros más como mucho —respondió el padre O'Toole, un sacerdote y misionero católico que hablaba bien el maorí y acompañaba a la expedición como intérprete.

—¡Deja de refunfuñar! —intervino Ida, la madre de Mara, al tiempo que acercaba su pequeña yegua baya al caballo blanco de su hija y le dirigía una mirada ceñuda—. Pareces una niña malcriada.

Mara hizo un mohín de disgusto. Sabía que ponía de los nervios a sus padres. Ya llevaba semanas malhumorada. No le gustaba el viaje a la Isla Norte, ni compartía la fascinación de su madre por las playas extensas y el clima cálido, ni el interés de su padre por mediar entre tribus maoríes y colonos ingleses. Mara no veía la necesidad, su relación con los maoríes era estupenda. A fin de cuentas, amaba al hijo de un jefe tribal.

La muchacha se quedó absorta en ensoñaciones en las que paseaba con su amigo Eru por los infinitos pastizales de las llanuras de Canterbury. Mara le cogía la mano, le sonreía... Antes de partir, incluso se habían dado unos tímidos besos. Pero un grito horrorizado la arrancó de sus fantasías.

—¿Qué ha sido eso? —El representante del gobernador, que había reclutado al padre de Mara para esa misión, escuchaba amedrentado los sonidos del bosque—. Diría que he visto algo. ¿Es posible que nos estén observando?

Kennard Johnson, un hombre bajo y regordete, al que parecía resultarle fatigoso montar a caballo durante tantas horas, se dirigió inquieto hacia los dos soldados ingleses que lo acompañaban como guardia personal. Mara y su padre Karl no tuvieron otro remedio que echarse a reír. En caso de una emboscada, no habrían podido hacer nada. Si la tribu maorí a la que el grupo iba a visitar hubiera querido matar al señor Johnson, este habría necesitado al menos un regimiento de casacas rojas para evitarlo.

El padre O'Toole movió la cabeza.

—Debe de haber sido un animal —tranquilizó al funcionario del gobierno, para volver a alarmarlo con sus siguientes palabras—: Usted no vería ni oiría a un guerrero maorí. De todos modos, ya estamos muy cerca del poblado. Y, por supuesto, que nos están observando...

A partir de ahí Johnson adoptó una expresión temerosa. Los padres de Mara se miraron significativamente. Para Ida y Karl Jensch visitar a tribus maoríes era algo habitual. Si algo les asustaba era, como mucho, alguna reacción imprudente de los *pakeha*, como llamaban los maoríes a los colonos ingleses de Nueva Zelanda. Los padres de Mara ya tenían experiencia en eso. Muy pocas veces eran los maoríes los causantes de los conflictos entre las tribus y los *pakeha*. Era más frecuente que los ingleses liberaran su miedo con algún disparo irreflexivo que luego tenía malas consecuencias en los «salvajes» tatuados.

—Sobre todo, conserven la calma —advirtió de nuevo Karl Jensch al resto de la expedición.

Además de los representantes del gobierno, les acompañaban dos granjeros cuyas quejas contra los ngati hine habían originado todo ese asunto. Mara los contemplaba con el rencor de una muchacha a quien han desbaratado sus planes. Si no fuese por esos dos tontorrones ya haría tiempo que estaría de vuelta en casa. Su padre había querido estar en Rata Station para el esquileo y ya tenían reservados los billetes para el barco de Russell, en el extremo septentrional de la Isla Norte, a Lyttelton Harbour en la Isla Sur. En el último momento el gobernador había pedido a Karl que arreglara como mejor pudiese el conflicto entre esos granjeros y el jefe ngati hine. Esto debería conseguirse cotejando simplemente algunos mapas. Karl había medido el terreno y dibujado los planos cuando, unos años antes, el jefe Paraone Kawiti había vendido tierras para los colonos a la Corona.

—Los ngati hine no son hostiles —prosiguió Karl—. Recuerde que nos han invitado. El jefe está tan interesado como nosotros en solucionar el problema de forma amistosa. No hay razones para estar asustado...

—¡Yo no estoy asustado! —saltó uno de los granjeros—. ¡Al contrario! Son ellos los que tienen razones para estarlo, esos...

—«Esos» —señaló Ida, la madre de Mara— disponen de unos cincuenta hombres armados. Tal vez solo tengan lanzas y mazas de guerra, pero saben utilizarlas. Así que sería más sensato, señor Simson, no provocarlos...

Mara suspiró. Durante las cinco horas que llevaban cabalgando había tenido que escuchar tres o cuatro conversaciones similares. Al principio, los dos granjeros habían sido más agresivos. Parecían considerar que, para resolver el problema, aquella expedición sería menos efectiva que imponer a los nativos unas normas severas. Ahora que los jinetes se acercaban al poblado maorí (y los granjeros eran conscientes de lo mucho que se habían alejado de la colonia *pakeha* más cercana), al menos uno de ellos estaba más calmado. Sin embargo, el ambiente era tenso. Eso no cambió cuando apareció ante sus ojos el *marae*.

A Mara le resultó familiar la visión de la puerta del poblado adornada con ornamentos de colores y custodiada por figuras de dioses de talla humana. Pero para alguien que la contemplaba por primera vez podía resultar intimidante. Kennard Johnson y sus hombres seguro que nunca habían entrado en un *marae*.

—¿Que no son hostiles? —preguntó el funcionario, angustiado—. Para mí todo esto no tiene nada de amistoso...

El representante del gobernador señaló al comité de recepción que se aproximaba con aspecto marcial. También Mara se sorprendió, y sus padres se preocuparon. En un *marae* maorí lo normal era ver a niños jugando, así como hombres y mujeres realizando sus labores cotidianas. Allí, sin embargo, solo el jefe, arrogante y con un porte amenazador salía al encuentro de los blancos al frente de sus guerreros. Llevaba tatuajes en el torso desnudo y en el rostro. El faldellín de lino endurecido y primorosamente trabajado le daba un aspecto más fiero. Del cinturón le colgaban mazas de guerra y en la mano sostenía una lanza.

—¿Nos atacarán? —preguntó uno de los soldados ingleses.

—Qué va —respondió el padre O'Toole. El sacerdote, un hombre alto y flaco, ya no tan joven, desmontó tranquilamente del caballo—. Solo quieren dar miedo.

Lo que enseguida consiguieron todavía más el jefe y su grupo. Cuando los blancos se aproximaron, Paraone Kawiti, *ariki* de los ngati hine, levantó la lanza. Los guerreros empezaron a patear rítmicamente el suelo, avanzando y retrocediendo con las piernas separadas, al tiempo que agitaban sus lanzas. Además, elevaron las voces para entonar un lóbrego cántico. Cuanto más se aceleraba el movimiento, más fuertes eran sus voces.

Los hombres que estaban junto al comisionado del gobernador cogieron sus armas. Los dos granjeros se protegieron detrás de los soldados. El misionero permaneció tranquilo.

El padre de Mara colocó el caballo entre los soldados y los guerreros.

—Por el amor de Dios, ¡bajad las armas! —ordenó a los ingleses—. No hagáis caso. Esperad.

Ya fuera por las palabras cortantes de Karl o por las tranquilizadoras del padre O'Toole, la delegación consiguió fingir indiferencia mientras los guerreros golpeaban con la lanza el suelo, hacían muecas y soltaban improperios a los «enemigos».

Mara, que a diferencia de sus padres, los granjeros y los representantes del gobierno, entendía todas las palabras del cántico que acompañaba a la danza de guerra, puso los ojos en blanco. Tanto aspaviento de los maoríes de la Isla Norte era una tontería. La tribu ngai tahu, en cuya vecindad ella se había criado y a la que pertenecía su amigo Eru, eludía desde hacía tiempo estas demostraciones de fuerza en los encuentros con los blancos. Desde que Jane, la madre *pakeha* de Eru, se había casado con el jefe, el saludo consistía simplemente en estrecharse las manos. Eso simplificaba el trato con visitantes y socios. La mayoría de los *pakeha* iban al *marae* ngai tahu para hacer negocios. La madre de Eru y el padre de este, Te Haitara, se dedicaban con éxito a la cría de ovejas y con su ayuda la tribu se había enriquecido.

—Según el ritual, ahora tendríamos que ser nosotros los que... hum... cantásemos algo —murmuró el padre O'Toole cuando los guerreros concluyeron por fin—. Forma parte de las presentaciones mutuas, por decirlo de algún modo. Naturalmente, la gente de aquí sabe que esto no es corriente entre los *pakeha*. Fingen ser muy belicosos, pero en realidad están civilizados del todo. El jefe ha mandado colocar de nuevo el asta de la bandera que Hone Heke cortó por aquel entonces en Russell... Cielos, yo mismo bauticé a ese hombre...

Se suponía que estas palabras tenían que ser reconfortantes. Sin embargo, sonaron como si el mismo O'Toole se mostrase sorprendido y no menos inquieto ante el hecho de que Paraone Kawiti recurriera a los antiguos rituales tribales.

Mara pensó si no se podría abreviar el proceso con una canción. Si cotejar los mapas no les llevaba mucho tiempo, tal vez podrían regresar a Russell por la tarde y coger un barco para la Isla Sur por la mañana. Si por el contrario se producía un enfrentamiento y los hombres discutían durante una eternidad acerca de cómo actuar, nunca se marcharían de allí.

Mara se retiró el largo y oscuro cabello, que no llevaba recogido para visitar a los maoríes, sino suelto como las indígenas. Entonces avanzó unos pasos con toda confianza.

—Cantaré una canción —se ofreció, sacando del bolsillo su instrumento favorito, una pequeña flauta *koauau*.

Mientras la contemplaban asombrados tanto los *pakeha* como los guerreros que hasta hacía poco todavía enseñaban los dientes, se la llevó a los labios e interpretó una canción. Luego se puso a cantar: en lugar del marcial grito de guerra, una melodía que describía el paisaje de las llanuras de Canterbury. Las extensiones sin fin de pastizales ondulantes, los ríos flanqueados por bosques de *raupo*, las montañas nevadas, entre las cuales se escondían lagos de aguas claras como el cristal y llenos de peces. La canción formaba parte de un *powhiri*, el saludo ceremonial de un *marae* que, combinado con canciones y danzas con la indumentaria tradicional, servía para fundir a invitados y anfitriones en una unidad. Una tribu nómada debía presentarse siempre describiendo su hogar. Mara entonó la canción con sencillez y naturalidad. Tenía una voz pura de contralto que fascinaba tanto a los músicos maoríes de su hogar como a su profesora inglesa particular.

Tampoco ese día permaneció impasible el auditorio. No solo el jefe y sus hombres bajaron las armas, algo se agitó también en las casas de madera adornadas con tallas que rodeaban la plaza de las asambleas. Una mujer de más edad salió del *wharenui*, la casa comunal, seguida de un grupo de chicas de la edad de Mara. Decidida, las condujo delante de los guerreros y les hizo entonar a ellas también una canción. Esta hablaba de las bellezas de la Isla Norte, de las extensas playas de arena blanca, de los mil colores del mar y de los espíritus de los sagrados árboles *kauri*, que guardaban las vastas y verdes colinas.

Mara sonrió y esperó que los ngati hine no se tomaran eso como pretexto para realizar el *powhiri* entero. Podía durar horas. De hecho fue la mujer, una de las ancianas de la tribu, quien puso el punto final con una canción. Luego se aproximó a las dos mujeres del grupo *pakeha*. A Ida, la mayor, le ofreció el rostro para intercambiar el *hongi*, el saludo tradicional. Bajo la mirada recelosa de los granjeros, Johnson y los soldados, las mujeres se rozaron mutuamente la nariz y la frente.

Karl y el padre O'Toole parecían aliviados. También Mara suspiró apaciguada. Por fin avanzaban las cosas.

—He traído regalos —anunció Ida—. Mi hija y yo queremos quedarnos con la tribu mientras los hombres aclaran el malentendido. Siempre que estéis de acuerdo, claro. No sabemos si la disputa por la tierra es muy grave.

Mara tradujo diligente y la mujer asintió. Respondió a Ida que les daban la bienvenida.

Karl y el intérprete hablaban entretanto con el jefe. Paraone Kawiti se expresó al principio con hostilidad, pero luego se mostró dispuesto a aceptar la sugerencia de Karl y comprobar con los demás a quién pertenecían realmente las parcelas cuya propiedad reclamaban tanto granjeros como maoríes.

La anciana que acababa de salir con las chicas y que había pacificado las cosas se precipitó diligente a una de las casas. Enseguida volvió a salir con una copia del contrato y los mapas que la tribu había recibido al vender sus tierras. Todo estaba doblado con esmero y a todas luces guardado como un objeto sagrado.

Mara observó con interés cómo desplegaba Karl los documentos y depositaba al lado los suyos propios.

—¿Puedo saber cuáles son las parcelas de la discordia, señor Simson y señor Carter? —preguntó a los granjeros—. Eso nos ahorraría tiempo. Así no tendremos que recorrer a caballo todas las tierras.

Mara esperaba que los dos supiesen leer los mapas. Pero solo uno, Peter Carter, señaló con seguridad un territorio situado justo en la frontera con el resto de las tierras maoríes.

—Lo compré para que mis ovejas pastaran ahí. Entonces me di cuenta de que las mujeres maoríes habían cultivado un campo allí. Y cuando aun así llevé las ovejas, aparecieron de repente unos tipos con lanzas y mosquetes ¡para defender «su tierra»!

—Bien. Pues vayamos allí ahora mismo. *Ariki*, vendrá con nosotros, ¿verdad? ¿Y qué ocurre con sus tierras, señor Simson?

El gordinflón y rubicundo granjero se inclinó hacia delante, pero el mapa le sirvió de poco. En cambio, la mujer maorí señaló con el dedo un lugar en el papel.

—Aquí. Esas tierras no son suyas —declaró en un inglés sorprendentemente correcto—. Son de los dioses. Allí viven espíritus. ¡No tiene que destrozarlas!

—¡Ya lo oye! —se burló Simson—. Ella misma dice que no son suyas. Así que...

—Aquí están registradas como tierras maoríes —objetó Karl con severidad—. ¿Ve esa protuberancia en el mapa? Debe referirse a este lugar. De todos modos, iremos a verlo. Vamos, *ariki*, padre O'Toole... Cuanto antes vayamos, antes aclararemos este asunto. Y usted, señor Johnson, deje claro a los señores Simson y Carter que deberán aceptar las decisiones que se tomen. Tengo el presentimiento de que lo que nos espera...

Karl se dirigió a su caballo e Ida y Mara lo siguieron para coger de las alforjas los regalos para las mujeres maoríes. Pequeñas cosas: pañuelos de colores, bisutería barata y un par de saquitos de semillas. No habían podido transportar en los caballos regalos más prácticos como mantas o utensilios de cocina. De todos modos, Mara se dio cuenta al echar un vistazo a las mujeres que salían de las casas que tampoco los necesitaban. Era evidente que se trataba de una tribu pudiente, el jefe debía de haber repartido justamente el producto de la venta. Las mujeres y los niños llevaban indumentaria *pakeha*, más adecuada para el clima neozelandés que las prendas de lino tradicionales de los maoríes. Muchas llevaban crucecitas de madera sujetas con cordeles de piel al cuello. Sustituían las figurillas de dioses que las tribus solían tallar en jade *pounamu*. Algunas mujeres se aproximaban confiadas al padre O'Toole, hablaban con él y dejaban que las bendijera.

—¡Nosotros todos cristianos! —declaró una joven a la sorprendida Ida, al tiempo que se tocaba con orgullo la crucecita—. ¡Bautizados! ¡Misión Kororareka!

—La misión que tenemos en Russell existe desde 1838 —intervino complacido el padre O'Toole—. Fue fundada por padres dominicanos y por padres y hermanas maristas.

—¿Son... católicos? —preguntó la madre de Mara algo vacilante.

Ella misma había crecido en una comunidad de antiguos luteranos muy severa. Siempre le habían hablado de los «papistas» como de anticristos más que como de hermanos y hermanas en la fe de Jesús.

Mara nunca se había preocupado gran cosa por las diferencias entre las distintas tendencias religiosas cristianas. Cerca de Rata Station no había ninguna iglesia, por lo que los niños no podían asistir con regularidad a los servicios religiosos. Ida rezaba con sus hijas siempre que estaban en casa. Cuando acompañaba a su marido de viaje para realizar alguna medición topográfica, Mara y sus hermanas se quedaban al cuidado de Catherine Rat. La amiga de Ida y «segunda madre» de las chicas no rezaba al Dios de los cristianos. Se había criado con una tribu maorí y solía acercar a los niños a los dioses y espíritus de los indígenas. A esta mezcla de creencias se sumaba un poco de anglicanismo. La profesora particular de Mara, miss Foggerty, había impartido con fervor y escaso éxito clases de religión. Las niñas no habían aguantado a esa mujer severa y carente de humor. Antes de rezar al Dios de la profesora, preferían dirigirse a los espíritus con un par de maldiciones. Mara y Eru habrían estado encantados de enviar de vuelta a miss Foggerty a Inglaterra. No lo habían logrado. Mara no podía recordar ninguna oración que le hubiese sido atendida.

El padre O'Toole sonrió.

—Yo, por mi parte, soy irlandés, nosotros somos todos católicos. Pero esto no creo que sea tan importante aquí. Da igual con qué tendencia religiosa los maoríes se acerquen a Dios, lo decisivo es que consigamos que dejen de ser paganos.

—Lo importante es no soliviantarlos —farfulló Karl. También él quería continuar. Tenía remordimientos por haber dejado solos a Cat y a su amigo y socio Chris Fenroy con el esquileo de las ovejas—. Venga ahora, padre, ya contará más tarde a sus ovejas.

Los hombres se pusieron en camino.

Ida y Mara se unieron a la joven que acababa de enseñarles la cruz. Hablaba un poco de inglés e indicó a Ida que ayudase a las mujeres a preparar una gran fiesta que se celebraría al anochecer. Hablando animadamente entre sí, llevaron boniatos y tubérculos de *raupo* a la plaza de las asambleas para pelarlos y trocearlos. Otras mujeres añadieron pájaros y pescados que pensaban asar en el fuego al aire libre.

Ida tomó el cuchillo de pelar y las verduras. Mara pensó que su madre apenas llamaba la atención en el corro de mujeres. Ida Jensch tenía un cabello oscuro y liso que llevaba recogido de forma natural, pero ese peinado también se estilaba ya entre muchas maoríes. La tez de Ida tampoco era tan clara como antes, el sol de la Isla Norte había tostado su piel. Solo sus ojos claros, de un azul porcelana, la delataban como una extraña... y, claro, también su falta de conocimiento del idioma.

—Mara, ¿he entendido bien que planean hacer una fiesta? —preguntó a su hija—. Me refiero a que... por supuesto es muy amable. Pero un poco raro, ¿no? Antes nos han saludado con un *haka* de guerra. El jefe ha aparecido como dispuesto a abalanzarse sobre nosotros... ¿Y justo después nos preparan un gran banquete?

Mara también se había dado cuenta de ello y no estaba nada contenta. Una fiesta les obligaría a pernoctar allí.

—No es una fiesta para nosotros, Mamida —le respondió. Acababa de preguntar a unas muchachas de su misma edad al respecto—. Hace tiempo que la llevan planificando. Kawa, la esposa del jefe, está muy inquieta por ello. Esta tarde esperan a un misionero, mejor dicho, a un reverendo. Te Ua Haumene es un maorí de una tribu de la región de Taranaki. Lo educaron en una misión de la zona y estudió la Biblia. Luego prestó servicios en otras misiones, puede que hasta haya sido ordenado sacerdote. Las chicas no lo saben con exactitud. Ahora, en cualquier caso, es una especie de profeta. Unos dioses le han comunicado algo importante. Y hoy quiere predicar al respecto.

—Pero no hay nuevos profetas —objetó con severidad Ida—. Solo Dios, Jesucristo y el Espíritu Santo. Si hubiera nuevas revelaciones entonces... entonces habría que reescribir la Biblia.

Mara se encogió de hombros y suspiró.

—Me temo que tendremos que escucharlo. A menos que papá,

el señor Johnson y esos granjeros no se peleen con el jefe. Sea como fuere, las mujeres ya nos han invitado al servicio religioso y el padre O'Toole seguro que querrá quedarse. Aunque ese Haumene sea anglicano u otra cosa.

—¡Oh, sí, el padre O'Toole hombre grande, buen cristiano! —intervino una joven maorí que estaba limpiando verdura al lado de Ida. Parecía muy orgullosa del poco inglés que conocía—. A nosotros ha leído historias de Biblia en nuestra lengua. Y ahora todavía es mejor. —La mujer estaba contenta—. Ahora Te Ua Haumene el único profeta maorí. Escribe Biblia propia para su propio pueblo.

2

Los hombres regresaron cuando apenas habían pasado dos horas de su marcha. El jefe y la anciana de la tribu que los habían acompañado, andando junto a los caballos de los *pakeha*, parecían eufóricos. Kennard Johnson y sus hombres se veían relajados, y el granjero Carter se mostraba satisfecho. El único que estaba furibundo era Simson.

—Ya pueden estar ustedes seguros de que esto no quedará así —advirtió a Karl Jensch y al padre O'Toole por enésima vez, según se deducía de la expresión hastiada de estos—. Acudiré al gobernador, a la Corona. Inglaterra debe proteger el derecho de un hombre.

—En Inglaterra tampoco podría usted lanzarse a talar los árboles de su vecino —le informó con acritud Kennard Johnson—. Bueno, allí no le amenazarían con matarle. En eso es cierto que el jefe tribal ha exagerado un poco...

—Para la tribu, ese árbol es sagrado —intervino Karl—. Y usted mismo lo ha visto. Un *kauri* espléndido, centenario con toda certeza, ¡si no milenario!

—¡De un valor de cientos, cuando no miles de dólares! —exclamó Simson—. Una madera óptima, la gente de Wellington se pelearía por ella. Pero aquí... Si hasta la vieja dice que no quieren la tierra.

Señaló a la anciana de la tribu que los seguía, caminando serena junto al jefe, y que no se dignaba ni a dirigir una mirada a Simson. Y eso que seguro que entendía al menos una parte de la conversación.

—Ella no lo ha dicho así —lo corrigió Karl—. Claro que ella reclama la tierra, y lo dejó claro entonces, cuando se vendieron las parcelas. Le he enseñado el mapa. Pero no la reclama para ella, sino para los espíritus a los que pertenece el árbol. Y eso debe ser respetado.

—¡Pensaba que esta gente estaba bautizada! —Simson no daba el brazo a torcer, incluso cuando los hombres desmontaron y ataron sus caballos—. ¿Qué dice usted de esto, reverendo?

Mara se acercó a ellos. Si su padre no desensillaba su montura, había muchas posibilidades de que se fueran de inmediato. A lo mejor hasta se ahorraba el servicio religioso. Pero sus esperanzas se vieron frustradas. Karl dio unos golpecitos al caballo en el cuello y lo liberó de la silla.

—Padre —lo corrigió O'Toole, que parecía haber mordido un limón—. Dicho con franqueza, a ese respecto tengo sentimientos encontrados, señor Simson. Mi religión me ordena talar uno de esos árboles siguiendo la tradición del santo Bonifacio. Es de paganos rezar a plantas y animales. El Señor advierte que no debemos tener otro dios que Él. Por otra parte, se trata de un árbol hermoso, un ejemplo espléndido de las maravillas del Creador.

—Señor Simson, no se trata de lo que diga el padre O'Toole al respecto —interrumpió Karl el sermón del sacerdote—. Ni de si es un árbol especial o una haya del sur como tantas otras. Se trata únicamente de si el árbol se encuentra en sus tierras o en las de sus vecinos. Y, en este caso, está claro que las tierras son de los ngati hine. Y el árbol también, por supuesto, así que déjelo correr, por favor.

—Y no vaya a creerse que va a salirse con la suya si, a pesar de todo, tala el árbol —añadió Kennard Johnson—. La Corona no emprenderá ninguna guerra si Paraone Kawiti lo ajusticia por esta razón. Hay precedentes. ¡Acuérdese del conflicto de Wairau!

Por aquel entonces, algunos ingleses perdieron la vida cuando un miembro de un grupo *pakeha* disparó a matar contra la esposa de un jefe. El gobernador había culpado a los colonos y pedido disculpas a los maoríes, en lugar de vengar a su gente.

Simson se marchó a caballo disgustado, mientras que el jefe invitaba también a los hombres de la comisión a la fiesta y a escuchar al «Profeta». Carter se quedó. La resolución había sido positiva para él. Cuando Karl sacó una botella de whisky de sus alforjas y la hizo circular para celebrar el acuerdo de paz, tomó un par de buenos tragos. Poco después estaba sentado junto al fuego con los soldados ingleses, rodeado de varias chicas maoríes muy risueñas.

Mara vio que sus esperanzas de una partida inminente no prosperaban.

—¿Significa esto que pernoctaremos aquí? —preguntó a su padre, al que acompañaba para ir en busca de su madre.

Karl se encogió de hombros.

—Casi diría que sí, Mara. El padre O'Toole está interesado en oír a ese predicador y el señor Johnson se mueve como si todo le doliera. Es muy poco probable que hoy mismo pueda volver a montar.

La joven hizo una mueca.

—Pensaba...

—No puedo cambiarlo, Mara —la interrumpió su padre con cierta impaciencia—. Ya sabes que yo también quiero ir a Rata Station, y por razones más importantes que tú, cariño. Tú solo quieres volver para coquetear con Eru lo antes posibles y sé por experiencia que esto solo dará problemas. Jane defenderá a su hijo con uñas y dientes...

Mara lo fulminó con la mirada.

—Yo también puedo ser muy mala —advirtió.

Karl rio.

—Cuando Eru y tú seáis mayores, Mara, podrás pelearte con su madre por él. O dejar simplemente que sea él mismo quien decida. Pero acabas de cumplir quince años y él catorce, si recuerdo bien. Así pues, tendréis que rendiros a los deseos de Jane. Por otro lado, tu madre y yo somos de la misma opinión que ella. En principio, Eru es un chico amable y tal vez algún día forméis pareja. Pero habrá que esperar un par de años. Por ahora sois demasiado jóvenes. Ah, ahí está Ida.

Karl se reunió con su esposa para contarle sus experiencias con los granjeros y los maoríes. Mara reprimió una réplica ácida sobre lo que Karl había dicho respecto al tema Eru. Ida y Karl no le harían caso. Así que ella escuchó con desgana lo que él contaba.

—Ese Simson ya puede estar contento de haber sobrevivido a su intento —empezó Karl—. Una sacerdotisa lo descubrió cuando se disponía a levantar el hacha para cortar su *kauri* sagrado. La mujer soltó un grito estridente y un par de guerreros enseguida lo detuvieron. ¡No quiero imaginar lo que habría ocurrido si hubiera conseguido talar el árbol!

Ida asintió.

—¿Y el otro? —preguntó—. ¿Por qué estaban peleados con el señor Carter?

Su marido sonrió.

—En este caso, el error era de los maoríes. Ya los conoces, para ellos la tierra es de quien la trabaja. Carter ni ha cultivado el prado ni lo ha utilizado de pastizal, mientras que una de las mujeres que quería ampliar su huerto de *kumara* se limitó a sembrarlo. La mujer no entendía por qué se enfadaba tanto, pero él tampoco debería haber destrozado el cultivo. Ahora hemos aclarado la situación y todos se han puesto de acuerdo. Este año la mujer podrá acabar de cosechar sus boniatos y le dará la mitad al señor Carter. El año que viene ya no cultivará esa tierra. No se trataba más que de un malentendido. Al granjero tampoco le iba de medio *morgen* de tierra. Solo tenía miedo de que la tribu siguiera actuando así.

—Bueno, al menos este caso se ha resuelto bien.

Ida cogió a su marido del brazo y los dos se acercaron a las hogueras que ya llameaban vivaces. Mara los siguió. Las mujeres acababan de empezar a cocinar y asar. Por el poblado se extendió el aroma de la comida y a la joven se le abrió el apetito. Pero antes de comer, habría que aguantar el sermón.

Cuando empezó lentamente a oscurecer, un niño informó de que se acercaban tres guerreros al poblado.

—¡Te Ua Haumene! ¡Viene!

Ida frunció el ceño.

—¿Qué es ese hombre? ¿Guerrero o sacerdote, predicador o profeta?

El padre O'Toole, que se había sentado alrededor de la misma hoguera que Ida, Mara y Karl, se encogió de hombros.

—No lo sé. No lo conozco, nosotros somos una misión católica. Solo he oído hablar de él. Y espero que sea realmente un enriquecimiento para el cristianismo en esta tierra. Lo de hoy con ese árbol al que los maoríes veneran... Tal vez ustedes no lo entiendan, pero para mí es como... como una bofetada, el fracaso de la obra de mi vida. Hace décadas que conozco a esta tribu, he enseñado a los niños y bautizado a la gente... ¡y ahora esto! Quizá debería regresar a Irlanda.

El misionero parecía deprimido. Karl le tendió la botella de whisky.

—No pueden despedirse tan fácilmente de sus dioses y espíritus —lo consoló—. A lo mejor no es algo tan terrible. ¿Acaso no conservan todavía en Irlanda, tras miles de años de cristianismo, a sus *lepichans*, o como se llamen esos enanos para los que construyen ustedes cabañas en los jardines?

En el rostro del religioso asomó una leve sonrisa.

—Se refiere a los *leprechaun*. Y esas cabañas... Sospecho que los hombres de mi tierra ocultaban ahí a sus esposas las reservas de whisky. Pero bien, si usted lo ve así...

—Así es probablemente como deba verse —dijo Karl—. Por ello, no se disguste con esta gente. Yo, personalmente, encuentro más escandalosa la conducta de ese Simson. Piensa de verdad que puede hacer lo que se le antoje con la tribu y que cuenta con el apoyo de la Corona inglesa.

O'Toole suspiró.

—Ya. Nuestros compatriotas blancos no son todos unos buenos cristianos. Hay ocasiones en que... Bah, no me haga caso, de vez en cuando no siento más que hastío. Los maoríes que se bautizan hacen luego lo que se les antoja... Esas descabelladas guerras de estos últimos años, porque un jefe testarudo y posiblemente borracho rompe el asta de una bandera y las autoridades se lo toman como una ofensa personal a la Corona... La expropiación de tierras, de lo que es comprensible que se quejen los indígenas... Gente como ese Simson... Que aparezca un cristo maorí y quiera hacer de maestro me parece una luz resplandeciente en la noche oscura. Solo espero no volver a sufrir una decepción.

Te Ua Haumene era un hombre bien parecido de mediana edad. Tenía una cara ancha y no estaba tatuado. Unas arrugas pronunciadas se extendían entre la nariz y la boca. El «Profeta» llevaba barba y sobre sus ojos oscuros y algo rasgados se arqueaban unas espesas cejas. Su indumentaria no correspondía ni a la sotana del sacerdote católico ni al hábito negro del misionero anglicano. Llevaba la ropa de un maorí bien situado —una prenda superior tejida con primor y un faldellín de lino, todo ello cubierto por una valiosa capa, digna de un jefe—. Sus acompañantes iban vestidos con más sencillez, con la indumentaria propia de los guerreros. El predicador y sus hombres habrían sido considerados por cualquiera como un *ariki* y su guardia.

El padre O'Toole contempló impertérrito que las mujeres del poblado corrían encantadas al encuentro de Te Ua Haumene y, devotas, le pedían su bendición igual que habían hecho poco antes con él. Los hombres se mantuvieron a distancia, si bien dos ancianos del poblado y un pariente del jefe intercambiaron el *hongi* con el predicador. El mismo Paraone no lo hizo: los *ariki* de las tribus de la Isla Norte siempre guardaban la distancia con sus súbditos.

Te Ua Haumene y sus hombres tomaron complacidos asiento en el lugar que les ofreció la esposa del *ariki,* en la hoguera central. Era evidente que estaban hambrientos tras el viaje. El Profeta venía de Taranaki, pero cada dos o tres días predicaba en una tribu que les daba hospitalidad a él y sus hombres. Era obvio que los ngati hine se la ofrecían de buen grado. Honraron a sus invitados con una comida espléndida y complicadas ceremonias de bienvenida. Entretanto, la esposa del jefe tribal señalaba una y otra vez al padre O'Toole, y otros habitantes del poblado mostraban sus cruces a Te Ua. Pero este no parecía deseoso de conocer al sacerdote. Le dirigió un discreto saludo.

—A lo mejor tiene algo contra los papist... hum... los católicos. —Ida intentó consolar al religioso, dolido a ojos vistas por la conducta del predicador—. Se educó entre anglicanos.

El padre O'Toole se encogió de hombros. Karl le tendió la botella de whisky y él la cogió agradecido.

A Mara también le habría gustado beberse un trago. Ya estaba harta y volvía a aburrirse. Parecía como si ese viaje no fuera a terminar nunca.

Cuando Te Ua Haumene por fin se levantó para hablar a los presentes, ya había oscurecido. La luna brillaba en el cielo y su resplandor se unía a las llamas de las hogueras formando un ambiente casi fantasmagórico. El viento apartaba el largo cabello del rostro del Profeta.

—Sé bienvenido, viento —empezó su alocución. Al hablar no miraba a sus oyentes, su mirada parecía perderse en el cielo—. ¡Saluda a tu mensajero!

El padre O'Toole traducía simultáneamente para Karl e Ida.

—¿Mensajero? —preguntó ella.

—Haumene significa «hombre del viento» —señaló Mara al tiempo que se levantaba para ir a buscar un poco de agua. Así llamó la atención, pues todos estaban sentados y quietos, escuchando devotamente las palabras de Te Ua Haumene. Una mirada inmisericorde del Profeta la reprendió.

—Escucha de mis labios las palabras de Dios. El viento nos insufla su espíritu, la buena nueva, el nuevo evangelio, ¡yo lo transmito a los creyentes!

—*Pai marire!* —recitaron los dos hombres del Profeta.

—*Pai marire!* —exclamó Te Ua y sus oyentes lo repitieron en coro.

—Significa «en paz», ¿verdad? —preguntó Karl a su hija y al sacerdote.

Ambos asintieron.

—Bueno y pacífico, exactamente —tradujo O'Toole—. Así llaman a su movimiento religioso. O también hauhau.

—Pero ¿un nuevo evangelio? —preguntó Ida incrédula.

El sacerdote volvió a mostrarse abatido.

—Os saludo, pues, mi pueblo, mi pueblo elegido... —Te Ua Haumene se detuvo un instante, como para que sus palabras obraran efecto. O'Toole lanzó un suave suspiro—. He venido hasta aquí para reuniros a todos —prosiguió— en su nombre. Para convocaros como yo también fui convocado a través del mayor de todos los jefes tribales, a través de Te Ariki Makaera, el comandante de los ejércitos del cielo.

—¿Eh? —preguntó Karl.

—Se refiere al arcángel Miguel —respondió O'Toole sarcástico.

—Mirad, soy uno de los vuestros, soy maorí, nacido en Taranaki, pero los *pakeha* nos llevaron a mi madre y a mí a Kawhia. Yo les serví como esclavo, pero no les guardo rencor, pues fue por voluntad de Dios que aprendí su idioma y escritura. Estudié la Biblia, la palabra de Dios, y me bauticé porque estaba seguro de que la religión de los *pakeha* podía conducirme a una vida mejor. Pero entonces se me apareció Te Ariki Makaera y me desveló que yo no debía ser el conducido, sino el conductor. Igual como Moisés liberó a su pueblo de la esclavitud, también yo he sido elegido. Debo hablaros del hijo de Dios, Tama-Rura, al que los *pakeha* llaman Jesús, si bien me fue revelado que esa era solo otra forma de llamar al arcángel Gabriel.

—Está chiflado —susurró Ida.

—Y es peligroso —observó Karl.

—Y todos ellos, todos ellos esperan con la lanza y la espada en la mano, guiar a su pueblo elegido hacia la libertad.

—*Pai marire!* —gritaron los hombres y lo repitieron en voz alta los aldeanos.

—Bondad y paz... ¿Encajan con eso las espadas? —preguntó Ida.

Mara arqueó las cejas resignada, un gesto con el cual le gustaba demostrar a los adultos lo que pensaba de ellos y sus ideas.

—¡Pues vosotros no sois libres, pueblo elegido! —advirtió el predicador con voz atronadora—. Compartís vuestra tierra con los *pakeha* y a menudo pensáis que son vuestros amigos porque os dan dinero y cosas que podéis comprar con él. Pero de verdad os digo: ¡No os lo dan a cambio de nada! ¡Se apropian de vuestra tierra, se apropian de vuestra lengua, y también se apropiarán de vuestros hijos!

Las mujeres reaccionaron con exclamaciones de miedo, parte de los hombres con protestas.

—Vosotros no habéis invitado a esas personas, han venido simplemente para quitaros vuestras tierras...

Karl iba a intervenir, pero a su lado, el padre O'Toole ya se había puesto en pie.

—¡Os trajimos también al Dios contra el que ahora blasfemas! —espetó al predicador.

Te Ua Haumene lo miró.

—Podéis haber sido la canoa en la cual llegó el auténtico dios a Aotearoa —le contestó—. Pero a veces hay que quemar la canoa cuando uno quiere sentirse como en su propio hogar. Dios todavía estará aquí cuando haga tiempo que hayamos expulsado a los *pakeha* de nuestra tierra. ¡Cuando el viento se los haya llevado! *Pai marire, hau hau!*

Desconcertado, O'Toole volvió a sentarse junto a la hoguera. Se rascó la frente mientras las criaturas a las que había convertido y bautizado iban invocando al viento el espíritu de Dios.

En ese momento, Te Ua Haumene introdujo también el movimiento en la asamblea. Mandó a sus seguidores que levantaran un poste al que llamaba *niu* y que, por lo visto, debía de simbolizar la buena nueva que llevaba a los maoríes. Alrededor de ese poste sus hombres se pusieron a golpear el suelo con los pies, casi como en las danzas de guerra, al tiempo que animaban a los presentes a que se unieran a ellos. Te Ua Haumene recitaba al mismo tiempo unas sílabas extrañas y propagaba más principios de su religión. Cada vez eran más los jóvenes habitantes del poblado que se levantaban y se unían a los guerreros alrededor del *niu*.

—Deberíamos marcharnos de aquí —sugirió Karl—. Antes de que el Profeta empiece a limpiar este país de *pakeha*. Mara, ve a avisar al señor Johnson y a los casacas rojas, yo sacaré al señor Carter del delirio de fraternidad con sus vecinos. No parece que nadie se haya enterado de nada, pero los chicos tampoco lo defenderán si uno de ellos enloquece. Ida, tú lleva al padre O'Toole a los caballos. No vaya a ser que vuelva a pelearse con este loco.

Mara no se lo hizo repetir dos veces, y no solo porque estaba ansiosa por marcharse. Ya se había hecho a la idea de pasar la noche en el *marae*, no la atraía la larga cabalgada a través de la noche. Pero la atmósfera fantasmagórica, las lúgubres palabras del Profeta y la danza delirante de los hombres alrededor del *niu* le daban miedo. Ella consideraba a los maoríes su pueblo. Si se casaba con Eru, se convertiría en miembro de la tribu ngai tahu. Pero nunca había visto así a sus compatriotas. Parecía como si el soplo de un viento perverso les hiciera perder la razón y la sabiduría.

El padre O'Toole así lo percibía también. Parecía estar en trance cuando Ida lo condujo entre las hogueras, por fortuna sin que nadie los molestara. Un par de nativos tal vez notaron que los *pakeha* se retiraban, pero al que seguro que no le pasó por alto fue al jefe, que estaba sentado en un lugar algo apartado. Sin embargo, Paraone Kawiti dejó que los blancos se marcharan sin contratiempos. Tampoco parecía entusiasmado con el Profeta que estaba cautivando a su tribu. Tal vez sentía el peligro que se desprendía de él o temía simplemente que le arrebatara el poder sobre su pueblo. Hizo una seña apenas perceptible al topógrafo y miró al padre O'Toole con una expresión que iba del desprecio a la lástima.

—¡Dese prisa! —advirtió Karl al misionero.

Mara, que había ayudado a ensillar los caballos a Carter, disgustado por tener que marcharse, y a los inquietos soldados, tendió al padre O'Toole las riendas de su huesudo bayo. Era como si el religioso no se decidiera a montarlo, como si le faltaran las fuerzas.

—¡Quiero marcharme de aquí! —lo urgió Mara.

—Yo también —susurró O'Toole—. Esto es... esto es irrevocablemente el fin. Me vuelvo a Galway. Dios proteja esta tierra.

3

—¡Dios os ha llamado y vosotros habéis seguido su llamada!
—La voz del reverendo William Woodcock llenaba la pequeña
iglesia del St. Peter's College. Complaciente, el archidiácono de
Adelaida deslizó la mirada por los ocho jóvenes alineados delante del altar. Estos levantaban la vista hacia él fervorosos y expec-
tantes—. Y ahora repartíos por todo el mundo y bautizad a los
pueblos en el nombre del Padre, del Hijo y del Espíritu Santo. En-
señadles todo lo que yo os he encomendado. ¡Y sabed que estaré
con vosotros cada día hasta el fin del mundo!

—Amén —resonaron las ocho voces de los recién ordenados
misioneros, así como las de los familiares y amigos que se habían
reunido para ese solemne servicio religioso.

La Australian Church Mission Society sostenía un instituto de
formación que cada año enviaba al mundo un puñado de jóvenes
devotos y sólidos creyentes para convertir a los infieles. La mayoría de ellos se quedaba en el país, el enorme continente de Australia ofrecía un amplio campo de acción. Pero de vez en cuando
también enviaban a alguno a Nueva Zelanda, India o África.

William Woodcock pronto asumiría la tarea de asignar su futuro campo de acción a los candidatos de ese año. Levantó los brazos para bendecir a los presentes cuando resonó el último amén.
Los ocho jóvenes formaron una fila para salir ceremoniosamente
de la iglesia, mientras el órgano resonaba y el coro del College entonaba un cántico. La mayoría de los presentes en el servicio se

unieron al canto. Casi todos los aspirantes de la escuela misionera procedían de familias fervientemente religiosas. Ahí todos conocían el texto y la música de los himnos eclesiásticos habituales.

Franz Lange atravesó la iglesia en el tercer puesto. Como sus correligionarios, mantenía la cabeza gacha. Solo cuando en uno de los últimos bancos oyó unas palabras en alemán, levantó brevemente la vista y vio a su padre. Jacob Lange se encontraba dignamente flanqueado por los hermanastros más jóvenes de Franz y entonaba el cántico en su lengua materna. Y al hacerlo, su sonora y profunda voz ahogaba sin esfuerzo las voces de sus vecinos de banco. No notaba que desconcertaba a los demás cantando en una lengua distinta y, de haberlo notado, le habría dado igual. Para Jacob Lange, el Evangelio tenía que ser predicado en la lengua de Martín Lutero. Consideraba las lenguas extranjeras un molesto engorro. Veinte años después de haber emigrado de Mecklemburgo, todavía no hablaba inglés. Por consiguiente, no había entendido ni una palabra de la ceremonia en que Franz se había ordenado sacerdote.

Y Franz tampoco se había atrevido a esperar que su padre fuera a estar presente el día de su ordenación. Si bien la Australian Church Mission Society procedía del antiguo luteranismo, se la consideraba una organización de la Iglesia anglicana que no interpretaba el Evangelio de forma tan rígida como Jacob Lange esperaba. Pero para Franz no había habido alternativa: la comunidad alemana de Adelaida, a la que pertenecía la familia Lange desde que habían inmigrado, no disponía de ningún seminario. Si Franz quería seguir la llamada de Dios, no le quedaba otro remedio que acudir a St. Peter.

Al ver a su padre y sus hermanos —y al pensar en la llamada de Dios—, Franz sintió una pizca de remordimiento. Nunca lo hubiera confesado a nadie, pero la vocación de convertirse en predicador no era lo único que le alejaba de la granja de la colonia alemana de Hahndorf. De hecho, Franz estaba harto del monótono y duro trabajo en los campos, que interrumpía exclusivamente para ir al servicio religioso o a rezar. Desde pequeño había sido de complexión débil. En su infancia siempre había sufrido resfriados y disneas. Ni el clima de Mecklemburgo ni el de la Isla Sur de Nueva Zelanda, donde había vivido la familia de Jacob Lange al principio, eran beneficiosos para su constitución. La calidez de Australia le sentaba mejor, pero el esfuerzo que exigía hacer cultivable la nueva tierra no había contribuido a mejorar su salud. Jacob Lange había exigido al hijo menor de su primer matrimonio una entrega total al trabajo. Al llegar a Australia, enviaba a su hijo, entonces un niño de diez años, a la escuela alemana, pero por las tardes lo hacía trabajar hasta que el muchacho acababa rendido.

«¡Solo para que no se te ocurra ninguna tontería!» Franz había escuchado esta frase incontables veces durante su adolescencia. Y en cada ocasión volvía a renacer el rencor hacia los hermanos que habían escapado de forma más o menos autónoma de la autoridad paterna. Tanto el hermano de Franz, Anton, como su hermana Elsbeth se habían ido sin recibir la bendición paterna. Ambos debían de encontrarse en algún lugar de Nueva Zelanda, pero Jacob Lange no tenía ningún contacto con ellos y no mostraba ningún interés por localizarlos. Lange y su segunda esposa, Anna, solo mantenían una correspondencia esporádica con la hija mayor, Ida, si bien las cartas tampoco decían gran cosa. Ida se había casado en Nueva Zelanda con un miembro de la comunidad de la antigua Iglesia luterana y había enviudado después de modo algo turbio. Enseguida había vuelto a casarse, por lo que Franz había entendido, con un hombre que su padre no aprobaba.

Franz y los otros jóvenes misioneros salieron en ese momento por la puerta de la iglesia y esperaron fuera a sus familias.

Los Lange estaban entre los primeros que salieron a la clara luz del sol invernal australiano. Franz intentó esbozar una sonrisa y tendió ambas manos a su padre y a su madrastra. Anna y sus tres hijas volvían a reunirse en ese momento con su marido y los dos hijos varones. En la iglesia, los hombres y las mujeres se sentaban en lugares estrictamente separados. Ella, al menos, respondió a la cordial expresión de su hijastro. Algo avergonzada, le sonrió bajo la atildada capota.

Puesto que nadie tomaba la palabra, Franz se esforzó por recibirles con un sincero saludo.

—¡Padre, madrastra! ¡No sabéis cuánto me alegra que hayáis venido!

Franz esperaba que su padre tal vez lo abrazara. Pero Jacob Lange se quedó tieso delante de él.

—Ahora en invierno no hay tanto trabajo en la granja —farfulló.

Anna Lange miró a su marido y movió tolerante la cabeza. Luego se aproximó a su hijastro y le cogió las manos tendidas.

—Tu padre está muy orgulloso de ti —afirmó.

También Anna hablaba en alemán, pero al menos podía hacerse entender en inglés. La escuela de Hahndorf enseñaba la lengua del país, si bien a muchos colonos no les parecía importante lo bien que llegaran a expresarse sus hijos en ella. La mayoría nunca abandonaba el pueblo.

Para Franz Lange, por el contrario, aprender siempre había sido importante. Conservaba en su mente el ejemplo de sus hermanas. Pues por mucho que se enfureciera en secreto porque Ida y Elsbeth habían tenido la desfachatez de abandonarlo, la avidez de sus hermanas por aprender el inglés al llegar a Nueva Zelanda les había sido provechosa. Las dos eran libres. Franz sabía que tenía que hablar el idioma de su nuevo país con la mayor fluidez posible si quería evitar algún día trabajar como un esclavo en Hahndorf. Esa era la razón por la que estudiaba con verdadero afán el inglés, si bien la relación con los números le resultaba mucho más fácil. Franz calculaba con la velocidad del rayo y memorizaba con facilidad, mientras que escribir redacciones se le daba peor. Desde este punto de vista, habría sido un contable o un empleado de banco mejor que un predicador. A veces, hasta había soñado con estudiar matemáticas. Pero no podía ni pensar en ello. Si Jacob Lange dejaba marchar a su hijo, sería solo en nombre del Señor.

—Orgullo —advirtió en ese momento con expresión avinagrada y mesándose la barba poblada y blanca—. Eso es lo que siento por los hijos que saben cuál es su sitio y permanecen sumisos en su tierra, ayudando a sus padres en la ardua lucha por la existencia. Tú, Franz, más bien me has decepcionado. Pero está bien, acepto que Dios te haya llamado. Los caminos del Señor son insondables y, quién sabe, a lo mejor así expías los pecados de tus padres, marchándote a tierras extrañas para domesticar salvajes. No quiero pelearme con mi Creador, tal vez merezco perder a mi último hijo...

—¡Todavía tienes dos hijos estupendos! —le recordó Anna.

Aquella mujer bajita, siempre vestida con el traje oscuro de las antiguas luteranas, y cuyo cabello oscuro ya empezaba a clarear, no tenía muchos más años que la hermana mayor de Franz. Después de la boda había tenido siete hijos, uno tras otro. Dos chicos y tres chicas habían sobrevivido y eran fuertes y sanos. Fritz y Herbert ya ayudaban mucho en la granja. Las chicas también se estaban convirtiendo en mujeres diligentes y amantes de la casa como Anna.

Jacob Lange asintió.

—Ya digo que no me pelearé con mi Creador, me ha colmado de regalos en los últimos tiempos. Sin embargo... Franz, ¡no olvides tu antiguo hogar! No abandones tu lengua ni tu pasado. Da igual adónde llegues, piensa siempre que eres un chico de Raben Steinfeld...

—¿Vienes, Franz? —Marcus Dunn, su compañero de habitación durante el período de formación como misionero, interrumpió el sermón de Jacob Lange—. El archidiácono ya ha llamado a su despacho a John y Gerald. ¡Está informando de qué lugar se le otorga a quién! Seguro que tú eres el próximo.

Franz aprovechó la oportunidad para retirarse.

—Podéis quedaros —invitó a su familia—. En el campus hay un bufet, comida y bebida, celebramos que nos hemos licenciado...

Jacob Lange resopló.

—No veo qué es lo que hay que celebrar. Y tenemos que volver a casa, hay que ordeñar diez vacas. Por tanto, que Dios te acompañe, Franz. Espero que te guíe realmente por el camino...

Franz apretó los labios, pero su padre ya había emprendido la marcha. Desvalida, Anna se encogió de hombros. Era una persona dulce y complaciente. Cuando Jacob se casó con ella, había admitido cariñosamente a Franz como hijo suyo y le había hecho la vida mucho más fácil en muchos aspectos. Se dedicaba incondicionalmente a su esposo. Nunca le había llevado la contraria o se había opuesto a él. Franz se preguntaba si quería para sí mismo algún día a una mujer similar. Si había de ser sincero, preferiría una con la que poder conversar, que no siempre le dijera sumisa que sí, sino que alguna vez también le dijera que no. Franz plantearía de buen grado preguntas y compartiría secretos con ella.

Pero ahora no tenía tiempo de pensar en esas cosas. Ese día le procuraba una mezcla de sentimientos: la breve alegría por haber concluido con éxito su formación, el orgullo de poder llamarse en el futuro reverendo, los repetidos sentimientos de culpa frente a su padre y el profundo temor ante la decisión respecto a su futuro.

Pues había algo más que Franz no le había contado a nadie y que él mismo admitía de mala gana: por muy fácilmente que aprendiera, por mucha fluidez con que predicara y por aplicadamente que propagara la palabra de Dios, la idea de ponerse ante unos infieles a los que había de convertir, lo paralizaba de terror. Franz nunca había tenido un contacto real con los aborígenes, los nativos de Australia. Los anteriores propietarios de las tierras en que se encontraba Hahndorf habían sido trasladados a lugares más lejanos. Lo mismo le había ocurrido a la tribu que originalmente había vivido en el área de Adelaida. Por las calles de la ciudad todavía se veían algunos negros, rondando por las calles como mendigos o borrachos, desagradables pero inofensivos. A veces, durante la formación de Franz como misionero, algunos docentes invitados habían traído desde Outback a unos seres exóticos pero ya bautizados. Tampoco daban miedo, sino que eran dóciles y callados. Vestían ropa occidental y bajaban sumisos la cabeza.

Pero Franz todavía recordaba la entrada de los Lange en Nueva Zelanda. Habían llegado justo durante los disturbios del conflicto de Wairau con maoríes hostiles. Si bien la familia no había tropezado con ningún maorí en la ciudad de Nelson, a ese niño pusilánime le bastó con las historias sanguinarias que corrían por la ciudad. En Australia, Franz todavía había oído cosas mucho peores. Los aborígenes estaban considerados más belicosos que los maoríes. Todos los colonos estaban al corriente de las masacres de inmigrantes, expediciones aniquiladoras y revueltas sangrientas. Circulaban reproducciones de salvajes pintados de blanco, armados con lanzas y bumeranes. Y además el Outback estaba lleno de animales peligrosos. Cuando Franz preparaba con su padre la tierra de la granja para hacerla cultivable, a menudo se había salvado por un pelo de la mordedura de una serpiente o de que lo atacara un perro salvaje. La idea de que tal vez volvieran a enviarlo a una tierra indómita para construir una misión le daba miedo.

Mientras esperaba delante del despacho del archidiácono luchaba contra los latidos de su corazón y las oleadas de sudor. Tragó sin saliva cuando William Woodcock por fin lo llamó para que entrara. ¿Qué debía hacer si efectivamente acababa en una expedición por las tierras vírgenes? ¿Podría todavía huir? ¿No le castigaría Dios por ello... o aún peor, le castigaría de inmediato a través del archidiácono, desterrándolo a un lugar mucho peor que aquel del que había escapado?

El archidiácono observó a Franz con sus ojos claros y penetrantes. Se diría que miraba directamente su corazón.

—Siéntese, reverendo Lange. Está usted muy pálido. ¿El reencuentro con la familia? ¿O acaso siente ya la responsabilidad de su oficio?

Franz musitó algo incomprensible y se recompuso.

—Todavía no he roto el ayuno —admitió.

Los futuros misioneros habían pasado la noche antes de su ordenación rezando y ayunando, y Franz casi había desfallecido de hambre durante el servicio. A continuación, el encuentro con su familia le había quitado el apetito, mientras que sus hermanastros posiblemente se habían puesto las botas con la comida que se servía en el campus.

El archidiácono asintió. Contempló con discreción al delicado joven. Franz Lange era de estatura media, muy delgado y siempre andaba algo inclinado, como si se encogiera bajo un látigo. Apenas llenaba el solemne hábito negro. William Woodcock echó un breve vistazo al informe de los profesores de Lange sobre sus aptitudes para el ejercicio de misionero. «Digno de confianza, de una fe sólida, tiene paciencia y una facilidad extraordinaria para citar la Biblia, aunque por desgracia no es un buen orador», ponía en el documento. El joven también parecía tener dificultades para sostener la mirada de su interlocutor. Pese a ello, Woodcock no apartó la vista. Miraba un rostro redondo y casi infantil con unos grandes ojos azules. Era evidente que en ellos había miedo. Woodcock no quería atormentar al joven. Le habló con amabilidad.

—Entonces no debo retenerle mucho tiempo. A fin de cuentas, tiene usted que estar fuerte para enfrentarse a los deberes que le esperan. Dígame, reverendo Lange... si tuviera usted que elegir entre las tareas que se realizan en una misión, ¿que preferiría? ¿Qué país elegiría, qué tareas?

Franz se frotó las sienes. ¿Cabía la posibilidad de que el archidiácono le hiciera partícipe de la toma de decisión? Lo mismo era una pregunta capciosa. Su padre, al menos, habría interpretado una respuesta franca como una muestra de falta de humildad y le habría confiado una tarea que le repugnara especialmente.

—Yo... yo aceptaré el lugar al que me destine Dios —titubeó—. Yo...

El archidiácono lo interrumpió con un gesto.

—Claro que lo hará. Yo ya parto de esta premisa. Pero debe de haber labores que le atraigan más o menos. Que le gusten más que otras.

Franz volvió a morderse el labio. Buscaba febrilmente una respuesta que no le comprometiera.

—Me gusta dar clases —afirmó—. Enseñar a los niños.

De hecho, Franz nunca había tenido nada que ver con otros

niños que no fueran sus nuevos hermanos, y estos le parecían con frecuencia algo duros de mollera. Pese a ello, no le molestaba que Anna le pidiera que les explicara algún deber de la escuela. A cambio, mientras les enseñaba, su padre no lo enviaba a trabajar a los campos. Y en cuanto a la misión, si los nativos eran lo suficiente civilizados como para enviar a sus hijos a la escuela, no debían de ser tan peligrosos.

El archidiácono asintió y escribió una nota en el expediente que tenía delante.

—Así que un maestro nato —dijo cordialmente—. Bueno es saberlo. Por desgracia, ninguna de nuestras misiones solicita expresamente maestros. No obstante, seguro que se necesita personal en alguna misión más grande cuyo trabajo con los infieles ya esté un poco avanzado. ¿Le agradaría ocupar un cargo en uno de esos establecimientos, hermano Franz? ¿O le resultaría demasiado aburrido? Tengo aquí una solicitud de Nueva Zelanda. Uno de nuestros veteranos, el reverendo Völkner, pide refuerzos. ¿No es cierto que usted y su familia proceden de Nueva Zelanda, reverendo Lange?

Franz sintió que la esperanza nacía en su interior. No era que vinculara con Nueva Zelanda sus mejores recuerdos. De hecho, la colonia que su padre había fundado allí con sus compatriotas del norte de Alemania había sucumbido a una inundación. La ciudad de Nelson, sin embargo, le había gustado, y en el país no había serpientes, escorpiones ni animales salvajes.

—Soy de Mecklemburgo —corrigió—. Raben Steinfeld...

El archidiácono lo interrumpió con un gesto.

—Pero vivió en Nueva Zelanda. Franz, ¿le gustaría que le destinara allí? Por favor, ¡sea sincero! No puedo satisfacer todos los deseos, pero si cabe la posibilidad siempre intento que mis decisiones se adapten a las preferencias de los jóvenes misioneros. Por ejemplo, sus tres primeros cofrades deseaban fundar juntos una nueva misión en China. También necesitaríamos allí a un cuarto hombre. Así que si prefiere...

—¡No! —La réplica de Franz brotó demasiado rápida y demasiado fuerte. Si el archidiácono lo estaba poniendo a prueba, era posible que al día siguiente ya estuviera camino de China—. Yo... quiero decir que.. yo... claro que ocuparé el cargo en... en tierras lejanas, yo...

El archidiácono sonrió.

—Pero no siente la llamada realmente —observó—. Bien, reverendo Lange. Entonces le enviaremos oficialmente a Opotiki. Está en la Isla Norte de Nueva Zelanda, la misión tiene pocos años. ¡Mucha suerte, hermano Franz! ¡Vaya usted con Dios!

Franz se sentía mareado cuando volvió a salir al soleado campus... e indeciblemente aliviado. En ese momento habría podido dirigirse a los manjares expuestos en las largas mesas, acallar el hambre y bromear con sus cofrades sobre su vocación de ir a China, quizás hasta habría podido soportar sus inofensivas pullas acerca de que él «solo» se marchaba a Nueva Zelanda. Pero de hecho, dejó el campus y entró de nuevo en la pequeña iglesia.

Lleno de fervor, dio gracias a Dios.

EL REGRESO

*Llanuras de Canterbury, Christchurch,
Lyttelton – Nueva Zelanda (Isla Sur)*

1863

1

—Ya verás, Carol, ¡esta vez ganaremos nosotros el premio! El año pasado, con Jeffrey, solo se trataba de ir remando. ¡Joe me enseña una técnica totalmente nueva! Al fin y al cabo, él viene de Oxford. Su ocho ganó la Boat Race, ya sabéis, esa regata tan famosa del Támesis...

Linda contuvo un suspiro de aburrimiento. La señora Butler había abandonado por unos minutos el jardín para ocuparse del té y su hijo Oliver volvía a abordar su actual tema favorito: la inminente regata en el Avon, en la que participaba el club de remo de Christchurch. A Linda le resultaba difícil fingir interés. Su hermanastra Carol, por el contrario, se esforzaba pacientemente por escuchar sonriendo, animosa, la enésima explicación de su prometido y por comentarlas complacida.

Linda y Carol se alegraban de que se celebrara la regata, de las canoas pintadas de colores, de la vida social y del pícnic en la orilla del río. Todo Christchurch y sus alrededores se reunirían junto al Avon, las carreras constituían el merecido cambio después del trabajo agotador de primavera en las granjas de ovejas. El repetitivo discurso de Oliver acerca de la técnica de remo, acerca de Joe Fitzpatrick, su extraordinario compañero en los dobles y, sobre todo, el interminable análisis de sus propias posibilidades de victoria, cansaban al más paciente auditorio. A Carol solo la consolaba el hecho de que su prometido exhibía en su compromiso con el deporte perseverancia, empeño y ambición, cualidades de las que carecía en el trabajo en la granja de ovejas de su familia. Al menos de eso se quejaba el capitán Butler, su padre. La madre de Oliver encontraba lógico que su hijo se jactase de ser caballero y no granjero.

—El arte reside en no remar exactamente al mismo tiempo —proseguía Oliver—. El jefe tira un poco antes que el segundo. De ese modo se disminuye el tambaleo que se produce cuando...

Mientras Linda reprimía un bostezo, Carol asentía diligente e intentaba concentrarse más en la agradable y modulada voz de tenor de Oliver que en sus palabras. Amaba la voz del joven, así como su esbelta figura, su cabello negro y rizado, su rostro de rasgos aristocráticos y sus expresivos ojos castaños bajo unas espesas pestañas. En ese momento brillaban de emoción, pero a Carol también le gustaban cuando se oscurecían dulcemente o se abstraían en alguna ensoñación, lo que ocurría con más frecuencia. En tales ocasiones, Linda solía decir irrespetuosamente que Oliver estaba medio dormido o apático.

En su aspecto, el prometido de Carol se parecía mucho a su madre, una belleza fuera de lo común procedente de los mejores círculos de la sociedad inglesa. Los padres de Carol y Linda siempre se preguntaban con desdén, cómo el tosco capitán Butler había conseguido convencer a la mimada lady Deborah para que emigrara a su granja de ovejas recién fundada en Nueva Zelanda. Era posible que Deborah Butler simplemente se hubiera imaginado de otro modo muy distinto su vida como «baronesa de la lana» en las vastas llanuras de Canterbury salpicadas de granjas dispersas. En cuanto a la vida en el campo, debía de haber pensado más en cacerías, comidas campestres y fiestas en jardines que en dar de comer a pastores, controlar el esquileo de las ovejas y recibir las visitas más bien escasas de sus alejados vecinos.

En Nueva Zelanda había pocas invitaciones para tomar el té, la gente simplemente solía servir café en las cocinas comedor. Las conversaciones giraban menos en torno al cuidado de las rosas que acerca del adiestramiento de perros y cruces entre ovejas merino y romney. Sobre estos temas discutían también en ese momento el marido de Deborah y Catherine Rat, la madre de Linda. Catherine, a quien para espanto de Deborah todo el mundo llamaba Cat, se había dirigido enseguida al cobertizo de esquileo, tras saludar a la señora de la casa y dejar a Linda bajo su custodia. Había rechazado amablemente pero con resolución la invitación a tomar el té.

—A lo mejor luego tomo una taza, antes de marcharnos. Pero ahora es urgente que hable con su marido, señora Butler. A causa de ese joven carnero. Y luego tenemos que marcharnos. Georgie nos llevará. No contamos con mucho tiempo.

El barquero proveía de mercancías a las granjas junto al río Waimakariri y repartía también el correo. Esa mañana había llevado a Cat y a las dos chicas a casa de los Butler; era la única posibilidad de recorrer el trecho entre Rata Station y Butler Station en un día. El trayecto a caballo duraba al menos dos días, pese a que el camino que se extendía a lo largo del río estaba ya aplanado y pavimentado. Unía Rata Station con las granjas de los hermanos Redwood y los Butler, así como con dos nuevas colonias fundadas más al norte. En general, a Cat no la molestaba estar dos días de viaje y pernoctar en distintos lugares. Aprovechaba la oportunidad para charlar. Pero en la actualidad, estaban en pleno esquileo. Las últimas ovejas madre parían y en las granjas tanto hombres como mujeres tenían mucho que hacer. Únicamente Deborah Butler, a quien nunca se le habría ocurrido acercarse a una oveja, tenía tiempo en octubre para organizar una relajada *tea party* en su cuidado jardín.

Linda se preguntaba qué pensaría el capitán Butler de esa vida parasitaria. El viejo lobo de mar, que antes de invertir su dinero en la cría de ovejas se había enriquecido siendo capitán de un ballenero, todavía parecía, tras veinte años de matrimonio, locamente enamorado de su hermosísima esposa. Todo en Butler Station daba testimonio de tal delirio de amor. La casa señorial no estaba amueblada de forma modesta y práctica como las casas de Rat y Redwood Station, sino que parecía más bien un castillo. Para el cuidado de los jardines se había recurrido expresamente a un especialista inglés y en los establos se guardaban sensibles purasangres en lugar de caballos más robustos y pequeños ejemplares de razas cruzadas. Era evidente que el capitán Butler trataba a su esposa como una criatura de lujo similar a sus caballos, pero no así a su hijo. Si fuera por su padre, Oliver estaría trabajando en los cobertizos de esquileo en lugar de estar sentado tomando el té con su prometida, hablando sin parar de regatas.

—¡Y ahora deja de aburrir a las señoritas, Oliver!

Deborah Butler apareció por el recortado césped seguida de una joven maorí con uniforme de sirvienta inglesa que llevaba en una bandeja el servicio de té y unas pastas. La señora Butler vestía un elegante vestido de tarde azul claro con un cuerpo ceñido, chaquetita bolero y crinolina. Un encaje de color crema adornaba el borde de la falda, el escote, las mangas y la chaqueta. Deborah se había peinado el espeso cabello oscuro hacia atrás, apartado del rostro y sujetado con una redecilla de color crema. Como siempre, su aspecto correspondía al de una perfecta lady. Tanto Linda como Carol siempre se sentían mal con sus sencillas faldas y blusas en presencia de Deborah. Y eso que Carol se había esforzado por arreglarse. Su blusa blanca de muselina estaba adornada con los bramantes azul oscuro de rigor. Había renunciado a la capa a juego pues al sol ya hacía un calor primaveral. Se había recogido el cabello rubio y brillante en un complicado peinado, Linda la había ayudado a trenzarlo y a anudarle unas cintas azul oscuro que conjugaban con la blusa y la falda. De hecho, el resultado podría haber satisfecho a Deborah, pero, después de horas de viaje en barco al aire libre, algunos mechones se le habían soltado. Los rizos revoloteaban por consiguiente alrededor del hermoso rostro de Carol. Oliver la encontraba arrebatadora, mientras que su madre la contemplaba con desaprobación.

La severa mirada de Deborah Butler era inmisericorde al juzgar el aspecto de Linda. Después de aconsejar y ayudar a una nerviosa Carol a elegir la ropa y el peinado, no le había quedado tiempo para embellecerse a sí misma. Linda llevaba una blusa azul y una falda gris, y se había recogido el cabello simplemente en la nuca. Esto había ofrecido al viento más posibilidades de ataque que las trenzas de Carol. También alrededor del rostro de Linda revoloteaban unos mechones rubios.

Ambas jóvenes pasaban sin esfuerzo por mellizas, las dos cumplirían dieciocho años en mayo y tenían grandes ojos azules, los de Carol algo más oscuros y expresivos, los de Linda de un azul más claro y más dulces. Estaban un poco demasiado juntos y, al igual que los labios carnosos, eran herencia de su padre común, Ottfried Brandman. La mayoría de los hombres no podía apartar los ojos de los sensuales labios de Carol y Linda. El rostro de Carol era más delgado y el de Linda más bien oval. Pero uno percibía todo eso cuando miraba con atención. A primera vista, pesaba más la impresión de que las dos hermanas se parecían muchísimo.

—¿Qué tal le va con sus trabajos manuales, miss Carol? —preguntó cortésmente Deborah Butler, mientras servía el té a las dos jóvenes. Siguiendo la costumbre inglesa, ella misma se encargaba de hacerlo personalmente. La chica maorí no tenía otra tarea que la de quedarse de pie a cierta distancia y esperar nuevas órdenes—. ¿Se las apaña bien con el dibujo?

Carol asintió inquieta. Su futura suegra la había introducido unas semanas antes en el arte del *petit point*. El ribete en que estaba trabajando adornaría más tarde su traje de novia. Pero por desgracia, Carol no mostraba ni talento ni disposición para las labores de primor y por mucho que se cepillara las manos, si había manipulado todo el día riendas de caballos y correas de perros, si había tocado lana de oveja y almohazado caballos, por las más finas estrías de sus dedos y bajo las uñas todavía quedaba suciedad que teñía de gris el ribete en lugar de hacerlo resplandecer con distintos matices color crema.

Por fortuna, Linda siempre la ayudaba. Era un poco más casera que su hermanastra y, sobre todo, mucho más paciente... cuando no se trataba de estar escuchando discursos interminables sobre regatas.

—Por desgracia tengo muy poco tiempo para bordar —respondió con franqueza Carol—. Colaboro en los trabajos de la granja y por la noche estoy cansada. Además, es mejor la luz diurna para esta labor tan refinada.

Deborah Butler hizo una mueca.

—Sin duda que sí —convino amablemente—. Aunque no entiendo por qué una señorita tiene que andar ajetreada ocupándose de ovejas y perros pastores. Quiero decir que... No tengo nada en contra de que monte usted un poco a caballo, de que tenga un perrito... Por Dios, yo tenía un gatito cuando era pequeña, eso puede ser monísimo. Pero mi marido me ha contado que ha ganado usted el concurso de perros pastores de Christchurch...

Al hacer esta observación, Deborah adoptó de nuevo un gesto de desaprobación, mientras Carol asentía resplandeciente y buscaba a su collie con la mirada. Estaba orgullosa de la perra tricolor *Fancy*, un animal de pura raza criado por los Warden de Kiward Station. Chris Fenroy solía afirmar que *Fancy* había costado una fortuna, pero que valía cada uno de los céntimos que se había gastado en ella y que en los próximos años se convertiría en la madre de toda una camada propia de Rata Station.

—Cuando viva aquí con nosotros tendrá más tranquilidad para dedicarse a tareas femeninas —prosiguió Deborah Butler, antes de que Carol llegara a contestar—. En ningún caso permitiré que mi marido involucre en las tareas de la granja a la esposa de Oliver. Como miembro de la familia Butler tiene usted deberes de representación. Me refiero a que... no se habla porque sí de los barones de la lana.

Linda y Carol intercambiaron una mirada furtiva y casi se habrían echado a reír. Los deberes de representación de una baronesa de la lana en las llanuras de Canterbury se reducían a acompañar a su marido una vez al año a la reunión de los criadores de ovejas que se celebraba en Christchurch. Allí se encargaba de que este no se emborrachara hasta perder el sentido en la cena del White Hart Hotel. La anterior existencia de muchos barones de la lana, como cazadores de ballenas y de focas, era poco representativa, y no era del agrado de las damas que empezaran a rememorar, ya borrachos, sus experiencias durante la solemne cena de clausura de la reunión de criadores.

—Me gusta trabajar con los perros —defendió Carol la forma de vida que había llevado hasta entonces. No siguió, pues en ese momento Cat Rat apareció en el jardín.

—¿Podría tomar una taza de té rápida ahora, señora Butler? —preguntó sonriendo y deslizando la mirada por la extensión de césped.

En ese lugar se habían convertido casi dos hectáreas del pastizal original en un jardín y, excluyendo un haya del sur que Deborah Butler toleraba por la sombra que proyectaba, no había ni una sola planta autóctona de Nueva Zelanda. Deborah y sus jardineros habían puesto toda su energía en eliminar hasta los ubicuos matorrales de *rata*, que no solo daban el nombre a la granja de Cat, sino hasta al apellido de la mujer. Cat había crecido sin familia; Suzanne, su madre biológica, era una prostituta adicta al alcohol que se vendía en una estación ballenera y que ni siquiera recordaba sus apellidos. Tampoco había considerado importante dar un nombre de pila a su hija. A la niña la llamaban simplemente Kitten, «gatita».

Ya hacía tiempo que Cat lo había superado. Había huido a los trece años de la estación ballenera y luego había vivido unos años con una tribu maorí, donde había recibido el nombre de Poti, «gata». La esposa del jefe tribal y sanadora, Te Ronga, que más tarde moriría en el incidente de Wairau, la había adoptado. Cat la consideraba su auténtica madre.

—Qué jardín más bonito —observó cortésmente—. Aunque algo... raro. Son así en Inglaterra, ¿verdad?

Deborah contestó afirmativamente, mirando a Cat de forma tan crítica como esta antes había contemplado el jardín. Si no hubiera sido tan educada, habría elegido las mismas palabras para describirla: muy bonita, pero rara. Catherine Rat era una mujer que atraía la atención, aunque no hacía nada por mejorar su aspecto. Al contrario, según la escala de valores de Deborah iba vestida de forma sumamente desaliñada. Cat llevaba un vestido marrón de cotón de corte muy sencillo y totalmente inapropiado para un civilizado té de la tarde. Debajo no llevaba crinolina. Deborah temía que posiblemente no tuviera ninguna.

Claro que una crinolina habría sido muy poco práctica para trabajar en la granja y, precisamente ese día, para viajar en el bote, y Deborah casi habría podido hacer la vista gorda. Pero Cat rehusaba además usar el corsé, ¡algo realmente imperdonable! Pero eso no enturbiaba su aspecto. Cat era delgada como un junco. Su rostro dulce y oval estaba dominado por unos expresivos ojos de color avellana, que contemplaban el mundo con vivacidad e inteligencia, y en ese momento también con algo de ironía. Se había recogido en una gruesa trenza el cabello trigueño y largo hasta la cintura, lo que, con casi cuarenta años, le daba un aspecto más juvenil. Un peinado inviable para una mujer adulta, pensaba Deborah, pero ya había visto a Cat con el cabello suelto. De vez en cuando se ceñía en la frente una cinta tejida a la manera maorí para mantener el rostro despejado.

—Para dar forma a este jardín, me inspiré en el nuestro de Preston Manor —respondió Deborah con afectación—. Aunque, por supuesto, ese era mucho más grande. Incluso tenía senderos para ir a caballo y dar largos paseos a pie.

Arrojó a su hijo una breve y compasiva mirada, lo que él aprovechó para ponerse prestamente en pie. Oliver ya llevaba tiempo ardiendo en deseos por despedirse de Carol con un «paseíto» a solas: el máximo de intimidad que las severas reglas de comportamiento de Deborah permitían a los dos jóvenes enamorados.

—Miss Carol, ¿puedo mostrarle las rosas amarillas? —preguntó educadamente—. Mi madre está muy orgullosa de estos rosales, nunca prosperan en ultramar. Por supuesto, también usted está invitada, miss Linda...

Esta frase no era, naturalmente, muy invitadora. Linda la rechazó bondadosa.

—No, gracias, no me interesan las rosas —afirmó.

Lo que no era del todo cierto. De hecho, Linda tenía mucho más interés en cualquier tipo de planta que Carol. Acompañaba gustosa tanto a Cat como a las sanadoras de la tribu local maorí cuando iban a recoger hierbas. Desde que tenía un libro inglés sobre plantas curativas del Viejo Mundo, conocía los efectos del aceite de rosas contra las inflamaciones, picaduras de insectos y ligeros trastornos cardíacos, incluso cuidaba de su propio rosal en el jardín de Rata Station. Linda no solo experimentaba con aceite y agua de rosas, sino sobre todo con infusión y papilla de escaramujo contra los dolores de la menstruación y de estómago. No obstante, el color de las flores y los refinados cultivos de Deborah le resultaban indiferentes y se alegraba de que su hermana pasara un rato a solas con su prometido.

—¡Pero volved pronto! —les advirtió Cat—. Creo que Georgie llegará como mucho dentro de media hora, y no vamos a hacerle esperar.

La llegada del barquero no les pasaría inadvertida. El jardín de Deborah descendía suavemente hasta el Waimakariri, lo que posibilitaba los paseos por la orilla e incluso alguna comida campestre junto al río.

—Los dos chicos se ven poco, en realidad —observó Deborah al tiempo que servía té a Cat.

Entretanto no perdía de vista a la joven pareja. Oliver le ofrecía caballerosamente el brazo a Carol y paseaba con ella por el sendero de gravilla a través del jardín. Ambos se alejaban a toda prisa, Cat lo percibió casi como una huida. Sin embargo, no conseguirían escapar a la penetrante mirada de Deborah. La flora inglesa en Nueva Zelanda no era tan espesa como para que los enamorados se ocultasen del todo y se dieran tal vez un beso furtivo.

—El trayecto de una granja a otra resulta realmente difícil en invierno —respondió Cat relajada, si bien era de la opinión de que un joven, llevado por las alas del amor, bien podía invertir con más frecuencia unas horas cabalgando entre la lluvia y el barro. La misma Carol se habría puesto en camino de buen grado para visitar a Oliver si Cat y Chris no se lo hubiesen impedido. A fin de cuentas, podían imaginarse muy bien lo que pensaría Deborah de una muchacha que cabalgara horas, sola en medio de la naturaleza virgen, para reunirse con su prometido—. Pero en el transcurso de los próximos días habrá una oportunidad para que la joven pareja se reúna de nuevo —añadió en tono indolente—. Su marido nos vende un carnero de cría, y seguro que Oliver no pierde la ocasión para llevárnoslo en persona a Rata Station.

Deborah Butler arqueó las cejas.

—Mi hijo no es un pastor —objetó.

Cat sonrió.

—Tampoco es tan difícil —explicó—. Estoy segura de que lo conseguirá.

Linda reprimió una risita.

—Además, ha sido idea de su padre —prosiguió Cat y tomó un sorbo de té—. Es de la opinión de que Oliver estará encantado de unir el placer con el trabajo.

—En fin, esperemos que el carnero no se le escape —bromeó Linda cuando, un poco más tarde, Cat y las chicas se reunieron en el muelle.

Había consolado a Carol por la separación con la esperanza de que pronto volvería a verse con su prometido. Esto alegró, en efecto, a la muchacha. En su granja, disfrutaría más del joven que bajo la severa vigilancia de Deborah. Ni Chris Fenroy, que vivía con Cat, ni la propia Cat tenían tendencia ni tiempo para adoptar la función de carabinas. Apoyaban en todos los sentidos que su hija de acogida y el hijo único y heredero de los Butler se unieran. Carol aportaría un gran rebaño de ovejas como dote y sería la propietaria de una granja de ovejas propia. Linda —y un esposo conveniente al que todavía había que encontrar— tomaría posesión, a su vez, de Rata Station.

—¡Así seremos vecinas y seguiremos haciéndolo todo juntas! —había exclamado jubilosa Carol, cuando le había contado a su hermana que se había prometido con Oliver Butler—. ¡Ay, qué suerte tenemos!

De hecho, las muchachas no podían imaginar vivir separadas.

Habían crecido como hermanas mellizas, si bien solo compartían al padre biológico, un secreto del que nada sabían los vecinos, pese a que, naturalmente, corrían rumores al respecto. Incluso en las llanuras de Canterbury, una comunidad de mentalidad abierta, las relaciones de parentesco en Rata Station debían de parecerle extrañas. Cuando Linda y Carol todavía eran más jóvenes, habían escandalizado a los vecinos hablándoles de sus dos madres y sus dos padres: la madre de Carol, Ida, y la madre de Linda, Cat, así como sus parejas respectivas, Karl Jensch y Chris Fenroy, criaban juntos a las niñas. A Deborah Butler en especial le resultaba difícil aceptarlo. Se llevaba las manos a la cabeza cada vez que Ida dejaba a Linda y Carol bajo la custodia de Cat y se iba durante meses de viaje con su marido Karl a la Isla Norte. Sin duda, sufriría un *shock* si se enterase del verdadero origen de Carol y Linda. De ahí que Cat y Chris, así como Ida y Karl, se hubiesen puesto de acuerdo para seguir presentando a las chicas como hijas mellizas del primer matrimonio de Ida con Ottfried Brandman y para hablar lo mínimo posible del modo en que Ida había enviudado...

2

—¿Participa usted también en la gran regata? —preguntó Cat mientras Georgie, un hombre fornido de corta estatura y cabello rojo enmarañado, dirigía con potentes golpes de remo la barca al centro del río Waimakariri. La corriente les ayudaría allí a avanzar.

El barquero negó con la cabeza.

—Que va, miss Cat. Bastante remo yo por los alrededores, no voy a hacerlo también en domingo —respondió relajado.

—Pues un par de barqueros del Avon sí que participan —intervino Carol.

El año anterior, algunos de esos hombres habrían relegado sin esfuerzo al quinto o sexto puesto a Oliver y su amigo Jeffrey.

Georgie se encogió de hombros.

—Claro. Algunos están deseando enseñarles a los jóvenes *gentlemen* del club de remo cómo se hace eso. Pero yo paso. Tampoco tengo ganas de entrenar. Llevar una embarcación de dos, de cuatro o de ocho no es tan fácil. Precisamente el remo en un doble... es bastante complicado. El arte consiste en no remar al mismo tiempo, sino...

—Ay, ¿en serio? —preguntó Linda con voz melosa, mientras Carol arqueaba las cejas—. ¡Qué interesante! ¡Tiene que explicarnos más!

Con un tono melifluo repitió las palabras aduladoras que Carol le dirigía a Oliver, mientras Georgie la miraba desconcertado.

—Deberíamos hablar de otro tema —gruñó Carol—. Y, Lindie, como ahora me preguntes cómo llevo la labor, te empujo por la borda.

Cat no prestaba atención a la amistosa discusión de las hermanastras. Iba relajadamente sentada en un banco en la proa mientras las orillas cubiertas de hierba y cañas del Waimakariri se deslizaban a su lado. El paisaje junto al río parecía deshabitado, pese a que esas alturas ya eran tierra para granjas. Los colonos de las llanuras de Canterbury ya hacía tiempo que habían abandonado la idea de cultivar a gran escala. Los trayectos para abastecer las ciudades estaban demasiado lejos y el ubicuo tussok se afirmaba con tenacidad frente al cereal. En cambio, las Llanuras eran el lugar ideal para la cría de ganado. Eran miles las ovejas que pacían en las vastas extensiones y en invierno arriba en las montañas. Las mayestáticas cumbres cubiertas de nieve de los Alpes del Sur se elevaban al fondo de las Llanuras. En la atmósfera diáfana de la Isla Sur parecían estar al alcance de la mano, pero de hecho, la anual subida a la montaña y la bajada después duraban varios días.

Cat estaba pensando que pronto habría que conducir de nuevo las ovejas y ya se alegraba de ello. Llevaba años acompañando a Chris y sus pastores en la subida a las montañas. Le encantaba montar el campamento en plena naturaleza, oír los graznidos de los pájaros nocturnos y contemplar las estrellas mientras se iba apagando lentamente la hoguera. Los hombres se pasaban la botella de whisky y algunos contaban sus aventuras, mientras otros sacaban la armónica o el violín de sus alforjas y entonaban melodías más o menos afinadas. Eso le recordó las noches en el poblado de los ngati toa, la tribu maorí con la que había pasado su juventud. Creía oír el canto del *putorino* y *koauau* y la dulce voz de Te Ronga hablando de los dioses de su pueblo. Y disfrutaba apretándose contra Chris; acurrucada junto a él se sentía segura y como en casa.

La embarcación avanzaba deprisa y Cat y las chicas saludaron agitando las manos cuando pasaron junto a la casa de los Redwood. Cat era amiga de Laura Redwood desde hacía años, pero ni ella, ni su marido ni sus cuñados estaban a la vista en ese momento. De todos modos, Cat quiso ser cortés por si acaso estaban mirando desde la ventana, pues era posible que Laura se hallara en casa. Había dado a luz a su cuarto hijo y era de esperar que estuviera recuperándose un poco. Solía colaborar en el trabajo de la granja con el mismo afán que Cat. Aunque Laura era una buena cocinera, prefería el trato con ovejas y caballos. Su casa presentaba un aspecto más acogedor que la de Cat. Estaba muy orgullosa del edificio de piedra que su marido Joseph había construido por fin después de haber vivido durante años en casas de madera. En la actualidad, se amontonaban en la sala de estar cojines, colchas de adorno y tapices que había tejido o bordado ella misma, mientras que Cat no se encontraba a gusto entre demasiados muebles. Ella prefería el mobiliario práctico y sobrio de las casas maoríes.

Se enderezó un poco después de que el bote hubiera pasado las tierras y cobertizos de los Redwood. Ahí, en algún lugar, discurría la frontera entre Redwood y Rata Station. Cat miró entre la vegetación de la orilla del río compuesta por lino silvestre y *raupo* en busca de sus ovejas. En efecto, no tardó en distinguir unos pocos ejemplares madre que pastaban a la sombra de los árboles repollo y los *manuka*. Uno de los animales se frotaba contra una de las rocas que brotaban directamente de la hierba. Cat encontraba que daban carácter al paisaje y sabía que los maoríes creían que en ellas habitaban dioses y espíritus que velaban por el lugar.

—¿Qué están haciendo las ovejas aquí? —preguntó a Linda y Carol—. ¿Las habéis traído vosotras? Deben subir la semana que viene a la montaña.

Carol se encogió de hombros.

—Es probable que se le hayan escapado a Chris —supuso—. Les atrae la hierba fresca. Mañana puedo ir a recogerlas a caballo. *Fancy* estará encantada.

La perra oyó su nombre y soltó un breve ladrido como si estuviera de acuerdo. Las tres mujeres se echaron a reír.

—Ahora que hablan de «escaparse»... —intervino Georgie y buscó en una de las bolsas en que protegía de la humedad el correo y los pedidos de los colonos—. Antes he encontrado otra carta para usted. Se habrá resbalado del montón que le di. —Sacó un sobre y se lo tendió a Cat—. Lo siento. Habría tenido que volver a pararme en su casa para entregarlo.

Cat hizo un gesto tranquilizador.

—Son cosas que pasan —dijo con calma—. Oh, mirad, chicas, es de Karl e Ida.

Linda y Carol volvieron interesadas las cabezas. Karl e Ida llevaban varios meses de viaje. Karl realizaba mediciones de terrenos en el norte de la Isla Norte e Ida y su hija menor Margaret le acompañaban. Ahora estaban a punto de volver. Cat sonrió al leer las líneas por encima.

—¡Ya están en Lyttelton! —anunció contenta—. Llegaron en el barco directos desde Wellington. Pasarán ahí un día para recuperarse, por lo visto la travesía fue bastante agitada. Ida cree que su caballo todavía está mareado. Así que pronto se ponen en camino y en un par de días estarán de nuevo aquí. Karl quiere ayudar a llevar los rebaños a las montañas. Ida cree que tiene mala conciencia porque el viaje se ha prolongado demasiado. Y dicen que tienen noticias muy emocionantes.

Carol soltó una risita.

—A lo mejor Mara se ha enamorado —sugirió. Los enamoramientos eran en esa época su tema favorito.

Linda puso los ojos en blanco.

—¡Mara solo tiene ojos para Eru! Y a él se le rompería el corazón si ella encontrara un *pakeha*...

—Chicas, ¡Mara solo tiene quince años! —les recordó Cat—. Ni pensar en que se comprometa con alguien. ¡Y que Jane no se entere de lo de Eru! Su hijito querido y una vecina... Si todavía tiene que ir a la universidad...

—Y luego casarse al menos con una princesa maorí que aporte al matrimonio la mitad de la Isla Norte. —Linda rio.

—¡No, mejor con una baronesa de la lana! —propuso Carol—. Deja que piense... El origen aristocrático es un «imprescindible»...

—¡No deja de ser el hijo de un jefe tribal! —Linda imitó a Jane

Te Rohi to te Ingarihi, la esposa del jefe maorí del lugar, Te Haitara.

Jane era inglesa, el nombre maorí que su amante esposo le había dado con ayuda del irónico Chris Fenroy significaba «rosa inglesa». Antes de enamorarse de Te Haitara, Jane había estado casada con Chris Fenroy. Un matrimonio de conveniencia que había disuelto una anciana de la tribu maorí para alivio de todas las partes.

—Y naturalmente ella es la heredera única de al menos diez mil ovejas —siguió describiendo Carol a la nuera ideal de Jane—. Bellísima e inteligentísima, entre dos besos tiene tiempo de citar a Adam Smith...

Linda rio. El economista inglés formaba parte de los mayores modelos de Jane.

—Por las noches entretendrá a Eru recitándole de memoria logaritmos...

—Y en lugar de corazoncitos con flechas grabarán en las cortezas de los árboles fórmulas con la maximización de beneficios... —siguió fabulando Carol.

—¡Parad, sois terribles! —las censuró Cat.

Georgie sonrió. El espíritu comercial de Jane era conocido por todos. Había hecho rica a la tribu de su marido, primero comerciando con los remedios medicinales tradicionales y los amuletos, y luego con la cría de ovejas. No obstante, libraba una lucha perpetua con la mentalidad del pueblo maorí, con su espiritualidad y serenidad. A veces su actitud fría y segura ponía a dura prueba la relación de su marido con sus súbditos. Pese a ello, el hijo de Jane, Te Eriatara, a quien ella llamaba Eric y los demás lacónicamente Eru, era un muchacho simpático. Era medio año más joven que Mara, la hija de Ida. Incluso se había presentado la posibilidad de que los niños estudiaran juntos. Jane había contratado a miss Foggerty, una inglesa de mediana edad, para que impartiera con severidad una formación clásica tanto a los hijos de los colonos como a los de los maoríes. Los alumnos la odiaban y el hecho de que concentrase sus esfuerzos sobre todo en el hijo del jefe tribal y la «baronesa de la lana» había soldado la unión entre Mara y Eru. A los dos les unía desde la infancia una estrecha amistad. Antes de que esta se convirtiera en algo más, los Jensch se habían llevado a su hija a la Isla Norte, para gran alivio de Jane. Los jóvenes maoríes experimentaban pronto las relaciones físicas en el amor y seguro que ella tenía para su hijo proyectos diferentes a que este se uniera con una vecina cuyos derechos hereditarios eran previsibles.

Entretanto, la barca pasaba por las dependencias de Rata Station y Cat miró con satisfacción las sólidas cercas, los amplios cobertizos de esquileo y, sobre todo, las numerosas ovejas amontonadas allí y en los rediles. El esquileo estaba en plena marcha. La cuadrilla de esquiladores había llegado unos días antes. Sobre los carros entoldados se apilaban los vellones, a cual más bonito y valioso. Años atrás, Cat, Chris y Karl habían empezado la cría de ovejas con tres rebaños, cruces de merino y romney, así como rambouillet francés. Después de los Deans y los Redwood, habían sido los primeros en introducir ovejas en las Llanuras y su granja formaba parte de los establecimientos punteros de la Isla Sur. Eso se debía en gran parte a Cat. Había hecho realidad el sueño que había alimentado cuando, tras la separación de Chris y Jane, por fin se había dado un nombre adecuado. Catherine Rat, de Rata Station, era conocida más allá de Christchurch, la ciudad en la desembocadura del Avon.

Chris Fenroy —el fundador original de la granja— no era tan famoso como su compañera, pero eso no le importaba. Amaba su trabajo y amaba a Cat. Linda y Carol eran para él como sus propias hijas. Al tercer propietario de Rata Station, Karl Jensch, también le unía una relación armoniosa. Chris no le echaba en cara a Karl que, en los últimos años, pasara más tiempo de viaje que en la granja. En el comienzo, los ingresos de Karl como topógrafo habían contribuido al veloz éxito de la cría y a esas alturas no era necesario aumentar las inversiones. Rata Station prosperaba y Chris era un hombre feliz.

Cat pensaba que a Chris se le notaba. Fuera como fuese, este se alegró cuando Georgie acercó la embarcación al muelle. Saludando sonriente, se aproximó a Cat y a las dos muchachas. Unos mechones de su abundante cabello castaño se desprendieron de la banda de piel con que lo llevaba sujeto sobre la nuca. Sus cálidos ojos, verde tirando a marrón, brillaban. Sin el menor esfuerzo, rodeó la cintura de Cat y la depositó en tierra. A continuación, ayudó a Linda y Carol y se libró riendo de los intentos de *Fancy* de saltarle encima para saludarlo.

—¡Ya estáis todas de vuelta! —exclamó contento—. ¡Os he echado de menos!

—¿A nosotras o solo a *Fancy*? —bromeó Cat.

Chris acarició a la perra.

—Bueno, ella es la que hace la mayor parte del trabajo —contestó—. Pero salvo por eso, ¡prefiero a las gatas! —Cogió la mano de su mujer y la besó—. ¿Cómo ha ido con los Butler? —preguntó después de que todos dieran gracias a Georgie, pagaran al barquero y este reemprendiera el viaje—. ¿Nos darán el carnero?

Cat asintió.

—¿Y qué tal tu querida suegra? —Chris se volvió hacia Carol, que hizo un mohín.

—Creo que no satisfago del todo sus pretensiones —murmuró—. No me esfuerzo lo suficiente con las labores femeninas y a saber si estaré realmente a la altura de mis «deberes de representación».

—No cabe duda de que ella preferiría una auténtica lady a una baronesa de la lana —añadió Linda—. Con talento para idear un jardín «que se aproxime a nuestro excelentísimo Manor».

Linda imitó tan bien la forma de hablar de Deborah Butler que Chris y Cat no pudieron evitar reír, aunque su verdadera obligación habría sido regañarla por ser tan irrespetuosa.

—Si esto es lo que la dama desea —respondió Cat burlona en lugar de censurar a la joven—, con todo placer le daremos a Carol un par de esquejes. —Jugueteó con las flores de *rata* que crecían al lado del embarcadero—. Así el jardín pronto florecerá al estilo de los vastos vergeles de Rata Station.

—Y lo de la aristocracia también tiene arreglo —bromeó

Chris, cuya familia procedía de la nobleza inglesa—. Basta con que adopte a Carol. ¿O es mejor que le suelte un discurso a Deborah acerca de lo que puede ocurrir cuando alguien se casa con un apellido?

El matrimonio de Chris con Jane Beit se había concertado por el linaje de este. Y no había hecho feliz a ninguno de los dos.

—¡Me casaré con Oliver! —dejó claro Carol con determinación—. ¡No con su madre ni con su granja ni con su apellido ni con lo que sea! Oliver me quiere y yo lo quiero. Se casaría conmigo aunque yo... si yo... Bueno, yo qué sé.

—*She was a lass of the low country, and he was a lord of high degree* —cantó Chris, desafinando horrorosamente.

Cat permaneció callada. No estaba nada segura de que Oliver no compartiera algo de la vanidad de su madre. Sin duda era mejor no poner al corriente a los Butler de los antecedentes de Carol y Linda, por mucho que Oliver se hubiera decantado sin saberlo por la «melliza» nacida en el seno del matrimonio.

En efecto, Oliver Butler acompañó el carnero a Rata Station y Carol partió a caballo para salir al encuentro de su amado en la granja de los Redwood cuando Georgie le informó de la marcha de Oliver. Sin embargo, el esperado y romántico regreso a casa de los dos en solitario no fue posible. Oliver no iba solo con el carnero: el capitán Butler había mandado a dos pastores experimentados que acompañaran a su hijo. ¡Y eso en un período en que la granja necesitaba de todos los que trabajaban en ella! Carol se disgustó por que se hubiese tomado esa medida debido a la intervención de Deborah, y Oliver le daba pena. Ella misma se habría avergonzado si Chris y Cat no la hubiesen creído capaz de realizar sola una tarea tan sencilla. Pero eso a Oliver no parecía importarle. Al contrario, incluso parecía contento de ir acompañado. Le contó a Carol complacido que si hubiera venido solo habría tenido que regresar de inmediato. Butler había cambiado al joven carnero por tres ovejas madre de Rata Station y deseaba que los animales se incorporasen enseguida a los nuevos rebaños antes de conducirlos a los pastos de montaña.

—Así me quedo dos días en vuestra casa y luego me voy a Christchurch. Para el entrenamiento final para la regata. ¡Joe se alegrará y volverá a hacerme sudar en serio! ¡En las competiciones somos imbatibles!

Chris Fenroy frunció el entrecejo cuando el joven comunicó sus planes durante la cena.

—¿Puede prescindir tu padre tanto tiempo de ti en la granja? —preguntó sorprendido—. Dentro de dos días tendréis ahí a las cuadrillas de esquiladores. ¿No os necesita a todos trabajando?

Oliver hizo un gesto de indiferencia.

—Bah, papá se lo toma deportivamente —afirmó—. ¡Ganar la medalla de oro es un honor para Butler Station! Además, si ahora estuviera en un *college* inglés, tampoco podría ayudar en la granja.

A Deborah Butler le habría gustado ver a su hijo en Oxford o Cambridge. Por lo que Chris y Cat sabían, este era el único deseo que su marido le había negado. Oliver tenía que quedarse en las Llanuras y aprender a dirigir la granja de ovejas empezando por abajo. Para eso no necesitaba una formación superior.

El que Butler estuviera dispuesto a permitir que su hijo fuera a entrenar debía de formar parte de un pacto con su esposa.

Los dos días siguientes, Oliver estuvo trabajando en Rata Station, sobre todo porque a Carol ni se le pasaba por la cabeza perder el tiempo charlando con él mientras tomaban el té o paseaban. La muchacha le pidió que la acompañara a revisar los cercados y a sacar y recoger las ovejas, actividades durante las cuales nadie los controlaba. Carol por fin disfrutó de un romántico paseo a caballo por el campo. Cogió a Oliver de la mano mientras los caballos avanzaban por la extensa llanura y casi se mareó cuando el viento hizo que el tussok, alto hasta las rodillas, ondulara como olas en el mar. Era como cabalgar por un verde océano ondeante del cual surgían de vez en cuando, como islas extrañas, formaciones pétreas.

Y, por supuesto, entretanto encontraron el tiempo para dejar pastar los caballos y extender una manta a la sombra de un amplio *manuka*. Carol no era una gran cocinera, carecía de tiempo para preparar los excepcionales manjares con que Deborah Butler solía agasajar a sus invitados en las comidas campestres. Pero de la cocina de Rata Station sí podía salir un poco de carne fría de cordero asado y pan recién hecho, y Carol se sentía toda una baronesa al añadir una botella de vino a la comida.

—¡Cat me matará! —exclamó risueña.

A su madre de acogida le gustaba beber vino, pero era caro y todo un lujo hacerlo traer de Christchurch. De ahí que Cat se permitiera ese placer solo en escasas ocasiones. No se alegraría cuando descubriera que faltaba una botella.

En el fondo, qué comía y bebía le daba igual a Oliver siempre que Carol estuviera a su lado y no se opusiera a que él la abrazara y besara. Lejos de la vista de la madre del chico no era una ñoña. Respondía cautivada a sus caricias e incluso permitía que le desabrochara la blusa y la besara en el escote. Carol, a su vez, deslizaba las manos bajo la camisa de Oliver y acariciaba su piel lisa y su cuerpo musculoso. Al final le pedía que se quitara la camisa y lo contemplaba con placer.

—Ahora entiendo por qué reman los hombres —murmuraba, dibujando con el dedo los músculos pectorales y los bíceps del chico—. Es evidente que embellece. Pareces una de esas estatuas de mármol. Ya sabes, esas griegas que están en el vestíbulo del White Hart...

En Inglaterra estaba de moda decorar las casas señoriales con antigüedades griegas o romanas, y el propietario del hotel de Christchurch había seguido esa tendencia. Desde entonces, uno de los temas más discutidos en esa localidad (todavía bastante provinciana y muy influida por la Iglesia) giraba en torno a si la exposición de cuerpos viriles desnudos era algo edificante o más bien un peligro para la juventud.

—El *David* de Miguel Ángel... —Oliver rio y le apartó como sin querer la blusa para echar un vistazo a los pechos de la joven—. Mi madre lo ha visto, ¿sabes? El auténtico, en Florencia. Ah, Europa debe de ser fascinante. Tal vez debería haber estudiado allí. O podríamos ir juntos de viaje. ¿Qué crees?, ¿te apetecería? Claro que nos alojaríamos en los mejores hoteles.

Carol frunció el ceño.

—¿Unos barones de la lana de viaje? Parece atractivo, pero estaríamos muchos días fuera. No se puede dejar tanto tiempo sola una granja, Oliver. Y ahora fuera esas manos. —Sonrió—. Queremos guardarnos algunas sorpresas para la noche de bodas, ¿no?

Carol y Oliver resplandecían cuando por la tarde regresaron a Rata Station. Cat miró con atención a la hija de Ida, y Linda miró a su hermana con recelo. Pero no había motivo para reñirla. Tal como le habían encargado, Carol había verificado el estado de los cercados y *Fancy* conducía complacida cinco ovejas descarriadas que su ama había recogido. En cuanto a Oliver y las tentaciones del amor carnal, Cat confiaba en las dos chicas. Sabían exactamente lo que ocurría entre un hombre y una mujer en la cama. A fin de cuentas, ambas se habían criado estrechamente unidas a la tribu maorí del lugar y la mayoría de sus amigas ya había tenido experiencias de ese tipo con chicos de su misma edad. Los maoríes no compartían la mojigatería de los europeos. Permitían que sus jóvenes se conocieran antes de decidirse por un compañero para toda la vida. Algunos chicos habían hecho avances con Linda y Carol y conseguido algún contacto fugaz al abrigo de la espesura del *raupo*. Pero el asunto no había pasado de ahí. Las chicas obedecían a Cat, quien les desaconsejaba con insistencia que llegaran demasiado lejos.

—Correría la voz entre los *pakeha*. Hacedme caso, bastaría con que uno de los pastores fanfarronease un poco y perderíais vuestra buena reputación.

La misma Cat había tenido experiencias de esa índole. Después de haber vivido varios años con los maoríes, los decentes habitantes de la ciudad de Nelson, en la que había trabajado a continuación, le habían atribuido unos comportamientos descabellados fruto de su imaginación. Al final, Cat había tenido que huir de la ciudad.

Naturalmente, Linda y Carol no estaban expuestas a ningún peligro, disfrutaban de la protección de la familia de Rata Station. No obstante, Cat preveía que las chicas elegirían antes a los compañeros de sus vidas entre los *pakeha* que entre los ngai tahu. Ninguna de ellas había demostrado seriamente estar enamorada de un joven maorí. Así pues, más les valía respetar las costumbres de los blancos.

Carol también rehusó la invitación con que Oliver había intentado persuadirla de dar un paseo a caballo al claro de luna llena. Soñaba con acompañar a su marido al año siguiente a conducir los rebaños a las montañas, como hacía Cat con Chris.

—Entonces nos amaremos bajo el resplandor de las estrellas —susurró después de que se hubieran besado a una distancia más o menos decente de la casa de Cat y Chris, una sencilla construcción de madera al estilo maorí. Al igual que el jardín de los Butler, también su parcela se inclinaba hacia el río. El Waimakariri serpenteaba a la luz de la luna a través del vasto paisaje de las Llanuras. La exótica silueta de un árbol repollo creaba extrañas sombras sobre el talud de la orilla. Era precioso, aunque no tenía nada en común con Inglaterra—. Será hermosísimo, Oliver. Mucho, mucho más bonito que... que Florencia...

Oliver asentía, aunque menos fascinado. Deseaba a Carol y ansiaba conocer su cuerpo. A la luz de la luna o el sol, bajo las estrellas o bajo el baldaquín de una de las pesadas camas inglesas con que su madre había amueblado la casa señorial de Butler Station. No obstante, siendo sincero, prefería una cómoda cama que una tienda en las Llanuras. Pero era mejor no mencionárselo a Carol. Ya entraría en razón cuando estuvieran casados. A fin de cuentas, a ella le gustaba la aventura. Si su madre y él conseguían que su padre diera permiso para realizar un viaje a Europa como regalo de bodas, Carol no se opondría a ello.

En ese momento volvió a besarla. La presionó contra un árbol y arrimó su cuerpo al de ella. A lo mejor ella cedía y le dejaba abrirle otra vez el corpiño. Mientras Oliver manipulaba los botones, el sonido de voces y cascos se abrió paso en medio de la oscuridad de la incipiente noche.

Carol se libró de él.

—¡Vienen caballos! —exclamó en un susurro—. Y creo...

Sin concluir la frase, corrió por la orilla del río al encuentro de los tres jinetes.

—¡Mamida! ¡Kapa!

Oliver siguió lentamente a su prometida. Sabía que «Mamida» era cómo llamaban Carol y Linda a su madre Ida, para diferenciarla de su segunda madre, Cat, Mamaca. Seguro que no resultaba conveniente perturbar el reencuentro, incluso si Carol no se comportaba como una dama, según la escala de valores de su severa madre Deborah, cuando se acercó a su madre y se lanzó gritando a sus brazos. Con la misma naturalidad abrazó a Karl Jensch, quien no era su padre biológico. En general se consideraba que las relaciones familiares en Rata Station eran muy relajadas. ¡Ya solo por el modo en que las chicas hablaban a sus padres! Mamida, Mamaca y Kapa para el segundo marido de Ida. Sonaba demasiado exótico... e infantil. Oliver ya tenía diez años cuando lo obligaron a cambiar el mami y papi, por madre y padre.

—¿Qué haces aquí de noche sola? —preguntó Ida, una mujer delgada. Se había cubierto con un abrigo de montar ancho para protegerse del fresco nocturno—. Oh..., ¡ya veo que no estás sola!

Al ver a Oliver, la voz de Ida adoptó un tono más severo. En Rata Station se permitían más libertades que en casa de los Butler, pero Oliver sabía que Ida procedía de una familia alemana muy ortodoxa. Encontrar a su hija sola con un hombre a la luz de la luna y en la orilla de un río le resultaría como mínimo sospechoso.

Oliver se inclinó ceremoniosamente.

—Señora Jensch, señor Jensch... Pueden estar seguros de que de ninguna de las maneras he ofendido a su hija.

—¿No? —sonrió Karl Jensch. Era un hombre alto, muy delgado pero fuerte, con un cabello rubio y ondulado que, al igual que su amigo Chris Fenroy, se dejaba más largo de lo habitual. Lo llevaba suelto bajo el sombrero de ala ancha, lo que le daba un aire atrevido—. Entonces debe de tener usted algo que no funciona, joven. ¡Con una chica tan guapa como Carol y a la luz de la luna! Además, ya llevan un par de meses de compromiso, ¿no? ¿Qué es entonces lo que ha estado haciendo aquí fuera sin ofenderla? ¿Contar ovejas?

Oliver se volvió ante la mirada burlona de Karl. Pero recibió ayuda. Carol se estrechó sonriente contra él.

—¡Claro que me ha ofendido, Kapa! —aclaró—. Pero no demasiado... solo lo suficiente.

Oliver intuyó que sonreía. Ida y Karl respondieron a su sonrisa.

—¿Y ahora podemos llegar de una vez? —La voz sonora y cantarina procedía de lo alto. El tercer jinete, mejor dicho, la tercera amazona, no había desmontado—. O sea, llegar a la granja, desmontar, sacar las alforjas, llevar los caballos al establo y entrar en casa. Me muero de hambre.

—¡Mara! ¡Niña, cuánto has crecido! —Carol saludó con el mismo cariño que a sus padres a la muchacha que montaba el caballo blanco—. Ya conoces a mi hermana, ¿verdad, Oliver?

Oliver miró a Margaret Jensch y se quedó sin respiración. Claro que conocía a la pequeña Mara, que siempre había sido una niña muy guapa. Pero ahora... El vestíbulo del White Hart Hotel también albergaba esculturas de diosas, pero ninguna de ellas alcanzaba ni de lejos la belleza de aquella muchacha que, a la luz de la luna y a lomos del caballo, semejaba una aparición. Además, un caballo blanco. Oliver no pudo remediar pensar en un hada al contemplarla.

—En... encantado —dijo sin poder apartar la vista del rostro dulce de Mara, con sus nobles rasgos virginales, el cabello negro y largo y unos ojos enormes bajo unas cejas espesas y oscuras.

Karl miró a Oliver y puso los ojos en blanco. Al parecer se había acostumbrado al modo en que últimamente los hombres reaccionaban ante su hija.

—Entonces cógeme el caballo ahora mismo —pidió Mara con toda tranquilidad.

Ida y Karl condujeron sus monturas a los establos y luego en casa de Chris y Cat se produjo un gran alboroto. Los Fenroy y Linda salieron de inmediato para saludar a Ida y su familia. Mara desmontó y dio a Oliver las riendas como si fuera un mozo de cuadras. No era muy alta, pero iba muy recta y sonreía con seguridad. La muchacha parecía conocer el efecto que obraba en los hombres... y cómo utilizarlo.

3

La bienvenida de los habitantes y propietarios de Rata Station aconteció de forma tan alegre y bulliciosa que a Oliver casi le resultó desagradable. Seguro que su madre habría arrugado la nariz ante tantos abrazos, besos, risas y bromas. Las damas y los caballeros tenían modales más distinguidos. Así que todavía encontró más agradable que Mara se mantuviera algo apartada. La chica se colocó un poco al margen. Si bien no rechazaba los abrazos de sus hermanas y padres de acogida, era como si deseara estar lejos de ahí. Oliver se ofreció a llevar las alforjas de Mara cuando todos se dirigieron a la casa. Pero ella rechazó el ofrecimiento.

—Pueden quedarse fuera, dormiremos en la casa de piedra.

Algo más que Oliver encontraba extraño entre los habitantes de Rata Station. Había dos casas en la granja, de las cuales una casi correspondía a la idea que Deborah Butler tenía de una residencia adecuada para un barón de la lana. Al menos era de piedra, la arenisca gris usual en la localidad. Era un edificio de dos pisos y la colina en que se encontraba ofrecía un bello panorama sobre el río, los terrenos de la casa y el jardín, si es que había algo que pudiera llamarse así. En Rata Station nadie ocupaba su tiempo en cultivar flores. Únicamente había unos pocos parterres para las hierbas curativas y culinarias. Tras fundar la granja, Chris Fenroy había hecho construir esa casa de piedra para su esposa Jane, con quien había vivido allí. Cuando Jane lo había abandonado para irse a vivir con los maoríes, un incidente que había hecho perder literalmente el conocimiento a Deborah Butler, Chris y Cat se habían mudado a la casa de madera, mucho más pequeña, junto al río. Habían cedido la casa realmente señorial a Ida y Karl, y también Carol y Linda tenían ahí su habitación. Así que para Oliver habría sido fácil deslizarse por la noche al dormitorio de su prometida, si ella hubiese querido. El joven sintió una pizca de pesar, pero luego se volvió hacia Mara.

—Luego estaré encantado de llevarte las cosas allí —anunció.

Entretanto, todos habían entrado en la casa de Cat y Chris, iluminada por lámparas de gas, y tomaban asiento en las pocas butacas, sillas y sofás que había allí. Puesto que los asientos escaseaban, Mara se sentó con toda naturalidad en una alfombra de colores tejida a mano. Carol y Linda ayudaron a Cat a improvisar una comida para los recién llegados. Oliver tomó asiento junto a Mara y contempló a la muchacha a la luz de las lámparas, lo que aumentó todavía más sus encantos. Mara Jensch se parecía a su madre Ida más que Carol. Era morena y, por el nacimiento del cabello en la frente, tenía el rostro en forma de corazón, como Ida. Aunque los pómulos de la joven eran más marcados. Ahí se reflejaba el rostro enjuto de su padre. Eso daría a los rasgos de Mara un talante exótico, un carácter casi etéreo y élfico, si no fuera por unas cejas poderosas, bellamente arqueadas, y las largas y oscuras pestañas. Destacaban unos ojos de un verde azulado perturbador, como el mar, no cuando el sol lo ilumina sino cuando proyecta las sombras de las nubes. La muchacha tenía unos labios color cereza y ligeramente carnosos, no tan sensuales como los de Carol y Linda, pero precisamente por ello igual de atractivos.

A Oliver casi le molestó verse interrumpido en su admiración cuando Carol cogió un cojín y se sentó a sus pies. Arrimó con cuidado la cabeza a la rodilla del chico, lo que distrajo la atención que dirigía a Mara. Decidido, apartó la vista de la hermosísima muchacha, aunque demasiado joven para él, y jugueteó discretamente con el cabello rubio de Carol. Cat y Chris, al igual que Ida y Karl, no parecieron darse cuenta de ello. O al menos lo fingieron. Linda sonrió para sus adentros ante la osadía de los enamorados.

Mara parecía hacer tan poco caso a Oliver y su hermana como el resto de la familia. En ese momento solo tenía ojos para los platos de bocadillos que Linda acababa de traer. Era evidente que nunca había oído hablar del principio de que una auténtica dama solo comía como un pajarillo en sociedad. Mara comía con toda naturalidad, mostraba un saludable apetito y además se bebió tres vasos de té frío. Cat había llevado una botella de vino para los adultos, no sin antes echar un vistazo a sus reservas. Ahora lanzaba una mirada enfadada a Carol.

—¡Luego hablamos, señorita! —murmuró, pero pareció olvidar la botella robada cuando Ida abrió su alforja con una sonrisa prometedora.

La misma Ida casi nunca bebía alcohol (en la comunidad de su país estaba prohibido beber vino cada día), pero sabía de la debilidad que sentía Cat por un buen vino. Sacó complacida dos botellas y tendió sin protestar su vaso cuando Karl sirvió.

—Bebámoslo aquí, en el White Hart decían que era especialmente bueno —dijo este—. En realidad, queríamos traer una botella de champán, pero me temo que no habría aguantado el movimiento de las alforjas. —Karl alzó su vaso, miró a los presentes y posó su mirada enamorada sobre Ida—. ¡Por Korora Manor! —dijo.

Ida le sonrió.

—¡Por Korora Manor! —repitió.

—¿Por qué cosa? —preguntó Cat—. Tal vez deberíais explicarnos por qué estamos brindando. ¿Tiene algo que ver con las novedades que mencionas en tu carta, Ida?

Ella asintió.

—¡No tendrías que haber sido tan directo! —riñó a su marido—. Pensaba... pensaba que hablaríamos con calma al respecto. No sabemos qué piensan Cat y Chris acerca de ello, y además...

Karl se encogió de hombros.

—Bah, Ida, no es un drama. Cat y Chris se alegrarán por nosotros, son...

—¿De qué vamos a alegrarnos? —preguntó Cat, y tomó un sorbo de vino.

Ida y Karl se miraron como si quisieran dar al otro la responsabilidad de revelar la novedad.

Mara suspiró provocadora.

—Mamida y Kapa han comprado una casa —informó despreocupadamente.

—¡Mara! —la reprochó Ida.

Mara levantó las manos.

—Mamida, si tenemos que esperar a que lo digáis, hoy no voy a la cama y ya casi me estoy durmiendo. Así que cuéntales de una vez cómo es la casa de tus sueños en Whangarei, y la playa y el jardín y todo eso que tan feliz te hace. —Bostezó sin ambages—. Kapa y Mamida se mudan —se volvió dirigiéndose a Cat, Chris y las mellizas—. Pero yo me quedo aquí. Yo no voy a la Isla Norte. Lo habéis prometido, Mamida, ¿verdad?

Ida suspiró.

—Sí, en efecto, hemos comprado una casa. Pero todavía tenemos que hablar tranquilamente con Cat y Chris sobre dónde te vas a quedar tú —respondió con firmeza.

Cat dirigió una sonrisa comprensiva a su amiga, que esa noche era evidente que se sentía molesta con su hija. Mara estaba en una edad difícil. Todavía recordaba muy bien lo nerviosa que la llegaban a poner Carol y Linda en esa época. Pero el conflicto era ahora fácil de resolver.

—¿Qué podríamos tener en contra de que se quedara Mara? —dijo amablemente—. ¡Esta es su casa!

Karl se mordió el labio.

—Esperamos que sigáis considerándolo así cuando... De eso tenemos que hablar a solas, Cat y Chris.

Cat y Chris se miraron. Ya se imaginaban a qué se refería. Si la casa de Whangarei realmente se ajustaba a los sueños de Ida, no era barata. Así que Karl necesitaría dinero y la mayor parte de su fortuna estaba en la granja.

Cat se enderezó.

—Sean cuales sean vuestros planes —dijo cariñosamente, cogiendo la mano de Ida—, no le afecta a Mara, y tampoco a Carol y Linda. Las niñas son de aquí. Y ahora, ¡cuéntanos, Ida! ¿De verdad queréis dejarnos? ¿Por una casa en una playa en la Isla Norte? La zona del Wangarei está el extremo de la punta norte de Aotearoa, ¿no?

Cat utilizaba el nombre maorí de Nueva Zelanda, al igual que prefería los nombres originales de los ríos, montañas y poblados del país. Encontraba que era una falta de respeto hacia los maoríes que los ingleses hubiesen cambiado los nombres de todo.

Karl movió la cabeza, contento de poder tratar ese tema un poco delicado.

—No. Todavía hay un buen trozo entre Wangarei y cabo Reinga. —Este último era el lugar más septentrional de Nueva Zelanda, un sitio que Cat conocía muy bien gracias a las leyendas maoríes. Según contaban, era el punto de partida de las almas de los difuntos que emprendían el viaje al paraíso, a Hawaiki—. Pero, en efecto, está en Northland. En la costa Este. Nuestra casa está en Russell, lo conocerás como Kororareka, Cat.

Cat asintió. Kororareka era una de las primeras colonias fundadas por los *pakeha* en Nueva Zelanda, pero no había disfrutado de muy buena reputación. Al principio había sido el lugar donde se concentraban marineros, cazadores de ballenas y reos fugitivos, y además también había sido el centro de las revueltas maoríes. En el ínterin, Russell (así llamado por el primer ministro lord John Russell) se había calmado y convertido en una pequeña ciudad en medio del paisaje arrebatador de la bahía de Islas.

—¡Es un sueño! —intervino Ida, mientras su hija menor volvía a bostezar—. Un *cottage* en medio de una pequeña bahía. Con vistas al mar y una pequeña playa de arena. —Los ojos de un azul porcelana de Ida brillaban—. La puesta de sol en el mar es... es...

Karl sonrió.

—Casi tan bonita como en Bahía —completó la frase de su esposa.

Ambos habían llegado a Nueva Zelanda en el bergantín *Sankt Pauli*, pero Ida se había enamorado del clima y la playa de Bahía cuando habían hecho una escala en Brasil. Por aquel entonces, Karl le había propuesto que se quedasen los dos allí, pero la hija dócil y la obediente prometida de su primer marido no se había decidido. En Nueva Zelanda el destino le había deparado el clima lluvioso de la Isla Sur e Ida soñaba con el sol y las playas, hasta que Karl la llevó a sus viajes de trabajo a la Isla Norte. El clima subtropical de Northland, con sus veranos cálidos e inviernos suaves, le gustaba, y al final habían decidido asentarse definitivamente allí.

—Es una casa de piedra natural. Al parecer es el tipo de viviendas que se construyen en Irlanda. El vendedor es irlandés, un sacerdote católico. Formaba parte de los primeros misioneros llegados a Northland, luego ejerció en Russell. Ahora es mayor y se marcha a su tierra, dice, a su antiguo hogar. Quiere morir en Galway.

—¿Se acordará del tiempo que hace allí? —preguntó Chris.

Él mismo había nacido en Australia y llegado con sus padres a la edad de diez años a Nueva Zelanda, donde había trabajado durante un tiempo de intérprete para el gobernador y había tenido contacto con los irlandeses. De ahí que conociera el clima de la isla.

Karl se encogió de hombros.

—Está bastante amargado. La misión maorí no ha seguido el curso que él esperaba. Y los *pakeha* tampoco se comportan como buenos cristianos. En cualquier caso, se va a Europa. Y está muy contento de poder vender la casa, que está maravillosamente bien conservada.

—¡El jardín es fantástico! —tomó la palabra Ida—. El padre O'Toole tenía bancales de verdura, un huerto de plantas aromáticas y muchas flores. Claro que cambiaré algunas cosas...

—Pero al menos no hay que hacer ningún trabajo pesado —observó Karl—. Ida no tendrá que hacer grandes esfuerzos ni fuera ni dentro de casa. Por su tamaño, es un *cottage* a nuestra medida. Un salón, una cocina grande, dos dormitorios y una habitación de invitados; es decir, sitio suficiente por si un días venís a visitarnos todos. —Sonrió hospitalario, aunque sería sumamente extraño que todos los miembros de una familia de granjeros dejasen su granja al mismo tiempo—. Hay incluso un cobertizo que puede transformarse fácilmente en un corral de ovejas y una quesería.

—¿Vas a volver a hacer queso? —preguntó Cat a Ida—. Habíamos convenido en que no valía la pena.

Cuando habían comenzado con Rata Station, Ida tenía una quesería. Pero la habían cerrado al ver que el futuro de la cría de ovejas en las Llanuras se centraba más en la producción de lana.

Ida sonrió feliz.

—Siempre me ha gustado hacer quesos —contestó con modestia—. Más que todo lo demás. Por supuesto no será una gran empresa. Estoy pensando en quince o veinte ovejas como máximo, de las que pueda encargarme yo sola. Y la distribución tampoco representará ningún problema, la casa está cerca de la ciudad. Puedo abastecer a los tenderos de allí o vender yo misma los quesos en el mercado semanal. ¡Será bonito!

Oliver frunció el ceño al ver resplandecer a Ida. ¿La madre de su prometida haciendo quesos y... vendiéndolos en el mercado? Imaginaba muy bien lo que su madre diría de ello.

Cat, por el contrario, se alegraba por su amiga. Sabía que Ida se sentía prescindible en Rata Station desde que ya no tenían ovejas de leche. Pero la granja estaba demasiado apartada para que la producción de productos alimenticios diera beneficios. Chris lo había sufrido en carne propia cuando los primeros años había intentado mantenerse a flote con el cultivo de cereales. Eran las ovejas las que hacían rentable Rata Station.

—Pero ¿vendréis a mi boda? —preguntó Carol. Estaba sorprendida y algo molesta de que su madre se fuera a vivir al otro extremo del país de repente y sin haber hablado antes con ella, que ya estaba habituada a las ausencias de Ida y Karl.

Ida asintió.

—¡Claro! —contestó—. ¡Por nada del mundo nos la perderíamos! Y lo dicho, tenemos espacio suficiente. Para ti, para Linda, para Mara. Por lo visto, a partir de ahora tenéis otro hogar. Siempre seréis bienvenidas en Korora Manor.

—Bien, ¡entonces brindemos por Ida y Karl, por su nueva casa y por su nuevo negocio! —propuso alegremente Chris, volviendo a llenar los vasos de vino.

Mara bostezó de nuevo.

—¿Tenéis algo en contra de que me vaya a la cama? —preguntó—. Hemos estado cabalgando todo el día. Estoy agotada.

—También nosotras —terció Linda, dirigiendo a Carol una mirada significativa.

Oliver había pasado de acariciar suavemente el cabello al cuello de su prometida. Sus dedos habían osado incluso internarse en el escote de la blusa en un momento en que los adultos no prestaban atención. A Carol ya se le habían subido los colores de la excitación. En algún momento, Cat o Chris, Ida o Karl se darían cuenta. Mara observaba a su hermana con una sonrisa irónica. Oliver se pasaba de la raya. Linda creyó que sería más seguro dar por concluido el día en ese momento.

Ida y Cat asintieron.

—Podéis iros tranquilamente —contestó Cat—. Tienes la cama recién hecha, Mara. Y, naturalmente, también vosotros tenéis preparada la habitación, Ida. —Sonrió y dirigió una dulce mirada a Chris—. No es que Chris haya utilizado mucho la casa...

Cat y Chris habían convenido vivir separados y «visitarse» con frecuencia. Chris tenía por esa razón unas habitaciones en la casa principal, pero dormía desde hacía años en casa de Cat.

Oliver se levantó cortésmente cuando las chicas se pusieron en pie. Manifestando pesar, pero muy ceremoniosamente, deseó a su prometida y las hermanas de esta unas buenas noches.

—Pensaba que ibas a traerme las cosas —señaló Mara.

Pasó una mirada significativa entre Oliver y Carol; sus ojos brillaban conspirativos y nada cansados. Mara le lanzaba un cable para que pudieran pasar furtivamente más tiempo juntos.

Sin embargo, Karl enseguida se dio cuenta e hizo un gesto negativo.

—Vale más no tentar al joven —objetó con una sonrisa—. No se lo tome a mal, señor Butler, pero no pienso enviarle con tres chicas a una casa vacía. —Su sonrisa burlona quitó dureza a sus palabras—. Ya te llevaré yo las cosas, Mara —informó a su hija.

Todos rieron la intervención de Karl, pero Oliver se sintió amonestado. Volvió a dar las buenas noches con un hilo de voz, si bien había esperado que le asignaran una cómoda habitación de invitado tras el regreso de los Jensch en la casa señorial. Por el momento, dormía en una especie de cobertizo de madera al lado de la casa de Cat sobre una estera maorí. El cuarto no era más que un trastero que no podía calificarse de habitación para invitados. Pese a ello, Oliver sabía que había habitaciones convenientemente amuebladas en la casa de los Fenroy que incluso casi podrían haber satisfecho las exigencias de su madre. Los Butler solían pernoctar en Rata Station cuando viajaban a Christchurch para participar de las reuniones de criadores de ovejas. Pero ni siquiera la liberal Cat se planteaba que Oliver pernoctase en la misma casa que su prometida, alejado de la vigilancia paterna. El muchacho se disculpó al final con unas pocas palabras y se retiró a su incómodo alojamiento. Los anfitriones no notaron el malestar del joven y le desearon que pasara una buena noche. Cat e Ida tenían mucho de que hablar; el prometido de Carol habría sido allí un engorro. Y Chris Fenroy hizo un guiño de complicidad a Karl Jensch cuando este salió.

—Cuando hayas llevado a las chicas, pasa un momento por el establo. Después de echar un vistazo a los caballos...

Karl asintió y le contestó con otro guiño. Oliver también se percató de esto con extrañeza. Durante sus veladas con amigos y socios, su padre también solía retirarse con los hombres para ofrecerles whisky y cigarros y dejar a las mujeres charlando a su aire. ¡Pero para eso había salas de caballeros! Por el contrario, Chris y Karl iban a reunirse en el establo, posiblemente para compartir una botella como los pastores. Tal vez su madre tenía razón: Chris

Fenroy ya podía ser de la nobleza, y Cat y los otros eran sin duda barones y baronesas de la lana, pero la familia de su prometida no estaba a la altura de esa posición. Carol pronto tendría que ponerse bajo la protección de Deborah.

Para superar su mal humor, Oliver tuvo que hacer un esfuerzo y concentrarse en los apasionados besos de Carol, la blanda redondez de sus pechos bajo sus caricias y el olor suave y floral de su cabello. Y además tuvo que luchar contra la impertinente y, pese a ello, increíblemente sensual hermana menor cuya imagen no dejaba de aparecer en sus pensamientos...

4

En efecto, Chris Fenroy esperaba a Karl Jensch en el establo con una botella de whisky y Karl le sonrió significativamente cuando sacó de la alforja una exquisitez.

—Toma, Single Malta, para celebrar el día. A diferencia del champán, el traqueteo del viaje no le sienta mal.

Chris rio, cerró su botella y descorchó de buen grado la selecta botella.

—¿Todavía puedes permitírtelo después de haber comprado la casa? —bromeó con su amigo.

Karl suspiró.

—Bueno, quería hablar contigo de la financiación —respondió—. Y con Cat.

Chris asintió.

—¿Quieres hipotecar Rata Station? —preguntó impasible.

Karl se frotó las sienes.

—En realidad, no. Pensamos más bien... Chris, me resulta difícil decirlo, sabes que amo Rata Station, la hemos construido juntos. Pero la decisión de mudarnos a la Isla Norte es definitiva.

Chris arqueó las cejas.

—¿Entonces lo dices en serio? ¿Quieres conformarte en el futuro con ordeñar veinte ovejas para Ida? ¿O vas a seguir viajando como topógrafo? Seguro que podrías dedicarte a ello durante años todavía, pero a Ida no le gustaría estar sola en Russell.

Karl tomó un buen trago de whisky de la botella, era tradicional no beber en vaso en el establo. A fin de cuentas, los orígenes de estos encuentros furtivos en la cuadra se remitían al pánico que Chris sentía ante los comentarios mordaces de su esposa Jane. Antes de que ella lo abandonara, huía casi cada noche de ella.

—Ni una cosa ni la otra —respondió Karl—. O más bien las dos. Por supuesto que echaré una mano a Ida. En especial, mientras la quesería todavía esté en construcción. Después me iré de viaje eventualmente, aunque no durante meses, como topógrafo. Eso apenas lo he hecho todavía. Mis últimos trabajos han consistido más bien en... hum... asesorías. Chris, en la Isla Norte la cosa está que arde entre los *pakeha* y los maoríes.

—Pensaba que en Taranaki reinaba la paz —comentó sorprendido Chris.

En la región de Taranaki había estallado dos años antes una guerra entre maoríes e ingleses. El detonante habían sido los desacuerdos acerca de la venta de tierras en Waitara. Los ánimos se habían solivantado por ambas partes y, según opinión de muchos neozelandeses sensatos, los ingleses habían exagerado considerablemente al enviar tres mil quinientos soldados de Australia para combatir a unos dos mil quinientos guerreros maoríes mucho peor armados. Las pérdidas, sin embargo, habían sido equilibradas y al final ambas partes habían llegado a la conclusión de que ninguna podía ganar realmente la guerra. En especial para los *pakeha*, pesaban más las desventajas económicas que los beneficios obtenidos con la guerra. Así pues, se habían alcanzado compromisos y los combates habían cesado. ¿Para siempre?

—En principio —contestó Karl a la pregunta no formulada—. De hecho, siempre hay diferencias en cuanto a la expropiación, venta de tierras y todo lo relacionado con ello. El gobierno sigue confiscando tierras para «castigar» los levantamientos de los últimos años. Con lo cual uno tiene la impresión de que precisamente se rebelaron los propietarios de las mejores tierras... ya me entiendes. Y ahora, además, anda por ahí un predicador que anima a los maoríes a echar a los *pakeha* de sus tierras. La guerra puede volver a estallar en cualquier momento por mucho que el gobierno trate de evitarlo. De ahí que haya bastante necesidad de mediadores, función para la cual yo estoy bien preparado porque vivo en la isla desde hace veinte años y conozco bien las circunstancias. Por eso me consultan tanto maoríes como *pakeha*. Disfruto de una buena reputación y, en fin, también sé un poco de maorí.

Karl sonrió a su amigo. A fin de cuentas, era sobre todo a Chris a quien debía esos conocimientos de la lengua. Fenroy hablaba con fluidez la lengua de los maoríes.

—¿No es peligroso? —preguntó este—. ¿Y si acabas entre los dos frentes?

Karl negó con la cabeza.

—Hasta ahora las cosas se han desarrollado de forma muy civilizada, aunque, por supuesto, se enseñan los dientes. Si acuden a mí es porque quieren ponerse de acuerdo. Creo que como topógrafo he corrido allí más riesgos. Acuérdate de lo que le ocurrió a Cotterell.

Cotterell, un topógrafo con el que Chris había trabajado como intérprete, había perdido la vida en el conflicto de Wairau.

—Y además soy yo mismo quien decide adónde voy y adónde no —prosiguió Karl—. Uno ya sabe qué jefes tribales tienden a actuar de forma irreflexiva. —Se echó a reír—. Y qué funcionarios *pakeha* también. Entre estos los hay mucho peores.

Chris asintió, conocedor de tales casos, y durante unos minutos los dos se dejaron llevar por los recuerdos de estrategas militares iracundos, funcionarios del gobierno ignorantes y colonos pendencieros con quienes habían coincidido durante su trabajo para las autoridades encargadas de la expropiación de tierras.

A continuación, Karl habló de sus últimas aventuras con los ngati hine.

—¿Cómo se paga algo así? —preguntó Chris cuando el tema volvió al nuevo trabajo de Karl—. ¿Podéis vivir de eso?

Karl se encogió de hombros.

—No tan bien como con la cría de ovejas —reconoció—. Pero sumando los ingresos de Ida saldremos adelante. No necesitamos mucho, y ya la conoces a ella: nos dará de comer de lo que produzca el campo y la huerta. Ya está soñando en las mermeladas y *chutneys* que hará, y suspira por un horno donde cocer pan. Esta casa la hace por fin completamente feliz, Chris. Tendrá todo lo que siempre ha deseado: un hogar donde podrá trabajar como antes en Raben Steinfeld, una comunidad en la que podrá integrarse (nada de antiguos luteranos, claro), y Russell cuenta con una bonita iglesia anglicana con sacerdotes simpáticos y un activo círculo de mujeres. Que intercambian más recetas de cocina que citas de la Biblia, si quieres saber mi opinión. Gente buena, nada de santurrones. Ida la querrá. Además está el clima, el mar, la playa y...

—Y tú —completó Chris—. Espero que tú también seas igual de feliz. Volvamos entonces a la financiación. ¿Qué ocurrirá con Rata Station?

Karl bebió otro trago de whisky.

—Quisiéramos venderos nuestra parte de la granja —respondió dando a conocer sus intenciones—. Si es posible. Naturalmente, no queremos arruinaros, nosotros...

Con un gesto de la mano, Chris interrumpió a su amigo.

—Karl, ¡somos barones de la lana! —Rio—. El negocio de la lana florece, los ingleses no dan abasto. Cada año aumentan los ingresos y la mayoría de las inversiones ya están hechas. Aquí se encuentra todo en buen estado, desde los graneros hasta los cobertizos de esquileo. Naturalmente, no tenemos muchos ahorros, tú mismo lo sabes. —Hasta entonces Cat, Chris y los Jensch habían dedicado la mayor parte de sus ingresos a la construcción de la granja y al ganado—. Pero podemos pedir una hipoteca. Los bancos... —Chris frunció el ceño y se irguió—. ¿Qué ha sido eso? —preguntó—. Creo que acabo de ver una sombra. Como si alguien hubiera pasado por delante de la ventana.

Se levantó, descolgó del gancho el farol del establo que ofrecía una leve luz y se acercó a la puerta del establo. No se veía nada. Miró hacia la casa de piedra, donde la luz ya estaba apagada, y hacia la casa de Cat, donde todavía ardía. Seguramente Ida y Cat seguían hablando de mujer a mujer.

—¿Es posible que sufras manía persecutoria? —se burló Karl

de su amigo, cuando este volvió a sentarse todavía con recelo—.
¿O es solo que llevas mucho tiempo sin pasar una noche en el establo? ¿O bien en una tienda? Fuera siempre hay algo corriendo por ahí, Chris. Yo no he visto nada.

—Estás dando la espalda a la ventana... —refunfuñó Chris—. Pero volviendo a los bancos. Eso no supone ningún problema...

Mara Jensch contuvo la respiración. En realidad sabía muy bien cómo moverse con sigilo, ya que había pasado la mitad de su infancia en el poblado maorí y jugado a guerreros y cazadores. Flexible y delgada como era, siempre había sido más sigilosa que Eru. Sin embargo, no había pensado que su padre y Chris estuvieran en el establo. ¿Cuánto iba a durar ese último vistazo a los caballos? Mara pensaba que ya había esperado lo suficiente antes de salir de su habitación, bajar de puntillas la escalera y cerrar la puerta de la casa tan silenciosamente que ni siquiera *Fancy*, la perra, había ladrado. Luego había renunciado a las demás medidas de prevención. Un error, por lo visto.

Por fortuna, Chris no la había descubierto. Sostenía vacilante el farol en el exterior y su padre no había abandonado el establo. Era probable que los dos solo hubieran visto pasar una sombra. Mara se fue relajando cuando Chris volvió a entrar en el establo. Se atrevió entonces a salir de detrás del arbusto de *rata* tras el cual se había acuclillado. Con los sentidos todavía aguzados, se deslizó entre las dependencias de la granja, siempre alerta para afrontar nuevas sorpresas indeseadas. Carol parecía decidida a dejar dormir a su apuesto prometido, pero tal vez era solo una treta y en realidad se encontraban por allí a la luz de la luna.

Mara encontraba que la luna era un fastidio. En una noche cerrada habría sido más fácil escaparse. Si bien, en el fondo, no había ninguna necesidad de escapar corriendo, el poblado maorí todavía estaría allí al día siguiente. Pero Mara no estaba tan cansada como había fingido. Al contrario, estaba totalmente despierta, ¡y no podía ni quería esperar más!

Al final, dejó a sus espaldas tanto las viviendas como las dependencias de Rata Station. Mara dejó de buscar protección a cada paso que daba. Tan rápido como se lo permitía la falda corrió en dirección al poblado maorí. Se conocía el camino con los ojos cerrados, lo había recorrido infinidad de veces y, tal como esperaba, ahí tampoco había cambiado nada. Mara había estado de viaje con sus padres cinco meses. Sabía muy bien que había crecido, que en cierto modo había madurado. Pero en Rata Station todo era como antes y en el poblado de los ngai tahu parecía suceder lo mismo. Mara no sabía si considerarlo enervante o tranquilizador

Al final distinguió los *tiki* que guardaban la puerta del poblado, las estatuas de dioses pintadas de rojo que tan amenazadoras parecían en la penumbra nocturna y que tan familiares le resultaban desde la infancia. Mara pasó entre ellas y entró en el *marae*. Parecía dormido en la oscuridad, las últimas hogueras ya se habían apagado hacía tiempo. Indecisa, deslizó la mirada desde las casas que acogían la cocina y la despensa, pasando por la casa de asambleas y la del dormitorio, hasta llegar a la más retirada, la del jefe tribal. Una nave bonita, adornada con tallas de madera, casi tan grande como el *wharenui*, la casa comunal de la tribu. Te Haitara vivía allí mucho más lujosamente de lo que era habitual entre los ngai tahu.

En general, los jefes maoríes vivían solos en casas relativamente pequeñas. Visitaban a sus esposas solo de forma eventual y con frecuencia en el contexto de ceremonias ancestrales. Pero Jane Fenroy había terminado con esas costumbres cuando se había casado con Te Haitara. Habían tenido que hacer un par de concesiones a su origen *pakeha*. Ella había insistido, entre otras cosas, en vivir con su marido bajo un mismo techo y en criar también allí a su hijo. ¡Jamás había consentido en pernoctar en la casa de la comunidad con los otros miembros de la tribu!

Pero ¿dónde iba Mara a encontrar a Eru esa noche? Con casi quince años se le podía considerar un joven guerrero, y debería estar con sus amigos y no bajo la protección de su madre. Por otra parte, la casa de la comunidad albergaba al menos a diez muchachas jóvenes, todas ansiosas por tener sus primeras experiencias en el amor y, al menos según la opinión de Jane, obstinadas en «pescar al hijo del jefe de la tribu».

Mara había escuchado en una ocasión cómo Cat se burlaba de esos temores. Jane, según su parecer, siempre pensaba como una *pakeha* que sueña con un príncipe azul, mientras que para las chicas maoríes el hijo de un jefe tribal no era un partido por el que valiera la pena molestarse. Ni los jefes de la tribu eran más ricos que el resto de los habitantes del poblado ni el puesto de jefe era necesariamente hereditario. Te Haitara tenía numerosos sobrinos y parientes. La probabilidad de que los habitantes del poblado eligieran como sucesor a su hijo mestizo no era demasiado grande. Y, encima, la esposa del jefe no disfrutaba de ningún privilegio especial. Al contrario, sobre todo en la Isla Norte, donde reinaban costumbres mucho más severas que entre los ngai tahu, más relajados y ya fuertemente influidos por los inmigrantes ingleses, la familia del jefe estaba vinculada a unos rigurosos *tapu* y a grandes limitaciones. Así pues, en esas tribus los matrimonios de la aristocracia se arreglaban, como sucedía también en las familias de la nobleza europea. Así que si había maoríes que se interesaban por Eru, lo hacían porque era un muchacho joven, un buen cazador y muy cariñoso... Mara esperaba que no demostrara esto último a otras chicas. ¡Era sumamente celosa! Y la madre de Eru era desconfiada y terca.

Mara decidió no buscar a su amigo en la casa de la comunidad, sino concentrarse en la vivienda de sus padres. Sería además más seguro, pues el dormitorio común, como los demás edificios, daba directamente a la plaza del poblado. La casa de Te Haitara estaba situada junto a un bosquecillo de hayas y rodeada por una cerca de varas de *raupo*, algo inútil en realidad puesto que Jane no cultivaba ningún huerto ni tenía animales. Mara se apoyó en un árbol y sacó del bolsillo de su traje de montar una pequeña flauta. Con determinación, se llevó a los labios el *koauau*, un instrumento del tamaño de una mano primorosamente tallado, y sopló. Al momento resonó una pequeña y dulce melodía, con cierto parecido a la llamada de un pájaro.

De hecho, el *koauau* se empleaba a veces también como reclamo. Por lo demás, esta flauta se tocaba para dar la bienvenida a los recién nacidos y se decía que su melodía despertaba los recuerdos enterrados. Mara sonrió al pensar en ello. Pero los recuerdos de Eru no debían de estar enterrados después de solo cinco meses. Ella, al menos, se acordaba de todos los detalles de su vida en común.

Cuando sopló la melodía por tercera vez, algo se movió en la casa. Mara distinguió la sombra recia de un joven. Esperaba que llevase el negro y espeso cabello suelto sobre la espalda, Eru estaba muy orgulloso de poder dejárselo crecer para peinárselo con los moños de guerra. Sin embargo, o bien no se había dejado el cabello suelto al acostarse o se lo había vuelto a cortar. Eru se había echado una manta sobre los hombros y no llevaba más que un taparrabos de hebras de *raupo*. El corazón de Mara latió más deprisa cuando reconoció el paso flexible y la alta silueta de Eru.

Volvió a entonar la melodía para señalarle el camino y resplandeció por haberle dado una sorpresa. Te Eriatara la miraba como si no diera crédito a sus ojos.

—Ma... Mara... —titubeó—. *Marama,* ¡la luz de la luna! ¿Estoy soñando?

Mara rio.

—Sigo siendo Margaret. Es una flor, ya sabes. Incluso si aquí no crece. Qué idea más absurda ponerme el nombre de una flor que no crece aquí. Desde luego, mis padres...

Eru la interrumpió.

—No critiques a tus padres, comparados con los míos son inofensivos. ¿Qué haces aquí, Mara? ¿A medianoche? ¿Cuánto hace que habéis vuelto?

—¡Ahora mismo!

La joven tendió los brazos a Eru y él le cogió las manos. El contacto pareció convencerlo de que no estaba soñando y ella le dio valor. Con prudencia, dispuesto a soltarla en cualquier momento, atrajo a Mara hacia sí y colocó su frente contra su frente y su nariz contra su nariz: el *hongi*, el saludo tradicional. Mara lo aceptó de buen grado. Se impregnó del olor de su amigo, una mezcla extraña de sudor con aroma a tierra, propio de un joven guerrero, y el perfume floral de los jabones que su madre Jane insistía en utilizar en casa. Un olor familiar. Mara tuvo la sensación de volver al hogar.

Eru, por el contrario, percibió en ella muchas cosas nuevas. Tras el viaje, todavía flotaba en el cabello de la muchacha el olor a sal y mar. Su piel olía a flores y raíces extrañas y, en cierto modo, su olor corporal había cambiado. La muchacha se había convertido al final en una mujer. El olor de Mara era seductor y estaba tan hermosa como una diosa a la luz de la luna. Eru no pudo evitar recordar la famosa historia de amor en que la flauta *koauau* indica a Hinemoa el camino hacia la isla de su amado. Hinemoa y Tutanetai, otra pareja con el mundo en su contra... Suspiró.

—¿Acabáis de llegar? —preguntó cuando se separaron y el hechizo se desvaneció un poco—. ¿Y has venido enseguida hasta aquí? —Le sonrió—. Estás loca.

Mara se encogió de hombros.

—Ya sé que podría haber esperado hasta mañana. Pero quería verte a ti, no a todo el poblado. Y quería saber si... si todo sigue igual que antes. Si... si todavía puedo...

Eru la cogió de la mano y la condujo al interior del bosquecillo.

—¿No lo has probado con otros chicos? —preguntó con gravedad—. ¿Con chicos *pakeha*?

Mara negó ofendida con la cabeza.

—Claro que no. Te lo prometí. ¿Y tú tampoco...? Ya sé que las chicas de la tribu no besan, pero a lo mejor has hecho otras cosas...

Eru negó con determinación.

—¡Yo también lo prometí! Y cumplo mi palabra. Solo he soñado contigo y en... en el sueño lo he practicado. Aunque...

Mara sonrió.

—Yo también —confesó—. Entonces... ¿lo probamos?

Miró a Eru y le ofreció los labios. Él era más alto que ella, lo que no era habitual en chicos más o menos de su edad. Pero tanto el padre como la madre de Eru eran altos y robustos. Él mismo pronto superaría en estatura a todos los hombres ngai tahu, y siempre había sido más fuerte que los demás chicos. Se inclinó hacia Mara, la rodeó con los brazos y presionó sus labios contra los de ella. Permanecieron así un momento, inseguros de quién era el que tenía que empezar esa costumbre *pakeha*. Luego abrieron los dos las bocas casi al mismo tiempo y de inmediato se fundieron el uno en el otro; juguetearon con las lenguas, explorando la boca del otro, al tiempo que las manos de Mara se deslizaban por la espalda desnuda de Eru y este la acariciaba por encima del traje de montar. Los botones se le resistían, pero Mara se separó de golpe cuando él estaba a punto de arrancárselos.

—¡No me rompas el vestido! —lo riñó, mostrándole acto seguido su mejor sonrisa—. Ha estado bien, ¿no?

—Ha sido... —buscó las palabras correctas—, ¡ha sido celestial! Mucho más bonito que en mis sueños.

—¡Ahora podemos repetirlo más veces! —se alegró Mara.

Volvieron a besarse y pasearon por el bosquecillo cogidos del brazo. Encontraron una puerta lateral en la cerca del *marae* y siguieron el sendero que seguía la orilla del río. Mientras se daban el segundo beso, se bañaban a la luz de la luna.

—Nunca lo haré con otra persona —prometió Mara.

Eru asintió.

—Yo tampoco —afirmó—. Tendremos que casarnos.

Mara rio.

—Es lo que pensábamos hacer de todos modos. ¿O te lo habías pensado mejor?

Lo estudió con la mirada. Ahora podía observarlo con mayor detalle, a la luz de la luna. También él había crecido. Su rostro infantil se había vuelto más anguloso. Eru se parecía a su padre, pero tenía la piel más clara que los maoríes. De su madre había heredado los ojos verdes, lo que le daba un aire exótico. Tenía un cabello espeso y negro, pero Mara no se había equivocado al verlo: ya no llevaba los moños de guerrero.

—¿Qué ha pasado con tu pelo? —preguntó—. Pensaba que te lo dejabas crecer.

Eru resopló.

—Mi madre —murmuró—. Cada día me ponía de los nervios: «Eric, un chico no ha de tener el aspecto de una niña. ¡La gente se burlará de ti!»

Imitó perfectamente a su madre, pero no era divertido. Había un deje de tristeza en la voz.

—¿Quién iba a burlarse de ti? —se sorprendió Mara—. Los otros chicos también se dejan el pelo largo. Bueno, casi todos, algunos lo único que quieren es ser *pakeha*...

Las tribus de la Isla Sur cada vez asimilaban más las costumbres de los inmigrantes blancos. Si no se celebraba una ceremonia importante, la mayoría de los ngai tahu solía llevar indumentaria occidental, simplemente porque era de mayor abrigo y encajaba mejor con el clima de las llanuras de Canterbury. Casi todo el pueblo de Te Haitara renunciaba también a llevar el *moko*, el tatuaje tribal que todavía era obligatorio diez años antes. Muchas chicas se trenzaban el cabello y los chicos se lo cortaban. Sin embargo, esto todavía no se había desarrollado tanto como para que los peinados tradicionales se convirtieran en motivo de burla. Precisamente, los guerreros jóvenes se sentían orgullosos de los moños tradicionales.

—No los *pakeha* del *college* —respondió Eru—. Por aquí ha estallado ahora una especie de guerra, Mara. Mis padres están discutiendo acerca de si he de ser *pakeha* o maorí. O ambos, si es que algo así es posible. Están de acuerdo en que un día seré el sucesor de mi padre. Pero para mi padre, la tribu y la dignidad de jefe tribal se sitúan en el punto central, mientras que mi madre me ve de presidente de la Unión de Criadores de Ovejas. Un «mediador entre las dos culturas», lo llama, una expresión que aquí nadie entiende. ¡Tiran de mí por todas partes, Mara! Los hombres de mi padre me enseñan a tallar lanzas y hacer mazas. Mi madre lo encuentra superfluo, pues no cabe duda de que los fusiles son más efectivos. Naturalmente, en eso tiene razón. Los ingleses han conquistado la mitad del mundo sin bailar ni siquiera un *haka* antes de un combate.

Mara no pudo reprimir la risa. Había notado la presencia militar en toda la Isla Norte, aunque muchas de las tropas que participaron en la guerra de Taranaki habían vuelto a Australia. Encontró divertida la idea de que los casacas rojas se pusieran a bailar una danza antes de combatir.

—¡No te rías, va en serio! —protestó Eru—. Y encima mi madre opina que la guerra está anticuada. Al final será la economía la que domine el mundo, dice, y cree que en lugar de aprender a luchar tengo que ir a la universidad a estudiar teorías económicas. Así podría dar impulso a la cría de ovejas y la tribu ganaría dinero y consideración... Y bien, quien tiene dinero y disfruta del respeto de los demás no necesita emprender ninguna guerra. Tampoco se equivoca en eso. Es solo que yo...

—¿Qué es lo que tú quieres, Eru? —le preguntó con dulzura Mara—. ¿Ir a la universidad?

Los dos se habían sentado en una extensión de arena junto al río y miraban al Waimakariri brillando al claro de luna. Mara se estrechó contra su amigo y él la abrazó para protegerla del frío nocturno. Sin embargo, con el torso desnudo tenía más frío que ella con el traje de montar.

Eru volvió a suspirar.

—En realidad, no —respondió—. Por otra parte quiero hacerme respetar. Y veo cómo la Unión de Criadores de Ovejas trata a mi padre cuando acudimos a sus reuniones.

Te Haitara odiaba las reuniones de Christchurch, pero Jane insistía en representar allí la empresa de cría de ganado de su tribu. Los criadores se burlaban del poblado llamándolo Maori Station o, a espaldas del jefe, Iron Janey's Station, la granja de la Jane de Hierro.

—Si tuviera una licenciatura me aceptarían —señaló Eru—. ¡Lo que yo no quiero es ir a Inglaterra! Incluso si ahí puede estudiarse Economía y aquí no.

En rigor, no se podía estudiar nada en Nueva Zelanda. Estaba previsto fundar universidades en Christchurch y Dunedin, pero en principio solo había una Medical School en Christchurch. Eru no tenía el menor interés en la Medicina. De la nueva generación de Rata Station, a Linda sí le habría encantado estudiar Medicina.

Mara le cogió la mano para consolarlo y jugueteó con sus dedos.

—¿Cuánto conocimiento en economía se necesita para administrar una granja de ovejas en las llanuras de Canterbury? —preguntó pragmática—. No sabía que ninguno de los barones de la lana hubiese estudiado a Adam Smith.

Los escritos del economista Adam Smith eran la Biblia de Jane. No solo Eru, sino también los demás alumnos de la escuela del poblado, y con ellos Mara, Carol e incluso Linda, habían crecido oyendo sus teorías.

Eru se encogió de hombros.

—Yo creo que es más importante aprender todo lo que sea posible acerca de las ovejas —contestó.

Mara asintió.

—Pues entonces trabaja un año para los Deans o los Redwood —sugirió—. O para los Warden en Kiwad Station, es una granja enorme, de donde viene el perro de Carol. Y luego vas un año a la universidad a Christchurch o Dunedin. También se puede estudiar algo allí, ¿no?

Eru se encogió de hombros.

—A lo mejor en alguna escuela privada. Mi madre habla a veces de Wellington.

—Wellington... —Mara reflexionó. Dudaba en expresar la atrevida idea que acababa de ocurrírsele—. Acabamos de estar ahí. Una ciudad muy moderna, seguro que hay un *college*, ¡y seguro que también hay escuelas para chicas! Eru, si se lo pido a mis padres, a lo mejor... podríamos ir los dos a algo así como una universidad. ¡Nos podríamos marchar juntos a Wellington! ¿Te gustaría?

Eru hizo un gesto de indiferencia.

—Contigo me iría a cualquier parte —respondió, aunque sin demasiado entusiasmo.

Mara, por el contrario, estaba emocionada. Cuanto más pensaba en Wellington, más genial le parecía su plan. Estaba decidida a casarse con Eru. En realidad, era lo que siempre había querido, pero desde que se habían besado por última vez, las pocas dudas que le quedaban se habían desvanecido. Pese a ello, tenía claro que los dos eran todavía muy jóvenes para comprometerse. Sus padres nunca lo permitirían e incluso si se escapaban... Mara se había informado: hasta que no cumplieran como mínimo diecisiete años, no tenían ninguna posibilidad de salir airosos. Mara y Eru tenían que emplear los próximos años de una forma inteligente.

Eso para Eru no representaba un problema. Hasta entonces, Mara había supuesto que él se quedaría en el poblado maorí, simplemente acabando su formación de guerrero. Todavía no había pensado demasiado en su propio futuro. A diferencia de Carol y Linda, nunca se había interesado por labores específicas en Rata Station. Ni sabía instruir a los perros, ni traer corderitos al mundo. Pese a ello, siempre había realizado bien las tareas rutinarias de controlar las cercas, conducir los rebaños o ayudar en los cobertizos de esquileo, aunque en el fondo no le gustaba hacerlas. Por suerte, sus padres estaban demasiado ocupados para no investigar por qué su hija quería quedarse a toda costa en la granja en lugar de marcharse con ellos a Russell. Cat plantearía esa pregunta en algún momento y entonces Mara no tendría una respuesta que dar. Por el contrario, si proponía a su familia asistir a una escuela de chicas para adquirir la preparación para ir a la universidad...

Mara podía imaginarse que Ida y Karl estarían encantados de que su hija quisiera seguir estudiando. Siempre se habían lamentado de que la gruñona miss Foggerty nunca hubiera conseguido fomentar el aprendizaje en las niñas. Ellos habían disfrutado estudiando, pero habían tenido que dejar la escuela rural de Mecklemburgo a los trece años. Luego habían seguido formándose todo lo que les permitía vivir en un país que todavía no estaba desarrollado y trabajar en una granja al mismo tiempo. Y, por supuesto, habían compartido de buen grado los gastos de la profesora privada de los niños que Jane había contratado. Si aunque fuera tarde eso daba sus frutos e iba unido a que su hija se sintiera atraída por la Isla Norte... El arte de persuasión de Mara no tendría que superar ninguna dura prueba.

En el caso de Eru, la cosa pintaba distinto. Te Haitara enviaría a su hijo a la Isla Norte de mala gana. La mayor parte de las tribus maoríes de esa zona estaban enemistadas con los ngai tahu. De ahí que Eru no podría establecer casi contacto con otros nativos. Tendría que concentrarse en sus compañeros de escuela *pakeha*. Lo que, de nuevo, a Jane le parecía estupendo... y a Mara. En un internado de Wellington no había ningún peligro de que su amigo se rindiera a los encantos de una extrovertida chica maorí.

—¡Pues entonces hagámoslo así! —dijo tras pensar unos minutos—. Solo tienes que plantearlo hábilmente. Tu madre no tiene que enterarse de que yo también voy a Wellington. Lo mejor es que tú vayas primero y que yo espere hasta que mis padres se hayan mudado. Luego les escribiré diciéndoles lo mucho que me aburro en Rata Station y de repente se me ocurrirá la idea de Wellington. —Sonrió traviesa.

Eru, por el contrario, la miraba horrorizado.

—¿Que me vaya yo primero solo a la Isla Norte? ¿Vamos a separarnos otra vez? ¿Por cuántos meses?

Mara se encogió de hombros.

—Bueno, no se puede empezar en medio del curso. ¡Por eso todavía tardarás tres meses como mínimo hasta poder irte a Wellington, Eru!

Viajó con el pensamiento a un largo y caluroso verano durante el cual se marcharía todo lo que fuera posible de Rata Station para estar con Eru.

El joven se frotó la frente.

—Hagamos otra prueba con el beso —señaló cuando Mara daba muestras de finalizar de mala gana el encuentro—. A saber cuándo podremos volver a intentarlo.

Mara le ofreció solícita sus labios. Y ambos se unieron en un largo y dulce beso que hizo vibrar todo su interior.

—A ver, probar —dijo sin aliento al concluir—, lo que se dice probar, ya no nos hace más falta. Si hubiera licenciatura en besos, ¡nosotros ya la habríamos conseguido!

5

Jane, de soltera Beit, de «divorciada» Fenroy y ahora condenada a un apellido maorí que nadie, salvo su siempre amante marido, podía tomarse en serio, había oído el grito del pájaro que hizo salir de casa a su hijo. Pero no le concedió ninguna importancia. Jane no escuchaba los trinos de los pájaros y tampoco se interesaba por las melodías que entonaban los dotados músicos de la flauta *koauau*. Lo único que conseguía entusiasmar a Jane era la dirección de la cría de ovejas del poblado, y eso que ni siquiera le gustaban tales animales. Le había gustado más la fuente de ingresos que originalmente había explotado para los ngai tahu: una manufactura de remedios naturales y amuletos que ofrecía unas ganancias calculables, inversiones previsibles y un crecimiento garantizado. Hacía décadas que los colonos acudían en masa a Nueva Zelanda, pero entre ellos no había médicos. Por consiguiente, la gente de las granjas, de las estaciones balleneras y los bancos de focas, arrebataban los medicamentos de las manos del vendedor ambulante que los distribuía por cuenta de Jane.

Cuando se difundió su efectividad, la tribu habría podido aumentar la producción enormemente. Por desgracia, los *tohunga*, los ancianos y mujeres sabias de la tribu, no apoyaron la iniciativa. Para ellos, esas tinturas para combatir la tos y las enfermedades intestinales no eran simples mezclas de hierbas e infusiones de bayas. Llevaban también en su interior el espíritu de los dioses, que debía conjurarse con ceremonias especiales antes de confeccionar el remedio y durante su elaboración. Todo eso precisaba de mucho tiempo y por lo visto los espíritus no siempre estaban libres. En cualquier caso, los esfuerzos de Jane por ampliar el negocio fracasaron sin remedio. A continuación invirtió las ganancias en las ovejas, unos animales que los *pakeha* habían introducido en Nueva Zelanda y, como consecuencia, no había una estrecha relación con los espíritus locales.

Los *tohunga* mantuvieron las distancias con la cría de ovejas. Pero los ngai tahu demostraron tener un don natural para el trato con los animales. El plan de Jane salió bien y la tribu se enriqueció. Eso hizo feliz a Te Haitara, su marido. Por fin había hecho las paces con el «espíritu del dinero», a quien su pueblo le había pedido que invocase cuando había conocido las ventajas del estilo de vida *pakeha*.

El lugar de Te Haitara como jefe tribal no se ponía en cuestión mientras ofreciera a los miembros de su tribu la posibilidad de cumplir sus deseos. Puesto que estos solían reducirse a tarros, telas, armas de caza y aparejos de pesca, siempre quedaba lo suficiente para invertir en caso necesario en la cría de ovejas. También Jane podría haberse dado por satisfecha. Pero no lo estaba, tenía sus razones para estar dando vueltas en la cama inquieta mientras su marido dormía a su lado como un niño.

Jane no tenía bastante con una granja que funcionaba bien y unos ingresos abundantes. Ansiaba tener los mejores animales, los vellones más valiosos y los rebaños más grandes. Naturalmente, de ahí surgían ingresos más elevados que luego podía volver a invertir. Jane acariciaba la idea de invertir en las minas de la costa Oeste o en la construcción del ferrocarril. En la costa Oeste se había encontrado carbón, en la Isla Norte se planificaba la vía férrea. Las posibilidades de hacerse rico en Nueva Zelanda invirtiendo hábilmente eran múltiples. Su padre ya lo había sabido, pero no había acometido la empresa de forma inteligente. Jane estaba decidida superar a John Nicolas Beit desde todo punto de vista. ¡Quería demostrar de lo que era capaz la hija a quien él nunca había tomado en serio!

El problema consistía solo en que Te Haitara y sus hombres no manifestaban el menor interés por el empeño de Jane. De hecho no entendían sus esfuerzos por aumentar el número de rebaños, proceder con más cuidado en la selección y reducir costes, por ejemplo formando a esquiladores propios en lugar de recurrir a las cuadrillas ambulantes.

—Pero si somos ricos, Raupo —le respondía Te Haitara. Raupo era el apodo de Jane. Él la encontraba tan flexible, polifacética e inteligente como los espíritus que habitaban en los juncos—. Podemos tener todo lo que queramos.

El jefe simplemente no comprendía que para Jane ganar dinero era una diversión y competir, un placer. Por eso tampoco entendía por qué todo el rato rivalizaba con Cat Rat y Chris Fenroy. Él mismo consideraba amigos a sus vecinos. No se daba cuenta de que tenían más ovejas y que la granja rendía más beneficios. Y con toda seguridad no iba a emularlos, lo que sacaba de quicio a Jane.

—Haitara, tenemos veinte chicos que no hacen más que agitar las lanzas y conjurar no se sabe qué espíritu de la guerra, aunque aquí no hay ningún enemigo. Y tenemos además a las mujeres y los ancianos. Podríamos emplear al menos a cincuenta personas en la granja. ¡Cat y Chris tienen el doble de ovejas y las manejan con solo cinco empleados! ¿No puedes conseguir que la gente trabaje cada día y no solo cuando les apetece?

Ante tales estallidos, Te Haitara únicamente podía negar con la cabeza. No consideraba perezosos a los miembros de su tribu. Arrimaban el hombro cuando había trabajos importantes, y las mujeres y muchachas que habían elegido como tarea principal cuidar de las ovejas las llevaban a pastar al prado y las reunían para el esquileo. Por otra parte, pocas veces se tomaban la molestia de separar, por ejemplo, a carneros y ovejas madre. Se alegraban de que nacieran corderos, ya fueran engendrados por un animal de menor valor destinado al matadero o por un cordero que hubiese sido premiado. Por ello consideraban superfluo mantener las cercas intactas. Los hombres solo se preocupaban periódicamente de cuidar la valla que rodeaba el *marae* para mantener las ovejas fuera.

El pueblo de Te Haitara encontraba horribles los cobertizos de esquileo (unas naves amplias que permitían a las cuadrillas de esquiladores trabajar cómodamente cuando hacía mal tiempo). Los *tohunga* se negaban a bendecirlos con las ceremonias habituales, como sí hacían con otros edificios. Afirmaban que los espíritus no se sentían bien allí. Cat, a quien Jane pidió consejo muy a pesar suyo, respondió encogiéndose de hombros.

—Las ovejas tampoco se sienten bien allí —dijo. El esquileo siempre era un acontecimiento traumático para los animales. Los esquiladores las manejaban sin la menor consideración—. Un cobertizo de este tipo no es, desde el punto de vista espiritual, un buen lugar. Por otra parte, queremos vender la lana y las ovejas no pueden ir por ahí todo el verano con esa masa de pellejo. Tienes que intentar explicárselo a los ancianos. A lo mejor hay un encantamiento con el que pedir perdón al espíritu de los animales. Es algo que también se hace al cazar o pescar.

Jane había rechazado tal propuesta horrorizada. ¡Solo faltaría que el esquileo se demorase porque había que apaciguar con cánticos interminables a vete a saber qué espíritu! Prefirió dedicarse a convencer a su esposo. A esas alturas seguía habiendo un cobertizo de esquileo en Maori Station. En Rata Station había tres.

Cat y Chris tenían los mejores animales de cría y los mejores contactos, por supuesto. Acababa precisamente de llegarles un magnífico carnero romney de los Butler. Justo el material de crianza que a Jane le faltaba en su rebaño. Y eso era también lo que le impedía dormir esa noche. Al día siguiente iría a ver a Cat y Chris y les pediría que le dejaran cruzar un par de sus ovejas madre con el carnero. No se arriesgaba a recibir ningún desaire. Al contrario, Cat y Chris eran los vecinos más amables que uno pudiera imaginar. Siempre se mostraban dispuestos a colaborar con Jane cuando se trataba de subir o bajar los animales a las montañas, con los programas de cría, la organización del esquileo y el transporte de los vellones. Por eso Te Haitara era todo elogios hacia ellos, aunque Jane encontraba que se comportaban con soberbia. Por la mañana, cuando fuera a doblegarse ante Cat, seguro que ella le preguntaría por su hijo, por los planes y proyectos de futuro de Eru. Te Haitara consideraba que lo preguntaba por amabilidad, Jane lo interpretaba como una indirecta. Cat también había crecido entre culturas. Unos la habían injuriado por ser una maorí blanca y otros por ser una traidora *pakeha*. Quizá por eso su interés y comprensión hacia Eric eran sinceros, pero puede que tal vez solo esperase ver fracasar los ambiciosos planes que Jane había trazado para él.

Las cavilaciones de Jane pasaban del tema del carnero a los estudios universitarios de Eru, cuando creyó oír que alguien abría y cerraba la puerta de la casa. Casi sin hacer ruido, pero ahora también oía pasos en el recibidor. Por un instante se asustó y creyó que se le iba a parar el corazón, pero luego se impuso la fría razón. En medio del *marae* estaba segura, nadie iba a entrar en la casa de un jefe maorí. Así que solo podía ser...

Se puso en pie decidida, encendió una vela y salió del dormitorio. Eric, su hijo, se estaba acostando en ese momento en la estera.

—¿Dónde estabas? —inquirió con aspereza—. ¡Me has dado un susto de muerte!

Eric se frotó la frente avergonzado.

—Ha sido sin querer —se disculpó, aunque estaba convencido de que nada ni nadie podía atemorizar a su madre en este mundo—. Es que... no podía dormir. Hay luna llena.

—¿Y? ¿Desde cuándo eres lunático? ¿Qué ha sucedido, Eric? ¿Una reunión secreta? ¿Hay algún ritual iniciático o jueguecito de guerreros o lo que sea de lo que yo deba tener conocimiento?

Eric negó afligido con la cabeza. A veces ocurría que un *tohunga* reunía a jóvenes guerreros para salir a caminar con ellos. Jane siempre intentaba oponerse cuando convocaban a Eru. Hasta el momento, Te Haitara siempre se había puesto de parte del chico, pero para este era un fastidio tener que luchar por todo lo que para sus amigos era algo que se daba por descontado.

—No ocurre nada. Solo quería tomar un poco el aire. —Sonrió—. Hablar con los dioses...

Jane puso los ojos en blanco. No le gustaba nada que Eric hubiese crecido con las creencias de los maoríes. Si hubiese habido una escuela misionera en los alrededores, habría preferido enviarlo allí en lugar de exponerlo a las influencias de la espiritualidad de los nativos. Pero a su marido tampoco le molestaba conjurar de vez en cuando a algún que otro espíritu. Así que mientras Eric no exagerase...

—¿Y qué han dicho? —preguntó enfurruñada.

—Yo... hum... creo que a lo mejor sí me gustará ir a la universidad...

A Jane se le demudó el semblante.

—¿En serio, Eric? ¿Te lo estás pensando? ¡Esos espíritus por fin han sido sensatos! Es maravilloso, hijo mío, ¡no te arrepentirás! Pero ahora tienes que dormir, mañana irás a seleccionar qué ovejas son las adecuadas para el carnero de Butler. Y yo también necesito dormir un poco. No estás del todo equivocado con lo de la luna llena... No hay manera de estar tranquilo.

Contuvo el impulso de tapar a su hijo, casi un adulto. Se había quitado un peso de encima cuando volvió a acostarse junto a su marido. Si al menos se resolvía el problema de Eric...

Jane se durmió feliz en cuanto apoyó la cabeza sobre la almohada.

Eru permaneció un poco más despierto. También él estaba muerto de cansancio, pero de buen humor tras el encuentro con Mara y del susto, al creer que su madre lo había descubierto. Por último soñó dulcemente con besos a la luz de la luna. Ahí y pronto en Wellington...

Mara podría haberse dado una bofetada, pero al regresar a Rata Station cometió el mismo estúpido error que cuando se había marchado. Pasó de nuevo junto a la cuadra sin tomar precauciones, y en esta ocasión no salió tan bien librada. De hecho, tropezó directamente con un tambaleante Chris Fenroy. Acababa de alumbrarle a Karl el camino a la casa de piedra y había vuelto a la cuadra para recoger la botella y dejar el farol en su sitio. A la mañana siguiente, cuando los trabajadores de la granja llegaran, no tenían por qué ver que había habido una celebración allí. Por lo general, era el primero en llegar al establo, pero después del whisky que habían bebido esa noche no se hacía muchas ilusiones para el día siguiente. Cuando se topó con Mara, se puso sobrio de golpe.

—¡Mara! ¿Qué haces aquí? Si antes no te tenías derecha de lo cansada que estabas... Pensaba que llevabas horas durmiendo.

Ella se mordió el labio.

—Y... y lo estaba... —afirmó—. Pero luego me he despertado y me apetecía tomar un poco el aire. Está muy bonito, con la luna llena.

Chris la miró con el ceño fruncido.

—¿Te has vuelto a poner el traje de montar y las botas para tomar un poco de aire en el jardín? —preguntó con gravedad—. ¿Y desde cuándo te interesan a ti las románticas noches de luna llena? Bueno, si se hubiera tratado de Carol con su Oliver... Pero ¿tú? ¡Dímelo, Mara! ¿Dónde has ido?

Mara reflexionó sin encontrar un pretexto creíble. Chris tenía razón. Estaba en casa. Si realmente hubiese querido salir a tomar el fresco, se habría puesto un chal sobre el camisón.

Chris paseó la mirada por el cabello alborotado y el rostro despierto de la joven. Seguro que todavía no se había metido en la cama. Y ese repentino amor por las noches de luna... Chris suspiró. Ya hacía medio año que se lo veía venir.

—¿Has estado en el poblado maorí, Mara? —preguntó—. ¿Has estado con Eru?

La joven sacudió enérgicamente la cabeza, pero cualquiera se habría dado cuenta de que sentía que la habían pillado in fraganti.

—Solo he estado...

—Mara, sabes perfectamente que esto puede meterte en un buen lío. O mejor dicho, puede meter en un buen lío a tu amigo. En lo que a ti respecta, es obvio que todavía eres demasiado joven, tus padres no estarán muy contentos... ¿Qué habéis estado haciendo, además? ¿Karl e Ida tienen que ir haciéndose a la idea de tener nietos?

Mara volvió a negar con la cabeza, esta vez escandalizada.

—Solo nos hemos besado —admitió.

Chris cogió una buena bocanada de aire.

—Bueno, eso pasa —musitó—. ¿No quería nada más el chico? No me extrañaría con todas las demás chicas del poblado. Está muy desarrollado... ¿O es que Jane lo encierra en el cuarto de la escoba cada noche?

Mara sonrió pese a toda su contrición. Chris puso una mueca triunfal. Había dado en el clavo.

—¡Eru no tiene relaciones con ninguna otra chica! —respondió convencida Mara—. Nos hemos prometido... ¡Nos casaremos!

Chris se llevó las manos a la cabeza.

—¡Tienes quince años, Mara, y él catorce! Antes de pensar en casaros tendrá que correr mucha agua por el Waimakariri. Y como os descubra Jane... Mara, ¡bastante difícil lo tiene ya ese chico! Si ahora se lía con una *pakeha* todavía se verá más presionado.

—¿Y qué tengo yo de tan malo? —se enfadó Mara—. De acuerdo, no soy una princesa maorí, pero sí que soy como una baronesa de la lana. En cualquier caso, no una chica que no se sabe de dónde ha salido. En cuanto a la dote... un par de ovejas me daréis, ¿no?

Chris sonrió.

—Tendrás tantas ovejas como Carol, si quieres —dijo amablemente—. Y eres una muchacha estupenda de casa bien, comparable a cualquier princesa. Ya ahora a los hombres se les ponen los ojos como platos cuando te ven. Antes, cuando desmontaste, Oliver se quedó pasmado. En dos años todos los jóvenes en edad casadera entre Christchurch y Australia llamarán a tu puerta.

Mara frunció el ceño.

—¿Y por qué no voy a poder casarme entonces con Eru? No ahora inmediatamente, pero sí dentro de dos o tres años. Jane y Te Haitara... ¿qué quieren?

Chris suspiró.

—Ese es justamente el problema, ni ellos mismos lo saben. Y mientras no sepan lo que quieren de su hijo y para su hijo, Eru no puede hacer nada correctamente. Tú tampoco, Mara. ¡Así que mantente apartada!

6

Jane se arregló con esmero al día siguiente, antes de partir mortificada hacia Rata Station. En el poblado maorí solía ir vestida como las mujeres de los nativos. Ahora, en primavera, combinaba una sencilla falda marrón con una prenda superior tejida con los colores de la tribu. A Te Haitara le encantaba cómo se perfilaban ahí debajo sus pechos turgentes, ya que las maoríes no llevaban sostenes ni corsé, naturalmente. A esas alturas, Jane también renunciaba a este último cuando en Christchurch se probaba trajes y vestidos según la última moda inglesa. Lo hacía a veces, cuando tenía prevista una visita a la ciudad, y Te Haitara pagaba sin poner objeción ninguna, como pagaba para satisfacer los deseos de los miembros de la tribu. Jane se preguntaba a veces si después de todos los años que llevaban viviendo juntos todavía no sabía contar. De lo contrario ya hacía tiempo que debería haberse dado cuenta de que sus modistas costaban más dinero de lo que valía comprar tela para todas las demás mujeres del poblado. Ella siempre tenía preparada una buena explicación sobre por qué valía la pena ese gasto, a fin de cuentas negociaba con comerciantes de lana y otros propietarios de granjas de ovejas y quería tener el aspecto adecuado. Pero Te Haitara nunca le pedía explicaciones.

Jane se había puesto su vestido de paseo nuevo, una elegante creación en verde oscuro con una falda ancha, aunque sin crinolina. Esta, de todos modos, le habría parecido muy poco práctica. La falda y el cuerpo estaban adornados con un cordón negro, gracias al cual el vestido todavía tenía un aspecto más distinguido. El contorno insinuado de un bolero daba un aire más suelto al severo corte. Ya hacía años que Jane había dejado de luchar contra su figura. Le gustaba comer y se le notaba. Esto siempre había reducido sus posibilidades de éxito con los hombres *pakeha*. Te Haitara, por el contrario, se había enamorado al instante de ella. Correspondía al ideal de belleza maorí en todos los aspectos. Habitualmente, ella ni siquiera se molestaba en recogerse el espeso cabello castaño, lo llevaba suelto, sujeto solo por una cinta ancha y bordada en la frente. No obstante, se había peinado para la visita de ese día, con el cabello recogido en un moño alto que todavía la hacía parecer más alta.

Te Haitara pareció no entender cuando la vio marcharse así de elegante. Jane, que ya llevaba toda la mañana irritada, solo esperaba que le preguntase si se había puesto guapa para Chris Fenroy. Te Haitara y Chris Fenroy eran viejos amigos, pero el jefe tribal todavía no podía comprender por qué Chris se había separado tan complacientemente de Jane. A Te Haitara le parecía inconcebible que alguien no amara a Jane y eso a veces le provocaba un poco de celos. Por otra parte, conocía bien a su esposa. Por el humor que tenía, era mejor no darle ninguna razón para estallar.

Te Haitara mantuvo la boca cerrada, al igual que Eru. El joven llevaba la indumentaria tradicional de guerrero. Aprovecharía la ausencia de su madre para visitar con los demás compañeros y su instructor un par de lugares de los alrededores que eran *tapu* desde hacía siglos. En algún momento se había derramado sangre allí y los hombres iban a meditar. Tenían que impregnarse de la espiritualidad del lugar y potenciar sus propias fuerzas.

El plan no era especialmente del agrado de Jane y, pese al vestido nuevo, estaba de mal humor cuando por fin llegó a Rata Station. Se dirigió por instinto a la casa de piedra (aunque sabía que Cat vivía en la vieja cabaña de madera) y se encontró cara a cara con Ida Jensch. Estaba colgando vestidos, trajes de montar y camisas en el tendedor. Lo primero que había hecho tras el viaje era la colada.

—¡Jane! ¡Qué alegría verla! —Ida sonrió amablemente, aunque algo sorprendida de ver a la ex esposa de Chris.

—El placer es mío —respondió tensa Jane, mirando con desprecio el gastado vestido de casa de Ida. Llevaba esa prenda desde hacía años y nunca parecía envejecer ni engordar.

En realidad, ninguna de las dos estaba contenta de volver a verse. Habían convivido unos años en Rata Station como vecinas y no sentían el menor interés la una por la otra.

Y entonces a Jane se le ocurrió una desagradable idea. Si Ida había vuelto, también su hija Mara habría regresado. Eso arrojaba tal vez una luz distinta a la salida nocturna de Eru.

—¿Cuándo regresaron? —preguntó Jane.

Ida se colocó el cesto de la ropa bajo el brazo y se dispuso a volver a la casa.

—Ayer por la noche —respondió—. ¿Quiere entrar a tomar un café? O no, claro, usted bebe té, ¿verdad?

Jane se mantenía fiel a las antiguas tradiciones inglesas. Ida lo sabía.

De repente Jane tuvo prisa por volver a casa.

—Ni lo uno ni lo otro —contestó—. Solo quería hablar un momento con Cat. ¿Dónde está?

Ida se encogió de hombros.

—Supongo que en los cobertizos. Hoy terminan los esquiladores. ¿No van después con ustedes? En cualquier caso, Cat y los otros están reuniendo los rebaños para subirlos a las montañas. ¡Pase por ahí! Ah, y ya que va, llévese esto. He hecho pasteles.

Antes de que Jane hubiese encontrado algún pretexto para evitarlo, Ida se había metido en casa para salir un momento después con una gran cafetera de hojalata y un cuenco enorme de apetitosas y aromáticas magdalenas.

—Un pequeño refrigerio para los trabajadores —explicó—. ¿Podrá llevarlo todo? Espere, iré a buscar un cesto...

Jane se enrabietó al verse degradada al rango de mensajera. Además, el cesto no era precisamente ligero. Cuando perdió de vista a Ida, lo colocó encima de un tocón y se permitió coger una magdalena. Había que reconocérselo: Ida era una excelente cocinera. Si le había transmitido parte de su talento a la impertinente de su hija pequeña, eso le daría al menos un punto como nuera. Te Haitara lo encontraría más importante que todo lo demás. Jane hizo una mueca. Tendría que hablar con Eric en cuanto llegase a casa.

Ahora arrastraba su carga hacia los cobertizos de esquileo donde recibió una alegre bienvenida. Chris, que la conocía lo suficiente para leerle el pensamiento, sonrió burlón. Pero por lo visto nadie más vio mermada su autoridad por el hecho de llevar café con pasteles. Como siempre, Cat mostró su sonrisa franca. Llevaba un traje de montar sucio y un sueste para protegerse del sol. Se había recogido los cabellos en una gruesa trenza y también a ella se la veía jovial. Jane se preguntaba a veces si ella era la única que envejecía o que maduraba.

—¡Maravilloso! ¡Una comida campestre! —exclamó Cat y se deslizó entre dos de las barras del corral donde corría un grupo de ovejas madre recién esquiladas. Complacida, liberó a Jane de las magdalenas—. Disculpe que vaya así vestida. —Miró su atuendo con expresión traviesa, intentando fingir culpabilidad, y luego cogió un bollo—. ¿Los ha hecho usted?

Cómo podía creerse tal cosa. De hecho, en el poblado maorí ni siquiera había un horno decente. Por supuesto, Jane podría haberse comprado uno, pero no cocinaba. No respondió a la pregunta y expresó el motivo de su visita.

—Quería hablar con usted a propósito de su nuevo carnero. ¿Sería posible...?

Como era de esperar, no fue difícil llegar a un acuerdo con Cat y Chris. Jane manejó las negociaciones de forma breve y profesional. Si dejó asomar alguna emoción, solo se notó en el hecho de que después de cada frase se llevaba a la boca una magdalena. Al final, Karl cogió el cuenco para que al menos quedara una parte para los esquiladores que estaban en los cobertizos. Salvo por ello, no participó en las negociaciones, lo que le sorprendió un poco a Jane. A fin de cuentas, un tercio de Rata Station era de su propiedad.

—Entonces mañana mismo esquilaremos primero las veinte ovejas madre y enseguida las traeremos —resumió Jane el resultado de la conversación—. Muchas gracias, Cat, Chris... El carnero de Butler significa una renovación muy oportuna para la sangre de nuestro rebaño.

Cat asintió.

—También para los nuestros —dijo amistosamente, lo que Jane volvió a encontrar soberbio.

De hecho, Rata Station poseía machos de igual valor y de crianza propia. A Cat lo que le interesaba era refrescar la sangre. Sus rebaños no necesitaban mejorar. Luego Cat le preguntó si necesitaba alguna ayuda más.

—¿Quiere que le enviemos a Carol con *Fancy*? Puede ir a recoger las ovejas que haya que cubrir y aprovechar para ayudar a esquilar las otras. El perro siempre necesita ejercicio y aquí no hay más que hacer hasta que saquemos los rebaños.

Jane apretó los dientes.

—Tenemos nuestros propios perros —dijo.

En efecto, sus empleados trabajaban con cruces de collie que tenían instinto de pastoreo. Por desgracia nadie se tomaba la molestia de darles mejor adiestramiento. Si ayudaban, estupendo. Si no lo hacían, ya conducirían los mismos chicos y chicas maoríes las ovejas.

Cat se encogió de hombros sin insistir.

—Tengo que volver al trabajo —se disculpó, señalando las ovejas—. Los esquiladores siguen con la tarea...

En efecto, un par de ovejas saltaban fuera de un cobertizo en ese mismo momento, liberadas de la lana y manifiestamente aliviadas.

Jane se dio media vuelta para marcharse. También ella debería haberse sentido relajada cuando emprendió el regreso al poblado maorí, pero esta vez no lo estaba del todo: se sentía preocupada por algo más que un par de ovejas y un carnero. Tenía que castigar a Eric por haber salido de noche. Y precisamente ahora se había vuelto a marchar sin vigilancia.

A Jane le habría encantado saber dónde estaba Mara, la hija de Ida.

Mara había estado intranquila toda la mañana. No sabía qué hacer consigo misma. No tenía ganas de ayudar a su madre a hornear, ni a los demás con las ovejas. Prefería ocuparse de los caballos. Le pediría a Cat y Chris que en los próximos meses la dejaran domar tres potros que todavía permanecían inactivos en los corrales. Solía encargarse Carol de ello junto con el adiestramiento de los perros, pero seguramente estaría ocupada con los preparativos de la boda.

Mara siguió con relativo interés cómo se despedía Carol de su prometido esa mañana. Oliver partía hacia Christchurch, pero aun así tuvo tiempo para sostener una amable conversación con Mara. Se esforzaba por adoptar un tono cortés y neutro, pero la mirada brillante lo contradecía. Mara escuchaba sin interés, pues el joven volvía a hablar largo y tendido sobre la técnica de remo en un doble.

—Habla en serio de esa chorrada de remar —le comentó luego Mara a Linda, mientras Carol daba a su prometido un fugaz beso de despedida. Cat y Chris, Ida y Karl ya se habían despedido en el desayuno y se habían ido a cumplir sus tareas—. Quiero decir que... esa carrera del Avon es muy divertida. Pero ¿no da igual quién la gane?

Linda se encogió de hombros.

—Oliver cree que ganarla lo convierte en un *gentleman* —ironizó—. No me preguntes qué le encuentra Carol. Yo solo veo que la unión es práctica porque es un vecino.

Mara sonrió.

—Todavía sería más práctica si eligiera a un Redwood —observó—. Qué rabia que Edward y James sean demasiado viejos para ella y Timmy demasiado joven.

Timmy era el hijo mayor de Joseph y Laura Redwood y acababa de cumplir doce años. Sus padres tenían dos hijos menores más y por fin les había nacido la primera niña. Laura había tardado en quedarse embarazada, pero luego había tenido descendencia. Los hermanos de Joseph, Edward y James, seguían solteros.

Linda rio.

—Timmy se casaría antes conmigo. Me regaló flores cuando estuve con Mamaca en su casa para ayudar a Laura a dar a luz. Es un niño muy mono. ¿Y qué tal para ti? —Guiñó el ojo a su hermana—. Dentro de dos años ya no se notará la diferencia de edad... y... ¿no es Eru algo más joven?

Linda se quedó mirando inquisitiva a Mara, que intentaba aparentar candidez. Llevaba toda la mañana esperando que sus padres tocasen el tema Eru y su encuentro secreto con él, pero, por lo visto, Chris Fenroy había optado por guardar el secreto. Ella, por su parte, no se lo iba a revelar ahora a Linda.

—Desde luego, un hombre del poblado maorí también entraría en consideración —dijo en cambio, como si todavía estuviera discutiendo acerca de los posibles candidatos para Carol—. En realidad, me resulta más fácil imaginar a Carol con un guerrero que con ese... bueno... *gentleman*.

Linda soltó una risita, desviándose así del tema.

—Ollie es un inútil de cuidado, ¿verdad? Carol se morirá de aburrimiento con él y su ilustre madre. Por suerte tiene a *Fancy*... La perra viene de un ambiente también aristocrático. El marido de Gwyneira Warden es exactamente un tipo como Oliver, ella en cambio se maneja muy bien con los perros y las ovejas. Me lo imagino igual en el caso de Carol y Ollie. ¿Tienes algún plan para hoy? Si no tienes, ¿podrías montar mi caballo? Estos últimos días he estado ocupada en los cobertizos y *Brianna* no ha salido de la cuadra.

Al igual que *Fancy*, *Brianna*, una robusta yegua cob de Gales procedía de la cría de los Warden. Durante una visita a la granja, Linda se enamoró a primera vista de ella y le dio la lata a Cat y Chris hasta que se la compraron. Cat encontraba justo regalar a una hermana la perra y a la otra la yegua.

Mara hizo un gesto de indiferencia.

—Está bien, lo haré —respondió, mostrando su desinterés.

Sin embargo, ya elaboraba un plan en su interior. Eru saldría hoy con los otros jóvenes guerreros. Con un poco de suerte, ella los encontraría.

Poco después estaba sentada a horcajadas, como todas las mujeres de Rata Station, sobre la elegante yegua baya. Ida confeccionaba todos los trajes de montar con falda pantalón. Habría sido sumamente incómodo aguantar sentada de lado los vigorosos movimientos de la yegua *Brianna*. Así que Mara disfrutó complacida de su potente trote. Comprendió muy bien el entusiasmo de Linda por el caballo cuando *Brianna* se puso al galope con el mismo brío. La yegua se dirigía ligera como el viento hacia la montaña. Mara se levantó sobre los estribos y sintió la energía del caballo concentrada bajo ella, se fundió con la inmensidad verde y con el cielo azul. Entendía a qué se referían los *tohunga* de los maoríes cuando pedían a sus alumnos que se fundieran con un árbol o un arbusto, que unieran su espíritu con el de otros seres vivos. Aunque con quien más fácil le resultaba conseguirlo siempre era con Eru.

Cuando Mara se hubo alejado de Rata Station y del poblado maorí lo suficiente para que surgieran ante sus ojos los primeros santuarios de la tribu, refrenó con pesar a *Brianna* e intentó concentrarse en la presencia del hijo del jefe. De acuerdo, no siempre lo conseguía. Pero a veces creía que podía leer el pensamiento de Eru a la distancia.

Eru estaba sentado con otros jóvenes guerreros alrededor de una piedra que se elevaba como una punta de flecha en medio de una llanura herbosa. El *rangatira*, guerrero con experiencia que dirigía el grupo, acababa de contarles la historia del lugar: una pelea entre dos dioses por una diosa, la muerte de un mortal... Eru no lo había escuchado todo con atención. De todos modos, creía sentir las vibraciones, las emanaciones de la roca. ¿O era otra cosa lo que percibía su espíritu?

Mientras los demás mantenían los ojos cerrados y escuchaban las *karakia*, las oraciones que debían concentrar su fuerza, Eru levantó la vista y creyó reconocer en la lejanía, centelleando al sol como un espejismo, la figura de un caballo. Y de un jinete. No era el caballo blanco de Mara, pero pensó en la joven. No era extraño, porque pensaba constantemente en ella. En su mente resonó la melodía que había tocado la noche anterior con el *koauau*.

El caballo galopaba, la tierra parecía temblar bajo sus cascos. Y Eru distinguió una melena negra ondeando al viento. Cerró los ojos, volvió a abrirlos... Mara había parado el caballo. ¡No cabía duda de que era ella! Eru tomó una decisión.

—¿Puedo quedarme aquí? —pidió al viejo guerrero cuando este se levantó e hizo una señal a los jóvenes para que se colocaran detrás de él y reemprendieran el camino.

El anciano *tohunga* no hablaba demasiado, en realidad hablaba más con los espíritus que con sus alumnos. Estudió a Eru con la mirada y puso nervioso al joven.

—Yo... esto... creo que este es... que es un lugar especial lleno de fuerza, yo...

En el rostro del anciano guerrero apareció una leve sonrisa burlona.

—El lugar donde el niño se convierte en hombre siempre es especial, Te Eriatara —observó—. Pero no ofendas a los espíritus con una mentira.

Y dicho esto, liberó a Eru de su mirada, se dio media vuelta y se marchó hacia las montañas con los demás guerreros. Eru esperaba que sus amigos se riesen, pero los chicos no se atrevieron a volver la vista hacia él. Tocó la roca y no sintió más que la piedra calentada por el sol. Entonces vio que Mara cabalgaba hacia él. De ser un espectro a la luz de sol se estaba convirtiendo en una imagen nítida, y a esas alturas también ella debía de reconocerlo.

—He estado buscándote —anunció cuando detuvo delante de él la yegua baya.

Eru asintió.

—Me has encontrado —respondió.

Ella desmontó y se estrechó contra él.

Esa mañana no bastarían los besos, pero Eru sabía que tenían la bendición de los espíritus.

7

Jane estaba rabiosa y preocupada, pero no podía hacer más que esperar. Tal como había previsto, Eru seguía fuera cuando ella llegó al poblado después de haber pasado por Rata Station. Al final decidió que alguien fuera a buscar a su hijo, pero Te Haitara reaccionó malhumorado a su petición.

—Jane, el chico ha salido con su *taua*. —Se refería a un grupo de guerreros, en realidad la tripulación de una canoa de guerra—. Haría el ridículo delante de sus amigos si su madre lo fuera a buscar. Espérate a que regrese. Y no, no puede ocurrirle nada. ¡No están luchando, Raupo, están visitando un par de lugares sagrados y hablando con los espíritus!

Pero eso no tranquilizaba a Jane, que todavía se inquietó más cuando Te Ropata volvió con algunos jóvenes guerreros y Eru no se encontraba entre ellos. Increpó de mala manera al anciano, que no le hizo caso. No obstante, aguantó el interrogatorio del jefe después de que Jane presionara a Te Haitara para que interviniese.

—No, no ha pasado nada —compartió Te Haitara la respuesta del anciano con su esposa—. Es normal que el grupo se disperse. Los espíritus conducen a los guerreros a los lugares de donde toman energía. También pueden pasar la noche fuera y hablar con las estrellas. ¡Así que acaba de una vez! Volverá, si no es hoy, será mañana. No te preocupes tanto, Raupo. ¡Es un hombre!

En la voz de Te Haitara vibraba el orgullo. Casi como si Eru hubiese cruzado ese día el umbral entre la infancia y la edad adulta.

Jane emitió una especie de gemido, se dio la vuelta y salió del poblado. Naturalmente, no tenía muchas posibilidades de encontrar a Eru en la vastedad de las Llanuras, pero tenía que hacer algo para serenarse. Todavía encolerizada, corrió al río describiendo una gran curva. Tanto valía un lugar sagrado como el otro, ¿por qué no empezar pues por la roca que había en el bosquecillo de *raupo* y que era un lugar especial para Te Haitara porque le proporcionaba energía? Ahí era donde rezaba a los dioses del río, pues seguía firmemente convencido de que eran ellos quienes, en el pasado, lo habían llevado hasta Jane. Al pensar en su primer encuentro, no pudo evitar sonreír y la tranquilizó poner la mano sobre la roca y sentir su calor. Pero luego se quedó inmóvil. Del rincón donde ella solía bañarse salían unas voces.

—¡Está demasiado fría! ¡No, no, Eru, no me empujes!

Chapoteos, risitas, resoplidos... Jane se acercó sigilosamente al pequeño recodo oculto por el bosquecillo de helechos y *raupo*. Ahí desembocaba en el Waimakariri un arroyo con una pequeña cascada y el agua formaba una piscina natural. Jane tocaba allí el fondo, algo importante para ella, que nunca había aprendido a nadar. Eso no les ocurría a los dos jóvenes que estaban disfrutando de un baño. Mara Jensch se deslizaba como un esbelto pez en el agua perseguida por el fuerte Eru, que más bien parecía una ballena aunque no por ello se movía con menor agilidad. Jane no habría ni tenido que molestarse en camuflarse, los jóvenes se desenvolvían con entera libertad, nada preocupados por si los descubrían.

Jane contempló boquiabierta cómo su hijo cogía a la joven y la besaba. Y al hacerlo los dos perdían pie, se sumergían y luego volvían a emerger riendo. Se hacían bromas, se perseguían... e iban desnudos.

—¡Déjame salir, Eru! ¡Me estoy congelando!

Mara intentaba pasar junto a su amigo para llegar a la orilla, pero él la retenía para besarla. Jane distinguió que los cuerpos de los jóvenes estaban erizados, el agua debía de estar helada en esa época del año. Si se estaban bañando, seguramente era para desprenderse del olor del amor que los delataría. No cabía la menor duda por la manera en que se comportaban el uno con el otro.

Jane salió de detrás de los árboles.

—Deja que salga del agua, Eric. Y sal tú también y vístete. Tenemos algo de que hablar. También con tus padres, Mara. ¡Esto se acaba hoy mismo!

—Tranquilícese, Jane, ¿adónde vamos a enviar a la niña? Imposible ahora mismo.

Cat intentaba mediar, pero esa noche no se podía hablar con Jane. Media hora antes había irrumpido en el grupo reunido a la gran mesa de la cocina de Ida: Cat y Chris, Karl e Ida, Carol y Linda, así como Joseph Redwood, que llegaba de Christchurch y se había detenido en Rata Station camino de su granja. En realidad, habría podido llegar a Redwood Station esa misma noche, pero había salido con un rebaño de veinte ovejas que había comprado a los Deans en Lyttelton. Por supuesto, los animales le demoraban. Ahora estaban pastando por encima de la casa de piedra, vigilados por los listos collies de Joseph y la diligente *Fancy*, mientras Joseph y la gente de Rata Station intercambiaban novedades. También le habrían dado una amistosa bienvenida a Jane, pero su expresión no presagiaba nada bueno. Y, además, arrastraba a Mara tras de sí como si fuera una presa.

La muchacha parecía alterada y enfadada. Era seguro que había llorado, pero ahora parecía decidida a responder a Jane. Mara miró al grupo con una expresión irónica cuando la madre de Eru contó sus infamias.

—¡Exijo que la enviéis fuera! —vociferó al final—. No quiero verla cerca de Eric, yo...

—Pues entonces envíe usted a su hijo fuera —observó Joseph Redwood. Era obvio que la historia le divertía enormemente, mientras que Karl e Ida parecían como paralizados. Y Chris solía enmudecer en cuanto Jane alzaba la voz—. En general suelen ser los chicos los que empiezan.

Jane lo fulminó con la mirada, pero fue Mara la que contestó.

—¡No ha empezado ninguno! —advirtió con orgullo—. Ha pasado. Eru cree que son los espíritus... ¡Bueno, nosotros creemos que debe ser así! Estamos hechos el uno para el otro y nos casaremos.

Cat puso los ojos en blanco.

—¿Podemos dejar por una vez a los espíritus a un lado? —pidió.

—Sois demasiado jóvenes —dijo Ida a media voz, pidiendo ayuda con la mirada a Karl.

Habría sido una hipocresía tildar de locura infantil el firme convencimiento de Mara. La propia Ida siempre había sabido que Karl Jensch la amaba, incluso había llegado a seguirla hasta el otro extremo del mundo. Si esto tenía algo que ver con Dios o los espíritus, lo ignoraba. E ignoraba también si Mara y Eru sentían lo mismo, pero no podía censurarlos.

—Por supuesto —contestó Jane, dirigiendo una mirada glacial a Joseph Redwood—, también enviaré fuera al chico. En Christchurch hay una escuela misionera. Aceptan alumnos maoríes y los guían según sus dotes hasta el examen para la universidad. No es mi elección favorita, pero mi marido se niega a enviarlo a Inglaterra y en la escuela privada de Wellington en que había pensado no puede ingresar hasta otoño. Los misioneros lo aceptarán, no envían a sus alumnos a casa durante las vacaciones para que no vuelvan a asilvestrarse. En verano trabajan en los campos. Eso es también lo que hará Eric, ¡le sentará bien!

—¡Pero si es un guerrero! —Era Cat. Solo ella, que había crecido con los maoríes, podía entender lo que significaba para Eru la decisión de Jane. Y para su padre—. ¿Qué dice el jefe al respecto?

La mirada de Jane se enfrió más.

—Te Haitara está de acuerdo. Eric hará lo que yo decida. Tampoco mi marido desea una unión demasiado prematura con una muchacha que no sea de su conveniencia.

Ida la fulminó con la mirada.

—¿Puedo preguntar qué no le gusta de mi hija? —preguntó con dureza.

Jane suspiró.

—Que tiene quince años, Ida, y ya no es virgen. ¡Eso lo dice todo! Eric es el hijo de un jefe tribal...

Cat inspiró profundamente.

—Jane, en su poblado no encontrará ninguna niña de quince años virgen. Y a nadie le parece mal. Tampoco a Te Haitara. Las maoríes tienen relaciones sexuales tan pronto como los chicos maoríes.

Jane movió la cabeza.

—Esto no puede aplicarse a los hijos de los jefes. He oído decir que a las hijas de los jefes se las trata como... como diosas...

—Sí —convino Cat—, pero solo en algunas tribus belicosas de la Isla Norte. Ninguna muchacha así se casaría jamás con el hijo del jefe de una *iwi* tan insignificante como la de los ngai tahu. Ni siquiera sé si se casan...

—No le desearías algo así a tu hijo —intervino Chris—. Tú estás con Te Haitara porque no está fuertemente arraigado a las tradiciones. Hazme caso, las costumbres de las tribus de la Isla Norte te horrorizarían.

—¡De todos modos no podemos casarnos hasta haber cumplido los diecisiete! —Mara interrumpió la discusión con su cristalina voz—. Esperaremos hasta entonces. ¡Pero seguro que Eru no se casará con otra persona y yo tampoco!

—La idea de esperar hasta entonces separados tampoco es tan mala —observó Karl—. A lo mejor es cierto que estáis hechos el uno para el otro, yo soy el último que negaría que algo así exista. Pero hasta que lo sepáis seguro no debéis seguir juntos, al menos no como hasta hoy. Porque... ¿habéis estado juntos?

Mara asintió titubeante y bajó la cabeza.

—En realidad no queríamos —susurró.

—¡Ya! —se burló Jane—. Da igual, no volverá a suceder. Repito: ¡enviad a otro sitio a la niña! Y mejor hoy que mañana.

—Nos la llevaremos a la Isla Norte —anunció Ida—. No hay peros que valgan, Mara, te vienes con nosotros a Russell. Pero no podemos marcharnos tan pronto, tenemos muchas cosas que hacer y aclarar aquí. Deberá tener paciencia, Jane, y tampoco puedo prometerle que mantendré a Mara encerrada en casa.

—No pueden... —Jane ya se disponía a soltar otra monserga, pero se calló cuando Joseph Redwood levantó la mano.

—¡Haya paz! —dijo sonriendo—. Y una sugerencia para cerrar amistosamente este asunto: ¿qué tal si Mara se viene un par de semanas con nosotros? Laura estaría agradecida de que le echaran una mano en casa, sobre todo ahora que tenemos que llevar a las ovejas a las montañas y que ella tiene que quedarse sola en casa con los niños. Podrías ayudarla a cuidar del bebé, así podrás practicar, ya que tienes pensado casarte. —Guiñó un ojo al grupo—. A lo mejor hasta se te quitan las ganas. Cuando un bebé pasa toda la noche llorando a uno se le quitan las ganas. —Rio irónico—. Esto calmaría un poco los ánimos.

Ida miró a su hija.

—Me parece una buena idea.

Ida confiaba ciegamente en Laura Redwood. No podía desear mejor influencia para Mara que la de su amiga.

—¿Cómo lo ves, Mara?

La joven se encogió de hombros. Por unos segundos pareció vacilar, pero luego se enderezó y con mirada desafiante miró a Jane a los ojos.

—De acuerdo —respondió—. ¡Me gustan los bebés!

8

El padre de Franz Lange habría preferido que su hijo pasara en su granja de Hahndorf las últimas semanas antes de ingresar en la misión de Opotiki, que hubiese colaborado en las tareas de arar, sembrar, esquileo y en los partos del ganado. Franz tenía mala conciencia porque lo evitaba, pero tampoco se habría quedado si Anna no le hubiera dado una hoja con la dirección de Ida cuando visitó la granja.

—Ten. A lo mejor tienes oportunidad de verla. Sé que tu padre está enfadado con su hija mayor. Pero a pesar de todo... no deja de ser tu hermana.

Franz enseguida había visto que Rata Station, en las llanuras de Canterbury, no estaba cerca de Opotiki. Su futuro campo de acción se hallaba en la Isla Norte, e Ida y su marido vivían en la Isla Sur. Pero aun así, sentía curiosidad. Bien, él también estaba enfadado con Ida. Para él había sido casi como una madre. ¿Cómo había sido capaz de abandonarlo? No obstante, a Ida no le había quedado otro remedio. Tenía que conformarse con lo que decidía su marido, y Ottfried Brandmann o Brandman, como quiera que se hubiese hecho llamar después, se había negado a emigrar a Australia. Ni el padre de Ottfried ni Jacob Lange lo habían aprobado, y menos aún porque Ottfried no había planeado asentarse en una comunidad temerosa de Dios. Quería partir con Ida hacia territorios todavía inexplorados para comprar y vender terrenos. Jacob Lange nunca habría dado su aprobación si Ida le hubiera pedido que le dejara llevarse a Franz; incluso era posible que ella le hubiera hecho tal sugerencia.

Franz esperaba, sí, ¡creía que Ida lo quería! Y ahora vivía en el país al que Dios y el amable archidiácono lo habían enviado de vuelta. ¿Por qué no emplear en visitarla las tres semanas que le quedaban libres antes de volver al trabajo? Siempre que fuera posible.

El pasaje del barco que le pagaba la misión solo era válido hasta Wellington, y él no tenía dinero suficiente para otro viaje más. Sin embargo, la suerte le sonrió. Desde Wellington partía un barco hacia Lyttelton, que, por lo que le dijeron, era el puerto más próximo a las llanuras de Canterbury. El capitán accedió a llevar al joven misionero siempre que este colaborase en alguna tarea, y eso fue lo que Franz intentó con toda su buena fe.

Durante un par de días estuvo fregando la cubierta, ayudó a izar las velas y a realizar las demás tareas, aunque luchaba incesantemente contra el mareo. Lo había sufrido con frecuencia durante la travesía desde Australia hasta Nueva Zelanda, y el estrecho de Cook con su mar bravío lo dejó para el arrastre. Los marineros muy pronto empezaron a reírse de que fuera incapaz de hacer otra cosa que rezar. Franz sentía vergüenza, tenía la sensación de haberse hecho con el pasaje ilícitamente. Por fortuna, el capitán era indulgente y el joven misionero se esforzaba por recuperar el terreno perdido descargando aplicadamente el barco en Lyttelton. No obstante, se alegró de ponerse por fin en camino. Le habían advertido que el trayecto a pie desde el puerto hasta Christchurch pasando por las montañas era duro, pero tampoco tenía alternativa. Franz se negaba a pagar una noche en la pensión de Lyttelton pudiendo dormir gratis en la escuela misionera. Y tampoco era su intención gastar dinero en ir en mula o en bote a Christchurch. Así que cruzaría el Bridle Path, que se consideraba tan peligroso y difícil que debía llevarse a caballos y mulas del cabestro para evitar que cayeran por desfiladeros y barrancos.

Todavía era temprano por la mañana cuando Franz partió. El barco había atracado al amanecer y tres horas más tarde ya lo habían descargado. Si tal como le habían indicado, se precisaban cinco horas para pasar el Bridle Path, llegaría a Christchurch al oficio de la noche como mucho, probablemente incluso al de la tarde. Sin embargo, las primeras horas de caminata se prolongaron un horror. Deprimido, Franz se preguntaba si Dios había privado a su arbitraria empresa de bendición. Todo el camino era por senderos estrechos y escarpados. Franz, que ya estaba agotado a causa del duro trabajo de la mañana, tenía que detenerse a tomar aliento cada poco. El paisaje era ralo y gris, el camino flanqueado por peñascos, y en muchos puntos desmoronado en parte por la lluvia u obstruido por los derrumbes de piedras. Había que tener mucho cuidado para no caer en ese resbaladizo sendero y Franz tuvo que lidiar una vez más con el mareo cuando se vio obligado a hacer equilibrios por el borde de un cráter. Quien caía allí, no tenía salvación.

Entretanto, el sol había llegado a su cenit. Si bien Franz había temblado de frío por la mañana, ahora sudaba la gota gorda con su severo traje negro con alzacuello. Rezó una breve oración y pidió a Dios que le ayudara, pero no recibió respuesta. ¿Acaso no había sido acertada la idea de desviarse de su camino para visitar a su hermana? El paisaje era desalentador. Ida tenía que estar desesperada, si vivía ahí. Pero luego se dijo que las llanuras de Canterbury eran un lugar conocido por sus granjas de ovejas. No podía ser un paisaje volcánico. Al pensar en la Isla Sur, el mismo Franz recordaba prados y pastizales verdes. Sankt Paulidorf, el pueblo que había fundado la gente de Raben Steinfeld, era bonito... cuando el río a su vera no se desbordaba. El padre de Franz todavía se encolerizaba al recordar el modo en que habían engañado a los colonos. Les habían concedido tierras en un terreno inundado. Al final habían tenido que abandonar Sankt Paulidorf. Era absurdo querer dominar el río.

Pero ese paisaje desierto no podía ser, en ningún caso, típico de la Isla Sur. Franz se secó la frente y siguió caminando con resolución. Tenía que llegar al desfiladero, de todo lo demás ya se ocuparía más tarde.

Y, entonces, tras dos eternas horas de caminar en solitario llegó por fin a un altiplano que un modesto cartel anunciaba como el punto más alto del lugar. Ahí había una pequeña cabaña y cuando Franz se acercó a ella tambaleante, salió un hombre mayor.

—¡Vaya, mira por dónde, si tenemos clientela! —Esbozó una ancha sonrisa que dejó al descubierto los pocos dientes que conservaba—. Y eso que ahora me disponía a cerrar y bajar a Christchurch para asistir a las regatas. Pero ya que está aquí, ¿qué desea? ¿Una cerveza de jengibre, un bocadillo?

—Solo agua, por favor —pidió Franz. Lo de la cerveza de jengibre sonaba tentador, pero había renunciado al alcohol al ingresar en la escuela misionera.

El hombre arqueó las cejas.

—Pues no parece que vaya a hacerme rico con usted —refunfuñó, y llevó un vaso y una jarra para servirle agua fría.

Franz tuvo la sensación de que nunca antes había probado algo tan rico.

—¿Tiene... tiene aquí... una... fonda? —preguntó cuando le tendió el vaso para que se lo rellenara—. ¿Sale a cuenta?

El hombre sonrió.

—Bueno, aquí un pub no saldría a cuenta. Difícil que alguien suba hasta aquí para beber un par de cervezas. Pero casi todo el mundo que recorre este paso se permite una jarra de cerveza de jengibre o un bocadillo. Gracias a Dios. Lo que aquí hago, reverendo, es grato a Dios. Incluso si la cerveza tiene un poco de alcohol. —Rio.

—Pero no me he encontrado a nadie por el camino. Es imposible que viva usted de esto.

—No, Dios me libre, con sus sorbos de agua no me daría para vivir —confirmó el peculiar tendero—. Por eso los domingos no suelo abrir, sino que bajo yo mismo a un pub de verdad. Durante la semana hay más movimiento. Y una o dos veces al mes llega un barco con inmigrantes de Inglaterra. Entonces sí hago negocio del bueno. Esos están deshidratados cuando llegan aquí arriba. Después de un viaje tan largo...

—¿Vale entonces la pena? No su negocio, sino el largo viaje. Para los colonos.

El tendero asintió.

—Creo que sí. Es un país hermoso. ¡Mire!

El hombre señaló al otro lado de la planicie. Cada año, desde ese lugar se ofrecía a la vista de cientos de colonos lo que sería su nuevo hogar. Agotado como estaba, Franz rodeó de mala gana la cabaña para llegar al mirador. Sin embargo, contempló admirado el paisaje de abajo, iluminado por el sol. Unas llanuras inmensas, salpicadas de bosquecillos o peñascos. Pastizales que se extendían hasta una cordillera que parecía próxima pese a que seguramente se encontraba a kilómetros de distancia. A través de la superficie verde fluía un río. Franz recordó vagamente el Moutere, junto al que se había levantado Sankt Paulidorf. Este río, por el contrario, no estaba flanqueado de casas de campo, sino que cruzaba una ciudad en ciernes. Distinguió campanarios, plazas, casas de madera de colores y algunos edificios más grandes de piedra arenisca todavía en construcción. Proyectaban construir una catedral. Christchurch iba a convertirse en sede del obispado.

—Es Christchurch, ¿verdad? —preguntó.

El tendero, que lo había seguido y miraba orgulloso la ciudad y el paisaje, asintió.

—¿Es ahí adonde va, reverendo? ¿A la escuela maorí? Está un poco apartada. Los buenos colonos no quieren tan cerca de la ciudad a los salvajes. Incluso si los misioneros los amansan.

Franz hizo un gesto de negación.

—Serviré en una misión de la Isla Norte —explicó—. He venido aquí solo de visita. Vengo... vengo a visitar a mi hermana.

El hombre asintió.

—¿Dónde vive? ¿En la misma ciudad? A lo mejor la conozco. Conozco a casi todo el mundo en Christchurch. —Sonrió—. A fin de cuentas, todos han pasado alguna vez por aquí.

Sin decir palabra, Franz le tendió la hoja con la dirección. El hombre le echó un vistazo.

—Uy, entonces todavía le queda camino, reverendo. Rata Station es una de las granjas junto al río Waimakariri. Desemboca al norte de Christchurch en el mar. Si quiere llegar hasta allí a pie, le quedan dos días. Lo mejor es que se busque a un barquero que remonte el río y lo lleve. Hoy ya no será posible. Hoy se rema ahí abajo no por dinero sino por placer. Hay regatas. Como antes en Inglaterra. —Retiró el vaso vacío de Franz y se dispuso a cerrar la cabaña—. Bajo con usted, reverendo, también quiero ver la competición, y hoy ya no pasará nadie por aquí. Es probable que la mitad de Lyttelton esté en Christchurch con botes. Ahora fundan por todos sitios clubs de remo, ya sea como participantes o como espectadores. La primera regata se celebró hace dos años en Lyttelton Harbour. Ahora prefieren remar en el Avon, los *gentlemen* lo encuentran más elegante. Como en Inglaterra. ¿Es usted de Inglaterra, reverendo?

El tendero se presentó como Benny, y descendió con Franz por el desfiladero con una agilidad pasmosa para su edad. La bajada resultó casi tan difícil como la subida. El camino era escarpado y había que poner mucha atención. Pese a ello, con cada paso la meta parecía acercarse rápidamente. Y Benny, que a menudo se sentía solo en la montaña, entretuvo a su compañero hablándole sin parar. A Franz todo le parecía extraño. Nunca había oído hablar de regatas y, exceptuando a un par de miembros de la Church Mission Society, no conocía a ningún inglés. Ni tampoco *gentlemen* que practicasen deporte. Le parecía que el esfuerzo físico como finalidad en sí misma era algo absurdo.

—Por otra parte, es posible que vengan de las granjas para asistir a la comida campestre —señaló Benny cuando el escarpado sendero de montaña por fin se convirtió en un camino normal—. Entre los granjeros hay un par de *gentlemen*. A esos, con las ovejas, el dinero les sale por las orejas. Pregunte por ahí. Es posible que haya alguien de Rata Station o del vecindario.

—¿La gente se desplaza a caballo o en carro desde tan lejos por... por una carrera? —A Franz le resultaba increíble, pero Benny sonrió.

—¿Y por qué no? Ha terminado el esquileo, una parte de las

ovejas ya deben de estar en las montañas. ¿Por qué no iban a disfrutar de un poco de cambio?

Franz no hizo comentarios. Para los socios de su comunidad, el descanso y el cambio de actividad tras el trabajo consistían en leer la Biblia o ir a la iglesia. Se celebraban festejos, por supuesto. Había bodas, fiestas de la cosecha, bautizos. Pero nada habría preparado a Franz para la bulliciosa fiesta que se celebraba ese día en Christchurch. Toda la ciudad parecía haber salido a la calle. Hombres, mujeres y niños llevaban los trajes del domingo, que en absoluto consistían en trajes y vestidos oscuros, con delantales blancos y atildadas capotas o sombreros de ala ancha. Muchos comerciantes de Christchurch alardeaban de su fortuna. Las mujeres paseaban con vestidos y trajes de colores bajo una sombrilla a juego. Los miriñaques crujían seductores, los corsés simulaban cinturas de avispa. Los hombres llevaban elegantes ternos y de los bolsillos asomaban cadenas de relojes de oro.

Franz observó con desagrado que la mayoría de los pubs estaban abiertos, aunque era domingo. Los tenderos ofrecían cerveza de jengibre y ponche en la calle, y la gente bebía y reía en grupos.

Todo el mundo saludaba alegremente a Benny y lo invitaba a tomar un trago, y él se bebió una cerveza y dos chupitos de paso, mientras acompañaba a Franz a la orilla del río. Allí, en un terreno parecido a un jardín, donde el Avon estaba bordeado por un prado de un verde intenso, se concentraba la fiesta. Los comerciantes del lugar habían instalado tenderetes y ofrecían refrescos. Las casetas de feria invitaban a juegos de azar y tómbolas. Franz se escandalizó cuando el hombre de una caseta le animó a jugar una partida de blackjack, mientras que en el otro puesto una adivina le ofrecía sus servicios.

Se habían desplegado mantas por todo el prado y la gente, feliz, se servía la comida de las cestas. Pero algo sucedía también en ese momento en el río. Acompañados por los sonidos de una banda de música que entonaba el *God Save the Queen*, desfilaban remando todos los botes participantes en las regatas. Estaban adornados con flores y guirnaldas de colores, y los espectadores los saludaban gritando. Los amigos y familiares de los participantes daban vivas a sus favoritos. Franz miraba cautivado esa colorida flota. Había embarcaciones de todos los tamaños. Las pequeñas solo estaban ocupadas por dos remeros y las mayores por ocho. La banda interpretó un par de tonadas irlandesas y algunos espectadores se pusieron a cantar.

—¡Ahí, ahí está él! Eh, usted, sí, usted... ¿podría apartarse un poco? Nos tapa toda la vista.

Franz se sobresaltó cuando se dirigieron a él con voces chillonas. Se dio media vuelta y descubrió a dos chicas repantigadas en una manta poco femenina. Sin cuidarse de que las faldas les tapasen virtuosamente los tobillos, miraban con avidez los botes. Una se había puesto de rodillas para observar sorteando a Franz por un lado y la otra estaba boca abajo para ver algo ¡entre las piernas del reverendo! Esa muchacha era la que le había hablado y la que no parecía encontrar nada malo en llamar la atención a un desconocido.

—¡Venga, apártese! ¡Mira, Linda, flores de *rata*! ¡Ha adornado todo el bote con *rata*! ¡Qué mono!

Cuando volvieron a avisarle, Franz se echó a un lado, tras lo cual la muchacha se puso en pie y empezó a agitar los brazos.

—¡No me ve! Y eso que le he dicho dónde estaríamos...

Con la emoción se le había soltado el cabello de una bonita trenza y le brillaban los ojos azules. A su alrededor correteaba un perrito tricolor que parecía tan excitado como ella.

—Tiene que remar, Carol —la tranquilizó la otra muchacha, que se sentó formal y se alisó la falda sobre las botas de cordones. Cogió del collar al perro para evitar que corriera ladrando al río para perseguir las embarcaciones—. Y como ya te ha dicho varias veces, es difícil mantener estos botes rectos. No te preocupes, ya nos encontrará después. ¡Ahora deja que gane! No vaya a ser que luego diga que lo hemos distraído.

Por el río pasaban en ese momento los cuatros, que parecían interesar menos a las chicas. La rubia del cabello trenzado se sentó abatida sobre la manta, la otra, también rubia, buscó la mirada de Franz para sorpresa de este.

—Puede sentarse con nosotras, reverendo —dijo con una voz melodiosa—. Así no tapará a nadie la vista y todos podremos ver bien.

Por lo visto eso debía de ser una especie de disculpa por la reprimenda. Franz se atrevió a mirar con mayor atención a la joven y no pudo evitar ruborizarse. Pensaba que era una indecencia mirar directamente a una criatura femenina, pero los ojos azul claro de esa señorita parecían aspirarlo. Tenían un aire dulce y amable, y el sol le provocaba unos puntitos dorados. Dominaban en un rostro armonioso de labios carnosos y color fresa. Se había peinado el cabello hacia atrás, en un moño esponjado que sujetaba con una redecilla azul del mismo color que su vestido de verano. También el travieso sombrerito que sustituía a la virtuosa capota que la hermana de Franz llevaba los días de fiesta era color azul cielo y estaba adornado de flores. Franz nunca había visto a una muchacha tan hermosa.

—Pero... pero... eso no sería... hum... apropiado —murmuró—. Yo... no... no nos han presentado antes.

La joven sonrió.

—Soy Linda Brandman —dijo—. Y esta es Carol. —Señaló a la excitada rubia que estaba a su lado—. Es mi hermana. Normalmente no es tan descortés, pero hoy está un poco nerviosa. Tiene que darle suerte a su prometido.

Franz se sorprendió pensando si Linda también tendría un prometido. Parecía todavía tan joven, tan dulce, tan inocente... Franz ya había pensado con frecuencia en su futura esposa. Tenía que hacerlo. Se esperaba que un misionero estuviese casado, la mayoría de sus compañeros de la escuela misionera habían contraído matrimonio después de su ordenación. Su elección solía recaer en una prima o en otra pariente lejana que no los hubiese distraído durante su formación con pensamientos lascivos. Franz también había considerado hasta entonces a las mujeres solo desde el punto de vista de sus aptitudes para convertirse en mujer de un párroco, ama de casa y en cualquier caso compañera. Pero ahora miraba a esa muchacha, Linda, y empezó a soñar de golpe con una cálida y acogedora casa, con risas de niños y —válgame Dios— simplemente con estrechar entre sus brazos a su rubia esposa y besarla. Tuvo que obligarse a apartar los ojos.

—Soy... —Se dispuso a presentarse, pero Benny lo interrumpió con su resonante voz.

—Aquí está, reverendo... ¡y ya entablando amistad con señoritas! ¡Está usted hecho un conquistador! —Rio y Franz se puso como un tomate—. Venga, ahí detrás están los Redwood, tienen una granja junto al Waimakariri. A lo mejor conocen a su hermana. Se los presentaré por si acaso.

Franz balbuceó una educada despedida que Linda contestó amablemente y Carol con indiferencia. En ese momento los remeros formaban en el río para competir en la primera prueba y ella solo tenía ojos para los botes. Linda sonrió disculpándose y Franz habría contestado a esa sonrisa si no lo hubiese encontrado poco apropiado. Sin decir nada más, siguió a Benny. El hombre lo condujo hacia un carro entoldado provisto de mantas y cojines encima, debajo y al lado del cual acampaba una ruidosa y, a ojos vistas, gran familia. Una mujer de cabello castaño y regordeta repartía magdalenas a toda una cuadrilla de niños, chicos de diferentes edades que se peleaban sin que nadie les dijera nada. En Hahndorf, los mayores al menos ya estarían trabajando en los campos de cultivo de su marido. Pero aquí se perseguían para pillarse y jugaban con los tres o cuatro perros que correteaban alrededor del carro. Estos parecían todos parientes de las dos muchachas rubias. Una chica de cabello oscuro y belleza angelical observaba relativamente interesada la salida de los primeros regatistas, mientras sostenía un bebé en las rodillas.

—¿Tiene un momento, señora Redwood? —Benny se dirigió a la mujer del carro, quien inmediatamente le sonrió.

—¡Benny O'Rourke! ¡Hacía una eternidad que no lo veía! ¿Sigue guardando todavía el Bridle Path? ¿Quiere una magdalena? —Le tendió la lata con las pastas.

—Quisiera presentarle primero a una persona —dijo Benny, mirando ávido los bollitos—. Es el reverendo... ¿Cómo me ha dicho que se llamaba? Viene a visitar a una persona y creo que debe de vivir por su zona. Reverendo, esta es Laura Redwood...

Franz Lange se inclinó formalmente y se presentó. La mujer del carro no mostró ninguna emoción, pero la muchacha de cabello oscuro sí pareció prestar atención. Lo observaba reflexiva con sus grandes ojos de un azul verdoso. Franz casi reconoció algo en ese rostro... Sí, se parecía un poco a Linda, ¿no? Se frotó la frente. ¡Qué tontería! Había estado un momento mirando a Linda y ya parecía ver sus rasgos en todos los rostros bonitos con que se encontraba.

—Estoy buscando a mi hermana Ida —dijo decidido a la mujer que Benny acababa de presentarle—. Ida Jensch.

Laura Redwood resplandeció.

—¿Es usted el hermano de Ida, reverendo? ¡Dios bendito! Franz, ¿no es cierto? Debe de ser usted el hermano pequeño. Ida ha hablado tantas veces de usted y estaba tan preocupada... Dios mío, ¡cuánto se alegrará de verlo! ¡Qué pena que no esté aquí! Y mira que le dije que viniera...

—¿Está aquí? —preguntó Franz, confundido.

Solo podía pensar en el hecho de que Ida no lo hubiese olvidado. Había hablado de él, se había preocupado por él.

Laura Redwood sonrió reflexiva, el joven parecía ser algo duro de mollera.

—No, no está aquí —repitió—, hacía mucho que no veía a su amiga Cat y prefirió pasar un rato con ella en lugar de venir a las regatas. Pero su marido y sus hijas sí están aquí. —Laura se volvió hacia la muchacha de cabello oscuro.

—Mara —dijo—. Dame a Julie. Y luego llevas a tu tío con tu padre. Reverendo Lange, le presento a su sobrina Margaret. La llamamos Mara.

9

Mara Jensch se orientó en el terreno donde se celebraba la fiesta y se encaminó hacia un puesto de bebidas junto al prado del río. Se movía con la elegancia de una bailarina y tan deprisa que Franz casi no podía seguirla. Callaba, aunque no daba la impresión de sentirse intimidada. Más bien parecía reflexionar acerca de algo.

Franz le dirigió la palabra.

—¿Tu nombre es Margaret, pequeña? —preguntó—. Margarethe era el nombre de mi madre. Seguro que te han llamado así por ella.

La chica asintió.

—Ya lo sé. Me lo ha contado Mamida. Es el nombre de una flor que aquí no existe. Me gusta más Mara. O Marama... —Su tono era nostálgico, casi como si recordase algo o a alguien—. Marama es maorí y significa «luna». Usted... bueno... usted es reverendo. ¿Va a ocuparse de la parroquia de aquí? —La pregunta sonó un poco ansiosa.

Franz negó con la cabeza.

—No; soy misionero —contestó solemne—. Voy a...

—¡Ya me lo pensaba yo! —En el bonito rostro de Mara apareció un resplandor triunfal—. ¿Va a trabajar en la escuela de la misión? ¿En Tuahiwi?

—Trabajaré en una escuela de Opotiki. En la Isla Norte.

—Oh...

La muchacha pareció decepcionada, pero se recuperó enseguida. Ya habían llegado al puesto de refrescos. Mara señaló a un par de hombres que bebían cerveza y conversaban amistosamente. A Frank le resultó vagamente conocido uno de ellos, rubio y desgarbado.

—Ese es mi padre —lo presentó Mara, dando unos golpecitos al hombre en la espalda—. Kapa, el reverendo dice que es el hermano de Mamida.

Karl se dio media vuelta y miró a Franz Lange con incredulidad. Luego sonrió.

—¡Franz! ¡Por todos los santos, la última vez que te vi tenías ocho años y estabas en el barco, mareado como una sopa! Y ahora... Dios mío, ¡cuánto se alegrará Ida!

«No pronunciarás el nombre de Dios en vano.» Franz tenía en la punta de la lengua la cita bíblica, con que su padre solía acompañar cualquier expresión cotidiana e irreflexiva en la que se aludía al Señor. Pero se contuvo.

—Todavía me mareo cuando voy en barco —observó en cambio, y retrocedió cuando Karl le puso cariñosamente las manos sobre los hombros e hizo el gesto de ir a abrazarlo—. Pero puesto que los caminos del Señor me llevan de vuelta a Nueva Zelanda, he considerado oportuno saludar a mi hermana. Y... y daros también saludos de... nuestro padre.

Jacob Lange no le había encargado que hiciera algo así, ni siquiera sabía del viaje de Franz a la Isla Sur. Pero Ida seguramente esperaría los saludos de su progenitor y, a fin de cuentas, esta cauta fórmula de cortesía no era mentira.

—¡Vaya! —exclamó Karl—. Chris, ¿lo has entendido? ¡Es el hermano pequeño de Ida! Franz, este es mi amigo y socio Christopher Fenroy.

Franz saludó a Chris, así como a los demás hombres que Karl le presentó a continuación, incluido Joseph Redwood. Este acababa de pedir otra ronda de cerveza e incluyó una jarra para Franz.

—¡Entonces bebamos por el regreso del hijo pródigo! —Rio—. O mejor dicho, del hermano pródigo. ¡Salud, reverendo!

Franz tragó, pero sin cerveza. De ninguna manera iba a tocar el alcohol. Por suerte, los hombres no tardaron en perder interés por él. Solo Karl siguió haciéndole preguntas.

—Así que a evangelizar a los maoríes. Ardua tarea. Siempre tengo la impresión de que son muy felices con sus dioses. ¿Hablas su lengua?

Franz hizo una mueca.

—En este mundo no se trata de ser o no ser feliz con la religión, sino de escapar a la condena eterna —respondió inflexible—. Y en lo que se refiere al idioma, los salvajes deberían aprender la lengua de Lutero, no nosotros la de ellos.

Karl arqueó las cejas.

—¿Vas a enseñarles alemán? No me parece que vayas a tener mucho éxito. Pero si es eso lo que quieres... —No estaba dispuesto a discutir sobre cuestiones teológicas con un representante de la comunidad de Raben Steinfeld, pues eso es lo que parecía tener frente a él veinte años después de la caída de Sankt Paulidorf. Era casi patético—. Voy a presentarte a las chicas —propuso, cambiando de tema—. Y si además has llegado por el Bridle Path, debes de estar hambriento. Ven conmigo, miraremos un par de regatas mientras vaciamos el cesto de la comida. Siempre que le parezca bien a tu sobrina mayor. ¿Ha salido ya el maravilloso Oliver con su doble, Mara?

Karl se volvió sonriente a su hija. Ella lanzó una mirada al río, donde la gente reía, alborotaba y animaba a sus favoritos.

—Ya se han hecho las primeras carreras. Creo que han empezado con los seis o los cuatro. No había tantos. Dobles, hay alrededor de unos veinte, faltan varias eliminatorias antes de que el asunto se ponga interesante.

Karl suspiró.

—Da igual, a pesar de todo tengo hambre. Y nos tenemos que asegurar al menos un par de deliciosos bocados de Ida antes de que llegue el campeón y se deje agasajar.

Mara soltó una risita.

—¿Puedo ir con vosotros? —preguntó—. ¡No todos los días se encuentra a un tío que se había dado por perdido!

Tenía un deje travieso y Franz se sorprendió. La muchacha no se había interesado por él antes de que saliera el tema de su misión evangelizadora.

Karl asintió.

—Si Laura no te necesita ahora —puntualizó—. No nos has contado todavía cómo te va. ¿De verdad te gustan los bebés?

Esto al menos aclaró a Franz por qué había encontrado a Mara con los Redwood. Ida y Karl habían puesto a trabajar a la muchacha. Al parecer, una granja de ovejas en Nueva Zelanda no producía tanto dinero.

Mara se encogió de hombros.

—Julie es mona —respondió—. Y estoy a gusto con Laura. ¿Sabéis... sabéis algo de Jane?

Karl sonrió.

—¿Te refieres a si sabemos algo de Eru? No, su nombre ya no se menciona ni dentro ni por los alrededores de Iron Janey's Station. Debe de ser duro para Te Haitara. Ah, ahí están las chicas. Y la regata debe de encontrarse en su fase decisiva.

En efecto, el comentador se refería a la eliminatoria final mientras por el Avon se deslizaban casi alineados cuatro botes pequeños. Los espectadores vociferaban en cuanto uno se adelantaba un poco o jaleaban si otro se quedaba atrás.

Karl, Franz y Mara ya habían llegado al prado que descendía suavemente hasta el río en que Franz había conocido a las dos hermanas rubias y buscó con la mirada a Linda. Enseguida encontró el lugar donde se habían colocado las chicas, era imposible no ver a Carol. La joven estaba de pie, saltaba de excitación arriba y abajo y animaba a gritos a los regatistas. El perrito daba vueltas alrededor de ella ladrando de emoción.

También Linda se había levantado para ver mejor, aunque su comportamiento era más contenido. A pesar de todo, también daba gritos de alegría y abrazó a su hermana cuando un doble pintado de azul avanzó con determinación en los últimos metros antes de la meta.

—Los ganadores en la categoría de doble sin timonel son...

—anunció el representante del club de remo que comentaba la competición con un megáfono— ¡Oliver Butler y Joe Fitzpatrick!

—¡Bieeeen!

Carol volvió a gritar y la perra se unió a ella con sus ladridos, y Franz se quedó boquiabierto cuando Mara y Karl se dirigieron directos hacia las muchachas.

—¡Hemos ganado! —Carol abrazó también a Mara—. ¿Lo habéis visto? ¿Mara, Kapa? ¿Habéis visto a Oliver?

Karl Jensch hizo una mueca.

—No somos ciegos —respondió con sequedad—. Pero por una vez estoy de acuerdo con tu futura suegra: una señorita conserva la compostura a pesar de todo. Así que deja de ir dando brincos como un diablo saltarín, Carol. Y tú también, *Fancy*, ¡alégrate sin armar tanto jaleo!

La perra puso fin a sus enervantes ladridos y bajó la cola. Carol se esforzó por ponerse seria.

—Además traigo una noticia más importante —añadió Karl—. Tenemos visita de Australia. Vuestro tío acaba de llegar. —Se volvió sonriente hacia Franz y señaló con un gesto de orgullo a las chicas—. Este es el reverendo Franz Lange, el hermano de vuestra madre. Estas son Carol y Linda, Franz. Nuestras hijas mayores.

Franz fue incapaz de describir la sensación que lo invadió cuando le presentaron a Linda como sobrina suya. Era como si alguien hubiese corrido un sombrío velo delante de un día soleado de verano. Franz solo podía esperar que no se le notara la decepción; tal vez la extraña atracción que Linda había ejercido sobre él se debía a su parecido con Ida. Claro, también Ida tenía esa voz dulce y amable y un rostro bonito y armonioso. Su hermana Elsbeth era más rubia, así que también creyó reconocer sus rasgos en Linda.

Y pese a todo... algo en Franz se negaba a creer en el parentesco.

—¿No... nos ha presentado hace un momento con el nombre de Branwer? —preguntó balbuceante. Para ello tuvo que mirar a

Linda, esperando no ruborizarse. Pero estaba seguro de que no había dicho Jensch.

—Brandman —lo corrigió Linda con su arrebatadora voz.

Para Franz, era como si acariciase su alma, pero también provocaba reacciones en su cuerpo. Escandalizado ante sí mismo, luchó por vencer sus emociones. Ahora lo entendía: Karl había presentado a las muchachas como si fueran las hijas de Ida y él, pero de hecho eran del primer matrimonio de Ida con Ottfried Brandman. Franz recordó que este ya había fanfarroneado en Nelson pronunciando su apellido como si fuera inglés.

—Cuando hayan acabado las regatas —intervino Karl, quien por suerte no estaba tan pendiente de Franz como para observar los sentimientos que se reflejaban en su rostro—, abriremos la cesta de la comida. Seguro que vuestro tío tiene hambre y lo mismo me ocurre a mí.

En realidad, Franz había perdido el apetito.

—¡Claro! —exclamó Carol—. Tenemos que preparar el pícnic. Oliver vendrá enseguida, he invitado también a Joe Fitzpatrick. ¿Estás de acuerdo, Kapa?

Sonrió traviesa y se puso a extender un mantel blanco sobre la manta. Mientras *Fancy* se sentaba obediente y seguía con sus inteligentes ojos de collie los quehaceres de su ama, Carol sacó platos de porcelana, cubiertos, copas de agua y vino que distribuyó con elegancia.

—Ahora se van a entregar los premios —anunció Linda.

Esto dio motivo a que Carol interrumpiera sus labores de anfitriona. Se concentró de nuevo en lo que ocurría en el Avon. Los botes ganadores habían amarrado en el embarcadero desde el cual las autoridades de Christchurch y los representantes del club de remos habían seguido la regata. Al sonar de nuevo la melodía de *God Save the Queen*, los vencedores se pusieron en fila. La señora Tribe, la esposa de uno de los miembros fundadores del club de remo de Canterbury, los felicitó y les puso las medallas.

Oliver Butler estaba en el centro de los regatistas, y a su lado había un hombre nervudo y mucho más bajo, obviamente Joe Fitzpatrick. Este estrechó la mano de la señora Tribe y después la de George Henry con demasiada efusión. A los Tribe eso no pareció agradarles del todo, sobre todo a la señora, que se libró de él a toda prisa para charlar amistosamente con Oliver. Carol y Linda reconocieron también entre la gente del club de remos al capitán y a Deborah Butler. Estaban agasajando a su hijo entre la gente más importante de las Llanuras.

—¿Cómo es que los Butler están en la tribuna de honor? —preguntó Linda.

También Carol estaba ansiosa por preguntar lo mismo cuando vio a sus futuros suegros. «¿Y por qué no me han pedido que fuera con ellos?», pensó ofendida.

—Supongo que porque han ingresado en el club de remos y colaborado con alguna aportación en los trofeos —observó alguien detrás de las muchachas. Franz reconoció a Chris Fenroy, a quien Karl había presentado antes como su amigo y socio—. Así es como funciona en los círculos distinguidos. El honor no se adquiere gratis. Pero creo que no vale la pena esforzarse por ocupar ese sitio. No hay cerveza y además uno tiene que conversar cortésmente con la señora Tribe, que tiene más o menos el entendimiento de una oveja. —Chris depositó sobre el mantel el cántaro de cerveza que llevaba y acarició a *Fancy*, que lo saludó complacida—. Yo en cualquier caso prefiero la compañía de una simpática dama collie. Aunque si vuestra felicidad depende de ello, señoritas, me inscribiré como socio.

—¡Pero si tú no remas!

Mara rio. Acababa de abrir la cesta de la comida y llenó un plato con muslos de pollo asados. Se sirvió a sí misma despreocupadamente antes de ofrecer a su padre, Chris y Franz.

Chris arqueó las cejas y tomó un trozo de pollo.

—Seguro que el capitán Butler tampoco ha vuelto a remar desde que de cazador de ballenas ascendió a capitán, a saber cómo. Servíos cerveza, la he traído para todos.

Franz inspiró hondo mientras Karl no se lo hacía repetir y se llenaba uno de los vasos de cristal a los que Carol con tanto esmero había sacado brillo.

—Ese tipo llamado Fitz no sé qué, que acaba de ganar la regata de doble con Ollie Butler, sí que rema como alma que lleva el diablo —prosiguió Chris, sin percatarse de que Franz se santiguaba al oír invocar al señor de los infiernos—. A pesar de todo, he oído que no puede ingresar en el club. Según el parecer de la nobleza de Christchurch, el chico no es un *gentleman*.

Karl rio.

—¿Y Butler sí lo es? —Él también cogió un muslo de pollo y paseó la mirada por los reunidos en el muelle mientras masticaba—. ¿Y Weavers? ¿No había ganado el dinero para comprar la granja jugando al póquer?

Chris negó con la cabeza sonriendo irónico.

—No, ese era Warden, de Kiward Station. Se supone que Weavers encontró oro en Australia. Sostiene que no lo deportaron allí. Tonto el que se lo crea.

Franz volvió a santiguarse. Exceptuando a Mara, que lo miraba extrañada, nadie parecía hacerle caso.

—Sea como fuere, ahora son todos barones de la lana, mientras que Fitz no sé qué cuida de los botes en el club de remos. Y al menos tres de esos honorables señores no toleran que ingrese en su noble club. En fin, ojalá el haber ganado hoy pueda ayudar a ese pobre diablo.

Franz carraspeó.

—¿Y qué es —preguntó, dispuesto a pelearse por su religión— lo que le hace suponer que nada obstaculizaría su ingreso en el club? ¿A un... bueno... *gentleman* en cuya boca se halla constantemente el Maligno?

Chris miró desconcertado el muslo de pollo que, según su opinión, nada tenía de maligno.

—Mi apellido —respondió tranquilamente—. Y mi dinero. Los Fenroy son una antigua familia noble y Rata Station es, si quiere llamarlo así, una baronía de la lana. Por otra parte, es imposible saber quién lanza la bola negra en la urna. El voto de los miembros del club para admitir a una persona nueva es secreto. A cada uno se le entrega una bola negra y otra blanca, la blanca significa sí y la negra, no. Si al final hay tres bolitas negras en el bote, ¡mala suerte! Pero bueno, como Mara ya ha dicho, yo, de todos modos, no remo.

—Y en cualquier caso, Carol ocupará el próximo año la tribuna de honor —tranquilizó también Linda a su hermana, dirigiéndole una reconfortante sonrisa—. Como esposa de Oliver.

Entretanto, la entrega de los premios había concluido. Los ganadores volvieron a subir a los botes y remaron de vuelta al cobertizo donde se guardaban los botes en el club. En ese momento surcaban el Avon los ocho, punto culminante y competición de clausura de la regata. Ver entrar esas largas embarcaciones era una imagen impactante y, pese a que solo se había reunido tripulación para dos ochos, la carrera fue muy emocionante. Incluso Chris y Karl se dejaron arrastrar por el entusiasmo de la multitud que animaba y gritaba a voz en cuello mientras los botes corrían a la par hasta poco antes de llegar a la meta.

Chris reconoció entre los remeros a un antiguo trabajador de Rata Station, por lo que los hombres tomaron partido por esa embarcación y gritaron y silbaron hasta que al final ganó una ventaja de media cabeza.

Franz tomó nota disgustado de que el marido de su hermana y el amigo de este se comportaban como dos escolares, en parte también debido al alcohol que habían consumido en el puesto de cerveza y luego durante la comida campestre. Solo volvió a animarse cuando Linda buscó su mirada y le hizo un guiño de complicidad. También ella parecía haberse percatado del comportamiento poco adecuado de los hombres, aunque no lo juzgaba con tanta severidad como el reverendo. Su sonrisa indolente pareció levantar un poco el velo negro que se había extendido ante los sentidos de Franz.

Carol se volvió de nuevo hacia los preparativos de la comida y riñó a Mara por haber asaltado la cesta de la comida.

—¡No comemos con los dedos! —la regañó mientras Mara se

chupaba la grasa. Estaba encantadora, como una gata noble acicalándose.

—Pues ¿cómo si no? —defendió Karl a su hija menor—. Es un pícnic, Carol, significa que fingimos que nos alimentamos en plena naturaleza. ¿Recuerdas algún viaje a los pastizales de montaña en que tu madre y Cat se hayan llevado platos de porcelana?

—En rigor, ni Ida ni Cat tenían vajilla de porcelana. Carol había encontrado los valiosos platos decorados con escenas de cacería inglesa escondidos en el armario de la casa de piedra. Probablemente habían pertenecido al ajuar de Jane Fenroy—. ¡Así que relájate! De todos modos, después de la carrera tu Oliver estará tan hambriento que no pensará en los modales en la mesa.

Antes de que Carol pudiera ponerlo en duda, volvieron a oír los aplausos y vítores de los espectadores. Homenajeaban a Oliver Butler. El joven avanzaba por el sendero de la orilla en ese momento, saludando contento a derecha e izquierda. Mientras, buscaba con la vista a su prometida y a la familia de esta.

Carol agitó las manos con frenesí.

Franz se sintió molesto, pero los demás aplaudieron sonrientes cuando Oliver tomó en brazos a su prometida, la hizo girar en el aire y la besó con toda naturalidad.

—¡Hemos ganado! —exclamó—. ¿No te lo había dicho? —Se quitó triunfante la medalla del cuello y se la colgó a Carol. La joven se estrechó feliz y orgullosa entre sus brazos—. ¡Y se lo debo a Joe Fitzpatrick! ¿Dónde está ahora?

10

Joe Fitzpatrick se había mantenido a la sombra durante la marcha triunfal de Oliver entre la multitud. No era extraño, todo el mundo conocía ahí a Oliver Butler, pues Butler Station era una de las granjas de ovejas de mayor renombre de la región. Fitz, por el contrario, acababa de llegar hacía un par de meses a las llanuras de Canterbury. También se encontraba un poco perdido cuando Oliver saludó a Carol. Pero su confianza en sí mismo no se debilitó. Joe Fitzpatrick paseó inquisitivo la mirada sobre la gente de Rata Station. Luego se concentró en Linda, que se mantenía un poco apartada mientras los prometidos se hacían carantoñas.

El interés de Linda pareció despertar cuando Joe la miró a los ojos. Joe Fitzpatrick era un hombre de poca estatura. A diferencia de Oliver, que superaba a Carol casi en una cabeza, Linda estimó que no era mucho más alto que ella misma. Sus piernas parecían cortas en relación con su torso fornido y sus musculosos brazos: se percibía en él al remero entrenado. Su rostro no tenía una belleza clásica como el de Oliver, pero era interesante. Era anguloso y estaba bronceado. Alrededor de sus labios bien recortados parecía juguetear una sonrisa entre relajada y algo burlona. Tenía una nariz prominente y recta, las cejas abundantes y oscuras como el cabello, que llevaba corto pero algo revuelto, como si no quisiera someterse al peine. Fitz tenía unos ojos azul mar, un contraste extraño con su aspecto más bien mediterráneo. Linda no creía haber visto nunca unos ojos tan despiertos. En la mirada de Fitz parecía brillar una luz, sin ser por ello punzante ni inquieta. Reflejaba tan solo un interés alerta por todo lo que ocurría a su alrededor. Sin duda, era un agudo observador y conseguía que la persona a quien enfocaba tuviera la sensación de ser importante. En realidad, que la mirase tan penetrantemente como la estaba mirando a ella en ese momento no tenía nada de caballeroso. Pero Linda no se sintió molesta, sino adulada y feliz de ser el centro de su atención.

—¿Es usted la melliza? —preguntó, saludándola—. Yo soy el segundo hombre en el bote, al menos para los espectadores; todos miran solo a Ollie. ¿Cuál es su caso? ¿Fue usted la primera o la segunda?

Linda se quedó desconcertada.

—¿Cuándo? —preguntó.

—Al nacer —precisó Fitz—. ¿Quién tiene, como dice la Biblia, el derecho de primogenitura? ¿Y quién es el timonel, o la timonel? —Sonrió.

Linda soltó una risita, aunque en realidad tendría que haberse escandalizado. A fin de cuentas, era muy indecoroso hacer preguntas tan personales cuando acababan de conocerse.

—Carol fue la primera —respondió—. Es un par de horas mayor. —De hecho era un par de días mayor, pero las chicas se habían presentado tantas veces como mellizas que tenían asumida esa pequeña desviación de la verdad—. Y la mayoría de las veces también es ella quien marca el compás —reconoció Linda—. La gente se fija más en Carol.

Se habría dado una bofetada justo después de decir estas palabras, pues parecía como si estuviese celosa de Carol. Y eso que nunca había pensado en esas cosas. Y ahora ese hombre debía de pensar que ella se sentía por debajo de su hermana. Y hasta podía pensar que ella tenía que darle pena.

Pero Fitz se limitó a encogerse de hombros.

—Entonces encajamos los dos —dijo, y cambió de tema—. ¿Este fantástico pícnic nos está esperando?

Señaló el mantel sobre el que Carol y Mara habían colocado

platos, bandejas y cestos con pan y queso, jamón y carne fría, huevos y distintos *chutneys* de la cocina de Ida.

Linda asintió.

—¿Puedo acompañarla entonces a la mesa?

Fitz se inclinó tan ceremoniosamente ante ella como si se hallaran en un baile. Galante, le ofreció el brazo. Antes de que ella lo tomara con un gesto igual de teatral, Oliver gritó:

—Joe, ¡estás aquí! Carol, este es Joe, o Fitz, como lo llaman todos... Linda...

—Joe Fitzpatrick. Me alegro de conocerla —dijo Fitz.

Dirigió la palabra a Carol, pero de algún modo consiguió que Linda tuviera la sensación de que no se refería a nadie más en el mundo que a ella.

El resto de la tarde transcurrió tan relajada y maravillosamente como Carol había soñado. La comida estuvo muy animada, aunque hubiera empezado con un pequeño desacuerdo. El reverendo Lange observó malhumorado que nadie bendecía la comida con una oración. Karl y Chris le pidieron amablemente que lo hiciera él mismo, con lo cual todos tuvieron que escuchar durante un cuarto de hora cómo Franz daba las gracias a Dios por aquel alimento. La alegría del ambiente se empañó al principio, hasta que Joe Fitzpatrick relajó los ánimos con un par de bromas. Linda abrió una de las botellas de vino que habían llevado y Karl y Chris volvieron a servirse cerveza antes de abalanzarse sobre la comida.

Carol confirmó disgustada que nadie decía ni por favor ni gracias, y tampoco entablaba una conversación ligera como era habitual en las fiestas del jardín de la señora Butler. Esperaba que su prometido no se lo echara en cara. Pero después se alegró simplemente de que todo estuviera tan rico. Oliver y Fitz estaban igual de hambrientos y se servían sin contención. Pese a todo, Oliver todavía mordía su trozo de pollo aguantando con cierta compostura el hueso del muslo con los dedos, mientras Fitz mordisqueaba el muslo y las alas con la misma despreocupación que Mara, Chris y Karl. Y, al igual que Mara, se veía sensual al hacerlo. Mientras Carol sirvió el vino con afectación, ofreciéndoselo a Oliver el primero para que diera formalmente el visto bueno, Fitz prefirió servirse cerveza del cántaro.

Respecto a la conversación, Fitz hizo reír a las chicas. Se limitó a interrumpir a Oliver cuando describía minuciosamente por tercera vez todos los detalles de la competición y contó anécdotas acerca de las legendarias regatas de Oxford y Cambridge.

—¿Ha estudiado en Oxford, entonces? —preguntó Linda.

Fitz asintió.

—Se puede decir que sí —respondió—. La vida estudiantil me gustó mucho.

—¿Qué aprendió? —quiso saber Carol.

Levantó los hombros.

—Un poco de esto y un poco de aquello... A remar. A beber y pelear como un hombre. A tratar un caballo y escribir un poema. A cantar, reír y vivir. Y a conquistar a una chica... —Le guiñó el ojo a Carol.

—Sobre todo el *whaikorero*, el arte de la oratoria —observó indiferente Mara—. ¿Y por casualidad algo con lo que ganar dinero?

—Hablas como Jane —la riñó Linda.

Mara hizo una mueca burlona y se rio.

—Quiero casarme con su hijo. A lo mejor me parezco más a ella de lo que piensa. Pero diga, señor Fitz, ¿qué quería ser? ¿Médico, abogado, profesor? ¿Y por qué no ha llegado a serlo?

—¡Mara! —«Tierra, trágame», pensó Linda, tanta vergüenza ajena la hizo sentir su hermana. También a ella le había pasado por la cabeza que Fitz no había concluido la carrera con buenos resultados, pero nunca se habría atrevido a preguntarle la razón. Aunque alguna debía de haber. A fin de cuentas, él no parecía nada tonto.

Fitz sonrió a la muchacha, sin rastro alguno de sentirse ofendido o incómodo.

—En algún momento me di cuenta de que no quería ser más —respondió—. ¡Ya soy algo! Soy Joe Fitzpatrick. Y a quien no le guste lo que soy, no tiene que tratar conmigo.

Karl había escuchado por azar la conversación entre los jóvenes. Se estaba aburriendo con Franz, a quien había que sonsacarle cualquier información sobre sus estudios y su familia. Se percató en ese momento de cómo le brillaban los ojos a Linda. Escuchaba fascinada las palabras de ese simpático cabeza de chorlito. Karl creyó necesario intervenir.

—No obstante, de algo tiene usted que vivir, joven —observó—. Ganar dinero... Y más si piensa en un futuro próximo pedir la mano de alguna damisela.

Fitz levantó los brazos.

—El dinero viene y va —respondió tranquilamente—. Y yo, por mi parte, no lo considero tan importante. Estoy contento cuando lo tengo, pero también lo estoy cuando no lo tengo. ¿Qué dice la Biblia? No siembran ni cosechan, pero el Padre celestial los alimenta. O algo parecido.

—La auténtica riqueza está en la fe —terció Franz sin haber llegado a entender de qué trataba la conversación—. La auténtica felicidad consiste en seguir a Jesucristo.

Fitz se puso serio.

—Y también nuestro Señor era pobre. Justo a eso me refiero, reverendo. ¡No tenemos que aferrarnos a los valores materiales!

Franz asintió con vehemencia.

Chris cogió el cántaro de cerveza vacío y se puso en pie.

—Bienaventurados los pobres de espíritu —señaló, haciendo el signo de la cruz. Desde el comienzo, la relación entre él y el hermano de Ida había sido tirante. Mientras Karl no se había dado cuenta, a él le había puesto de los nervios que Franz pareciera desaprobar cada trago que corría por la garganta de los hombres. En ese momento se hartó de la santurronería del joven misionero—. Bien, yo me voy al puesto de cerveza a seguir rezando. ¿Vienes, Karl?

Karl titubeó. Se habría ido de buen grado con su amigo, pero no quería ser descortés. A fin de cuentas, tendrían que soportar más tiempo a Franz como huésped.

—¿Y ahora, qué planes tienes, Franz? —preguntó al misionero—. Me refiero a hoy. Nosotros pasaremos la noche en casa de los Deans, en Riccarton. Naturalmente, puedo preguntar si también tienen una cama para ti. Y mañana vienes con nosotros a Rata Station.

Alojar a la familia Redwood ya exigía un generoso acto de hospitalidad por parte de los Deans. Además se sumaban Linda, Carol y Mara, para quienes seguro que se había preparado una habitación de invitados. Karl y Chris estaban dispuestos a dormir en el establo. Allí por supuesto que habría también sitio para Franz, pero algo le decía a Karl que la compañía de vacas y caballos no sería del agrado del reverendo. Sin contar con que Karl y Chris pensaban mitigar la incomodidad de la cama con una botella de whisky. No necesitaban ahí las miradas de desaprobación de Franz.

—He avisado a los hermanos de la misión de Tuahiwi —explicó Franz Lange con gravedad—. Han respondido con presteza a mi carta y me enseñarán de buen grado la escuela, y además me alojarán el tiempo que desee.

Mara prestó atención. ¿Iba a acabar resultándole útil ese misionero?

—Entonces todavía te queda un largo trecho —señaló Karl—. Tuahiwi está bastante lejos de aquí. Si realmente quieres llegar hoy a pie hasta allí, deberías ponerte en marcha enseguida.

Franz tragó saliva. En realidad había creído que la escuela de la misión se encontraba en el área urbana de Christchurch. No estaba preparado para una larga caminata, pero se resignó animosamente. Más valía una larga marcha que seguir viendo cómo Linda intercambiaba cumplidos con ese mozo llamado Joe Fitzpatrick. Al menos parecía ser, en cierto modo, un buen cristiano; era el único que había citado correctamente la Biblia. En la comida campestre de la comunidad de Hahndorf no pasaba un cuarto de hora sin que alguien no alabara el nombre del Señor. Pero a Franz le dolía cada sonrisa que Linda dedicaba a Fitzpatrick y cada chispa que surgía en sus ojos cuando él le dirigía un cumplido. Aunque se decía que como tío suyo no tenía ningún derecho a ponerse así y que su condición le prohibía quedarse mirando a las muchachas jóvenes en general, no podía apartar la vista de Linda.

Mientras Franz se esforzaba por responder a las preguntas de Karl, sus sentimientos oscilaban entre el enfado y los celos hacia Fitzpatrick y Oliver. Estaba indignado con Karl, que hacía como si no viera que Carol y Oliver se besaban continuamente y que Fitzpatrick flirteaba sin ningún pudor con Linda. Y Mara estaba ahí tan tranquila, haciendo comentarios burlones en lugar de estar ocupándose de los hijos de los señores para quienes trabajaba, como hubiera sido propio de una empleada. Karl Jensch tampoco se preocupaba de eso. En Franz bullían la perplejidad y la indignación. El viaje a Tuahiwi debía de ser un castigo que Dios le imponía por eso.

—Entonces seguiré tu consejo y me iré ahora mismo —anunció ceremoniosamente—. Y quién sabe, a lo mejor me encuentro un alma piadosa que me recoja por el camino y me lleve. Si pudieras mostrarme la dirección, Karl, y si me dijeras dónde nos encontramos mañana para seguir el viaje...

Mara se puso en pie de un brinco.

—Yo le mostraré... bueno... a ti, por dónde hay que ir, reverendo... bueno... tío Franz. —Sonrió—. De todos modos, tengo que volver con los Redwood. ¡Nos vemos luego en casa de los Deans! —Ingenua y franca, saludó a sus hermanas, Chris y su padre antes de que tuvieran tiempo de decirle algo—. ¡Vamos, tío!

Franz Lange siguió a la muchacha a través del bullicio de la fiesta por un camino que corría paralelo a la costa hacia el norte.

—Solo tienes que seguir este camino —explicó— hasta el río Waimakariri. Tienes que cruzarlo. Hay barqueros, tendrás que encontrar a alguien que te lleve al otro lado. Luego sigues hacia el norte. A lo mejor está marcado. No lo sé, nunca he estado por allí. Pero seguro que lo encuentras.

Franz asintió.

—¿Y dónde os encuentro mañana? —preguntó.

Mara se frotó las sienes.

—Junto al río —respondió—. Luego viajaremos corriente arriba. Pero no te preocupes. Mañana temprano iré a recogerte.

11

Mara salió antes del amanecer de la casa de los hermanos Deans. Ignoraba si el reverendo sabía montar, pero esperaba que sí en un hombre que se planteaba marcharse a un territorio inexplorado para llevar la palabra de Dios a los infieles. Si la Church Mission Society quería que sus mensajeros cumplieran con éxito su tarea, tenía que enseñarles a montar.

Así pues, Mara cogió su caballo blanco y otro de los Redwood —los habitantes de Rata Station habían bajado en el bote por el Waimakariri— y puso rumbo al norte. El fuerte castrado bayo, que corría obediente junto a su yegua, pertenecía a Joseph Redwood y seguro que por la mañana lo echarían en falta. Mara pensó brevemente si debía dejar una nota, pero ya había dejado una para Laura en la cuna de Julie. Así sabrían dónde estaba y que se reuniría con el resto junto al Waimakariri. Esperaba que no le cayera una bronca demasiado fuerte cuando llegase con el reverendo. Su inesperada aparición era como un regalo del cielo. O de los espíritus, que eran más bien los responsables de la relación entre Mara y Eru. Esa noche se habría marchado de todos modos a Tuahiwi, pero Franz Lange le ofrecía un pretexto.

Pese a la penumbra, era imposible no encontrar la carretera tan transitada a Waimakariri. Mara recorrió los primeros kilómetros. Más difícil le resultó cruzar el río. Tardó en encontrar el vado y se mojó los pies cuando la yegua se hundió de repente hasta la silla. Luego descubrió en un embarcadero un bote de remos atado. Alguien se ganaba un par de céntimos allí durante el día cruzando a los caminantes de una orilla a otra. Mara no se lo pensó dos veces, cogió el bote y dejó que los caballos nadaran a su lado. Lo amarró al otro lado y esperó estar de vuelta con el reverendo antes de que el barquero empezara su jornada.

En la cara norte de Waimakariri el camino se estrechaba. Mara había contado con encontrar un par de granjas por ahí, pero al parecer la escuela misionera se hallaba muy apartada de cualquier asentamiento *pakeha*. A esas alturas estaba contenta de haber ido a caballo y no en carro. Durante el día seguro que se veía una pista, pues la escuela debía de abastecerse desde Christchurch. Sin embargo, ahora, en la penumbra, no se distinguía nada. El camino tampoco se extendía directamente al lado del mar, lo que la habría ayudado a ver algo gracias al reflejo de la luna, sino por la maleza de *raupo* y un bosque de hayas del sur. De vez en cuando reconocía las siluetas de las palmas de Nikau o de los árboles madera de hierro, emparentados con las «flores en llamas», que se encontraban por doquier en Rata Station.

Casi sintió pena por el reverendo, que el día anterior había tenido que recorrer solo ese triste entorno. Seguro que sus esperanzas de encontrar a alguien que lo llevara a la misión se habían frustrado.

Pero por fin surgió un edificio ante su vista; por cómo le habían descrito su ubicación tenía que ser la escuela. Mara encontró una puerta de entrada y un cartel: «Escuela Misionera de Tuahiwi.»

A ojos de Mara, ese recinto cercado por una valla de la altura de un hombre se parecía más a un fuerte. El portón era de dos hojas y de madera maciza. Por supuesto estaba cerrado. Al lado colgaba una campana enorme para poder anunciarse. La joven reflexionó unos instantes, pero se dispuso primero a rodear la cerca a caballo. Debía de haber otros accesos no tan bien vigilados. Salvo por la altura, el cercado, trenzado con *raupo*, semejaba la demarcación que rodeaba un *marae*. Aunque habían intervenido trabajadores maoríes, los misioneros parecían haberse inspirado más en la construcción de un *pa*, es decir, de una fortaleza, que en un poblado maorí normal. El trenzado era espeso y no permitía ninguna visibilidad. Unos palos bien afilados impedían pasar por encima del cercado. Mara estaba horrorizada. ¿Adónde había ido a parar Eru? ¡Eso no era una escuela, sino una cárcel!

En cierto momento creyó distinguir tras la espesa cerca una especie de vivienda y sacó la *koauau* del bolso para probar suerte. Los alumnos no la traicionarían y los misioneros tomarían su pequeña melodía por la llamada de un pájaro. Pero nadie la oyó. Detrás de la cerca no se oía ni veía nada.

Decepcionada, Mara abandonó su propósito y siguió escrutando la barrera, también en vano. No obstante, sabía ahora lo enorme que era aquel recinto. Necesitó un rato para rodearlo a caballo. Y eso que avanzaba deprisa. A lo largo de la cerca transcurría un camino en buen estado, sin duda el límite se cuidaba regularmente. Alrededor de la escuela había campos de cultivo y huertos. Era probable que los mismos alumnos se encargaran de ellos. Eso le levantó la moral. Al menos dejarían salir de vez en cuando a Eru bajo vigilancia. Tenía que existir la posibilidad de huir de allí. Mara suspiró. Ahora sabía cómo salir de ahí. Pero ¿conseguiría entrar?

Entretanto, comenzaba a amanecer y tras el cercado había movimiento. Se oían voces, órdenes, susurros. Al final resonó una especie de campana de iglesia, tal vez la llamada para la oración matutina. Luego también desayunarían. Mara ya había llegado de nuevo a la puerta principal, tenía hambre y casi un poco de miedo de su propio atrevimiento, pero igual tocó la campanilla de la puerta.

Con el corazón palpitante, esperó a que se abriera algún pestillo. Pero la pesada puerta no se abrió. Solo levantaron la ventanilla y un hombre con sotana miró receloso a través de la rejilla con que estaba protegida.

—¿Qué quiere? —preguntó con aspereza—. A estas horas... Mara mostró su rostro más amable.

—Buenos días —dijo amablemente, deseando que el hombre

no se esperase un «¡buenas le dé Dios!»—. Siento molestar tan temprano. Soy Margaret Jensch y vengo a recoger a mi tío el reverendo Lange.

Poco después, Mara estaba sentada en la iglesia de la misión, sorprendentemente grande, en la que no solo se encontraban los misioneros y el personal seglar, sino también los aproximadamente cincuenta alumnos. La iglesia era una nave parecida a las casas de reuniones maoríes. Como estas, unas tallas de madera la adornaban. Por supuesto no había *tiki* apostados a derecha e izquierda de la puerta, y en un espacio interior amueblado con modestia, las cruces y escenas bíblicas sustituían los adornos vegetales de helechos. Un misionero dirigía la oración en un discreto altar situado delante de una cruz de madera.

Mara estaba sentada en uno de los primeros bancos al lado de su tío. No veía a Eru, pero creía sentir su mirada sorprendida en la espalda. Debía de estar al fondo, con los alumnos mayores. Los más jóvenes ocupaban los bancos delanteros.

La muchacha solo había podido echar un vistazo a los niños antes del servicio religioso y había confirmado que se trataba de maoríes e hijos mestizos de maoríes y *pakeha*. Todos llevaban una especie de uniforme, que semejaba más bien un traje de presidiario, en opinión de Mara. El de los chicos consistía en unos anchos pantalones de lino y una camisa; el de las chicas, en unas sobrias blusas de lino y faldas. Los chicos llevaban el cabello cortado al uno y las chicas peinado en recatadas trenzas. Exceptuando dos o tres casos que fueron severamente reprendidos por los misioneros, el comportamiento de todos era impecable.

El silencio antes de la primera oración casi era lúgubre, en comparación con el sonoro bullicio, las risas y el alboroto de los niños de las tribus. Los pequeños maoríes crecían con libertad. Toda la tribu los quería y nunca los reñían ni pegaban. Mara casi se sentía físicamente mal, cuando imaginaba lo que debían de haber hecho con los pequeños de seis y siete años de las primeras filas de bancos para que se mantuvieran callados y con la cabeza gacha y luego entonaran desapasionadamente un cántico. La misma Mara no conocía ni la mitad de las oraciones que se rezaron durante la siguiente media hora, aunque sí la mayoría de las canciones. Miss Foggerty había puesto como condición a su labor en el poblado maorí que le permitieran enseñar a los niños quién era Jesús. Te Haitara había estado de acuerdo y a Jane le había dado igual, siempre que eso no afectara al resto de las clases. También se pueden multiplicar los doce apóstoles por las siete plagas, solía bromear Chris Fenroy.

Miss Foggerty no había tardado en comprobar que sus historias bíblicas no cautivaban especialmente a los niños, pero sí los himnos que su sonora voz entonaba. Así que en las clases de religión se cantaba mucho y eso beneficiaba ahora a Mara. Su voz, de una belleza inusual, se elevaba por encima de las voces apagadas y desganadas de las alumnas. Al final cantó *Amazing Grace* en solitario, después de que las demás callaran respetuosamente. Disfrutó reflejando toda su pasión por Eru en la canción y se ganó los corazones de todos los misioneros, así como del personal de cocina. Todos los maoríes adultos de la misión eran cristianos convencidos y escuchaban por primera vez esa canción de boca de una cantante dotada y ardorosa. La cocinera lloró conmovida y el jardinero calificó reverentemente de *tohunga* a la joven. Mara rechazó tal denominación con amabilidad. El último título que ansiaba tener era el de experta en interpretación de cantos eclesiásticos.

Él único que no aceptó su canción con entusiasmo sino de mala gana fue, para sorpresa de la muchacha, Franz Lange.

—Dios te ha concedido una hermosa voz, Margarethe —advirtió con gravedad—. Pero todo talento esconde peligros: caer en el orgullo y la vanidad.

Mara no hizo ningún comentario a tal amonestación, en parte porque el representante de la misión la invitó a desayunar. Ella y su tío tenían que comer en el comedor de los misioneros y no con todos los alumnos. La muchacha lo agradeció. Había muchas probabilidades de que en esa mesa se comiera mejor y, además, esa posición especial le ofrecería la posibilidad de retirarse sin ser vista y salir en busca de Eru. Y así, después de haberse comido dos tostadas untadas de mantequilla con queso y mermelada inglesa, se disculpó y abandonó el edificio donde residían los misioneros. Se había fijado en hacia dónde se marchaban los niños después del servicio religioso. La misión se componía de distintas casas reservadas a fines especiales, muy parecidas a las de un poblado maorí, y supuso que habría también cocina y comedor. En efecto, de la estrecha y alargada casa de madera se oía salir el tintineo de cubiertos, y se debería de haber oído salir también charlas y risas. Al fin y al cabo, eran cincuenta niños y adolescentes los que estaban desayunando. Por lo visto, había una orden de silencio durante las comidas, lo que a Mara le dio pena por los niños, pese a que a ella la beneficiaba. Protegida por una ancha haya del sur, sacó la flauta del bolsillo para llamar a Eru.

El joven apareció de inmediato. Debía de estar esperándola y se había buscado un pretexto. En ese momento estrechó a Mara entre sus brazos sin decir palabra, se llevó significativamente el dedo a los labios y le indicó que lo siguiera. Ambos se ocultaron detrás de las casas, los matorrales y los árboles, y Eru la condujo a un cobertizo de herramientas y cerró la puerta detrás de sí. El lugar estaba lleno de picos, palas y otras herramientas para trabajar el campo.

—Aquí estaremos solos por un rato —susurró—. Por desgracia, no demasiado. Después del desayuno llevan a los niños a los campos y antes se reparten las herramientas.

—Creía que esto era una escuela —se extrañó Mara.

Eru gimió.

—Para sembrar nos dan «fiesta en la escuela». Y luego no falta tanto para que empiecen las vacaciones de verano. ¿No me habías hablado entusiasmada de los maravillosos tres meses previos a que ingresáramos juntos en la escuela de Wellington?

Mara se encogió de hombros.

—La idea era buena —respondió.

El muchacho asintió.

—Deberíamos haber sido más prudentes... Pero no hablemos ahora del trabajo de esclavos que se hace aquí o de planes fallidos. ¿Cómo has entrado? ¡Pensaba que estaba soñando cuando te he visto con ese cuervo!

Mara rio. «Cuervo» era un buen apodo para aquel representante de la Church Mission Society vestido de negro y con expresión seria.

—Quería verte —respondió—. Y además pensaba que volverías a besarme.

Los tensos rasgos de Eru se suavizaron.

—Claro —respondió, abrazándola.

Mara le ofreció los labios y se entregó a la felicidad de volver a sentir por fin el cuerpo de su amigo. La lengua en su boca, la piel áspera en sus mejillas, su calidez cuando se apretaba contra él... Solo el olor era distinto. En la misión se lavaban con jabón de piedra, Eru ya no desprendía el aroma al jabón de lavanda de Jane, ni ese olor telúrico de sudor del guerrero.

—Eres tan bonita... Marama... ¿cómo has conseguido llegar hasta aquí?

La joven se alegraba de que hablase maorí y esta vez no lo corrigió cuando la llamó Marama. Al contrario.

—¿Puede alguien evitar que la luz de la luna te ilumine? ¿Puede alguien evitar que las estrellas le indiquen el camino hacia ti? —preguntó en la lengua del joven—. Tú también eres hermoso, Eru, necesitaba volver a verte.

Él la besó de nuevo.

—Eres una poetisa —le susurró—. Y me hace bien volver a oír mi lengua. Aquí está prohibido hablar maorí, ¿sabes?

Mara se horrorizó.

—Por eso los niños están tan callados —concluyó—. Es probable que no todos sepan todavía el inglés.

Eru asintió.

—Es lo que sucede con algunos de los más jóvenes. Los mayores hablamos, pero solo cuando los cuervos no nos oyen. Pese a todo, la mayor parte de las veces en inglés: los estudiantes que están aquí desde pequeños casi han olvidado el maorí. A fin de cuentas, los buenos misioneros se esfuerzan por convertirnos en *pakehá* a nosotros, los de piel oscura y cabello negro. ¡Como si no se viera la diferencia con mirarnos a la cara!

—¡Es horrible! —se indignó Mara—. Olvidarse de la propia lengua... ¿Cómo hablarán los niños con sus padres y con el resto de su tribu cuando vuelvan a casa?

Eru suspiró.

—Ya no vuelven a casa. Al menos no está previsto que lo hagan, por eso la escuela también está abierta en vacaciones. Entonces los niños aprenden a trabajar en los campos y huertos, a tratar con el ganado, a trabajar en la cocina y la casa, todo a la manera de los *pakeha*, por supuesto. No vayas a creerte que aquí alguien canta *karakia* cuando desentierra un boniato. —Entre los maoríes era corriente dar gracias al espíritu de las plantas mientras se cosechaban—. Sí, y en cuanto son lo suficientemente mayores les buscan un empleo. Los colonos de Christchurch necesitan personal instruido, por eso hasta han llegado a «importar» huérfanos de Inglaterra. Pero no sirve de nada. Llegan medio muertos de hambre e intimidados, si es que no se mueren durante el viaje, y tampoco son aprovechables. Esta escuela, en cambio, entrega cada año diez trabajadores maoríes fuertes, obedientes, temerosos de Dios y acostumbrados a trabajar duro. La mitad de su sueldo se lo embolsa la misión como compensación por todos los servicios de que se beneficiaron los niños. —Eru cerró los puños indignado.

Mara se lo quedó mirando.

—¿Son huérfanos? —preguntó—. ¡De alguna tribu han de ser! El mozo se encogió de hombros.

—Hay una minoría de huérfanos —respondió—. La mayoría proceden de tribus evangelizadas. Se convence a los padres de que deberían estar agradecidos de que los acepten en la escuela. Al fin y al cabo, ¡es importante aprender inglés, y a leer, escribir y contar! Hasta ahora se ha engañado a las tribus con la venta de las tierras y otros negocios con los *pakeha*. Es lo que quieren evitar en el futuro, y que sus hijos reciban una formación escolar *pakeha* les parece el camino indicado. Pero si supiesen lo que es esto... y en qué se convierte a los niños...

Mara asintió. Los ancianos de la tribu, sin duda, se horrorizarían si supiesen el modo en que se trataba a los niños allí.

—Al final ya no son maoríes, ni *pakeha* —musitó.

Eru se enderezó.

—Exacto —convino abatido—. Solo son complacientes esclavos. ¡Si no se hace algo para evitarlo! Pero hazme caso: el pueblo maorí no soportará eternamente esto. En Taranaki...

Mara frunció el ceño.

—En Taranaki se han producido revueltas —dijo—. Ahora reina la paz, estuvimos allí. Claro que todavía hay desacuerdos...

—¿Desacuerdos? —Eru se echó a reír—. La cosa está que arde, Mara, ¡mi pueblo está formándose! ¡Incluso en las misiones! Hay un hombre en la Isla Norte: Te Ua Haumene. Al principio era una oveja mansa como todos los niños que instruyen aquí. Pero ahora tiene visiones. ¡Ve rebelarse al pueblo maorí y desterrar a los conquistadores de este país! ¡Tenemos que hacer valer el derecho de haber nacido aquí y luchar por Aotearoa, como hicieron los israelitas en la tierra prometida!

Mara reflexionó acerca de si no tendría que hablarle de su encuentro con el Profeta.

—¿Cómo sabes todo esto? —preguntó en cambio—. Quiero decir que... los misioneros seguro que no os cuentan nada de las revueltas en la Isla Norte. Y tu tribu...

—Mi tribu no se preocupa por la política. Mi madre solo piensa en el dinero y mi padre en mantener tranquilos a sus súbditos. Pan y juegos, como entre los antiguos romanos.

—¿Pan y juego?

Mara recordaba vagamente la clase de Historia de miss Foggerty. Por muy buena voluntad que pusiera, no podía vincular los ingenuos intentos de Te Haitara por conjurar a los espíritus del dinero para satisfacer los deseos de la gente de su tribu con la decadencia romana y las peleas de gladiadores.

—¡Viene a ser lo mismo! —insistió Eru—. Se priva a la gente de pensar, olvidan las tradiciones. Te Ua Haumene nos volverá a conducir a ellas, nos devolverá nuestro honor, nos...

Mara se mordió el labio.

—Eru... sinceramente, me das miedo. Tu pueblo, mi pueblo... Siempre había pensado que Aotearoa nos pertenecía a todos. Cielos, ¿quién te cuenta estas cosas?

—Hay aquí un chico de la Isla Norte. Estuvo allí en la escuela misionera, pero luego oyó hablar a Te Ua Haumene y sus palabras le iluminaron. Las transmitió a los demás escolares y los cuervos lo expulsaron.

—Y ahora las está divulgando aquí —concluyó Mara.

Se sorprendió de la estrechez de miras de los misioneros. ¿Cómo habían podido creer que iban a hacer callar al joven enviándolo a la Isla Sur? Naturalmente, ahí había encontrado nuevos adeptos para su Profeta. Después de que Te Ua Haumene hablase con los ngati hine, Mara no había perdido ni un minuto pensando en el predicador. Sus palabras y comportamiento le habían parecido propios de un loco. Su padre, por el contrario, lo consideraba peligroso.

Pero ahora Eru ya no parecía querer seguir predicando. Tal vez había tomado conciencia de que la expulsión de los *pakeha* de Aotearoa también afectaría a Mara.

—Todavía no me has contado cómo has llegado aquí —dijo, cambiando de tema.

Ella le habló brevemente de Franz Lange.

—Así que debo pensar en marcharme otra vez —advirtió entristecida—. A ti pronto saldrán a buscarte.

Eru suspiró.

—¡Ha sido maravilloso poder verte una vez más! —dijo después de volver a besarla—. Había pensado en...

—¿Poder verme una vez más? —lo interrumpió la joven, alarmada—. ¿Qué significa esto? Eru, ¿tienes algo planeado?

Él asintió, aunque no con mucho entusiasmo.

—Tengo planeado escaparme —respondió—. Si hay guerra en

la Isla Norte, si nos levantamos contra el dominio de los ingleses...
¡tengo que participar!

Mara lo miró asustada.

—Eru, tú mismo eres medio *pakeha* —le recordó—. No querrás participar en una guerra, tú...

—¡Yo soy antes que nada maorí! —replicó el joven con solemnidad—. ¡O no estaría aquí! Y haré lo que tenga que hacer.

—¡Te sacaré de aquí! —lo interrumpió Mara, desesperada—. Todavía no sé cómo pero lo conseguiré. De algún modo saldrás de aquí y volverás a casa. ¡Seguro, te lo aseguro! ¡Te lo prometo! Solo tienes que garantizarme que no harás ninguna tontería. Quédate aquí, ¡no vayas a la Isla Norte! ¡No me abandones, Eru! —Le tendió las manos.

Él se las cogió.

—Nunca te abandonaría —afirmó—. Pero...

—¡No hay peros que valgan, Eru! ¡Júrame que te quedarás aquí hasta que te recojan tus padres!

—Nunca lo harán.

—¡Júramelo! —insistió Mara.

Eru se rascó la frente. Luego cedió.

—*Ki taurangi* —murmuró—. Lo juro. ¿Podríamos... sellarlo tal vez con un beso?

Mara suspiró aliviada cuando regresó a la casa de los misioneros, mientras Eru volvía a reunirse con los alumnos. Esperaba que creyeran el pobre pretexto de que se había extraviado por el recinto de la misión cuando había ido a ver los caballos. Y, sobre todo, esperaba que Eru fuese fiel a su juramento hasta que ella consiguiera de algún modo sacarlo de allí.

12

—Y te damos gracias, Señor, Padre Nuestro, por habernos obsequiado con esta comida y esta bebida...

Ida Jensch mantenía la vista baja, agradecida por superar felizmente otra cena con su hermano. En pocos días, Franz por fin se marcharía a la Isla Norte. Y por mucho que se avergonzase de ello, Ida no veía el momento. Y eso que había estado muy contenta de volver a ver a su hermano. Lo había estrechado entre sus brazos riendo y llorando al mismo tiempo, y le había hecho un sinnúmero de preguntas acerca de cómo les había ido a él y a su padre en Australia. Había cosechado el primer silencio paralizante cuando quiso saber si Jacob Lange, Anna, los niños y Franz eran felices allí, en Down Under. Franz se la había quedado mirando, sin comprender al principio, para responder a continuación con un enfático discurso. Un cristiano estaba contento en todos los sitios donde escuchaba la palabra de Dios y podía servirlo, tanto rezando como con el trabajo de sus propias manos. La tierra de Australia era fértil y la habían sometido, había concluido Franz. No se podía desear más.

—Pues si el hermano Franz no deseaba nada más que trabajar la tierra bajo el dominio de Jacob Lange, ¿para qué asistió al seminario?

Karl se había burlado cuando Ida le habló desanimada de su conversación con Franz. No creía que tuviera vocación, por mucho que el joven misionero insistiera en que había sentido en su interior la llamada de Dios.

—Le falta todo lo que precisa un buen predicador —opinó también Chris Fenroy—. De acuerdo, se sabe de memoria la Biblia... —Franz dejaba a todo el mundo atónito citando a veces páginas enteras cuando rezaba—, y naturalmente es creyente. Pero no tiene chispa, no brilla. ¿Os lo podéis imaginar describiendo el reino de Dios con tanto colorido como para que los maoríes abandonen a sus espíritus y la perspectiva de una fiesta eterna al sol de Hawaiki?

El más allá en el que, según las creencias de los maoríes, iban a disfrutar de la vida eterna sus almas se encontraba en una isla de ensueño de los mares del Sur. Para Ida, que amaba el sol, eso era más atractivo que ese cielo algodonoso que se prometía a los cristianos. Por esa razón siempre se sentía un poco culpable.

Y ahora tenía la sensación de haber pasado las últimas dos semanas defendiendo una y otra vez la vocación de Franz, para lo que por desgracia no se le ocurría mejor argumento que «nadie conoce los caminos del Señor...».

—Pero tendrían que haber preparado al hermano Franz para recorrerlos —contestó Karl, cuando ella se lo dijo por primera vez—. No sé qué le han enseñado en esa escuela misionera, pero todavía no sabe propagar la palabra de Dios en la naturaleza inexplorada. Ni siquiera sabe montar a caballo.

En efecto, en el trayecto de Tuahiwi a la desembocadura del Waimakariri, Franz había puesto a Mara de los nervios. Aunque el joven sacerdote había afirmado que sabía montar, en realidad había estado balanceándose de un lado a otro en la silla. A pesar de que el bayo de Joseph Redwood lo había transportado juiciosamente, en cuanto Mara intentaba acelerar el paso, Franz corría el riesgo de caerse.

Al final, admitió que hasta ahora solo había montado de vez en cuando los caballos de sangre fría de su padre para llevarlos al abrevadero, y, lo quisiera o no, Mara tuvo que ajustar su ritmo a la lentitud de su pariente. De ahí que tío y sobrina llegaran al final de la mañana al río y Mara tuviera bastantes problemas con su padre y también con Joseph Redwood. El disgusto de ambos también había repercutido en Franz, pues podría haber insistido en salir más temprano. Además, Karl estaba enfadado por el hecho de que hubiera permitido insensatamente que una niña de quince años fuera a recogerlo. Eso había significado para Mara un largo trayecto a caballo en medio de la oscuridad.

—Simplemente no piensa en esas cosas —lo defendió Ida, algo que tenía que hacer asiduamente y por las causas más diversas. En general, Franz Lange estaba privado de la capacidad de discernimiento práctico—. Solo arde en deseos de dar a conocer a Dios a los maoríes.

—¿Sí? —preguntó Karl después de que ella lo repitiera por enésima vez—. Pues yo tengo la sensación de que les tiene miedo. Incluso a Te Haitara. Ayer cuando vino, Franz se comportó de una forma bien rara.

Ida había observado a Franz en esa ocasión y Karl tenía razón: el reverendo era incapaz de mantener una conversación sensata con los maoríes que trabajaban en la granja o que la visitaban. Sus rostros tatuados le repugnaban y no hacía ningún esfuerzo por aprender al menos un par de palabras en su lengua, si bien Cat se había ofrecido un par de veces a enseñársela.

Chris, por el contrario, se negaba a apoyar la misión. El horrible relato de Mara sobre las condiciones de Tuahiwi todavía había reforzado su postura. Solía decir, y por desgracia con muy poco tacto delante del joven misionero, que los maoríes ya tenían suficientes dioses propios. Que era una redomada tontería evangelizarlos.

Precisamente se había producido otra fuerte discusión durante la cena que Cat había preparado al estilo maorí. Había servido pescado, boniato y raíces de *taro* y ñame, especiadas con bayas y hierbas aromáticas de las Llanuras. Era la comida preferida de Mara, que había dejado la granja de los Redwood para pasar el fin de semana con su familia. Había explicado que necesitaba recuperarse del barullo de los niños. En esos momentos se servía en abundancia y entretenía al grupo contando anécdotas de la vida con los Redwood, hasta que se percató, al igual que los demás, de que Franz se servía escéptico y reticente una comida que le era desconocida. El reverendo señaló que en Tuahiwi no le habían ofrecido nada así. En casa de los misioneros había paté de carne de cordero y a los alumnos se les alimentaba con *porridge* y un plato del puchero, como en las instituciones inglesas similares.

Mara protestó con vehemencia. Ya no estaba en buenos términos con su tío. Desde su visita a Tuahiwi rechazaba todo lo relacionado con la misión.

—Eru dice que es asqueroso y que al principio los niños no quieren comer nada —afirmó, quitándole la palabra al reverendo.

Franz le lanzó una mirada ceñuda. Desde que se había enterado de los motivos ocultos de su visita a Tuahiwi solo veía en ella a una pecadora.

—Estamos obligados a dar las gracias a Dios por cada comida que nos otorga, y esto es válido también para los niños infieles a los que en nuestras escuelas... —empezó un sermón que Chris interrumpió al instante.

—A los maoríes no les hace ningún favor imponiéndoles su fe y su cultura, reverendo —dijo. Ida tenía la sensación de escuchar esto por enésima vez—. Además, tampoco funciona. Al final, el dios padre, el dios hijo y el espíritu santo van a sumarse a la lista de sus propios espíritus. Me atrevo a poner en duda que lo que predica Te Ua Humene en la Isla Norte, por ejemplo, todavía sea cristianismo.

Unos pocos días antes, Chris había recibido un escrito que le había intranquilizado mucho. Para ser exactos, el jefe de una tribu nómada que se había detenido en el *iwi* se lo había dado a Te Haitara. Por lo visto, Te Haitara había informado con cierto desconcierto a su amigo de que había una nueva fe. Se llamaba hauhau, a partir de Te Hau, el espíritu de dios en el viento. El autor del escrito, Te Ua Haumene (nombre espiritual de Tuwhakararo), había tenido una iluminación en la que los dioses y ángeles cristianos se le habían revelado. ¡Que Chris echara un vistazo!

Chris y Cat, quien todavía hablaba mejor el maorí, habían leído el folleto *ua rongo pai* y encontrado un batiburrillo de leyendas cristianas y maoríes. Haumene relacionaba lo que le había ocurrido al pueblo de Israel en el Antiguo Testamento con los maoríes. De repente, los maoríes eran el pueblo elegido, Canaán era Nueva Zelanda. El texto contenía, además, muchos conceptos nuevos derivados de vocablos ingleses que ahora se introducían en la lengua maorí, como *niu* por *news*, «noticias».

—¡Por supuesto, no debe permitirse tal distanciamiento del Evangelio! —exclamó con severidad Franz cuando Chris lo confrontó con los contenidos religiosos de Haumene.

Chris se encogió de hombros.

—¿Va a impedírselo a la gente? Ya hace tiempo que se ha propagado esta locura.

—Podría decirse incluso que este asunto está a punto de estallar —intervino Karl. Se esforzaba, porque así se lo había pedido Ida, en actuar de intercesor entre Franz y Chris, pero también a él le habían llegado noticias alarmantes. El gobernador y el topógrafo mayor le habían rogado que volviera a la Isla Norte para hacer de mediador entre el Gobierno y las tribus—. Los desacuerdos van en aumento. Solo nos faltaban predicadores que aseguran a sus adeptos que Dios está de su parte hagan lo que hagan.

—Los misioneros de la Church Society solo predican la paz —objetó Franz, ofreciendo así a Chris otro punto de ataque.

—Durante las Guerras de los Mosquetes vendieron armas de fuego a los maoríes —objetó al joven misionero—. Eso no tenía nada que ver con el amor.

—¡Yo no pienso vender armas a nadie! —se defendió Franz desconcertado. Era evidente que la discusión le superaba. No sabía nada de los maoríes ni de la historia de su propia organización—. Yo me he hecho misionero porque quiero llevar la luz a los seres humanos, enseñarles a leer y escribir...

Chris arqueó las cejas.

—Ya hace tiempo que conocen las lámparas de gas —ironizó—. Lo que suele faltarles es dinero para comprarlas. Para ganarlo es útil, claro está, saber leer y escribir. ¡Pero no es su objetivo principal, reverendo, llevar hasta los maoríes los beneficios de la civilización!

—No —intervino Karl sin poder contenerse—. ¡Antes al contrario! El objetivo es dejar claro a los seres humanos qué lugar ocupan. Y en el caso de los maoríes es bien abajo. Los *pakeha* predican el Evangelio y los maoríes escuchan. Los *pakeha* saben leer y escribir, los nativos tienen que dejar a sus dioses para poder aprender. Y hacerlo lo suficientemente bien para entender los documentos que establecen por escrito su eterna inferioridad. Todavía me acuerdo de Raben Steinfeld. Tuve que salir del pueblo al amparo de la oscuridad porque no quería reconocer «el lugar que Dios me había otorgado». Desde este punto de vista comprendo que los maoríes protesten.

—¿Entiendes a ese Te Ua Haumene? —intervino Mara. Para sorpresa de Chris y Cat, había pedido que le dejaran leer también el escrito. En lugar de echarle un vistazo por encima como habían esperado, había devorado el opúsculo—. ¡Hace poco todavía pensabas que era peligroso!

Karl negó con la cabeza.

—Entiendo su estrategia —puntualizó—. Que, dicho sea de paso, no se diferencia del proceder de los misioneros. Lo que tampoco es de extrañar pues, a fin de cuentas, se educó en una misión. Haumene se limita a darle la vuelta a la tortilla. De repente los maoríes deben sentirse superiores a los *pakeha*. Finalmente se enfrentan dos ejércitos que imaginan que Dios está de su parte. No vas a llevar la luz a nadie —se dirigió a su cuñado—. ¡Solo atizas el fuego!

Ida suspiró aliviada cuando Linda cambió de tema con su dulce voz y les contó un divertido incidente ocurrido en el poblado maorí. Desde que su profesora particular inglesa se había despedido para, ante la sorpresa de todos, casarse con un buscador de oro errante y mudarse con él a Australia, daba clases tres veces a la semana a los niños maoríes. Luego llegó por fin el momento de rezar la oración de gracias y la cena concluyó. Franz solía retirarse después de cenar; ocupaba una habitación de invitados en la casa de piedra.

Ida le dio las buenas noches. Estaba cansada de peleas y lo único que deseaba era que Franz empezara de una vez la tarea que él había elegido, o para la que Dios le había destinado. Por muy sombrío que Karl pintara el futuro de ciertas zonas de la Isla Norte, no estaba preocupada por su hermano. Opotiki, la misión adonde le habían enviado, hacía mucho que estaba establecida y, también en opinión de Karl, no se veía amenazada. Ida y Karl incluso la habían visitado una vez durante un viaje. Su guía, un misionero alemán llamado Völkner, parecía un hombre amante de la paz, incluso un poco ingenuo. Seguro que no provocaría intencionadamente a ninguna tribu maorí.

La partida de Franz sin duda restablecería la paz en Rata Station, y no solo en el ámbito familiar, sino también la paz interior y personal de Ida. Esto le pesaba más que los conflictos de Franz con Karl y Chris. De hecho, no era solo Franz quien respondía de forma vacilante e insatisfactoria a las preguntas de Ida sobre su vida anterior. La misma Ida tampoco hablaba abiertamente con su hermano, y eso que al principio le habría encantado abrirle su corazón. Ansiaba hablarle de su primer matrimonio, de la implicación de su marido en el conflicto de Wairau y de las penurias de Ida y Cat.

Sin embargo, Franz se mostraba tan anquilosado en sus creencias y convencimientos, tan ajeno a la realidad, que Ida a veces tenía la sensación de estar hablando con su padre. Y, por supuesto, nunca habría hablado con Jacob Lange de las violaciones, ni de dos mujeres que se habían quedado embarazadas del mismo hombre y que de ahí había nacido la mentira de que Carol y Linda eran hijas mellizas de Ottfried e Ida. Así pues, Ida también se guardó para sí el secreto ante su hermano. Franz no sabía nada de la tragedia de Ida y Cat, y la primera también le habló vagamente de la muerte de Ottfried. Ella afirmaba que su primer esposo había sido declarado culpable de robo de ganado y que lo habían matado cuando intentaba escapar de su detención. Pero había sido la misma Ida quien le había disparado el tiro de gracia.

Ida sufría su silencio. No le gustaban las mentiras ni el secretismo y habría preferido disfrutar de la compañía de Franz sin preocupaciones. Además, un comentario de Cat la había intranquilizado más. En el fondo, a Cat le habría dado igual que Franz se enterase o no de la verdad sobre las chicas. Había dejado al arbitrio de Ida que le hablara acerca de ello. Sin embargo, al comienzo de la segunda semana había conversado con Ida después de que Linda hubiese salido a dar un paseo a caballo con Franz. La joven quería enseñarle a montar.

—Ida, ¿estás segura de que Franz piensa que Linda es su sobrina? —Cat contemplaba con el ceño fruncido a los jinetes que se alejaban—. Solo lo pregunto porque... los he visto varias veces juntos y él la mira... A ver, no la mira como se mira a una joven pariente. Ida, perdona, pero... la mira con deseo.

Al principio, Ida se había reído. A su entender, el joven misionero (Mara lo llamaba «el cuervo», un acertado apodo para Franz, que siempre caminaba algo inclinado e iba vestido de negro) parecía estar por encima de todos los asuntos humanos. Claro que ella también se había dado cuenta de que solía reunirse más a menudo con Linda que con los demás habitantes de Rata Station. Linda siempre se había inclinado hacia los perdidos y marginados. Solía estar con frecuencia con la *tohunga* de los maoríes. Su interés por la medicina la unía a las sacerdotisas y mujeres sabias y asimilaba buena parte de su espiritualidad. Así que tal vez reconociera en Franz al niño infeliz, abandonado y herido que pide a gritos dedicación y curación. O acaso le daba pena su evidente desamparo frente a los ataques verbales de Karl y Chris. Franz no era capaz de replicarles de algún modo, aunque habría deseado defender su Iglesia.

De ahí que Linda lo escuchara pacientemente cuando le hablaba acerca de su formación en la Church Mission Society. Lo acompañaba en los paseos por la granja y un día hasta lo llevó al poblado maorí, pese a que eso le había exigido cierto arte de persuasión. Pero allí enseguida rompió el hielo cuando hizo cantar a sus alumnos un par de canciones religiosas y recitar unos poemas ingleses. Cuando Franz se relajó, lo invitó a que diera él la clase. Sorprendentemente, le salió muy bien. En cuanto estuvo con los niños dejó a un lado su rigidez. Los pequeños del poblado de Jane y Te Haitara hablaban todos un poco de inglés y Franz se ganó su confianza cuando les contó, utilizando un vocabulario sencillo, la historia de Jonás y la ballena. Ni siquiera perdió la paciencia cuando uno de los niños observó que las ballenas no se comían a las personas.

—Entonces debía de ser otro pez muy grande —dijo, relativizando un poco la historia.

—Como el que cogió a Maui —explicó una niña.

Y luego los niños hablaron al misionero del semidiós Maui, quien pescó un enorme pez que pasó a formar la Isla Norte de Aotearoa. Linda contribuyó a tranquilizar los ánimos cuando no tradujo la palabra semidiós y se refirió a Maui como un héroe. Para terminar, Franz pasó una hora enseñando a los niños a contar y Jane le ofreció un puesto como maestro. Naturalmente, él lo rechazó, pero regresó a Rata Station orgulloso de su primera experiencia como docente.

Ida había observado con alegría la buena relación que había entre «tío» y «sobrina». Pero a partir del momento en que Cat le había llamado la atención al respecto, se dio cuenta de que los ojos de Franz brillaban cuando miraba a Linda. Se percató de las molestias que se tomaba por la muchacha y de que su rostro se ensombrecía cuando dirigía su sonrisa a los trabajadores de la granja y los ayudantes maoríes con la misma generosidad que a él.

Esto último alivió un poco el corazón de Ida: callar las relaciones de parentesco no destruía allí el germen de ningún incipiente amor. El misionero podía haberse enamorado de ella y seguro que ahora luchaba con su culpabilidad. Sin embargo, Linda no compartía sus sentimientos. No lloraría por él cuando se hubiera marchado a la Isla Norte.

13

Franz Lange ya había retrasado varias veces la partida a su nuevo puesto de trabajo. En el fondo no se sentía a gusto en Rata Station. Su hermana había dejado de ser la mujer piadosa y callada que él recordaba. Su padre había tenido razón respecto al segundo marido de Ida. Ese Karl Jensch no se sometía a la voluntad divina, siempre quería algo más... ¡y Chris Fenroy era un ateo integral! Si no hubiera sido por Linda, de la que le resultaba imposible separarse... Era tan amable, tan comprensiva... y parecía tan segura, sobre todo en el trato con los indígenas. Franz no se fiaba de ellos. Le inhibía mirar a los ojos de esos tipos tatuados y confirmar que no estaban nada ávidos por escuchar la palabra de Dios como le habían asegurado en el seminario. En realidad, Te Haitara y sus súbditos parecían sentirse perfectamente con sus dioses y espíritus y no temer la condena eterna. A la esposa inglesa del jefe esto parecía importarle espantosamente poco. Cuando Franz se lo echó en cara durante una visita al poblado maorí, ella se limitó a reír.

—Reverendo, nunca he visto ni a los espíritus de Te Haitara ni a Dios. Así que lo mismo existe uno o el otro, los dos o ninguno. Supongo que lo averiguaré cuando muera. Hasta entonces tengo que dirigir aquí una granja de ovejas, y en lo que a esto respecta, me alegro de que mis trabajadores no se pasen todo el tiempo rezando. Si lo desea, puede usted quedarse aquí y dar clase a los niños, a mí me es igual si suman diez mandamientos o diez boniatos. A los adultos déjelos en paz, por favor. No vaya a ser que me divida la tribu. Mi esposo y yo estamos contentos cuando todos están contentos.

Tras esta conversación, Franz iba a interrumpir su estancia en esa tierra impía. Pero fue Linda otra vez quien le hizo cambiar de opinión.

—Mañana haremos una especie de excursión familiar a Christchurch —le explicó alegre, después de que él le hubiera contado agitado las sarcásticas declaraciones de Jane—. Chris y Kapa tienen que ir al notario, y Oliver y Carol han de elegir por fin una iglesia para su boda. A Carol le gusta St. Luke, pero Deborah Butler opina que St. Michael and All Angels sería más elegante. A ver cómo son los dos reverendos. También ha de gustarle a la pareja el pastor que vaya a casarla. ¿No quieres venir, Franz? Visitaremos el club de remo, tiene un restaurante bastante elegante. Iremos a comer y Oliver por fin podrá llevar a dar un paseo a Carol por el río en bote de remos, como hacen los *gentlemen* de Inglaterra con sus chicas. —Rio y en sus ojos había un brillo travieso—. A lo mejor yo también encuentro a alguien que me pasee en un bote.

Franz se preguntó si en esas palabras resonaba una invitación. Por un segundo se permitió soñar: Linda sentada en un bote frente a él, con un vestido de verano claro y una bonita sombrilla apoyada en el hombro; el cabello, rubio como el oro, brillando al sol. Pero desterró estos pensamientos. No debía pensar en Linda como su futura esposa. Y, además, daba muestras de respetar muy poco a su sobrina imaginándosela ligeramente vestida y disfrutando de algo intrascendente. La esposa de un reverendo debía tener un aspecto digno, esconder el cabello bajo una capota y llevar un vestido oscuro de escote cerrado. Además, Franz no sabía remar.

No obstante, la excursión le atraía, y aún más cuando la alternativa consistía en quedarse con Cat en Rata Station. Cat le infundía casi tanto miedo como los maoríes con su gran confianza en sí mismos. Esa mujer llevaba con firmeza las riendas de Rata Station. Iba dando órdenes a los maoríes sin la menor preocupación y ¡hasta llevaba pantalones! De acuerdo, era una falda pantalón que no permitía verle las piernas más que una falda normal. Pero que ahí las mujeres se sentasen a horcajadas sobre los caballos ya le había extrañado en Mara. Además, era evidente que Cat vivía amancebada con Chris Fenroy, mientras la anterior esposa de este vivía con el jefe maorí. Probablemente recaería sobre ellos la condena eterna. Y lo peor era que Cat se negaba a compartir las horas de rezo que Franz dirigía todas las mañanas y el fin de semana. Al menos, Karl e Ida hacían acto de presencia los domingos. Chris se dejaba ver para que hubiera paz, lo mismo que Jane y Te Haitara. Los Redwood viajaban ex profeso con toda la familia desde Redwood Station. Laura encontraba que ir algún domingo al servicio religioso les sentaba bien a sus hijos. Pero según sus propias declaraciones, Cat solo creía en un par de espíritus y ni a ellos les dedicaba demasiada atención. Cuando Franz la había censurado por no creer en Dios, ella había dicho con toda franqueza que había tenido dos madres de acogida. Una cristiana y una *tohunga*, una sacerdotisa de los espíritus. Dios no las había atendido cuando ellas necesitaban ayuda y a ella misma nadie le había regalado nada. Si Franz estaba tan preocupado por el alma de Cat, que rezara por ella.

—¿Qué dices, Franz? —preguntó de nuevo Linda. La ilusión por viajar a Christchurch se reflejaba en su rostro—. ¿Vienes con nosotros o no?

Él asintió ceremoniosamente.

—Será un placer para mí conocer a los pastores de St. Luke y St. Michael —observó contenido—. Y aprovecharé la oportunidad para informarme sobre los barcos que van a la Isla Norte. Tengo que empezar a pensar en el viaje.

Linda asintió. Probablemente no hubiera sido necesario ir a la ciudad para eso. Georgie, el barquero, podría haberle enumerado los barcos que zarpaban de Lyttelton. Pero Franz debía justificar cualquier diversión.

—Entonces, quedamos mañana al mediodía, a eso de las doce —dijo Linda—. Georgie remonta mañana el río y nos traerá también a la vuelta.

El día siguiente al mediodía, a Franz casi se le cortó la respiración cuando vio aparecer a Linda en el embarcadero. La joven había estado trabajando por la mañana en el establo con su traje de montar, pero las muchachas se habían arreglado para salir de paseo. Franz se sonrojó cuando confirmó lo mucho que Linda se parecía a la mujer de sus sueños diurnos. Llevaba un traje de cotón claro y hasta con crinolina. Se había trenzado el cabello en un peinado tan bonito como el de Carol en las regatas. Un sombrerito adornado con flores coronaba el recogido y Linda resplandecía de tal forma llena de ilusión que hasta Karl se dio cuenta de ello.

—Caray, Lindie, estás hoy tan guapa como si fueras a un baile —bromeó—. ¿Es que tienes un admirador en Christchurch del que nadie sabe nada?

Karl rio, pero Ida estudió con la mirada a su hija. ¿Desaprobaba su indumentaria? Como buena cristiana de Raben Steinfeld debería hacerlo, ¡Anna Lange jamás hubiera comprado a sus hijas unos vestidos y sombreros así! La mirada malhumorada de Ida se posó también en Franz. ¿Temía ella su desaprobación? ¿Conservaba aún tanta virtud de antigua luterana como para avergonzarse, al menos ante su hermano, del vestido de su hija? Franz así quería creerlo y sobre todo quería sentir él mismo que desaprobaba esa forma de vestir. Por desgracia, no lo logró, tan solo se deleitó mirando a Linda. Estaba sencillamente encantadora, no conseguía ver en ella la encarnación del pecado.

Carol, que saludó a su prometido con la misma fogosidad que después de las regatas, se había vestido esa mañana más recatadamente, era posible que pensando en visitar las iglesias. El vestido era más sencillo y de escote cerrado, la capota solo dejaba asomar algo de su cabello trenzado.

También Ida iba vestida con sobriedad, aunque ni mucho menos de forma tan modesta como las mujeres de Hahndorf. Llevaba una blusa clara con un elegante traje azul oscuro y un sombrero a juego en lugar de una capota. A esas alturas, Franz ya se había enterado de que Rata Station enriquecía a sus propietarios.

—En fin, no es que quiera apretar, pero, poco a poco ya deberíamos irnos. Si los tortolitos pudieran dejar las carantoñas para más tarde... —Georgie sonrió a Carol y Oliver, que se separaron a disgusto—. Además, pronto os casaréis, ¿no?

Carol asintió, aunque al mencionar la boda una sombra pasó por su rostro. Se había imaginado una fiesta en día de Navidad, en pleno verano para poder celebrarla en el jardín. Sin embargo, Deborah Butler opinaba que no había tiempo para hacer todos los preparativos. Había pedido a Inglaterra distintos objetos para decorar la casa de la joven pareja y antes de enero no llegaría el barco con los muebles, alfombras y telas para vestidos y cortinas. Por eso había que buscar fecha para el enlace en febrero y celebrar la fiesta en Christchurch y no en Rata Station.

Pensar en la fiesta volvió a animar a Carol.

—Hoy vamos a elegir la iglesia —explicó entusiasta, y durante la siguiente media hora aburrió al barquero contándole detalles sobre los preparativos.

Franz Lange no la escuchaba. Durante el viaje por el río, dos semanas atrás, el ambiente desagradable no le había permitido observar con atención el paisaje a derecha e izquierda del Waimakariri. Ahora, al lado de la animosa Linda, recuperaba la oportunidad perdida y contemplaba maravillado la infinita vastedad de las Llanuras y las montañas que en ese diáfano día asomaban como recién lavadas. Tras la maleza del *raupo*, en la orilla del río, de vez en cuando se alzaban las palmas de *nikau* confiriendo un aire exótico al paisaje.

—Dios creó un paraíso aquí —dijo Franz—. Pero ¿realmente lo puso sin condiciones en manos de los seres humanos? Sankt Paulidorf tenía el mismo aspecto, ¿no? Cuando el río no se desbordaba... —Miró receloso el agua del Waimakariri.

—El valle del Moutere, donde estaba Sankt Paulidorf, era un terreno pantanoso —respondió Karl. Había tenido que tranquilizar varias veces a Franz cuando llovía y subía el nivel del Waimakariri—. Siempre. Antes de instalarse alguien allí, se habrían tenido que construir diques, como en el Elba en Mecklemburgo. No bastaba simplemente con asentarse y confiar en Dios.

—Pero quien no confía en Dios... —Franz aludió a una cita y se santiguó.

Ida ya se temía una nueva discusión y, de hecho, Karl levantó la voz.

—Franz, dadas las características determinadas de un terreno se puede deducir si un río tiende a desbordarse o no. ¡Dios no tiene nada que ver en eso!

El joven ya iba a replicar, pero Linda puso una mano apaciguadora sobre el brazo de su padre y otra sobre el de su tío.

—Los maoríes lo verían de modo distinto —terció tranquilizadora—. Claro que hay que confiar en los dioses del río. Han hecho el río de esta o aquella manera. Si desde tiempo inmemorial siempre se sale de cauce, entonces puede uno estar seguro de que volverá a hacerlo cuando llueva mucho. Del mismo modo, también debemos confiar en que el Waimakariri no se desborde, sin importar la cantidad de lluvia que caiga. ¡Esto es muy tranquilizador, Franz! Dios no es caprichoso. Permite que llueva para que crezca la hierba. Permite que al invierno le siga la primavera. Imagínate que los dioses cambiaran continuamente de opinión y uno nunca pudiera saber cuándo paren las ovejas y maduran los boniatos.

Franz la miró algo desconcertado, pero Ida sonrió a su hija de adopción.

—Esas sí que han sido palabras inteligentes —observó incluso Chris—. Y se podría también añadir lo sensato que resulta por parte de los dioses no escuchar todas las plegarias. Imaginaos, por ejemplo, que Jane pudiese influir en la cantidad de lana que tuvieran sus ovejas y en qué época hubiera que esquilarlas. Haría que todo el poblado maorí rezara constantemente para llevar su lana al mercado antes y que todos los demás criadores fueran detrás.

Franz apretó los labios cuando todos rieron dándole la razón.

—Aquí está la granja de los Deans —explicó Linda, para cambiar de tema.

Karl y Chris se pusieron a conversar sobre el estado de las ovejas que pastaban en la orilla, Oliver hablaba del club de remo (Fitz había vuelto a solicitar su ingreso, que de nuevo le había sido denegado) e Ida y Linda discutían sobre la boda. Ya iba llegando la hora de hacerse los vestidos adecuados para el evento. Las dos se preguntaban si conseguirían encontrar a la modista en Christchurch.

—Antes te hacías tú misma la ropa —observó Franz, inmisericorde.

Ida asintió.

—Sí, pero nunca me gustó —admitió.

Franz ya iba a decir algo sobre la sumisión, pero miró el bonito rostro de Linda bajo el coqueto sombrerito y se quedó sin palabras. No, no quería imaginársela con el oscuro vestido de las mujeres de Hahndorf. Así que prefirió callar, contestó a la sonrisa de Linda y se permitió por un momento dejar que sus pensamientos fluyeran en libertad.

Chris, Karl e Ida tenían una cita en el notario en Christchurch, de esto se había enterado Franz al margen. Karl quería vender su participación de Rata Station y mudarse con su esposa a la Isla Norte. Ida había invitado de corazón a su hermano a que los visitase allí, pero Opotiki estaba a casi quinientos kilómetros de Russell, así que no podría hacerlo muy pronto. De ninguna manera debía darse el caso de que tardaran casi veinte años en volver a verse, había advertido Ida, y eso había conmovido a Franz. Ida ya no era la mujer que él recordaba, pero seguía siendo su hermana y, a pesar de todo, lo quería.

—¡Pongamos a enfriar el champán! —dijo Chris a Oliver cuando Georgie los dejó en el embarcadero del club. El cobertizo de los botes y el restaurante estaban justo al lado—. ¡Comeremos ahí y además tendremos algo que celebrar!

Franz estaba indignado. Mientras Chris, Ida y Karl iban al notario, acompañó a Oliver y las chicas al club de remo. ¿De verdad tenían la intención de beber alcohol antes de ir a ver la iglesia donde iban a casarse Oliver y Carol? Oliver, al menos, no parecía ver nada malo en ello. Asintió complacido y los llevó hasta donde se dejaban los botes. Allí descubrieron atónitos que los esperaba una botella de champán y copas sobre una mesa ya montada.

Joe Fitzpatrick surgió de debajo de uno de los ocho botes colgados de las vigas cuyo fondo acababa de pintar con brea. Miró resplandeciente a los recién llegados. Franz tuvo la impresión de que solo fingía estar trabajando. La camisa blanca y los pantalones de montar no estaban manchados de brea y tampoco olía a sellador.

—¡Bienvenidas! —saludó a las chicas—. He pensado en vengarme un poco de la reciente comida campestre. Miss Linda...

Fitz se inclinó ceremoniosamente. Linda tuvo la sensación de que el saludo solo era para ella y se alegró de la penumbra que reinaba en el cobertizo de los botes. Al menos el joven no se daría cuenta de que se había ruborizado.

—Miss Carol, reverendo... ¡Y tú por fin te dejas ver de nuevo, Ollie! Te he echado de menos desde la regata. ¿Tan ocupado te tiene tu viejo en la granja o es que ya tienes suficiente con una medalla?

Oliver le aseguró que, por supuesto, quería seguir entrenando, pero a Linda le parecía que Fitz no estaba escuchando sus disculpas. Los ojos claros del joven resplandecían cada vez que se fijaba en ella. Cuando le tendió una copa de champán, la joven se sumergió totalmente en su mirada.

—¿Tienes un bote para mí, Fitz? —preguntó Oliver después de haber brindado por el reencuentro.

Franz rechazó el alcohol, pero tanto Fitz como Oliver ignoraban al misionero. Si bien Oliver había agradecido la presencia de Franz, pues sin el tío de las chicas, él no habría podido ir solo con ellas al cobertizo. Pero en ese momento nadie le dirigía la palabra, hasta Linda parecía haberlo olvidado.

—Tengo que llevar a pasear a Carol por el Avon... —Oliver guiñó el ojo a su prometida y a su amigo.

Fitz sonrió.

—¡Pues claro que sí, muchacho! Y no hay nadie por ahí que pueda darse cuenta de que te metes entre las cañas. Mira, coge este... —Señaló un pequeño bote de remos que se balanceaba en el agua y que ya tenía preparado. Al lado había otro—. ¿Y es posible que el reverendo quiera pasear con miss Linda? —preguntó educadamente Fitz.

Franz rechazó horrorizado la invitación.

—Yo... yo nunca he remado...

Fitz no parecía haber esperado otra respuesta.

—Bien, entonces me reservo el placer —declaró complacido.

Su sonrisa era segura y no admitía discusión. Franz tendría que haber replicado, pero no se le ocurrió qué.

—Miss Linda... —Fitz saltó al bote y tendió la mano a la joven para ayudarla.

La muchacha intentó subir lo más elegantemente posible, sin conseguirlo del todo. El pequeño bote se balanceaba más que la embarcación de Georgie. Fitz la sostuvo sin acercarse demasiado a ella. La forma de asirla era firme, pero le sonreía como si supiera cuánto les habría gustado a los dos que ella cayera entre sus brazos. Linda apartó la mano, turbada.

Fitz fingió no haber notado las chispas que brotaban entre ellos. Esperó hasta que Linda se sentara segura en el banco que estaba frente a él y cogió los remos.

—Espere... No puede...

Franz se acordó demasiado tarde de sus obligaciones tutelares. Fitz ya había llevado el bote al centro del río cuando Franz los llamó. No hizo el menor gesto de dar media vuelta.

—¡Puede seguirnos por la orilla fácilmente! —dijo a Franz y guiñó el ojo a Linda—. Como una buena carabina... —susurró a la joven, haciéndola reír. Con Fitz ella se sentía libre de preocupaciones, si bien su comportamiento no tenía nada de virtuoso y con respecto a Franz hasta era perverso. Pero Fitz se lo hizo olvidar. Siguió bromeando con ella, saludó a Franz (quien, en efecto, los siguió por la orilla) y avanzó por el río gracias a sus vigorosos golpes de remo. Iban mucho más deprisa que Oliver y Carol. Pero ellos tenían otras cosas que hacer y además se alejaron en la otra dirección.

—¿Tiene usted permiso? —preguntó Linda cuando Fitz pasó por delante del edificio del club sin intentar ocultarse—. Me refiero para coger así un bote y salir conmigo a pasear. Quiero decir... ¿no es usted un empleado aquí?

Fitz sonrió.

—Querida miss Linda, este club de remo me necesita a mí mucho más de lo que yo lo necesito a él. Si estos vejestorios... ¡Disculpe! Si estos señores de la dirección se dieran cuenta de una vez... Bueno, es probable que no me acepten precisamente por eso. Un *gentleman* sería seguramente demasiado delicado para trabajar con los botes.

—Pues sí... —titubeó Linda. La opinión no le parecía equivocada del todo. Nunca había oído decir que un caballero pintara botes. Para los trabajos de mantenimiento siempre se precisaba personal de servicio. Eso era al menos el modo de proceder en los libros ingleses que leía—. Podría buscarse usted otro trabajo. ¿Qué... qué otra cosa le gustaría hacer?

Fitz rio.

—Ahora mismo, no hay en el mundo otra cosa que preferiría hacer que estar sentado con usted en este bote, viendo pasar el paisaje y charlando. —Sus desconcertantes ojos azules se clavaron en los suyos y se quedaron ahí prendidos sin el menor esfuerzo—. ¿Le he dicho ya lo encantadora que está usted hoy? Ese sombrerito da a su rostro una expresión más audaz. ¿Es a propósito, miss Linda? ¿Va a ser hoy un poco más audaz?

Linda se ruborizó.

—Yo... no, yo...

Fitz le guiñó el ojo de nuevo.

—¡Venga, admítalo! Y más cuando ya lo está siendo. Si vamos a eso, está aquí sentada en un bote con un extraño. ¿O preferiría hacer usted otra cosa, miss Linda?

Ella negó con la cabeza. No sabía cómo lo hacía ese hombre,

pero parecía adivinar sus pensamientos y sentimientos con tanta naturalidad como escuchaba sus palabras.

—En este momento no quiero hacer nada más que estar sentada en este bote —admitió.

Fitz sonrió satisfecho.

—Entonces, no nos preocupemos más por el club de remo y disfrutemos del momento. *Carpe diem*, miss Linda, como se dice en latín. ¡Aprovecha el día!

Linda no tenía precisamente práctica en el arte del flirteo, pero habría calificado de coqueteo los cumplidos de Fitz, así como su propia confesión de disfrutar ella también de la compañía del joven. De ahí que todavía se sorprendiera más de que él no se aprovechase de la situación. No intentaba ni cogerle la mano ni besarla. El que sintiera como si su mirada la acariciase debía de ser cosa de ella. Fitz era un impecable *gentleman*, siempre amable, atento... y además un oyente fantástico. Cuando tras una maravillosa hora volvió remando al embarcadero, donde les esperaba un Franz sudado y enfadado, Linda seguía sin saber nada acerca de Joe Fitzpatrick. Él, por el contrario, conocía a Linda Brandman mejor que cualquier otra persona fuera de la familia de la chica. Sabía que se interesaba por la medicina, pero que tenía cierto miedo a los exámenes de la Medical School, y más aún porque seguro que sería la única chica si la admitían. Sabía lo que pensaba de Oliver, conocía la historia de Mara y Eru, y, naturalmente, ella también le había explicado que era probable que algún día heredara Rata Station. Para satisfacción de la joven, Fitz no había reaccionado de ningún modo ante la declaración de ella. Parecía darle igual que ella fuera rica o pobre.

Carol no parecía menos animada que su hermana, aunque a simple vista sí más desgreñada. Oliver no se había quedado dócilmente en el río con ella, sino que se había dirigido a un lugar en la orilla, donde los helechos dejaban caer sus hojas hasta el agua y el bote quedaba oculto tras la espesura de las plantas. Allí se habían besado y llevada por esa romántica atmósfera había permitido que Oliver la tocara en ciertos lugares y le hiciera ciertas cosas que hasta el momento le había negado. Había sido mucho más bonito amarlo ese día soleado que esperar a la oscuridad de una noche de bodas. Ahora estaba feliz y excitada, y susurró a Linda que no podía esperar a quedarse a solas con ella para contárselo todo.

A las chicas les pasó desapercibido lo parco en palabras que se mostraba Franz durante la comida del mediodía en el restaurante del club de remo. Linda había sido lo bastante amable como para disculparse con él. Mientras había estado con Fitz no había dedicado ni un solo pensamiento a Franz, pero más tarde le daba pena y se avergonzaba de haberse reído con las burlas de Fitz. No había sido nada cortés dejar a Franz solo en el cobertizo de los botes.

El joven misionero escuchó sus disculpas con rostro impasible y no pronunció palabra. ¿Qué habría podido decir? ¿Que no era solo indignación ante el impertinente Joe Fitzpatrick lo que le hacía estar rabiando, sino mucho más los celos?

Linda, que no sospechaba que pensara así, le agradecía que no hubiera contado a sus padres nada sobre el paseo por el río. Era probable que Ida, Chris y Karl no se hubiesen enfadado, pero sin duda habrían sentido cierto interés por Joe Fitzpatrick. Sus concernidos «padres» seguramente hubieran recurrido a sus contactos para enterarse de todo lo relativo al joven. Linda se preguntó fugazmente por qué no quería que eso sucediera. Era bastante probable que Joe no tuviera nada que esconder, y en caso de que su relación se hiciera más estrecha sus padres en algún momento empezarían a plantear preguntas. Pese a todo, Linda quería disfrutar por un tiempo, aunque fuera breve, de la sensación de tener a Fitz solo para ella. Solo le contaría a Carol los detalles del paseo en barco.

Ida, Karl y Chris tampoco se dieron cuenta de la actitud de Franz durante la comida. A esas alturas ya estaban tan acostumbrados a sus críticas que no dudaron en relacionar su mal humor a la buena comida y al consumo de champán en ese diáfano mediodía. Por otra parte, Ida se contuvo y riñó a Karl cuando se sirvió la segunda copa.

—Karl, no tenemos que estar achispados cuando vayamos a hablar con los reverendos. Si causamos una mala impresión, Deborah no conseguirá esa iglesia que ha elegido para la boda de Oliver y volverá a retrasarlo todo.

Oliver y Carol no volvieron a tocar el champán después de eso. ¡Lo último que deseaban era que el enlace volviera a posponerse!

Ida se sorprendió un poco de que Franz no los acompañara a visitar las dos iglesias y a sus sacerdotes. Hasta el momento había pensado que el intercambio con sus hermanos espirituales era la razón principal para que se uniera al viaje. No obstante, se guardó de mencionarlo. Al contrario, se alegró de no llevar a remolque al envarado misionero. Al fin y al cabo, se decía que el párroco de St. Lucke era muy moderno y abierto.

Chris acompañó a Franz a Lyttelton para informarse acerca de su pasaje para el barco rumbo a Wellington. Franz estaba preocupado por el pago. No quería volver a trabajar de ayudante en un barco. Todavía recordaba cuántas veces había faltado a sus obligaciones a causa del mareo. Chris hizo un gesto de rechazo cuando le habló de este problema.

—¡Déjelo en nuestras manos! Ida se ha alegrado tanto de volver a verlo, que no vamos a permitir que trabaje durante la travesía.

Chris también pagó el viaje en bote a Lyttelton pese a las protestas de Franz. No habrían conseguido cruzar el Bridle Path a pie en una tarde. Con el bote, por el contrario, se iba deprisa. En la desembocadura del Avon el oleaje era insignificante, así que Franz fue y volvió sin vomitar.

—El próximo viernes zarpo en el *Princess Helen*. Pasaje directo a Wellington —informó ceremonioso cuando todos se volvieron a encontrar en el White Hart Hotel para tomar el té.

Ida se avergonzó de sentirse aliviada.

—¡Y nosotros nos casamos en St. Michael! —exclamó Carol

antes de poder simular que lamentaba la pronta despedida de Franz—. St. Luke me parecía más bonita, pero la madre de Oliver tiene razón, la iglesia es demasiado pequeña.

—Solo cuando uno proyecta invitar a media Isla Sur —gruñó Karl.

También a él le había gustado más la pequeña y acogedora iglesia y su muy liberal párroco. El reverendo de St. Michael no había disimulado ambicionar el cargo de obispo cuando Christchurch tuviera su futura catedral.

Sonriente, Ida dio un empujón a su marido.

—Esto es lo que hace un barón de ovejas —se burló—. El *junker* de Raben Steinfeld tampoco casó a su hija en la iglesia del pueblo.

—Aunque me temo que la *queen* no asistirá a la boda —bromeó también Chris—. Pese a que estoy seguro de que Deborah la invitará...

Franz se sorprendió y casi se emocionó cuando Ida insistió en acompañarlo al barco. Karl no tenía tiempo, quería echar una mano a Chris en el trabajo de la granja; cada vez con más frecuencia lamentaba la decisión que había tomado, ya que había pasado una época muy feliz ahí. Y por supuesto tenía también mala conciencia por dejar solos a Chris y Cat en Rata Station.

Linda, por el contrario, se unió a Franz e Ida, lo que conmovió al joven misionero. Durante la semana pasada en Rata Station había intentado evitar a su sobrina. Para entonces consideraba la humillación sufrida en Chritschurch un castigo divino por su entusiasmo hacia una pariente y cada noche rezaba para pedir perdón.

Sin embargo, Franz de nuevo fue incapaz de librarse de pensamientos pecaminosos cuando Linda se presentó en el embarcadero con un vestido de verano floreado. Esta vez llevaba el cabello cubierto por una capota adornada con flores y sus ojos brillantes miraban el mundo deseosos de explorarlo. A Franz casi le dolió su resplandor, no sabía qué había en Lyttelton que atrajera a Linda, pero era evidente que no sentía pena por su despedida. Ida parecía más abatida. Cuando llegó el momento de subir a bordo, lo abrazó con lágrimas en los ojos.

—¡Que te vaya bien, Franz! ¡Escríbeme a menudo! Quiero saber cómo te va... Y... y por favor, coge esto. Sé que lo encontrarás presuntuoso, pero, por favor, consérvalo, no lo empeñes...

Para sorpresa de Franz, Ida sacó un adorno del escote. Por lo general no llevaba joyas, pero en ese momento abrió el cierre de una valiosa cadenilla de oro de la que colgaba una cruz adornada de piedras preciosas. La depositó en la mano de Franz.

—¡No puedo aceptarla! —protestó él—. ¡Esto... esto sería una cruz para un obispo! Pasear con esto sería un acto de soberbia para un simple misionero...

—Entonces escóndela —repuso Ida—. Por favor, quiero que te la quedes, como un recuerdo mío. Me lo dio una amiga muy querida y quería que Carol se lo quedara un día, pero ya heredará otra joya. ¡Esta es para ti!

Franz se preguntó por qué Carol debía quedarse con la joya y no Linda, quien escuchaba sin la menor expresión de celos las palabras de su madre. Al parecer, no la afectaba que Ida tuviera la intención de dar preferencia a su hermana.

Cogió la joya reticente.

—La conservaré con todo el respeto —declaró solemne.

Ida lo besó en la mejilla.

—Nos volveremos a ver pronto —dijo solícita—. Pasaremos por Opotiki cuando vayamos a Russell. Entonces veremos dónde trabajas. El señor Völkner es un buen hombre, él...

—Ida, no tienes que preocuparte por mí —repuso Franz con gravedad—. Dios me auxiliará. Realizaré su obra. Incluso si se producen alzamientos en la Isla Norte, ¡el Señor protegerá su casa!

Ida deseó poder creerlo. Desde lo acontecido en Sankt Paulidorf ya no confiaba ciegamente en la ayuda de Dios. Pese a ello, asintió, rezó de buen grado una oración de despedida con su hermano y le dijo adiós desde el muelle agitando la mano cuando el barco zarpó.

Linda la imitó alegre. Su vestido se completaba con un gran chal de colores que se quitó y agitó con grandes movimientos de un lado a otro. Franz lo contemplaba todavía cuando el barco ya abandonaba el puerto y sintió un peso en el corazón. Pero decidió olvidarse de una vez por todas de la joven. Le esperaban grandes cometidos.

—¡Por fin! —dijo Linda aliviada, después de que el barco desapareciera en el horizonte—. De verdad que me cae bien. Cuando está diez minutos sin rezar, no está contrito y no hace penitencia por sus imaginarios pecados, es un tipo simpático. Pero últimamente pensaba que no iba a separarse de nosotros. Y tú deja de llorar, Mamida, no se ha ido de este mundo. Como tú misma has dicho, lo verás pronto.

—Espero que guarde la cruz —gimió Ida. La cruz de piedras incrustadas era el objeto más valioso que poseía. Era una de las dos joyas que Cat había conservado del legado que le había dejado su maternal amiga Linda Hempelmann. Cat se había quedado con un medallón de idéntico valor que un día dejaría en herencia a su hija Linda—. Espero que no lo empeñe y done el dinero. Los misioneros no han de tener propiedades...

—Se lo preguntarás cuando lo veas —sugirió Linda despreocupada—. Y ahora... A ver, yo tengo hambre. ¿Qué te parece si le decimos al barquero que nos acerque al club de remos y tomamos un buen almuerzo?

Así pues, pusieron rumbo al club de remo en el bote que Ida había fletado para ir de Christchurch a Lyttelton. Tampoco a ella la atraía ir por el Bridle Path. Siguiendo las indicaciones de Linda, el remero dirigió la embarcación hacia el cobertizo de los botes. Ida todavía estaba demasiado concentrada en la despedida de Franz para darse cuenta de que el embarcadero estaba más cerca del restaurante. Bajó del bote y pagó al botero, mientras Linda buscaba con la mirada a Joe Fitzpatrick. Ansiaba volver a sentir la presión de su vigorosa mano cuando la ayudaba a saltar a tierra. Pero Fitz no se veía por ninguna parte. En cambio, un joven rubio dejaba en el agua un ocho para la tripulación que estaba a la espera.

Linda subió a tierra y se atrevió a preguntarle al muchacho rubio.

—¿Dónde... esto... dónde está el señor Fitzpatrick? —¡Sería realmente tonto que precisamente hoy Fitz tuviera fiesta!

El joven se encogió de hombros.

—Se ha ido —respondió lacónico.

—¿Cómo que se ha ido?

—Pues eso. Era demasiado insolente. Hablaba demasiado.

Desde luego, no podía reprochársele lo mismo a su sucesor.

—¿Me está diciendo que lo han despedido? —preguntó apenada Linda.

El hombre asintió.

—Y... ¿sabe por casualidad dónde está? ¿O qué hace ahora? Debe de haberse buscado otro trabajo.

El hombre volvió a encogerse de hombros.

—Pues no, señorita. Armó un buen jaleo cuando lo echaron. Gritos, amenazas y todo eso. Y luego se fue.

—¿Ya no entrena a ningún remero? —Linda se agarraba a lo que fuera.

Otro gesto negativo.

—Pues no, después de cómo se comportó con los jefes. Un insolente, ya se lo he dicho. Ahora se ha ido.

El joven volvió a concentrarse en su trabajo. De él ya no se obtendría más información.

Alicaída, Linda siguió a su madre de acogida. Ya no tenía apetito. Por lo visto, su romance con Fitz había concluido antes de empezar.

LA PÉRDIDA

Llanuras de Canterbury, Lyttelton,
Christchurch, Campbelltown (Isla Sur)

1863-1865

1

—¡Por supuesto que vienes con nosotros, no hay ni que plan-
teárselo! —Cat se dirigió enérgicamente a Carol, quien por tercera vez iba a ponerse a discutir si tanto ella como Oliver sobrevi-
virían a una separación de tres semanas, dos meses antes de la
boda—. Carol, digas lo que digas, no vamos a dejarte aquí sola en
la granja, de ninguna manera. Además, no te perjudicará conocer
algo de mundo. Hasta ahora, ni Linda ni tú habéis salido apenas
de Rata Station.

El motivo de la discusión era un viaje proyectado a Southland,
en el extremo meridional de la Isla Sur, una región destacada por
la hermosura de un paisaje de fiordos y montañas. Un criador de
ovejas que vivía allí había invitado a los habitantes de Rata Station
a la boda de su primogénito, probablemente con segundas intenciones, según sospechaba Cat. Había visitado Rata Station un año
antes para comprar algunos animales de cría y había conocido a
Linda y Carol. Ahora había invitado a las chicas de manera oficial.

—En realidad, se trata de conocer a los hijos de ese Halliday
y no la región —observó Carol con insolencia.

Cat se encogió de hombros.

—Yo no lo afirmaría, pero tampoco tengo objeciones. Sí, ya
sé que tienes a Oliver y que nunca mirarás a otro hombre. Pero
Linda no está todavía comprometida y no hay nada malo en que
conozca a los hijos de ese criador de ovejas. Si Frank y Mainard

Halliday se parecen a unos *wetas* y se comportan como *keas,* bailará solo un baile con ellos y luego se olvidará de los dos. Pero si resultan ser tan amables y bien educados como su padre, podría suceder que Linda se enamorase de uno de ellos. No vas a privarla de esta oportunidad...

—¡Pues entonces llevaos solo a Linda! —protestó Carol de nuevo—. Yo me quedo aquí y vigilo la granja. Siempre es preferible que se quede alguien de la familia. Si nos vamos todos a Southland, no habrá nadie en Rata Station.

Unos días antes, Karl e Ida habían partido definitivamente hacia la Isla Norte. Mara seguía viviendo con los Redwood, pues se había negado a acompañar a sus padres. Era evidente que rechazaba con vehemencia poner el estrecho de Cook y casi toda la Isla Norte entre Eru y ella. Incluso si no había la menor posibilidad de volver a verlo en un futuro próximo.

Cat sonrió burlona.

—Apreciamos tus desvelos por la granja, Carrie. Pese a ello, considero que por unos días los trabajadores saldrán adelante sin nosotros. En caso de emergencia, pueden dirigirse a Jane y Te Haitara, entonces quizás hasta seamos millonarios cuando volvamos. Jane vendería nuestros carneros de crianza al mejor postor. Pero seguro que no ocurre nada. De todos modos, la mayoría de las ovejas están en las montañas. Así que no hace falta que te sacrifiques, Carol, de verdad. Y Oliver también resistirá tres semanas sin ti. Si te quedaras aquí sola, él tampoco debería visitarte. Te pondría en un compromiso. En serio, Carrie, prefiero que no paséis juntos todo el tiempo.

A Oliver Butler el trayecto a caballo hasta Rata Station no le parecía tan fatigoso en verano, y todavía menos porque no tenía que ir a entrenar a Christchurch. Tampoco él sabía nada del paradero de Joe Fitzpatrick, pero no lo añoraba demasiado. Oliver no se preparaba con tiempo y todavía faltaba casi un año para las próximas regatas. A Carol, por el contrario, ¡la quería ahora! Desde que los dos habían adelantado la noche de bodas, hacía lo que fuera por repetir la experiencia. De modo que había pasado casi continuamente las últimas semanas en Rata Station, había estado rondando a Carol y la había distraído de sus tareas con los perros y caballos. Por absurda que fuese, esta era la razón a la que recurría Cat para protestar contra sus frecuentes visitas. En dos meses, Carol estaría casada y probablemente entrenando a los perros de Butler Station. A Deborah Butler eso no le gustaría, pero ya hacía tiempo que habían acordado que Carol se llevaría a *Fancy* a su nuevo hogar. Toda la primera camada de la perra tendría que regresar instruida a Rata Station.

La misma Cat ignoraba por qué le desagradaba ver juntos a Carol y Oliver. El argumento de que era mejor que no durmiesen juntos antes de casarse para evitar un posible embarazo ya no era concluyente. El niño nacería dentro del matrimonio, y nadie contaría si era después de siete meses o de nueve. Pero cuanto mejor conocía Cat a Oliver y su familia, menos segura estaba de aprobar realmente el matrimonio de Carol. Por supuesto, todo encajaba en lo relativo a las granjas y la fortuna, y ya sabía de antemano que Oliver no era ni el más inteligente ni el más trabajador del mundo. Pero cada vez le preocupaba más el descarado egoísmo del chico; su indiferencia ante la desaparición del que se suponía su mejor amigo, Fitz, su inconstancia; y su desinterés por la granja y el trabajo de su padre. Por añadidura, encontraba sospechoso el comportamiento de Deborah Butler. Su porte afectado la ponía de los nervios y su despilfarro la inquietaba. Aunque, claro, los Butler eran ricos. Tal vez Cat se preocupaba sin razón y el capitán disponía de unos ahorros inagotables de su época de cazador de ballenas.

Pero no se creía que fuera así. Butler Station prosperaba al igual que Rata Station y las demás granjas de ovejas administradas de modo más o menos eficiente. Permitían a sus propietarios un nivel de vida elevado, pero ¿era suficiente para mantener a la larga una casa tan enorme como la de los Butler? ¿Ese ejército de sirvientes? ¿El jardín y el jardinero inglés?

Precisamente acababa de llegar de Inglaterra el mobiliario, recién salido de fábrica, de la futura suite de Carol y Oliver. La joven había podido admirarlo brevemente y luego había confesado que la abrumaban esos muebles tan pesados y trabajados, los aparadores, mesas y librerías de madera de caoba y las butacas y sofás tapizados. Llegaron también la vajilla y la ropa de cama y de mesa de satén, damasco y un lino finísimo.

—Como *Fancy* se meta conmigo en la cama, echará a perder las sábanas —se inquietaba Carol.

Cat más bien pensaba en el precio de esos objetos. Los Butler ya habían pagado una fortuna y querían además participar en la costosa fiesta de boda de Christchurch. Ida y Karl se habían opuesto totalmente. Con St. Michael y el White Hart Hotel estaban de acuerdo. Pero ¿más de cien invitados, un menú de cinco platos y champán francés corriendo a espuertas? Karl había dicho que él ni podía ni quería permitirse algo así. Y ahora Oliver hablaba sin parar de una luna de miel por Europa y Deborah Butler parecía apoyar esa idea. Si el capitán Butler no le paraba los pies a tiempo, Carol no heredaría al final una baronía de la lana, sino una empresa endeudada y administrada además por un inepto fanfarrón. ¿Permitiría este entonces que Carol asumiera las labores administrativas? A veces, Oliver le parecía tan estrecho de miras y anticuado como su madre en lo que concernía a la división de las tareas entre hombre y mujer.

La misma Carol no quería saber nada de todo eso. Estaba ciegamente enamorada de Oliver y, por supuesto, era imposible suspender la ceremonia de febrero. Sin embargo, Cat alimentaba la vaga esperanza de que tal vez el viaje a Southland operase algún milagro. Quizá que Carol se enamorara de modo espontáneo de Frank o Mainard Halliday, o que las dos hermanas encontrasen en los hermanos el amor de sus vidas. No obstante, esto último era demasiado fantástico para ser verdad y Rata Station podía alimentar a dos familias siempre que se llevaran bien. Al fin y al cabo, era como habían vivido durante años Cat y Chris, Ida y Karl y las chicas.

—Ya puedes empaquetar tus cosas, Carol, no voy a cambiar de opinión —indicó a su hija de acogida con determinación—. Ni a ti ni a tu hermana os faltará ropa. Con todo lo que Deborah os ha mandado hacer para la boda, seguro que tendréis suficiente para todas las fiestas de los próximos diez años.

Deborah había ido con las dos jóvenes a la ciudad y equipado a la dama de honor con unas prendas no menos elegantes que las de la novia. Las facturas de todos esos vestidos de fiesta y de tarde, los trajes de viaje y las capotas se habían enviado a Rata Station. Chris y Cat las habían pagado renegando, pero eso no era nada en comparación con los costes del «ajuar» que Deborah Butler había pagado.

También Cat se había dado el gusto de comprarse ropa nueva para la boda de su hija de acogida y se alegraba de poder lucirla en la boda de Ralph Halliday. Incluso la travesía en barco a Campbelltown le brindaría la oportunidad de pavonearse un poco. Chris había reservado los pasajes en un velero muy moderno. El *General Lee* ofrecía todo tipo de lujos, desde un menú de tres platos hasta veladas con baile.

—Pero de verdad que no tenía por qué ser primera clase —objetó Cat cuando se instaló entusiasmada en el lujoso camarote donde iban a pernoctar varias noches ella y Chris—. En serio, Chris, ¡es increíblemente caro!

Chris rio.

—Creo que de vez en cuando también deberíamos permitirnos un lujo —respondió—. Exceptuando las salidas para llevar el rebaño a la montaña, todavía no hemos viajado nunca juntos. Y sé lo mucho que te gustan las camas mullidas y el champán. Considéralo nuestro viaje de luna de miel.

Ella frunció el ceño.

—¿Es esto una propuesta de matrimonio? —preguntó—. ¿Todavía quieres hacerme cambiar de opinión? —Cat se había prometido años atrás no perder nunca su libertad.

Él se encogió de hombros.

—Para eso necesitaría divorciarme formalmente de Jane. Pero

podría conseguirlo. Tal vez deberíamos reflexionar un poco al respecto, Cat.

Ella negó sonriente con la cabeza.

—¡No, Chris! Estoy muy contenta con lo que tengo. Y no lo olvides: un matrimonio a la altura de los barones de la lana significa una fiesta en Christchurch con cientos de invitados. Endeudaríamos para siempre Rata Station.

Chris suspiró teatralmente.

—Sabía que lo dirías. Pese a ello, hoy viajamos como el señor y la señora Fenroy. Una pareja amancebada no reserva en una compañía naviera un camarote de primera clase.

Linda y Carol, que disponían de un alojamiento no menos elegante, se reunieron con Cat y Chris en la borda cuando el *General Lee* zarpó una hora más tarde. Carol, que había estado enfurruñada y lacónica durante el viaje a Lyttelton, parecía conformarse con la situación. Estaba preciosa con su nuevo traje de viaje. Las chicas se habían decidido por unos conjuntos azules. Carol por uno azul claro con botones oscuros y un ribete de pasamanería, Linda por un traje con cenefas amarillas. Jugueteaban complacidas con sus sombrillas formando conjunto, un accesorio a la moda. Cuando trabajaban en la granja las dos solían llevar sombreros de ala ancha que las protegían de la lluvia más que del sol. Durante el verano, las hermanas siempre tenían la piel ligeramente bronceada, en un contraste estupendo con su cabello rubio. Al parecer, les había salido un joven admirador. Un muchacho con uniforme de oficial estaba junto a ellas y les hablaba de Southland.

—¡En serio, señoritas, no se verán decepcionadas! —decía con entusiasmo—. Fjordland es de una belleza única. Cuando las montañas se reflejan en el mar, cuando parece como si las nubes se deslizaran por el fondo marino... es como un cuento de hadas. Uno no se sorprendería si aparecieran elfos y enanos y se pusieran a bailar al sol y a nadar al claro de la luna.

—¡Es usted un poeta, teniente Paxton! —se burló Carol.

El joven arrugó la frente.

—Solo un hombre que ama su tierra natal —dijo modesto—. Y que hace mucho que no la ve.

—¿Viene entonces de Campbelltown? —intervino Chris—. Soy Christopher Fenroy. El padre, por así decirlo, de las señoritas a quienes con tanto entusiasmo describe la meta de nuestro viaje.

El joven se apartó de inmediato de las chicas y se apresuró a saludar educadamente a Chris y Cat.

—William Paxton —se presentó—. En realidad, Bill, nadie me llama William. Teniente Bill Paxton. Y, en efecto, tengo familia en Campbelltown, aunque no he nacido allí. Mis padres viven en Milford Sound, la región más bonita de Nueva Zelanda, señor, y sé de lo que hablo.

El joven oficial miraba francamente a su interlocutor. Era de estatura mediana, delgado pero musculoso. Con ese cuerpo entrenado, el uniforme le caía como a medida. Paxton tenía el cabello oscuro y liso, un rostro oval y ojos castaños que para un soldado parecían casi demasiado cordiales y dulces. Tal vez fuera solo porque en esos momentos se iluminaban al pensar en su hogar.

—El teniente Paxton ha estado acantonado en la Isla Norte —informó Linda—. Nos ha hablado de Taranaki y de las luchas con los maoríes.

—Pero ahora en Taranaki ya reina la paz —señaló Cat. Siempre le resultaba molesto oír hablar de las luchas entre maoríes y *pakeha*, sobre todo cuando se producía derramamiento de sangre. Sentía que pertenecía a ambos grupos de población y le complacía mediar entre ambos.

—Así es, señora Fenroy —dijo Paxton con escasa convicción—. Aunque todavía hay desacuerdos. Pero, en realidad, no quería aburrir a las señoritas con estos antipáticos temas. De hecho, ahora mismo les hablaba de las bellezas de Milford Sound. ¿Ha visto alguna vez focas, miss...?

—Linda y Carol Brandman —dijo Carol—. Y no, hasta el momento no nos hemos tropezado con ninguna foca. Venimos de una granja de ovejas y ahí no tenemos focas.

Mientras hablaba, la joven miraba por la borda hacia Lyttelton. El *General Lee* dejaba el puerto rodeado de colinas verdes y viraba hacia el sur. Los marineros subían las velas, que se hinchaban al viento. Parecía como si el barco fuera a avanzar velozmente.

—A lo mejor podemos seguir con esta conversación durante la cena —propuso Cat.

Tras el viaje a Lyttelton, tenía hambre y la carta con los atractivos platos que habían dejado en su camarote era sumamente prometedora.

El teniente Paxton asintió.

—Sería un placer para mí acompañar a la mesa a estas señoritas —contestó, ofreciendo el brazo a Linda y Carol—. Dicen que el cocinero del barco es un artista. De todos modos, soy parcial; es mi primo.

Paxton condujo a las hermanas al comedor, que con arañas de cristal, paneles de madera y muebles oscuros y generosamente tallados, parecía el salón de baile de una casa señorial inglesa. Mientras, les contó alegremente que debía su pasaje de primera clase a la intercesión de ese pariente cocinero.

—La Armada Real solo paga el billete más barato, pero cuando Tommy se enteró de que yo estaba a bordo, se preocupó de conseguirme un camarote mejor. Aunque a mí en realidad me da igual dormir en una cama más o menos blanda. A lo que no renunciaría tan fácilmente es a uno de los maravillosos platos de Tommy.

—¿Por qué le envía la Marina a Southland? —preguntó Chris, mientras empujaba galantemente la silla a Cat. Paxton actuó con igual caballerosidad con Linda y Carol—. Los ngai tahu son pacíficos. —La Isla Sur estaba habitada casi exclusivamente por *iwi* ngai tahu.

Paxton asintió al tiempo que tomaba asiento entre las hermanas.

—Claro —dijo—. Y yo solo tampoco podría combatirlos. —Rio—. Si realmente hubiera alzamientos, Wellington enviaría a todo un ejército. Hace dos años el general Pratt dirigió a dos mil soldados contra las tribus, nos pisábamos los unos a los otros. Los maoríes solo tenían unos mil quinientos guerreros, aunque conocían bien el terreno. En mi primera misión en esta guerra pasamos toda una noche bombardeando una de sus fortificaciones, ¿cómo se llaman...?

—*Pa* —dijo Cat.

Paxton asintió.

—Exacto, *pa*. Y al día siguiente, cuando nuestro general se disponía a hacer su entrada triunfal, comprobamos que habían abandonado la fortaleza con el primer cañonazo. Nadie sabe cómo consiguieron marcharse sin que los centinelas se percataran. Gracias a Dios, al menos no había muertos. Yo no debería decirlo, claro, pero me parecía poco noble estar disparando cañonazos a un lugar cuyos habitantes solo podían defenderse con lanzas y mazas.

—¿Los maoríes no tenían fusiles? —preguntó extrañada Carol.

—Sí, algunos. —Paxton cogió la carta con el menú. No le gustaba demasiado hablar de la guerra—. Pero en conjunto eran inferiores a las tropas inglesas. Y creo que no tenían ganas de pelea...

—Luchan de otro modo —explicó Cat—. Algunos jefes tribales son muy belicosos. Si cree que no tenían agallas, es que nunca se ha tropezado usted con el acertado. Dirigen la guerra de otro modo que los ingleses. Nada de largas campañas bélicas con miles de soldados, sino breves escaramuzas. Y a más tardar cuando hay que sembrar sus campos, postergan la guerra hasta la siguiente cosecha.

—La amenaza de guerra también desempeña un papel importante —añadió Chris—. Al principio montan un gran espectáculo y luego no atacan, o todos se han ido de repente, como vio usted en el *pa*. Disfrutan peleando con ardides. Por supuesto, no han leído ni escrito ningún libro sobre el arte de la guerra. Sin embargo, los jefes tienen muchas ideas.

—Se dice que hubo uno que salió colgado de una cometa por encima de las rocas, después de que lo hubiesen apresado en algún lugar —contó Linda.

Paxton sonrió.

—Parece que conocen bien las costumbres maoríes —señaló, y entonces Chris le habló de su trabajo como intérprete en la New Zealand Company y Cat de su vida con los ngati toa.

Un camarero de librea les sirvió el aperitivo y un cóctel de marisco de entrante.

—Todavía no nos ha contado por qué está en la Isla Sur —terció Carol, dirigiendo de nuevo la conversación a Bill Paxton—. ¿Qué hace aquí para la Armada? ¿Tal vez espiar? —Sus ojos brillaron traviesos.

Paxton rio.

—Para espiar a los maoríes serían más apropiados sus padres, miss Carol. Yo personalmente no hablo ni una palabra en su lengua. Y además tampoco he peleado realmente contra ellos. Era oficial de enlace entre las tropas de voluntarios locales y el ejército de Australia. A veces había ahí más brutalidad que en una auténtica batalla. Unos preferían resolver sus conflictos solos, no tenían la menor disciplina, pero a cambio estaban familiarizados con la realidad del lugar. Respecto a los otros, los oficiales querían destacarse, mientras las tropas se preguntaban para qué estaban ahí. Ahora, gracias a Dios, los han enviado de vuelta...

—¿Para volver a llamarlos si se recrudecen los conflictos? —preguntó Chris.

—No, no hay tal intención —respondió Paxton, y tomó un sorbo de champán—. En su lugar se están formando nuevas tropas en la misma Nueva Zelanda. El proyecto incluso ya tiene nombre: Taranaki Military Settlers, fuerzas coloniales. Y precisamente por eso, miss Carol, me han enviado a mí y un par de oficiales más a la Isla Sur. Tenemos que reclutar hombres para las nuevas unidades. De estaciones balleneras, en lugares como Lyttelton, donde llegan inmigrantes, y luego en los campamentos de buscadores de oro. Allá donde haya hombres jóvenes intentando hacer fortuna.

El mismo joven oficial no parecía sentirse especialmente satisfecho. Casi parecía algo abochornado.

—¿Les prometen ustedes esa fortuna? —preguntó Chris con tono escéptico.

Paxton se encogió de hombros.

—Yo les prometo tierra —corrigió—. Tierra que colonizar, como indica el nombre del regimiento. Y no se verán decepcionados. En la región de Taranaki hay miles de hectáreas de una fabulosa tierra por cultivar. El gobierno está dispuesto a concedérsela a los nuevos colonos.

—Aunque solo a los capacitados para la guerra —observó Cat—. ¿Cómo debe interpretarse esto? ¿Tienen primero que conquistar la tierra los mismos interesados?

—En cierto modo, sí —admitió Paxton—. La tierra se incautó a tribus maoríes rebeldes. En nombre de la New Zealand Settlements Act. Por desgracia, los maoríes siguen sin reconocerlo...

Chris soltó una risa cínica.

—Es una forma cauta de decirlo. Según lo que me ha contado mi amigo Karl Jensch, al confiscar las tierras no se diferencia entre tribus maoríes rebeldes y otras que no lo son. El gobierno se las queda porque las necesita. Es comprensible que la gente se enfade por eso.

Paxton se mordió el labio.

—Buena parte de los conflictos con las tribus se arreglan pacíficamente —declaró a disgusto—. Hay suficiente tierra para todos allí. Si se actuara de forma un poco diplomática, las tribus seguro que venderían. Por desgracia, no todos los funcionarios son amables. Y, además, ahora está ese movimiento hauhau. No sé si han oído hablar de él...

Chris y Cat asintieron.

—Un predicador con extrañas visiones —señaló Cat—. ¿Es realmente importante?

—¿Importante? —Paxton gimió—. Es evidente que no está usted al corriente de cómo han evolucionado últimamente las cosas. Y tampoco es tema para una cena festiva en compañía de damas. Así que, en resumen: es urgente impedir que ese tal Haumene siga haciendo de las suyas. No podemos permitir que anden sueltos unos caníbales fanáticos sedientos de sangre. Por mucho que comprenda a los maoríes, seguro que se han cometido errores en la apropiación de tierras, pero si ven las víctimas después de que los hauhau hayan hecho estragos... Ignoro si su «profeta» los envía con un objetivo determinado o si es que interpretan de forma muy... bueno... consecuente su doctrina. En cualquier caso, hay bandas merodeando. —Se frotó la frente—. Y el gobernador quiere evitar que los colonos queden desamparados si es que se producen asaltos imprevistos en las granjas. Por eso planeamos construir fuertes y recintos defensivos alrededor de los nuevos asentamientos, y la tierra se concederá sobre todo a gente que pueda manejar un arma. Se instruye a los miembros de los nuevos regimientos, adquieren experiencia en la guerra y obtienen veinte hectáreas de tierra para construir una granja.

—Sale a cuenta. La gente luchará mucho más enconadamente si ha de defender su propia tierra y no solo por un sueldo —dijo Cat malhumorada. Recordaba los colonos de Sankt Paulidorf—. Y los maoríes se quedan por el camino.

Paxton resopló en gesto de impotencia.

—No está en mi mano cambiar la situación, señora Fenroy. Las mismas tribus podrían alterarla negándose a apoyar el movimiento hauhau. Pero, en lugar de eso, dejan que Te Ua Haumene predique en sus poblados y no impiden que sus hijos degüellen a colonos en nombre de la paz y el amor. Y ahora, ¿podemos cambiar de tema? ¿Qué les trae al sur, miss Linda y miss Carol? ¿Una boda, dijeron? Pero ¿no será la suya?

La primera noche en el barco transcurrió de forma muy armónica. Paxton habló entusiasmado de las bellezas de su tierra, describió los lugares dignos de visitar y que los viajeros no podían perderse y además acompañó a Linda y Carol a dar un pequeño paseo por la embarcación. Cat y Chris los siguieron a una distancia prudente y disfrutaron del brillo plateado de las olas cuando el reflejo de la luna se fragmentaba en ellas. La noche era estrellada y se distinguía vagamente la línea costera. Permanecería visible todo el viaje.

—Dicen que algunas playas son bellísimas —anunció Chris cuando los viajeros se retiraban—. Si el tiempo acompaña podremos pasar todo el día en cubierta.

Cat sonrió.

—Mientras que por la noche pueda dormir en esta cama con dosel, todo me va bien —dijo—. Y ahora ven, ya nos hemos amado muchas veces a la luz de las estrellas, pero no junto a un ojo de buey y oyendo el chapoteo del agua. Me sentiré como esa muchacha de la balada de las islas Orcadas. Ya sabes... la mortal que se enamora de un *silkie*.

A Cat le encantaban las historias románticas y disfrutaba escuchando las canciones que los ayudantes irlandeses cantaban de su tierra junto a la hoguera cuando llevaban las ovejas a los pastizales.

Chris la besó.

—Mientras no me pidas que me convierta en una foca. O que cante...

2

Cat y Chris pasaron unos días maravillosos en el *General Lee*. A veces, ella se sentía como si realmente estuvieran en su viaje de luna de miel. El tiempo era espléndido y las costas, a veces amables pero con frecuencia escarpadas, con acantilados y paredes de piedra, eran arrebatadoras. Además, Bill Paxton no había exagerado respecto a las artes culinarias de su primo. Tommy Paxton hacía las delicias de sus comensales con unos suculentos menús. Por las noches, una orquesta interpretaba música de baile.

Linda y Carol disfrutaron de la travesía mucho más de lo que habían pensado al principio. A fin de cuentas, Linda todavía se ponía triste al pensar en Joe Fitzpatrick. ¿Quién sabía lo que podría haber resultado de esos primeros escarceos si él no hubiera tenido que marcharse tan repentinamente de Christchurch? Y Carol se había separado muy a pesar suyo de Oliver. Pero ahora ambas se alegraban de las atenciones de Bill Paxton y, cuando se terciaba, también los acompañaba George Wallis. El segundo oficial del *General Lee* se reveló como un destacado bailarín. Era mucho más ágil que Oliver Butler, a quien Carol tenía que rogarle tres veces que la sacara a la pista en los escasos bailes de la Unión de Criadores de Ovejas. Carol, ella misma una entusiasta bailarina, se dejaba llevar por George. Reía cuando había un poco de oleaje y parecía que el barco intentaba hacerles perder el compás. Bill Paxton era quien sacaba a bailar a Linda, pero mostraba que en el fondo era a Carol a quien prefería. Al principio de la velada, siempre se reservaba con ella el último baile de la noche y Carol no lo rechazaba. Se sentía halagada por sus deferencias, al menos siempre que Linda no se sintiera molesta por ello.

—¿No estarás enamorada de él? —preguntó la segunda noche de viaje cuando, cansadas y contentas después del baile, se metieron en la cama—. ¿O del señor Wallis?

Linda respondió que no.

—Los dos son muy amables. Pero... no siento que burbujee nada en mi interior, ¿comprendes? A veces creo que me falta la capacidad. Tú pareces enamorarte muy deprisa y todos los hombres están locos por ti. Yo, en cambio... A veces creo que los hombres no me interesan. Al menos la mayoría.

Linda no lo dijo, pero sabía que hasta el momento solo Joe Fitzpatrick había conseguido agitar su corazón. Linda conocía esa expresión de las novelas románticas y la encontraba tonta y gastada. Pero describía exactamente el sentimiento que Fitz había provocado con su singular manera de actuar. La mirada de Fitz, su sonrisa, su brillo... Apenas la había tocado en realidad, pero Linda aún notaba la extraña proximidad y confianza que había sentido a su lado. Conmoción, emoción... Al estar con Fitz había bastado una palabra, tal vez incluso solo un pensamiento, para que él la hiciera reír o llorar a su antojo. Ignoraba si eso era amor, pero lo que era seguro es que no notaba ni una pizca de esos sentimientos cuando pensaba en Bill Paxton o George Wallis.

—¡Entonces estupendo! —se alegró Carol, contenta de sentirse admirada por los dos oficiales.

Por supuesto, tanto Paxton como Wallis eran dos perfectos caballeros a quienes ni se les habría ocurrido desatender a Linda. Estaba claro que George no estaba enamorado ni de una ni de otra. Galanteaba con ambas cortésmente y en igual medida. Al final pidió a Linda que lo acompañara en el baile de clausura de la travesía. Se celebraba la última noche a bordo, después de un banquete. Al mediodía del día siguiente, la nave llegaría a Campbelltown. Paxton se lo pidió a Carol, sin duda una jugada planeada. La última noche, Bill había de tener a la dama de su corazón únicamente para él.

El protocolo de la noche del baile exigía llevar vestido de noche y unas emocionadas Carol y Linda se ayudaron mutuamente a ponerse los trajes que habían llevado para la boda de los Halliday. También Cat sacó de la maleta su vestido de gala y probablemente no fue Chris el único que pensó que destacaba entre las demás mujeres del barco.

El vestido de Cat era de una seda gris de brillo plateado, pero nadie habría pensado en ese color al mirar la tela que caía en cascadas sobre la crinolina y cambiaba de tono a la luz de las arañas. Cat llevaba, además, unas perlas de adorno y un marcado escote dejaba a la vista el comienzo de sus pechos turgentes. Tenía la cintura fina como una jovencita y excepcionalmente se había puesto corsé. A cada lado de su fino rostro caía un mechón del recogido con que se había peinado el cabello color miel, y el avellana de sus ojos resplandecía. En el comedor la seguían las miradas de los hombres. Chris caminaba orgulloso tras ella hacia la mesa; no se cansaba de admirar la belleza de su mujer.

—No podrás disfrutar demasiado —lo amenazó ella, cuando él se lo dijo—. Este corsé me está matando. ¡No entiendo cómo las mujeres soportan llevar cada día esto! Además, casi no se puede comer; lo siento por este fantástico menú, pero no consigo tragar más de un bocado de cada plato. Seguro que hoy me despido bien pronto.

Chris sonrió.

—Nos despediremos los dos pronto —la corrigió—. Porque para ser sincero, apenas si puedo esperar para quitarte este vestido...

De hecho, Cat consiguió cenar, pero después de bailar un poco con Chris, se rindió.

—Vámonos, querido. Nos llevaremos una botella de champán para celebrar en el camarote. El viaje ha sido maravilloso, Chris, ¡indescriptible! Reservar en primera ha sido la mejor idea de tu vida. ¡Pero ahora tengo que salir de este armazón o me pondré a gritar!

—Lo siento por las chicas —dijo Chris cuando el camarero les llevó una cubitera, en la que ya había dos botellas enfriándose—. Seguro que les habría gustado quedarse más tiempo.

Carol y Linda todavía evolucionaban con sus caballeros al compás de la música. Claro que también llevaban corsés y crinolinas bajo sus vestidos de baile, pero a ninguna de las dos parecía molestarles. Linda lucía un vestido azul claro y el medallón adornado de piedras azules de Cat. El vestido de Carol emitía brillos rosados. Adornaba el escote una cadena de coral. A las dos hermanas les caía el cabello suelto sobre la espalda; debían de haber pasado horas rizándoselo. ¡Tanto trabajo para tan poco baile! Chris tenía razón, las muchachas se sentirían decepcionadas. Cat pensó en dejarlas solas a las dos en el baile, pero eso habría sido contrario a la etiqueta. Suspirando, llamó a ambas, que la bombardearon con sus protestas.

—¡Pero si acaban de dar las nueve! —se enfadó Carol—. ¡Solo hemos bailado dos bailes! ¡No puedes hacernos esto, Mamaca! Venid, sentaos y bebed una copa. Dadnos al menos una hora más.

—¡Más! —pidió Linda—. ¡Dentro de una hora solo serán las diez! Y a las once hay fuegos artificiales. Nos tenemos que quedar hasta entonces. Por favor, Mamaca, Chris, ¡no haremos ninguna tontería!

—Nosotros cuidaremos de sus hijas —les aseguró Bill Paxton—. Y en ningún caso haremos algo que pueda ofenderlas. Pueden confiar en ello.

Cat y Chris se miraron pesarosos. Les daba pena aguarles la fiesta a las chicas y no desconfiaban ni de Linda ni de Carol ni de sus caballeros. Pero en el barco había conocidos de Christchurch. La manera tan poco severa con que Cat y Chris educaban a las chicas estaría tras el viaje en boca de todo el mundo en la ciudad.

—No puede ser, chicas, por mucha pena que nos dé —respondió Cat—. Sé que no debería haberme comprado este vestido. Estoy dispuesta a asumir toda la culpa, pero no lo puedo cambiar. Así que despedíos ahora, tenéis por delante muchos bailes que bailar.

Por supuesto, Bill Paxton y George Wallis no perdieron la oportunidad de acompañar al menos hasta la cubierta a sus damas.

—¡Lástima, hoy no hay estrellas! —observó Linda. El cielo ya se había cubierto al mediodía.

—Además, está refrescando —añadió Carol, envolviéndose temblorosa en su chal—. Amenaza tormenta...

George Wallis asintió y le ofreció caballerosamente el brazo a Linda cuando el barco empezó a balancearse con más fuerza.

—Sí, por lo visto, se cierne una tormenta. Quizá debería yo también terminar la velada antes. Es posible que el capitán pronto llame a los oficiales a cubierta.

—No corremos ningún peligro, ¿verdad? —preguntó Cat, agarrándose a Chris.

Wallis negó con la cabeza.

—No, señora Fenroy, no se preocupe. Estamos muy cerca de la costa. Aunque el mar sí podría agitarse un poco. Espero que no se maree usted.

Acto seguido, se despidió cortésmente de Cat y Chris y con galantería de Linda y Carol. Esta última cuchicheó un poco más con Bill Paxton e intercambió con él una sonrisa cómplice antes de que las hermanas bajaran al camarote bajo la mirada vigilante de Cat y Chris.

—No serás infiel a Oliver, ¿verdad? —se burló Linda, quien por supuesto había visto las miradas que habían intercambiado Carol y Bill—. ¿O qué has estado conspirando con el señor Paxton? Ven, ayúdame a sacarme el corsé... —Se dispuso a desabrocharse el vestido.

Carol hizo un gesto negativo.

—No te quites el vestido. Enseguida volvemos a subir, el señor Paxton nos espera en cubierta. A las dos, claro, se trata solo de un par de bailes. ¡Y yo nunca le seré infiel a Oliver!

Echó un vistazo al espejo y controló su aspecto. Se tambaleó y casi cayó al suelo. El barco se balanceaba cada vez más.

—¿Quieres volver al baile? ¿Sin Cat y Chris? —preguntó Linda incrédula.

—¡Claro! —Carol se arregló el cabello—. Lindie, el baile acaba de empezar. ¡No vamos a dejar que nos fastidien la fiesta!

—Pero los Heston y los Wesserly... Cat tiene razón. ¡Hablarán mal de nosotras en Christchurch!

Linda comprendía bien los argumentos de sus padres y pensaba menos en sí misma que en lo que la señora Butler diría sobre los rumores acerca de su futura nuera.

—Si quieres saber mi opinión, ni se han dado cuenta de que Cat y Chris se han marchado —respondió Carol despreocupada—. Y con este oleaje seguro que se van a sus camarotes. El señor Heston ya se mareó anteayer por tres olitas que pasaron y la señora Wesserly no hace más que quejarse desde que empezó el viaje. Estoy segura de que se retirarán enseguida. Y media hora tenemos que esperar de todos modos, hasta que Cat y Chris se duerman... o estén ocupados haciendo otra cosa y no nos oigan ir por el pasillo.

Las chicas soltaron unas risitas.

—Qué, ¿te vienes? Yo no puedo ir sola. —Carol miró suplicante a su hermana.

Linda asintió.

—Está bien. Tengo ganas de ver los fuegos artificiales. Hasta ahora solo los he visto una vez y fue precioso... Deja que me mire en el espejo, creo que voy despeinada.

Ambas aguardaron impacientes media hora en su camarote, mientras se ocupaban de volver a peinarse y arreglarse la ropa. Entretanto, comprobaron que Carol tenía razón: el oleaje era cada vez más fuerte y por los pasillos de los camarotes reinaba mucho movimiento. Al menos los pasajeros de mayor edad del *General Lee* preferían esperar la tormenta en sus camarotes.

—Ahora solo nos queda encontrar un momento en que nadie vaya dando tumbos hacia los lavabos —susurró Carol cuando abrieron la puerta y escudriñaron el pasillo—. Seguro que los primeros ya están vomitando. ¡Menuda tormenta! El barco se ha encabritado como un caballo. ¿Tienes tu chal?

Linda negó con la cabeza y sacó dos abrigos con capucha del armario.

—Llevaremos esto —decidió—. Seguro que fuera está lloviendo. Para cuando lleguemos al comedor ya estaremos como dos patos remojados. ¡Vamos!

Decidida, puso a su hermana el abrigo alrededor de los hombros y tiró de ella hacia el pasillo. El barco se mecía tanto que las dos se veían arrojadas de un tabique al otro. Al llegar a cubierta, el viento casi las empujó de nuevo al fondo del barco y las golpeó una lluvia gélida.

Pero Bill Paxton seguía en su puesto. Esperaba al abrigo de una estructura de la cubierta.

—¡Y yo que me temía que ya no vendrían! —exclamó complacido—. Con esta tormenta. ¡Ya veo que son ustedes valientes!

Carol rio.

—Porque sople un poco de viento no vamos a dejar de bailar. Pero me temo que no habrá fuegos artificiales.

Con esa lluvia no se podrían encender, si es que quedaba todavía algún interesado en verlos. Y los oficiales y tripulantes que se habrían ocupado de ello ya haría tiempo que estaban dedicados a tareas más importantes. Los hombres, protegidos del tiempo con unos pesados impermeables, se esforzaban por recoger las velas y amarrar todo lo que el viento pudiera arrastrar.

En el comedor convertido en salón de baile tan solo quedaban unos pocos pasajeros, muchachos y muchachas para quienes el oleaje era emocionante y que en el baile iban felices tropezando de un brazo al otro. Naturalmente, el camarero de la barra y el que servía las mesas perseveraban y la orquesta, compuesta de tres músicos, seguía tocando infatigablemente. Y eso que apenas se les oía con el viento desenfrenado y el golpear de la lluvia contra las ventanas. Al final, también resultó imposible bailar. Los pasajeros siguieron divirtiéndose, compitiendo para ver quién podía llevar más tiempo una copa de champán a través de la sala sin derramar una gota.

De repente los músicos dejaron de tocar. Un marinero irrumpió en el salón, jadeando y calado hasta los huesos.

—Órdenes del capitán —farfulló—. Que nadie salga a cubierta. Dice que lo siente, pero tienen que pasar la noche aquí, el peligro de caer al mar por la borda es demasiado grande. Y además cerramos herméticamente las escotillas, para que el agua no entre en los camarotes.

—¿Caer por la borda? —Linda se espabiló de golpe—. Decían que la situación no era tan seria.

—Todavía no se ha caído nada —respondió el hombre, tranquilizador—. No está mal el viento que sopla. Así que quédense aquí. —Deslizó una mirada de envidia por el bar—. Sed no pasarán.

Carol dejó escapar una risita ahogada. Algunos jóvenes se tomaron el asunto con menos humor.

—¡Qué grosero! —exclamó indignado el hijo de un barón de la lana de Queenstown—. ¡Y qué frescura! No solo que tengamos que pasar la noche aquí en el salón; el capitán ni siquiera tiene modales para informarnos a través de un oficial.

—Los oficiales estarán ocupados en otras cosas —observó Bill Paxton. Su mirada preocupada reflejaba los mismos temores de Carol. El capitán siempre se había comportado de forma cortés y prudente. Si en ese momento renunciaba a las formalidades...

Otros pasajeros parecían compartir esta reflexión. Pronto se oyeron los primeros gritos y comentarios inquietos. Las mujeres se refugiaron en los brazos de sus esposos. Bill, como buen hombre de acción, cogió su chaqueta y se dirigió a la puerta.

—Quédense aquí —indicó a Carol y Linda—. Voy a ver si encuentro a George. Quiero saber qué está pasando realmente.

—Pero si es peligroso... —señaló Carol, mirándolo angustiada.

Él le sonrió.

—Sé cuidar de mí mismo.

El viento cerró la puerta a sus espaldas cuando abandonó el salón. En el interior, los camareros y el encargado de la barra sujetaron las sillas y mesas. Al comienzo del baile las habían colocado en un rincón, pero los muebles se deslizaban por el salón debido al fuerte balanceo del barco. Algunos pasajeros, entre ellos Linda y

Carol, intentaron ayudar, pero apenas si conseguían sostenerse en pie. Las chicas estaban preocupadas por Bill, pero el joven regresó enseguida. Venía chorreando, aunque se le veía tranquilo.

—George está en la cabina del timonel ocupado con los instrumentos de medición. Dice que es una tormenta peor de lo que había esperado el capitán, que de haberlo sabido antes habría prohibido el baile. ¡No, no tengan miedo! El *General Lee* es un buen barco. Solo porque el viento lo zarandee un poco no se hundirá. Sin embargo, nos apartamos del rumbo. Esto alargará el viaje. Al menos un día.

Linda esbozó una sonrisa.

—Bueno, si solo es eso... Ya veremos mañana los fuegos artificiales.

Paxton cogió un mantel para secarse.

—Ya lo decía yo, dos damas que no le temen a nada. ¿Otra copa de champán? Bueno, yo ahora podría soportar un whisky.

Los demás pasajeros rieron cuando de regreso de la barra dio un traspié y la bandeja con las copas voló por los aires. El espléndido cristal se hizo añicos sobre las tablas. La orquesta volvía a tocar, pero salir a bailar era impensable. Hasta la risa tenía algo de afectado. Por muy valientes que intentaran parecer, la tormenta estaba intimidando a los jóvenes. En las horas siguientes, a algunos se les revolvió el estómago. Un par de hombres y varias mujeres se quejaron de estar mareados y vomitaron en las cubiteras. De vez en cuando alguien gritaba que ya no era la lluvia la que golpeaba contra la ventana, sino también las olas. El mar embravecido bañaba una y otra vez la cubierta. Progresivamente, la alegre fiesta iba convirtiéndose en una pesadilla. Algunos habían extendido los abrigos y chaquetas en una esquina del salón y se habían tendido encima, pero nadie pensaba en dormir.

—Por mucho valor que uno tenga, yo preferiría estar en otro sitio —murmuró Linda cuando los músicos por fin dejaron de tocar y guardaron sus instrumentos.

—Esperemos que Chris y Cat no vayan a nuestros camarotes a ver cómo estamos. Se preocuparán al comprobar nuestra ausencia.

Carol hizo un gesto negativo con la mano.

—De todos modos, mañana se enterarán de que estábamos aquí. Pero apuesto a que los Heston y los Wesserly se quedarán en cama hasta el mediodía. Si es que ahora están realmente mareados. Esto no va de broma.

Señaló a un joven con el rostro blanco como una sábana. Era la tercera vez que vomitaba.

—¿Cuánto tiempo suele durar una tormenta así? —preguntó Linda a Bill.

Este arqueó las cejas inquisitivo.

—Ni idea. ¿Una noche? ¿Varios días? ¿En la Biblia no dicen que pasaron siete días antes de que arrojaran a Jonás al mar? —El chiste sonó forzado.

—Desearía que al menos amaneciera. El timonel no puede ver nada con este tiempo. A saber hacia dónde vamos...

Un fuerte golpe sacudió de repente el barco. Durante unos segundos pareció quedarse quieto, antes de volver a soltarse y que las olas lo arrastraran de nuevo.

—¿Ya hemos llegado a tierra? —preguntó Linda.

Se oyeron gritos en cubierta. A través de la ventana se veía a marineros resistiéndose contra la tormenta y abriendo las escotillas que llevaban a los camarotes de abajo.

Bill Paxton corrió alarmado a la puerta y cogió los abrigos de Linda y Carol del guardarropa.

—Pónganse esto, deprisa. Por si tenemos que salir. Ese ruido... no presagiaba nada bueno. ¿No tienen la sensación de que el barco se escora?

Las chicas se echaron por encima los abrigos y distinguieron vagamente que en la cubierta estaban soltando los botes salvavidas.

—¡Están bajando los botes!

—¡Nos hundimos!

También los otros pasajeros se habían dado cuenta de lo que estaba ocurriendo en el exterior y se precipitaban inquietos hacia la salida.

Bill los contuvo.

—¡Conserven la calma! —pidió—. Ahí fuera no haríamos más que molestar ahora. ¡Dejen que los marineros realicen su trabajo, ellos ya saben lo que hacen!

En efecto, el capitán apareció en cubierta y empezó a impartir órdenes. Los primeros pasajeros subieron precipitadamente y fueron conducidos a un bote salvavidas, lo que de nuevo provocó exclamaciones de inquietud en el salón. El capitán pareció percatarse entonces de su presencia e indicó a sus hombres, haciéndoles señales con las manos, que se ocuparan también de las personas que estaban en el salón. Para alivio de Linda y Carol, fue George Wallis quien, envuelto en su abrigo encerado y con una caja de madera bajo el brazo, abrió la puerta y entró.

—¡Escuchen todos! —gritó sin aliento—. Ustedes vendrán conmigo. ¿Cuántos son? Calculo que unos veinte. Todos caben en el bote número dos. Ahora saldremos todos juntos, sujétense unos a otros con fuerza. Los hombres que ayuden a las mujeres. Tengan cuidado de que nadie tropiece y sea arrojado por la borda. No hay razones para apresurarse ni aterrorizarse. El barco se hunde lentamente. Hemos topado contra un farallón, en el centro del barco tenemos una enorme grieta. Pero hay botes salvavidas para todos y el *General Lee* no se hunde tan deprisa como para que no podamos bajarlos tranquilamente al agua y cargarlos. ¡Así que no se inquieten y conserven la calma!

George Wallis sostuvo la puerta abierta y Bill Paxton y las chicas fueron de los primeros en abandonar el salón. Detrás se apretujaban los demás.

—¿Qué... qué pasa con Chris y Mamaca? —gritó Linda cuando salieron a la tormenta—. Estarán...

El viento le arrancó las palabras de los labios.

Chris y Cat habían disfrutado de la velada y estaban achispados por el champán, así que se durmieron enseguida pese a la tormenta. Pero el cabeceo y el balanceo del barco pronto los arrancó de su sueño.

—¿Esto es normal? —preguntó preocupada Cat mientras encendía la lámpara de gas.

Chris, que ya había pasado por varias travesías con tormenta en la Isla Norte, la tranquilizó.

—Es una tormenta fuerte, pero los barcos no se hunden tan deprisa. Acuérdate de lo que nos contaron Ida y Karl del *Sankt Pauli*. Y eso que ellos estaban en medio del Atlántico, y no a unos cientos de metros de la costa.

—Aun así voy a ver a las chicas —dijo Cat—. No vaya a ser que se inquieten.

Se echó una bata encima de los hombros y salió fuera. Cuando regresó estaba intranquila por otras razones ajenas al oleaje.

—¡Qué bobas! —exclamó enfadada—. El camarote está vacío. ¡Se han escapado para volver al baile!

Chris rio.

—Yo hubiera hecho lo mismo —admitió—. Falta saber por qué no han vuelto todavía.

Buscó el reloj de bolsillo que había dejado en la mesilla de noche. Con el balanceo del barco se había caído al suelo. Cat lo recogió.

—Las tres —dijo—. Tienes razón, ya deberían estar de vuelta. Venga, levántate, vamos a ver dónde se han metido.

Cat se puso un vestido cómodo y también Chris volvió a vestirse refunfuñando.

—Ya puedes ir pensando un castigo tremendo para cuando las pillemos —dijo—. Lo que menos me apetece hacer esta noche es darme un paseo por cubierta.

Los dos recorrieron a toda prisa los pasillos esquivando los charcos de vómito. En el *General Lee* había baños suficientes, pero no todas las personas indispuestas habían conseguido llegar. Algunos pasajeros se tambaleaban quejumbrosos por los pasillos. Nadie se atrevía a salir, excepto Cat y Chris.

Cat no se sorprendió de que las escotillas estuvieran cerradas, pero la invadió el pánico cuando no pudo abrirlas.

—Chris, ¿qué ocurre? Estamos encerrados, estamos... —Golpeó contra la madera.

Él le cogió la mano.

—¡Déjalo, fuera no te oye nadie! Como mucho te oirán aquí dentro y todos se asustarán. Está claro que los tripulantes han bloqueado las salidas para que no entre agua. Además, tienen que impedir que los pasajeros corran de un lado a otro y puedan ser arrojados por la borda. Si la situación se pone crítica, volverán a abrir...

No había acabado la frase cuando de repente el barco dio una sacudida, como si alguien hubiese golpeado con un martillo enorme el fondo del velero. La madera se partió y a continuación se oyó el rumor del agua entrando.

—¡El barco hace aguas! —exclamó Cat aterrada.

Chris asintió.

A sus espaldas, al igual que en la cubierta, se oyeron gritos. Cat suspiró aliviada cuando se percató de que estaban manipulando las escotillas desde fuera.

—Conserven la calma. Permanezcan aquí abajo, se están preparando los botes salvavidas...

Cat y Chris miraron el rostro serio pero sereno del primer oficial. Detrás de ellos aparecieron más pasajeros.

—Enseguida podrán salir... hay sitio para todos...

—¡Venga, dese prisa!

Bill Paxton tendió la mano a una titubeante Carol. Un marinero indicaba a los pasajeros el camino hacia una escala de cuerda que llevaba al bote número dos. Algunos botes ya estaban en el agua, y en otros los pasajeros podían colocarse antes de que los bajasen con unas poleas. Era más cómodo y exigía menos agilidad. Ser capaz de bajar por una escala de cuerda no le resultaba fácil a todo el mundo. Pero George condujo a los jóvenes bailarines a un bote que ya estaba arriado.

—Pero Mamaca y Chris... cuando no nos encuentren... ¡Mamaca no se va sin nosotras!

—¡Las chicas! —Cat dudó antes de subir en uno de los botes de cubierta con ayuda de un oficial—. Mis hijas... no sé dónde están...

—Vendrán con nosotros —la tranquilizó el joven—. Hay botes para todos, no nos olvidaremos de nadie. ¡Venga, suba!

—¿No podemos esperar...? ¡Quiero ir con mis hijas en el bote! —Cat miraba ansiosa alrededor mientras Chris observaba atento lo que ocurría en cubierta. Los miembros de la tripulación indicaban a los pasajeros el camino para llegar a los cinco botes que restaban. De vez en cuando se oían gritos y algunas mujeres lloraban, pero en general todo transcurría con orden. Al final distinguió a Carol y Linda en el otro costado del barco.

—Ahí están, Cat —dijo tranquilizador—. ¡Mira, ahí al fondo!

—¿No podemos esperar a nuestros padres? —preguntó Carol—. Da igual en qué bote vayamos, nosotras...

—No da igual. Si todo el mundo empezara a moverse de un sitio a otro y eligiera el bote sería un caos —explicó George Wallis con determinación—. ¡Suba, miss Carol, es una orden!

—¡Pero Mamaca...!

—¡Ahí está Chris! —Linda había descubierto a su padre adoptivo y agitaba los brazos emocionada—. ¡Y Mamaca! ¡Estamos aquí! —gritó contra la tormenta, como si esperase que hubiera una mínima posibilidad de que sus padres la oyeran.

—¡Suba! —vociferó Wallis—. ¡Bill, haz algo, échatelas al hombro! ¡Pero tienen que subir ahora mismo al bote!

—¡Usted se sube en este bote, y ahora mismo! —ordenó el oficial, cogiendo a Cat del brazo.

Pero ella no estaba dispuesta a abandonar el barco sin sus hijas. Y eso pese a que acababa de verlas y sabía que no les había ocurrido nada, pero no quería perderlas de vista.

—Pero ¿los botes se mantendrán juntos? —preguntó preocupada, antes de disponerse por fin a subir y sentarse en uno de los bancos.

—Hacemos lo que podemos, señora —respondió con una evasiva el oficial.

—En cualquier caso, volveremos a ver a las chicas en tierra —la tranquilizó Chris, tendiéndole la mano para ayudarla—. No te preocupes.

Cuando izaron el bote por medio de los cabos de la polea por encima de la borda del barco, Cat vio a sus hijas bajar por la escala de cuerda. Eso la tranquilizó. Las dos habían dejado la embarcación. Y tan cerca de la costa no podía salir nada mal con los botes. Probablemente solo tendrían que remar un par de minutos.

Cat se agarró con fuerza al banco cuando el bote golpeó contra el agua. Las olas lo balancearon y algunos gritaron cuando el agua helada los salpicó. Cat se protegió contra el frío. No sería más que una breve travesía.

3

—¡Achiquen agua! —ordenó George Wallis—. ¡Hay palas bajo los asientos!

Había sido el último en saltar al bote. Ahora, cuando se alejaban del *General Lee*, la embarcación se llenaba de agua. A ello contribuían tanto la lluvia como las olas que la tormenta arrojaba por encima de la borda.

—¿No estamos cerca de la costa? —preguntó Linda mientras extraía agua con todas sus fuerzas—. Parecía que estábamos muy cerca.

Wallis negó con la cabeza. Al igual que los otros cinco marineros que había en ese bote, remaba con toda su energía para evitar la succión del barco que se hundía.

—¡No sé dónde estamos, señorita! —gritó jadeante por encima del viento—. El *General Lee* fue a la deriva y al final no pudimos determinar el punto en que nos encontrábamos. Esa es también la causa de la grieta. En nuestra ruta normal no hay bajos fondos. El barco no debería haber tocado fondo.

—¿Hacia dónde estamos remando, entonces? —preguntó Carol temblando.

Nunca en su vida había pasado tanto frío. El agua helada ya hacía tiempo que había empapado el abrigo y el vestido de baile, y las olas seguían salpicando el bote. Hasta hacía poco se había consolado con la idea de que esa situación pronto pasaría.

—¡Ahora debemos alejarnos del barco! ¡O la fuerza de succión nos arrastrará al fondo! —gritó Wallis—. Luego recogeremos los remos y esperaremos. Hasta que aclare y la tormenta amaine.

—¿Hay algún indicio de que eso vaya a suceder? —preguntó Edward Dunbar, el arrogante joven de Queenstown.

—Claro, señor —respondió Wallis—. La tormenta ya ha amainado. Por fortuna. En su momento álgido nos habría sido imposible arriar los botes.

—Y, pase lo que pase, siempre se hace de día —intervino animoso Bill. También él colaboraba remando con vigor—. No puede tardar mucho. ¿Recogemos ya los remos, George?

Los hombres así lo hicieron y a continuación ayudaron a las mujeres a achicar agua. Entretanto, contemplaban cómo el *General Lee* se iba a pique lentamente. La silueta oscura del velero era fantasmagórica. Se oían gritos y gemidos procedentes de los otros botes.

—Ojalá todos hayan podido bajar sanos y salvos —rogó Linda.

También en su bote había algunos que expresaban su miedo llorando y lamentándose. Un par de mujeres rezaban en voz alta.

Wallis intentó tranquilizarla.

—Todos deberían haberlo conseguido —respondió—. No creo que de momento haya habido pérdidas.

—¿De momento? —repitió Carol con una nota estridente.

El joven oficial se pasó la mano por la frente.

—Todavía no hemos llegado a tierra —señaló.

Las hermanas tuvieron que leer la respuesta en sus labios. El rugido del agua y el bramido del viento ahogaban cualquier sonido.

Y por fin amaneció. Salió el sol, pero como la tormenta persistía, surgió solo como una difusa luz en un cielo gris. El bote seguía a merced de las olas y la costa había desaparecido de la vista. Los tripulantes empapados y ateridos se alternaban para achicar. Linda y Carol se apretujaban la una contra la otra y de vez en cuando caían en un breve e inquieto sueño producto del agotamiento. El oleaje y el frío enseguida volvían a despertarlas.

—No debemos dormirnos —musitó Linda, al tiempo que le castañeteaban los dientes—. Si uno se duerme puede congelarse.

A eso del mediodía dejó de llover por fin y a continuación la ferocidad del mar se trocó en un oleaje moderado. El bote seguía balanceándose pero ya no entraba agua. Habrían podido empezar a remar. Pero ¿hacia dónde?

Los pasajeros miraron desanimados el mar gris y aparentemente infinito que los rodeaba. Por ningún lugar se divisaba tierra y no había el menor indicio de los demás botes.

—Es... es imposible que todos se hayan hundido —murmuró Linda atemorizada.

Wallis negó con la cabeza.

—No. Lo único que sucede es que la corriente nos ha llevado en distintas direcciones. No se preocupe. Iremos...

—¿Que no nos preocupemos? —preguntó con voz estridente la joven esposa de Edward—. ¿Está usted de broma? Vamos a la deriva en alta mar, sin comida ni agua y medio muertos de frío. Nadie sabe dónde estamos. ¿Y no hemos de preocuparnos?

Wallis se mordió el labio, que ya se había agrietado por el salitre y el frío.

—No lo digo en ese sentido, señora Dunbar —explicó—. Sin duda, la situación es seria. Cuán seria podré decírselo cuando haya calculado nuestra posición. —Cogió la caja de madera que había guardado bajo el asiento—. En cuanto el mar esté lo suficientemente calmado para montar el sextante, averiguaremos cuánto nos hemos desviado de la ruta, si hay tierra cerca o si podemos esperar que nos ayuden otros barcos. Mientras, por desgracia, tendrá que tener paciencia.

George Wallis realizó por fin sus cálculos. Estableció con el sextante el borde inferior del sol, que se percibía a través de las nubes, verificó y susurró unas cifras. Parecía que había tardado horas cuando por fin dejó el instrumento y con expresión grave comunicó el resultado a los ocupantes del bote, que esperaban impacientes.

—Damas y caballeros, debo notificarles que, lamentablemente, nos hemos alejado mucho de nuestra ruta. Según mis cálculos, nos encontramos a unas ciento cincuenta millas al sursureste de Campbelltown. En alta mar y a mucha distancia de la mayoría de las rutas marítimas habituales...

—¿Y esto qué significa? —preguntó con ansiedad Dunbar.

—¡Vamos a morir todos! —exclamó su esposa.

Linda y Carol encajaron la información petrificadas. Ciento cincuenta millas de mar entre ellas y la Isla Sur. Y ese frío helado...

Wallis sacudió la cabeza.

—Remaremos —explicó—. Y rezaremos para que las corrientes y el viento estén de nuestro lado. Si conseguimos recorrer cinco millas por hora... en dos días podríamos llegar a tierra firme.

—También podemos confeccionar una vela —propuso Bill—. A bordo hay tela suficiente. —Señaló los vestidos de baile de las mujeres—. ¿Alguien tiene hilo y aguja?

La pregunta no estaba planteada en serio pero, para sorpresa de todos, una dama sacó un diminuto costurero del bolsito pompadour que llevaba a juego con su indumentaria de fiesta.

—Hay que ir equipada para cualquier eventualidad —murmuró, ganándose unas risas forzadas.

—Entonces sugeriría que los caballeros se ocuparan de los remos y las damas pusieran manos a la obra —propuso Wallis.

—Y olvídense del decoro —señaló Paxton—. Probablemente habrá que sacrificar las enaguas, señoras, si es que son de lino y no de seda.

El frío, el hambre y la sed transformaron los días siguientes en una auténtica pesadilla. La primera noche empezó de nuevo a llover y los náufragos volvieron a quedarse calados hasta los huesos. Las mujeres se apretujaban para darse calor mutuamente, mientras los hombres quedaban empapados de sudor a base de remar y a pesar del frío. George Wallis tuvo suerte con los pasajeros que el capitán había confiado a su mando. Eran jóvenes, fuertes y sumamente optimistas. Solo había dos jóvenes hermanas, procedentes de Auckland, que no dejaban de llorar y rezar, y el malcriado heredero de Dunbar, que evitaba hacer cualquier esfuerzo. En cambio, se perdía en absurdas lamentaciones. Los otros hombres, por el contrario, colaboraban y se alternaban en los remos con los marineros. Entre las mujeres había dos modistas de mucho talento y Bill se reveló como un versado navegante de embarcaciones pequeñas; de joven había sido un as en Milford Sound manejando una yola. Con su ayuda, las mujeres confeccionaron con sus crinolinas de lino una vela bastante consistente que utilizaron al segundo día, cuando la lluvia amainó. Funcionaba muy bien cuando el viento no era demasiado leve ni demasiado tormentoso. El problema principal residía en que la regala de la borda, que les servía provisionalmente de mástil, no resistía al viento. Dos hombres tenían que contraponer sus fuerzas constantemente para mantenerla recta, lo que era casi tan agotador como remar.

El tiempo mejoró al tercer día. No llovió, salió el sol y las mujeres dejaron a un lado el decoro y la vanidad. Se quitaron sin más las faldas húmedas. Linda y Carol se quedaron vestidas solo con el corpiño y las enaguas de tafetán, y cuando se les secó la ropa que llevaban, por fin volvieron a entrar un poco en calor. En cambio, el hambre y la sed las atormentaba. Esta última habría podido ser una amenaza para su vida si los náufragos no hubieran recogido agua de lluvia en los cubos y paletas de achicar. Así se evitaba al menos que los remeros se deshidrataran. Para las mujeres solo quedaban unos pocos sorbos, pero su única tarea consistía en moverse lo menos posible para no consumir energías.

Linda y Carol habrían preferido estar en el lugar de los hombres. Les sacaba de quicio estar condenadas a no hacer nada. Y más aún cuando los hombres habrían necesitado su ayuda. Entretanto, incluso las manos de los marineros y granjeros, ya de por sí acostumbrados a trabajos duros, estaban agrietadas y sangraban.

Primero se habían formado ampollas que habían reventado y el agua salada había hecho el resto. Pese a ello, los hombres se turnaban en los remos con todo su vigor. Que Linda y Carol ofrecieran su ayuda solo los hizo reír. El bote llevaba veinte ocupantes y era lo bastante robusto para sobrevivir a la fuerte tormenta. Impulsarlo con los remos exigía más fuerza de la que podían aportar unas frágiles mujeres todavía más debilitadas en esas circunstancias.

Al final del cuarto día todos estaban exhaustos. Linda y Carol cabeceaban apáticas. Incluso los rezos y llantos de las dos hermanas se habían convertido en un débil murmullo. A pesar de todo, Bill Paxton animaba a los hombres a seguir remando con vigor y rectificaba la vela una y otra vez para aprovechar el viento. La última medida de posición de George Wallis también llevaba al optimismo.

—Solo nos quedan treinta millas. Si aguantamos una noche más, bueno, tal vez un día, lo habremos conseguido.

Durante el día, los hombres se orientaban mediante la posición del sol, durante la noche se guiaban por las estrellas. Luchaban para que el bote cada hora avanzara más hacia el noroeste.

Y, entonces, al amanecer del quinto día, cuando Linda despertó sobresaltada de un sueño breve e inquieto, creyó hallarse ante un espejismo. En la niebla matinal parecían perfilarse unos mástiles y velas espectrales. Todavía lejos, quizá fuera solo un sueño... Sacudió a Carol.

—Un barco... —susurró—. Creo... creo que veo un barco.

Media hora más tarde, las mujeres, envueltas en mantas y con un tazón de té caliente en las manos, iban a bordo del bergantín *Prince Albert*. George Wallis informaba al capitán del velero acerca del naufragio del *General Lee*.

—Hemos oído hablar del retraso del barco —comentó el capitán—. Ayer zarpamos de Campbelltown, donde hace días que se espera su embarcación...

—Entonces... ¿no ha llegado ningún bote salvavidas? —balbuceó Carol—. ¿No... no sabían nada de la desgracia?

El capitán, un hombre amable que había dirigido la acción de salvamento de forma expeditiva y con cautela, y que se había declarado dispuesto a virar y llevar a Campbelltown a los náufragos, negó con la cabeza.

—No, señorita. El capitán del puerto ya se lo temía, y sobre todo porque se desencadenó una tempestad muy fuerte. Tuve suerte de poder esperar en el puerto. Sin embargo, no había ninguna certeza. Hasta ahora... Al parecer, son ustedes los únicos supervivientes.

—Esto no tiene que significar nada —consoló Bill a las horrorizadas mujeres—. Los demás pueden haberse salvado igual que nosotros. A lo mejor necesitan un poco más de tiempo para volver. Es posible que esta misma noche haya arribado a puerto algún otro bote. Esperemos a llegar a Campbelltown.

—¿Tenían la posibilidad de determinar su posición? —preguntó Carol—. Tenían también un... sextante, como el señor Wallis.

Bill miró inquisitivo a Wallis.

—El capitán era el único que tenía otro sextante —admitió este último, frotándose la frente—. Pero... pero hay otras posibilidades de orientarse en el mar. Aunque ninguna tan exacta. El sol, las estrellas... No puede excluirse que alguien más se haya salvado.

—Mamaca se orienta bien con las estrellas —intentó consolarse Linda—. Los maoríes son antiguos navegantes. Y Chris...

—Chris es un granjero, Lindie, nunca ha navegado. —Carol veía el asunto más realistamente—. Y Mamaca... claro que conoce las constelaciones. ¿Le habrá enseñado Te Ronga a navegar? Los ngati toa vivían junto a un río. Hace siglos que no se echan a la mar.

—No sea tan pesimista, miss Carol. No es por nada que el capitán ha confiado los botes a un oficial. Los marineros saben lo que hay que hacer. Levantemos los ánimos y alegrémonos de nuestro propio rescate. Cuando estemos en Campbelltown ya averiguaremos qué ha pasado.

Bill Paxton cogió uno de los cuencos de sopa caliente que el cocinero del *Prince Albert* estaba repartiendo. Pese a lo preocupadas que estaban por Cat y Chris, Linda y Carol se abalanzaron sobre la comida tan hambrientas como los demás. Poco después dormían por fin en un lugar caliente y seguro a bordo del gran velero.

Se despertaron cuando el *Prince Albert* entraba en el puerto natural de Campbelltown. Rodeada de colinas, la población estaba situada en el sur de una península.

—Es la colonia más meridional de Nueva Zelanda —explicó Bill Paxton.

El joven oficial tenía mucho mejor aspecto que la noche anterior. Como George Wallis, no solo había aprovechado el breve viaje para descansar, sino también para lavarse y afeitarse. Los tripulantes del *Prince Albert* habían suministrado a los náufragos ropa limpia. Bill llevaba una camisa holgada y pantalones de lino anchos y de media pierna. En lugar del aventurero con barba de los últimos días, Carol y Linda tenían delante a un joven con el rostro amistoso y bien afeitado. Esto tuvo un efecto más consolador sobre las hermanas que todas sus amables palabras. Casi parecía como si no hubiera ocurrido ninguna desgracia.

—A lo mejor ya han llegado los demás botes —musitó Linda.

Pero sus esperanzas se frustraron. Los habitantes de Campbelltown se horrorizaron al conocer el naufragio del *General Lee*. No había más supervivientes.

4

Los habitantes de la pequeña localidad portuaria de Campbell-town acogieron a los náufragos con gran amabilidad y comprensión. Por supuesto, les ofrecieron ropa y hospedaje. No era necesario mucho más. Salvo Carol y Linda, así como una joven pareja que viajaba con los padres de la mujer, ninguno de los rescatados había perdido familiares. Así pues, la mayoría pudo proseguir el viaje en cuanto reemplazó los objetos perdidos en el hundimiento del *General Lee*. No fue algo complicado. Si bien no todos los rescatados viajaban en primera clase —el baile de clausura estaba abierto a todos los pasajeros—, todos sin excepción tenían amigos o parientes en distintos lugares de las islas Sur y Norte. Mientras esperaban recibir dinero transferido al banco de Campbelltown, se hospedaban en pensiones o alojamientos privados.

Para Carol y Linda el asunto había tomado otro cariz, y también la joven pareja se quedaría en la localidad hasta haber agotado todas las posibilidades de encontrar a sus familiares. La pareja se instaló en una pensión, mientras que Bill insistió en que las dos chicas se alojaran en casa de sus familiares. Las acogió su tía viuda, una anciana dama que se alegraba de tener compañía y las cuidaba solícitamente. Las chicas pasaron los primeros días como en trance. Linda se había resfriado y tenía fiebre y Carol estaba tan agotada que solo podía levantarse para comer y volver a la cama. Por supuesto, preguntaban por las novedades y Bill se mantenía en contacto con las autoridades. Estaba alojado en casa de otros parientes y comenzaba a reclutar soldados. Seguía sin haber señales de los demás botes, pero tampoco llegaban malas noticias.

—No se han encontrado ni restos del naufragio ni cadáveres —informaba Bill a las hermanas, esperando animarlas—. Ni rastro del *General Lee*.

—¿Cómo iba a haberlo? —repuso Carol cansada—. Piense lo lejos de aquí que nos encontraron a nosotros, no fuimos los únicos a los que arrastró la corriente. Y dijeron que ya antes del siniestro el barco se había alejado de su curso. De ahí que nadie sepa exactamente dónde se hundió el *General Lee*.

Por la misma razón, no parecía aconsejable salir en búsqueda de supervivientes. La pareja, unos ganaderos muy ricos de la Isla Norte, promovió una operación de rescate —un rápido velero que ellos mismos fletaron siguió la ruta original del *General Lee*—, pero tampoco obtuvieron resultados.

—Tendría que haber insistido en ir con Mamaca y Chris en uno de los botes —se lamentaba Carol—. Habría sido posible, los vimos.

—Y habría podido hacerlo —terció también Bill—. Deberíamos haber ido simplemente hasta donde estaban. George no habría podido hacer nada, ni los otros oficiales.

—Y ahora estaríamos desaparecidos como todos los demás —objetó Linda.

No la inquietaba la incertidumbre acerca del paradero de su familia. Estaba plenamente convencida de que Cat todavía vivía.

—Lo sé, Carrie, lo presiento. Si Mamaca estuviera muerta, yo lo percibiría. Es mi madre...

—¡Y también la mía! —protestó Carol, ofendida.

Linda asintió.

—Claro que sí. Pero fue a mí a quien dio a luz. Ya sabes lo que opinan los maoríes. Toda la tribu es tu familia, pero hay un vínculo especial con los padres biológicos.

En una tribu maorí era corriente llamar *papa* o *mama*, *poua* (abuelo) o *karani* (abuela) a todos los hombres y mujeres de una edad determinada. Las relaciones de parentesco en Rata Station nunca habían sido tema de interés para la tribu de Te Haitara.

—De todos modos, me gustaría saberlo —insistió Linda—. Entre Mamaca y yo hay *aka*. ¡No sé dónde está Mamaca, pero sé que no está muerta!

El *aka* era la relación espiritual entre dos personas. El vínculo entre ambas podía extenderse hasta el infinito, lo único que no podía era romperse mientras estuvieran con vida. Carol asintió, de hecho algo consolada. Creía en el *aka*. A fin de cuentas, entre ella y su hermana había una unión similar.

El optimismo de Linda volvió a estimularla. Cada día pasaba horas en el puerto hablando con marinos experimentados sobre las posibilidades de un rescate, siempre acompañada por el leal Bill Paxton, abrumado por tantos sentimientos de culpa como la joven. Carol se dirigía al capitán del puerto, a los capitanes de los barcos anclados en Campbelltown, y en una ocasión encontró en un viejo cazador de ballenas una generosa fuente de información.

El hombre solía pasar los días en los pubs de la zona y se alegraba de contar con la presencia de una muchacha hermosa.

—A ver, delante de Campbelltown está la isla Steward. Si hubieran llegado hasta allí, ya habrían dado señales de vida —explicó amablemente mientras llenaba su pipa.

—A nosotros mismos nos encontraron a ciento cincuenta millas de aquí —puntualizó Carol—. ¿Hay alguna isla en la que puedan haber varado?

El viejo reflexionó.

—Es mar abierto —respondió—. Bueno, a doscientas cincuenta millas de aquí están las Auckland.

—¿Están habitadas? —preguntó Carol.

El cazador de ballenas negó con la cabeza.

—Qué va. Hace tiempo había solo una estación de cazadores de focas, hasta que estas desaparecieron. Luego llegaron un par de maoríes y un par de colonos blancos, pero eso es demasiado inhóspito. Es una zona fría y ventosa. Tampoco crece gran cosa, solo hierba, arbustos y *rata*.

—¿Hay animales? —preguntó Carol, esforzándose por no perder la esperanza.

—Cabras, ovejas, cerdos. Según la isla y en función de lo que haya sobrevivido. Dejamos los animales ahí intencionadamente, para poderlos cazar después. Como provisiones de viaje para la tripulación de los barcos que pasaran. Y también para náufragos, algunos se han salvado allí.

—¿De verdad? —preguntó Carol emocionada—. Entonces... entonces, ¿valdría la pena enviar una embarcación en busca de supervivientes?

El hombre se encogió de hombros.

—Esas islas quedan muy lejos —repitió—. Nadie sabe si los botes del *General Lee* realmente fueron arrastrados tan lejos. Y son muchas islas. Cinco o seis dignas de mención y una infinidad de diminutas. Cada una de las grandes tiene algunas calas impenetrables. Podría pasar años buscando, señorita.

—¿Y cómo es posible que, a pesar de todo, siempre sigan encontrándose náufragos? —inquirió Carol obstinada.

Una vez más, el viejo se encogió de hombros.

—Azar, señorita, suerte, piedad divina... Elija lo que más le guste. Pero no busque a su familia, sería inútil. Resígnese usted. Por mucha pena que me dé, creo que sus padres ya no están en este mundo.

Sin embargo, Carol volvió a asediar al capitán del puerto y a los capitanes de las embarcaciones que zarpaban, esta vez para pedirles concretamente que no dejasen de otear en busca de náufragos. Pero las islas Auckland se encontraban fuera de todas las rutas navieras habituales. ¿Quién iba a viajar en barco al polo Sur? Se dirigió también a la pareja que había perdido a sus familiares y, pese a no haber apenas esperanzas, intentó promover otra misión de rescate. Pero el joven matrimonio no tenía ningún interés. Las Auckland le parecían demasiado alejadas y veía poco probable tener éxito en esa empresa.

—Y mi esposa debería dejar de aferrarse a vanas esperanzas —dijo el joven—. Acabamos de enterarnos de que está encinta. Pondremos al bebé el nombre de mi suegro o mi suegra. Conservaremos su recuerdo, pero no vamos a seguir buscándolos.

5

Al final, tampoco Carol y Linda encontraron más razones para seguir en Campbelltown a la espera de que sucediera un milagro. Ya no podía hacerse nada más. Se habían agotado todas las posibilidades de averiguar el paradero de Cat y Chris.

Ida y Karl, con quienes se habían puesto en contacto por carta inmediatamente después del rescate, así como los Halliday, que mostraron gran implicación y enseguida ofrecieron a las hermanas apoyo económico, les aconsejaron que volvieran a casa.

«Si rescataran a Cat y Chris y los llevaran a Campbelltown, también os enteraríais al cabo de poco tiempo en Rata Station», escribió Ida. Estaba desconsolada. Tras ese infortunio, querría haber partido enseguida hacia la Isla Sur para estar junto a las chicas. A excepción de sus hijas, Cat y Chris eran las personas más importantes de su vida. Si algo les había sucedido, quería ayudar en lo que estuviera en su mano, por poco que fuera. Ida sentía el imperioso deseo de estar al menos cerca del lugar de la desgracia, tal vez para ver por sí misma lo que había ocurrido. Sin embargo, Karl hacía pocos días que se había marchado a Taranaki con una delegación del gobierno que estaría varias semanas de viaje para mediar entre maoríes y colonos *pakeha*. Había que proporcionar tierras nuevas a los blancos, a ser posible con el acuerdo de las tribus. Karl esperaba que todo se llevara a término pacíficamente. En cualquier caso, Ida estaba sola en Korora Manor y no podía ponerse en contacto con su marido. En tales circunstancias, viajar a la Isla Sur era imposible. Ida solo podía dar su consuelo. «Entendedme bien: comparto vuestras esperanzas de volver a ver a Cat y Chris sanos y salvos. Deseo con todo mi corazón que todavía estén con vida. Pero ellos no habrían querido que Rata Station estuviera abandonada. Alguien tiene que ocuparse de la granja y esto es ahora lo único que podéis hacer por Cat y Chris. Sed fuertes. Os quiero y en pensamiento estoy a vuestro lado. Mamida.»

Entretanto, había empezado el nuevo año. Carol y Linda habían dejado estoicamente que pasaran las fiestas de Navidad y Año Nuevo, por mucho que la tía de Bill se hubiera esforzado por animarlas con buenas comidas y regalos. Enero tocaba a su fin y Carol debería casarse en apenas dos semanas. Se había planeado la celebración para principios de febrero. Pero en esos momentos no estaba para fiestas y Deborah Butler también había propuesto que se postergara el enlace.

«Aunque los Fenroy no eran más que tus padres de acogida, sería irrespetuoso celebrar la fiesta como se había planificado tan poco después de esta dolorosa pérdida —escribía—. Así se lo he comunicado a Oliver, aunque él te echa mucho de menos y se siente muy infeliz a causa de mi decisión.»

—¿Su decisión? —se enfadó Carol, mostrando por vez primera tras un largo tiempo unas emociones ajenas a la búsqueda de Cat y Chris—. ¿Cómo se atreve a tomar decisiones que nos afectan a Oliver y a mí?

—Estará pensando en los costes de la fiesta en el White Hart Hotel —comentó Linda cansada—. Nuestra familia debería aportar al menos una parte, ¿no?

—Sí, ¿y? —preguntó Carol belicosa—. ¿Y eso ya no cuenta?

Linda hizo un gesto de impotencia.

—Pues claro —respondió—. Pero alguien tiene que hacer una transferencia. Alguien tiene que llevar el negocio por Cat y Chris. La señora Butler estará preocupada. Y ¡no seas tan mordaz, Carrie! Tampoco ibas a casarte ahora mismo, ¿no? ¡No puedes dejarme sola con la granja! No sé... No tengo ni idea de qué va a suceder...

A Linda se le quebró la voz. Por primera vez desde que Cat y Chris habían desaparecido, rompió a llorar amargamente. Carol abrazó a su hermana. La entendía muy bien. Por mucho que Linda también creyera que Cat y Chris estaban vivos, administrar Rata Station la superaba.

—Claro que no te dejaré sola hasta que todo esté solucionado —prometió Carol—. Solo estaba enfadada con la señora Butler. Mamida tiene razón. Tenemos que volver a Rata Station antes de que acabe el verano. Hay que organizar la bajada de las ovejas de la montaña, el forraje del invierno...

Linda la miró azorada entre las lágrimas.

—¿Lo conseguiremos? ¿Solas?

Carol asintió animosa.

—¡Pues claro! Tú y yo... ¡y *Fancy*! Y a lo mejor hasta Oliver colabora. En Butler Station no tiene demasiadas obligaciones. Podría venir con más frecuencia y ayudarnos...

Bill Paxton estaba desconsolado porque le resultaba imposible acompañar a Carol y Linda de vuelta a las llanuras de Canterbury. Ya había descuidado demasiado su trabajo. Poco a poco tenía que demostrar que se tomaba en serio la tarea de enrolar a nuevos reclutas. Aun así, echó una mano en lo que pudo. Puesto que las dos hermanas se negaban en redondo a subirse a un barco tan pronto, organizó el viaje por tierra con un vendedor ambulante. Bert Grisham y su familia abastecían de comestibles y artículos de lujo a las granjas dispersas a lo largo de la costa. Viajaban con dos carros entoldados y compraban los artículos en Dunedin, Oamaru y Timaru. El transporte era seguro. Los Grisham recorrían los caminos de la costa desde hacía años, y eran personas amables y honradas.

Pese a ello, el viaje se alargó una eternidad. Los Grisham cubrían únicamente entre ocho y quince kilómetros al día. Además, pasaban más tiempo en las cocinas de los granjeros, intercambiando novedades, que en los caminos, con frecuencia en mal estado. Al cabo de tres días, la inquieta Carol ya estaba harta. Sin pensárselo demasiado, pidió dos caballos en la siguiente parada para proseguir el viaje solas por las Llanuras.

La familia de granjeros y los Grisham se llevaron las manos a la cabeza.

—¡Dos señoritas solas por estos caminos! No puede ser. ¡Es un peligro y algo totalmente indecoroso!

—¡El joven teniente Paxton nos las ha confiado expresamente!

—¿Quién puede suponernos un peligro? —replicó Carol—. Y el teniente Paxton no tiene ninguna autoridad sobre nosotras, ni es pariente nuestro ni está prometido con ninguna de las dos. Ha sido muy amable ocupándose de nosotras, pero ahora decidimos nosotras mismas. Así pues, señor Baker, véndanos dos caballos, ¿o debemos ir a buscarlos a otro sitio? En Dunedin, a más tardar, encontraremos otro vendedor, pero perderemos un tiempo muy valioso para llegar hasta allí.

Por una pequeña fortuna, el granjero se desprendió de dos castrados. Linda y Carol tuvieron que pagar todo el dinero que llevaban encima. Pero eso las preocupaba poco. En Dunedin había una oficina de telégrafos y podrían pedirle a Ida que les enviara dinero para el viaje. Hasta recibirlo dejaron como prenda el medallón de Linda a un prestamista. La cadena de esa valiosa joya tampoco se había roto durante la terrible tempestad. Linda se alegró. Se sentía unida a su madre a través del medallón.

—Seguro que lo recogeremos en uno o dos días —anunció al prestamista mientras cogía el justificante—. Por nada del mundo quisiera perderlo.

Obtuvo una considerable suma de dinero, lo que facilitó la organización de su estancia en Dunedin. La mayoría de las pensiones se negaban a dar hospedaje a dos mujeres que viajaban solas. Por el contrario, el hotel mejor y más caro les dio una habitación sin ningún escrúpulo moral. Las jóvenes aprendieron que, a partir de cierto nivel económico, se aceptaba que las mujeres fueran independientes.

Cuando pudieron reemprender el viaje —Linda ya había desempeñado el medallón en el plazo acordado—, cabalgaron deprisa y en silencio, una al lado de la otra, la mayor parte del recorrido. Cada una iba sumida en sus propios pensamientos. Ni Carol ni Linda dedicaron una mirada a las bellezas del paisaje. Las colinas verdes de Otago; las planicies en torno a la desembocadura del río Waitaki, donde en una ocasión había hecho escala el capitán Cook; las playas y las cuevas alrededor de Timaru... Para ellas, todo eso estaba cubierto por un velo gris. Lo único que deseaban era llegar cuanto antes a Rata Station.

Tras un fatigoso periplo de tres semanas, por fin llegaron a su granja. Pero allí no dispusieron de tiempo para entregarse a su pena. El verano era algo más tranquilo en las granjas de ovejas, pero tras más de dos meses sin una dirección conveniente, algunas cosas no iban por buen camino. Carol tuvo que plantar cara a Patrick Colderell, el capataz de los pastores, quien después de haberse enterado de la desaparición de Cat y Chris había adaptado el funcionamiento de la granja a sus propias ideas. Sin pensárselo demasiado y pese a los argumentos que él le presentó, le dijo que estaba despedido. El hombre argumentó que solo Chris Fenroy podía echarlo de allí. Además, era imprescindible en la granja.

—Aquí no hay nadie imprescindible, señor Colderell —advirtió Carol con una dureza recién adquirida—. Como usted mismo puede ver, ahora tenemos que salir adelante incluso sin el señor Chris y miss Cat. Si a pesar de todo quiere seguir trabajando en Rata Station, por favor, nadie se lo impide. Pero nadie seguirá sus indicaciones y yo no le pagaré. En su propio interés, debería usted buscarse otro trabajo.

Al final, dos pastores se unieron al capataz y se marcharon con él. El resto —muchos habían trabajado durante años para Cat y Chris— se quedó.

A Linda le tocó enfrentarse con Jane. También eso fue desagradable: lo primero que las hermanas descubrieron al volver fueron las ovejas de Jane en los pastos de Rata Station. Te Haitara se disculpó dando grandes explicaciones. Colderell y sus hombres no habían sacado a los animales de Rata Station y por eso Jane había utilizado los pastos.

—¿Y no se os ha ocurrido decir al señor Colderell que estaba faltando a sus obligaciones? —preguntó disgustada Linda—. Me siento decepcionada, *ariki*. Chris hubiera merecido amigos y vecinos más leales.

Te Haitara recompensó su error enviando a Rata Station sustitutos para los pastores que se habían despedido. Jane reaccionó con un ataque de cólera cuando el jefe le quitó tres de sus mejores trabajadores para que ayudasen a Carol y Linda. Los tres maoríes, contentos de escapar del control de Jane, demostraron estupendamente su eficacia. Sobre todo no pusieron ninguna objeción a que Carol y Linda participaran en la bajada de las ovejas en otoño. Debido a la tradición de su tribu —y en especial después de estar dos décadas con Jane—, para los trabajadores maoríes era algo natural seguir las órdenes de una mujer. Los maoríes estaban acostumbrados a ver ancianas *tohunga* en el consejo del poblado y también en el cargo de jefe tribal.

Solo los vecinos blancos de Rata Station se escandalizaron por el hecho de que Linda y Carol asumieran la dirección de la granja con todas sus consecuencias.

—Claro que alguien tiene que tomar las decisiones... —decía Deborah Butler afectadamente. Había condescendido en visitar Rata Station, robando así a Carol y Linda un tiempo en que insistió en beber té en abundancia. Por supuesto, explicó su presencia en la granja como una visita para dar el pésame, pero en realidad lo que quería era controlar a su futura nuera—. Comprendo que usted y su hermana asuman por el momento estas pesadas tareas, pero ha llegado a mis oídos que no se comporta del modo que sería propio de una señorita, Carol, querida. Y por muy mal que me sepa, ¡veo confirmada esa impresión! Tal como luce, hija mía...

Deborah contempló con desaprobación el viejo traje de montar de Carol. Se había presentado por sorpresa en el bote de Georgie. Las hermanas no habían tenido tiempo de cambiarse para recibirla. Aunque de haber sabido algo de la visita, Carol tampoco se habría tomado grandes molestias. Últimamente, a ambas hermanas les daba igual casi todo lo que no tuviera que ver con el quehacer inmediato de la granja. El trabajo les exigía toda su energía y concentración. No les permitía pensar ni estar en duelo, y aún menos rizarse el cabello o elegir la indumentaria «adecuada», como observó sarcástica Deborah. Según su opinión, las hermanas deberían ir de luto.

—¡Catherine Rat y Chris Fenroy están vivos! —informó Linda a la futura suegra de Carol con una aspereza poco habitual en ella. En realidad, siempre se esforzaba por conciliar las opiniones. Odiaba contradecir o incluso tratar con rudeza a alguien. Pero en ese momento, su dulce voz adquirió un tono mordaz—. Mamaca y Chris están en paradero desconocido. No tenemos pruebas de que hayan muerto. Y ahora, lamentándolo mucho, debo irme, señora Butler, tengo que preparar una marcha con los rebaños. Haré el control de los carros, Carol. Creo que hay alguna cosa que reparar. Por supuesto, tú tienes que conversar con la señora Butler... —Castigó a Deborah con una mirada de desaprobación—. Señora Butler, discúlpeme, por favor.

Carol miró a su hermana con respeto. Linda cada día tenía más capacidad para imponerse. Era necesario si el día de mañana tenía que dirigir ella sola Rata Station. Carol no había abandonado sus planes de casamiento. Ya la primera vez que vio a Oliver, se olvidó de Bill. Claro que nunca había estado realmente enamorada del teniente, pero su modo contenido aunque insistente de cortejarla, su incansable dedicación hacia las cosas de la joven y su amabilidad la habían impresionado. Bill hasta podía seguir haciéndose ilusiones. Al despedirse, Carol había dejado que la besara en la mejilla y le había dado permiso para mantener una relación epistolar con ella.

Con el primer beso de Oliver, la imagen de Bill se esfumó totalmente. Carol estaba a merced del joven Butler y los profundos sentimientos que sentía hacia él eran lo único que de vez en cuando la arrancaba de su melancolía. Oliver la acariciaba con la antigua pasión. Pero las esperanzas de que el joven tal vez prestara ayuda en la granja no se vieron colmadas. Deborah lo impidió. Prohibió a su hijo que durmiera en una granja administrada por dos muchachas solteras sin la vigilancia de padres o tutores.

—Yo misma soy ahora quien vigila aquí —dijo abatida Carol cuando su prometido le contó las objeciones de su madre—. Dile a tu madre que doy tanta importancia como ella a mi buena reputación. Podrías dormir en el alojamiento de los pastores o en el poblado maorí. Ahí no estarías solo. Habría muchos testigos de que no te cuelas a escondidas en mi dormitorio por las noches.

Oliver puso una cara que dejaba a las claras lo mucho que el chico prefería deslizarse en la habitación de la muchacha por las noches que ayudarla en el trabajo durante el día. Carol no se percató de nada. Como mucho, habría interpretado que era una expresión de inseguridad, tal vez como si él vacilara entre el deseo de ayudarla y el deber de responder a las formalidades. La joven se esforzó por no mostrar ningún disgusto cuando él argumentó en consecuencia.

—No puedo ayudarte, Carol, tienes que entenderlo. Ya solo pasar la noche aquí... ¡Qué iban a pensar si duermo con el personal! Además, esta no es mi granja. Los pastores se negarían a seguir mis indicaciones.

—Las indicaciones las doy yo.

Oliver la miró indignado.

—¿Y yo debo someterme a tus órdenes? ¿Como tu futuro marido? Imposible, Carol, sería el hazmerreír de todo el mundo. Nadie volvería a tomarme en serio, ni en mi propia granja.

—De todos modos, a ese no lo toma nadie en serio —comentó Linda más tarde.

Antes de la desgracia siempre había sido prudente al criticar al prometido de Carol y su familia, pero ahora su tono era más afilado. A diferencia de los Deans y los Redwood, que les habían ofrecido con cariño su ayuda y expresado discretamente sus condolencias por la pérdida, todo lo que les llegaba de los Butler eran reproches. El capitán Butler hasta se había quejado de que todavía no le hubieran devuelto el carnero. Y eso que Carol y Linda creían que Cat había comprado el animal, que no solo lo había tomado prestado para que cubriera las ovejas. Sin embargo, Linda había aprovechado para devolverle el animal cuando Oliver se disponía a volver a su casa tras la desagradable conversación con Carol. Seguro que tardaría horas y que el carnero se le escaparía al pasar por las tierras de los Redwood. Eso sería más comprometedor a ojos de los criadores de ovejas que pasar un par de noches en los alojamientos de los pastores de Rata Station.

6

Linda y Carol habían colaborado a menudo en bajar las ovejas de los pastizales de la montaña. Linda siempre había ayudado a Cat e Ida a preparar las provisiones de los pastores y a vigilar los animales ya reunidos, y Carol había ido con Chris y Karl a buscar rebaños más o menos dispersos. Ahora dominaban estas tareas y las cumplirían sin grandes dificultades. Jane y Te Haitara les habían enviado más ayudantes del poblado maorí. Rata Station y Maori Station organizaban tradicionalmente la conducción del ganado juntos y primero seleccionaban a los animales en el valle de las granjas. Agradecidas, las hermanas advirtieron la presencia de varias mujeres. Linda y Carol ignoraban si era Jane quien había mostrado excepcionalmente cierta delicadeza, o si Te Haitara aplicaba sus conocimientos de las costumbres *pakeha*. Las jóvenes se sintieron aliviadas por no ser las únicas mujeres de la expedición.

Por las noches, las hermanas compartían un carro entoldado con dos chicas maoríes. Al lado montaban la tienda dos parejas. Ni siquiera Deborah Butler podía afirmar que ahí estaba pasando algo indecente. Pero durante esos agotadores días, las chicas tampoco habrían reunido fuerzas para deslizarse por las noches a una tienda ajena. Conducir a todas esas ovejas y salir en busca de las rezagadas por algunas partes abruptas de la montaña era difícil y con frecuencia peligroso.

Por supuesto, guiar las ovejas también tenía su lado bonito. Cabalgaban a través de un paisaje escarpado y mágico. Descubrían valles ocultos, lagos fantásticos en los que se reflejaban las montañas nevadas y arroyos cristalinos rebosantes de peces. Linda, Carol y Mara siempre lo habían disfrutado. De vez en cuando, Cat las había llevado a santuarios maoríes escondidos, a menudo a aquellos reservados exclusivamente a mujeres. Les había contado las historias de su madre de acogida, Te Ronga, les había enseñado a cantar *karakia* y a percibir los espíritus. Linda nunca olvidaría que siempre se le ponía piel de gallina cuando la preciosa voz de Mara resonaba en las laderas. Por la noche, junto a la hoguera, Cat les había narrado las leyendas que se tejían en torno a las montañas. Para los maoríes, cada cumbre tenía una personalidad, un vínculo amistoso u hostil con otras montañas y sus dioses y espíritus. A menudo eran los pastores escoceses o irlandeses los que aportaban las historias y canciones de su propia tierra natal. En las noches claras, las hermanas habían permanecido más tiempo despiertas, intentando dar nombre a las constelaciones, que ahí aparecían en el firmamento con una nitidez sin par.

Ese año, el recuerdo de todo eso solo dejaba a Carol y Linda un sabor amargo. Las dos se retiraban pronto a su carro cuando los pastores todavía compartían las botellas de whisky. A veces dormían acurrucadas la una junto a la otra, como habían hecho de pequeñas. Durante el día no dejaban traslucir nada. Linda, la futura administradora de Rata Station, daba las instrucciones. Carol se mostraba de acuerdo con ella, incluso si era de otra opinión. Los hombres empezaron a aceptar a la joven como su jefa. Reconocían el tesón con que trabajaba y la armonía con que transcurría todo bajo su dirección.

Linda y Carol estaban muy satisfechas cuando regresaron a la granja tras diez días en las montañas. Los animales habían resistido muy bien el verano. Las ovejas madre y los corderos estaban bien alimentados, la lana tenía un aspecto estupendo y no habían sufrido pérdidas. Pero las hermanas no iban a disfrutar de tranquilidad. Primero había que seleccionar los animales y distribuirlos en distintos rebaños, y luego había que alimentarlos y llevarlos a pastar en las tierras de la granja. En las llanuras de Canterbury también había hierba en invierno. Cuidando y alimentando al ganado con habilidad, el forraje con heno se podía reducir a un mínimo. Pese a todo, era necesario cambiar de sitio los animales, y cuando llovía copiosamente se los recogía junto a la casa para evitar que pisotearan los pastos. Había mucho trabajo tanto para los pastores como para los perros pastores. Carol pasaba casi todo el día fuera de casa con *Fancy* y ya adiestraba a los primeros cachorros de esta con un macho de los Redwood. Aquellos diez perritos de pelaje blanco, negro y tricolor llevaban el pastoreo en la sangre. En cuanto eran capaces de correr, se abalanzaban sobre las ovejas con un leve gruñido. Linda, que los cuidó las primeras semanas, tenía que vigilar que no cayeran bajo las pezuñas de algún carnero destemplado.

En junio, Ida y Karl consiguieron por fin hacer una visita a Rata Station. Se quedaron impresionados ante la próspera granja. Linda se desahogó llorando en brazos de Ida, pero seguía convencida de que Cat y Chris aún vivían. Karl les informó acerca de las relaciones cada vez más preocupantes entre los maoríes y los *pakeha* de la Isla Norte. El movimiento hauhau seguía atrayendo adeptos y por mucho que Te Ua Haumene predicara el amor y la paz, los disturbios se repetían cuando sus seguidores se enardecían.

—Han desarrollado un extraño ritual —contó Karl—. Ya tuvimos una primera muestra tiempo atrás con los ngati hine, pero ahora se ha convertido en algo todavía más salvaje. Colocan un poste que llaman *niu* y durante horas bailan y giran alrededor de él, recitando sílabas sin sentido e invocando el espíritu de Dios. Se supone que esto los hace invulnerables y, de hecho, pelean como leones, aunque las balas de los ingleses les alcanzan sin problema. Los hauhau prefieren atacar granjas apartadas, saquean las casas y matan a sus habitantes. Los degüellan. En eso vuestro amigo tiene razón.

Carol y Linda les habían contado de Bill Paxton y los motivos que argüía para el reclutamiento de *military settlers*. Las dos estaban preocupadas por el joven teniente. Bill había informado en la última carta que a lo mejor pronto volverían a destinarlo a la Isla Norte.

—Hablaba de guerra —observó Carol angustiada.

Karl se encogió de hombros.

—Pronto se llamará así.

Karl e Ida también visitaron a los Butler y fijaron de nuevo la fecha para la boda de Carol y Oliver. A Oliver le habría gustado casarse enseguida; sin embargo, Carol prefería esperar al esquileo y llevar las ovejas a las montañas.

—En verano está mucho más bonito —objetó ante las vehementes protestas de Oliver.

Al joven le parecía insoportable tener que esperar medio año o todavía más. Sin embargo, los futuros suegros estuvieron de acuerdo con ella.

—Quizá para entonces también se habrá aclarado la situación de Rata Station —observó el capitán Butler.

—¿A qué se refiere? —preguntó Linda. Las hermanas habían acompañado a Karl e Ida.

Butler se encogió de hombros.

—Bien, si ha pasado un año desde que Christopher Fenroy y Catherina Rat han desaparecido, ya se les puede dar por muertos.

—¡No están muertos! —saltó Linda.

Deborah Butler hizo una mueca.

—Hija, incluso si no quiere reconocerlo...

—No tiene nada que ver con reconocerlo —respondió alterada Linda—. Sé que viven. No hay ningún motivo para hacer nada.

—Acerca de esto puede haber disparidad de opiniones —puntualizó el capitán con forzada amabilidad—. Habrá que discutir sobre asuntos de herencia.

—Tal como estaba previsto, Carol tendrá su dote —aseguró

Karl con tono seco—. No han de preocuparse por eso. Y por otra parte... —Reprimió el comentario de que las demás cuestiones de Rata Station no eran de incumbencia para los Butler.

Sin embargo, el encuentro terminó con desacuerdos.

—¡No puedo sufrir a esa Deborah Butler! —dijo acalorada Ida durante el viaje de regreso—. Y el capitán va detrás de la herencia de Rata Station como un buitre. Es posible que ya esté planeando demandar a Linda en tu nombre, Carol. ¿De verdad quieres casarte con este chico?

Carol asintió con viveza.

—¡Amo a Oliver, Mamida! Y como tú sueles decir, me caso con él, no con sus padres. Oliver nunca demandaría a Linda. ¡Y desde luego no en mi nombre!

—Tendremos que ocuparnos de hacer un contrato de matrimonio adecuado —opinó Karl resignado—. No arremetas contra mí, Linda. Yo tampoco creo que Chris y Cat estén muertos. Pero Butler no anda desencaminado: el estado de las cosas está poco claro, pueden surgir problemas.

El invierno transcurrió sin incidentes dignos de mención. Linda y Carol trabajaban duro. Linda, particularmente, lo hacía todo para reafirmar su posición en la granja. En realidad, le gustaba más trabajar en la casa y en los establos que ocuparse del pastoreo y el adiestramiento de caballos y perros. Intentaba estar en todos sitios por igual. Entrenaba a una hija de *Fancy* para tener siempre a su lado una perfecta perra pastora. Ya podía llover y tronar que ella estaba con *Amy* fuera. Cuando por fin llegó la primavera, la joven estaba al límite de sus fuerzas.

—Solo de pensar que voy a tener que cocinar, hacer pan para los esquiladores, intentar que haya buen ambiente y además supervisar los cobertizos de esquileo... —suspiró. Un niño maorí acababa de informarle de que la cuadrilla se aproximaba—. Seguro que marcamos un récord, las ovejas tienen un aspecto espléndido. Pero ojalá el esquileo ya hubiese terminado.

—En verano todo volverá a estar más tranquilo —la consoló Carol.

No mencionó que para entonces habría que pasar también el aniversario de la desaparición de Chris y Cat. Por añadidura, ella se casaría en marzo, por fin habían fijado la fecha, y a partir de entonces Linda se quedaría sola en la granja.

Pero las hermanas no tuvieron tiempo para lamentaciones. Oyeron el golpeteo de los cascos y unos alegres gritos. Los hombres desmontaron en la granja y entraron los carros. La cuadrilla —doce jóvenes fuertes, seguros de sí mismos y orgullosos de liberar de su lana a cientos de ovejas por día a una velocidad vertiginosa— irrumpió en Rata Station.

Carol y Linda salieron a darles la bienvenida escuchando joviales comentarios, lo guapas que estaban, y viendo competir a los hombres entre sí por quién decía el mejor cumplido acerca de lo estupenda que estaba *Fancy* y el buen aspecto que ofrecían sus cachorros. Linda sirvió whisky y se esforzó por sonreír hasta que de repente vio una cara conocida. Al principio pensó que era una alucinación. La sonrisa confiada y simpática, las arrugas de la risa alrededor de una boca ancha, los dientes blancos como la nieve y los rizos oscuros... Todo eso también podía ser de otra persona, pero aquellos desconcertantes ojos azules pertenecían únicamente a Joe Fitzpatrick.

—F... ¿Fitz? —preguntó Linda, olvidándose de que en su último encuentro todavía lo llamaba señor Fitzpatrick.

Él la miró resplandeciente.

—¡Miss Linda! Sí, ¡que sorpresa! Espero que se alegre de verme. ¿O está enfadada conmigo porque me fui tan de repente?

Una vez más, él buscó el contacto directo con los ojos y una vez más Linda no lo tomó como una insolencia, sino que con toda naturalidad se sumergió en su mirada.

—No, claro que no, señor Fitzpatrick. Y tampoco fue culpa suya —balbuceó.

Fitz se encogió de hombros y sonrió.

—Hay opiniones diversas al respecto. Los del club de remo

creían que no debería haber utilizado una embarcación del club para pasear con la muchacha más bonita del mundo.

Linda se ruborizó.

—Oh, no, entonces fue culpa m...

—¡Qué va! —Fitz la interrumpió con un gesto de la mano—. De todos modos, no estaba contento allí. Esos arrogantes no supieron apreciar mis esfuerzos. Podría haber dejado en óptimas condiciones su ocho para la competición internacional. Me ofrecí a entrenar a sus remeros, no a pintar los botes. No lo lamenté por el trabajo. Solo me hubiera quedado un poco más por usted, miss Linda. Habría apostado a que usted volvería. A la semana siguiente quizá, con el pretexto de acompañar al barco a su primo tan creyente.

La joven se ruborizó más. Antes había pensado que podía leerle el pensamiento y ahora eso parecía confirmarse.

—Yo... ¿Qué... qué le hace pensar eso? —musitó, y reconoció en la mirada triunfal del joven que él sabía que esa era una pregunta evasiva—. Es cierto, estuve con mi madre en Christchurch, pero...

La mueca de satisfacción de Fitz se transformó en una cálida sonrisa.

—No hablemos de eso, miss Linda. Es agua pasada, por decirlo de algún modo. Hablemos mejor del presente. Yo...

Linda sabía que iba a hablar de Chris y Cat y abordar, como ya hacía entonces, temas delicados sin previo aviso. Sin embargo, no podía sentirse molesta con él. Al contrario, seguramente se lo contaría todo, más de lo que le había contado a Ida y Karl; le descubriría sus sentimientos más que a Carol. Linda ansiaba hablar, sentir toda la atención que ponía Fitz en ella, su empatía, su comprensión.

Pero ahora no había tiempo. Tenía que ocuparse también de los otros esquiladores. Confusa, intentó liberarse del hechizo del joven.

—¿Y cómo es que ha llegado hasta aquí, señor Fitzpatrick? —preguntó para cambiar de tema—. ¿Forma parte de la cuadrilla de esquiladores? Entonces debe de ser usted muy bueno liberando a las ovejas de la lana. ¿También aprendió a hacerlo en Oxford?

Él rio.

—No, esto lo he mamado en cierto modo con la leche materna —afirmó—. Estuve en la universidad, pero provengo de una granja. Caballos... ovejas... ¡me desenvuelvo bien con todo esto!

—Entonces tendrá que participar en nuestro concurso —lo invitó Linda—. Cada año damos un premio al esquilador más rápido. Y celebramos una fiesta... —Su sonrisa, ya de por sí forzada, se desvaneció.

Fitz se puso serio.

—Pese a que no está usted para fiestas. Me enteré de la desgracia, miss Linda. Pero no pierda la esperanza. A veces se tarda meses en encontrar a los supervivientes, en ocasiones incluso años.

Linda tuvo la sensación de que se sacaba un peso de encima. Nadie, ni una sola de las personas que se habían enterado de su pérdida, había reaccionado de forma tan esperanzadora, tan optimista. Tal como había temido, sintió que su coraza se resquebrajaba.

—Yo también quiero creerlo —susurró—. Pero a veces es tan difícil... —Bajó la cabeza.

Joe Fitzpatrick acercó la mano a su barbilla, puso el dedo debajo y le levantó el rostro con un suave gesto.

—Somos nosotros los que nos lo ponemos difícil —dijo amistosamente—. ¡Mire a su alrededor! Estamos en un lugar maravilloso, es un día maravilloso y el sol brilla.

Ella lo miró y de golpe parecieron desvanecerse las sombras que oscurecían su visión del mundo desde el naufragio. Reconoció de nuevo las flores rojas del *rata*, el cielo azul y la nieve sobre las lejanas cumbres. Vio a su yegua *Brianna*, que estaba en el corral y la miraba con curiosidad, y vio que su perrita brincaba alegre alrededor de Joe. Él se inclinó y cogió al cachorro. Rio cuando *Amy* le lamió la cara.

Linda percibió que las comisuras de sus labios se elevaban y que sus ojos empezaban a brillar. Era la primera sonrisa auténtica, no forzada, desde que Cat y Chris habían desaparecido.

—Tiene usted razón —dijo sorprendida.

—Siempre tengo razón —observó Joe Fitzpatrick.

7

Linda estaba convencida de que el cielo le había enviado a Joe Fitzpatrick. No tenía nada que ver con el romanticismo, no estaba locamente enamorada de él. Pero Fitz le hacía la vida más fácil. No había problema al que él no encontrara una solución rápida y sencilla.

Ya era así desde el primer día. La cuadrilla de esquiladores se había repartido por los cobertizos y Linda volvía a tener la sensación de que debía dividirse en dos. Tradicionalmente, a ella le correspondía vigilar uno de los cobertizos, y al mismo tiempo en la cocina esperaban los ingredientes para un puchero que se serviría a los hombres por la noche. Como creía que las ovejas eran más importantes, pasó el día con los animales. Pero por la noche, cuando entró en casa hecha polvo, casi se habría puesto a llorar. Ella y Carol todavía tenían por delante la tarea de cortar, cocinar y servir una copiosa cena de verduras y carne. Por supuesto, cuanto antes mejor. Los hombres solían refrescarse un poco después de trabajar y querían comer enseguida. Joe Fitzpatrick encontró a Linda en la cocina cuando acababa de coger entristecida el cuchillo para pelar las primeras patatas.

—¡Miss Linda! Me preguntaba dónde se habría metido usted, estamos sentados al fuego hablando de los viejos tiempos. —Mostró una sonrisa pícara—. ¿Y dónde está usted? Pues otra vez trabajando. ¿Puedo ayudarla de algún modo?

Linda levantó la vista cansada hacia él.

—Si sabe mondar patatas... —dijo—. Carol vendrá enseguida a ayudarme, pero todavía no ha llegado con los caballos.

—¡Pues claro que sé! —respondió complacido Fitz.

Sacó la navaja del bolsillo, cogió un *kumara* y en un abrir y cerrar de ojos ya lo había pelado.

—No querrá limpiar también ahora las verduras, ¿verdad, miss Linda? Tardará horas en servirlas. Y cansada como está, se quedará dormida mientras trabaja. No, no; lo haremos de otro modo. ¿Tiene hojas de palma en el jardín?

Poco después y con ayuda de una atónita Linda, Fitz había puesto en un capazo carne, patatas y boniatos. Lo sacó a la explanada de la casa, donde los esquiladores y pastores ya estaban encendiendo las hogueras. Los hombres dormían al aire libre cuando no llovía. Tras la pesada tarea en los cobertizos, disfrutaban de uno o dos whiskies para estar lo suficiente rendidos para dormir.

—Chicos, ¡escuchadme todos! —Fitz se subió de un brinco a una bala de paja para que los que estaban junto a las hogueras lo oyesen—. ¡Miss Linda nos va a sorprender hoy con una barbacoa maorí! ¿Cómo la llaman...? *hangi!* Venid, todos podéis ayudar. Necesitamos hojas de palma grandes, también las de *raupo* funcionarán. En cada hoguera que se junten cuatro para cocinar.

Linda miró a Fitz horrorizada. En las llanuras de Canterbury no había la actividad volcánica necesaria para cocinar en los auténticos *hangi*, los hornos de tierra. Si se asaba la comida en hoyos, la preparación era mucho más complicada que cocinar un puchero.

Pero Fitz conservaba la calma y contemplaba sonriente a los esquiladores como si les esperara algo sumamente especial y divertido. Mientras los hombres reunían las hojas, él controló y atizó los fuegos hasta que hubo brasas suficientes. Luego envolvió diestramente los trozos de carne en hojas de palma y *raupo*, añadió con mano experta especias que Linda nunca habría combinado e indicó a los hombres que cubrieran bien los paquetitos con las brasas para asarlos en las hogueras. Lo mismo hizo con las patatas, los boniatos, las zanahorias y las raíces de *raupo*. Y entretanto daba unas explicaciones llenas de fantasía. Fitz ponía por las nubes las exóticas especias, que solo podían encontrarse en la cocina de Catherine Rat, quien, como ya era sabido, había vivido muchos años con los maoríes.

Linda lo miraba atónita y sin pronunciar palabra. Lo que estaba haciendo Fitz allí no tenía nada que ver con la cocina de los maoríes. Los niños de Rata Station conocían ese plato como «patatas al rescoldo». Cada otoño, cuando se habían cosechado las patatas, Karl encendía un fuego donde se quemaba la hojarasca de la patata y luego se asaban los tubérculos frescos en las brasas. Mientras, Karl e Ida hablaban de su infancia en Raben Steinfeld y se lo pasaban la mar de bien. Las patatas al rescoldo de otoño formaban parte de sus pocos y felices recuerdos de infancia.

Sin duda eran muchos los esquiladores que también conocían esa tradición, pero no objetaron nada. Igual se les podría haber ocurrido a los maoríes asar raíces y tubérculos así. La idea de envolver la carne con hojas no dejaba de ser nueva, y a Linda solo le cabía esperar que algo bueno saliera de ahí. Fitz, al menos, no parecía tener dudas al respecto. En cada paquete de carne combinaba las especias. Roció parte de los trozos de carnero con cerveza y whisky y aseguró que de ese modo uno se granjeaba las simpatías de los espíritus del fuego.

—Se supone que hacen más sabrosa y saludable la comida. También se cantan canciones especiales, *karakia*, para celebrar el *hangi*, ¿verdad, miss Linda?

Los hombres, que ya estaban dándole al whisky mientras esperaban relajadamente la comida, se pusieron a tararear canciones de taberna inglesas e irlandesas. A Linda le preocupaba que cuando por fin tuvieran algo que llevarse al estómago ya se hubieran emborrachado. Sin embargo, el ambiente era estupendo y cuando por fin pudieron desenvolver la carne todos dijeron que no sabía tan mal, al menos obviando que gran parte de las hojas estaban quemadas. La carne y la verdura estaban muy hechas por fuera y medio crudas por dentro. Pero eso no pareció importar a los trabajadores; además, Fitz aclaró que era así como debía hacerse.

—Los indios de América queman madera de forma selectiva y remojan las cenizas con sirope de arce. Se dice que es muy saludable y nutritivo.

Los hombres quitaron la piel de las patatas medio asadas y se rieron de los dedos negros de hollín. Y cuando Fitz le dio a Linda un toque juguetón en la nariz con el dedo manchado, dejándole una divertida impronta, los pastores empezaron a «tatuarse» alegremente la cara unos a otros a la manera maorí. La velada se convirtió en una agradable fiesta en la que Linda y después Carol participaron con alivio y admiración. A Carol le gustaba beber de vez en cuando un trago de whisky y no decía que no cuando los hombres le tendían la botella. Linda no disfrutaba tanto de ese licor tan fuerte.

Fitz la miró preocupado cuando dejó pasar la botella sin probar por tercera vez.

—Puede beber tranquilamente un poco, miss Linda. Está demasiado seria y tensa. Eso no puede ser bueno para usted. Claro que está angustiada por miss Cat y el señor Chris, pero a miss Cat no le gustaría verla tan infeliz.

La joven sonrió con tristeza.

—No me gusta el whisky. Me sienta mal. Solo me gusta beber de vez en cuando un poco de vino.

Fitz resplandeció.

—Eso está mejor. Es más propio de una dama —sonrió—. Pero ya no queda casi nada de alcohol. ¿Tendremos que robarlo o tiene usted en reserva?

Linda se mordió el labio. Cat siempre tenía guardadas un par de botellas de vino. Pero a las hermanas nunca se les había ocurrido servirse de esa reserva.

—Lo de robar... —dijo afligida.

Fitz la escuchaba con el ceño fruncido mientras ella le hablaba de las reservas de vino de Cat.

—¡Eso no es robar, miss Linda! —objetó—. A fin de cuentas, no dice usted que está robando cuando recoge los boniatos de miss Cat o se come los huevos de sus gallinas. No, no, miss Linda, no se haga usted mala conciencia por eso. Vamos a coger una botella de vino y se bebe usted una copa a la salud de miss Catherine.

Linda se sintió mal al sacar una botella de la despensa. Pero cuando Fitz la abrió a la manera del afectado sumiller del White Hart Hotel, lo inhaló teatralmente y lo describió como de un «elegante buqué» y con la «afrutada dulzura» de un «vino exquisito», la muchacha tuvo que echarse a reír. Ya con el primer sorbo se sintió aliviada, y cuando más tarde se fue a la cama cansada, pero relajada y sin preocupaciones, durmió sin sufrir pesadillas y no la despertaron al amanecer unos sombríos pensamientos.

A la mañana siguiente y como si fuera lo más natural del mundo, Fitz colaboró en preparar los huevos con cerdo para la cuadrilla. Ocupó la cocina de la casa de piedra como un cocinero profesional.

—También he sido cocinero —dijo satisfecho cuando Linda comprobó apesadumbrada que ya había hecho la mitad de su trabajo antes de que ella se hubiese vestido—. Tenía un café en Oxford.

—Pensaba que en Oxford iba usted a remar —terció Carol, admirada a pesar suyo.

La escenificación que Joe había hecho de la «barbacoa maorí» le había parecido exagerada y fanfarrona, y le había molestado que convenciera a Linda de que abriese una botella de vino. Para Cat, las reservas de vino eran sagradas. Linda podría haber hablado al menos con ella, Carol, acerca de si se podía abrir o no una botella. Pero esa mañana no cabía duda de que Fitz las estaba ayudando. Entretanto, hasta veía la «barbacoa» con ojos distintos. Las hermanas ni siquiera habían tenido que lavar los platos.

—¿No estudió? —preguntó Linda.

Fitz se encogió de hombros.

—Una cosa no quita la otra —respondió con una evasiva y volvió a mostrar su sonrisa simpática—. Pero ahora siéntense las dos, miss Linda y miss Carol, y coman un par de huevos. Pronto estarán otra vez trabajando como todo un hombre en los cobertizos de sus maridos, ¿o en su caso debería decir como toda una mujer? Por la cocina, no se preocupen, yo ya controlo.

Linda y Carol acabaron desayunando con los hombres, pero el entusiasmo de Carol por la ayuda de Fitz disminuyó cuando tuvo que pasar toda una hora ordenando y limpiando la cocina antes de dedicarse a sus tareas en los cobertizos. Cuando por fin salió, observó con discreción a Fitz, quien estaba blandiendo la tijera de esquilar. Tenía que admitir que era diestro. No era el más rápido, pero a cambio hacía bromas y observaciones que procuraban un buen ambiente. No era que eso le gustase demasiado al capataz, que a menudo le reprendía. Pero a Fitz le daba igual, parecían rebotarle todas las críticas.

Hacia el mediodía volvió a llamar la atención. La yegua de Linda perdió la herradura y cuando la joven se percató soltó unas imprecaciones muy poco propias de una dama. El único pastor de Rata Station que sabía herrar estaba en los pastizales más alejados, ocupado conduciendo las ovejas. Linda tenía que mandar a alguien a buscarlo y perder tiempo con ello, o volver a llevar a *Brianna* al establo y ensillar otro caballo.

Pero entonces Fitz vio el caballo.

—Si me encuentra clavos y martillo vuelvo a colocarle la herradura —se ofreció, y se puso manos a la obra como un experto cuando descubrieron los utensilios para herrar en el cobertizo.

Linda no daba crédito. Fitz calmó a *Brianna*, no siempre fácil de manejar, con palabras amables. Consiguió que se quedara quieta mientras se colocaba el casco entre las piernas y volvía a colocar la herradura en su sitio con unos rápidos golpes.

—¡Ya está, como nueva! —Rio y devolvió a Linda el caballo—. No es perfecto, pero aguantará al menos un día.

—Esto... ¿también lo aprendió en Oxford? —se sorprendió Linda.

—No; en Irlanda, mi tío era herrero —respondió despreocupadamente—. Me alegro de haberla podido ayudar. —Y dicho esto volvió con las ovejas.

Linda no podía contenerse cuando por la noche le contó a Carol lo ocurrido.

—Este hombre es la respuesta a todos mis ruegos —dijo entusiasmada.

Carol no estaba tan impresionada.

—Así, hasta yo podría haberle puesto la herradura —criticó después de echar una ojeada al casco de *Brianna*—. Robby tendrá que ponerla otra vez bien. Y esta mañana he estado horas limpiando la cocina. Para eso, podría haber hecho yo misma los huevos.

—Pues al menos él hace algo —respondió Linda. Atribuyó los afilados comentarios de Carol a que esta estaba de mal humor. Oliver Butler había pasado por ahí a mediodía unos minutos para preguntar cuándo se marcharían los esquiladores a Butler Station. Naturalmente, Carol no disponía de tiempo para estar a solas con él, a no ser que el chico se hubiera puesto a trabajar codo con codo con ella. Oliver era un buen jinete. Podría haber colaborado en la conducción de las ovejas. Pero, por lo visto, no le pasó por la cabeza tal idea. Así que se había ido a su casa disgustado.

Durante los días siguientes, el creciente entusiasmo de Linda por Fitz despertó el interés de Carol hacia el joven, y también su indignación. Lo observó detenidamente y luego preguntó por él al capataz. Linda se enfureció cuando su hermana le contó lo que había averiguado.

—El capataz no está tan satisfecho con él —replicó sarcástica cuando Linda volvió a dejar por las nubes a Fitz. Esta vez había estado reparando una silla de montar justo cuando Carol lo echaba de menos en el cobertizo—. Fitz no es que sea muy aplicado. Habla más de lo que trabaja y de esa forma distrae a los demás.

—¿Que no es el más aplicado? ¡Pues en la carrera de ayer quedó el tercero!

Los criadores de ovejas ofrecían casi cada día premios a los esquiladores más rápidos u organizaban competiciones entre distintos cobertizos. Esto aceleraba el esquileo y estimulaba a los hombres.

Carol puso los ojos en blanco.

—Sin duda, puede cuando quiere. Y la competición le da alas. También remaba como un diablo cuando se trataba de eso. Ese hombre es un jugador.

En efecto, Fitz se distinguía jugando a las cartas. Los esquiladores jugaban al póquer por las noches con los pastores de la granja. El tercer día del esquileo, Fitz se hizo con el salario de un mes de dos pastores maoríes. Los dos fueron a quejarse a Te Haitara, quien, a su vez, se dirigió a Linda. De mala gana esta se enfrentó con Fitz.

—Los maoríes no saben de esto, aquí no permitimos juegos de azar. En cualquier caso, ninguno en el que las apuestas superen un par de peniques. Los hombres estaban aturdidos cuando de repente le debían a usted diez libras.

—¡He ganado el dinero honradamente! —protestó Fitz, para contenerse de inmediato—. Discúlpeme, miss Linda...

Pese a que sus conversaciones cada vez eran más confidenciales, Linda y Fitz seguían hablándose de usted y con el tratamiento de señor y señorita. Si bien Fitz había empezado a utilizar la forma más familiar del nombre de Linda. La joven no estaba segura de que esto le pareciera correcto. En realidad, solo los miembros de la familia la llamaban Lindie, y miss Lindie le parecía más íntimo, como si se dirigiese a ella solo por su nombre de pila. Tampoco podía objetar nada, puesto que ella misma utilizaba con él el apodo de Fitz. Y de alguna forma, también le gustaba, y más porque solo la llamaba Lindie cuando estaban a solas. Delante de Carol y otros trabajadores guardaba las formas.

—No quería molestar a nadie. Naturalmente, les devolveré el dinero.

Linda asintió aliviada.

—Es... es muy amable —murmuró—. Compréndalo, tenemos una buena relación con los maoríes y no deseo que se vea amenazada por nada. Yo...

Fitz la miró a los ojos.

—Nunca haría intencionadamente nada que de algún modo le pusiera a usted las cosas más difíciles, miss Lindie —dijo con gravedad—. Al contrario. Solo quiero hacer cosas buenas por usted. Dígame solo cómo puedo ayudarla.

—Quiero que se quede.

En la granja olía a asado, y Linda y Carol llevaban platos con verduras y cestos con pan a los esquiladores, que comían a gusto alrededor de unas largas mesas. El esquileo había terminado ese día en Rata Station. Los esquiladores celebraban su tradicional fiesta de despedida antes de ir al poblado maorí y luego a las granjas de los Redwood y los Butler. Linda ya no podía postergar más el comunicar a Carol la decisión que había tomado respecto a Joe Fitzpartrick.

—Le he ofrecido un puesto. Como capataz de Rata Station.

Carol colocó una bandeja con arroz sobre una de las mesas y suspiró.

—Linda, ¿tienes que contarme esto ahora? Podríamos haberlo hablado con más tranquilidad.

—Me corresponde a mí contratar al personal.

Carol asintió.

—Seguro —convino cuando las hermanas volvieron a casa, no sin antes escuchar los cumplidos y bromas de los trabajadores. Tampoco ahí podían mantener una conversación tranquila—. No quiero hacerte cambiar de opinión. Sé que en adelante tendrás que dirigir tú sola la granja. Pero ¿ya capataz? Te saltas a personas que llevan años trabajando con nosotros.

—Como tú has dicho... —En la cocina, Linda empezó a llenar un cuenco de salsa—. Pronto tendré que dirigir yo sola la granja. Necesitaré a alguien a mi lado en quien pueda confiar.

—¿Es que no confías en Robby, David, Tane y Hemi?

Linda se dio media vuelta.

—Sí, claro que sí. Es solo que... necesito a alguien con quien pueda hablar. Alguien que piense como yo, que me entienda. Un... un amigo...

Carol hizo una mueca.

—No puedes contratar a alguien para que te haga de amigo, Linda. Y deja de engañarte a ti misma. Tú no lo quieres solo como compañero. Estás colada por él. Por eso quieres que se quede. Deja que adivine: el señor Fitz no quería quedarse aquí como un trabajador normal de la granja.

—¡Tonterías! —Linda se ruborizó—. Esto no va de enamoramientos. Nos... nos entendemos muy bien. Y como trabajador... debería apañárselas con unos ingresos mucho más reducidos que como esquilador.

Carol vio confirmadas sus suposiciones. Se quedó mirando a su hermana.

—A un «amigo» —dijo en voz baja—, eso no le habría molestado.

—Mi hermana se teme que a lo mejor los demás trabajadores no le respetarían —le dijo Linda al día siguiente.

Había vuelto a recorrer la granja y había presentado a Fitz a los pastores como el nuevo capataz. De hecho, muchos de ellos habían reaccionado con un silencio perplejo ante la noticia.

Fitz se encogió de hombros. Paseaba junto a Linda por los pastizales, deslizaba la mirada por la hierba, las ovejas recién esquiladas y los lejanos cobertizos. Al hacerlo irradiaba calma. Linda se sentía como siempre que estaba a su lado, más relajada, más segura de sí misma y menos vulnerable.

—Los demás no me importan —respondió—. No se preocupe. Yo me apañaré con la gente. —Se detuvo, se volvió hacia ella y buscó su mirada—. A mí solo me importa que usted me respete, miss Lindie.

Linda intentó responder con una evasiva. No sabía qué decir.

—Yo... claro que le respeto. Yo... yo le he ofrecido este puesto.

En el rostro de Fitz apareció aquella sonrisa confiada y traviesa.

—En realidad es una pena, miss Lindie —dijo con fingido pesar—. Que en realidad entre nosotros no haya más que respeto. Temo un poco relacionarme con una mujer a la que respeto demasiado...

Y dicho esto, atrajo a Linda y la besó. Un beso largo y tierno que se convirtió en ardiente y apasionado cuando la joven lo respondió. Fitz la apretó tan fuerte contra su pecho como si quisiera estar seguro de que nunca más se interpondría algo entre ellos. Linda se había quedado sin respiración cuando él la soltó.

—¿Y bien? —preguntó él con dulzura—. ¿Sigue habiendo solo respeto?

—No —admitió Linda—. Yo... yo creo que... te amo.

8

Salvo por la pena y el dolor por Cat y Chris, Linda se sintió completamente feliz las semanas siguientes. Joe Fizpatrick le hizo descubrir el amor lenta y pacientemente. Sabía todos sus deseos con solo mirarla a los ojos, era tierno, cuidadoso y apasionado. Pese a ello, nunca iba más lejos de lo que la misma Linda deseaba. La besaba y la acariciaba, la desnudaba y mimaba su cuerpo con sus manos. Pero en cuanto ella se retiraba un poco o se ponía tensa, él se detenía. Linda se sentía segura y considerada en brazos de Fitz. Cuando no estaban besándose o acariciándose, hablaban durante horas. La joven desplegó toda su vida, le habló de Chris y Cat y de Karl e Ida, le contó las historias de Rata Station y de Sankt Paulidorf. Fitz la escuchaba con atención y le hacía creer que era el punto central de su universo.

Por su parte, él no revelaba demasiado de sí mismo aunque Linda le reprochara que tuviese secretos para ella. De hecho respondía gustoso a todas sus preguntas. La muchacha creía conocer la historia de su vida, pero luego se quedaba desconcertada y avergonzada cuando no podía contestar a las preguntas de Carol acerca de dónde había aprendido él esto o aquello y cuándo había hecho tal cosa. Pero solo eran unas gotas diminutas de amargura en el mar lleno de amor al que se entregaba en esa época, y más porque en Rata Station todo se desarrollaba estupendamente. Los beneficios de la lana superaron a los del año anterior, las ovejas no dejaron de parir y se puso a la venta todo un rebaño de animales jóvenes. Los criadores más prestigiosos de la Isla Sur se interesaban por ellos. Ni siquiera los pronósticos más sombríos de Carol en relación a las aptitudes de Joe Fitzpatrick como capataz se habían hecho realidad.

Naturalmente, los miembros del personal permanente estaban al principio contrariados porque el amante de la jefa les había pasado a todos por delante. Sin embargo, Fitz muy pronto logró impresionar a los trabajadores mediante sus conocimientos sobre la cría de ovejas y la administración de una empresa agraria. Nadie podía decir cuánto sabía ya al respecto y cuánto aprendía leyendo por las noches (tomaba los libros especializados de Chris y los estudiaba a una velocidad inusual). Por añadidura, se mostraba cordial, complaciente y comprensivo con los trabajadores de la granja. Al menos no parecía gozar de ningún privilegio por su relación con Linda. Fitz bromeaba con sus hombres, pero cuando era necesario demostraba autoridad y capacidad para imponerse. Pasado un tiempo, hasta la escéptica Carol pensó en si lo habría juzgado mal. Tal vez sí fuera el hombre adecuado para llevar la granja con Linda.

Con los únicos con quienes el nuevo capataz no era amable era con los maoríes. Te Haitara todavía le reprochaba que hubiese desplumado a sus hombres jugando al póquer. No lo habló con Linda, pero al devolver el dinero, también habían surgido desavenencias. Jane desconfiaba básicamente de cualquiera que fuese por la vida con esa especie de talante despreocupado, si bien el joven la impresionaba algunas veces. Fitz calculaba tan deprisa como la misma Jane y hasta parecía superarla a la hora de negociar. Hizo bajar los precios a la empresa que transportaba a Christchurch los vellones de Rat y Maori Station de tal manera que hasta a Te Haitara le resultó vergonzoso. Sin embargo, consiguió que el encargado no se enfadara. Al contrario, el transportista y Fitz se trataban como si fueran amigos íntimos.

—¡Es un vendedor nato! —Joseph, el mayor de los hermanos Redwood, se reía después de que Fitz le hubiera mostrado los corderos que Linda tenía para vender—. Ese te convence en tres minutos de que a las ovejas de Rata Station se las puede esquilar tres veces al año y que además paren cinco corderos. ¿De dónde lo habéis sacado, Linda? Desde luego es trabajador. Solo lo encuentro... hum... —vaciló— un poco demasiado fino.

Joseph se esforzaba por encontrar una expresión prudente. Corrían rumores acerca de la relación entre Linda y su nuevo capataz. La joven se había separado de mala gana de Fitz para retirarse con Carol y Joseph a negociar precios en la cocina. En realidad, Fitz había querido unirse a ellos, pero Joseph lo había rechazado. A Fitz no le había sentado bien y a Linda tampoco. Pero su paternal amigo no dio su brazo a torcer.

Linda se ruborizó.

—Vino... vino con los esquiladores —respondió vagamente—. Era... es... amable, simplemente.

Joseph Redwood frunció el ceño.

—¿Amable? ¿Contratas a gente solo porque es amable? De acuerdo, es asunto tuyo.

—¿Estás interesado en los corderos? —preguntó Linda, cambiando de tema—. Pensábamos ofrecéroslos primero a vosotros. Son todos del carnero de Butler.

Joseph Redwood mordisqueó el puro y echó un vistazo por la ventana. Los corderos, bien alimentados y apartados hacía poco de sus madres, estaban en un corral de la granja. En esos momentos, Fitz estaba a punto de abrirlo y sacar a pastar a los animales de nuevo.

—Son corderos... estupendos —respondió vacilante Joseph—. Ese no es el problema. Ya estaba antes interesado. —Aplastó el cigarro y jugueteó con la taza de café.

Linda estaba desconcertada.

—¿Y qué te impide comprarlos, Joseph? —preguntó—. ¿El precio? Pensaba que era ajustado. En la feria agrícola de Christchurch... Los parentales ganaron premios.

Joseph Redwood asintió.

—Claro, muchacha. El precio es correcto. Es solo que... no sé si podremos cerrar el trato... contigo... con vosotras. —Se frotó pesaroso la frente cuando vio la mirada ofendida de Linda y el brillo indignado en los ojos de Carol—. Bueno, no es que tengamos nada contra vosotras, chicas. Lo tenéis todo bajo control. Chris y Cat estarían orgullosos de vosotras. Solo que las circunstancias en Rata Station... Dios mío, ¡hasta a mí me lo ponéis difícil!

—¿Qué ocurre con las circunstancias de Rata Station? —terció Carol molesta. Recordaba la conversación que Karl había mantenido con el capitán Butler en invierno.

Redwood hizo un esfuerzo.

—El estado de las cosas no es claro, Carol —contestó—. Linda y tú lleváis el negocio, pero nadie sabe si es del todo legal. Si se declara fallecidos a Chris y Cat... un heredero eventual podría declararlo todo nulo y sin valor.

—¿Quién iba a hacerlo? —preguntó Linda sorprendida—. Salvo Carol y yo, no hay más herederos. Y Carol enseguida se casará. Naturalmente, se llevará como dote las ovejas según lo acordado. Chris le prometió una dote igual a Mara. Estamos todas de acuerdo.

Carol asintió.

—Es ahí donde empieza todo —objetó pesimista Redwood—. Linda y tú podréis estar de acuerdo, pero los Butler seguro que quieren más. Por lo que sé del viejo Butler, pedirá la mitad de Rata Station para Carol. ¿Y qué pinta ahí Mara Jensch? En fin, tenéis que arreglarlo entre vosotras. No afecta a los negocios que nosotros hagamos. Lo que nos tememos es que Chris tenga más familiares en Inglaterra que de repente exijan una parte. Es improbable, pero habría que aclararlo. Haceros este favor, Carol y Linda, y dejad que Cat y Chris sean declarados muertos. Ya ha pasado un año desde que se hundió el barco.

—Pero aun así podrían seguir vivos —protestó Linda—. Hay náufragos que se han encontrado mucho después. Sobrevivir en una isla no debería ser un problema. Cat vivió con los maoríes y Chris tuvo que abrirse camino por muchos lugares... Si ahora los damos por perdidos... —Unos meses antes, cuando los Butler habían expresado algo similar, Linda se había enfadado mucho. Ahora tenía lágrimas en los ojos—. Sería... sería algo así como una traición.

Joseph negó con la cabeza.

—¡Linda, esto es absurdo! Nada de lo que hagáis o no hagáis aquí influye en si Cat y Chris permanecen con vida. Si los vuelven a encontrar, y sabe Dios que lo deseo de todo corazón, entonces las partidas de defunción carecerán de validez. Pero ahora tenéis que aclarar la situación de Rata Station. ¿Hay en realidad un testamento?

Linda y Carol tuvieron que admitir que no sabían nada al respecto.

Joseph arqueó las cejas.

—Tenéis que averiguarlo cuanto antes —indicó—. Por mucho que lo lamente, hasta que lo hayáis hecho tengo que ser prudente con la compra de los corderos. Y lo mismo opinarán los otros criadores.

Al principio, Carol se rebeló contra las pretensiones de Joseph y ofreció los corderos en otros lugares. Pero su viejo amigo tenía razón. También los demás vecinos aconsejaron a las hermanas, de manera más o menos diplomática, que aclararan la situación de Rata Station. Al final, Linda lo consultó con Fitz y Carol con Oliver. Esta última por fin volvía a tener tiempo para su prometido.

—Cariño, sois vosotras las que deberíais saberlo —respondió él entre beso y beso. Los dos se habían marchado de excursión y habían cogido otra botella de vino de las reservas de Cat. Pero Oliver estaba más ansioso de amor que de asado frío y vino. Era incapaz de separar la mano y los labios de Carol—. Mi padre dice que tendríais que declarar muertos a Cat y Chris. Debería ponerse punto final a esta historia. Yo mismo tal vez dejaría las cosas como están. Todo ese gasto con el notario y la administración...

—Se dispuso a desabrocharle el vestido.

—No nos importa en absoluto lo del notario y todo eso —objetó Carol—. Sino más bien lo que hubieran hecho Cat y Chris. Si no los estamos... Bueno, Linda tiene la sensación de que los dejamos en la estacada actuando como si estuvieran muertos.

Se detuvo suspirando cuando vio el rostro perplejo de Oliver. Era incapaz de entender esa forma de pensar.

Fitz se mostró más comprensivo con Linda.

—El señor Redwood tiene toda la razón —opinó cuando ella le refirió la conversación—. Todos los papeles perderán validez cuando tu madre y el señor Fenroy regresen. Y no es como si pretendierais cambiar esto. No queréis vender la granja, no queréis repartirla, cambiarle el nombre o hacer algo que miss Cat y el señor Chris no hubieran hecho por propia iniciativa.

—Pero tenemos que presentar la solicitud. Si... si la firmamos, nosotras mismas los declaramos muertos —dijo Linda, haciendo pucheros.

Fitz le secó las lágrimas con sus besos.

—¡Tonterías! Solo ponéis un nombre en una hoja de papel. Esto no tiene la menor consistencia ante el universo, los espíritus, el destino o lo que sea que tú temas. Quémalo y el viento se llevará las cenizas. Lindie, cariño, ¡hay miles de personas en el mundo que ni siquiera saben leer un documento así! Distinto sería que pusierais una lápida con su nombre o que ordenarais un servicio religioso. Pero no tenéis que hacerlo, ¿no?

Linda se limpió las mejillas de lágrimas.

—La gente insinúa que espera que hagamos algo así... —murmuró.

—¡Olvídate de la gente! —Fitz la interrumpió con un gesto de la mano—. Olvídate del papel. Una vez que esté firmado, nadie preguntará por él. Si quieres, nos vamos por la noche al santuario maorí más próximo y lo quemamos, así invocamos a los espíritus de Cat y Chris. A lo mejor te pones en contacto con ellos. ¿No se dice que entre los maoríes se da la transmisión de pensamientos?

Linda sonrió entre las lágrimas.

—No, esto se cuenta de los aborígenes de Australia. Pero es absurdo, según dice Franz, el hermano de Mamida.

—Como reverendo tampoco debería creer en espíritus extraños —dijo despreocupadamente Fitz—. Reflexiónalo, Linda. Y no pienses en si les haces algo a Cat y Chris. Piensa en lo mejor para ti. En lo que te hace la vida más fácil. Porque Cat y Chris siempre han querido lo mejor para ti, ¿no es así?

Los argumentos de Fitz fueron determinantes. Y también fue él quien consoló a Linda antes del difícil camino hacia el notario y las oficinas de Christchurch. Deborah Butler les sugirió que vistieran de luto. Fitz no lo consideró importante.

—No tienes que parecer una corneja solo porque vas a firmar un papel sin importancia. Y no os pongáis tristes en Christchurch. Vale más que disfrutéis del día, y que comáis bien...

El mismo Fitz no acompañó a Linda y Carol a Christchurch. En cambio, Deborah Butler sí envió a su hijo para «apoyar en ese duro trance» a las hermanas. También consiguió alegrar a Carol. Después, medio Christchurch cotilleaba. Según la gente, las herederas de los Fenroy habían celebrado una fiesta en el club de remo después de solicitar que se diera por muertos a Cat y Chris.

—¡Pero a pesar de todo no haremos ningún servicio de difuntos! —informó con determinación Linda a Laura Redwood, quien le había advertido prudentemente de los rumores que corrían y le había propuesto qué medidas adoptar para acallarlos—. ¡Cat y Chris viven! ¡Estoy totalmente segura!

No había duda de que el juez de Christchurch lo vio de otro modo. Se tardó solo unos pocos días en confirmar en Campbelltown los datos que habían presentado Linda y Carol y el hundimiento del barco en la compañía naviera. De hecho, no se habían encontrado más supervivientes y el *General Lee* no se había hundido en el entorno inmediato de una isla en la que alguien hubiera podido salvarse. Como ya habían sabido Carol y Linda en Campbelltown, eran pocos los barcos que navegaban hacia las islas Auckland, separadas del lugar de la desgracia por más de doscientas cincuenta millas. Pese a ello, se interrogó a los capitanes de los veleros que pasaban. No había señales de vida en las islas.

Basándose en todos estos informes, el 10 de enero de 1865 el juez declaró oficialmente muertos a Catherine Rat y Christopher Fenroy. La sentencia ya se había fallado anteriormente en el caso de los pasajeros y la tripulación del *General Lee*.

—El testamento, si lo hubiere, podría leerse ahora —explicó el señor Whitaker, un abogado de Christchurch que había ayudado en el proceso a Linda y Carol—. Lamentablemente, ni el señor Fenroy ni miss Rat dejaron ninguno.

—Pero nosotras sabemos exactamente lo que querían —intervino Carol—. ¿No podemos simplemente aplicarlo?

El abogado torció la boca.

—No es tan sencillo, si bien podemos esperar cierta comprensión por parte del juez. Chris Fenroy era un hombre conocido por todos, y su relación con ustedes... hum... en cierto modo... hum... también. No obstante, se han comportado ustedes en las últimas semanas... no del todo... bueno, no del todo adecuadamente. Se habla de ustedes, miss Carol y miss Linda. No mostraron estar en duelo durante los trámites de la declaración oficial de fallecimiento. Tampoco planean celebrar un servicio de difuntos...

—¡Para nosotras, Chris y Cat no están muertos! —protestó Linda indignada.

El abogado la tranquilizó con un gesto de la mano.

—Lo sé, miss Linda. Ya me lo contaron todo cuando presentamos la solicitud. Y también las entiendo. Pero esto no cambia que hay que mantener las formas. Al menos tenemos que buscar oficialmente otros herederos. Si no encontramos a ninguno, el juez de paz y el gobernador lo regularán de forma no burocrática. Interrogando a lo mejor a algunos amigos y conocidos. Debe de haber otras personas que conocían las intenciones del señor Fenroy y de miss Rat de legarles la granja a ustedes.

Carol asintió con vehemencia.

—¡Seguro! ¡Los Redwood; los Deans; mis futuros suegros, los Butler; y, naturalmente, Karl e Ida Jensch!

—Jane y Te Haitara —añadió Linda—. En realidad, todos los que conocían un poco íntimamente a Chris y Cat.

El abogado asintió complacido.

—Bien. Entonces no debería surgir ningún problema. Y tampoco vamos a exagerar buscando a un heredero. No considero importante, por ejemplo, poner un anuncio en Inglaterra. Chris Fenroy lleva decenios viviendo en Nueva Zelanda. Y Catherine tampoco tenía parentela. Ponemos un aviso en el *Timaru Herald* y el *Otago Daily Times*, y otro en los diarios de Auckland y Wellington. Y esperamos, digamos que unas cuatro semanas como máximo. ¿Qué les parece?

—Perfecto —afirmó Linda—. Y en lo que... bueno, en lo que concierne a la gente y los rumores... Mi... bueno... nuestro capataz ha tenido una idea muy buena. Podría hacer en Rata Station una especie de fiesta por Cat y Chris. Invitar a alguna gente para recordarlos, no en su memoria, ¿entiende?

El abogado sonrió.

—Su... capataz... —observó alargando las palabras; era evidente que en Christchurch ya corría la voz sobre la relación entre Linda y Joe Fitzpatrick— es muy listo.

Una semana más tarde, Linda y Carol invitaron a sus amigos y vecinos para «mantener vivo el recuerdo de Cat y Chris», como había dicho Fitz. La fiesta fue conmovedora. Los Redwood, los Deans y Te Haitara contaron anécdotas de la vida en común de Chris y Cat sin pronunciar ni una sola vez la palabra muerte. Makuto, la sacerdotisa ngai tahu, invocó a los espíritus y envió saludos de todos los presentes a Chris y Cat, donde fuera que estuviesen. Linda participó en ello. Makuto sentía el vínculo entre madre e hija. Cantó *karakia* y dejó vagar los pensamientos y deseos de felicidad a lo largo del lazo *aka* que iba de la joven a Poti, según dijo. Linda lloró de emoción. Casi había dejado de creer en esa unión. Que Makuto «viera» ahora a Cat, reforzaba su convencimiento de que un día volvería a tener a su madre ante sus ojos.

Mara tocó el *koauau* y cantó las canciones favoritas de Cat acompañada de músicos maoríes y trabajadores irlandeses de la granja. Al final, casi todas las mujeres tenían lágrimas en los ojos, incluso los hombres estaban emocionados. Laura Redwood rezó una oración. Solo Deborah Butler presenció impávida la fiesta; era evidente que eso no era lo que ella esperaba de una ceremonia fúnebre.

El capitán Butler, por el contrario, parecía satisfecho después de haber pedido a las hermanas información sobre la regulación de la herencia.

—Por supuesto, ya hablaremos más tarde de los detalles —observó.

Oliver no dejaba de lanzar miradas ardientes a Carol. La joven ocupaba demasiado el centro de la reunión para poder acariciarla o besarla. Aun así, él le susurraba palabras cariñosas.

—¡Solo faltan un par de semanas para la boda! —musitaba—. Casi no puedo esperar.

Carol, que ese día no estaba para carantoñas, habría deseado que simplemente le cogiera la mano como hacía Fitz con Linda. De manera reconfortante, ni siquiera furtiva. Fitz conseguía comportarse de modo que nadie considerase sus gestos indecentes o como un acto de apropiación, sino solo como expresión de cariño y compromiso.

Dos días después de la fiesta, Georgie les llevó el escrito del abogado. Las hermanas lo abrieron en el mismo embarcadero, después de que el barquero se hubo marchado. El señor Whitaker les pedía que se reunieran en Christchurch.

«Muy a mi pesar, debo comunicarles que, efectivamente, hay alguien que ha reclamado la herencia de Christopher Fenroy», leyó en voz alta Carol.

Linda la miró sorprendida.

—¿Quién? —preguntó con voz sofocada.

Carol levantó la vista, con los ojos ensombrecidos por la ira.

—Jane Fenroy Beit —contestó—, su esposa legítima. ¡En su nombre, así como en nombre de Eric Fenroy, su hijo!

9

—La señora Fenroy posee un certificado de matrimonio válido —explicó el abogado. Linda y Carol habían ido a visitarlo el día después de recibir la carta—. Y un certificado de nacimiento de su hijo emitido por el Ayuntamiento de Christchurch. Es inapelable.

—¡Se separó de Chris! —exclamó Linda—. Ya hace muchos años. ¡Es la esposa de Te Haitara!

—¿Dónde lo pone? —El señor Whitaker frunció el ceño—. ¿Hay algún documento al respecto? ¿Una resolución del Parlamento británico? Por lo que sé, una separación debe ejecutarse a través de Inglaterra, es muy complicado y también muy costoso. Debería haber comprobantes al respecto en el legado de Chris Fenroy.

Carol carraspeó.

—Ellos... esto... se separaron a través de una *karakia toko*. Es un ritual maorí. Para las tribus, la separación es válida. Jane se casó después. También según la costumbre maorí.

El abogado se frotó la frente.

—En fin... —dijo cauteloso—. La separación, así como el matrimonio, puede que tengan validez para los maoríes, pero no para la ley de la Corona. Y a eso apela ahora la señora Fenroy. Exige la herencia para sí misma y su hijo Eric.

—¡Eru no es hijo de Chris! —protestó Linda—. Es...

—Oficialmente es hijo legítimo, la señora Fenroy tiene un certificado de nacimiento de él. Mientras que ustedes, miss Linda y miss Carol, por lo que sé, no eran familiares del señor Fenroy. —Whitaker hojeó sus papeles abatido.

—Nosotras somos las hijas de Catherina Rat —explicó Carol.

El abogado resopló.

—Su apellido es Brandman. Y según su certificado de nacimiento, es usted hija de Ida Brandman, Lange de soltera, Jensch por segundo matrimonio. A través de su madre sería usted, en cualquier caso, heredera de Karl Jensch. Esto, lamentablemente, no le sirve, pues su padre, o padre adoptivo, o como quiera llamarlo, vendió su parte de Rata Station a Christopher Fenroy. Catherine Rat no aparece en los documentos. Según los certificados de propiedad ella solo poseía una parcela entre el poblado maorí y Rata Station. Hace muchos años Ida Brandman se la cedió después de que su difunto marido Ottfried Brandman la negociara a la baja con los maoríes. Se supone que Brandman timó a la tribu, por lo que, partiendo de esto, la señora Fenroy argumenta que los ngai tahu tendrían que recuperar las tierras. Oficialmente, Catherine no tiene herederos.

—¡Esa víbora! —masculló Carol—. ¡Sabe perfectamente a quién quería dejar Chris como herencia sus tierras y lo que Cat ha hecho por la granja! Que Cat y Chris estaban juntos...

El abogado se encogió de hombros.

—La expresión correcta para ello es «pareja de hecho». Todos aceptaron la posición de miss Catherine, pero nunca se confirmó oficialmente, por desgracia. El señor Fenroy tendría que haber dejado al menos un testamento. Así que... lo siento mucho, señoritas. No puedo darles ninguna esperanza. De nada serviría presentar una demanda. Tendrán que dejar la granja.

—¿Una semana de plazo para desalojar la granja? —Linda miraba atónita los documentos que sostenía en la mano. Las hermanas se habían despedido del abogado y estaban en la acera, delante de la casa de este—. ¿Adónde vamos a ir?

—Es evidente que a Jane le importa un rábano. «La señora Fenroy no hace concesiones en cuanto a este brevísimo intervalo, sin embargo, se mueve en un terreno totalmente legítimo» —citó sarcástica el escrito de Whitaker—. ¿Es ese tipo nuestro abogado o el de Jane?

—Él no puede hacer nada —observó Linda resignada—. Ya lo has oído, Jane lo ha planeado. ¡Incluso solicitó un certificado de nacimiento *pakeha* para Eru!

—Estoy impaciente por saber qué dirá Te Haitara cuando le hablemos acerca de esto. —Carol parecía con ganas de pelear—. ¿A qué te refieres al decir que lo había... planeado? Suena como si Jane tuviera algo que ver con el hundimiento del barco.

Linda se frotó las sienes.

—No, no es eso —señaló—. Pero es evidente que consideró la posibilidad de que Chris muriese antes que ella. Y pensó fríamente cómo apropiarse en ese caso de Rata Station. ¡Cat no habría tenido ninguna posibilidad frente a ella! Y Karl e Ida se las habrían tenido que apañar con ella como copropietaria.

—Ha debido de saltar de alegría cuando se enteró de que además la granja ahora le pertenece solo a ella. Es probable que todavía no supiese nada de la venta. —Carol se restregó los ojos con un movimiento iracundo—. Hoy mismo le cantaré las cuarenta. Y Te Haitara. Él no es así. No puedo imaginar que él apoye algo tan bajo.

—¿Cómo ha podido hacernos esto?

Carol se ahorró el saludo cuando las hermanas encontraron a Jane Fenroy Beit en Rata Station justo después de bajar del bote. La «nueva propietaria» estaba inspeccionando con toda tranquilidad los establos y cobertizos. Fitz la seguía. Parecía un pitbull al que solo una fuerte correa podía impedir que saltase a la yugular de un intruso. Era probable que hubiese intentado impedirle la entrada, pero que hubiese capitulado en vista de los documentos que legitimaban su presencia.

Jane llevaba un vestido de tarde ligero, tan cómodo y gastado como los trajes de montar que Carol y Linda se ponían para trabajar. No se había vestido bien para la ocasión, llevaba el cabello despreocupadamente recogido. ¿Sabía que no iba a encontrarse con las hermanas? ¿O quería mostrar la naturalidad con que se apropiaba de su herencia?

—Simplemente hago valer mis derechos —replicó con toda tranquilidad—. No tienes ninguna razón para enfadarte tanto, Carol.

—¿Que no me enfade? ¡Si nos está estafando con la herencia! Hace décadas que ya no está casada con Chris. Y Te Eriatara tampoco es el hijo de él...

—Ni tampoco vosotras, Carol y Linda, sois hijas de Chris. Eru, por el contrario, es su heredero según el derecho inglés; nació durante nuestro matrimonio. No importa quién lo haya criado. Así que haced el favor de asumirlo. El abogado ya os habrá informado. Tenéis una semana para desalojar la granja. Tú, Carol, enseguida estarás casada. Y Linda... tal vez puedas llevarte a la pequeña Margaret a casa de los Jensch, en la Isla Norte. En las actuales circunstancias, esta chica no irá a quedarse eternamente con los Redwood.

Linda se mordió el labio. Jane seguía maquinando. La posesión de Rata Station le permitía librarse de una vez por todas de Mara. Así podría tener de nuevo a Eru bajo su autoridad y convertirlo en un barón de la lana. Si unía las ovejas y las tierras de la tribu de Te Haitara y de Rata Station, crearía una de las mayores empresas dedicadas a la cría de ovejas del país. Además del apellido Fenroy. En la Isla Sur nadie podría superar al hijo y heredero de Jane.

—¿Qué opina su marido de todo esto? —preguntó Linda, más infeliz que provocadora—. Te Haitara era amigo de Chris.

Jane levantó las manos en un gesto de indiferencia.

—Podéis preguntárselo —contestó—. Pero ahora no me entretengáis más. Tengo que hacer un par de listas: el inventario vivo y muerto de Rata Station, ya sabéis. No vaya a ser que desaparezca algo...

Linda habría preferido arrojar la toalla y acurrucarse en algún lugar para lamerse las heridas. Para ella sería más dura la pérdida de Rata Station. Al fin y al cabo, Carol pronto se marcharía a Butler Station.

Pero Carol la arrastró al poblado maorí.

—¿Qué se ha creído esa bruja? —se preguntaba indignada—. «No vaya a ser que desaparezca algo...» ¡Como si fuéramos ladronas!

Linda suspiró.

—Tendremos que leer con atención todos los documentos. Pase lo que pase, yo me quedo con *Brianna*, la señora Warden escribió mi nombre en el contrato de compra. Chris no creía que fuera importante, pero la señora Warden dijo que de joven no hubiera venido a Nueva Zelanda si no la hubiesen dejado traer su caballo. Y eso solo fue posible porque *Igraine* era solo suya. Como *Cloe*, su perra. Tienes que mirarte los papeles de *Fancy*, seguro que es tuya.

—Y también los de tu *Amy* y los demás cachorros. Sería algo. Podríamos criar caballos y perros. —Carol ya empezaba a pensar en lo que ocurriría tras la pérdida de Rata Station.

—¿Sin tierras?

—En Butler Station —respondió Carol. Las hermanas habían llegado al poblado maorí y la joven dirigió una mirada enfurecida a Te Haitara—. Cuando yo me case, tú te vienes seguro conmigo. Butler Station es enorme, siempre habrá un sitio para ti.

Linda no contestó. Descubrió en ese momento al jefe en compañía de los ancianos y discutiendo acaloradamente. Sus consejeros se retiraron de inmediato cuando se acercaron las hermanas. Solo Makuto, la anciana *tohunga*, mujer sabia y sacerdotisa, permaneció sentada. Algo apartada, pero lo bastante cerca para escuchar la conversación entre el jefe y las hermanas.

Linda saludó con respeto a la anciana. Makuto llevaba la indumentaria tradicional de la tribu. Las hermanas nunca la habían visto vestida de *pakeha* como al resto de las mujeres del *iwi*. La falda bordada le llegaba por debajo de las rodillas y llevaba el torso desnudo. Para combatir el fresco de la tarde —el sol ya empezaba a ponerse—, se había cubierto los hombros con una manta.

Te Haitara miró a Linda y Carol con el rostro entristecido.

—Lo siento de verdad —dijo.

—¿Y con eso basta? —replicó cortante Carol—. ¿Esto es todo? ¿No tienes nada más que decir? ¿O que hacer? —Hablaba maorí, al igual que el jefe. Ahí no había tratamientos formales—. Jane es tu esposa. No puede estar casada con dos hombres.

—Yo también se lo he dicho —contestó Te Haitara—. Y los *tohunga* también se lo han reprochado. Pero ella dice que se trata de una cuestión *pakeha*, un asunto de papeles. Que no significa nada para nosotros.

—¿No significa nada que Eru no sea tu hijo? —preguntó Linda.

El jefe se frotó los tatuajes que cubrían su ancho rostro.

—Cualquiera puede ver de quién es hijo Eru —respondió con una evasiva.

—¿Incluso si ahora ha de llamarse Eric Fenroy? *Ariki*, ¡Jane lo registró en Christchurch como hijo de Chris cuando nació!

Era difícil encontrar una palabra que significara «registrar». En la lengua de los maoríes no existía nada similar.

—Hizo escribir que Eru era el hijo de Chris —la ayudó Carol.

—Es un trozo de papel... —murmuró el jefe—. Yo... yo no lo entiendo bien.

Su expresión alterada y triste decía otra cosa. Te Haitara entendía muy bien a qué juego había jugado Jane con él y con Chris.

—¡La herencia de Eru no es de Chris, *ariki*! —dijo Linda—. Tú también tienes que verlo.

El jefe se pasó de nuevo la mano por encima de las líneas del *moko*.

—Eru no heredará de inmediato —dijo—. Jane hereda. Y yo no se lo puedo impedir. Ni siquiera si me fuera a Christchurch y dijera que está casada conmigo.

—Los jueces *pakeha* no reconocen los matrimonios maoríes, ¿verdad? —inquirió Linda.

Carol emitió una especie de suspiro de indignación.

—¡Exacto! —dijo—. Salvo si los dos miembros de la pareja no tenían vínculos anteriores. Pero Jane y Chris todavía no estaban separados. Sí a través del *karakia toko*, lo sé, *ariki*. Pero un matrimonio celebrado a la manera *pakeha* también tiene que separarse a la manera *pakeha*. Sin divorcio (a fin de cuentas solo un papel) no hay nuevo matrimonio.

El jefe se llevó aturdido la mano al cabello recogido en un moño de guerra y luego se la acercó a la nariz: un gesto ritual. Según creían los maoríes, en el cabello de un *ariki* vivía el dios Raupo, cuyo espíritu debía inspirarse de nuevo por la nariz si el jefe se había tocado la cabeza.

—Chris me lo dijo entonces —murmuró—. Y yo pensé que lo único que sucedía era que no quería dármela. Incluso me enfadé. Pero no comprendí... Nunca comprenderé a los *pakeha*. Y los conozco desde hace mucho tiempo. Llevo junto con Jane... —Volvió el rostro.

Las hermanas esperaban.

—En cualquier caso, no puedo ayudaros —dijo el jefe, una vez que se hubo repuesto—. Según nuestras leyes, no tengo ningún derecho sobre las tierras de Jane. Puede hacer con ellas lo que quiera.

A diferencia de lo que sucedía en Inglaterra, donde la propiedad de una mujer pasaba a manos del marido al casarse, las maoríes podían heredar y administrar ellas mismas sus tierras. Estas diferencias culturales también originaban de vez en cuando problemas con los colonos *pakeha*. Ocurría que algunos hombres maoríes vendían las tierras de sus esposas o hermanas a espaldas de estas. Luego, cuando las mujeres se quejaban, los compradores *pakeha* no entendían que habían sido víctimas de un engaño y, naturalmente, se negaban a devolverles la tierra.

—Jane dispone de las leyes a su gusto —señaló Linda con tristeza.

Te Haitara se encogió de hombros.

—En cualquier caso, os podría ofrecer un par de ovejas de nuestra granja, como *utu*.

Los maoríes entendían por *utu* una compensación con la cual se podía enmendar una injusticia.

—No, déjalo estar, *ariki* —respondió Carol malhumorada—. Quién sabe qué sorpresa te llevarías si nos quisieras traspasar los animales. Posiblemente vuestras ovejas también sean todas de Jane, en los papeles, claro. Ya nos apañaremos.

—También os podéis quedar aquí —ofreció el jefe—. Chris y Cat, Karl e Ida, sus hijas... hemos celebrado nuestro *powhiri*, vosotras habéis bailado y aprendido con nuestros hijos. Somos una tribu.

Linda negó con la cabeza.

—No nos quedaremos aquí para cuidar de las ovejas de Jane —dijo con amargura—. Y tampoco somos una tribu. A lo mejor es lo que pensábamos, pero ahora todo ha cambiado. Vuestro Te Ua Haumene lo dice claramente: vosotros sois maoríes, nosotros somos *pakeha*. Y la tierra solo puede pertenecer a uno. Cabe preguntarse qué es Jane.

Makuto, la anciana sacerdotisa, había permanecido callada. Sentía afecto por Linda, la había iniciado en muchos secretos de su pueblo. Todo lo que Linda sabía de medicina natural y que no había aprendido con Cat, lo sabía gracias a la anciana. En ese momento se puso en pie y se paró delante del jefe. Tenía un porte mayestático, aunque era dos cabezas más baja que Te Haitara. A la luz de la luna ascendente, su cuerpo arrojaba sombras fantasmagóricas.

—Tiene razón, *ariki* —dijo la sacerdotisa con voz desapasionada—. Tiene que marcharse. La hija de Poti tiene que encontrar su camino y Jane el suyo. Al final, Linda sabrá quién es. Jane nunca lo sabrá si no la dirigen. Así que encuéntralo tú, *ariki*. Enseña a Jane quién es antes de que también te destruya a ti.

—A lo mejor deberías haber aceptado la oferta de Te Haitara —opinó Linda mientras regresaban exhaustas y desalentadas a Rata Station—. Un par de ovejas como *utu*. Por si los Butler insisten en que pagues una dote.

Carol negó con la cabeza.

—Te Haitara no habría podido darme tantas ovejas —dijo. El rebaño de la tribu maorí era mucho más pequeño que el de Rata Station. Para pagar la dote de Carol, el jefe habría tenido que desprenderse de más de la mitad de sus animales—. Y la mitad de ellos tendrían que haberte correspondido a ti también. No, Linda, Oliver tendrá que aceptarme como soy. Me ama. No le importará que aporte un par de cientos de ovejas o no.

Linda se preguntaba insegura si ese sería también el caso de Fitz. Claro que entre ellos nunca se había hablado de matrimonio. Pero ¿le daría realmente igual a Fitz que ella fuera una heredera o que careciera de recursos?

El joven capataz no esperaba a las hermanas en la entrada de la granja. Parecía que ya se había retirado cuando ellas llegaron. ¿Era por educación o realmente una retirada? Jane seguro que le había dejado claro lo que ese día había cambiado en la vida de las dos muchachas.

—¿Tienes hambre? —preguntó Carol.

Acababan de entrar en la vieja nave de Cat. Aunque de hecho vivían en la casa de piedra, ahí se sentían más cerca de Cat y Chris. La cocina salón era más acogedora que la sala de estar de la casa de piedra. Puesto que no habían cambiado nada desde la desaparición de Cat, conservaban la sensación de que los dos desaparecidos tal vez se asomarían de un momento al otro por la puerta.

Linda negó con la cabeza.

—No. Pero deberíamos comer algo. —Intentó sonreír—. Y dejar lo menos posible para Jane.

Carol buscó en la despensa algo comestible y encontró pan y queso.

—Bien, a partir de mañana, cada día cordero —intentó bromear—. Ay, Lindie, nunca deberíamos haber aceptado declarar muertos a Mamaca y Chris.

Linda se encogió de hombros.

—En cualquier momento se le habría ocurrido hacerlo a la misma Jane —respondió—. No te hagas ningún reproche. Preocúpate más bien por los papeles de *Fancy* para ver si realmente es tuya. Sería un alivio que al menos no tuviéramos que desprendernos de los perros. Voy a buscarla. Supongo que Fitz la ha encerrado en el establo.

Las hermanas no habían querido llevarse los collies al abogado. Ahora se dieron cuenta de que al llegar a Rata Station, *Fancy* y *Amy* no habían salido a su encuentro como solían hacer. Linda se sintió mejor cuando encontró a los animales en el establo. Empezaron a brincar entusiasmadas encima de ella, como si hubieran pasado semanas separadas y no un único día.

—¿Dónde estabais antes? —preguntó Linda evitando sus lametazos. Sonrió entre lágrimas. Los animales siempre conseguían subirle los ánimos.

—Las escondí. —Fitz salió de las sombras del establo—. Para que a esa bestia de Jane no se le ocurriera ninguna tontería. Ha tomado nota de todos y cada uno de los caballos, de todos y cada uno de los perros, de todas las vacas y todas las gallinas. Con la envidia con que siempre ha mirado el rebaño, ya debe de saberse hasta dormida cuántas ovejas hay. Así que llevé a *Brianna*, *Shawny* y los perros al establo. Por ahí no ha estado registrando. —*Shawny* era el caballo de Carol.

Linda se inclinó buscando apoyo en Fitz.

—Ha sido muy amable de tu parte. Y muy inteligente. Pero no era necesario. *Brianna* me pertenece y los perros pertenecen a Carol, eso espero. *Shawny* no vale mucho, no creo que Jane insista en quedárselo.

—Yo no estaría tan seguro —dijo Fitz, tomándola entre sus brazos—. Es una bestia codiciosa. Pobre cariño mío...

Linda se estrechó contra él. Le gustaba que se hubiera preocupado por ella y los animales.

—No sé qué tengo que hacer ahora —susurró contra su pecho, llorando mientras él la besaba—. Yo solo tenía Rata Station. Quería quedarme aquí hasta el final de mi vida. Aquí era feliz.

Fitz la separó un poco de sí, le apartó dulcemente el cabello de la cara húmeda y le secó las lágrimas de los ojos.

—¡Lindie! —dijo con dulzura—. ¡No llores! Puedes ser feliz en todas partes, no solo aquí. Si ya no tienes la granja, haz otra cosa.

Linda lo miró desconcertada.

—No sé hacer nada más... —susurró.

—¡Tonterías! —Fitz hizo un gesto de rechazo con la mano—. Puedes hacer lo que quieras. Por ejemplo, irte conmigo. Naturalmente, yo no me quedo aquí a trabajar para esa bruja. Oye, Lindie, en la costa Oeste han encontrado oro. ¡Podríamos solicitar una concesión y hacernos ricos! Y luego volvemos y compramos la granja. ¡Pero sonríe otra vez, amor mío! —Le mostró su irresistible sonrisa.

Linda frunció el ceño.

—¿Lo dices en serio? —preguntó.

Fitz volvió a rodearla con los brazos, le acarició la espalda y le sonrió.

—Claro que lo digo en serio. Yo te traigo la luna, Lindie. ¡Tú lo sabes!

Linda le devolvió el beso y sintió que se liberaba del miedo y la tensión. Con Fitz todo era sencillo. Parecía tan seguro, tan invencible, aunque por supuesto decía cosas absurdas. Seguro que no irían a los yacimientos de oro. Pero a lo mejor él encontraba un puesto en Butler Station. Oliver era su amigo, a fin de cuentas. Entonces Linda podría seguir a su lado.

El contrato de compra de la perra *Fancy* estaba, efectivamente, a nombre de Carol Brandman, con lo que también le pertenecían a ella los cachorros. Pese a ello, la mayor parte de la camada ya estaba vendida y Carol no creía que Jane fuera a devolverle el dinero. Todavía quedaban dos machos pequeños y una perra. A esas alturas ya disponían de un excelente adiestramiento básico y aportarían unos cientos de libras.

—De este modo, no estoy del todo sin medios —bromeaba Carol el día después de su visita a Christchurch, cuando Oliver llegó a Rata Station.

La conmovió y alegró que él se hubiese puesto en camino justo cuando le habían llegado las noticias de su desgracia. Ella había pensado comunicárselo por carta, pero Georgie se había enterado de algo y de inmediato había hecho correr la novedad. Ahora Carol buscaba consuelo entre los brazos de Oliver.

—Eso significa que «no estamos» del todo sin recursos —dijo después de que, como Carol percibió extrañada, él la besara sin demasiado entusiasmo—. Luego tendré que llevarme a Linda, por supuesto. Al menos una temporada. A lo mejor con el tiempo prefiere marcharse con Mamida y Kapa a la Isla Norte. Los dos vendrán a la boda, ya lo discutiremos entonces. Por ahora, tenemos mucho en que pensar, yo...

—Yo también tengo que comunicarte algo —la interrumpió Oliver. Se liberó suavemente de los brazos de la muchacha y la separó un poco de él—. Yo... sabes que lo siento de verdad.

Carol asintió.

—Claro que lo sientes, lo sé, yo...

—No... no me entiendes. —Oliver tenía la voz ahogada—. Carol... ahora que se ha averiguado lo de... lo de Rata Station... Que... que tú no eres la heredera de Chris Fenroy... bueno, la hija de...

Carol frunció el ceño.

—Tú ya lo sabías —replicó—. Soy la hija de Ida Jensch y su primer marido. No es ningún secreto.

—Por supuesto que no. —Oliver intentaba encontrar evasivas—. Es solo que hasta ahora todo señalaba que tú ibas a ser la heredera de Rata Station. Bueno, el heredero de Butler Station se casa con la heredera de Rata Station...

—¿Y? —preguntó Carol.

—Bueno... Por favor, Carol, no te lo tomes a mal. Pero mi padre opina... bueno, mis padres... También está lo de la dote...

—¡Oliver! —Carol luchó por no perder la calma. No podía ser cierto. Necesitaba saber la verdad, que él la expresara verbalmente—. Oliver, ¿me estás diciendo que ya no quieres casarte conmigo?

Él asintió como si le hubieran quitado un peso de encima.

—Sí, sí, es eso. Yo... sabía que lo entenderías. Y me da pena, de verdad, me... bueno, en realidad te quiero, pero...

Carol apretó los puños poco antes de desmoronarse. A lo mejor todavía no estaba todo perdido.

—Oliver, estamos unidos. Hemos celebrado la noche de bodas, ¿no te acuerdas? Si me quieres, cásate conmigo. Da igual que tu madre piense si soy o no suficiente para ti, y da igual lo importante que sea la dote para tu padre. Butler Station es una granja grande y rica. ¡No vendrá de un par de cientos de ovejas más o menos!

—Pero yo no puedo... la fiesta de Christchurch... —Oliver se mordió el labio.

—¡No necesitamos celebrar ninguna fiesta en Christchurch! —exclamó Carol—. Solo nos necesitamos a nosotros y un juez de paz. Quédate aquí ahora, mañana temprano nos vamos a la ciudad. O cogemos el bote. Tenemos uno, tú mismo puedes llevarnos remando si es lo que quieres. Como muy tarde, pasado mañana ya seremos marido y mujer.

—Mis padres me desheredarán —objetó Oliver.

Carol negó con la cabeza.

—Qué bobada, Oliver, eres su único hijo. Es probable que no puedan desheredarte ni aunque quieran. No tardarán en hacerse a la idea. Oliver, ¡hazme caso!

Él hizo un gesto negativo.

—No. No, no... no puedo. Además, sería poco correcto con Jennifer Halliday...

—¿Jennifer Halliday? —repitió Carol desconcertada. Además de los tres hijos, los Halliday de Southland tenían una hija de la edad de Carol. Pero hasta ese momento no se había mencionado a la joven.

—El señor... el señor Halliday se lo había dicho a mis padres el año pasado, cuando estuvo aquí. Que... que buscaba a un marido para... para Jennifer. Y ahora mi madre le ha escrito.

Carol se quedó mirando sin dar crédito al hombre al que había querido hasta entonces.

—¿Ya te ha buscado una sustituta? ¿Y tú colaboras con ella? ¿Ya sientes que tienes un deber para con ella? ¿Con una chica a la que ni siquiera conoces?

—Dicen... dicen que es guapa.

La mano de Carol se alzó y le propinó un bofetón que dejó una marca enrojecida. Oliver se cogió la cara y la miró sin entender.

—¡Tú estás loca! —declaró—. No quería creerlo pero mi madre decía... Bueno, siempre decía que aquí en Rata Station había algo turbio. Y ahora... Lo... lo siento de verdad, Carol...

Oliver se dio media vuelta para marcharse. Fue entonces cuando se dio cuenta de que el bote de Georgie seguía en la orilla. En efecto, Oliver le había pedido que esperase. El barquero miraba a Carol, sin duda le había dado un montón de material para que los colonos de Christchurch cotilleasen. Cuando Carol lo miró, bajó la cabeza abochornado.

Carol pensó en si tenía que gritarle algo a Oliver, tal vez amenazarlo. Podía afirmar que estaba embarazada, aunque por suerte no lo estaba. Pero simplemente calló. No valía la pena tomarse la molestia, ni siquiera mentir. Ninguno de los Butler merecía la pena.

Se dominó con mano férrea. Solo cuando encontró a Linda en la cocina, rompió a llorar.

—Entonces tendremos que ir con Mamida y Kapa a Russell —dijo Carol cuando por fin se hubo tranquilizado.

Había llorado casi una hora. Linda se había sentado con ella, la había abrazado y acariciado, mientras ella misma pugnaba por no llorar. El resto de su mundo no solo se había hecho trizas para Carol. También los sueños de Linda se habían roto. En casa de los Butler no habría ningún puesto para Fitz y no era probable que la siguiera a la Isla Norte. Su primer encuentro con Karl no había sido demasiado sosegado. Fitz se marcharía a donde el viento lo llevara y ella lo perdería. A no ser que...

—Me voy con Fitz a los yacimientos de oro —anunció Linda.

Ambas hermanas se peleaban muy pocas veces, pero en ese momento estaban enfurecidas.

—¡No puedes marcharte por el mundo con un hombre al que conoces desde hace unos meses! —argumentó Carol—. Y no me parece que Fitz sea de fiar. Es veleidoso, Lindie. Es un charlatán...

—¡Medio Christchurch había pensado hasta ayer que era un cazador de dotes! —objetó Linda—. ¿Y ahora qué? Me pide la mano justo cuando estoy en el punto más bajo. No solo es fiable, Carol, es mi tabla de salvación.

Carol se llevó la mano a la frente.

—¿Una petición de manos? ¿Se ha hincado de rodillas delante de ti y te ha pedido que pases la vida con él? No, Linda, solo te ha preguntado de paso si tendrías ganas de acompañarlo en su próxima aventura. Desde que lo conocemos ha tenido ¡tres trabajos! Lo prueba todo, evita las dificultades, miente...

—¡Los maoríes lo llaman *whaikorero*! —replicó Linda.

—¿De veras? —se burló Carol—. ¿El arte de la oratoria? Nuestros trabajadores maoríes más bien se refieren a él como un *ngu-tu pi*...

Un *ngutu pi* era un charlatán, alguien que decía tonterías. Los maoríes probablemente aludían a las explicaciones llenas de fantasía de Fitz respecto a la «barbacoa maorí».

—¡No puedes decir que fueran mentiras! —insistió Linda—. Fitz es honesto. Yo... yo simplemente lo sé...

Carol frunció el ceño. Tenía una réplica afilada en la punta de la lengua, pero se dominó.

—Lo mismo pensé yo de Oliver —señaló, frotándose las sienes—. Tienes que saber lo que haces, Linda. Pero... no puede ir a los campamentos de los buscadores de oro con una mujer sola. Por todos los cielos, Linda, esos campamentos... Ya sabes todo lo que cuentan. Cientos de hombres excavando en la miseria. Un paraíso para maleantes y un infierno para desesperados. Las únicas mujeres que hay ahí son... —Carol se ruborizó— chicas de vida ligera.

—También se marcharon a Otago familias y matrimonios cuando encontraron oro. Acuérdate de miss Foggerty y de los Chatterley.

Los Chatterley, un matrimonio que había trabajado para los Redwood, se habían ido de la noche a la mañana y con sus tres hijos a un campamento de buscadores de oro.

Carol retorcía el pañuelo húmedo de lágrimas. Se mordisqueó el labio antes de decidirse de una vez a expresar lo que pensaba.

—Familias y matrimonios. Exacto. Linda, no me gusta tener que decirlo porque Fitz no es de mi agrado, pero si realmente quieres marcharte a Otago o a la costa Este con él, tienes que casarte antes.

11

Linda no sabía cómo hacer para que Joe Fitzpatrick le pidiera la mano. Al final se decidió por intentarlo con una comida campestre. Ni Carol ni ella tenían motivo para seguir trabajando en la granja, así que dio a su capataz un día libre y lo invitó a dar un paseo a caballo. Fitz la elogió por ello.

—¡Esto sí está bien! Disfruta de los últimos días en la granja. Nos pensaremos algo bonito, ¡celebraremos la despedida, Lindie!

Ella asintió, aunque no veía ninguna razón para celebrar nada. Pero tal vez eso cambiara con un compromiso matrimonial. El día, de cualquier modo, se presentaba bien. Llevó a su amigo a un lago de aguas claras en las estribaciones de la montaña. El sol teñía los Alpes Meridionales de una luz dorada, dibujaba su imagen en las aguas planas y daba calor a los dos enamorados. Después de comer se tendieron sobre una manta y se acariciaron.

Linda se sentía mezquina y calculadora, pero esa tarde permitió que Fitz llegara más lejos con sus caricias. Al principio temió perder el control cuando le permitió que le tocara y besara los pechos. Fitz, sin embargo, no perdió el dominio y la cautivó con su fantasioso juego de amor. Con gran aspaviento sacó de las alforjas una de las últimas botellas de vino de las reservas de Cat.

—No te enfades, querida, la he birlado. He creído que teníamos que beberla ahora. ¿O querías dejársela a Jane?

Llenó dos vasos, pero no solo bebió del suyo, sino que se mojó el dedo y dibujó unas huellas húmedas sobre los pechos de Linda para seguir besándolos. Al principio ella se quedó atónita, pero luego rio. Se sintió maravillosamente excitada mientras él le lamía el vino del ombligo y luego le acariciaba dulcemente el monte de Venus. Al final su excitación se disparó. Se arqueó bajo las diestras manos de Fitz, se le aceleró el corazón y se sintió más feliz que nunca. Así tenía que ser cuando una se entregaba a su amado.

Linda reunió valor. Mientras descansaba relajada sobre la manta y Fitz, apoyado sobre el codo, le hacía cosquillas en el pecho con una brizna de hierba, formuló sus deseos.

—Estoy... bueno, estoy pensando en si no debería irme contigo a los yacimientos de oro.

Fitz se detuvo y se sentó. Antes de que Linda siguiera hablando, la levantó y la tomó entre sus brazos.

—¡Esta es mi Lindie! —exclamó jubiloso—. Ya no más penas ni lamentaciones. ¡Te vienes conmigo y te haré rica! ¡Te cubriré de oro, Linda Brandman!

La besó de nuevo y jugueteó con su cabello suelto.

Ella respiró hondo.

—Pero Carol piensa que no puedo irme a Otago como Linda Brandman —dijo a media voz.

Él la soltó y frunció el ceño.

—¿A qué se refiere? —preguntó—. ¿Te llamas de otra manera? —Entonces pareció comprender de repente y apareció en su rostro esa antigua mueca—. Diablos, ¿quieres casarte conmigo? ¿Tu preocupada hermana te ha rogado que me pidas que me case contigo?

Linda asintió avergonzada. Se había puesto roja como el carmín.

Fitz soltó una estridente carcajada.

—¡Y yo que pensaba que miss Carol no me podía ver!

Linda bajó la cabeza.

—Si no quieres...

No estaba preparada para que Fitz la cogiera de la cintura y rodara riendo con ella por la hierba.

—¡Claro que quiero! Hasta ahora nunca había pensado en casarme, pero uno tiene que probarlo todo, ¿no? —Le dirigió una mirada traviesa.

Linda tragó saliva. Era bonito que se tomara la proposición de ese modo, aunque ella hubiera deseado que se la tomara más en serio.

—Casarse es... para siempre —respondió.

Fitz la besó.

—¡Hasta que la muerte nos separe! —citó—. Ya lo sé, cariño. Era solo una broma. Está bien, ¿cómo lo hacemos? Creo que cojo el siguiente bote a Christchurch y pido las amonestaciones, ¿no? Para llegar a tiempo, antes de que tengamos que dejar Rata Station. —Hizo una mueca—. Luego nos vamos enseguida. Ya no viviremos juntos en pecado.

Linda intentó sonar jubilosa cuando le contó a Carol que se había prometido, pero no consiguió del todo esconder el sabor amargo que le había dejado la reacción de Fitz. Estaba contenta, por supuesto. Él nunca había querido casarse con ella por su riqueza. En lugar de ello, lo hacía ahora que era pobre y lo hacía encantado. Pero Linda se preguntaba si no habrían tenido que hablar un poco más de amor. ¿Le había declarado Fitz su amor? Apartó ese pensamiento de su mente. No tenía que decírselo, ya se lo demostraba.

Carol la felicitó.

—Entonces enviaré un telegrama a Mamida para contárselo —dijo tensa—. Y también lo de Rata Station. También tenemos que decírselo a Mara, si es que no lo han hecho ya los Redwood. Seguro que ya saben algo. Esperemos que no se enfade si ahora tiene que irse a la Isla Norte.

Linda asintió.

—No le quedará otro remedio, tiene que entenderlo. En cualquier caso, Jane no permitirá que se acerque a Eru a una distancia menor de la que recorre una flecha. Lástima que todavía sea tan joven. Si de verdad quiere a Mara, se casará con ella a pesar de Jane. Así Rata Station no se perdería del todo.

Ida envió un telegrama a vuelta de correo y, como era de esperar, reaccionó enojada ante el comportamiento de Jane. Sin embargo, el abogado de Russell no pudo decirle nada distinto de lo que ya había comunicado a Linda y Carol el jurista de Christchurch. La venta de la granja justo antes del naufragio había sido una desdichada coincidencia. Con los Jensch como copropietarios, Jane no habría podido eliminar a las hermanas. Pero no había ninguna posibilidad de intervenir. Ida solo podía consolar a Carol y Linda e invitarlas de todo corazón a que se reunieran con ella cuanto antes en Russell.

«Me da una pena indescriptible —escribió, consciente de que la oficina de telégrafos le haría pagar una pequeña fortuna por transmitir un texto largo—. En Rata Station todos nos entendíamos muy bien y vosotras erais nuestras hijas. A nadie se le ocurrió que, al vender nuestra parte de la granja, alteraríamos algo en la sucesión. Para nosotros estaba claro que tanto Rata Station como Korora Manor serían para vosotras tres algún día. Ahora, con el proceder inexcusable de Jane, ese legado se ha visto reducido a nuestra casita de Russell, pero también aquí podemos tener todos lo suficiente para vivir. Las tres seréis bien recibidas en Korora Manor. Esta es vuestra casa y cuando vengáis será como empezar de nuevo. Os quiero y me alegro de teneros conmigo pese a todas las adversidades. Hasta un pronto reencuentro. Mamida.»

Karl volvía a estar de viaje, así que las hermanas tuvieron que renunciar a conocer su opinión. Los Jensch habían pensado ir a la boda de Carol cuando él regresara. Por descontado, no lograrían llegar para el enlace de Linda; Fitz había conseguido reducir el intervalo de dos semanas prescrito entre las amonestaciones y el casamiento a solo tres días.

Ida no permitió que Mara decidiera por sí misma su futuro. Envió también un telegrama urgente a los Redwood y les pidió que enviaran a su hija sin demora a la Isla Norte.

Mara apareció dos días más tarde en Rata Station acompañada por Laura Redwood. Parecía enfurruñada pero había empaquetado sus cosas y estaba dispuesta a obedecer a su madre. Tampoco le quedaba otro remedio. Laura y Joseph no la habrían acogido en contra de los deseos de Ida.

Temperamental como era, Laura libró una dura batalla con Jane. Le comunicó, en nombre de todos los Redwood, que se negaba a colaborar con ella en cualquier futuro trabajo. A Jane eso le preocupaba poco. La nueva Rata Station formaría parte de las granjas de ovejas más grandes del país y sería totalmente autónoma. Y si no era así, Jane podía elegir con qué otros barones de la lana de la Isla Sur quería cooperar.

—De todos modos necesitará a sus vecinos —aseguró enfadada Laura, después de contar a las chicas cómo había reaccionado Jane.

Luego se despidió de las jóvenes llorando abundantemente. Linda no había invitado a los Redwood a la boda. Le resultaba lamentable que después del enlace no fuera a celebrarse ninguna fiesta. La joven pareja no tenía dinero para ello, aunque Linda no se casaba totalmente sin recursos. Carol había vendido los últimos cachorros de *Fancy* y había compartido el dinero con ella. Además, Ida mandó un telegrama diciendo que el dinero que habían pagado por anticipado en el White Hart para celebrar la boda de Carol estaba ahora a disposición de Linda. En vista de ello, Fitz planeó organizar una fiesta, pero Linda se negó.

—¡Fitz, necesitamos el dinero para nuestra casa! No podemos dilapidarlo para luego no tener ni un cacharro ni ninguna manta de lana. ¡No puedes confiar en que encontrarás oro el primer día que llegues a Otago!

Los dos se pusieron de acuerdo en organizar una pequeña cena con el círculo más estrecho de la familia en el White Hart. El hotelero, al principio disgustado, tenía que devolverles después el resto de lo que se había pagado. Fitz lo manejó con eficacia, de modo que al final el hombre devolvió una suma inesperadamente elevada. Bastaba para comprar un pequeño carro entoldado, ante el cual Linda enganchó a *Brianna* y los utensilios del hogar más importantes.

La noche antes de que se cumpliera el plazo de Jane y un día antes de la boda en Christchurch todos estaban listos para la partida. Carol, Linda y Mara se esforzaron por mostrarse optimistas cuando Fitz fue a abrir las dos últimas botellas de las reservas de Cat.

—Me gustaría conservar una —objetó Linda—. Para el día en que... si es que regresan.

No lo quería admitir, pero en las últimas semanas dudaba de si el vínculo con Cat, en el que tan desesperadamente creía, no era una ilusión de los sentidos.

—¡Cuando vuelvan beberemos champán! —dijo Fitz, llenando las copas—. No puedes llevarte la botella a Otago. Y tampoco vas a dejársela a Jane.

Las hermanas bebieron sin llegar a disfrutar realmente del vino. Volvieron a sentarse en la cocina salón de Cat, que ya no resultaba tan acogedora, sino que daba la impresión de haber sido saqueada. Linda y Carol se habían repartido los pequeños recuerdos de Cat y Chris: un par de telas maoríes, al igual que unas estatuillas de jade o esteatita, y algunas joyas. Linda se llevó además el medallón, la única pieza realmente valiosa de Cat que había sobrevivido al naufragio. Además, cargó los objetos de la casa en el carro. No era un gran ajuar. A Cat nunca le había gustado cocinar, sino que había dejado en manos de Ida la alimentación de la familia y el trabajo doméstico.

Cuando hubieron vaciado las primeras copas, Fitz y Mara dijeron que tenían hambre y Linda y Carol pusieron pan, queso y carne fría en la mesa. En ese momento llamaron a la puerta.

Linda suspiró.

—Esperemos que no sea un vecino que venga a decirnos en el último momento lo mucho que lo siente —murmuró—. Sé que lo hacen de buena fe, pero creo que hoy me pondría a llorar.

De hecho, todos los amigos y vecinos de Rata Station habían pasado por allí para mostrar su solidaridad con Carol y Linda. Jane nunca había sido una persona querida. Nadie tenía una palabra de afecto hacia ella. La bondadosa Linda a veces sentía piedad por Eru. Si el joven no había heredado la presunción e insensibilidad de Jane, no lo tendría fácil en la Unión de Criadores de Ovejas.

Fitz fue a abrir la puerta. Linda vio con el rabillo del ojo que daba un salto hacia atrás sobresaltado al ver al recién llegado. Luego oyó que alguien hablaba y justo después Fitz dejaba pasar a un joven de estatura mediana, con el uniforme del ejército británico.

—Es un tal teniente Bill Paxton, chicas —anunció Fitz—. Viene a ver a Carol.

Carol se quedó mirando a Bill con la boca abierta. No podía creer que hubiera ido a visitarla.

Bill Paxton se inclinó formalmente ante las dos hermanas.

—Por supuesto, también vengo a visitar a miss Linda —corrigió—. Yo... bien, vuelvo con mi regimiento y estaré un par de días en Lyttelton. Pensé pasar por aquí y visitarlas.

Fitz frunció el ceño.

—¿Viaja en barco de Lyttelton a la Isla Norte? —preguntó.

Había un transbordador que iba a la Isla Norte. Unía Blenheim y Wellington y era el enlace más sencillo y barato. Bill habría tenido la posibilidad de reservar un enlace directo desde Campbelltown hasta Wellington. Se mirase como se mirase, Lyttelton y Christchurch no estaban realmente en su ruta.

Bill mostró su sonrisa jovial.

—Me ha pillado, señor... ¿Cómo se llama? Confieso que me he desviado un poco del trayecto que me sugirió el ejército.

—El teniente Paxton viene de Southland y nos ayudó mucho después... después de la pérdida de Chris y Cat —aclaró Linda—. Señor Bill, este es el señor Joe Fitzpatrick, mi prometido. Mañana... mañana nos casaremos.

Ahora le tocó el turno a Bill de quedarse perplejo.

—¿Se casa, miss Linda? —se sorprendió—. ¿No era miss Carol quien estaba prometida? —Sonrió—. Y además con el hombre más envidiado de la Isla Sur, ahora seguido por usted, naturalmente, señor Fitzpatrick.

Fitz hizo un gesto con la mano.

—Llámeme Fitz —dijo campechano.

—He roto mi compromiso —anunció Carol avergonzada.

—Lo siento —fingió Bill—. Y más porque la boda estaba planeada para uno de estos días, ¿no es así? ¿No me lo contó así por carta? Me temía... hum... esperaba que coincidiera con mi estancia aquí...

—Le invito de corazón a mi boda —le comunicó Linda—. No celebraremos una gran fiesta. Aquí las cosas han cambiado. ¿Se lo cuentas tú, Carol, o prefieres que lo haga yo?

Ambas hermanas describieron con pocas palabras cómo se había apropiado Jane de Rata Station. Al hacerlo tuvieron que contar más sobre la historia de su familia de lo que Bill había sabido hasta entonces, pero no reaccionó escandalizado, sino con auténtica simpatía.

—¿Viajará entonces a la Isla Norte? —preguntó Bill—. Si le parece bien, puede ir conmigo. Vuelvo a mi guarnición, en Whanganui. El viaje por la Isla Norte no está en la actualidad exento de peligros. Aunque por supuesto ya están ustedes bajo la protección del señor Fitz...

—Mi futuro marido y yo no iremos a la Isla Norte —lo interrumpió Linda—. Queremos probar suerte en los yacimientos de oro.

Bill deslizó la mirada de ella a Fitz.

—¿Quiere ir a la costa Oeste? —le preguntó—. ¿Con su joven esposa?

—Hacia Otago —contestó Fitz. Tenía como punto de mira la costa Oeste, pero después se había decidido por los yacimientos a los que era más fácil llegar—. Está más cerca. Gabriel's Gully, ya sabe.

Gabriel's Gully, así conocido por el nombre de su descubridor, Gabriel Read, era el yacimiento de oro más conocido, aproximadamente ochenta kilómetros al oeste de Dunedin.

—Gabriel's Gully está totalmente agotado —dijo Paxton—. Han estado removiéndolo miles de buscadores de oro de abajo arriba. A estas alturas no se encuentra ni una onza de oro. Todos los *digger* se están marchando ahora, hay nuevos yacimientos en la costa Oeste. Todavía no puede decirse si son o no muy prometedores. ¿Valdrá la pena cruzar la montaña? Con ese entorno tan inhóspito...

Fitz hizo un gesto con la mano.

—Por eso quiero ir a Otago. Para echar un vistazo. Quién sabe, a lo mejor descubrimos unos yacimientos totalmente nuevos, ¿verdad, Lindie?

Paxton rio.

—Ya lo han intentado otros —observó—. Si no es usted por casualidad geólogo, señor Fitz... Read sí lo era. Y tampoco encontró nada...

—No debió de buscar lo suficiente, ya era rico —replicó despreocupadamente Fitz.

Linda miraba dudosa a uno y a otro.

—En fin, si eso es lo que piensa... —Paxton se volvió, encogiéndose de hombros—. Así pues, les invito todavía más en serio a que vengan conmigo, miss Carol, y también usted, miss Margaret.

—Mara —musitó la chica entre dientes.

No era muy estimulante que ese joven tan apuesto no le dirigiera ni una mirada. Bill Paxton solo tenía ojos para Carol, y Mara se alegraba de verdad por su hermana. El teniente le gustaba mucho más que Oliver Butler. Y aunque le agradaba que los hombres cayeran rendidos a sus pies, Mara no quería flirtear, se tomaba muy en serio la promesa que le había hecho a Eru.

—Por favor, vengan conmigo a Taranaki. El ejército les brindará su protección.

—No la necesitamos —rechazó Mara—. Hablamos muy bien maorí y conocemos las costumbres de las tribus. Ya estuve con mis padres en los poblados ngati hine y ngati takoto. Nos las arreglaremos.

Bill Paxton se rascó las sienes.

—Por lo que he oído decir, miss Mara, las circunstancias en la

Isla Norte han cambiado sustancialmente. Ya no nos enfrentamos con tribus aisladas, sino con un... hum... auténtico ejército. Y el movimiento hauhau...

—¿Está realmente ganando terreno? —preguntó Mara alarmada.

No había olvidado los planes de fuga de Eru y estaba preocupada por su amigo. A fin de cuentas, ya había pasado un año desde que él le había prometido tener paciencia. Ahora, probablemente Jane y Te Haitara lo harían volver a casa y el chico tendría otras cosas que hacer que soñar con la guerra.

—Se está convirtiendo en una seria amenaza —dijo Bill—. Créame, conviene a su propio interés que se pongan bajo la protección del ejército.

Carol hizo un gesto afirmativo.

—Sin duda lo haremos —anunció—. Le estoy muy agradecida por su ofrecimiento, señor Bill. A lo mejor encontramos dos pasajes más en su barco para ir de Lyttelton a Wellington. Incluso si me pongo mala solo de pensar en una nueva y larga travesía en barco. Ya me da miedo hasta el transbordador.

Bill le dedicó una sonrisa animosa.

—Conmigo, miss Carol, ya sabe que no puede pasarle nada —dijo—. Si ha de ser, la llevaré remando de vuelta desde el fin del mundo.

Para recorrer el trayecto de Rata Station a Christchurch con el carro y los caballos en un día había que salir mucho antes del amanecer. Así pues, Linda y Carol dejaron su granja cuando todavía estaba oscuro y no pudieron volver la vista atrás hacia sus queridos establos y prados, casas y cobertizos. Linda quería creer que un día volvería a ver la granja en circunstancias más felices, pero no lo conseguía. Tenía que ir haciéndose lentamente a la idea: Chris y Cat estaban lejos, irrevocablemente; daba igual cuántas veces soñara con ellos y si creía sentir el vínculo. Era casi seguro que estaban muertos.

La joven apartó los recuerdos e intentó alegrarse por su boda con Fitz. La reconfortaba sentirlo a su lado. Linda iba sentada con él en el pescante del carro entoldado del que tiraba *Brianna*, mientras que el caballo de Fitz corría atado a un lado. Los demás iban a caballo. Linda se habría sentido satisfecha si las palabras que Bill había pronunciado la noche anterior no le hubieran infundido miedo. ¿Qué harían si en Otago ya no había más oro?

—¿Y si lo intentáramos en la costa Oeste? —susurró a Fitz. Él negó con la cabeza.

—Tonterías, cariño. El camino hasta allí es mucho más duro, no te puedo exigir tanto. ¡La suerte nos espera en Otago! ¡Confía en mí!

Linda se estrechó contra él. Era lo que estaba deseando hacer.

Por la tarde llegaron a Christchurch y, antes de casarse, Linda tuvo tiempo de cambiarse en el angosto espacio del carro el traje de viaje, mojado y arrugado, por el vestido de los domingos. No era especialmente bonito, la indumentaria más valiosa de Carol y Linda se había hundido con el *General Lee*. No se habían comprado nada nuevo el año de luto, y desde que Jane se había apropiado de la herencia tampoco tenían los medios para ello. Así pues, el vestido de fiesta, gastado y muy ancho, pues la joven había perdido mucho peso en los últimos meses, no presentaba mucho mejor aspecto que el traje de viaje. Durante el trayecto había llovido bastante y también la ropa metida en los baúles y cajas estaba húmeda.

Pese a ello, Carol hizo cuanto pudo para emperifollar a su hermana, siguiendo la costumbre, con algo azul, algo viejo y algo nuevo, algo prestado y una moneda de seis peniques en el zapato. Le cubrió los hombros con un chal azul, le prestó una peineta e insistió en que se pusiera el bonito medallón de oro. Lo más difícil fue conseguir algo nuevo, aunque Mara colaboró al final con unas medias que tenía por estrenar. Las hermanas se comportaron del mejor modo posible, se rieron de la situación y no se entristecieron porque ni siquiera tuvieran un espejo en que la novia pudiera mirarse.

Pese a todo, encontraron alianzas. Mientras Linda se cambiaba, Fitz las compró. Tenían un brillo poco natural. Oro falso.

—Con la primera pepita de oro que encontremos te haré hacer una alianza nueva —la consoló Fitz.

Linda se esforzó por creerle, pero ni siquiera a ella podía convencerla.

Los presentes en la ceremonia del enlace formaban un grupo deprimido, agotado y castigado por la incesante lluvia. Mara y Carol ni siquiera tuvieron la oportunidad de cambiarse de ropa. Fitz no llevaba traje, sino solo una chaqueta de piel bastante pasable. Bill, con el uniforme, era el que mejor impresión causaba. El párroco lo confundió con el novio cuando entró para presentarse como testigo. La segunda testigo era Carol. El sacerdote celebró la boda junto a un servicio vespertino para que al menos participaran algunos miembros de su pequeña congregación.

Linda llevaba un ramito de flores y una corona de flores de *rata*. Carol la sorprendió con ella antes de entrar en la iglesia. Linda le dio las gracias entre lágrimas y, aunque las flores todavía llevaban gotas de lluvia, pudo colocárselas en la cabeza.

Mientras los familiares de la novia avanzaban hacia el altar entre las hileras de bancos casi vacíos, Mara cantó una canción de boda maorí, intentando así dar un ambiente más solemne a la reunión. La iglesia estaba casi a oscuras. En realidad, el sol debería entrar a esa hora por los vitrales de las ventanas, pero ese día la casa del Señor estaba iluminada por velas. Linda pensó que eso era un alivio. Así los presentes no se darían cuenta de lo gastado que llevaba el vestido.

Recitó con voz firme la fórmula de matrimonio ante el sacerdote, y se molestó cuando este levantó la vista desconcertado porque unos rezagados abrieron la puerta de la iglesia. El párroco debería haberse enfadado por esa interrupción, pero los saludó con una sonrisa antes de dirigirse a Fitz.

—Puede besar a la novia.

Fitz atrajo a Linda hacia sí y un par de miembros de la congregación aplaudieron. Todos esperaban una oración final y que con ella concluyera el servicio. Fitz puso mala cara cuando en lugar de ello el reverendo se dirigió de nuevo a la congregación.

—Tarde, pero todavía a tiempo para la bendición —dijo, señalando con la barbilla a los creyentes que acababan de entrar y habían ocupado su puesto en la última fila de la iglesia—. Estimados miembros de la congregación, den por favor la bienvenida conmigo a John Baden, de la escuela misionera de Tuahiwi. Nuestra colecta de hoy va destinada a esta escuela cristiana, donde se trabaja incansablemente para instruir a los hijos de nuestros conciudadanos maoríes como unos buenos creyentes. Reverendo Baden, ¿quiere acercarse y explicar un poco su tarea a nuestra congregación?

Mara se volvió con el ceño arrugado. Lo último que necesitaba era el sermón de uno de esos «cuervos» que mantenían cautivo a Eru por orden de Jane. Sin embargo, se quedó petrificada. Junto al hombre bajito y regordete que acababa de levantarse para hablar a la congregación, había dos jóvenes maoríes. El sacerdote tomó de la mano a uno de ellos, un niño de unos doce años, vestido con un traje negro que le quedaba demasiado grande, y tiró de él hacia el púlpito. El pequeño lo siguió con expresión resignada.

El otro joven era Eru.

12

Mara y Eru se contemplaron dos segundos cuando cruzaron sus miradas. Luego, sin que ellos lo quisieran, se dibujaron sonrisas en sus rostros. Eru no parecía ver ningún motivo para disimular. Se levantó, se santiguó ceremoniosamente al dejar el banco e hizo una señal a Mara para que lo siguiera.

El misionero, que estaba presentando al pequeño maorí como un ejemplo logrado de la civilización nativa a través de su fabuloso centro docente, se percató del movimiento de Eru. Lo miró con desaprobación, pero no hizo ningún gesto por detenerlo. Mara vio que Eru no llevaba el uniforme de alumno de la misión y tampoco iba engalanado como el niño que estaba en el altar. Llevaba un traje sencillo y limpio, la ropa del hijo de un granjero cuando iba a la ciudad. Mara ardía de curiosidad por saber qué lo había llevado hasta allí.

Se disculpó con un susurro de Carol, que se había percatado tan poco de la presencia de Eru como Linda, que sonreía en el presbiterio. Linda solo tenía ojos para su marido, que de nuevo parecía impaciente. El discurso del misionero retenía a Fitz. Quería registrar la boda en el ayuntamiento ese mismo día.

Carol asintió sin prestar mucha atención y Mara intentó dejar la iglesia con discreción. Fuera, oyó a Eru silbar su melodía. La esperaba algo alejado de la plaza de la iglesia, entre una amplia haya del sur y el seto que rodeaba el cementerio. Eru la miró resplandeciente, abrió los brazos y Mara se lanzó entre ellos. Por mucho que ansiara hablar con él, lo más importante era primero sentirlo, besarlo, estar cerca de él, por fin, después de tanto tiempo. Mientras sus labios se encontraban, las manos de Mara palparon el cuerpo de Eru y le revolvieron el cabello corto y negro. ¡Él estaba ahí, era realmente él! Por primera vez desde que dejó Tuahiwi, Mara se sintió libre de toda preocupación.

Eru parecía sentirse como ella. La separó de mala gana de él pero no le soltó las manos cuando se colocaron uno frente al otro.

—¿Cómo lo has hecho? —preguntó el joven. En sus ojos verdes había admiración.

Mara frunció el ceño.

—¿Cómo he hecho el qué?

Eru la hizo girar a su alrededor.

—¡Pues esto! Me lo prometiste. Dijiste que debía tener paciencia, y me resultó difícil, a veces casi insoportable. Que conseguirías que mis padres me sacasen de ahí. Y por fin ha llegado el momento. Ayer recibí una carta. Debo volver a casa, a nuestro *iwi*. De inmediato. El viejo Baden me ha traído hasta aquí y me ha arrastrado corriendo a la iglesia otra vez.

—¿No se enfadarán contigo porque has salido? —preguntó Mara preocupada.

Eru negó con un gesto.

—No. Los cuervos ya no pueden hacerme nada. Ya te lo he dicho, soy libre. Un barquero me llevará mañana Waimakariri arriba hasta Rata Station. Y volveremos a estar juntos. Y ahora cuéntame: ¿a qué espíritus has invocado para que mi madre cambiara de opinión?

Mara se soltó de sus manos.

—¿No te ha contado Jane nada más? —preguntó con cautela—. ¿Solo que debías ir a casa?

—No mucho más. Me dijo que me necesitaba en la granja. Un poco extraño, a fin de cuentas todavía es verano. Tampoco hay tanto trabajo.

Mara se apartó el cabello de la cara. Había dejado de llover. El viento soplaba desde el río y agitaba la fronda de los árboles. Pronto llegaría el otoño.

—No he hecho nada —empezó—. Y tampoco volveremos a estar juntos. Tu madre... tu madre nos ha echado. Tenemos que abandonar Rata Station.

En unas breves y ásperas frases, Mara le contó la historia. Para ella, la granja no era tan importante como para Carol y Linda. Para Mara, lo primero que Rata Station significaba era Eru, ella había pasado más tiempo en el poblado maorí. El que Jane se hubiera empeñado en prohibirle no solo estar al lado de Eru, sino también del poblado maorí, le resultaba más difícil de asimilar que tener que dejar la granja. De hecho, ella casi se había sentido una parte de la tribu de Te Haitara. Había bailado y cantado con las niñas de su misma edad, tocaba la flauta e invocaba a los espíritus casi sin darse cuenta cuando cultivaba un campo o recogía plantas. En los últimos meses había añorado a Eru, pero había considerado la separación algo temporal. En lo que concernía al contacto con los otros amigos del poblado ngai tahu, la madre de Eru no había podido imponer su iracunda orden de alejamiento. Siempre que iba de visita a Rata Station durante la temporada en que había trabajado con los Redwood, se había acercado al poblado. Había pasado junto a Jane, se había reunido con los músicos y bailarines y se había enterado de las novedades de la vida en el poblado.

Por supuesto, Te Haitara estaba al corriente. Al jefe no se le podía ocultar nada en lo relativo a su tribu. Pero no había delatado a Mara. Al contrario, la muchacha siempre había tenido la sensación de que Te Haitara la aprobaba y que un día la recibiría de buen grado como su nuera. Pero ahora que Jane se había apropiado de Rata Station, las hermanas Jensch se veían forzadas a marcharse a la Isla Norte y separarse definitivamente de los ngai tahu. Mientras describía la conducta de Jane, su voz reflejaba pena e indignación.

Eru escuchaba horrorizado.

—¡No me lo puedo creer, Mara! ¿Cómo ha podido hacerlo? ¿Y cómo es que existe un certificado de nacimiento del que ni mi padre ni yo sabemos nada? ¡Yo no puedo pasar por hijo de Chris Fenroy! Aunque quisiera. Soy maorí. Me parezco a mi padre. ¡Qué locura!

Mara se encogió de hombros.

—Por desgracia, es cierto. Ya lo verás tú mismo cuando mañana llegues a casa. Tú, amor mío, eres el heredero reconocido de Rata Station.

—No pienso colaborar —prometió Eru—. Os devolveré la granja, yo...

—Jane no te la cederá de inmediato. No es tonta y todavía eres demasiado joven.

—¡Soy demasiado joven para todo! —se lamentó Eru.

Mara volvió a estrecharse entre sus brazos.

—No para todo... —Sonrió y le ofreció los labios para que se los besara.

Eru le dio un beso fugaz. Tenía que reflexionar, hacer un plan.

—Mara, todavía vale, ¿no? —preguntó—. ¿Todavía quieres esperarme? No besarás a ningún otro hombre, tú...

—¡Vale para siempre! Al menos mientras tú sigas siendo fiel. Si Jane te casa con una baronesa de la lana cuando cumplas diecisiete...

—Mi madre no me casará. Ahora regresaré y veré lo que hace. Y hablaré con mi padre, por supuesto. Tal vez me quede allí y resista dos años. Cuando cumpla dieciocho, iré a buscarte. Te lo prometo. Igual que tú me prometiste que vendrías a buscarme.

Mara dejó escapar un suspiro.

—Bien, esperemos que no tenga que pasar ninguna catástrofe más —dijo—. Lo último que yo habría planeado para que volvieras a casa es la pérdida de Cat y Chris y de Rata Station.

—Lo siento infinitamente —susurró Eru.

La chica echó un vistazo a la puerta de la iglesia, que acababa de abrirse. Un par de amables feligreses se pusieron a izquierda y derecha de la escalera y lanzaron arroz a Linda y Fitz. La pareja pasó entre ellos sonriendo. *Fancy* y *Amy*, que se habían quedado fuera, saltaron sobre su ama, contentas del reencuentro y dejando la marca de sus patas embarradas en el vestido de novia.

—Tengo que irme —advirtió Mara—. Y tú también. Es mejor que el cuervo no nos vea juntos. ¡Pienso en ti!

Ambos se dieron un beso de despedida antes de que el misionero y el otro pupilo salieran de la iglesia. John Baden buscó enojado a Eru con la mirada.

—¡Hasta pronto! —dijo Eru cuando se separó de Mara.

La cena en el White Hart Hotel, que Linda había consentido con tan mala conciencia, permitió que ese lluvioso día de su boda terminara al menos de forma placentera. Tras el fatigoso viaje y la ceremonia, que se dilataron más de lo planeado, todos estaban famélicos. Mara repitió todos los platos sin la menor vergüenza y Carol se alegró de por fin volver a entrar en calor. También disfrutó de las pequeñas atenciones que Bill Paxton le dedicaba. La joven casi se había olvidado de lo amable y atento que había sido el joven oficial durante la travesía en barco. Mientras él volvía a charlar con ella tan cortés y despreocupadamente como si esa solo fuese una bonita velada y no el comienzo de una nueva vida, porque la vieja se había hecho pedazos, Carol se relajó a la vista de todos.

Solo Linda consumió vacilante la comida y el vino. Les iba dando trozos de carne a *Amy* y *Fancy*, que estaban bajo la mesa. La esperaba la noche de bodas, y estaba nerviosa. Pasaría la primera noche con Fitz en el carro. Una decisión que Carol no aprobaba.

—Mamida y Karl nos han enviado dinero —insistió de nuevo a su hermana tras el banquete—. Y en nuestra pensión todavía hay una habitación libre. —Carol, Mara y Bill seguirían el día siguiente el viaje a Lyttelton. Pasarían esa noche en una pensión barata de Christchurch—. No tenéis por qué pasar la noche en ese incómodo carro, donde todo está húmedo.

—Carrie, las próximas dos semanas pasaremos todas las noches en ese carro —objetó Linda—. ¿Por qué íbamos a gastar dinero en una sola noche en la pensión?

A Linda no le gustaba hablar de lo pobres que eran porque Fitz no quería escucharlo. Pero tenía un miedo atroz a quedarse un día en la calle sin recursos. Cuidaba el poco dinero que tenía como si fuera un tesoro.

—¡No sufras, mantendré a mi esposa bien caldeada! —la apoyó Fitz—. ¡No vale la pena reservar habitación! ¡Queremos partir mañana de madrugada!

A Fitz se lo veía pletórico de energía. Ardía en deseos de partir hacia los yacimientos de oro. En ningún momento dudaba de salir airoso de esa empresa. Disfrutó de la velada e incluso pidió una tercera botella de vino. Siempre vaciaba su copa antes que los demás, otra cosa que ponía nerviosa a Linda. No quería que su esposo estuviera borracho en la noche de bodas.

Fitz rio de ese temor cuando más tarde pidió una cuarta botella.

—Cariño, para emborracharme necesitaría beberme cuatro botellas ¡de whisky! —fanfarroneó, pasándole el brazo alrededor. Linda encontró lamentable ese gesto en público—. No te preocupes. Eres mi esposa, Lindie, cariño. ¡Tienes que estar feliz!

Cogió a Linda en brazos y cruzó con ella bromeando el umbral del White Hart Hotel hacia medianoche, cuando por fin dejaron el restaurante.

—El carro no tiene umbral, tenía que improvisar —explicó complacido.

Linda intentó unirse a sus risas.

Bill lanzó a Carol una mirada escéptica.

—¿No se trata de entrar con una mujer en lugar de salir? —preguntó—. Yo no entiendo mucho, pero...

Carol asintió.

—Exacto —susurró—. Entrar en una vida segura. Y no al revés.

Pese a la incomodidad del carro y la humedad de las sábanas, mantas y cojines, Fitz hizo feliz a su joven esposa la noche de bodas. No se confirmó nada de lo que Linda había oído decir a otras chicas *pakeha* sobre el dolor, la humillación, la mucosidad y la sangre. Aunque tampoco lo que contaban las amigas maoríes sobre cierto éxtasis arrebatador.

Linda pidió a Fitz que esperase delante del carro a que ella se hubiese puesto el camisón. Él lo hizo pacientemente, para volver a quitárselo con sus diestras manos mientras ella se consumía con sus caricias. Los dedos de Fitz inspeccionaban los lugares más recónditos de su cuerpo. La excitaba acariciando la suave piel de su cuello y su escote, sus muñecas, el pliegue del codo, la corva de las rodillas. Buscaba el pulso y seguía con sus besos el recorrido de las venas bajo la piel de la joven y tocaba sus pechos al ritmo de sus palpitaciones. Al final la hizo alcanzar un primer clímax con los dedos y unos suaves movimientos circulares. Y de repente, Fitz tenía la cabeza entre sus piernas. Besaba sus piernas e introdujo la lengua entre ellas. Por una fracción de segundo, Linda quedó desconcertada, pero luego se entregó y se retorció de placer. En algún momento se preguntó cuándo le vería su miembro endurecido, de cuyo grosor y longitud tanto habían cuchicheado las chicas maoríes cuando comparaban a sus amantes entre risas. Linda intentó devolver las caricias de Fitz y, vacilante, le cogió el pene. Vibró en su mano cuando ella lo frotó, se endureció ligeramente, pero enseguida volvió a ablandarse y no pudo penetrarla.

—A lo mejor sí que he tomado demasiado vino —dijo Fitz despreocupado.

Linda no entendió qué tenía que ver una cosa con la otra, pero no iba a quejarse. No era posible dar más placer a una mujer del que le había dado esa noche Fitz. Al final yació caliente y contenta acurrucada contra él, y hasta cuando se quedó dormida sintió su brazo alrededor de su hombro.

Le habría gustado repetir por la mañana el juego amoroso, pero Fitz se despertó de madrugada. Enganchó a *Brianna* mientras Linda salía de las mantas todavía medio dormida. *Amy*, que había pasado la noche bajo el carro, brincaba alrededor de él.

—¿No podemos desayunar antes en algún sitio? —preguntó Linda—. Todavía no estoy despierta del todo.

Fitz la destapó riendo.

—Podemos parar en el camino y hacer café —dijo, aunque ya volvía a llover. Encender una hoguera con ese día sería más pesado y largo que buscar un café en Christchurch—. Ahora nos vamos. ¿Es que no lo notas tú también, Lindie, cariño mío? ¿No oyes la llamada del oro?

LOS SIGNOS

Llanuras de Canterbury, Otago (Isla Sur)
Wellington, Taranaki, Opotiki,
Maketu (Isla Norte)

1865

1

Cuanto más se aproximaba a Rata Station, más enfurecido estaba. Georgie, que lo llevaba por el Waimakariri, confirmó lo que Mara le había contado.

—Una bajeza por parte de tu madre. Los demás criadores de ovejas están bastante enfadados —comentó el barquero—. Pero los abogados opinan que no se podía hacer nada más. Iron Janey está en su derecho. Has tenido suerte, Eru, ¿o ahora debo llamarte Eric? ¡Heredarás una granja enorme!

Que alguien supusiera que ahora él tenía que alegrarse de que hubieran expropiado a Linda y Carol sus bienes fue la gota que colmó el vaso. Ciego de rabia, se puso en camino hacia el poblado ngai tahu después de que Georgie lo dejara en el embarcadero de Rata Station.

En el poblado reinaba el mismo trajín de siempre. Los niños jugaban, las mujeres tejían o pelaban *kumara* y raíces de *raupo*. El viejo guerrero Te Ropata, que ejercía de *rangatira*, instruía a los jóvenes en el manejo de las mazas de guerra. Eru sintió nostalgia. Bueno, seguro que pronto volvía a estar con ellos. Saludó con respeto al anciano desde lejos. Te Ropata hizo un gesto de asentimiento.

Te Haitara y Makuto estaban sentados junto a una hoguera algo alejada de las demás. La anciana quemaba hierbas, probablemente invocando a los espíritus. Eru debería esperar hasta el final del ritual, pero estaba demasiado indignado para ello.

—*Ariki... Matua...* Jefe... Padre... —El joven se acercó al fuego.

Te Haitara se levantó de un brinco.

—¡Eru!

Al ver a su hijo, el rostro tatuado del jefe se iluminó. Se acercó a él, le colocó las manos sobre los hombros y lo saludó con el *hongi*. Eru sintió alivio cuando apoyó la frente y la nariz en las de su padre. Te Haitara le agarraba los hombros con tanta fuerza que le hacía daño.

—¿Puedo llamarte padre? —preguntó Eru ceremonioso—. ¿O dudas ahora de mi procedencia? ¿Acaso confirmas que soy el hijo de Chris Fenroy? ¿Una mentirijilla a cambio de unos miles de ovejas? Deja que adivine: madre te ha dicho que un certificado de nacimiento no es más que un papel.

—En este caso es acertado —observó el jefe—. Eru, ¿tenemos que hablar así entre nosotros? Tú eres mi hijo, yo soy tu padre. De ello no cabe duda. Si quieres, cogemos ese maldito certificado y lo quemamos.

El muchacho rio con tristeza.

—Madre no lo permitirá. Y seguro que hay una copia en el Ayuntamiento de Christchurch. Los *pakeha* toman sus precauciones. Pero ¿dónde está madre? Siento haberte ofendido. Pero me pregunto por qué no haces nada contra lo que está ocurriendo. ¡Es imposible que esto sea de tu agrado!

Te Haitara bajó la cabeza.

—Yo no puedo hacer nada. El alma de Jane está envenenada, Makuto está intentando purificarla. —Señaló la hoguera y las hierbas—. Pero los espíritus del dinero son muy fuertes.

—¿Y dónde está ella ahora? —preguntó Eru, belicoso—. A ver si yo puedo librarla de un par de esos espíritus.

—Está en Rata Station. Deberías haberte cruzado con ella. Está... está arreglando la casa.

—¿Qué está haciendo? —vociferó Eru—. Padre, a lo mejor no puedes forzarla a que rechace esa herencia. Pero no irás a permitirle que te deje y se vaya a vivir a la antigua casa de piedra.

El jefe movió la cabeza negativamente.

—No; vive conmigo. Cada noche regresa a mi lado. Solo dice

que la casa tiene que estar preparada para... No sé, una ceremonia de los *pakeha*...

—Es posible que piense organizar un baile o algo semejante para celebrar la apropiación. Bien, padre, iré a hablar con ella. Y le dejaré bien claro qué opino yo de convertirse en el hazmerreír de un grupo de criadores de lana.

Eru dejó el poblado de un humor de mil demonios. Encontró a Jane en el establo de Rata Station, donde daba órdenes a un par de pastores. Tenía muy buen aspecto, llevaba un bonito vestido de lino de trabajo y el cabello recogido en un moño en lo alto. Gracias a la actividad de los últimos días también había comido menos. Se la veía más delgada.

Eru se sorprendió cuando ella le dio la bienvenida con una ancha sonrisa después de despachar a los trabajadores.

—¡Eric, hijo mío! ¡Cuánto me alegro de verte! —exclamó.

Jane conservó la sonrisa incluso cuando él la colmó de reproches.

—No entiendo por qué todo el mundo está pendiente de ese certificado de nacimiento —dijo, moviendo la cabeza—. De acuerdo, era lo que faltaba para dejar sin argumentos al abogado de las hermanas Brandman. Pero no lo habría necesitado. Basta con que todavía esté legalmente casada con Chris y, con ello, ya eres su hijo, Eric. En su día solicité el documento para allanarte el camino a Inglaterra si querías estudiar allí. Oxford o Cambridge aceptarán antes a un Fenroy que a un Te Haitara. Es así. Y tal vez te beneficie hacerlo ahora. La granja da mucho, mucho dinero. Deberíamos pensar realmente si te convendría irte a Inglaterra. A fin de cuentas, esta granja necesita menos un pastor que un... bueno, tal vez un veterinario o un abogado. Podrías sernos mucho más útil siendo veterinario o, mejor aún, abogado...

—¿Para seguir engañando a más amigos y vecinos? —preguntó Eru molesto.

Jane lo miró sin comprender.

—Eric, cariño mío, lo he hecho por ti. Deberías estar agradecido, hijo. Ahora el mundo es tuyo... Ven, ¡echa un vistazo!

Él negó con la cabeza.

—Ya conozco Rata Station —dijo con frialdad.

Su madre puso los ojos en blanco.

—Por supuesto que conoces las instalaciones exteriores. Me refiero a la casa. A ese respecto, Chris se superó a sí mismo. —Hizo una mueca—. Para complacerme a mí. Me tenía un miedo atroz. Sea como fuere, es una pequeña casa señorial de verdad. Suficiente para celebrar de vez en cuando alguna recepción.

—¿En serio vas a dar una fiesta? ¿Vas a bailar sobre las tumbas de Cat y Chris? —Eru era incapaz de comprender—. Te aseguro que será un desastre. Ninguno de nuestros vecinos vendrá. Has hecho que tu compañía sea inaceptable, y con ello la de mi padre y la mía. Nadie querrá hablar o negociar contigo.

Jane rio.

—No seas tan melodramático. Sí, los ánimos están encrespados, todo el mundo se ha indignado, pero yo lo único que he hecho ha sido reclamar mis derechos. Esa granja, Eru, era mi dote.

—¡De eso hay versiones diferentes, madre!

El chico conocía la historia de la granja. El padre de Jane, John Nicolas Beit, había conseguido la tierra de los maoríes de manera fraudulenta para transferírsela a Christopher Fenroy como dote de Jane, unos cientos de hectáreas a cambio de unas cazuelas y mantas. El gobernador nunca había aprobado el negocio y los maoríes tampoco lo reconocían desde que se habían dado cuenta del engaño. Beit no lo sabía o le había dado igual.

Por supuesto, Chris se había dado cuenta enseguida, pero no le había costado ponerse de acuerdo con los maoríes. Para conservar la paz, había renunciado a los derechos de propiedad y pagaba a Te Haitara un arriendo anual. Cuando el jefe tribal pidió a Jane en matrimonio, regaló la tierra a Chris como *utu*: una compensación por haberle quitado la esposa.

—La granja me corresponde —repitió Jane, sin atender a la réplica de Eru—. Los demás granjeros del Waimakariri tendrán que aceptarlo. ¿Qué otra cosa van a hacer? ¿Contratar sus propias cuadrillas de esquiladores porque no quieren trabajar con la misma gente que yo? ¿Vender a otros intermediarios? Sería ridículo, Eric. Y en lo que respecta a la casa, no, por ahora no planeo celebrar ninguna fiesta. Pero voy a aprovecharla. Me será muy útil para no tener que negociar con comerciantes de lana y representantes de maquinaria agrícola en un *marae*. En principio, considera la casa como una especie de oficina. Y más tarde, cuando te cases...

—¡Yo no voy a casarme con una baronesita tonta porque a ti te gusten los animales de cría de su padre! —protestó el joven.

Jane volvió a sonreír.

—Tampoco tienes que hacerlo, hijo. Espera. Cuando pases un par de años en Inglaterra tal vez te guste una auténtica baronesa. Ya hablaremos de todo esto con tranquilidad. Hazme caso, sé lo que te conviene.

Al regresar al poblado ngai tahu, Eru parecía abatido. Por supuesto, estaba decidido a no ir a Inglaterra ni a ayudar a Jane en Rata Station. Pero una vez más, no había conseguido explicar a su madre su punto de vista. Jane simplemente no escuchaba. Estaba tan convencida de que sus propias decisiones eran las correctas que no le dejaba ninguna posibilidad. Tampoco a Te Haitara, por supuesto. El jefe era un guerrero, un hombre de acción. Nadie le había enseñado a mantener una disputa verbal con una personalidad tan fuerte como Jane. En cuanto a retórica, los dos hombres eran irremisiblemente inferiores a ella.

No obstante, Eru se alegraba de volver a encontrarse en el poblado. Cuando a la mañana siguiente Te Ropata reunió a los jóvenes guerreros, se sumó a su *taua*. En un principio, el *rangatira* no comentó nada, pero luego le dio la bienvenida cantando una alegre *karakia*: «Nuestra tribu se ve reforzada, los guerreros que estaban lejos han vuelto. Demos gracias a los dioses y los ancestros, volveremos a sembrar el terror entre los enemigos.»

Eru se ruborizó de alegría y turbación cuando los demás jóvenes también lo aceptaron en su grupo. Claro que se había perdido parte de su adiestramiento como guerrero, pero lo ayudó su fuerza. En los ejercicios de lucha era capaz de vencer a dos rivales a la vez y el *rangatira* lo elogió.

Hacía mucho tiempo que Eru no se sentía tan feliz. Era ahí adonde él pertenecía. Ahí se quedaría hasta alcanzar la mayoría de edad y luego saldría en busca de Mara y los dos vivirían juntos. Daba igual lo que su madre dijera.

Su felicidad concluyó en cuanto Jane vio entrar a los jóvenes riendo y cantando en el poblado. Se había percatado de la ausencia de su hijo por la mañana y había reaccionado con un silencio de hielo frente a su marido. A fin de cuentas, sabía muy bien que Te Haitara no solo consentía que su hijo se formara como guerrero sino que lo aplaudía. Y seguro que a él tampoco le habría pasado inadvertido que su hijo había salido de casa al amanecer. Pero delante de Eru era incapaz de dominarse. Se plantó temblando de cólera delante de él.

—¡No lo entiendo, Eric! Eres el propietario de una próspera granja de ovejas, dentro de nada tendrás un papel importantísimo en la Unión de Criadores de Christchurch. Todo el mundo te respetará; ¡Dios mío, si hasta te he conseguido documentación válida para cualquier consejo de *pakeha*! ¿Y en cambio tú qué haces? Correr medio desnudo con falditas de lino como una bailarina, entonar canciones estúpidas y blandir unas armas ridículas.

Eru le sostuvo la mirada.

—¡Soy un guerrero, madre! —contestó con dignidad.

Jane soltó un suspiro.

—¡Aquí no tienes enemigos, Eric! Por suerte, porque hasta Ida Jensch podría acabar con vuestro ridículo ejército con un par de tiros. Si hoy alguien está dispuesto a matar, coge un fusil o un revólver, no una lanza y una maza de guerra. ¡Ya no estamos en la Edad de Piedra! Y ahora vístete como Dios manda, iremos a ver unas ovejas. No sería mala idea que te buscaras un caballo. Hay algunos en Rata Station, y supongo que sabrás montar, ¿no? Nos facilitaría el trabajo contar con algunos pastores a caballo.

Eru apretó los labios. Habría querido que la tierra se lo tragara de vergüenza y rabia. Y encima tenía que admitir que tampoco dominaba aquel arte que para su madre *pakeha* era por lo visto tan importante.

—En realidad, no monto bien —admitió.

A veces Mara lo había sentado sobre un dócil caballo para salir al campo. Pero nunca le había gustado. Los guerreros maoríes se desplazaban siempre a pie. No habían asimilado como los indios americanos la técnica de la guerra a caballo de los europeos.

Jane se encogió de hombros.

—A lo mejor encontramos a alguien que te enseñe. Al menos sería útil. ¡Ahora ven!

Eru abandonó su *taua* con la cabeza gacha. Al menos los otros no se rieron de él como habrían hecho sus compañeros de escuela en Tuahiwi. Jane era conocida como una mujer con mucho *mana* y consejera del jefe. La tribu sabía que le debía a ella su bienestar y cualquier guerrero la hubiese obedecido como Eru. Sin embargo, el tono con que hablaba a su hijo no era el adecuado. El joven esperaba que al menos no lo hubiesen entendido todo. Naturalmente, Jane había soltado su monserga en inglés, pero Eru no se hacía ilusiones. Los jóvenes de la tribu entendían, aunque fuera parcialmente, la lengua *pakeha*. Miss Foggerty no les había dado las clases en maorí. Y si bien Linda o Carol casi siempre traducían, algo habían retenido en la memoria.

Eru siguió a su madre enfurruñado y pasó un día infernal inspeccionando corrales de ovejas y cobertizos de esquileo. Cuando regresó al poblado por la tarde estaba cansado y deprimido. Pero se le levantaron los ánimos: detrás de los árboles entre la casa del jefe y el cercado del *marae*, justo allí donde lo había esperado Mara en su último encuentro, distinguió una sombra.

Te Ropata, el *rangatira*, aguardaba inmóvil. Su silueta se confundía con la tierra y las plantas. Eru se sintió orgulloso de haberlo descubierto. Después de que Jane entrara en casa, salió a su encuentro.

—*Rangatira*, ¿esperas a mi padre?

Te Ropata negó con la cabeza.

—No; te espero a ti, Te Eriatara. Quiero que me sigas.

Eru se mordió el labio.

—¿Tengo... tengo que vestirme de forma adecuada?

El anciano insistía en que sus alumnos vistieran la indumentaria tradicional para hacer los ejercicios de lucha y los de meditación. Al igual que Makuto, él mismo tampoco se ponía nunca ropa *pakeha*. Incluso en invierno, cuando los pantalones y chaquetas occidentales protegían mucho más de la lluvia y el frío que la ropa maorí, confeccionada con hilaza, *raupo* y plumas de aves, el anciano se presentaba con el torso desnudo ante sus alumnos. Un guerrero, solía decir, combate el frío del viento con el ardor de la batalla.

Pero Te Ropata hizo un gesto negativo.

—Puedes venir tal como estás, así sabes quién eres —respondió con calma y luego se puso en marcha con su ágil andar.

El anciano y experimentado maorí dejó el *marae* y se dirigió hacia un lago que la tribu conocía por ser un lugar de energía. Eru apenas si lograba seguirlo. Te Ropata ya no era joven, pero sí nervudo y musculoso, su cuerpo se deslizaba flexible por la hierba y la espesura del bosque. Cuando se movía, los tatuajes, que no llevaba solo en la cara sino en todo el cuerpo, parecían bailar. Desarrollaban una vida propia que daban al guerrero un aspecto fascinante, pero también amenazador. El *rangatira* caminaba en silencio. Eru intentaba amoldarse a sus zancadas.

Por fin llegaron al lago y se sentaron en la orilla. Te Ropata seguía sin hablar, unía su espíritu al de los dioses.

Fue Eru quien al final rompió el silencio.

—*Rangatira*, siento lo que ha ocurrido esta mañana. Si mi madre te ha ofendido...

Te Ropata negó con la cabeza.

—Una mujer no puede ofenderme; a un hombre lo habría matado por eso. No se trata de mí, Te Eriatara. Se trata de ti. ¿Quién eres?

Eru lo miró sin entender.

—Tú lo sabes, *rangatira* —respondió—. Soy Te Eriatara, el hijo de Te Haitara de la tribu ngai tahu, que vive entre el río y las montañas y que hace mucho...

—No me hace falta escuchar tu *pepeha*. Sé quién te ha criado, sé en qué canoa llegaron tus antepasados a Aotearoa. —El *rangatira* se quedó mirando el lago, sobre el que caían las sombras de la tarde—. Te Eriatara, llevas en ti sangre maorí y sangre *pakeha*. Las dos se reflejan en tu cuerpo, tu espíritu se ve impregnado de ambas. Pero ¿qué dice tu alma?

—¡Soy maorí! —declaró Eru sin titubear. Si hubiera tenido la menor duda al respecto, en Tuahiwi se le había disipado—. Y quiero ser un guerrero. Por favor, Te Ropata, no me rechaces, déjame quedar en mi *taua*. Aunque no haya enemigos...

El anciano guerrero volvió lentamente la vista hacia Eru.

—Siempre hay enemigos, hijo mío. Y el primer enemigo que debe combatir un guerrero es el que lleva dentro de sí mismo.

Eru reflexionó.

—¿Significa que debe... desarrollar valor?

Te Ropata asintió.

—En los tiempos antiguos —dijo—, un guerrero debía dar prueba de su valor. Mucho antes de enfrentarse a un rival desconocido. —Recorrió con los dedos los tatuajes de su rostro.

Eru se quedó mirando al viejo guerrero. Y al final entendió.

2

En el poblado de Te Haitara ya no quedaba ningún *tohunga-ta-oko*. Al menos ninguno que tuviera buena reputación en toda la zona. Aun así, según había contado Te Ropata, uno de los ancianos de la tribu se desenvolvía bien en ese arte, pero cuando Eru le pidió que le tatuase, se negó.

—Tú no eres un guerrero cualquiera, Te Eriatara, tú eres el hijo de un jefe y debes llevar el *moko* con orgullo. Por eso deberías confiarte a un maestro, no a un anciano que durante veinte años no ha cincelado ninguna cara.

Un *tohunga-ta-oko* de ese tipo se encontraba en un *iwi* aliado, una tribu también ngai tahu que vivía lejos, en el noroeste, al pie de los Alpes Meridionales junto al lago Whakamatua.

—Buscaremos la tribu cuando vayamos a recoger las ovejas a la montaña —indicó Te Ropata—. Acompañaré a los hombres con mis jóvenes guerreros en la marcha para recoger las ovejas. Eso seguro que agrada a Jane Te Rohi.

Jane no estaba segura de si debía alegrarse de esta ayuda inesperada. En el fondo, encontraba muy extraño que el anciano *tohunga* del arte de la guerra de repente consintiera en realizar una actividad útil. Así se expresó al menos ante Eru, quien calló estoicamente. Pese a todo, Jane no podía ni quería, por supuesto, rechazar el ofrecimiento de Te Ropata. A fin de cuentas, siempre reprochaba al jefe lo poco que la tribu la ayudaba cuando se trataba de la cría de ovejas. Y aquellos quince jóvenes fuertes eran sin duda un refuerzo. Podían practicar el seguimiento de rastros e ir a buscar a las ovejas descarriadas en las montañas.

Por lo demás, ese año Jane no podía quejarse de que los maoríes no se implicasen en el pastoreo. Además de Te Ropata y sus guerreros, la mitad del poblado participaba en la bajada de las ovejas desde la montaña. Al final, Te Haitara le confesó que además de recoger los animales querían visitar un *iwi* amigo.

—Podríamos ir nosotros también —sugirió—. Nunca has migrado con nosotros.

—Ni tampoco tengo proyectado hacerlo —respondió Jane, ácida—. Se trata de bajar a las ovejas, no de una excursión con la familia. Al final las recibiré aquí y las distribuiré en los distintos corrales y rediles. Además, necesitaría ayuda. Más que la de los tres pastores *pakeha* que tengo.

De hecho, los hombres que se habían quedado en Rata Station tras la partida del antiguo capataz se despidieron cuando Linda y Carol se marcharon. A cambio, Patrick Colderell había regresado y recuperado, como esperaba, su puesto de capataz. Contrató a dos *pakeha* más, si bien ambos tenían muy mala fama entre los criadores del Waimakariri. Pero no se podía contar con ninguno más. Nadie quería trabajar para Jane en Rata Station.

—Volverán hombres suficientes con las ovejas —respondió entristecido Te Haitara.

Habría sido positivo para Jane migrar con los maoríes. Esto al menos pensaba Makuto, quien se unió a los miembros de la tribu que se dirigían a la montaña.

Patrick Colderell soltó unos improperios cuando vio a los guerreros, mujeres, niños y ancianos de la tribu con quienes iría a recoger las ovejas a la montaña.

—Esa gente no hará más que demorarnos —refunfuñó.

Jane lo negó con un gesto.

—Son más rápidos en las montañas que usted —aclaró—. Por lo que sé, andan deprisa. Si necesita un día más para subir a tierras altas, no importa. Lo recuperará sin esfuerzo si los maoríes colaboran de verdad en la tarea. Lamentablemente, me atrevo a dudarlo. Así que vigile al menos que no se vayan los hombres a los que pago.

Por orden de Jane, Eru montó en un pequeño y dócil caballo negro que ya había montado a instancias de Mara para dar un paseo. El animal le recordaba las horas que había pasado con ella y le reconciliaba con el hecho de tener que cabalgar con los *pakeha* en lugar de caminar con su *taua*. Tampoco en esa ocasión se burló nadie de él. Entre los jóvenes guerreros se había propagado la noticia de cuál era su intención. A esas alturas, incluso los ngai tahu hablaban de Te Ua Haumene y de los hombres que en su séquito luchaban por la libertad en la Isla Norte. Todos se hacían tatuar, y ahora también los hijos de la tribu de Te Haitara ansiaban pasar esa prueba de valor.

Aun así, lo primero que estaban dispuestos a hacer los jóvenes guerreros era ayudar a bajar el ganado, y sabían cómo hacerlo. A fin de cuentas, la tribu llevaba años criando ovejas. Todos los niños habían crecido realizando tareas relacionadas con el pastoreo. Pese a que Jane no dejaba de quejarse, la mayoría de los maoríes eran hábiles en el trato con los animales. Por consiguiente, el capataz *pakeha* no se percató de que Te Ropata y Eru desaparecían ya el primer día en que se bajaba el ganado. Y eso que Jane le había indicado que cuidase especialmente de su hijo. Pero para los desdeñosos *pakeha* todos los maoríes eran iguales. Además, tampoco sentía vocación de niñera; ya tenía ayudantes suficientes. Que «Eric Fenroy» hiciera lo que le viniese en gana.

Naturalmente, Eru también habría podido esperar como los demás jóvenes guerreros a que los rebaños hubieran bajado y celebrar luego la ceremonia del *moko*. Entonces habría llegado un par de días más tarde a Rata Station, pero su madre no habría ido a buscarlo a las montañas. Y cuando hubiera visto su cara, ya no importaría que hubiese cometido una falta. Pero Eru tenía un propósito más ambicioso que sus amigos, que solo querían pequeños, más bien discretos tatuajes. Demostraría a su *rangatira* (y a su padre) que era un hombre. Un guerrero maorí tan fuerte como los mejores representantes de su pueblo.

Eso mismo le explicaba en ese momento al *tohunga-ta-oko*, un hombre bajo y gordo, cuyo propio cuerpo no exhibía apenas tatuajes. El artista había llevado al joven y a Te Ropata a su lugar preferido, algo alejado del poblado junto al Whakamatua. La orilla era de arena gruesa y negra. El lago, de un azul brillante y liso como un espejo, estaba rodeado de cumbres nevadas. Los hombres inspiraron hondo el aire límpido como el cristal y frío como el hielo. El invierno llegaba allí antes que abajo, en las Llanuras.

—¿Lo quieres todo en un día? —preguntó incrédulo el *tohunga*.

Desde que Eru le había hablado, contemplaba concentrado el rostro del joven. No parecía escapársele ninguna expresión, ninguna chispa de emoción. Eru se esforzaba por sostener la mirada de aquellos ojos nítidos y oscuros. Era conocido como artista más allá de las fronteras de su región tribal. Los guerreros de su *iwi* llevaban variados tatuajes elaborados con pulcritud, *moko* de motivos tan originales como Eru nunca había visto antes.

—¿Todo el rostro? Imposible, joven. Nadie lo aguanta.

—¡Yo sí! —afirmó orgulloso—. ¡Puedo aguantar cualquier dolor!

El *tohunga* lo observó vacilante.

—Han de pasar varios años para que yo pueda hacer todo un rostro —objetó—. No solo por el dolor. Sino también porque el guerrero cambia. Yo grabo tu vida, tu propio ser en tu rostro.

Eru se encogió de hombros.

—No dispongo de tanto tiempo. Y de ti dicen que puedes mirar el alma de los hombres a los que tatúas. Mi alma no cambiará con los años y puedo soportar el dolor. Por favor, pruébalo al menos conmigo.

El *tohunga* hizo una mueca.

—Puedo repartir el trabajo en un par de días —propuso—. Tres... cuatro días.

Eru asintió.

—Siempre que esté acabado cuando los otros de la tribu vengan. Quiero sorprenderlos.

El maestro asintió.

—Estás en una encrucijada. La primera vez que vi tu cara, distinguí unas líneas que se cruzaban en tu frente. Ahora se han convertido en un *koru* para mí. —La hoja de helecho simbolizaba esperanza y renovación.

—¡Quiero que me reconozcan como guerrero y como hombre! —anunció Eru.

El maestro sonrió.

—Es decir, *toki* y *mere*. Ya veremos cómo te comportas. Empezaré por los ojos y la nariz, *uirere*. Pondré señales que harán reconocible tu rango, *taitoto*. Eres de alto linaje.

El *tohunga* cogió un carboncillo y empezó a trazar líneas en el cutis del joven.

—Mi linaje me da igual —protestó Eru—. Quiero un tatuaje especial, un *moko* propio.

—Dibujaré la superficie que tienes bajo la nariz de una forma tan porfiada como todo tu rostro. Estarás irreconocible.

Te Ropata asintió y el *tohunga* empezó a trabajar la barbilla.

—Un joven guerrero con mucho *mana*. —Eso significaba el símbolo que dibujaba el maestro.

Eru reprimió una sonrisa de orgullo. Ni él mismo se reconoció cuando el *tohunga* llenó una calabaza hueca de agua y le indicó que mirase su reflejo.

—¿Es lo que querías?

Eru asintió encantado.

—¡Es maravilloso! Así es como lo haremos. ¿Puedes empezar ya?

El artista negó con la cabeza.

—Tienes que estar preparado. Debes reflexionar, conversar con los espíritus. Deja que los signos obren su efecto en tu alma, tal vez quieras cambiar algo. Mañana empezaremos.

Por indicación del *tohunga*, pasó la noche rezando y cantando. No podía beber ni comer, el maestro en *moko* también ayunaba. Por la mañana, Eru volvió a marcharse con él junto al lago. Te Ropata los acompañó, además de tres alumnos del *tohunga*. Uno de ellos encendió una hoguera en la orilla y quemó conchas y la resina de los árboles de *kauri*. El fuerte olor penetraba por la nariz y la garganta de Eru, provocándole casi tos. Sin embargo, estaba decidido a no mostrar ninguna debilidad y contuvo las ganas de toser.

—En este lugar se une la luz y la fuerza —explicó el *tohunga*.

Cuando el fuego se consumió, el maestro mezcló las cenizas con el aceite en una pasta. Eru tragó saliva. El color. Ahora iba en serio.

—¿Preparado? —preguntó el *tohunga*. Y cogió un cincel finamente afilado de hueso de ballena. En la otra mano sostenía un pequeño martillo.

Eru asintió.

Ni nada ni nadie podría haberlo preparado para el lancinante dolor que sintió cuando el *tohunga* clavó el cincel por debajo del ojo derecho. Los *moko* se grababan en la piel; no solo debían ser vistos más tarde, sino que también los ciegos tenían que poder palparlos. Eru sabía que la piel no solo se marcaba superficialmente. Pero habría gritado de dolor, ahora que el maestro le cincelaba el rostro. Antes de que abriera la boca para hacerlo, Te Ropata y los alumnos del *tohunga* entonaron una canción. Invocaban el valor del joven guerrero, pedían ayuda a los espíritus. Eru se mordió la lengua y se dominó. No dejaría escapar ningún sonido. Resistiría.

Al poco rato, tenía el rostro surcado de sangre, le resbalaba por el cuello y goteaba al suelo. En un rincón de su cerebro furioso de dolor, pensó en qué apropiado era que estuviese desnudo. El *tohunga* le secaba deprisa la sangre y en cuanto cortaba una línea impregnaba el cincel en la pasta de color y llenaba con ella la herida. Otro dolor penetrante lo recorrió. Y una vez más el artista empezó a trabajar una zona alrededor de los ojos en que la piel era especialmente sensible. Eru se aferraba a su conciencia. No debía desmayarse. ¡Era un guerrero! ¡Era fuerte!

Las canciones de los hombres invocaban esa fortaleza. El mismo *tohunga* cantaba una *karakia* del poder. Eru se sentía mal, pero se había cuidado de mantener el estómago vacío. No tenía nada que vomitar. Tenía la boca reseca, estaba sediento. Y el martillo no dejaba de golpear contra el afilado cincel, el maestro no cesaba de labrarle el rostro. Eru tenía la sensación de que no quedaba nada de piel sana alrededor del ojo. El tejido empezaba además a hincharse.

—No... no podré ver nada dentro de poco —balbuceó.

—Es como debe ser. Durante un par de días estarás ciego —sentenció el *tohunga* con calma—. *Uirere* está hecho. ¿Quieres seguir?

Eru asintió, aunque le parecía tener la cara a punto de reventar debido a la hinchazón y cada célula de su cuerpo le dolía.

—Eres fuerte —le elogió el maestro, colocando el cincel en la barbilla.

De nuevo lo invadió el dolor. De nuevo cantaron los demás hombres. Eru apretó los dientes.

—¿Ya... ya está? —preguntó el joven cuando el *tohunga* se separó de él tras lo que parecía una eternidad.

—No. —El maestro levantó la cabeza de Eru para dar el visto bueno a su obra—. Ya te he dicho que dividiremos el trabajo en tres días. Mañana haré las mejillas y la frente. Si no te molesta, volveré a meditar sobre los motivos. Eres más valiente y fuerte de lo que pensaba.

Pese al elogio, Eru no cambió de expresión cuando Te Ropata y los alumnos del maestro lo condujeron fuera. Tampoco habría sido posible mover un músculo de su rostro hinchado y dolorido. La idea de soportar esa tortura el día siguiente era terrible.

—¿Puedo... beber? —preguntó.

Ya estaba ciego, pero supuso por los sonidos del entorno que estaban de vuelta en el poblado. Oía voces de hombres y de mujeres, palabras de admiración. La mayoría de las personas del lugar estaban tatuadas. Debían de saber lo que el joven había sufrido ese día. Te Ropata lo condujo a una casa y le aconsejó que se tendiera en una estera.

—El agua está permitida —dijo Te Ropata, dirigiéndose a uno de los alumnos del maestro que lo había acompañado.

—Solo del cuerno —respondió el hombre.

Inmediatamente después, Eru sintió que sostenían junto a sus labios hinchados algo duro. El recipiente de madera o hueso solía servir tradicionalmente para alimentar a un *ariki*, similar a Dios por su rango. Que el jefe tribal tocara la comida con las manos se consideraba *tapu*, así que se valía de ese utensilio para comer. El orificio pequeño se colocaba en la boca del jefe y un ayudante introducía los alimentos por el grande. Esa tradición, sin embargo, ya hacía tiempo que se había abandonado en la Isla Sur, aunque Eru conocía el cuerno. Eventualmente se utilizaba en ceremonias, al menos hasta que Jane lo había impedido. ¡Era inconcebible que alguno de sus socios de negocios *pakeha* viera que alimentaban a su marido como si fuera un bebé!

A través del cuerno, el agua fluyó hasta la boca seca de Eru. El joven era *tapu*, como un *ariki* en la Isla Norte, hasta que curasen sus heridas. Y hasta que terminaran de tatuarlo tendría que seguir ayunando.

Por el momento estaba conforme con ello, nada más lejos de su deseo que ingerir algo comestible. Solo estaba agotado y sentía un rabioso dolor en el rostro. Cuando los hombres por fin lo dejaron solo, intentó relajarse. Se aferró a la esperanza de sentirse mejor al día siguiente y acabó sumiéndose en un sueño inquieto.

Al día siguiente las heridas le punzaban y tenía la cara todavía más hinchada. Cuando el maestro empezó con la segunda parte de su trabajo, Eru ya no quería gritar, sino gemir y llorar. Pese a su autodominio, en un momento perdió el conocimiento, pero nunca perdió el control de su voz. Soportó el segundo y el tercer día de tortura que se había autoimpuesto sin mostrar ninguna debilidad.

El maestro de *moko* se inclinó ante él después de cincelar la última línea en la sensible zona inferior de la nariz. *Raurau*, la firma. Al final, las afiligranadas espirales cinceladas daban a Eru un aire realmente especial. Te Ropata tuvo que describir al joven el reverente gesto del *tohunga*. Los ojos de Eru seguían cerrados por la hinchazón.

—¡Ahora enseguida se curará! —afirmó el maestro cuando lo ayudó a levantarse—. Enseguida volverás a ver. Y la próxima vez que te mires en un espejo, ¡verás a un hombre!

Eru había esperado mucho más. Cuando por fin pudo mirarse en la calabaza llena de agua que Te Ropata le llevó a su alojamiento, no vio el rostro valeroso de un guerrero, sino una cara desfigurada, roja y azul, llena de hinchazones e infecciones. El joven llevaba días con fiebre y apenas conseguía ponerse en pie para hacer sus necesidades. Los sanadores de la tribu cantaban día y noche *karakia* delante de su cabaña. El *tohunga-ta-oko* no los dejaba entrar.

—Si lo cubren con sus plantas y pomadas, el dolor aminora y la fiebre baja —explicó—. Pero sus remedios difuminan las líneas, borran las imágenes y aplanan los surcos que el *uhi* ha abierto en el rostro. Y eso no es lo que queremos.

Eru asintió y soportó con estoicismo los dolores sin ayuda de los sanadores. El maestro solo permitió que bebiera una infusión de hojas de *manuka* contra la fiebre.

—Pero no se quedará así, ¿verdad? —preguntó horrorizado.

El maestro en *moko* negó con la cabeza.

—Claro que no. Es ahora una imagen muy fea, pero cura bien. Será muy bonita.

Eru intentó esbozar una sonrisa.

—Me temo que mi madre no compartirá esa opinión.

Llevaba casi diez días ahí arriba junto al lago Whakamatua. Entretanto ya habrían acabado de recoger de las montañas las ovejas de Rata Station y Maori Station. Eru esperaba emocionado la llegada de los otros miembros de su *taua*. En realidad se había imaginado corriendo triunfal a su encuentro, con un nuevo rostro, pero de eso ni hablar. De hecho no se dejó ver, sino que siguió el *powhiri*, la ceremonia de bienvenida a los invitados, desde la cabaña en que lo habían alojado. La habían decorado especialmente para él. Mientras él fuera *tapu*, no podría instalarse en las casas de la comunidad.

A pesar de todo, al día siguiente tuvo visita. Otros hombres de sus *taua* también ponían a prueba su valor bajo el cincel del *tohunga-ta-oko*. Pero solo se dejaban hacer pequeños *moko* y miraban a Eru con respeto tras pasar su propia prueba. Ahora podían valorar la tortura mucho más grande a la que él se había sometido.

—Serás su nuevo jefe tribal —profetizó Te Ropata cuando al final se separaron de su tribu hermanada y del maestro en *moko*—. Cuando haya elecciones, se acordarán de este momento. ¡De tu valor y de tus palabras! ¡También tu espíritu es fuerte!

Pero las palabras a las que el anciano *rangatira* se refería no procedían del talento propio de Eru. El joven se había entretenido durante su convalecencia y la de los demás leyendo en voz alta el *ua rongo pai*, el evangelio de Te Ua Haumene. Había hablado también de la temporada que había pasado en la escuela de Tuahiwi y del joven de la Isla Norte que había escuchado al profeta. Los jóvenes guerreros le habían escuchado ansiosos y el *rangatira* también. Te Ropata hallaba algunas de sus reflexiones en los escritos de Haumene, si bien no sabía qué pensar de todas esas referencias a la Biblia, los arcángeles y los israelitas. Compartía, sin embargo, la opinión de que los *pakeha* tenían que ser desterrados de Aotearoa, ¡hoy mejor que mañana!

Eru resplandeció de orgullo ante esas palabras. Hasta entonces nunca había esperado ser el sucesor de su padre algún día. Su ascendencia *pakeha*, así como la tutela de Jane, a la que no había podido escarpar por el momento, no contribuían a que la tribu lo eligiera. Había suficientes primos y sobrinos de Te Haitara que podían llegar a ser algún día el sucesor del jefe tribal. Pero ahora Te Eriatara había demostrado su *mana*, valor y fuerza, y, según el parecer del *rangatira*, su auténtico espíritu. En adelante se convertiría en uno de los hombres más respetados de la tribu.

Pese a ello, el joven guerrero sintió cierto miedo al pensar en el encuentro con su madre. Sus heridas se habían curado, los símbolos que lucía en el rostro resplandecían de un azul intenso. En una ceremonia de purificación, él y los otros guerreros recién tatuados se habían liberado de los *tapu*, y la tribu había celebrado una gran fiesta en su honor.

No obstante, había tardado tres semanas en curarse. Jane debía de estar furiosa.

3

—¡Confiésalo, se trata de una mujer!

Por enésima vez, Jane se dirigió enfadada a su marido. Ya hacía dos semanas que los pastores habían bajado de la montaña con las ovejas, y una semana más tarde habían llegado las primeras mujeres y niños del poblado junto a Whakamatua. Pero de Eru y su *taua* no había indicios. Jane solo podía sacar una conclusión de ello: Eru tenía que haber conocido a una chica que lo retenía en la montaña.

—No lo sé —respondía Te Haitara paciente—. Pregunta a Makuto. Como ya sabes, yo no estaba.

La anciana *tohunga* había regresado con los primeros maoríes. Estaba sentada con otras mujeres, tejiendo cerca de ahí, mientras Jane estudiaba los libros de contabilidad de Rata Station y se peleaba con el jefe. Makuto levantó la vista cuando oyó su nombre, pero no intervino.

—¡A mí no me cuenta nada! —se quejó Jane, en maorí intencionadamente y levantando la voz para que la *tohunga* pudiera oírla—. Contigo, en cambio, sí ha hablado. No me lo niegues, os he visto. Habéis invocado a uno de esos espíritus. ¿O es que ha pasado algo? ¿Me miente?

Alarmada, Jane deslizaba la mirada de su marido a la anciana y viceversa. Claro que ya había planteado todas esas preguntas a su capataz *pakeha*, quien le había asegurado varias veces que no había habido ningún accidente o pelea. Eru se había marchado con algunos maoríes, pero él no sabía adónde.

—Si no te cuenta nada, tampoco puede mentirte —observó el jefe, con calma—. Me ha dicho lo mismo que a ti: Eru está en camino de hacerse un hombre. Sobre él recae ahora un *tapu*. Volverá en cuanto se haya liberado. Tendrás que resignarte, Jane, como yo.

—¡Pero tú sospechas algo! —advirtió recelosa su mujer, cambiando al inglés—. No puedes decirme que no sabes nada. A fin de cuentas, también has pasado por ese... «rictus» iniciático...

La expresión «rito iniciático» formaba parte desde hacía poco del vocabulario de Jane. Desde que se preocupaba seriamente de que Eru pudiera escapar de su control, había pedido varios libros sobre la vida de tribus nativas en todo el mundo. Los leía en secreto en casa de Chris. A veces, al hacerlo, la recorrían escalofríos.

Te Haitara se encogió de hombros.

—Era otra época —contestó—. Hoy en día se rompen muchas tradiciones que para nosotros se daban por naturales. No sé a qué se atiene Te Ropata exactamente, es un buen *rangatira*. No hará nada que perjudique a los jóvenes guerreros. Y Eru no es el único muchacho que no ha regresado. Te Ropata los traerá de vuelta sanos y salvos, no te preocupes.

—Sigo pensando que se trata de una chica —se empecinó Jane—. Y eso puede ser su ruina. Si una de esas chicas astutas se queda embarazada de él...

—Recibiremos con alegría a nuestros nieto —la interrumpió Te Haitara—. Tranquilízate, Jane, no es una chica. No sé qué crees, pero estar por primera vez con una muchacha no forma parte de las pruebas que tiene que superar un guerrero. Sería demasiado sencillo. Acostarse con una mujer no convierte a un muchacho en un hombre.

—A veces, por el contrario, convierte a un hombre en un esclavo —observó Makuto.

Jane le lanzó una mirada asesina. Luego, alarmada, prestó atención. Desde la plaza del poblado resonaban gritos y el sonido de una caracola. En realidad, una señal de ataque, pero los ngai tahu no tenían enemigos. Te Ropata enseñaba a sus jóvenes guerreros a soplar en la caracola solo por conservar la tradición. Así era como los llamaba para hacer sus ejercicios y para anunciar sus salidas y llegadas.

Ahora se mezclaba el sonido de la caracola con las voces que cantaban: «¡Gracias a los espíritus, gracias a los antepasados! Nuestros guerreros han vuelto victoriosos. ¡El hogar de las mujeres no volverá a quedar abandonado, nadie deberá temer la llegada de los enemigos! ¡La tribu se ha fortalecido! La alegría llena los corazones y las casas.»

Te Haitara se encogió de hombros.

—Ahí lo tienes, Jane —dijo—. Por lo visto, Eru ha regresado.

Jane siguió a su marido, esforzándose por no correr, para dar la bienvenida a Te Ropata y su *taua*. Estaba decidida a comportarse. Te Haitara se sentiría agraviado si se abalanzaba ahí mismo sobre Eru. Que la tribu realizara tranquilamente su ceremonia de bienvenida, luego ya encontraría el momento de sermonear a su hijo.

Te Ropata había indicado a los jóvenes que se acomodaran y los aldeanos brincaban emocionados. Siempre sucedía así. A los ngai tahu les gustaba mostrar a gritos su alegría por el regreso de parientes y amigos. Pero esa vez, en la plaza resonaban exclamaciones de admiración. Mujeres jóvenes y de más edad elogiaban la belleza; los hombres, el valor de los guerreros. Y eso que a primera vista no se les apreciaba ningún cambio. Claro que iban medio desnudos, sostenían una lanza y llevaban una maza en el cinto, y el cabello largo recogido en moños de guerra. Fue cuando Jane se fijó en el rostro de los guerreros que los ojos se le desorbitaron.

Alrededor de la barbilla del joven Tane, un sobrino del jefe tribal, giraban espirales azules. Sobre los ojos de Arama parecía haber crecido una segunda y tercera ceja, y sobre la frente de Hemi se veía una especie de abanico...

—Te Haitara... —Los dedos de Jane se agarrotaron alrededor del brazo de su esposo—. Esto... han... esperemos que Eru no... Pero dónde está...

—Estoy aquí, madre. —Eru se adelantó.

Jane se tambaleó. Miraba un rostro cubierto de espirales, círculos y líneas onduladas azules. Los tatuajes se extendían desde la nariz hasta la barbilla, la frente exhibía unos artísticos ornamentos, los ojos estaban rodeados de líneas finas. Eru esbozó una sonrisa y se deleitó en el espanto de Jane. Ese era el fin de sus sueños de una universidad en Inglaterra, de la presidencia de la Unión de Criadores de Ovejas.

Te Haitara se recuperó antes que su esposa. El jefe se liberó de la mano de Jane, se acercó a su hijo y deslizó una mirada apreciativa.

—Un niño ha dejado mi casa —dijo ceremonioso—, un hombre ha regresado. Has demostrado tu valor, hijo mío. Más valor y más fuerza del que haya visto en ningún otro guerrero. Sé bienvenido a tu tribu, Te Eriatara.

Entretanto, las mujeres mayores habían llegado a la plaza dirigidas por Makuto. Esta contempló a los guerreros. También en su rostro se reflejaba la estima. Pero cuando miró a Eru, un asomo de preocupación y disconformidad asomó en sus rasgos.

—¿Todo un rostro tatuado en tan pocos días? ¿Las imágenes de una vida cinceladas en la frente de un joven? —Makuto se pasó los dedos sobre su propio *moko*. Como todas las mujeres, solo unas espirales azules adornaban la zona alrededor de la boca: el signo de que la mujer insuflaba el aliento de vida—. Es bueno que un guerrero dé prueba de su valor —comentó con voz firme las palabras del *ariki*—. Pero un niño no se convierte en hombre en una noche. Necesita su tiempo para madurar. Y es temerario precipitar la madurez. Tu *rangatira* tendría que haberlo sabido, Te Eriatara... —Dirigió una mirada hostil a Te Ropata—. Y yo habría esperado más sabiduría de un *tohunga-ta-oko*. ¡Esto ha sido un error! Estás viviendo con un rostro, Te Eriatara, que a lo mejor dentro de diez años no es el tuyo. Crees que refleja valor, pero en realidad solo refleja rebelión y venganza. Espero que tu alma se desentienda de ello y triunfe sobre tu rostro. —Y dicho esto, se dio media vuelta.

Eru retrocedió compungido. Y acto seguido sufrió el siguiente golpe, de su madre. Esta había conseguido recomponerse. Un delirante ataque de furia había ocupado el lugar del espanto inicial. No había tenido a Eru en cuenta, pero eso no le daba a él el derecho de demostrarlo de ese modo.

—¡Ya lo oyes! —se burló—. Nunca hubiera pensado que Makuto y yo fuéramos a coincidir en algo, pero esta vez hasta vuestra *tohunga* lo ha entendido: ¡No eres un guerrero, Eric! ¡Solo un niño mimado e insolente!

Eru sintió el *moko* y creyó sacar fuerzas de él.

—Madre, te demostraré que soy un guerrero —declaró con voz firme—. Os lo demostraré a todos. —Muy lentamente extrajo un librito gastado de su bolsa, el *ua rongo pai*—. ¡Aquí! En la Isla Norte hay guerra, una guerra que tenemos que ganar, dice Te Ua Haumene. Así se le reveló y así será. Tenemos que sentir en nosotros la llamada, dice el Profeta. Y yo hoy la escucho, yo, Te Eriatara, ¡el guerrero! ¡Hoy mismo me marcharé para seguirlo!

Pese a sus tatuajes, Jane se percató de que Te Haitara palidecía.

—Eru... hijo mío... todo esto te honra. La intención te honra. Pero no irás realmente... ¡No es nuestra guerra, Eru! ¡No es la guerra de los ngai tahu! —El jefe dio un torpe paso hacia su hijo, como si quisiera sujetarlo.

—¿Guerra? —preguntó Jane. Solo había leído por encima el escrito de guerra de Te Ua Haumene y lo había considerado el fruto de una mente enferma.

—¡Es la guerra de todos nosotros! —dijo Eru, mirando al grupo. Una parte de su *taua* seguía su discurso con los ojos brillantes, la otra bajaba avergonzada la cabeza—. ¡La guerra de todos los maoríes!

Jane miró a su marido.

—¿No irá a marcharse de verdad a la Isla Norte para unirse a un ejército de rebeldes? —preguntó.

Te Haitara se tapó el rostro con las manos. Su silencio fue respuesta suficiente.

—¡Tienes que prohibírselo! —exclamó su mujer con voz estridente.

El jefe dejó caer las manos y bajó la cabeza.

—No puedo —dijo—. Ha dado el paso, con más valor y más fuerza de los que yo mismo tuve. Es un guerrero. Es un hombre.

—¡Y tú eres su jefe! —gritó Jane.

Te Haitara la miró.

—Yo solo soy su padre. Le he enseñado lo que tenía que saber. Le he educado para ser un guerrero. Tú eres aquello contra lo que él protesta. Y es bueno que se vaya. De lo contrario nos separaría, como Tane separó a Papa y Rangi.

Según la mitología maorí, fue el dios del bosque, Tane, quien dividió a sus padres, Papa, la madre Tierra, y Rangi, el padre Cielo. Así creó el mundo en que viven los seres humanos.

Jane lo fulminó con la mirada.

—¡Tú sigue así, *ariki*! —le dijo en inglés—. ¡Dentro de poco tampoco será necesario un Tane!

Se volvió de nuevo hacia su hijo, iracunda, y contempló llena de horror el rostro del chico. En sus ojos brillaba la maldad. Jane siempre había sabido atacar con las palabras.

Su voz resonó fría cuando preparó el golpe.

—Bien, ahora que estás tatuado y además te vas de aquí para echar de «tu» país a los malvados intrusos, se habrá arreglado el asunto con esa chica Jensch —dijo con fingida tranquilidad—. Ninguna mujer *pakeha* volverá a mirarte.

Eru intentó sostenerle la mirada. Cogió lentamente su lanza, saludó respetuosamente a los ancianos del pueblo, intercambió el *hongi* con su padre y su *rangatira*. Luego se dio media vuelta para marcharse y atravesó la multitud del poblado. Los maoríes lo dejaron pasar fascinados, pero también compasivos. Suspiró aliviado cuando dos jóvenes guerreros se unieron espontáneamente a él. Uno de ellos empezó a bailar un *haka* de guerra cuando dejaron el poblado. Eru también cantó, pero no se concentraba. Por primera vez pensó en cómo reaccionaría Mara cuando apareciera ante ella con su nuevo rostro. ¿Lo reconocería? ¿Le gustaría?

En lo más hondo de su corazón ya conocía la respuesta: Mara lo amaría sin importarle su aspecto. Pero si degollaba a la gente de su pueblo, como al parecer hacían los guerreros hauhau, lo despreciaría.

4

Carol superó la travesía de Lyttelton a la Isla Norte sorprendentemente bien. Después de los agotadores días previos al embarque, carecía de la energía suficiente para asustarse o inquietarse. La perseguía la pérdida de Rata Station y la despedida de Linda. Ahora tomaba conciencia de que la separación de Oliver era definitiva. Hasta hacía pocos días había considerado que como novia del joven su vida era segura y estaba resuelta. Ahora, por el contrario, Linda se había casado y ella estaba sola y su futuro, abierto. Carol se hallaba cerca de caer en una depresión profunda. Si hubiera dependido de ella, se habría enterrado bajo cubierta con *Fancy* abrazada.

Pero Bill Paxton lo hacía todo para distraerla y entretenerla. Insistía en asomarse con ella por la borda y que sintiera el viento y la espuma salpicándole en el rostro. Por la tarde la conducía ceremoniosamente al comedor de primera clase y la trataba como a una princesa. Para eso tenía que sobornar a un camarero, pues, naturalmente, Carol y Mara no tenían ahora dinero para ir en primera clase y el primo de Bill, el cocinero del *General Lee*, había desaparecido en el naufragio. El teniente no parecía darse cuenta de que la joven ya no comentaba tan despreocupadamente como en el *General Lee* sus bromas y anécdotas. En su rostro solo se plasmaba la alegría de estar con ella y el deseo de complacerla.

Para sorpresa de Carol, Mara también resultó una agradable compañera de viaje. En contra de lo que cabía esperar, la muchacha estaba de buen talante. Habló de otros viajes por el estrecho de Cook y con ello tranquilizó a Carol cuando el mar embraveció.

—Aquí siempre sucede así, Carrie, no significa nada. Y dura solo un par de horas, luego ya habremos llegado.

Una vez en Wellington, Carol se vio abrumada por tantas novedades que se olvidó de su pena. La ciudad era mucho más grande que cualquier otra colonia que la joven hubiera visitado. Se sorprendía ante todas las tiendas, restaurantes y hoteles, los nuevos edificios estatales y las iglesias. A Mara, en cambio, le chocó la presencia militar. Era mucho más visible que en sus anteriores estancias en la ciudad. En Wellington se reunían tanto casacas rojas como tropas locales. En cambio, no se veía ningún maorí.

—A usted con su pena le ha pasado desapercibido —dijo Bill Paxton— y yo solo he oído hablar de los combates. Pero hay una guerra en curso, miss Mara. Se han producido alzamientos en Taranaki y Waikato, y el gobernador ha reaccionado con dureza. Esto significa que se ha obstinado en dirigir una campaña militar y el general Cameron estuvo peleando hasta esta última primavera. Con muy buenos resultados, ha conseguido que los maoríes se retiren a pequeños territorios.

—¿Se ha terminado, entonces? —preguntó preocupada Carol—. ¿Ya no hay guerra?

Para llegar a Russell, ella y Mara tenían que cruzar toda la Isla Norte, de sur a norte. Así que lentamente fue dándose cuenta de lo importante que podía ser para ellas que Bill Paxton las acompañase, al menos un trecho del camino, y de a qué se había referido con sus advertencias.

—¿Para qué se necesita entonces tanto soldado, si reina la paz? —preguntó Mara.

Bill se encogió de hombros.

—En las regiones de los rebeldes, las apropiaciones de tierras se realizan con violencia. El gobernador Grey se remite a su proclamación de 1863.

—¿Su qué? —preguntó Mara.

—Dio un ultimátum a los jefes de Waikato. Quien se quede

pacíficamente en su poblado o se vaya con su tribu a donde el gobierno los mande, no sufrirá ningún perjuicio. Pero quien emprenda algún ataque contra los colonos o apoye a los sublevados o facilite su tránsito por su territorio, perderá los derechos que le habían garantizado en el acuerdo de Waitangi. Es decir, se le podrá expropiar en cualquier momento. Ignoro hasta qué punto los jefes maoríes llegaron a entenderlo. En cualquier caso, no influyó en el transcurso de la guerra.

—¿A pesar de ello lo pone ahora en práctica? —preguntó Carol—. ¿Dos años más tarde? ¿Se sabe todavía quién estaba en el bando de quién? ¿Y dónde estaba involucrado qué jefe o tribu? A los ingleses todos los maoríes les parecen iguales.

Bill Paxton hizo un gesto de ignorancia.

—Yo tampoco estoy de acuerdo con esto —dijo—. Y el general Cameron también pone objeciones. Sin embargo, en la actualidad está reuniendo un ejército entre Whanganui y el río Patea. Es ahí donde ahora me dirijo, me han destinado como oficial de enlace. Se trata de un montón heterogéneo de ingleses, neozelandeses y australianos. Si bien los kiwis pronto superarán a los demás en número. Los ingleses se marchan por iniciativa de Cameron. Y Grey los reemplaza por *military settlers* y otros voluntarios. —Bill sonrió—. ¿Las acompaño a su pensión, miss Carol y miss Mara? Tengo que registrarme en el cuartel general. Después me gustaría invitarlas a cenar en un buen restaurante, si me lo permiten. Mañana nos pondremos en camino.

Carol vaciló unos segundos y luego asintió. Por la noche no saldría sola por la ciudad y prefería estar con Bill que quedarse con Mara y *Fancy* en el hotel. Por otra parte, notaba la aplicación con que el joven teniente la cortejaba y sentía que no era noble animarlo. Primero, no había lugar en el corazón de Carol para un nuevo amor. Tras lo ocurrido con Oliver y la desazón que le producía Joe Fitzpatrick, desconfiaba de la presencia de cualquier nuevo hombre en su vida. Bill no se lo merecía. Pero por otra parte faltaban solo dos días para que él las dejase en Waikato. ¿Por qué no cultivar pues una amistad sin compromisos?

—Nos alegramos de que pase luego a recogernos —respondió—. ¡Pero le pido por favor que no vayamos otra vez a un restaurante tan caro! Se está usted gastando todo su salario en nosotras. Me resulta incómodo.

Bill Paxton se echó a reír.

—A partir de mañana volveré a pasar meses sin gastar nada. Así que disfrutemos hoy de un poco de lujo. Hay aquí unos estupendos restaurantes de pescado.

En efecto, a partir del día siguiente, el viaje se hizo más pesado, aunque no tan agotador como Carol se había temido. Habían destinado a Bill a una tropa de soldados destacada en uno de los campamentos de Cameron. Viajaban a caballo en un grupo de veinte hombres y les seguía un carro de víveres al que *Fancy* se unió de inmediato. Al parecer, al cocinero le gustaban los perros y conquistaba al animal con exquisiteces. La unidad se desplazaba de Wellington hacia el norte por una carretera bien pavimentada. El gobernador Grey la había hecho construir para el transporte de tropas en especial. No podía haber sido más sencillo. El paisaje era en parte montañoso y a Carol se le cortaba la respiración cuando tenían que pasar al borde de algún precipicio o por puentes de lo más peligrosos.

Mara no se asustaba por esas cosas. Ya había estado allí con sus padres cuando la carretera todavía estaba en construcción, y conocía rutas mucho más difíciles que eran inevitables cuando uno quería llegar a Auckland.

—En realidad, en Taranaki y Waikato, todas las carreteras pasan por territorio maorí —explicó—. A menudo hemos dormido en el poblado de alguna tribu. Y ya sabéis lo que los maoríes entienden por carretera. No eran más que senderos en la selva.

—Ideal para ataques sorpresa y emboscadas —observó el capitán, un hombre ducho en la guerra—. Esto es lo primero con que hemos acabado. Construir esta carretera fue previsor, aunque también caro y fatigoso. No fue fácil movilizar a los soldados para que trabajaran en ella. Más tarde se comprobó que había tenido justificación, claro. Quien antes se ha encontrado en el corazón de la selva con esos tipos tatuados, agitando las lanzas, sabe valorar la civilización. Ese fue el problema en la Primera Guerra de Taranaki: aceptamos demasiado sus reglas de juego. Esta vez, Grey y Cameron han embestido de forma distinta. ¡Hemos peleado según nuestras reglas y hemos ganado!

—Pero el entorno era antes más bonito —observó Mara.

El trazado tendido para construir rápidamente la carretera a través de colinas y valles boscosos, el escarpado terreno de montaña y las llanuras herbosas, afeaba la región. Los árboles talados con ese fin ni siquiera se habían recogido. A veces yacían a izquierda y derecha de la carretera. Ahí se amontonaba también todo tipo de inmundicia y basura. El paso de miles de soldados dejaba su huella.

El capitán hizo un gesto de indiferencia.

—Hoy es más seguro —afirmó.

A lo largo de la nueva carretera que conducía al norte se encontraban baluartes militares y fuertes, algunos de ellos antiguos *pa* maoríes ocupados por los ingleses y reconstruidos, así como algunos nuevos edificios construidos a la ligera, sin adornos. El primer día de viaje, el grupo pernoctó en un campamento cercano a Paekakariki y el recinto sorprendió a Carol y Mara.

—Un antiguo fuerte maorí —afirmó el capitán—. Lo conquistamos hace un par de años, antes de que se colonizara la región y se construyera la carretera a Porirua.

—No era ningún *pa* —objetó Mara—. Había un *pa* en una isla cercana. Me di cuenta por casualidad, porque Te Rauparaha murió allí, ya sabes, Carrie, el padre de la madre adoptiva de Mamaca...

En un principio, Te Rauparaha y su tribu habían vivido en la Isla Sur. Después del conflicto de Wairau el jefe había escapado a la Isla Norte.

—Esto era un *marae* —confirmó Carol—. Un poblado. Aquí vivían familias. —Señaló las características casas de reunión, dormitorio y cocina que ahora albergaban los alojamientos del destacamento, los despachos y las salas de instrucción—. ¿Adónde han ido?

El capitán se encogió de hombros despreocupadamente.

Bill se informó al día siguiente con el comandante del baluarte acerca de qué había ocurrido con los maoríes que habían vivido en el *marae*.

—Los trasladaron a otro lugar —explicó a Carol y Mara más tarde. Avanzaban por una carretera más vieja, construida por colonos, que discurría a través de campos de cultivo. A izquierda y derecha pastaban ovejas—. En algún sitio en dirección a Taranaki.

—¿Taranaki? —se sorprendió Mara—. ¿Hay ahí tribus ngati raukawa? Pensaba que allí vivían los nga rauru y los nga ruahine, ¡y además la mayoría de las tribus de la Isla Norte están enemistadas!

—¡De eso no nos dimos cuenta! —se mofó el capitán—. Cuando se trataba de ir contra los ingleses, todos se ponían de acuerdo.

—Pero eso no es cierto —replicó Bill. Se esforzaba por no contradecir al capitán, aunque le desagradaban sus declaraciones. Pero eso no podía dejarlo correr—. Había y hay muchos guerreros maoríes que lucharon y todavía siguen luchando a nuestro lado. He oído decir que son entre mil quinientos y dos mil.

—De esos nunca me he fiado —comentó el capitán.

Bill se frotó la frente.

El segundo día, los viajeros pasaron por Otaki y pernoctaron en una misión. Vieron por primera vez maoríes. Mujeres y niños resignados y sometidos que ofrecían refrescos junto a la carretera. La mayoría de ellos llevaban cruces colgando del cuello y se dirigían serviles a los soldados «en el nombre de Jesús». Cuando Mara les preguntó, respondieron que pertenecían a los ngati raukawa. La misión se encontraba cerca de su *marae* y, naturalmente, todos eran ahora cristianos.

—Bajo Te Rauparaha seguramente eran un pequeño ejército

menos triste —comentó Mara irrespetuosamente a su hermana—. Mira ese anciano. Por su *moko*, antes fue un guerrero. Ahora se dedica a vender crucecitas de *pounamu*.

—Con los soldados seguramente ganaría más dinero vendiendo *hei-tiki* —respondió Carol con una sonrisa amarga—. Al menos si los presenta atractivos diciendo que dan suerte. Cuando Jane empezó con la venta, los cazadores de ballenas se los arrebataban de las manos.

Los *hei-tiki* eran figurillas de dioses talladas en jade u otro material. Los maoríes los llevaban como adorno u objeto de recuerdo colgados del cuello con una cinta de piel. Jane los vendía sin el menor reparo afirmando que eran amuletos mágicos para buscadores de oro y cazadores de ballena, y el negocio había funcionado estupendamente.

—Para ello debería contar la historia correcta, claro. —Mara rio—. Lo que me recuerda al marido recién adquirido de Linda. Quién sabe a quién estará contando en estos momentos alguna de sus mentiras.

Esa noche los soldados montaron las tiendas en terrenos de granja. Era un territorio colonizado hacía tiempo y que se tenía por seguro. Los granjeros solían cultivar lino. Volvían a aparecer baluartes militares más al norte, donde los campos y praderas de la región de Manawatu dejaban paso a la tierra montañosa de Whanganui. No cabía duda de que construir carreteras ahí había sido un desafío. Las montañas y valles, los meandros del río Whanganui, los lagos y cascadas entre los cuales transcurría el camino hacia el norte, todo era maravilloso, pero seguramente habría dificultado la construcción de la carretera. Los maoríes no se habían asentado allí.

—Pero seguro que han migrado por aquí —señaló Carol—. Y que tenían sus santuarios en los bosques.

—Alrededor de la ciudad de Whanganui hay muchas colonias —informó Mara—. Mi padre midió la tierra hace un par de años y siempre tenía que volver para solventar pleitos. Había fuertes desavenencias acerca de la propiedad de la tierra. Una vez dormimos con los ngati hauiti. Estaban muy enfadados con la New Zealand Company. Mi padre compartía su opinión. Fue muy agradable estar con ellos.

—¿Agradable? —se extrañó el capitán—. ¿Con los hauhau? ¿Está usted bien de la cabeza? ¡Se comen a los seres humanos!

—Los ngati hauiti conviven pacíficamente con los colonos en Whanganui —respondió tranquilamente Mara—. No tienen nada que ver con Te Ua Haumene. En cualquier caso, no más que cualquier otra tribu. Hay varias en esta región, los ngati rariri y los ngati paki... ya no me acuerdo de todas. Son seis o siete.

—El parecido entre los nombres es simple coincidencia —informó Carol amablemente—. *Hau* significa «viento».

En esa época, la ciudad de Whanganui era sobre todo un baluarte militar. Mara la recordaba rodeada de bosques, pero en la actualidad cabalgaban con los soldados por vastas zonas deforestadas.

—¿Quieren construir aquí? —preguntó Carol, asombrada y afligida ante esas brutales talas—. Todavía faltan varios kilómetros para la ciudad. Y aquello... ¿lo han quemado? —Mara miraba desconcertada unos campos cubiertos de ceniza y unos tocones renegridos. El ambiente resultaba espectral—. ¡Aquí había poblados! —dijo con voz ahogada—. Aquí las tribus tenían *marae*.

—Y eran una amenaza constante para los colonos —aclaró impertérrito el capitán—. ¡Y eso que no tenían nada que ver con los hauhau! Tuvimos muchos jaleos con ellos. Esto... —señaló los campos de cultivo que se habían destruido sin miramiento alguno— es el resultado de acciones de castigo.

—¿Y dónde está ahora la gente? —preguntó Carol. Tenía la sensación de estar repitiéndose. Había planteado la misma pregunta en Paekakariki. Recibió la misma respuesta.

—Los trasladaron a otro lugar —contestó el capitán escuetamente.

Bill Paxton ya ni quería mirar a Carol.

A diferencia de la región abandonada y deforestada que se extendía junto a la carretera militar, la localidad de Whanganui bullía de vida. Había sido fundada por la New Zealand Company y ocupada por ingleses, en su mayoría hombres íntegros y profundamente religiosos, que se habían privado de comer para poder comprarse tierras. Sin embargo, en esos últimos años marcados por las guerras con los maoríes, la ciudad se había convertido en un baluarte militar. Mostraba todos los efectos positivos y negativos propios de tal evolución. La economía experimentó un período de prosperidad y los comerciantes hicieron buenos negocios; por otra parte, como consecuencia de la presencia militar, llegó a la ciudad una buena cantidad de chusma. Prosperaban los pubs y burdeles. Carol agradeció que Bill Paxton las acompañase mientras buscaban una pensión decente. Muchos de los llamados hoteles solo alquilaban habitaciones por horas.

Cuando las hermanas por fin encontraron alojamiento en una habitación barata y sencilla, Carol se vio inmersa en sombríos pensamientos. Al parecer, la Isla Norte había cambiado totalmente desde que Mara la había visitado con sus padres. Su hermana pequeña, que ahora contemplaba desde la ventana de la habitación a soldados bien armados y putas de chillones maquillajes, había estado segura, pocos días antes, de que podrían viajar solas de Wellington a Russell. No se había preocupado de dónde iban a pasar las noches. Karl e Ida habían disfrutado de la hospitalidad tanto de los *marae* maoríes como en las granjas de los colonos. Pero al parecer, ahora los granjeros tenían miedo y recelaban, y ni los mismos maoríes se sentían a salvo en ningún lugar. ¿Cómo iba a proseguir el viaje cuando Bill llegara a su destino? Carol durmió un sueño intranquilo y todavía se sentía inquieta y afligida cuando, al día siguiente, Bill Paxton apareció alterado en la pensión mientras desayunaban.

—Siento llegar tan temprano —se disculpó—, pero es urgente. Tengo que pedirles su ayuda. Ayer llegó aquí una tribu maorí a la que se le expropiaron las tierras junto al río Patea. El general Cameron les hizo abandonar al poblado a su paso. Si he entendido bien, dieron a la gente un destino al que dirigirse, pero han llegado aquí y se niegan a seguir viajando. La situación es tensa, el misionero que solía traducir se ve superado por las circunstancias. No conoce el idioma lo suficiente. Pero ustedes hablan maorí...

Carol asintió.

—Lo que no sé es si entenderé el dialecto local —puntualizó—. Seguro que Mara se desenvuelve mejor. ¿Dónde están ahora los maoríes?

Bill se rascó el mentón.

—La policía militar los ha metido, literalmente, en un corral en una granja de ovejas. Dicen que se trata de una tribu enemiga.

Carol torció el gesto.

—Cuando a uno lo sacan de su hogar —observó—, pocas veces experimenta sentimientos amistosos hacia el responsable de ello. —Se levantó—. Ven, Mara, vamos. Veamos qué sucede.

La policía militar había rodeado con centinelas los cobertizos de esquileo y los corrales del entorno, en los que habían instalado a los maoríes. Hombres armados patrullaban alrededor del recinto. Y eso que no se veían personas. Llovía y se habían guarecido de la lluvia en los cobertizos. También de los soldados, seguramente. Tantas armas debían de asustar a hombres y mujeres. Incluso Carol y Mara se sintieron molestas cuando llegaron acompañando a un oficial de la policía militar y Bill Paxton cortó el cordón de vigilancia. Incluso *Fancy* dejó caer el rabo afligida.

Cuando las hermanas entraron en los cobertizos, estos con su familiar olor a lanolina, pero ahora también a sudor, miedo y cuerpos humanos apretujados, casi vieron únicamente mujeres y niños. Los pocos hombres presentes eran casi todos ancianos o parecían enfermos. El edificio estaba abarrotado.

—¿Es una sola tribu? —se sorprendió Carol—. ¿Hay *iwi* tan grandes en la Isla Norte?

Mara se encogió de hombros, al igual que el oficial. Ni siquiera se había planteado la pregunta de con quién estaba tratando.

—¿Quién es el jefe o portavoz? —preguntó Carol—. No parece haber aquí un *ariki*.

Precisamente ahí, en la Isla Norte, el jefe tribal no se habría mezclado con sus súbditos, sino que se habría buscado un lugar apartado. Y por supuesto se habría enfrentado a los *pakeha*.

El oficial buscó con la mirada.

—Ayer había dos personas ancianas. Eran ellas las que tenían la palabra. Pero no hablaban ni una palabra de inglés. —Se volvió hacia la gente del cobertizo—. ¡Eh, escuchad! —gritó tan fuerte que las mujeres y los niños se estremecieron—. Tenemos traductores. Quien tenga algo que decir, que lo diga. ¿Entendéis? ¡Traduc-to-res!

—*Kaiwhakamaori* —tradujo Mara.

En un rincón del cobertizo se levantaron tres ancianos, que necesitaron algo de tiempo para orientarse. Avanzaron lentamente y con dignidad hacia los oficiales y las muchachas. Todos llevaban la indumentaria tradicional, la parte superior bordada y las faldas largas. El único hombre se había echado a los hombros una capa tejida con plumas de ave. Sin duda era una prenda muy valiosa. Debía de tratarse de un maorí de alto rango, tal vez un antiguo jefe tribal.

Mara hizo un gesto sumiso. Se mostró dispuesta a intercambiar con las mujeres el *hongi*, pero esperó a que ellas lo insinuasen. Sin embargo, no hicieron ningún gesto y se detuvieron a cierta distancia de los *pakeha*.

—¿Esta niña es quien debe determinar nuestro destino? —preguntó la más anciana.

Tenía el cabello gris, se mantenía recta y en actitud solemne, y no iba tatuada. Una sacerdotisa, pues, una mujer que ocupaba el rango espiritual más elevado de su tribu, tanto, que hasta un *tohunga-ta-oko* tenía vedado tocarla y derramar su sangre.

—Pues claro que no. Solo tengo que traducir las palabras del *ariki* de los *pakeha* a vuestro idioma —explicó Mara.

—¿Qué dice? —preguntó el oficial, impaciente.

Carol le tradujo la conversación entre Mara y la sacerdotisa.

—Y yo repetiré en su idioma lo que vosotros tengáis que decirle.

—¿Eres *tohunga*? —preguntó el hombre—. ¿Los dioses te han dado el don de hablar distintas lenguas?

Mara negó con la cabeza.

—No. Solo soy la esposa de un guerrero maorí —contestó con orgullo—. Y hablo la lengua de mi *makau*. —Empleó la palabra que tanto significaba amante como esposo.

Carol le lanzó una mirada de advertencia. Dejó sin traducir a los *pakeha* esa aclaración. Los maoríes parecieron satisfechos.

—¿A qué tribu pertenece tu *tau*? —preguntó la sacerdotisa.

—Vengo de la Isla Sur. Somos de la tribu ngai tahu.

—Los ngai tahu no son amigos nuestros —observó el viejo de la capa de plumas. Su voz tenía un tono indeciso.

—A lo mejor fueron nuestros enemigos en un tiempo pasado, pero ya hace mucho —intervino la mujer más joven—. Hablaremos con la chica. Al menos ella entiende nuestras palabras, aunque a lo mejor no su significado. Es más de lo que sabía el hombre que acompañaba ayer al *pakeha ariki*.

Carol intervino.

—También yo entiendo vuestras palabras, *karani* —dijo, llamando abuela a la anciana, como era habitual entre los maoríes—. Y creo que también siento vuestro dolor. Hace poco también me han echado de mi tierra.

—¿Qué dice? —El oficial se volvió hacia Mara, quien, sin embargo, no se tomó la molestia de traducirle.

—Por favor —dijo en lugar de ello a la anciana *tohunga*—. Cuéntanos a mi hermana y a mí qué os ha ocurrido.

La anciana paseó la mirada de Mara a Carol y empezó a hablar.

—Soy Omaka Te Pura y pertenezco a la tribu ngati tamakopiri. Este es Aka te Amiri de los ngati whitikaupeka, y Huatare te Kanuba de los ngai te ohuake. Son todos *iwi* de los mokai patea, llegamos a Aotearoa en su día en la *Aotea*...

Carol miró al oficial.

—No es una tribu, son tres distintas. Pero no están enemistadas, sus antepasados llegaron todos en la misma canoa a Nueva Zelanda.

—¿Y? —preguntó el oficial.

—Vivíamos junto al Patea desde que nuestros antepasados lo navegaron en la *Aotea*. Vivíamos de la pesca y los moluscos que nos daba el río.

—*Ko au te awa. Ko te awa ko au!* —recitaron al mismo tiempo los otros dos.

—Soy el río. El río soy yo —tradujo Carol para el impaciente oficial.

La sacerdotisa siguió hablando.

—Hace un par de días llegaron los *pakeha* y nos dijeron que teníamos que abandonar nuestra tierra.

—Sí. Está ocupada. Con arreglo a la New Zealand Settlements Act —aclaró el oficial, después de que Mara tradujera—. Tenéis que marcharos a otro sitio, ¿me oís?, a-o-tro-si-tio. —Pronunció tan fuerte que algunos niños se pusieron a llorar de miedo.

La sacerdotisa asintió.

—Eso lo hemos entendido. Nos dijeron que teníamos que irnos al monte Tongariro. Pero no es posible.

—¿Y por qué no? —preguntó el oficial—. Os lo advierto, como os neguéis, podemos obligaros...

—Deje que la mujer se explique —lo tranquilizó Bill. Se había mantenido hasta entonces en segunda fila—. No parece renuente, a lo mejor tiene sus buenos motivos.

La sacerdotisa miró al oficial sin miedo.

—Si vamos al Tongariro, tendremos que morir todos. Somos un pueblo del río...

—*Ko au te awa. Ko te awa ko au* —repitieron los otros dos, y los que estaban alrededor se unieron al recitado.

—Somos pescadores. La región del Tongariro es una tierra de volcanes. No encontraremos nada que comer —siguió la sacerdotisa.

El oficial suspiró.

—Por lo que sé, ahí viven varias tribus. Que os enseñen a cultivar. Dicen que la tierra volcánica es muy fértil.

—Este es el segundo problema —tradujo Carol, después de que el anciano contestase al comentario del oficial. Con vehemente locuacidad—. En los alrededores del monte Tongariro viven los ngati tuwharetoa, con los que llevan siglos enemistados los nga rauru kiitahi. Si ahora esta gente entra en la región de los ngati tuwharetoa sin un motivo legítimo para las otras tribus y sin la protección de sus guerreros, hay muchas probabilidades de que los maten a todos.

—¿Qué? —El oficial se echó a reír—. ¿También se pelean entre sí? —Se volvió hacia los maoríes, que no lo entendían—. ¡Oídme! Sois todos maoríes. ¡Sois todos un mismo pueblo!

—Como los británicos y los franceses, ¿no? —preguntó insolente Mara—. ¿Y los ingleses y los irlandeses y los escoceses? Son todos *pakeha* y nunca se pelearían entre ellos, ¿verdad?...

El oficial la miró iracundo.

—Eso es distinto —afirmó.

—¡Déjalo, Mara! —reprendió Carol a su hermana—. La provocación tampoco sirve de nada. Oficial, ¿no hay otra zona a la que esta gente pueda dirigirse?

El hombre se encogió de hombros.

—El lago Taupo —propuso—. Ahí podrán pescar.

Carol repitió la propuesta a los ancianos de la tribu. Pero estos negaron con la cabeza de nuevo.

—También están enemistados con los ngati toa del lago Taupo —tradujo Carol—. Y sin la protección de los guerreros...

—¿Cómo es que están aquí sin la protección de sus guerreros, eh? —preguntó el oficial, y siguió hablando cuando Mara se disponía a traducir—. ¡Yo mismo se lo diré! Porque los guerreros se han ido a la fortaleza de Wereroa para unirse a los rebeldes. *Rire rire, hau hau*, ¿a que sí, anciana?

Agitó el dedo delante del rostro de la *tohunga* e imitó el grito de guerra de los guerreros hauhau. La sacerdotisa retrocedió asqueada.

—Por eso se os expropió la tierra. Todo tiene su razón. Y ahora pondré a esta gente una escolta que los acompañará al lago Taupo. Les dejaremos claro a los «gattitua» o como se llamen que son sus paisanos y que deben acogerlos amistosamente. En el lago hay peces suficientes para todos. Muchas gracias por sus servicios de traducción, señoritas.

Y, dicho esto, se dio media vuelta y se marchó. Bill Paxton lo siguió, intentando convencerlo con palabras tranquilizadoras.

Carol y Mara se esforzaron por hacer entender a los maoríes de la manera más suave posible la decisión del oficial.

—Dice que estaréis bajo la protección de la Corona —intentó consolarlos Carol—. Los ngati toa no se atreverán a atacaros.

—No mientras los *pakeha* los apunten con sus fusiles —dijo entristecida la sacerdotisa.

—¡Y después tampoco!

Un joven que estaba sentado junto a su madre y hermanos se puso en pie. Con voz alta y firme se inmiscuyó en la discusión de los ancianos. El viejo jefe bajó la mirada indignado, pero el adolescente no se dejó intimidar.

—Pues en una cosa tiene razón el *pakeha*: ¡Somos un pueblo! ¡El pueblo elegido! ¡Vamos a la tierra de los ngati toa, pero iremos con el mensaje de Te Ua Haumene! Habrá guerreros hauhau con los ngati toa, y serán nuestros guerreros. *Pai marire, hau hau!*

Un par de adolescentes más se unieron al grito. Carol dio gracias al cielo de que el oficial ya se hubiera ido.

—Deberíamos marcharnos de aquí —advirtió Mara.

Delante del corral se encontraron con Bill.

—He intentado hacer entrar en razón a ese hombre —explicó abatido—. Si esta gente tiene que instalarse a la fuerza junto al lago Taupo, deberán estar acompañados de guardias por un espacio más largo de tiempo. La mujer tiene razón, los atacarán en cuanto estén indefensos. Pero no hay caso. Es que no entiende nada...

Mara se encogió de hombros.

—Al parecer, los maoríes ya han encontrado una solución —dijo resignada.

Bill frunció el ceño.

—¿Qué tipo de solución?

Carol suspiró.

—Una bíblica —observó—. El oficial ha sembrado vientos y recogerá tempestades.

5

Carol dudaba si realmente valía la pena seguir viajando con el séquito de Bill Paxton. El joven teniente tenía que marcharse al río Patea al cabo de dos días. Allí tenía que reunirse con las tropas del general Cameron. Bill daba por sentado que las muchachas irían con él. Carol, sin embargo, le comunicó lo que había estado pensando.

—Nos desviamos demasiado hacia el oeste. Es mejor seguir viajando por el interior hacia Auckland. A fin de cuentas, vamos a Russell.

—¿Van a pasar directamente por el distrito de Waikato? —preguntó Bill horrorizado—. Es imposible, miss Carol. Esa zona solo está en paz teóricamente, pero hay grupos de hauhau merodeando por ahí. No, por favor, hágame caso: lo mejor es que me acompañen y después de la ofensiva de Cameron sigan viajando hacia el norte.

—¿Qué debemos entender por ofensiva? —preguntó Carol.

Bill se encogió de hombros.

—El general tiene que imponer la Ley de Asentamientos, es decir, expulsar a los maoríes de la región del río Patea. La tierra tiene que ser ocupada por colonos blancos. Cuando los maoríes se conforman, el proceso es rápido. Cuando no... No lo sé con exactitud, miss Carol. Sabré más cuando estemos allí. Y tal vez, si lo tomamos como un signo del destino... ¡seguro que puede usted ser de ayuda! Seguro que no hay muchos intérpretes entre las tropas de Cameron. Si es que hay alguno.

—Podríamos volver a Wellington y coger un barco —sugirió Mara. Era evidente que no tenía intención de que nadie contara con ella para dar malas noticias a mujeres y niños maoríes—. El viaje hasta aquí no me ha parecido peligroso. También podemos ir solas por las carreteras.

Carol se rascó la frente.

—¿Un barco? ¿Rodear... media isla? Yo... lo siento, Mara, pero todavía no estoy preparada para eso.

Mara insistió.

—Bien, yo no traduzco para ese general Cameron —declaró porfiada—. Si quiere echar a la gente de sus poblados, que se lo diga él mismo.

Carol se encogió de hombros.

—Seguro que nadie te obliga —la tranquilizó—. Está bien, señor Bill. Vayamos al río Patea.

El paisaje en torno al Patea despertó en Carol el doloroso recuerdo de su hogar en la Isla Sur. La vegetación le resultaba familiar. Ahí crecían hayas y árboles *pukatea*, *raupo* y *rata*, y los indestructibles helechos. En el curso inferior al menos, el río discurría a través de vastas planicies para desembocar en el mar en un ancho caudal. Sin embargo, el Patea no fluía a través de prados, como el Waimakariri, sino a través de espesos bosques. Carol había oído decir que la Isla Sur había tenido el mismo aspecto antes de que los maoríes talaran la región. Los bosques no volvían a crecer una vez se había roturado el terreno, en su lugar se extendía el tussok. Y ahora roturaban ampliamente la desembocadura del Patea. El terreno no tardaría en estar a disposición de los colonos. Además, el general Cameron necesitaba sitio, al igual que madera de construcción, para su enorme campamento.

El general y sus tropas inglesas se habían instalado unas semanas antes en la desembocadura del Patea. Habían montado un campamento para doscientos hombres que luego habían habilitado como cuartel general. El campamento se hallaba a orillas del mar, no lejos de la colonia Patea, sobre una colina. Ofrecía una vista maravillosa del río. En lo que iba de tiempo se habían construido alojamientos para seiscientos hombres, una colorida mezcla de ingleses y australianos, soldados de profesión y voluntarios neozelandeses. Estos últimos eran o bien guerreros maoríes que se habían unido a los *pakeha* para combatir tribus enemigas, o bien miembros de los nuevos regimientos de *military settlers*. Ahí era donde obtenían su instrucción básica. Los superiores ingleses que se dedicaban a esa tarea enseguida se dirigieron al nuevo oficial de enlace, Bill Paxton.

—¿Qué tipo de gente nos han enviado? —preguntó inquieto un australiano—. Tengo aquí afeminados que a la que digo «buh» ya se han subido a un árbol. Es impensable que se enfrenten a los guerreros hauhau. Y el resto son camorristas y timadores que vienen directamente de los yacimientos de oro... o de Tierra de Van Diemen. Una parte de ellos me recuerda a los condenados de las *chain gangs*.

De vez en cuando ocurría que algunos hombres de los campos de presidiarios de Australia, donde los presos trabajaban encadenados entre sí, huían y conseguían llegar a Nueva Zelanda. Bill consideraba poco probable que aparecieran ahí, entre militares. Pero por otra parte, eran precisamente esos aventureros los que no retrocedían ante nada.

—¿Qué debo hacer, según su opinión? —preguntó.

—¡Hágalos entrar en razón! —le pidió un inglés—. Ahora sirven a la Corona. Incluso si se han alistado solo para conseguir gratuitamente tierras donde instalarse. ¡Tienen que esforzarse y hacer algo por ello!

—Y subordinarse de una vez —añadió un australiano—. En mi regimiento cada uno hace lo que se le antoja.

Así pues, Bill organizó charlas. Sin embargo, no pudo cambiar demasiado la actitud de los colonos por mucho que se esforzara en mediar entre los independientes kiwis, como solía llamarse a los neozelandeses, y los disciplinados ingleses.

—Esos tipos de los bancos de focas y las estaciones balleneras se sienten fuertes, porque hasta ahora nunca se han visto derrotados en una pelea —declaró al cabo de dos días. El general Cameron había invitado a cenar en su alojamiento a su nuevo oficial de enlace y a las dos señoritas que lo acompañaban—. Que uno mande y todos los demás obedezcan no encaja en su visión del mundo, así de sencillo.

Cameron rio. Era un hombre alto y delgado, con los cincuenta cumplidos, al que se le aclaraba el cabello y ya tenía las patillas grises. Contaba con mucha experiencia, ya había peleado en la guerra de Crimea y dirigido con buenos resultados sus variopintas tropas contra los maoríes en los últimos años. Sin embargo, no le gustaba su actual misión. Según su parecer, el gobernador Grey había provocado los conflictos actuales. De esta forma veía también la intervención de los *military settlers*.

—Tal vez sea exactamente la gente que necesita el gobernador Grey —criticaba—. A la larga tendrán que defender sus tierras por sí mismos. Yo, en cualquier caso, llevo a cabo las órdenes de Grey y envío a las tribus aquí establecidas a la selva o adondequiera que Grey pretenda colocarlas. Luego me largo con mis hombres. Así que también es de desear que los *military settlers* tengan cierta confianza en sí mismos. Bien, y ahora no aburramos más a estas jóvenes damas con problemas administrativos —concluyó—. Señorita Brandman y señorita Jensch, ¿no es así? ¿Están satisfechas de su alojamiento? Lamento que hayan tenido que desviarse de su ruta.

Carol y Mara aseguraron que no podían desear otro aposento más agradable. De hecho, estaban alojadas en una habitación limpia y equipada de la zona de oficiales, compuesta por un grupo de cabañas nuevas que olían a madera fresca, con un mobiliario sencillo y funcional. A la hora de comer eran bien recibidas en la cantina militar, una de las cabañas más grandes.

—Y no nos aburre en absoluto, general —añadió Carol—. Al contrario. Dado que nos encontramos aquí instaladas, estamos sumamente interesadas por todo lo que ocurre en el campamento.

—Por ejemplo, ¿qué hacen aquí los maoríes? —preguntó Mara. Encontraba raro ver tantos rostros tatuados con uniformes del ejército neozelandés. Una parte de los guerreros maoríes combinaba la chaqueta de lana azul del uniforme con los faldellines tradicionales de lino endurecido.

—Se han alistado voluntariamente —respondió el general, indicando con un gesto a un soldado que sirviera más vino. La comida era sabrosa. Después de las escasas raciones que se distribuían durante el viaje, Carol y Mara disfrutaban ahora de un cóctel de marisco como entrante y de unas pechugas de kiwi rellenas de *kumara* como plato principal—. Pertenecen a tribus que están enemistadas con los *iwi* locales.

—¿Y cómo se desenvuelven? —preguntó Bill.

El general jugueteó con su copa de vino.

—Depende de lo que quiera oír. Son trabajadores y muy leales, mientras uno sepa a quién han de atacar. Un refrán árabe dice: «No hay mejores amigos que los enemigos de tus enemigos.» Si se los dirige contra el enemigo correcto, entonces pelean como leones. Es raro lo que sucede con esa gente. Si sus antepasados llegaron en la misma canoa hace ochocientos años, se tratan todavía hoy como hermanos y se protegen los unos a los otros. Pero cuidado si alguno ha llegado remando en otro barquito... Dicho con franqueza, no me gusta hacerlos participar en confrontaciones directas. Para mí son demasiado crueles... En fin, este no es un tema que deba tratarse delante de unas jóvenes damas.

—He oído decir que los hauhau les cortan la cabeza a sus enemigos —observó Mara impasible, al tiempo que permitía que le sirvieran de nuevo—. Esto está muy rico, general, ¡tiene que decirle a su cocinero que es fantástico!

Cameron pareció algo desconcertado.

—Suelen hacerlo —admitió el general—. También nuestras tropas de apoyo. Y tienen... bueno, tienen métodos para ahumar las cabezas. Así las llevan y las muestran por donde van... —Era evidente que le resultaba molesto hablar de ese asunto—. Naturalmente, no permitimos que actúen así en el ejército. Somos gente civilizada. Suelo asignarles tareas de espionaje y de rastreadores en los bosques.

—Debe de haber pocos intérpretes —reflexionó Bill.

Mara reprimió una risita. Carol le dio una patada en la espinilla por debajo de la mesa.

El general negó con la cabeza.

—Hasta ahora no hemos necesitado ningún intérprete —afirmó.

Bill le habló de las tribus maoríes de Whanganui y de la función que habían desempeñado Carol y Mara durante las negociaciones.

El general se frotó las sienes.

—No lo sabía, lo siento. No era mi intención enviar a esa gente a una zona enemiga. Pero también es difícil. Cómo saber quién es enemigo de quién... ¡Podrían ustedes ser de mucha ayuda, miss Brandman y miss Jensch! Por supuesto, a cambio de una remuneración conveniente. Los misioneros tampoco lo hacen gratis. Y no les haríamos correr ningún riesgo. Intervendrían siempre cuando la batalla hubiera concluido...

—Si recurrieran al principio a mediadores, a lo mejor no necesitarían librar ninguna batalla —comentó más tarde Carol a su hermana, que manifestaba claramente su desinterés. Su silencio obstinado ponía a Carol de los nervios—. Mara, no sé si es correcto participar en ello —expresó directamente su inquietud—. Pero el general me parece juicioso y sus intenciones son buenas en cuanto a los maoríes. Mucho más tratable que el oficial de Whanganui. Sea como fuere, yo pienso ayudarle. Peor no podemos hacerlo. En cualquier caso, mejor.

Cameron tenía el encargo de requisar las tierras a derecha e izquierda del río Patea. En el proceso debía expropiar a todas las tribus con que se topase. Según el general Grey, todos los *iwi* se habían puesto del lado rebelde durante la guerra con los *pakeha*.

—¿Cómo puede saberlo, si ni siquiera sabe cuántos son ni dónde viven? —preguntó Mara.

Se había mostrado dispuesta a acompañar a Carol en sus tareas de intérprete. Después de pasar dos semanas en el campamento de Cameron se aburría. Las hermanas no tenían nada que hacer allí y apenas las dejaban salir a dar una vuelta por los alrededores. Si bien no había ningún peligro especial en torno al campamento, ver a las mujeres distraía la atención de los hombres que estaban roturando, construyendo carreteras y transportando material de construcción. Cameron remontó el río con sus hombres y desalojó a los maoríes que vivían allí. En la zona confiscada para los campesinos mandó construir reductos a derecha e izquierda del río, con cañones preparados y con artilleros. Estos baluartes protegían la retaguardia mientras el ejército avanzaba, y evitaba el regreso de las tribus desterradas. La enorme actividad de construcción exigía un suministro permanente de madera, pues el camino que iba junto al río debía hacerse practicable para los carros. Y los reductos necesitaban munición y víveres. Por consiguiente, más de la mitad de las tropas trabajaba en la construcción. Los instructores de los *military settlers* encargaban estos quehaceres a los hombres menos capacitados para el combate.

Bill consideraba que eso no respondía a la Ley de Asentamientos.

—Precisamente esos deberían estar oliendo el humo de la pólvora —opinaba—. Para ganar experiencia. Además, no correrán peligro alguno.

De hecho, las tropas *pakeha* apenas encontraban resistencia. En la mayoría de los *marae* a los que llegaban —pueblos de pescadores acomodados, con casas grandes, de cubiertas coloreadas y tallas de madera en los frontones y paredes, guardadas por mayestáticas estatuas de dioses—, solo encontraban mujeres y niños. Los hombres habían desaparecido.

—Descubren a nuestros oteadores mucho antes de que lleguemos al pueblo —explicó un explorador *pakeha*, miembro de la unidad especial de *forest rangers* que había reunido Cameron. Era un hombre nacido en la Isla Norte y se orientaba bien en los bosques, aunque no admitía comparación con ningún guerrero maorí—. Y entonces se van. Posiblemente a algún *pa* hauhau. No sé si la estrategia correcta es permitir que se marchen. De ese modo es imposible controlarlos. Si involucráramos más a los rastreadores maoríes, seguramente pillaríamos unos cuantos. Pero el general tiene escrúpulos al respecto.

Las mujeres y niños solían esperar estoicamente a los *pakeha*. A menudo ya habían empaquetado sus cosas. Si no era así, los soldados se lo exigían con rudeza, antes de quemar sus casas y arrasar los campos de cultivo de la tribu. A veces alguien oponía resistencia. Las ancianas lloraban y se lamentaban, pero en ocasiones las jóvenes y los chicos se enfrentaban a los soldados con mazas de guerra e intentaban defender su poblado.

—¿Por qué no se derriban las casas cuando ya se han marchado? —preguntó Carol, preocupada, después de que casi se hubiera producido otro derramamiento de sangre.

—Es una de las medidas de castigo —respondió indiferente un joven coronel—. Tienen que ver y hacer correr la voz de lo que ocurre si apoyan a los rebeldes.

—¿Está seguro de que estas tribus realmente han participado en la guerra? —Bill se atrevía a dudarlo. El *marae* parecía tan pacífico... No había ninguna instalación defensiva, ni siquiera una cerca. Estaba muy lejos de ser un *pa*.

—Si no hubiesen hecho algo malo, los hombres no se irían —afirmó el coronel.

De hecho, que los hombres permaneciesen en el poblado no ayudaba gran cosa a las tribus del Patea. Los guerreros de las siguientes tribus, con las que los exploradores de Cameron tropezaron por azar, no eran conscientes de ser culpables de nada. El jefe tribal recibió al ejército vestido de fiesta, luciendo sus armas ceremoniales y rodeado de sus guerreros, acompañado de la apacible melodía de un *powhiri*.

Carol se quedó horrorizada cuando, a pesar de eso, los soldados los desarmaron y los juntaron a todos como si fueran un rebaño. Naturalmente, algunos hombres intentaron pelear, pero la superioridad estaba del lado *pakeha*. Cameron llegó incluso a disparar al poblado desde una lancha cañonera que siempre patrullaba por el Patea para apoyar al ejército. Al final apresaron a los aldeanos y se los llevaron bajo estricta vigilancia. Antes de partir, los encerraban en el recinto del campamento y cuando Carol, roja de vergüenza pero esforzándose todavía por mediar, se aproximó por la mañana al corral, la recibió un sonoro «*Pai marire, hau hau!*» emitido por varias voces. Algunos guerreros habían logrado fugarse durante la noche.

—Y ahora tendremos un par de enemigos más —observó Mara—. Carol, ¿te das cuenta de lo que estás haciendo? No ayudas a los maoríes, solo te conviertes en cómplice de los *pakeha*.

A partir de ahí, Carol se mantuvo apartada durante un tiempo, pero pronto volvió a seguir a los soldados. Más tarde todos sostendrían no haber sabido nada de esas desconsideradas «limpiezas», así que Carol pensó en documentarlas. La política de Grey no era indiscutida. En Auckland habría periódicos que se interesaban por los acontecimientos de Taranaki.

—Para eso deberías estar en Auckland —se burlaba Mara, con quien compartía sus pensamientos—. Y estamos muy lejos de allí. Los caminos no se hacen más seguros, Carol, al contrario.

6

Eru y sus dos amigos planeaban encaminarse hacia Blenheim y allí tomar el transbordador a Wellington. Eru tenía algunos ahorros. Jane siempre había considerado importante que su hijo supiese manejar el dinero. Lo había cogido todo al marcharse al lago Whakamatua. Había gastado la mayor parte en que el maestro de *moko* le tatuase la cara, y el resto en Christchurch, adquiriendo nuevas ropas *pakeha*. A fin de cuentas, los tres jóvenes no podían presentarse con aspecto de guerreros en una tierra hostil.

—¡Debería ser posible ir vestido con la ropa tradicional sin tener ningún problema! —refunfuñaba Eru—. Hace cincuenta años íbamos como guerreros con toda naturalidad de un *marae* al otro, y hasta nos mostraban respeto. ¿Y ahora? Es realmente como dice Te Ua Haumene: nuestra tierra se ha convertido en su tierra. Nos avergonzamos hasta de nuestra propia indumentaria.

Tamati, uno de sus amigos, se encogió de hombros.

—Ya. Pero por lo que sé, no hay ninguna embarcación que circule regularmente entre la Isla Sur y la Isla Norte. Tenemos que coger el transbordador. Y no es tan fácil que nos dejen subir así.

Eru volvió a pagar de mal grado un par de pantalones de dril y camisas de cuadros, y los chicos se ganaron el dinero del billete con trabajos eventuales. Para ello, los tatuajes de Eru resultaron un obstáculo. Los granjeros *pakeha* a los que pedía trabajo lo miraban desconfiados, incluso atemorizados. A menudo ni su perfecto inglés ni su fingida sumisión bastaban para disipar su recelo. Esto encolerizaba a Eru, lo veía como una falta de respeto y un menosprecio a las costumbres de su pueblo. Mientras estuvieron en la Isla Sur estos prejuicios todavía se mantenían dentro de ciertos límites. A fin de cuentas, eran muy pocos los *pakeha* que habían tenido malas experiencias con los indígenas. Sin embargo, en el transbordador Eru provocó pánico en dos mujeres y una niña pequeña. La niña se desquició cuando vio la cara del joven y a partir de entonces el capitán pidió a los tres maoríes que permanecieran bajo cubierta.

—No se lo puedo ordenar, pero la pequeña y su madre han sobrevivido a un ataque hauhau durante el cual murió el padre. Han pasado medio año en la Isla Sur con familiares. Pero como ustedes mismos han visto, la pequeña no ha olvidado nada. Se muere de miedo al ver su cara. Si fuera usted tan amable...

Rechinando los dientes, Eru se resignó, al tiempo que se sentía desgarrado por dentro. Por una parte quería estar orgulloso de su *moko* y por la otra no quería asustar a ningún niño. Al antiguo Eru le dio pena esa niña que al verlo se había puesto a gritar histérica y se había escondido tras las faldas de su no menos horrorizada madre. Al nuevo Eru, por el contrario, debería gustarle infundir miedo y espanto a los *pakeha*. Así se marcharían antes de Aotearoa.

En Wellington, la reacción a los jóvenes guerreros fue más agresiva que temerosa. La gente escupía delante de Eru y sus amigos o los insultaba. Como consecuencia, los jóvenes renunciaron a la idea de ganar algo de dinero antes de marcharse definitivamente a la selva. Ya el día después de su llegada pusieron rumbo a Taranaki lejos de las carreteras pavimentadas. Así disfrutaron de la aventura. Por una vez vivían tal como lo habían hecho sus antepasados, de lo que cazaban, recogían y pescaban. No había granjas de ovejas, ni artículos de lujo como las mantas y las cazuelas, jabón o ropa de abrigo. Kepa, el tercero del grupo, solo había comprado una botella de whisky en Blenheim. Los tres se la bebieron la primera noche en la Isla Norte junto a la hoguera y les resultó fantástico que nadie los vigilara. Nada de padres, de *ran-*

gatira o *tohunga* que quisieran compartir sus conocimientos con ellos.

Kepa imitó sonriente a Makuto y Tamati al jefe. Eru intentó imitar a Jane.

—¡Tú eres el hijo de un jefe tribal! —gimoteó, impostando el acento de su madre.

—¡Y te casarás con una baronesa de la lana! —añadió Tamati.

—¡Vale más que se quede con una oveja! —se burló Kepa.

Los tres se troncharon de risa. Eran guerreros y estaban orgullosos de cruzar «su» tierra sin que los *pakeha* advirtieran su presencia. Pero en realidad solo habían tenido suerte. Se encontraban en los alrededores de Wellington, donde se habían «limpiado» hacía tiempo todos los asentamientos maoríes. Ahí nadie se tomaba la molestia de patrullar zonas deshabitadas.

Eso siguió así los días siguientes, cuando pasaron por Porirua y Paraparaumu, adentrándose cada vez más en los bosques, que ofrecían una amplia variedad de árboles y helechos. Los árboles de *rimu*, *miro* y *matai* estaban a veces tan cerca unos de otros que sus copas escondían la visión del monte Taranaki. Los amigos tuvieron entonces dificultades para orientarse, cuando antes había sido muy sencillo dirigirse hacia el volcán nevado.

—Esa es la montaña sagrada, según Te Ropata —señaló Kepa, recordando lo que el anciano contaba—. Se supone que su espíritu vivió antes en la Isla Sur, junto con el Tongariro y Ruapehu y los demás volcanes. Pero se enfadaron por el amor de la diosa Pihanga y Tongariro destruyó la cima del Taranaki. Este huyó y rompió la Isla Norte. Así surgió el río Whanganui.

—La cumbre sigue faltando —constató Tamati, como si eso fuera una confirmación de la veracidad de la leyenda.

Eru rio.

—Porque es un volcán. De ahí sale lava cuando estalla. ¿Habéis visto ese animal tan raro? Parece un dragón...

Los jóvenes contemplaron fascinados los lagartos y geckos de rayas doradas. Era la primera vez que los veían, pues en la Isla Sur no había reptiles. Eru atrapó luego una tuátara, pero una vez la hubo estudiado la dejó en libertad. Ninguno quería comerse un lagarto con la piel escamosa y acartonada y una cresta en el lomo. Preferían poner trampas a los pájaros y asar sus presas en una hoguera.

Volvieron a cruzarse con gente en Otaki. Unos maoríes desenterraban bulbos en el bosque. Llevaban ropa *pakeha* y parecían afligidos y turbados. Solo un viejo guerrero se atrevió a hablar con los jóvenes.

—Manteneos lejos del pueblo —les advirtió—. Los misioneros avisan de la presencia de cualquier maorí que merodee por los alrededores. Tienen miedo a que los ataquen. Y eso que hace tiempo que por aquí no hay *marae*, salvo la misión. Hace mucho que las tribus se han ido. Los te ati awa han heredado tierras en otro lugar y se han marchado. Aquí solo viven algunos miembros dispersos de otras tribus. Más mal que bien. ¿Adónde queréis ir?

—Estamos buscando a Te Ua Haumene. —Eru se atrevió a revelar por primera vez lo que les conducía a Taranaki—. Queremos unirnos a su ejército. —Miró a sus amigos—. *Pai marire!* —dijo.

—*Hau, hau!* —respondieron Kepa y Tamati. Intentaban parecer graves, pero sus ojos resplandecían deseosos de aventura.

—El Profeta está en Wereroa —les dijo el anciano—, el gran *pa* junto a Waitotara, mucho más al norte. Os quedan todavía un par de días de marcha. Y los *pakeha* amenazan con reunir tropas. Así que tened cuidado. Si metéis tanto ruido como la noche pasada, os encontrarán los *forest rangers*. Patrullan en los territorios pacificados. Y no están para bromas si un maorí les dice que va a Wereroa. No os delataremos, pero hay tribus enemistadas con los ngati taahinga que trabajan para los *pakeha*. ¡Mucha suerte!

Los jóvenes se quedaron un poco perplejos y heridos en su honor. Habían pensado que nadie los encontraría en los bosques.

—¿Quiénes... quiénes son los ngati taahinga? —preguntó a media voz Kepa cuando el anciano ya se había marchado. Antes ninguno había reconocido su ignorancia sobre las circunstancias de la Isla Norte.

—Probablemente la tribu que mantiene el *pa* de Wereroa

—reflexionó Eru—. El hombre tiene razón, hay muchas tribus en la Isla Norte. Y en parte están enemistadas entre sí. Por eso mi padre no quería enviarme a la escuela de Wellington. La mayoría de las tribus de allí rechazan a los ngai tahu.

—Entonces, ¿vale más que no digamos a nadie de dónde venimos? —preguntó Tamati inquieto.

Eru se encogió de hombros.

—Lo sabrán por nuestro acento —respondió—. La única solución es que nadie nos vea hasta que lleguemos al *pa*. Para el Profeta no hay tribus. Para él todos somos un pueblo.

A partir de ahí, los amigos fueron prudentes y siguieron las indicaciones que Te Ropata les había dado en el caso de que una campaña militar se volviera más dura. Se movían sin hacer ruido, inspeccionaban cada camino antes de recorrerlo, y llegaron sanos y salvos a los alrededores de Whanganui. Ahí era donde las cosas se ponían realmente feas. El lugar era un importante baluarte *pakeha*. De ahí partían todas las ofensivas de la guerra de Taranaki y los tres estuvieron orgullosos de conseguir rodear el asentamiento. En el corazón del bosque cruzaron el río a nado para seguir hacia Taranaki. Los bosques eran demasiado extensos e inabarcables como para que los *pakeha* pudiesen controlarlos.

—¡Esos nunca encontrarán al Profeta! —exclamó Tamati, sentado junto a la hoguera con sus amigos mientras asaba un kiwi espetado en la lanza—. Tendrían que traer a miles de colonos aquí.

—¡Y tendrían que saber disparar muy bien! —Kepa rio—. Esta es y seguirá siendo tierra maorí, ya puede el gobernador decir lo que quiera.

Al día siguiente tropezaron con una patrulla de guerreros maoríes que, afortunadamente, simpatizaban con Te Ua Haumene.

—No peleamos para él, pero tampoco lo delatamos —declaró uno de los ancianos de la tribu, al igual que el hombre de Otaki. Aunque no apartaba su severa mirada de sus jóvenes guerreros, quienes parecían tener muchas ganas de unirse a los tres aventureros—. Sus dioses no son nuestros dioses, aunque su meta bien podría ser la nuestra. Nos gustaría que los *pakeha* estuvieran lejos de Aotearoa. Pero hemos visto lo que pueden hacer sus mosquetes y cañones.

—¡El *pai marire* nos hace invulnerables! —intervino un joven guerrero.

El anciano movió negativamente la cabeza.

—Ni siquiera Maui pudo vencer la muerte —dijo con serenidad.

Según la leyenda, el semidiós había intentado engañar a la diosa de la muerte, pero su amigo lo había traicionado al reír. Así que al final también él, que pensaba ser invencible, había caído en brazos de la muerte.

—Maui no era ningún hauhau —señaló Eru.

El anciano no comentó nada. Levantó las cejas, un gesto que movió su *moko*. Llevaba todo el rostro tatuado, al igual que Eru, pero detrás de las imágenes de su frente y sus mejillas había toda una vida. Sin duda, había mirado más de una vez a los ojos a la muerte. Ese anciano guerrero no creía en la invulnerabilidad.

Por lo visto, los jóvenes de su tribu le tenían el respeto suficiente como para no unirse a Eru y sus amigos. Aun así, les explicaron la ruta que los llevaría al *pa*.

—Está junto a Waitotara, no podéis perderos —dijeron, y los aventureros siguieron su marcha hacia el norte.

Ya estaban muy cerca de su meta y un día después, al despertarse, encontraron su campamento rodeado por guerreros de aspecto fiero.

—¿Quiénes sois y qué queréis? —preguntó con hostilidad el jefe. Llevaba indumentaria de guerrero y armas tradicionales, pero también una pistola en el cinturón.

Eru se frotó los ojos, adormecido. ¿Habían vuelto a descubrirlos? Y eso que habían escogido con cuidado el sitio donde pernoctar.

—Nosotros somos... bueno... somos... ¡somos guerreros hauhau! —afirmó Kepa, ganándose una sonora carcajada.

—Queremos convertirnos en ellos —corrigió Eru, lanzando a su amigo una mirada reprobatoria—. Queremos llegar al *pa* Wereroa para unirnos a las tropas del Profeta. —Miró a sus amigos—. *Pai marire!*

—*Hau hau!* —respondieron los otros dos dócilmente.

Los hombres rieron más alto.

—Os estábamos esperando —bromeó el jefe.

—Déjalo, Aketu, posiblemente fueron ellos los que asustaron tanto al viejo Cameron que ni se fijó en Wereroa —bromeó otro.

En la ofensiva de verano para castigar a las tribus maoríes rebeldes, el general Cameron había evitado al principio el cuartel de Te Ua Haumene. Por parte del gobernador, esto había desencadenado fuertes críticas a su estrategia; por parte de los maoríes, admiración y afluencia hacia las tropas de Haumene. Si hasta los ingleses pensaban que el Profeta era invencible, algo debía de haber en su doctrina.

—¿Venís de Wereroa? —preguntó Eru esperanzado.

Los guerreros asintieron.

—Exacto. Soy Aketu Te Komara y este es Ahia Te Roa. Y nuestro *taua*. —Señaló a los otros hombres que esperaban más atrás.

Eru se presentó a sí mismo y a sus compañeros.

—¿De los ngai tahu de la Isla Sur? Vaya, eso le gustará a Te Ua, de vuestra parte llega muy poco apoyo. —Aketu bajó por fin la lanza con que apuntaba a los jóvenes.

—¿Significa que nos lleváis con vosotros? —preguntó Kepa.

Aketu puso los ojos en blanco.

—Si os dejamos aquí, con la torpeza con que andáis por el bosque, llamaréis la atención de los exploradores *pakeha* en un abrir y cerrar de ojos. Os estamos vigilando desde ayer al mediodía, ya nos imaginábamos algo. No sois los primeros niñatos que vienen a nuestro encuentro. Tú, además... —se volvió hacia Eru—, llevas el rostro de un guerrero, aunque tienes unos ojos raros.

Desde que se había tatuado, Eru ya no parecía un mestizo. Solo sus ojos verdes obraban un extraño efecto.

El joven respiró hondo.

—Tengo el rostro y el espíritu de un guerrero. Aunque todavía no el saber. Es posible que avancemos por vuestra tierra dando traspiés como niños perdidos. La nuestra es muy distinta, y nuestra tribu nunca ha luchado. Eso no significa que no tengamos valor. Así que no nos ofendas. Estamos aquí para aprender y pelear. Echaremos a los *pakeha* de Aotearoa.

Aketu lo miró con respeto.

—¿Ves eso con tus ojos claros? —preguntó supersticioso.

Eru negó con la cabeza.

—Yo no soy un profeta —dijo con cautela—. Pero ¿no lo ve así Te Ua?

—Te Ua dice que depende de nosotros —explicó Ahia—. De si creemos o no, de cómo luchemos, de a cuántos matemos.

Eru miró a los dos guerreros.

—Entonces lo veo con mis ojos claros —dijo ceremonioso—. Pues nadie podría creer con mayor firmeza, luchar con más arrojo y matar con menos escrúpulos que tú... —señaló a Ahia— y que tú —se dirigió a Aketu, describiendo un amplio gesto con la mano— y que todos nosotros. —Eru abarcó a todos los guerreros, alzando los brazos.

—Sí, ¡y que nosotros! —añadió Kepa solícito.

—*Rire, rire!* —exclamó emocionado Tamati.

Esta vez, todos los guerreros respondieron.

—*Hau hau!*

7

El *pa* de Wereroa era un recinto enorme. La fortaleza se hallaba en una colina por encima del río y albergaba más de dos mil
hombres. Estaba rodeada de gruesas empalizadas de madera, profundamente clavadas en el suelo y ligadas entre sí con cuerdas de
lino. Detrás había casas similares a las de un *marae*. Todas estaban
unidas por zanjas en las cuales los guerreros podían moverse sin
ser vistos desde el exterior y protegidos de los disparos de fusiles
y cañones, incluso si las balas atravesaban la empalizada. A primera vista, el recinto parecía inhabitado, casi fantasmagórico. Los
guerreros hauhau se entrenaban para moverse sin hacer ruido, a
no ser que entonasen himnos y gritos de guerra. Los campos de
maniobras ocupaban mucho espacio, con un gigantesco *niu* en el
centro. Los guerreros lo rodeaban cantando y rezando, antes y
después de cada ejercicio. La instrucción espiritual parecía ahí tan
importante como la física.

Justo después de llegar al *pa*, Eru y sus amigos fueron testigos
de una ceremonia así. Cientos de guerreros formaron filas delante del *niu* y golpearon el suelo con los pies y las lanzas al compás
de sus gritos. El sonido era marcial.

Kira, wana, tu, tiri, wha – Teihana!
Rewa, Piki rewa, rongo rewa – Teihana!
«Matad, uno, dos tres, cuatro: ¡cuidado!»
«Río, gran río, largo río: ¡cuidado!»
Los hombres invocaban ríos, montañas, bosques y árboles de

su hogar, al menos solo así se explicaba Eru el significado de ese grito de guerra. Pero luego ya no pensó y se dejó llevar. Kepa fue el primero de los tres amigos en introducirse en el círculo de los guerreros. Lo siguió Tamati y al final los tres acabaron gritando y bailando con los otros guerreros. Se rieron y se sintieron fortalecidos cuando el ritual terminó al ponerse el sol.

Aketu y Ahia parecían satisfechos y otros guerreros también quisieron intercambiar el *hongi* con ellos. Nadie mencionaba que pertenecían a tribus distintas que hasta hacía poco habían combatido entre sí. Ahora todos estaban unidos como un solo hombre tras su profeta.

—¿Veremos... veremos a Te Ua? —preguntó ansioso Kepa mientras seguían a Aketu hacia su alojamiento.

El *rangatira* que los había recogido parecía haber adoptado las funciones del padrino de los tres chicos. Asintió.

—Seguro, en la canción matutina. Cada mañana habla con sus guerreros. Y tal vez os llame. Como os hemos dicho, tenemos pocos hombres de la Isla Sur y menos con tu aspecto. —Se volvió hacia Eru, que enrojeció al instante.

—No quiero ser especial —protestó.

Ahia lo miró con severidad.

—Lo que tú quieras no cuenta.

Los jóvenes obtuvieron un lugar en una casa dormitorio amueblada como las casas comunes de los ngai tahu. Esa parte del *pa* solo se distinguía de un *marae* normal por los corredores subterráneos y por la sobriedad de las casas. En los hospedajes de los guerreros nadie se había tomado la molestia de adornar el frontón con tallas o de colocar *tiki* delante. Antes de ir a dormir había una cena sencilla, nada de carne asada, sino un cocido compuesto sobre todo de *kumara*. Después nadie se sentaba alrededor de la hoguera. Al contrario, se evitaba alumbrar el *pa* para no atraer la atención de los exploradores enemigos.

Al principio, Eru no podía dormir de la emoción, no estaba

acostumbrado a compartir una casa comunitaria con tantos hombres. Pensó en Mara, por primera vez desde hacía días. Se preguntó dónde estaría y se alegró de estar más cerca de ella con el viaje a la Isla Norte. En algún momento, pensó medio dormido: «Cuando hayamos ganado la batalla, iré a Russell a buscarla. A tiempo, antes de que el Profeta eche a los *pakeha* del país.»

Se durmió con la idea de lo feliz que ella le recibiría cuando la salvara del destierro.

El grito de un *rangatira* despertó a los guerreros al amanecer. Deberían haberse despertado del todo al momento, pero Eru y sus amigos necesitaron unos minutos para orientarse. Luego salieron dando tumbos y respiraron el aire fresco. En el dormitorio, la atmósfera era sofocante y olía a grasa de armas, cuerpos desaseados y sudor.

—¿Hay algo para comer? —preguntó Tamati cuando todos los hombres se movieron en silencio en la misma dirección.

Un guerrero a su lado negó con la cabeza.

—La canción de la mañana —susurró y señaló los campos de instrucción.

A Eru eso le recordaba desagradablemente el período pasado en la escuela misionera. Allí, los niños también se dirigían tropezando y medio dormidos a rezar y también allí habría preferido desayunar en un lugar acogedor antes que ir a la iglesia. Se reprendió de inmediato por pensar esas cosas. Esto era totalmente distinto que ir a la iglesia por la mañana en Tuahiwi. Aquí reinaba el espíritu del Profeta. Y si Aketu tenía razón, Te Ua Haumene hablaría personalmente con ellos.

Al principio todos se congregaron alrededor del *niu*. Había varios postes como ese repartidos por el *pa*, al igual que varias plazas de armas. Alrededor de cada poste se amontonaba un número impresionante de hombres, entre trescientos y quinientos guerreros. Cuando empezó la oración, todos levantaron la mano derecha a la altura de la cabeza.

—Mi glorioso *niu, mai merire!* —exclamó un recitador.

—Mi santo *niu*, ten piedad de mí —repitieron los hombres.

—Dios padre, ten piedad de mí.

—Piedad, piedad.

—Dios hijo, ten piedad de mí.

Eru, Kepa y Tamati se miraron sorprendidos. Todos conocían esos ruegos, o al menos unos muy parecidos, por las oraciones que habían tenido que rezar con miss Foggerty antes de las clases. También Franz Lange los había incluido en las oraciones con que aburría a todo el mundo en Rata Station y, por supuesto, Eru conocía tales invocaciones de Tuahiwi. Los jóvenes habían esperado otro tipo de plegarias de un profeta maorí.

De hecho, la oración matinal del *pa* solo se distinguía de un rezo cristiano por la forma de terminar. En lugar de amén, ahí se decía *rire, rire, hau!*

Los amigos ansiaban desayunar. Ya casi se habían olvidado del anunciado discurso del Profeta. Los otros guerreros, sin embargo, afluyeron a la gran plaza de las asambleas. Se había instalado allí un podio para que todos pudieran ver al orador. Delante del *niu* allí colocado esperaba, efectivamente, Te Ua Haumene. Aguardaba tranquilo, la cabeza inclinada con humildad.

—El arcángel habla con él —susurró un joven junto a Eru.

Con una rapidez asombrosa, los hombres se reunieron alrededor del podio. Reinaba un silencio total, casi sepulcral tras el sonido polifónico que había resonado por el *pa* durante la oración de la mañana. Entonces Te Ua Haumene levantó la cabeza.

Eru distinguió un rostro ancho de cabello corto. El Profeta no llevaba moños de guerra. Tampoco iba tatuado. Eru recordó que una tribu rival lo había atrapado siendo pequeño y lo había tenido como esclavo. Los esclavos no llevaban *moko*. Luego había crecido en una misión cristiana, donde tampoco había maestros del tatuaje. Pero Te Ua Haumene iba vestido como un jefe tribal. Bajo la elegante capa donde se habían cosido abundantes plumas de kiwi, llevaba una túnica blanca. Al hablar, levantó la mano y separó el dedo índice y el corazón. ¿El signo inglés de la victoria? Eru recordó que también se representaba a Jesucristo así.

—*Pai marire, hau hau!* —saludó el alto y robusto hombre con voz sonora.

Los guerreros respondieron y de nuevo el lugar pareció vibrar bajo el poder de sus voces.

—Os saludo en este nuevo día en su... ¡nuestro país! La tierra prometida, la tierra que Dios y todos los ángeles nos han concedido. ¡A nosotros, solo a nosotros!

Los hombres vitorearon.

—Una tierra en la que nuestro pueblo vivirá en paz, como me comunicó el arcángel Gabriel. En tiempos pasados, nuestro pueblo a veces se ha entregado a guerras fratricidas. Eso nos ha debilitado. Ha disgustado a Dios y sus ángeles. Pero ahora, puesto que despuntan los últimos días, se vuelven a encontrar de nuestra parte. Gabriel, Tama-Rura y Miguel, Te Ariki Mikaera.

—*Riki!* —entonaron los guerreros. Al parecer, el arcángel Miguel, defensor del cielo, era su preferido en el firmamento.

—Dios y sus ángeles nos ayudarán a construir la sociedad pacífica, de amor y justicia de la que me habló Tama-Rura. La leche y la miel fluirán por la tierra prometida: ¡Aotearoa, nuestra tierra!

—*Rire rire, hau hau!* —gritaron las masas.

—¡Pero antes, amigos míos, hemos de realizar una tarea! —gritó el Profeta—. Pues nosotros, el pueblo elegido por Dios, sufrimos bajo la dominación extranjera. Nuestros hombres son perseguidos, desterrados y aniquilados, como una vez el pueblo de Israel fue perseguido en Egipto. —El rostro del Profeta se ensombreció—. ¡Pero Dios está a nuestro lado! —advirtió—. Con su ayuda recuperaremos nuestra tierra, nuestro patrimonio. El mismo Jehová luchará a nuestro lado cuando empujemos a los *pakeha* al mar, al mar por el que han llegado.

El Profeta se detuvo unos segundos y deslizó la mirada sobre sus adeptos. Luego siguió con tono severo.

—Ahora decís: los *pakeha* son fuertes, los *pakeha* son muchos, los *pakeha* tienen armas que escupen fuego. No podemos vencerlos. Pero yo os digo: Rura es fuerte, Riki es fuerte. Y los dos nos dan fuerza. Los ángeles son legión. Las armas de Dios son el rayo y el trueno, y la palabra del Profeta nos convierte en invulnerables cuando nos enfrentamos a las armas de fuego *pakeha*. Vuestra fe detendrá las balas, vuestra fe derretirá los cañones en una masa de hierro inútil. ¡No solo podemos vencerlos, los venceremos! Así que armaos. ¡Rezad! ¡Luchad! ¡Venced!

—*Kira!* —¡Matad!

Los hombres no dejaron de repetir el grito hasta acabar en un delirio.

—*Rire rire, hau hau, rire rire, hau hau!*

Pateando el suelo y gritando, los hombres despidieron al Profeta cuando este se levantó y los dejó marchar.

Eru, Kepa y Tamati se habían olvidado del hambre que tenían con los gritos y el movimiento, así como de su asombro ante la peculiar oración matinal. Ardían en deseos de instruirse en la guerra para enfrentarse con las balas del enemigo inglés sin temor a la muerte.

De hecho, solo había pan ácimo y pescado seco. Por mucha fortaleza espiritual que tuviera, un guerrero hauhau no se iría a la guerra con el estómago vacío. Los tres jóvenes no tardaron en recuperar el hambre. Se lo comieron todo, sin dejar ni una migaja. Luego, de repente, Ahia se plantó a su lado.

—Cuando hayáis acabado id a la casa del jefe —anunció—. Te Ua Haumene quiere hablar con vosotros.

El Profeta estaba sentado sobre una piedra, delante de una de las casas donde vivían los jefes tribales y los mandos de las fuerzas reunidas en el *pa*. Se hallaban en una zona especial del fuerte, apartada de los alojamientos de los hombres. Los *ariki* y sus familias siempre habían estado sometidos a muchos *tapu*. Había una lista de cosas a tener en cuenta al tratar con ellos si uno no quería encolerizar a los dioses. Todo eso sería mucho más difícil si los *ariki* vivieran entre sus súbditos. Pero Eru y sus amigos solo sabían esas historias por lo que los ancianos habían contado. Entre los ngai tahu nunca se habían aplicado del todo tales reglas. Antes de que los *pakeha* hubieran llegado a Aotearoa con sus ovejas y semillas para cambiar la historia de la Isla Sur, las tribus habían sufrido los efectos de las malas cosechas, el hambre y el frío. Se necesitaba mucha fuerza para llegar a sobrevivir modestamente. No había tiempo suficiente para dispendiosas campañas de guerra ni para ceremonias que hacían más difícil la vida cotidiana. En el *iwi* de Eru, sus padres habían acabado con los últimos ritos en torno a la dignidad del jefe. El *ariki* se mostraba de mentalidad abierta y de trato llano ante los *pakeha* y también ante su tribu. Nadie se preocupaba demasiado sobre qué ceremonias de purificación había que realizar cuando por descuido su sombra se proyectaba sobre un miembro de la tribu.

Ahí era distinto. Los tres aventureros se aproximaron al Profeta vacilantes y amedrentados. Ignoraban qué ritos debían seguir. De ahí que considerasen una suerte no haber sido los primeros a los que Te Ua había convocado esa mañana. Cuando llegaron, estaba escuchando a un grupo de unos veinte hombres que parecían extenuados y atemorizados.

—Hemos corrido toda la noche —informó el cabecilla—. No, no temas, no hemos puesto a los *pakeha* sobre la pista, nosotros...

—Yo no tengo miedo —advirtió Te Ua—. Mi fe es fuerte. Los *pakeha* saben dónde estoy. Pero temen mi poder. De nuestro poder. *Pai marire, hau hau!*

—Pero los hombres de la fortaleza no se han asustado —intervino un guerrero—. Estaban alerta y dispararon cuando los atacamos.

—No podían haceros nada —opinó el Profeta, tranquilo.

—¡Eso es lo que nosotros pensábamos! —soltó uno de los guerreros que tenía un brazo vendado y empapado de sangre—. Rezamos e invocamos al viento, a Jehová y los ángeles. Gritamos y nos abalanzamos sobre ellos con las palabras santas en los labios. —Su voz se quebró.

—*Hapa, hapa!* —añadió otro—. ¡Pasa volando! Esto es lo que

teníamos que gritar para evitar las balas. Pero no nos sirvió de nada.

—¿No sirvió de nada? —replicó con severidad Te Ua—. ¿Es que no estáis aquí? ¿Casi ilesos?

—Nosotros sí —dijo el cabecilla—. Pero éramos cincuenta cuando atacamos la fortaleza. Los otros...

—Los otros están muertos —le ayudó uno de sus camaradas. Te Ua gimió.

—Pues si están muertos es por su propia culpa. Su fe no era lo suficiente sólida. No confiaron absolutamente en el poder de las *karakia*.

—Pero, *ariki*... —El guerrero parecía desconcertado.

—Ahora marchaos. Y arrepentíos. Sobre todo aquellos que no habéis conseguido evitar las balas enemigas. —Se quedó mirando con severidad al joven vendado—. Marchaos y rezad para que el *niu* os dé fuerza. ¡Pedid piedad! ¡Pedid perdón ya que habéis decepcionado a Rura y Riki! Vuestro deber era impedir que construyeran esa fortaleza. No lo habéis logrado. No me habéis traído las cabezas de nuestros enemigos. Id y haced penitencia.

Con un gesto despachó a los hombres, que se fueron encorvados y afligidos.

El Profeta se tomó su tiempo para recobrarse. Luego llamó a Eru, Kepa y Tamati.

—¿Sois vosotros los guerreros de la Isla Sur? —preguntó deslizando la mirada sobre los tres y deteniéndose en Eru.

»¡Tú! —dijo—. ¡Tú tienes los ojos de un *pakeha*!

Eru inspiró hondo, pero se contuvo.

—Tengo el corazón de un maorí —declaró—. Y el valor de un guerrero.

—Tienes el rostro de un guerrero —señaló Te Ua—. De un viejo guerrero, pero todavía eres joven. ¿Has matado alguna vez, Te Eriatara?

Eru se sintió asombrado y halagado por el hecho de que el Profeta conociera su nombre.

—¡Estoy preparado para matar por mi pueblo! —anunció.

—¿Y sabes lo que yo predico? Hasta ahora no he enviado ningún Profeta a vuestra tierra.

—He leído tu evangelio.

En los ojos del Profeta despertó el interés.

—¿Sabes leer?

Eru asintió.

—Lo he leído en voz alta a los hombres de mi *taua* —respondió con renovada confianza—. Todos sabemos lo que predicas, y todos somos creyentes.

Se esforzaba por hablar con firmeza. La conversación que acababa de escuchar entre Te Ua y aquellos desdichados supervivientes había hecho tambalearse su fe en la invulnerabilidad de los guerreros hauhau.

El Profeta hizo un gesto.

—Cuéntame tu historia —pidió—. Cuéntame qué te trae aquí.

Eru empezó despacio y con cautela, pero luego estalló su rabia. Habló de que Jane y Te Haitara veneraban a los dioses del dinero, a los que todo estaba sometido, y de que al final él había decidido ser un auténtico guerrero maorí.

Te Ua solo lo interrumpió una vez, cuando habló de su madre *pakeha* y de las clases en Rata Station.

—¿Tú hablar lengua *pakeha* sin tener que buscar palabras? —balbuceó en inglés.

Eru asintió.

—Claro —respondió también en inglés—. Es la lengua de mi madre. Lo hablo con fluidez, sin acento.

—¿Y los demás? —preguntó Te Ua. Su mirada tenía algo de acechante.

—Nosotros hablamos inglés bien —respondió Kepa despacio, para no cometer errores—. No tan bien como Eru, pero bien. Hemos aprendido en la escuela.

El Profeta asintió e hizo un gesto a Eru para que siguiera contando. El joven desplegó diligente toda su vida delante de él.

—¡Estamos aquí para luchar por nuestro pueblo! —confirmó de nuevo al concluir—. Echaremos a los *pakeha* al mar, iremos...

El Profeta hizo un gesto para que callara.

—La intención os honra —dijo—. Pero no os necesito como guerreros.

—¿Qué?

Los jóvenes replicaron casi al mismo tiempo, sorprendidos, decepcionados y listos para hacer alguna objeción. Pero Eru bajó la cabeza. Recordó las palabras de Aketu: «No cuenta lo que tú quieres.» Y luego estaba esa frase bíblica...

—Te Ua, nuestro profeta, nuestro padre. Hágase según tu voluntad.

El Profeta esbozó una ancha sonrisa.

—*Rire rire, hau hau!* —dijo con reconocimiento para librar al joven de la tensión—. No os necesito como guerreros. Sois demasiado valiosos para ello. Os necesito como emisarios. Me ayudaréis a propagar mi doctrina por el país.

8

Igual que Carol y Mara miraban perplejas la tierra incendiada de la Isla Norte, Linda contemplaba el valle destrozado, el llamado Gabriel's Gully, novecientos kilómetros más al sur. Hasta donde alcanzaba la vista no se percibía ni un solo árbol, ningún arbusto. De tanto remover la tierra habían destruido todas las raíces. Ni siquiera en las concesiones abandonadas asomaba una brizna de hierba a la luz del sol. El ponderado yacimiento de oro era la imagen más deprimente que Linda había visto jamás. Y eso que cinco años atrás, antes de que el australiano Gabriel Read hubiese encontrado el primer oro, seguro que había tenido un aspecto tan bello e idílico como el resto de Otago.

Fitz y Linda llevaban unos días avanzando con el carro entoldado por esa región montañosa que alternaba praderas con matorrales y bosquecillos. A ella le gustaba Otago. No le habría costado imaginarse una granja ahí y miraba con envidia las casas de campo que encontraban en el camino. Sin embargo, no llegaron a hablar con sus propietarios. Respecto a los buscadores de oro que pasaban, los granjeros eran más bien desconfiados. Incluso cuando Fitz y Carol se detenían solo para comprar alimento fresco, la gente solía recibirlos fusil en mano. Pedían ver el dinero antes de darles huevos, jamón y cereales.

—¡No se lo tomen a mal! —explicó una granjera que solo les permitió sacar agua de su pozo, apuntándoles con un Winchester—. En los últimos años ha venido por aquí tanta chusma que tenemos que protegernos. Ahora está mejorando. La mayor parte de los yacimientos están agotados y esa gentuza se marcha. ¿Qué les trae por aquí? ¿Es que creen que alguien ha dejado especialmente para ustedes unas pepitas de oro?

—¡Especialmente para nosotros, señora mía! —confirmó Fitz, dirigiéndole su encantadora sonrisa—. Pero primero vamos algo justos de dinero. ¿Hay algo aquí que pueda hacer por usted?

De hecho, a la joven pareja no le faltó el dinero durante el viaje. Pese al recelo de los habitantes, Fitz siempre conseguía pillar pequeños trabajos en las granjas del camino. Linda se alegraba de ello, al igual que se llenaba de vergüenza y preocupación cuando desaparecía de vez en cuando en la oscuridad para llegar una hora más tarde con un pollo o un par de huevos. Naturalmente, solo cuando poco antes del descanso nocturno pasaban junto a una granja.

—He salido de caza —afirmaba con una sonrisa traviesa cuando Linda le regañaba—. Una gallina kiwi y un par de huevos. Ha sido fácil de coger. A estas aves se las desentierra, ¿lo sabías?

Linda, que había vivido la mitad de su infancia en un poblado maorí, lo sabía mejor que él. Los kiwis solían enterrarse. Pero lo hacían durante el día. Eran aves nocturnas.

—Esta era una noctámbula. —Fitz hizo una mueca cuando ella se lo echó en cara—. ¡Ha roto con la norma! Ya se ve lo que sucede cuando uno hace esas cosas.

Sonriendo, tendió a su esposa el ave ya desplumada. Linda la asó sin hacer más preguntas.

Dejando de lado esos desencuentros, la joven era feliz en su matrimonio. Disfrutaba del viaje y Fitz solía estar contento. Bromeaba con su esposa, nunca se cansaba de describirle su futura riqueza. Cada noche la hacía feliz, aunque siempre de una manera distinta a como le habían contado sus amigas. Fitz era hábil con la lengua. Jugueteaba con su cuerpo, la acariciaba y excitaba con sus hábiles dedos. Pero pocas veces se le endurecía el miembro, y nunca lo suficiente para penetrarla. Pese a ello, Linda sangró. Fitz debía de haberle rasgado el velo que Cat había mencionado al contarles a ella y Carol lo que le esperaba a una mujer en su noche de bodas.

Linda se alegraba de ello. Al menos ya no era virgen. No obstante, se preguntaba qué era lo que no funcionaba con Fitz. Acabó aludiendo al tema.

Fitz volvió a contestar con una evasiva.

—Pienso más en ti que en mí —afirmó—. Este es el auténtico arte. Tú estás satisfecha, ¿no?

Linda estaba contenta, aunque después de haberse roto el himen y que ya no esperase sentir más dolor, a veces ansiaba sentir dentro de sí a su marido. Por muy satisfecha y agotada que yaciera entre sus brazos después de que él la hubiera llevado al clímax dos o tres veces, las noches de amor con Fitz dejaban un regusto amargo. Fitz sabía cómo excitarla, pero ¿por qué ella no lo conseguía con él? ¿Acaso no era lo suficientemente atractiva y seductora? ¿Le faltaba algo para cumplir con todos los requisitos de una mujer? Linda empezó a dudar de sí misma y se dedicó a trabajar duramente durante el día para ser una esposa perfecta. Lo consiguió mientras duró el viaje. Fue más difícil cuando por fin llegaron a Gabriel's Gully.

—Es horrible —dijo Linda.

Contemplaban desde una colina el vasto yacimiento de oro. Antes debía de haber reinado allí mucho movimiento. Para haber removido tanta tierra, miles y miles de hombres tenían que haberse puesto a excavar. Y todavía ahora había algunos trabajando en las concesiones, figuras tan grises y afligidas como el paisaje por el que deambulaban. Linda distinguió a hombres y mujeres armados de cedazos y palas. El día anterior había llovido y el fango les llegaba hasta las rodillas. Buscaban en vano el centelleante oro que Gabriel Read había encontrado tiempo atrás en las primeras inspecciones.

—Fitz, aquí ya no hay oro —dijo Linda en voz baja—. La granjera tenía razón, y también Bill Paxton. El yacimiento está agotado.

Su marido rio.

—Qué va, otra vez lo ves todo negro. Linda, ¡sonríe! ¡Estamos aquí, lo hemos conseguido! ¡Delante de nosotros está Gabriel's Gully!

Ella lo miró incrédula.

—¿Lo hemos conseguido, Fitz? ¿Quieres quedarte aquí? ¿Vas a intentar rascar algo del suelo?

Observó con un estremecimiento a una joven que, agotada, dejaba el cedazo a un lado para sentarse y dar de mamar a un bebé. Mientras trabajaba, llevaba al niño a la espalda.

Fitz asintió sin dudarlo.

—Claro, bonita. Pero primero buscaremos dónde alojarnos. No podemos vivir eternamente en el carro. ¿Cómo era que se llamaba el siguiente pueblucho? ¿Ese que han bautizado tres veces en los últimos años? Da igual, nos vamos allí. Y enseguida averiguaremos cómo se delimita una concesión. Suena bien, ¿verdad, Lindie? ¡Nuestra concesión!

Linda no encontraba nada atractiva la idea de clavar más estacas en la atormentada tierra de Gabriel's Gully. Allí nunca iban a ser los primeros en remover la tierra en busca de oro. Pero por el momento no podía decírselo a Fitz, estaba demasiado eufórico. Linda rogó que la licencia para cavar en ese lugar no costase dinero.

Los caminos desde Gabriel's Gully hasta la pequeña población de Tuapeka estaban trillados, y a veces el carro se quedaba atascado en las profundas roderas. No obstante, el suelo estaba tan comprimido que ya ni se embarraba y el agua de la lluvia solo formaba charcos en las irregularidades del terreno. A derecha e izquierda de los caminos abundaban las inmundicias, y de vez en cuando encontraban una cabaña abandonada o los restos podridos de una tienda de campaña. La vegetación no estaba tan destrozada como en los yacimientos, pero se veía maltratada. La hierba estaba amarillenta y mustia, los matorrales inclinados y los árboles caídos, y por todas partes se veían rastros de antiguas hogueras. En el momento culminante de la fiebre del oro, el campamento de los buscadores de Tuapeka se había extendido hasta el yacimiento de oro. Pero de aquello ya no quedaba nada, salvo un par de tiendas y cabañas improvisadas a un kilómetro del pueblo. Linda se estremeció al ver las construcciones de lona y restos de madera en que se alojaba la gente. Algunas mujeres cocinaban delante de las tiendas en fuegos al aire libre, los niños jugaban en la porquería.

Fitz parecía no darse cuenta de nada. Buscaba las oficinas. Se suponía que en cada esquina del asentamiento había un comprador de oro. Esperaba que lo ayudaran en lo referente a delimitar una concesión y encontrar alojamiento. En esos barrios miserables en las afueras de la ciudad no descubrieron ni tiendas ni oficinas, y la mujer a la que Fitz acabó preguntando señaló hacia la ciudad.

—Junto al banco hay una oficina —se limitó a decir—. El propietario se llama Oppenheimer.

El banco de Tuapeka no fue difícil de encontrar. La diminuta localidad no tenía otro banco que ese, una oficina de correos y un colmado. Solo llamaban la atención tres pubs con las fachadas pintadas de colores. Seguro que ahí iban a beber los buscadores de oro y no los pocos habitantes de la localidad. Cuando dos mujeres de maquillaje chillón salieron de uno de esos establecimientos, la digna señora que iba camino de uno de los colmados se cambió demostrativamente de acera. Linda iba a saludarla cuando el carro pasó junto a ella, pero la señora apartó la vista. Buscadores de oro y putas merecían el mismo desprecio.

Entre el banco y la oficina de correos había, efectivamente, una oficina. Dentro trabajaba un anciano con una frágil balanza. No levantó la vista cuando entraron Fitz y Linda. Frente a él había otro hombre vestido con ropa gastada y sucia. Tenía la vista fija en la balanza, donde brillaban unas diminutas láminas. El anciano depositaba unos pesos en el otro platillo de la balanza, pero no encontraba ninguno lo bastante pequeño para equilibrar la reducida cantidad de oro. Al final, levantó la vista y miró por el monóculo al individuo.

—Lo siento, Bob, pero por esto no puedo darte más de diez libras.

El buscador de oro respondió disgustado.

—¿Diez libras, Oppenheimer? Esto es el producto de toda una semana. Antes... ¡antes me habrías dado cien libras por esto!

El comprador se encogió de hombros.

—Yo no pago por horas, Bob, yo pago por onzas. Y esto no llega ni a un gramo, la balanza apenas lo señala. Si antes ganabas más, era porque encontrabas más oro.

—Antes tenías más competencia —respondió el *digger*—. Diez, veinte compradores de oro. ¡Hacías mejores precios!

El anciano negó con un gesto.

—No. Claro que difería en un par de peniques, pero todos nos guiábamos por el precio del oro en Londres.

El buscador de oro resopló.

—Me darían más allí, en Londres, ¿no? —se burló—. Vosotros los judíos os guardáis la mitad en el bolsillo, os...

El anciano vació con cuidado el platillo de la balanza y deslizó las laminillas de oro sobre una hoja de papel blanco. La dobló primorosamente y se la tendió al *digger*.

—Aquí tienes, Bob, vete a Londres. A lo mejor te dan trece o catorce libras, suponiendo que compren cantidades tan pequeñas.

El rostro de Bob reflejaba sus cavilaciones.

—Bueno... en fin... no lo decía en este sentido —dijo, cambiando de tono.

El comprador se encogió de hombros.

—Entonces, ¿quieres el dinero ahora? —preguntó—. A mí me da igual. Solo que cuando negociemos tenemos que ponernos de acuerdo, por favor, en que yo no te engañe ni tú me ofendas.

El *digger* refunfuñaba mientras Oppenheimer contaba el dinero.

—¿Y qué puedo hacer por ustedes? —preguntó el anciano amablemente cuando les tocó el turno a Fitz y Linda.

Frunció el ceño cuando Fitz formuló sus deseos.

—¿Quiere marcar una concesión? No necesita hacerlo. Coja una que esté abandonada. En algún sitio tendré un plano. —Oppenheimer se levantó con esfuerzo y empezó a buscar, sin resultado—. Hum... ¿a lo mejor en el banco? ¿O en correos? —El anciano dejó el despacho y se dirigió al local contiguo.

—Buenas, Jeff —saludó al cartero al entrar—. ¿Llevas todavía el libro de quién tiene concesiones en Gully?

Linda y Fitz echaron un vistazo al local por detrás de él y vieron que el encargado indicaba a Oppenheimer que buscara fuera en un cartel. Efectivamente, en la fachada de madera había un papel descolorido con un mapa burdamente trazado. Había marcadas unas parcelas. Oppenheimer arrancó la hoja y la estudió.

—Aquí... —dijo, señalando una mancha del plano—. Roberts se hizo con un buen puñado de oro al principio y se marchó a Dunedin. Luego Bernard se quedó con la concesión, todavía encontró algo, pero lo derrochó a la misma velocidad con que lo había encontrado. Ahora sigue buscando oro en la costa Oeste. La concesión está libre. O esta, la de Peterson. Muy prometedora al principio, pero se agotó deprisa. Peterson lo intentó una y otra vez. El último invierno se disparó un tiro. Nadie quiso quedarse con su concesión. Y aquí otra más... la de Wender. Al principio se ganaba bien la vida, pero no lo suficiente deprisa para él. Le dio la concesión a Feathers y este ganó mucho. Hoy tiene una granja de ovejas cerca de Queenstown. Luego, tres o cuatro más removieron el suelo. Si quiere saber mi opinión, ahí no queda ni una pizca de oro, pero la concesión está libre.

—¿Queda oro en algún lugar? —interrumpió Linda.

Oppenheimer arqueó las cejas. Luego se pasó la mano meditabundo por la calva como si todavía tuviera cabello que peinarse.

—Missus, cuando Read llegó aquí, Gabriel's Gully era veinte pulgadas más alta que ahora. Luego levantaron la tierra y la removieron y lo cribaron todo una y otra vez. A lo mejor pasaron por alto alguna pizca. Bob todavía extrae cada semana oro por valor de diez libras. Y en casi cualquier arroyo de los alrededores puede lavarse oro: el juego favorito de los niños. Después vienen a mi tienda la mar de orgullosos y lo cambian por un par de peniques, calderilla. Pero, señorita, apostaría mi cabeza a que aquí no va a hacerse rica. —Se volvió hacia Fitz—. Si es usted listo, caballero, búsquese otro trabajo. O vaya a la costa Oeste, a lo mejor amasa allí una fortuna. Pero no deja de ser un camino difícil. Con su *Missus*... —Hizo una mueca con la boca—. ¿Están ustedes casados?

Linda asintió orgullosa y le mostró el anillo.

—No se lo puede exigir a una mujer decente —finalizó Oppenheimer.

—De todos modos, quisiera probar primero aquí —objetó despreocupadamente Fitz—. A lo mejor en los alrededores de Gully, puede que todavía no haya buscado nadie por ahí.

El anciano rio.

—Yo no puedo impedírselo —apuntó—. Si luego tiene algo que vender... ya sabe dónde encontrarme. ¿Puedo hacer algo más por usted?

—¿Dónde podemos alojarnos? —preguntó Linda—. ¿Se alquilan cabañas?

Oppenheimer señaló en dirección al campamento de buscadores de oro, en las afueras.

—Coja una de las que están abandonadas. Pero no son castillos. Están construidas a toda prisa con restos de madera. Ningún buscador de oro quería perder tiempo edificando algo estable. Cuando llegaban eran demasiado pobres para arreglarlas como es debido. Cuando se marchaban, en el mejor de los casos ya no las necesitaban. Pero pocas veces ocurría...

El anciano se dirigió balanceándose hacia su oficina. Linda se percató de que ni siquiera se había tomado la molestia de cerrarla con llave. No debía de haber mucho dinero que llevarse. Ni demasiado oro. Dio las gracias amablemente, al igual que Fitz.

—¡Nos vemos! —se despidió este alegremente—. A partir de mañana haremos negocios juntos.

Fitz dirigió el carro de vuelta hacia el campamento. De nuevo llovía y Linda se quedó con *Amy* en el vehículo mientras él salía a dar una vuelta. Regresó enseguida, de buen humor y radiante pese al tiempo lluvioso.

—Tengo una casa para nosotros —anunció, dándose importancia—. Nada estupendo, pero es gratis. Bueno, casi gratis, le he prometido a la propietaria un par de peniques a la semana.

Linda lo aprobó optimista. Si era una casa de alquiler, al menos tendría un techo.

La cabaña, ante la cual Fitz detuvo el carro del que *Brianna* había tirado fatigosamente por el barro, le hizo perder la ilusión al instante.

—¿Es... es esta la casa? —preguntó.

El alojamiento era diminuto, solo tenía sitio para dormir uno al lado del otro. Sobre el suelo había unos colchones llenos de manchas. También había una mesa maltrecha y solo una silla. Las paredes estaban torpemente construidas. A simple vista se descubría por dónde se introduciría el viento cuando hubiese tormenta. La cubierta era al menos impermeable. Debían de haberla reparado varias veces.

—¿Puedo ayudarles? —oyó Linda que alguien preguntaba mientras miraba entristecida su nuevo domicilio—. ¿Para meter algo o así?

Linda se dio media vuelta y reconoció a la joven que había dado de mamar al niño en el yacimiento de oro. También ahora llevaba al crío a la espalda.

Linda negó con la cabeza.

—No, gracias, ya nos apañaremos. Es mejor que se vaya a casa, o el pequeño se mojará. ¿O es pequeña? —Intentó sonreír.

La flaca mujer, de labios agrietados y ojos rasgados, no le devolvió la sonrisa.

—Es niño —respondió—. Al menos ha tenido suerte. No es niña.

Desconcertada, Linda se acercó al bebé. Intentó hacerlo sonreír balanceando el medallón delante de su cara.

—¿Y cómo se llama? —preguntó.

—Paddy. Por su padre. Sé quién fue, por si le interesa. Aunque nadie me cree. Y eso... —Señaló el medallón—. Yo lo escondería. Aquí todos van tras el sol, da igual dónde lo encuentren.

Linda le agradeció el consejo.

—No volveré a llevarlo, o al menos lo haré debajo del vestido —prometió—. Por cierto, mi nombre es Linda Fitzpatrick. ¿Es usted... una vecina?

La mujer soltó una risa gutural.

—Se podría decir así. Soy su casera —anunció con socarronería—. Este cobertizo es mío, y la cabaña de al lado también. Construimos aquí, simplemente, y nadie nos echó.

Entretanto había llegado *Amy*. Contenta de huir de la lluvia, se lanzó sobre un colchón. Linda la regañó sin mucho convencimiento.

—Qué mona... —dijo la joven—. Pero no la deje suelta. O acabará en un asador. Estos tipos se lo comen todo.

Linda la miró aterrorizada.

—¿Esta gente come... perros?

La mujer se encogió de hombros.

—Perros, gatos, ratas. Con el poco oro que encuentran aquí pueden comprarse comida o whisky. ¡Adivine por qué se deciden! Y cuando hay suficiente, todo está rico.

—¡Es espantoso! —Linda sintió pánico, de ser por ella se hubiera marchado de inmediato—. Se... se llama *Amy*. Y es un perro pastor amaestrado, un border collie. Ella... —*Amy* oyó su nombre y se colocó al lado de Linda moviendo la cola.

—Soy Ireen —se presentó a su vez la mujer—. Ireen Sullivan. O Miller. No sé si el tipo que me casó era realmente un reverendo.

Antes de que pudiera seguir hablando, Fitz entró en la diminuta cabaña y abrazó impetuosamente a Linda.

—¡Ya está listo, cariño! ¡Bienvenida a tu nuevo hogar! Es lo que yo digo: cuanto menos lastre, menos trabajo...

Mientras Linda hablaba con Ireen, había sacado del carro las pocas pertenencias de la pareja y las llevaba a la cabaña en ese momento. Lo primero que hizo fue descorchar una botella de whisky.

—Venga, ¡vamos a celebrarlo! —Contra su costumbre, también Linda se llevó la botella a los labios y bebió, aunque se sentía inquieta. Tal vez el alcohol la despojara de sus miedos y la ayudase a asumir su nueva vida. Fitz observó complacido cómo Linda y Ireen iban bebiendo tragos de whisky alternadamente.

—¿Nos queda algo de comida? —preguntó a su esposa.

Un poco a regañadientes, Linda compartió sus últimas provisiones con Ireen y el pequeño Paddy, que se llenaba la boca casi sin dientes con trozos de pan remojados. Ireen ingería igual de ansiosa el pan y la carne seca. Se diría que era un banquete para ellos.

—¿Tiene su marido una concesión, señora Miller? —preguntó Fitz mientras repartía también con su inalterable optimismo los últimos restos de pan y queso.

Linda lo observó con sentimientos encontrados. Se alegraba de que Ireen y Paddy saciaran por una vez su apetito, pero al día siguiente tendrían que ir a comprar y las reservas de dinero iban disminuyendo.

—Mi marido no está —respondió lacónica Ireen—. Y yo excavo donde sea. Y de vez en cuando también lavo oro en alguno de los arroyos. Pero ahora tengo demasiado frío. Estar tanto rato con los pies descalzos en el agua...

Había estado con el barro cubriéndole más arriba del dobladillo de la falda cuando Linda la había visto lavando el oro.

—Y... ¿gana lo suficiente para mantenerse usted y al niño? —preguntó con prudencia Linda.

Ireen la fulminó con la mirada. De repente pareció montar en cólera.

—Sí, señora, ¡gracias por su interés! —respondió enfadada—. No digo que no cuando se presenta algo más. El ser humano ha de vivir. ¡Pero no hago la calle! ¡El niño no oirá que me llamen puta!

Linda alzó las manos apaciguadora.

—Solo preguntaba... —se disculpó.

De hecho, nunca se le habría ocurrido que Ireen fuera una mujer de la calle. La joven era exactamente lo contrario de las rechonchas mujeres del pub con maquillaje chillón que había visto en Tuapeka. Estaba pálida y consumida, tenía un cabello rubio muy fino y desgreñado, sus ojos acuosos de un azul claro parecían desprovistos de pestañas. No había en ella nada de excitante. Fitz observaba a Ireen con indiferencia.

—Ahora tengo que irme —dijo la joven, mirando con pena el resto del whisky que quedaba en la botella—. Si bebo más, mañana no haré nada. ¿Te llevo conmigo a buscar oro? —preguntó a Linda, pasando sin más al tuteo—. Porque... uno solo no encontrará lo suficiente para los dos.

9

Te Ua Haumene destinó a Eru, Kepa y Tamati a un grupo de guerreros que tenía que predicar su doctrina en el interior y en la costa Este de la Isla Norte. Hasta allí había un largo trayecto y los tres jóvenes tenían que mediar cuando se encontraran con *pakeha*. Los guerreros habían planeado que, llegado el caso, se mostrarían amables y dóciles y que tal vez hasta fingirían ser miembros de las tropas de apoyo maoríes. El Profeta les ordenó que vistieran ropa *pakeha*, lo que tropezó con fuertes protestas del cabecilla.

—¡Yo no voy a ponerme al mismo nivel que ellos! —se lamentó enfurecido Kereopa Te Rau, quien tenía que dirigir la expedición con Patara Raukatauri.

Ambos formaban parte de los primeros guerreros hauhau. A menudo se les calificaba de profetas. Kereopa, sobre todo, era un orador vehemente y odiaba con toda su alma a los *pakeha*. El año anterior, su esposa, sus hijos y su hermana habían muerto en un combate con las tropas del general Cameron. Sus muertes todavía habían avivado más la ira del ya antes fanático guerrero.

—No irás a exigir que me humille delante de ellos —protestó.

Eru bajó la cabeza. Ya llevaba unos días en el *pa* de Wereroa y siempre al lado del Profeta. Antes de que Te Ua destinara a sus embajadores, se les instruía y se comprobaba que eran firmes creyentes. Eru se había percatado de lo poco que le gustaba al Profeta que le contradijeran o simplemente le plantearan preguntas. Era algo nuevo para los jóvenes ngai tahu. Los ancianos de su tribu siempre habían tenido paciencia con la sed de conocimiento de los jóvenes. Se permitía todo tipo de pregunta y si no se podía responder, se remitían a los misterios de dioses y espíritus. A fin de cuentas, ni siquiera un *tohunga* estaba al corriente de todos sus planes. Los sacerdotes no lo consideraban una vergüenza.

El comportamiento de Te Ua Haumene, por el contrario, le recordaba al de los misioneros de Tuahiwi. También ellos reaccionaban con aspereza cuando él les planteaba alguna pregunta embarazosa y también ponían por delante la fe al conocimiento. No obstante, el Profeta fue indulgente con Kereopa Te Rau. Tal vez consideraba al viejo guerrero más como una persona de su mismo rango que como un alumno.

—Entonces utiliza el poder de tu fe y hazte invisible —contestó—. Pero no lo olvides, Kereopa, lo importante es llegar a las tribus del este. Muchas de ellas nunca han oído hablar de nosotros, o al menos no se les ha comunicado nuestra fuerza. Es tu deber ganar su adhesión. Si para ello tienes que disimular y esconderte, será para servir nuestra causa. Tal vez más que si te quedas aquí para dirigir ataques y destruir fortalezas. Solo todos juntos, como un único pueblo, podremos combatir efectivamente a los *pakeha*.

Kereopa suspiró. Tenía un cabello negro y abundante, una barba no menos salvaje, ojos grandes y algunos tatuajes alrededor de la nariz y sobre la frente.

—¡Si un *pakeha* se cruza en nuestro camino, acabará como estos! —advirtió, rebuscando en un saco que llevaba su amigo Patara.

Eru y sus compañeros se sobresaltaron cuando sacó la cabeza de un soldado *pakeha*. Habían oído decir que los hauhau habían recuperado la antigua tradición guerrera de decapitar al enemigo una vez muerto y conservar su cabeza como trofeo. Hasta el momento, nunca habían visto un *souvenir* tan lóbrego y se estremecieron ante la visión del rostro reducido y oscurecido por el humo. Por lo visto, en el saco había más.

—Estos tipos iban a destruir nuestros campos de cultivo junto al Ahuahu —explicó a los jóvenes, que habían palidecido—. Hace un año. ¡Nosotros los echamos y cogimos siete cabezas!

Eru combatió las náuseas. Dio gracias a los dioses cuando el viejo volvió a guardar el trofeo en el saco.

El Profeta se dirigió a su emisario sin trazas de sentir asco ante la espantosa reliquia, pero con severidad.

—Kereopa, ya sabes que esta es una misión de paz —advirtió—. Llevamos a la gente un mensaje bueno. Tienen que oír las palabras de Tama-Rura y Riki. Deben creer en la tierra prometida llena de paz y amor en que convertiremos Aotearoa en cuanto hayan desaparecido los *pakeha*. Nuestra obligación es cumplir nuestro deber, no lo que nos apetezca. Matamos sin piedad, pero también sin alegría.

Kereopa se encogió de hombros.

—Te Ua, lo muerto, muerto está —se atrevió a señalar. Estaba claro que el viejo guerrero no tenía miedo—. Y cuantos más *pakeha* estén muertos, tanto mejor. Matarlos es nuestro deber principal y eso también se lo diré a la gente. De la paz y el amor ya hablaremos más tarde. O por mí, que hablen de eso tus pequeños alumnos de la misión.

Señaló a Eru, Tamati y Kepa, y su tono fue mordaz. Desde que había oído hablar de su presencia en Tuahiwi, miraba a los tres con desconfianza. Se oponía también a que hicieran la labor de intérpretes. Según su opinión, él no necesitaba de ningún mediador. Pese al largo y sin duda peligroso viaje a través de la isla, durante el cual debían llamar lo menos posible la atención de los misioneros, apostaba menos por el camuflaje que por la guerra.

El Profeta no se unió a su áspera risa, sino que miró con gravedad a Eru y sus amigos.

—Ya lo oís —dijo—. Kereopa acaba de daros un trabajo. Él predicará la guerra y vosotros la paz. Mirad... —Se puso en pie y cogió un bello ejemplar encuadernado en piel de su evangelio—. Leedlo otra vez durante el viaje, aprendedlo de memoria y predicadlo a todos.

—¿Nos escucharán? —preguntó Kepa vacilante.

Te Ua le clavó su mirada.

—Cuando sientas la vehemencia de la palabra del arcángel, podrás divulgarla. Lo único que cuenta es tu fe. Te hace invulnerable, da a tu voz la fuerza del trueno y hace tu discurso dulce como la miel de *manuka*. Pero dudas...

—Yo... ¡yo no dudo! —aseguró Kepa.

El Profeta asintió.

—Entonces mañana partiréis —determinó.

En los días siguientes, los tres jóvenes apreciaron en su justo valor a Kereopa Te Rau y sus guerreros. El grupo cruzó el distrito de Whanganui, ocupado por los *pakeha*, y se adentró en el paisaje volcánico que rodeaba Tongariro sin toparse con ningún blanco. Pese a su sed de sangre, Kereopa se atuvo a las indicaciones del Profeta. Se hizo invisible, aunque no gracias a los conjuros hauhau. Sus guerreros se limitaban a deslizarse sigilosamente a través de los bosques, parecían intuir, más que ver, las patrullas *pakeha* y se confundían con los arbustos y árboles en cuanto asomaban los blancos a lo lejos.

Eru y sus amigos todavía tenían que aprenderlo todo, pero Kereopa y Patara eran un buen profesor y un diestro líder. Tras el comienzo más bien desagradable de su relación, Eru había temido que durante el viaje fueran víctimas de burla y escarnio. Pero Kereopa se abstuvo de hacerlo. No parecía importarle que Te Ua hubiera confiado a los jóvenes las tareas que en un principio debía realizar él. Por lo visto, no le gustaba predicar. Así que los dejaba en paz cuando ensayaban sus discursos con fervor. Para entonces ya se sabían de memoria el evangelio de Te Ua Haumene. Sin embargo, leer el libro en voz alta junto a la hoguera, como Eru había sugerido al principio, era imposible. Al menos los primeros días, cuando atravesaban el territorio *pakeha*, no hicieron fuego. Los guerreros tampoco cazaban, sino que se alimentaban de las provisiones que llevaban: pescado seco y ahumado, carne y pan ácimo. Si bien Eru tenía un problema con el pescado ahumado. Cada vez que intentaba llevarse a la boca un pedazo de esa carne dura, se acordaba de las cabezas que había en el saco de Patara. Seguro que para conservarlas se había utilizado el mismo método que con el pescado.

Los mayores se relajaron un poco cuando dejaron atrás los bosques. El terreno volcánico que rodeaba el Tongariro presentaba escasa vegetación. Se podía ver en lontananza, incluso si se cernían unas espesas nubes en el cielo y llovía torrencialmente, como ocurría casi cada día. Eru, Kepa y Tamati se alegraron de que su jefe hubiera decidido ponerse el traje de guerrero tradicional en lugar de disfrazarse con ropa *pakeha*. Con el torso desnudo, uno pasaba más frío bajo los chaparrones, pero se secaba antes. Los faldellines de *raupo* no absorbían la humedad.

A orillas del lago Taupo encontraron una tribu maorí que todavía no había establecido ningún contacto con los *pakeha*. Por detrás del *marae* se extendía un maravilloso paisaje de colinas con matorrales y bosques; por delante, el *iwi* de los ngati tuwharetoa tenía el agua, abundante en peces, del mayor lago de Aotearoa. Los habitantes del *marae* recibieron a aquellos guerreros desconocidos con desconfianza, pero luego les dieron la bienvenida y los agasajaron con pescado fresco, cereales y boniatos de los cultivos vecinos. La tierra era fértil. Que los *pakeha* intentaran hacerse con ella era cuestión de tiempo.

Kereopa se centró en esta amenaza cuando empezó a hablar de los hauhau. En su discurso, los arcángeles desempeñaban una función más bien secundaria, y se refirió más a la invulnerabilidad, la fuerza combativa, el valor y la voluntad de vencer.

—Y ahora Te Eriatara os contará algo más sobre las visiones de nuestro Profeta —dijo al final, introduciendo temas más edificantes.

Al menos ya se había ganado para la causa a los miembros más jóvenes de la tribu. Miraban tan asombrados como fascinados las cabezas ahumadas de los *pakeha*. Patara las había expuesto con habilidad alrededor de la hoguera, después de que se pusiera el sol.

La luz danzaba espectralmente alrededor de las hundidas cuencas de los ojos y las bocas torcidas.

—Jehová, Tama-Rura y Riki han conjurado sus espíritus —susurraban los reunidos.

Eru tenía claro que después de eso ya no podía hablarles de paz y amor. Así que empezó su discurso de forma belicosa con una cita de la Biblia: quien siembra vientos recoge tempestades. Habló de modo sugestivo del viento que había inspirado a Te Ua Haumene, de sus visiones de una Aotearoa libre y del pueblo elegido. Invitó a los oyentes a entonar los gritos de *hau hau* y *mai merire* y se ganó un gesto de aprobación de Kereopa. Hasta el final no habló de la paz y el amor entre las tribus.

—Tama-Rura y Riki, Jehová y su hijo, todos quieren ver unida a Aotearoa. Ahora en la guerra y luego también en la paz. Solo unidos podremos vencer; y solo unidos podremos hacer realidad la visión todavía más grande: ¡vida eterna en un país donde fluya la leche y la miel! *Rire rire, hau hau!*

—Eso de la vida eterna te lo has inventado, ¿verdad? —le susurró Tamati cuando Eru volvió a reunirse con sus amigos, radiante y todavía exaltado por el discurso.

Eru se encogió de hombros.

—Bueno, si somos invulnerables, ¿de qué vamos a morir? —replicó.

Kereopa y Patara todavía no se habían dado cuenta del cambio introducido en la visión de Te Ua Haumene, y los maoríes adoctrinados todavía menos. A la mañana siguiente, levantaron entusiasmados un *niu*. Solo un par de *tohunga* y las ancianas de la tribu se mantuvieron aparte. Patara se ganó el favor del consejo de ancianos cuando les enseñó las cabezas capturadas. Al principio Eru no se percató, pero con el tiempo tomó conciencia de qué clase de ideas había detrás de la exhibición de los trofeos. La caza de cabezas traía a la memoria de algunos ancianos los gloriosos días de su juventud, cuando las tribus de la Isla Norte todavía luchaban encarnizadamente entre sí. Entonces ocurría con frecuencia que se decapitara al enemigo y se exhibiera su cabeza, incluso que el ansia de sangre culminara en canibalismo.

De eso hacía mucho tiempo, aunque tales imágenes todavía seguían latentes en la mente de los ancianos, y cuando los hauhau les volvían a dar vida aparecían como guardianes de la tradición. Con los nuevos dioses y esos extraños rezos lograban embaucar a los jóvenes en la guerra. Para muchos ancianos guerreros era como tener una espina clavada ver a la nueva generación tratando con *pakeha* en lugar de cortando cabezas. Se enojaban porque los hombres disfrutaban con un buen cuchillo de caza en lugar de estar tallando mazas de guerra, y porque las muchachas vestían ropa *pakeha* y se adornaban con abalorios de colores. Los jóvenes ya no veían a la tribu vecina como a un rival, sino a alguien con quien se hablaba sobre el precio de la tierra que se iba a ocupar, e intentaban comprender las costumbres de los blancos.

Pero ahora, los jóvenes guerreros bailaban entusiasmados alrededor del *niu*. Escuchaban con ojos brillantes los relatos de Kereopa y Patara y se armaban para unirse a los guerreros hauhau. Como Eru y sus amigos pronto comprobaron, eso último era el objetivo de todo el viaje: reclutar soldados para Te Ua Haumene.

Al igual que en esa primera tribu, fueron muchos los jóvenes guerreros de los demás *iwi* que visitaron los que decidieron partir hacia el oeste. Eso no siempre era del agrado de sus jefes y las mujeres solían estar en contra. Sin embargo, o bien no se escuchaban sus razones o bien se rebatían de forma peculiar.

—Sí, claro que vuestros jóvenes guerreros se marchan al oeste —explicaba Patara—. Pero volverán convertidos en hombres en cuanto hayamos derrotado a los *pakeha*.

—¿Y hasta entonces? —preguntó una muchacha osada—. ¿Quién va a defender hasta entonces a nuestra tribu? ¿Quién se va a casar con nuestras chicas? ¿Quién criará a nuestros hijos?

Patara soltó una risa ronca.

—Hija, no se necesita un hombre para cada mujer. En sus visiones, Te Ua ve el futuro al igual que el pasado. En aquel período dorado todavía cazábamos moas y recordábamos las playas de Hawaiki como si hubiésemos abandonado la isla un día antes. Entonces cada guerrero tenía más de una mujer. Y vivían felices y en paz las unas con las otras. Así que daos por satisfechas y acordaos de aquellos tiempos que fueron y que volverán. *Rire rire, hau hau!*

Ante tales palabras, las mujeres solían callar perplejas mientras los hombres aplaudían la idea de la poligamia en la tierra prometida. Sin embargo, Eru se sentía afectado. Mara no querría compartirlo con otra y tampoco él se imaginaba amando a más de una mujer.

A veces, las mujeres jóvenes se trasladaban con sus maridos al oeste. Kereopa no se lo impedía. Eru se preguntaba si recordaba la tradición de las guerreras maoríes o si dejaría simplemente que el Profeta aclarase ese asunto. Los «misioneros», en cualquier caso, no dedicaban ningún pensamiento al futuro de los soldados que reclutaban. Simplemente salían el día después al encuentro de otra tribu. Hasta que Aotearoa estuviera unida había muchos *niu* que levantar.

Eru hacía cuanto podía para ganar adeptos a la causa.

En Rotorua, una región que fascinó y amedrentó por igual a los tres amigos, en la que había manantiales de agua hirviendo que escupían al cielo columnas de agua de metros de altura, Kereopa los llamó.

—¡Hemos llegado a nuestro destino! —informó—. A partir de ahora, no solo visitaremos las tribus que encontremos por el camino, sino que predicaremos la doctrina en toda la costa —explicó el cabecilla—. Para eso nos repartiremos. Patara, el joven Eru y yo iremos a Whakatane y seguiremos por la costa en dirección a Opotiki. Los demás se quedarán en el interior y se ocuparán de Ruatahuna y Wairoa.

Los hombres, sobre todo Kepa y Tamati, se sobresaltaron, y Kepa ya quería poner alguna objeción, pero Kereopa prosiguió su discurso.

—No hay peros que valgan, así lo acordamos con Te Ua. Bien, hasta ahora hemos sido básicamente Patara, Eru y yo los que hemos predicado, pero vosotros podéis hacerlo igual de bien. —Además de Kepa y Tamati, también formaban parte del grupo dos guerreros mayores, más tranquilos, pero no por ello menos experimentados y decididos que los jefes de la expedición—. Por supuesto, nos repartiremos las cabezas. Os damos cuatro y nosotros nos quedamos tres. Guardadlas. Sabéis que son una herramienta importante para convencer a la gente. Demuestran que los *pakeha* no son invencibles. Cuando hayamos llevado nuestra misión a buen fin, nos volveremos a encontrar de nuevo. *Pai marire, hau hau!*

Los hombres respondieron dubitativos. Solo Eru contestó lleno de emoción. Lo habían elegido para seguir viajando con los jefes. Por las regiones más difíciles de adoctrinar que Ruatahuna y Wairoa. En Opotiki se hallaba una de las misiones más importantes del país. Ahí trabajaban el misionero Carl Völkner y el extraño tío de Mara, Franz Lange. Las tribus de los alrededores ya se habían convertido hacía tiempo al cristianismo, sus hombres estaban desarmados y los niños se apiñaban en las escuelas como en Tuahiwi. ¡Pero ahora llegaban ellos, los delegados de Te Ua Haumene! ¡Dispuestos a llevar la guerra a la misión, decididos a sustituir la cruz por el *niu*!

Eru apenas si podía esperar.

10

Fitz se sintió un poco ofendido ante la idea de enviar al día siguiente a Linda a los yacimientos con Ireen.

—Pero, cariño, ¡claro que encontraré suficiente para los dos! Mi baronesita de la lana no tiene que andar buscando oro por el fango.

—¿Y qué voy a hacer aquí todo el día? ¿Ordenar la casa y dar brillo a la plata?

Ireen rio. Había ido a verlos con Paddy después de que Fitz hubiera encendido un fuego delante de la cabaña. No tenían dinero para comprar leña y las pocas provisiones que habían reunido se habían mojado con la lluvia. Fitz, por el contrario, había guardado un par de leños secos en el carro entoldado. No les quedaba nada que comer, pero Linda preparó un café cargado. Volvió a invitar a Ireen. No tenía valor para dejar que la joven, temblorosa de frío, contemplara cómo ella y Fitz tomaban esa estimulante bebida. La lluvia había disminuido por la noche, pero no el frío. El invierno llegaba antes a Otago que a las llanuras de Canterbury. Linda ya se estremecía al pensar en cómo sería dentro de dos o tres meses. ¿Viviría todavía en ese cobertizo y cocinaría en una hoguera al aire libre?

—Todos colaboramos en excavar el oro —explicó Ireen—. Hombres, mujeres, niños... Antes se trataba de ir rápido. Sacar tanto como fuera posible antes de que llegase otro. Y hoy es pura supervivencia. Ya no hay apenas oro. El que puede, se marcha a la costa Oeste.

Al final, Linda se salió con la suya. Provista de una pala y una sartén para lavar el oro, y seguida de una alegre *Amy*, se marchó con Ireen hacia Gabriel's Gully. Fitz no se unió a las mujeres, sino que ensilló su caballo. Quería echar un vistazo por los yacimientos en los terrenos alejados del campamento. Allí esperaba conseguir un botín más abundante. «Ahí seguro que ha buscado menos gente —le dijo a Linda—. A lo mejor todavía queda algún rincón donde nadie ha buscado.»

—Los hay a montones —observó Ireen cuando Linda le contó los planes de su marido—. Aunque solo porque no se encuentra nada. No sé cómo, pero los yacimientos de oro tienen unos límites claros. Y aquí ya están sondeados, hazme caso. Sería imposible que precisamente tu Fitz encontrara un rinconcito que se les hubiera escapado a los más de veinte mil tipos que han estado removiendo tierra por aquí hace dos años.

Linda suspiró y se dirigió con Ireen hacia el norte. Esa mañana tenía que aprender a lavar oro. Ireen se dirigía a un arroyo para hacerlo. Por el camino, pasaron junto a algunos hombres y mujeres que trabajaban en sus concesiones. Por lo general, los hombres cavaban hoyos profundos en la tierra y las mujeres cribaban la tierra con el cedazo.

—No sirve de nada —observó Ireen, mirando de reojo a los buscadores—. Tan abajo no está el oro. Sí, ya sé, hay minas y cavan galerías subterráneas y buscan por ahí abajo. Aquí también lo probaron y murieron uno o dos cuando las galerías se hundieron. Aquí estaba en las capas superiores, es probable que arrastrado desde las montañas. También hoy baja por los arroyos. Todavía se encuentra un poco en ellos.

Ireen se desplazaba con agilidad por el terreno, escarpado y cenagoso. Linda la seguía dando traspiés.

—¿Llevas mucho tiempo aquí? —preguntó jadeante.

Ireen, por el contrario, no daba ninguna muestra de estar cansada aunque cargaba con Paddy. Se había atado el niño a la espalda.

—Vine con el primer grupo de buscadores de oro. Mi padre tenía un pub en Irlanda. Siempre estaba con un pie en la cárcel y con deudas hasta el cuello. Ya vendía a mis hermanas en Irlanda, la idea no se le ocurrió aquí. —Irritada, cambió la pesada pala del hombro derecho al izquierdo—. Cuando oyó hablar del oro, salimos de Galway a escondidas. Toda la familia, padre, madre y cuatro hermanas. De nuevo de prestado. Entonces se llenaban barcos enteros con buscadores de oro, las compañías navieras permitían que los hombres pagaran la travesía a plazos. Más tarde, con las ganancias de los yacimientos. Naturalmente, esto no era válido para nosotras, las niñas. Mi viejo tuvo que pagar por sus hijas. Durante el viaje, mis hermanas le devolvieron dos o tres veces lo que había pagado.

Linda frunció el ceño.

—¿Se lo devolvieron? —preguntó insegura—. Esto... ¿trabajando?

Ireen soltó una risa amarga.

—Eres una ingenua, ¿eh? ¿Todavía no llevas mucho viajando con Fitz? ¿Cómo has dado con él? No encajáis para nada, ese tipo y tú, una campesina inocente...

Desconcertada, Linda iba a contestar, pero Ireen siguió hablando.

—Sí, mis hermanas trabajaron. Mi padre las vendía a los tipos que hacían el viaje solos. Tres meses en el mar, los había que se ponían calientes. Y todos de buen humor, convencidos de que llegarían en tres días aquí. No les preocupaba gastarse en el barco sus últimos peniques en una puta.

—¿Y tú? —preguntó Linda horrorizada.

—Yo solo tenía doce años —respondió Ireen. Linda calculó deprisa. Eso significaba que debía de tener como mucho dieciséis ahora. Le habría puesto unos diez más—. Mi madre cuidó de mí. Por desgracia luego murió de fiebre tifoidea, en el barco. Pero yo tenía un plazo de gracia. En Dunedin los tipos empezaron a ver que en Otago el oro no crecía en las calles. Necesitaban un equipo mínimo. Palas, sartenes y tiendas... Ahí ya no quedaba nada para las putas.

»Y aquí al principio realmente había oro. Mi padre nos envió a los yacimientos. Créeme, cada una de las chicas rendíamos en la concesión como dos tipos. De lo contrario, sabíamos lo que nos esperaba.

Entretanto, las dos jóvenes habían llegado al arroyo. Linda estaba desconcertada. Los arroyos que ella conocía fluían entre el verdor del paisaje y muchas veces tenían las orillas cubiertas de *raupo*. Ese arroyo se abría paso a través de una tierra yerma. Ireen tenía razón. No quedaba ni un palmo de Gabriel's Gully por remover.

Ireen se recogió la falda por encima de las rodillas sin preocuparse de si había otros buscadores de oro a la vista. Linda la imitó y pensó angustiada en Deborah Butler. Siempre las había reñido por montar a horcajadas en lugar de en una silla de amazona, aunque esta dejaba al descubierto el tobillo cubierto con las medias. Si la viera la señora Butler en ese momento...

Como Ireen, Linda se quitó los zapatos y las medias. A continuación, su nueva amiga le enseñó cómo coger arena del lecho del arroyo con la sartén para cribarla después con cuidado, haciendo movimientos lentos y circulares para separar la tierra de las partículas de oro. Se iba separando con esmero la tierra y el agua hasta que solo quedaba el polvo de oro, que se posaba en el fondo de la sartén.

Linda no necesitó mucho tiempo para aprender la técnica. Y cuando encontró los primeros indicios de oro en su sartén, se puso frenética. *Amy* cavaba igual de entusiasmada en la orilla del arroyo.

—Ha entendido el principio —dijo Ireen, sonriendo—. ¿No se puede enseñar a los perros a oler el oro?

Linda también sonrió, aunque algo forzada. La historia de Ireen la había afectado. Era increíble con qué fuerza superaba su existencia.

—Para eso necesitarías un sabueso —trató de bromear—. *Amy* es una perra pastora. Ella más bien reuniría oro.

Ireen suspiró.

—Eso es lo que habría necesitado mi padre. El oro se le escapaba entre los dedos. Y cuando hubo menos, las chicas tuvimos que volver a rendir. Esta vez, también yo. Pero me enamoré... —Por unos segundos adoptó una expresión soñadora—. De Paddy, un australiano parecido a Fitz. Siempre contento, de buen humor, me prometió la luna. No es que yo me lo creyera. Incluso decía que me quería comprar a mi padre... Para eso nunca habría tenido dinero suficiente.

—¿Tu padre quería venderte a Paddy? —preguntó Linda sin dar crédito.

Ireen se encogió de hombros.

—En el auténtico sentido de la palabra, una puta en un yacimiento vale su peso en oro —contestó resignada, y sonrió entristecida—. Pero le chafamos el plan. Me quedé embarazada. Y el pequeño Paddy... —señaló al niñito que dormía acurrucado en su espalda— no deja que uno se libre de él tan deprisa. Mi padre lo intentó, te lo digo. Me molió a palos. Pero yo conservé al niño. —Su voz reflejaba orgullo.

—¿Y te casaste con Paddy?

Parecía un final feliz. Aunque no para ella. Linda miró decepcionada la sartén vacía y volvió a llenarla de tierra.

—Sí —contestó Ireen impasible—. Al principio era maravilloso. Hasta me construyó una cabaña. Donde vivís ahora. Yo vivo en la de mi padre y mis hermanas. Luego nació Paddy. Fue un parto difícil, soy demasiado delgada y la comadrona era cara. Al principio lloraba mucho. Y yo no quería tener enseguida otro niño. Paddy prefería hacerlo con mi hermana y mi padre volvió a enfadarse conmigo. Al final, mi padre se marchó a la costa Oeste con mis hermanas. Aquí casi no quedaba oro. Y un par de días más tarde, Paddy también se marchó. Ahora solo quedo yo... y el bebé.

Agitaba la sartén con gesto rutinario y llenó una bolsita de piel con un poco de polvo de oro.

—¡Y ahora, cuenta tú! —pidió a Linda—. ¿Es cierto que vienes de una granja de ovejas?

Al final del día, las mujeres habían obtenido un poco de oro y se habían hecho amigas. Ireen había escuchado con mucho interés la historia de Linda. Esta se sentía una persona casi privilegiada cuando comparaba su desgracia con la de la joven irlandesa. Al menos tenía a Fitz, que velaba por ella. Cuando, agotadas y muertas de frío, regresaron a las cabañas, el joven ya había encendido una hoguera y cortada verdura para el puchero. Al fuego ya se cocía un poco de carne de carnero. Linda sintió una profunda gratitud y no quiso hacer preguntas enojosas acerca de en qué había estado ocupado su marido todo el día, pero Ireen no tenía pelos en la lengua.

—¿Y? —quiso saber—. ¿Has encontrado oro?

Fitz sonrió y empezó a hablar a su manera despreocupada. Naturalmente, todavía no había dado con ninguna concesión virgen, pero sí había hecho muchos contactos. Varios *diggers* le habían explicado sus teorías acerca de dónde podría tal vez quedar oro en Gabriel's Gully. Ya había quedado con uno de ellos para excavar juntos al día siguiente.

—¡Vamos a lo seguro! —declaró complacido y dispuesto a no oír ninguna objeción, aunque Ireen puso los ojos en blanco en cuanto él contó su idea.

Así pues, Fitz pasó los siguientes días en los alrededores de Gabriel's Gully ocupado en cavar un agujero debajo de un bloque de piedra y luego prendiéndole fuego. El objetivo consistía en ablandar la piedra para hacerla saltar o quebrarla después. Ahí abajo, según afirmaba Sandy, el nuevo socio de Fitz, ¡había oro con toda seguridad! Como siempre que Fitz emprendía una tarea con verdadero afán, trabajaba como un poseso y al cuarto día la piedra, efectivamente, se rompió. Debajo había tierra negra, nada más.

Sandy y Fitz se marcharon acto seguido al pub más cercano para ahogar sus penas en alcohol. Cuando Linda llegó a casa, no había nadie. Ni nada que comer, y tampoco encontró dinero. Fitz debía de habérselo llevado, a donde fuera que estuviese.

—¿Que dónde estará? Pues en el pub —señaló indiferente Ireen.

Llegaba del río Tuapeka con dos cubos de agua. También Linda y Fitz tenían que ir lejos a buscar agua para beber y lavarse. Años atrás se habían construido unos conductos precarios para el agua, pero ya no había nadie que los mantuviera en buen estado.

—Acabo de encontrarme con Bob y Freddy en el río, todos se reían de la roca de Sandy y Fitz. Hoy se ve que de verdad la han roto, pero no han descubierto ninguna veta de oro. ¿Qué te apuestas que se están emborrachando? ¡No te preocupes!

Linda se preocupaba menos por Fitz que por el último dinero que les quedaba. Además estaba hambrienta. Al final montó en *Brianna*, ayudó a subir a Ireen y Paddy detrás de ella sin silla y se marchó a Tuapeka para vender el polvo de oro que habían reunido.

Por fortuna, Oppenheimer todavía tenía la tienda abierta y trató a las damas, como él las llamaba, con extrema solicitud. Incluso sacó un palito de caramelo para sorpresa de Linda. A fin de cuentas, por ahí no era frecuente que pasaran niños. Sin embargo, lo que ofreció por el oro fue decepcionante. Por cinco días de duro trabajo, Oppenheimer pagó a las mujeres cuatro libras escasas. Redondeando por lo alto. Era evidente que Ireen le daba pena y que también lo lamentaba por Linda.

—Inténtenlo más bien en el curso superior de los arroyos —sugirió—. El caballo puede llevarlas hasta allí. Deben procurarse provisiones, ¡en invierno no se puede estar todo el día de pie en el agua fría!

—En lo del caballo tiene razón —opinó Linda después de dar las gracias y marcharse de la tienda—. Debería habérsenos ocurrido. No tenemos que buscar oro tan cerca del campamento. Seguro que más lejos encontramos algo. Pero acumular provisiones... Eso lo veo negro.

Ireen asintió apenada. También ella veía con preocupación que el invierno se acercaba. Linda todavía tenía botas y ropa de abrigo. Pero Ireen y Paddy, por el contrario, no tenían casi nada más que lo que llevaban puesto.

Con cuatro libras, las mujeres no podían ahorrar nada. Bastaba solo para un poco de comida. Si querían llevarse algo al estómago las próximas semanas, tendrían que seguir trabajando el día siguiente.

Pese a todo, Linda había saciado el hambre cuando se acostó sin Fitz por primera vez desde su boda. A cambio, *Amy* saltó sobre el colchón como hacía antes en la habitación de Linda en Rata Station. Linda acarició a la perra y se acurrucó contra ella, pero, pese a ser acogedora y cálida, no pudo conciliar el sueño. Su cabeza no dejaba de dar vueltas a pensamientos sombríos. La aventura en los yacimientos de oro era hasta el momento un fracaso, y Fitz no tardaría en percatarse también. ¿Qué debían hacer? ¿Encontraría Fitz una solución? ¿Dónde se había metido? Poco a poco, empezó a preocuparse por su ausencia. Y luego estaba la pregunta de Ireen. ¿Cómo podían haber llegado a unirse dos personas tan distintas? Linda pensaba en el espíritu aventurero de Fitz y en su propia prudencia; esa forma peculiar que él tenía de lidiar con la verdad y la honestidad que a ella le habían inculcado. La tendencia de él a la improvisación y la conciencia del deber de ella. ¿Eran atributos que se complementaban? ¿O se contradecían?

Mientras seguía dándole vueltas a la cabeza, oyó pasos delante de la cabaña y alguien intentó abrir la puerta torpemente. Así que Fitz se había gastado el dinero que les quedaba en una borrachera. Linda montó en cólera.

No le cupo la menor duda de que era Fitz quien se metía en la habitación a oscuras con una ráfaga de aire frío y olor a cerveza rancia y humo. *Amy* habría ladrado si fuera un extraño. Informó de la llegada de Fitz solo con un ligero y adormecido movimiento de la cola. Su simpatía obraba su efecto en la mayor parte de los perros.

Linda pensó si debía reprochar a su esposo su comportamiento o fingir que dormía cuando con el rabillo del ojo distinguió que él se erguía ante ella y dejaba caer sobre su cabeza y la de *Amy* una lluvia de billetes. La perra abandonó el colchón indignada.

—¡Despierta, Lindie! ¡Mira esto, tu marido ha descubierto una veta de oro!

Linda abrió los ojos desconcertada y se sentó. Percibió el olor a cerveza en el aliento de Fitz cuando él la besó, aunque no parecía realmente borracho. Le contaba en esos momentos su vana búsqueda de oro como si todo hubiera sido una única y absurda broma.

—Deberías haber visto la cara del viejo Sandy cuando la piedra saltó en miles de trozos y debajo no había más que larvas de escarabajo.

—¿Y esto de dónde viene? —Linda recogía mareada el dinero—. Aquí hay al menos diez libras...

Fitz la miró resplandeciente.

—Blackjack —contestó—. Estaban jugando en el pub. Y bueno, a mí se me dan muy bien las cartas. —Se dio una palmada en el pecho.

Linda frunció el ceño. Por lo que sabía, el blackjack era un juego de azar. Por muy hábil que fuera su estrategia, apenas podía influir en ganar o perder el juego.

—Está bien —dijo contenida—. Necesitaremos el dinero. Pero Fitz, así no podemos continuar. Tú mismo te habrás dado cuenta de que aquí no vamos a encontrar oro.

Él la tomó sonriendo entre sus brazos.

—Todavía no lo hemos encontrado —precisó—. Así es la vida, cariño. Una de cal y otra de arena. Hoy ganas y mañana pierdes. El truco está en arreglártelas con las dos. Ser feliz, Lindie... con o sin dinero. De algún modo siempre se sale adelante. Y hasta ahora no has pasado hambre conmigo, ¿no?

Linda se mordió el labio inferior. En primer lugar, no le gustaba ese «hasta ahora». Y en segundo lugar... ¿no se necesitaba algo más que un estómago lleno para ser feliz?

Como si le hubiera leído el pensamiento, Fitz empezó a besarla y excitarla.

—Te preocupas demasiado —susurró—. Te planteas demasiadas preguntas...

Ella se abandonó a sus caricias casi con un sentimiento de culpabilidad. A fin de cuentas, no podía seguir disfrutando de hacer el amor con Fitz sin hacerse preguntas. Él seguía llevándola al clímax, pero su miembro apenas se endurecía. ¿Cometía ella algún error? A lo mejor Fitz se reprimía para no dejarla embarazada. Un hijo en las actuales circunstancias era lo que menos le interesaba. Linda intentó convencerse de ello cuando yacía junto a él, agotada tras el amor y aun así insatisfecha.

A lo mejor era cierto que pensaba demasiado. A lo mejor tenía que esforzarse más por ser despreocupada y feliz. Linda intentó apartar sus pensamientos sombríos. A partir del día siguiente sería como Fitz. Intentaría contentarse con lo que tenía.

11

Al principio, Franz estaba contento en la misión de Opotiki. El misionero Carl Völkner, el director de la institución, lo había recibido con los brazos abiertos y un amor fraternal. Völkner y su esposa Emma eran gente extraordinariamente amable y cariñosa, muy distinta de la casta dura y temerosa de Dios que Franz conocía en Hahndorf. De hecho, Franz se sorprendió de que un hombre tan bonachón, dulce y complaciente como Völkner hubiera conseguido construir una misión tan próspera. La tribu de los te whakatohea parecía adorar al misionero y había edificado de buen grado bajo su égida una iglesia y una escuela. Casi todos los niños estaban bautizados y aprendían el inglés. El dinero no faltaba, aunque Völkner no era muy hábil en el terreno económico. Franz, a quien había cedido enseguida sus libros de contabilidad, se llevó las manos a la cabeza al estudiarlos. Sin embargo, el veterano tenía mucha experiencia en la cura de las almas. Ya llevaba quince años trabajando como misionero en Nueva Zelanda y hacía tres que dirigía el centro de Opotiki.

Ahí se ofrecían las condiciones ideales para que Franz pusiese al servicio de Dios su talento sin tener que enfrentarse a sus temores. Los te whakatohea no se mostraban nada salvajes y peligrosos, sino dóciles y aplicados. El mismo Völkner celebraba las misas, así que Franz no tenía que predicar. En lugar de ello, Carl Völkner traspasó de buen grado a su nuevo colaborador la dirección de la escuela y Franz confirmó, para su propia sorpresa, que realmente le alegraba y satisfacía enseñar a los niños. Franz lo hacía todo para que los alumnos se interesasen por sus clases y tuvieran buen rendimiento. Nunca lo hubiera reconocido, pero esto pronto le resultó más importante que la enseñanza religiosa. Franz pensaba en las historias que contaba su hermana Ida, quien todavía, después de tantos años, recordaba con mucho cariño a su viejo profesor de Raben Steinfeld. Emprendió la búsqueda de los relatos con que el profesor Brakel había cautivado a sus alumnos. Por primera vez, Franz leyó algo más que la Biblia. Profundizó en la *Odisea* de Homero, las aventuras de Robinson Crusoe y los viajes del capitán Cook. Después leyó los libros a sus alumnos y se alegró de que los niños estuvieran impacientes por conocer el siguiente capítulo y se aplicasen en leer ellos mismos. Nunca había logrado atraerlos tanto con las historias bíblicas. Los maoríes eran navegantes desde tiempos inmemoriales. Las leyendas y cuentos que se desarrollaban en el mar les interesaban más que la huida de los israelitas por el desierto.

Pero más que leer y escribir, lo que mejor se le daba a Franz eran las matemáticas. Era el que mejores operaciones hacía entre sus compañeros de escuela. Por desgracia, en Hahndorf eso era tan poco deseable como en el seminario. Los profesores de Franz siempre habían observado con extrañeza al devoto hijo de campesino capaz de sumar cifras y calcular porcentajes y restos más rápido que los tratantes de caballos del lugar. El mismo joven había aprendido por propia iniciativa un poco de contabilidad y se había formado una idea general de los asuntos financieros en el seminario. En la biblioteca de esta institución había un escrito sobre la administración prudente de los donativos.

Franz no solo lo encontraba interesante sino además provechoso, y deseaba hacer partícipes a sus alumnos de sus conocimientos. Pero para ello, antes tenían que aprender los conceptos básicos. El joven misionero se esforzaba por instruirlos en el manejo de los números de una forma atractiva y luchaba contra su desinterés. La tribu whakatohea no era rica. Nadie en la misión se tomaba la molestia de iniciar a los maoríes en el arte de comerciar.

Tradicionalmente, vivían de la agricultura, la pesca y la caza. Aparte, lo que necesitaban o deseaban, como por ejemplo ropa occidental, semillas y ganado, lo obtenían en forma de limosnas. Siempre había una razón para estar agradecido a la misión y a Völkner. Como consecuencia, los alumnos de Franz nunca habían tenido un penique en el bolsillo. Hacer cuentas era para ellos un asunto abstracto y aburrido y, en un principio, al joven no se le ocurrió cómo cambiarlo. Pero de repente descubrió a dos ex alumnos jugando a las cartas. Ambos intentaban jugar al blackjack, en algún lugar se habían enterado de las reglas básicas. Franz, por supuesto, les confiscó las cartas y dio un sermón a los niños sobre los peligros de los juegos de azar, pero luego miró más de cerca las cartas y vio que en cada una había un número.

De mala gana pidió información a un viejo buscador de oro que se alojaba en la misión acerca de las reglas y del conocimiento del cálculo exigido para jugar a las cartas. A continuación pasó una noche rezando, pidió a Dios perdón por anticipado y se llevó las cartas a la próxima hora de clase. La prueba fue un auténtico éxito. De repente, los niños estaban interesadísimos y se tronchaban de risa cuando alguno pedía por descuido una carta en exceso y superaba el veintiuno. Con mala conciencia, Franz fue aportando cada vez más reglas. Los niños se lo pasaban en grande y aprendieron a sumar en un abrir y cerrar de ojos. Völkner, que no tenía ni idea de que en el aula se hicieran timbas, criticaba a veces a su entusiasta y joven profesor: en las clases de Franz había demasiadas risas.

Con toda la satisfacción que le deparaba su trabajo, Franz casi no tenía tiempo para pensar en su estancia en Rata Station. Ahora podía comprender un poco mejor a Cat y Chris, a Karl e Ida. Gracias a la grata iniciación de Carl Völkner y a través del trabajo con los niños, se había vuelto más flexible. Ya hacía tiempo que no le daba igual aburrir a sus semejantes con sus oraciones. ¡No tenía ningunas ganas de que sus alumnos perdieran interés ya en la oración de la mañana!

Franz fue desprendiéndose paulatinamente de Raben Steinfeld y Hahndorf. A través de las cartas de Ida mantuvo el contacto con Rata Station y, claro está, pensaba en Linda. No había caso, su sobrina no se le quitaba de la cabeza. Aparecía en sus sueños noche tras noche. Recordaba demasiado bien su risa, su voz, su comprensión y paciencia, aunque solo había recibido rechazo de los demás habitantes de Rata Station. Pensar en Linda lo hizo responder las cartas de Ida con esmero, aunque no tuviera demasiado que contar. Ida lo mantenía al corriente de lo que sucedía con las chicas, se enteró de la pérdida de Cat y Chris (naturalmente, rezaba por ellos como era su deber) y del pérfido comportamiento de Jane, a quien Franz envió una carta para apelar a su conciencia sin, por supuesto, recibir contestación.

En su última misiva, Ida le informaba del casamiento de Linda, y eso lo había abocado a una maraña de sentimientos contradictorios. Debía alegrarse por ella y, en el fondo, por sí mismo, pues esperaba así evitar la tentación. ¡No debía volver a despertarse con una erección después de haber soñado con ella! Por otra parte, estaba triste por Linda y preocupado por si estaría segura en los yacimientos de oro de Otago.

Franz no confiaba demasiado en Joe Fitzpatrick. Todavía recordaba cómo el joven se había burlado de él en Christchurch. Habría deseado para Linda un compañero más sólido y digno de confianza, e Ida parecía opinar lo mismo. También ella parecía inquieta. Franz rezaba por su querida sobrina cuando tenía tiempo y tranquilidad. Esto cada vez sucedía más raramente, desde que una catástrofe tras otra oscurecía el apacible mundo de la misión.

La vida tranquila de Franz, sus estudios y las risas en sus horas de clase concluyeron con la guerra que hacía estragos en Taranaki y Waikato. Al principio, los misioneros no notaron nada. Ahí casi todos cumplían con sus tareas cotidianas. Los campos se cultivaban y los maoríes bautizaban cristianamente a sus hijos. Pero bajo la superficie, la cosa estaba que ardía. En los *iwi* de la costa Oeste se discutía acerca de si era obligación ir a apoyar a las tribus hermanadas de las regiones donde se combatía.

Un par de semanas antes, un grupo de voluntarios había partido hacia Waikato, sobre todo guerreros adolescentes y con ganas de aventura a las órdenes de Te Aporotanga, un joven y belicoso jefe tribal de los te whakatohea. Nunca se había amoldado. Völkner se había alegrado de librarse de él, aunque en su iglesia solía predicar contra las tribus rebeldes.

Los belicosos guerreros intentaron al principio llegar a Waikato directamente, por el interior. Sin embargo, justo en Rotorua tropezaron con una tribu enemiga que les impidió el paso. Te Aporotanga retrocedió y tomó el camino de la costa, pero tampoco tuvo suerte allí. Cerca de Maketu, a dos días de marcha de Opotiki, entró en combate con las tropas británicas. Lo apresaron y a través de una serie de desdichados episodios fue a parar a manos de sus enemigos. Al final, una esposa de un jefe tribal te arawa ordenó su muerte. Sobre las circunstancias exactas solo se oyeron suposiciones.

Rezaremos por él, había dicho Völkner cuando los misioneros de Opotiki se enteraron de la tragedia. Carl Völkner nunca había dicho nada malo de un fallecido, pero por su tono, Franz percibió lo que pensaba el misionero: tal vez el joven jefe era en parte culpable de su muerte. A lo mejor había ofendido a la hija de la esposa del jefe o a esta misma.

Pero a los te whakatohea no les bastaba con rezar. Manifestaron ampliamente su indignación por la muerte del *ariki*. El gobernador, decían, debería haber evitado su asesinato.

El avance de los guerreros llevaba además la guerra a Opotiki. Si bien no se produjeron combates, los ingleses siguieron la misma política ahí que en Taranaki. Castigaban a las tribus rebeldes, arrebatándoles las tierras. Naturalmente, el recinto de la misión era sagrado y los *marae* que lo rodeaban no se vieron afectados. Únicamente se expropiaron un par de campos de cultivo y otros fueron destruidos antes de que los misioneros pudieran poner su veto. No obstante, el proceder de los *pakeha* atizó la ira de los maoríes.

Y entonces se declaró la fiebre tifoidea.

—Pronto mejorará.

Franz Lange se volvió amablemente hacia la maorí que lloraba junto al lecho de su hijo de tres años y esperó no estar mintiéndole. De hecho, Franz no tenía ni idea de si el niño sobreviviría a la enfermedad. En rigor, ni siquiera sabía si la madre entendía sus palabras de consuelo. Sus conocimientos de la lengua maorí seguían siendo insuficientes, aunque ahora se esforzaba en aprenderla.

—Recemos juntos.

La mujer asintió y Franz rezó el padrenuestro. Lo dominaba en maorí, aunque no pronunciaba la oración con el mismo fervor que un año atrás en Rata Station. En lo que iba de tiempo había rezado en demasiadas ocasiones junto a lechos de enfermos y jamás se había respondido a sus ruegos. También ahora abrigaba la sospecha de que la supervivencia del pequeño Hanu no dependía de la devoción con que orase, sino en el mejor de los casos de que Völkner, que estaba de viaje, regresara a tiempo de Auckland con los nuevos medicamentos. Si es que realmente regresaba...

Franz suspiró y se dirigió al siguiente paciente. Se trataba otra vez de un pequeño, en esta ocasión de una niña. Kaewa tenía una temperatura muy alta y él ignoraba si también padecía la fiebre tifoidea o tal vez el sarampión. Ambas enfermedades se extendían desde hacía meses por Opotiki. Los misioneros no las controlaban. Ni con sus rezos ni con las pocas medicinas que tenía el médico de la misión lograban contenerlas. Franz, enfadado, empezó a desvestir y lavar a la niña. Hacía este trabajo recurriendo a toda su sumisión a Dios. Desde el principio de la epidemia había visto claro que no servía para médico ni enfermero.

Ni Carl Völkner ni Franz Lange habían podido averiguar hasta el momento quién había introducido la fiebre tifoidea y el sarampión en Opotiki. Völkner viajaba con frecuencia a Auckland, pero descartó que él mismo fuera culpable, pues ningún blanco del recinto había contraído alguna de las dos enfermedades. Solo afectaba a los maoríes. Al cabo de muy poco tiempo, la escuela y las casas de reunión de las tribus se habían convertido en enfermerías provisionales. Franz había interrumpido las clases hacía tiempo y veía morir uno tras otro a sus pequeños alumnos. En los últimos tres meses habían tenido que enterrar a casi la tercera parte de la población maorí de Opotiki y no se veía que la epidemia estuviera finalizando.

Con tanto dolor, Franz Lange iba perdiendo lentamente su fe en el poder de la oración, y los maoríes la suya en la benevolencia de los misioneros. Después de que los hombres suplicaran sumisamente ayuda a Dios y de que hubieran ido a ver al médico de la misión con sus enfermos, empezaron a correr rumores. ¿Acaso querían los blancos envenenar a los maoríes? ¿Habían encolerizado los cristianos a los antiguos dioses? ¿Qué hacía Völkner con tanta frecuencia en Auckland? ¿De verdad recogía donativos para combatir más efectivamente las enfermedades o se estaba escondiendo allí para no contagiarse?

El ambiente empezaba a caldearse contra los misioneros. Franz comprendía que Völkner no hubiera vuelto a llevar a su esposa a Opotiki tras el último viaje que habían hecho juntos a Auckland. Ahí estaría más segura, explicó, rechazando la idea de que él mismo se viera amenazado. «Siempre me he llevado bien con la gente de aquí —añadió—, no me harán nada. Con la ayuda de Dios pasaremos esta prueba juntos y saldremos de ella fortalecidos.»

Franz no sabía si era una decisión inteligente. Los amigos de la misión de Auckland habían aconsejado a Völkner que se retirase hasta que los ánimos se apaciguaran. Una vez que se hubiese superado la epidemia, y todos contaban con que ocurriera al comenzar el invierno, concluiría la caza de brujas contra él. Pero Völkner no quería saber nada de ello, y también Franz había esperado en silencio que el misionero no siguiera esos consejos y regresara a Opotiki. Franz no quería quedarse solo con tanta pena e indignación. Después de dos semanas ya se sentía superado en la dirección del establecimiento. El sermón de los domingos, sobre todo, era para él un engorro. ¿Qué decir a unas personas que, sin razón alguna, sin causa conocida y a pesar de sus fervientes oraciones, tenían que enterrar a un ser querido tras otro?

Franz volvió a tapar a la pequeña y levantó la vista cuando uno de sus alumnos favoritos, un joven vivaz de unos trece años, le habló respetuosamente.

—Reverendo Lange... —dijo Paora, cogiéndole solícitamente el cuenco de agua con que había refrescado a la niña afiebrada. El chico solía trabajar mucho en la misión—. Ha llegado gente a Taranaki. La tribu les ha brindado su hospitalidad.

Paora no provenía de los te whakatohea. Era un niño abandonado que vivía en la misión después de que un cazador de ballenas lo hubiera dejado allí unos años atrás. El joven parecía un maorí de pura sangre, pero Völkner lo consideraba un mestizo cuya madre maorí tal vez había vivido con un *pakeha*. Seguro que la mujer no había muerto en el *marae* de su tribu. Allí se habrían ocupado del niño y no lo habrían marginado.

Lange asintió.

—Está bien, hijo mío. Aunque tal vez no sea muy inteligente en este momento. Lo último que necesitamos es que la epidemia se extienda más allá de Opotiki.

El joven negó con la cabeza.

—Eso sería malo, reverendo, pero no he venido aquí por esta razón. Es porque... ¡creo que esos hombres vienen a predicar la doctrina de Te Ua Haumene!

12

—¡Ese Völkner es un espía! —declaró Kereopa—. No entiendo cómo no lo habéis visto, y eso que es evidente. Mirad cómo prospera su misión. Lo que debe de haber costado construir esa iglesia y esa escuela...

Kereopa, Patara y Eru habían llegado al mediodía al *marae* de los te whakatohea, donde los habían recibido cordialmente. Querían pronunciar una arenga esa misma tarde, pero ya antes, mientras comían de manera más bien frugal, los habitantes del poblado les abrieron su corazón. El tema principal era Carl Völkner. ¿Qué hacía en Auckland? ¿Se había puesto en contra de los maoríes? ¿Y qué parte de responsabilidad tenía en todas esas muertes?

Kereopa introdujo un aspecto nuevo en las reflexiones de los presentes. ¿Qué sucedería si Carl Völkner en realidad no fuera un amigo leal de los te whakatohea? ¿Qué sucedería si se hubiera introducido entre ellos para luego contarle al gobernador todo lo que se enteraba de los maoríes de la costa Este?

—Nosotros mismos construimos la iglesia y la escuela —lo tranquilizó un anciano—. No se gastó tanto dinero en ello. E incluso si Völkner era un espía desde el principio, ¿qué sentido habría tenido dar su salario para el bienestar de aquellos a quienes espiaba? ¿Qué habría ganado Völkner con ello?

—Vuestras almas —respondió con sequedad Patara—. Miraos. Lleváis la indumentaria de los *pakeha*. Aprendéis su lengua. Leéis sus libros. Vais a la iglesia. Völkner se ha encargado de que siempre le estéis agradecidos.

—¡Nosotros no estamos agradecidos a los ingleses! —replicó una mujer—. ¡Han quemado nuestros cultivos! Apenas tenemos nada que comer. Si Völkner no...

—¡Ahí está! —explicó Kereopa—. Otra vez os fiáis de Völkner. Los *pakeha* os han hecho pobres y desamparados, y él solo os suministra lo suficiente para sobrevivir y darle las gracias. ¡Escuchad: es un *pakeha*! ¡Es uno de ellos, él hace su trabajo! Vuestras metas también son las suyas. Solo que él actúa de modo más refinado. Hasta ahora no se había disparado ni un tiro en la región, y aun así la mitad de los vuestros está muerta, mientras que ni un solo *pakeha* ha perdido la vida. ¿Acaso esto no os da que pensar?

Los presentes intercambiaron miradas.

—¿Te refieres a que nos ha traído la fiebre tifoidea y el sarampión? —preguntó uno de los ancianos de la tribu, jugueteando con la cruz que le colgaba del cuello—. ¿Una maldición?

—Es posible —admitió Patara—. Al igual que la fe nos convierte en invulnerables, una creencia malvada puede envenenar. —La idea pareció estimularle—. Sea como sea, ahora estamos aquí para detener la maldición.

—*Rire rire!* —lo animó Kereopa.

—*Hau hau!* —añadió Eru.

—Escuchad lo que el Profeta dice al respecto. Comprended cómo os habéis extraviado al seguir a Völkner por el camino de la oscuridad.

Kereopa se irguió y la gente se acercó a la hoguera. Escucharon su discurso con atención. Dejaron que describiera los horrores de los blancos en Taranaki y Waikato, pero también la fuerza de los hauhau y su profeta.

—Ese general Cameron ha devastado *marae* con sus asesinos y ladrones; ¡pero nadie se ha atrevido ni a acercarse a Wereroa! La presencia misma del Profeta convierte su fortaleza en invisible e invencible. La poderosa fe de dos mil hombres (bah, qué digo, a estas alturas ya deben de ser tres mil o cuatro mil) traza un círculo de fuego alrededor del fuerte.

Eru pensó que la invisibilidad y un anillo de fuego brillando a lo lejos no parecían muy compatibles, pero hacía tiempo que había dejado de interpretar literalmente las arengas de Kereopa. Si bien sentía un gran respeto por su superior, Kereopa no era un profeta como él mismo se calificaba. Tama-Rura y Riki no le inspiraban cada noche otras palabras. Kereopa no decía lo que los arcángeles le dictaban, sino más bien lo que los oyentes querían oír.

Esos no tenían gran interés por la lucha y la guerra. En sus cabezas solo bramaba el miedo a las epidemias, el temor por la vida de sus hijos, la pena por los seres queridos ya fallecidos. Buscaban un culpable de todo ello, y Kereopa y Patara les facilitaron uno: Völkner.

Eru prefería librarlos del miedo.

—Todos aquí estáis bautizados en nombre del dios que los *pakeha* han traído a Aotearoa —empezó—. No es un error. Es un dios poderoso, el mismo Te Ua Haumene le ha servido durante muchos años. Y habéis oído las historias que se cuentan sobre su hijo. Todas las curaciones de la Biblia. —Eru se detuvo un instante.

—¡Hemos rezado a Jesús! —le gritó una mujer—. Para que cure a nuestros hijos. Pero no lo ha hecho.

—Habéis rezado al equivocado. Dios padre envió a Jesús a los israelitas. A nosotros nos envió el arcángel Gabriel, Tama-Rura, quien habló con Te Ua Haumene. Y habéis oído hablar de las curaciones que Te Ua efectuó en su nombre.

Como cabía esperar, los maoríes de la costa Este todavía no habían oído hablar de eso. Eru también había ocultado esas sorprendentes historias a las otras tribus ante las cuales había hablado. Se suponía que el arcángel o dios habían ordenado al Profeta que cortara un brazo y una pierna a un niño. A veces incluso se mencionaba al hijo de Haumene. El Profeta lo habría hecho, naturalmente, pero existían distintas versiones de la historia. Algunos decían que el niño había rezado para curarse; otros, que un consejo de ancianos o la autoridad *pakeha* había intervenido para encontrar luego al niño bien, curado y feliz en casa de sus padres. Eru no creía ni una palabra de esas leyendas, y había que decir en honor de Haumene que este nunca se había ufanado de ello. Ahora, sin embargo, Eru hacía gala de esa historia, aunque contándola de forma menos drástica: Te Ua había sanado las extremidades fracturadas del cuerpo, no amputadas.

—¿No podría venir aquí para curar a nuestros hijos? —preguntó esperanzada una madre.

—Vosotras mismas podríais curarlos —intervino Kereopa, dirigiendo un gesto de reconocimiento a Eru—. Adoptando la fe del Profeta, sembrando en vuestros corazones la paz y el amor a vuestro pueblo y el odio a vuestros enemigos. ¡Amigos, tenéis que aniquilar a nuestros rivales! Con su sangre lavaréis la enfermedad de vuestros hijos. ¡Erijamos un *niu*! ¡Hoy mismo! ¡Aprended las palabras mágicas!

—*Rire rire, hau hau, pai marire, hau hau* —empezó a recitar.

Eru y Patara se unieron a él e inmediatamente lo hicieron casi todos los miembros de la tribu. Diligentes, varios hombres se pusieron a buscar un poste adecuado. Al final llevaron madera de la estructura de una casa. La gente lanzaba gritos de júbilo cuando se erigió el *niu*.

—¡Dios padre, *mai merire*! ¡Tama-Rura, *mai merire*!

—Te *ariki* Mikaera —bramó Patara—. ¡Guía nuestra mano! *Kira, wana, tu, tiri, wha!*

—Matad uno, dos, tres, cuatro...

Paora, el alumno favorito de Franz Lange, repitió las palabras de Patara. El reverendo creyó distinguir la palidez en el rostro de su joven traductor pese a la oscuridad. Lo había acompañado al *marae* de los te whakatohea después de que Paora le hubiera comunicado sus sospechas en relación a los visitantes. Cuando llegaron, la reunión ya había empezado y tuvieron miedo de ir a la plaza de las asambleas. Por esa razón llevaban horas agachados a la sombra del borde del *marae* y escuchaban con creciente horror los discursos de los predicadores hauhau. Paora traducía para Franz, pero este entendió el último grito de los guerreros incluso sin ayuda.

—Vámonos de aquí —susurró al muchacho, mientras la gente empezaba a bailar en éxtasis alrededor del *niu*.

—¡*Niu* sanador, milagroso *niu*, inúndanos de tu fuerza! *Rire rire, hau hau!*

Las escalofriantes voces cortaban la noche.

Paora miró a Franz con gravedad.

—¿No es esto idolatría, reverendo? —preguntó.

Franz asistió.

—Sí. Un culto a los peores dioses, a los más negros. ¡Bailan alrededor de una estaca como antes lo hicieron los israelitas alrededor del becerro de oro!

El joven tragó saliva.

—No deberíamos... bueno... Moisés...

Con precaución, Franz Lange se escapó para protegerse tras el cercado. Sintió entonces una vergüenza enorme. El joven tenía razón. Por supuesto, como el ángel con la espada de fuego, él debería arrojarse sobre la congregación y los predicadores hauhau. Un hombre valeroso como su padre lo habría hecho. Un hombre cuya autoridad habían temido los miembros de la comunidad. Pero Franz, por el contrario, nunca había logrado infundir miedo a nadie.

El joven misionero seguía ignorando si Dios realmente lo había elegido para hacer su obra. Pero ahora, cuando temblando de miedo avanzaba cuerpo a tierra por el monte, una cosa tenía clara: él no era ni un moisés ni un mártir.

—Intervenir ahí sería un suicidio —dijo sinceramente cuando por fin pudieron erguirse al cobijo del bosque, entre el *marae* y la misión—. Lo único que podemos hacer aquí es avisar a Völkner. Tenemos que marcharnos a Auckland y detenerlo por el camino. ¡Si vuelve aquí, morirá!

Franz se habría marchado esa misma noche, pero se lo impidió tanto el miedo a cabalgar en medio de la oscuridad como su conciencia del deber. Ochenta enfermos se hallaban bajo su custodia y muchos eran niños. No podía dejarlos en manos de una turba llevada al fanatismo por los hauhau, sin dar instrucciones al menos al médico y los cuidadores y advertirles de lo que se avecinaba. El médico era *pakeha* y sin duda decidiría escapar, pero los ayudantes eran maoríes. Seguramente podrían realizar las tareas cotidianas en las dependencias de la misión hasta que llegara ayuda. Franz tenía claro que había que avisar al ejército. Solo así se podría detener a los hauhau.

Así que pasó una noche muy intranquila en el estrecho catre de la escuela. Dormía ahí desde el estallido de la epidemia para estar siempre a disposición de los enfermos. Se levantó al amanecer para rezar, despertar a los ayudantes y abandonar la misión lo antes posible.

Buscó a Paora. Solía dormir en el cobertizo que había junto a la casa de los misioneros. Pero no estaba allí. Franz se frotó la frente. Paora había tenido tanto miedo como él mismo, pero al parecer la huida nocturna a través del bosque no lo había amedrentado.

Franz se remojó la cara y se fue a la iglesia. Había esperado que a esas horas tan tempranas reinara ahí el silencio, pero desde la plaza que había delante ya se oían voces. Procedían de la casa de Dios, el único lugar que no se había reconvertido en hospital. Franz no daba crédito a lo que oía: ¡Carl Völkner entonaba a pleno pulmón un himno de alabanza al amor divino!

Atónito, el joven misionero abrió la puerta de la iglesia y vio al anciano sacerdote junto a un hombre más joven vestido de negro y con alzacuellos arrodillados delante del altar. Völkner se volvió al escuchar los pasos de Franz y sonrió.

—¡Reverendo Lange! ¿Tan pronto y ya levantado? ¡Qué alegría! Puede rezar con nosotros esta breve oración y luego ayudarnos a descargar. Traemos todo un carro lleno de medicinas y alimentos para los niños. Ah, sí, este es el reverendo Thomas Gallant. Está aquí para ayudarnos.

Franz saludó apresuradamente.

—¡Reverendo Völkner, tenemos que marcharnos! —dijo inquieto—. La gente se ha vuelto loca. ¿Qué hace usted aquí? Quería salir a su encuentro para detenerle. ¡Su vida está en peligro!

Völkner rio.

—Mi vida, querido hermano Franz, está en manos de Dios. Donde quiera que esté y haga lo que haga, estoy contento porque Él está a mi lado. Así también nos ha acompañado por el camino día y noche. Viajamos incluso durante la noche para estar aquí cuanto antes. Cuando me marché, el buen doctor ya se estaba quedando sin medicamentos.

Franz se frotó las sienes.

—Hermano Völkner, no me entiende... —Con tanta rapidez y precisión como le fue posible, Franz habló al misionero de la reunión de la que había sido testigo la tarde anterior—. La gente ha perdido el juicio —concluyó—. No sabe lo que hace.

Völkner le puso las manos sobre los hombros en un gesto de consuelo.

—Mi pobre hermano, esto ha sido demasiado para usted. Y más cuando no comprendía lo que se estaba diciendo.

Franz lo apartó.

—Paora me tradujo. Entendí todo lo que decían. Y tampoco era tan difícil de comprender. Hermano Völkner, ¡quieren su cabeza! ¡En sentido literal! —Se estremeció ante el recuerdo de las cabezas ahumadas de los soldados que Patara había expuesto.

—Se dice de los hauhau que decapitan a sus víctimas —intervino el reverendo Gallant—. Si nuestro hermano dice...

—¡Qué estrechos de mente son y qué endeble su fe! —Völkner paseó una mirada crítica sobre sus hermanos menores—. Si nuestros feligreses tienen la mente ofuscada, hemos de iluminársela de nuevo. Si dirigen su cólera hacia nosotros, hemos de responderles con amor. Si nos amenazan, hemos de salir sin miedo a su encuentro, pues en nosotros está la fuerza del Señor.

Los ojos de Franz se abrieron de par en par. Eran casi las mismas palabras que habían oído el día anterior en boca de los hauhau. Al parecer, todos se creían invulnerables, salvo él y quizá Thomas Gallant, que, intimidado, bajó la cabeza para rezar.

—Vamos, alabemos de nuevo al Señor y pongamos luego manos a la obra. Después iré al *marae* para hablar con la gente.

Völkner se volvió hacia el altar y entonó de nuevo su himno. Tenía una voz bonita y grave, pero en opinión de Franz, cuyos sentidos se habían afinado tras esa noche, no sofocaba la canción matinal de los hauhau que llegaba ejecutada por muchas voces desde el *marae*.

—¡Glorioso *niu, mai merire*! ¡En las montañas, en los ríos, en los lagos, matad!

Los guerreros aparecieron cuando Franz acababa de echarse a la espalda un saco de harina de trigo para llevarlo del carro a la cocina de la misión. Völkner y Gallant también estaban ocupados en el carro. El misionero indicaba con tono cordial a los ayudantes maoríes que repartieran los artículos entre la cocina, el hospital y el guardarropa.

—Muchos donativos de las buenas gentes de Auckland —les explicaba.

A Franz le llamó la atención que estuvieran más silenciosos que de costumbre. Tal vez no se hubieran unido al alboroto del poblado, pero sin duda sabían qué peligro corría la misión.

Y entonces llegaron los te whakatohea por el portón, acaudillados por Kereopa y Patara, todos armados y vestidos con el traje tradicional de los guerreros. En silencio, formaron un círculo alrededor de los misioneros. El corazón de Franz palpitaba con fuerza. Völkner, por el contrario, mantuvo la calma y sonrió.

—¡Qué recibimiento! —exclamó—. Parece un *powhiri*. ¿Es que ya no somos una tribu?

—¡Nunca seremos una tribu! —declaró Kereopa, escupiendo delante del misionero—. ¿Cómo íbamos a juntarnos con ladrones y traidores?

Hablaba maorí, pero el joven guerrero con el rostro tatuado que había hablado a la gente el día anterior y que ahora estaba justo detrás de los jefes, traducía a un perfecto inglés.

Völkner se acercó a Kereopa y sus hombres.

—Son palabras muy duras, amigo mío. Aunque yo no te conozco y tú no sabes nada de mí. ¿No vamos a conversar antes, incluso también a rezar juntos? Me han dicho que sois representantes del *pai marire*. ¿Y acaso Te Ua Haumene no predica el amor y la paz igual que mis hermanos y yo?

El misionero ofreció a Kereopa el rostro para intercambiar con él el *hongi*. Franz no sabía si era un acto de valor o de locura. Kereopa reaccionó sin ambigüedades: arrojó a Völkner al suelo.

—*Rire rire, hau hau!* —gritó Patara.

Los guerreros se unieron a esas palabras y las recitaron rítmicamente. Del rostro de Völkner desapareció por vez primera la expresión de serenidad y confianza.

—¿Qué os he hecho yo? —preguntó al grupo.

Un joven dio un paso adelante.

—Mi nombre es Pokeno, soy hijo de Te Aporotanga.

A Franz se le cortó la respiración. Te Aporotanga, el jefe que había sido asesinado por los te arawa y de cuya muerte la tribu hacía responsable al gobernador.

—Lo sé, Pokeno, te conozco —dijo Völkner con tono dulce—. Yo te bauticé.

El joven siguió hablando como si no hubiese oído nada.

—Te acuso de la muerte de mi padre. Tú lo entregaste al ejército *pakeha*. Tú has sido un espía del gobernador. Tú has contado al ejército cuáles son nuestros planes.

—¿Habéis planeado algo, Pokeno? —preguntó Völkner con un reproche cordial—. ¿Qué tenéis que esconder tú y mis otros feligreses?

—¡Escucha! —dijo con dureza Pokeno—. Tú has traicionado a mi pueblo. ¡Y lo has envenenado! ¡Y vendido! Ya hay colonos *pakeha* esperando a ocupar esta tierra, ya...

—*Rire rire, hau hau, rire rire, hau hau!*

Kereopa invitó a los guerreros a entonar su himno cuando el joven ya no supo qué decir.

Völkner movió la cabeza sin entender. La acusación era absurda. La misión había protegido a las tribus.

—¡Apresadlo! —ordenó Kereopa—. ¡Apresadlos a todos!

El círculo de los guerreros se estrechó en torno a los misioneros. Los hombres los empujaron en dirección a la iglesia. La casa de Dios era el lugar más seguro donde retenerlos.

—¿Qué pasará con nosotros? —preguntó Franz con voz ronca.

Le invadía el pánico y no conseguía hablar en maorí, así que se dirigió en inglés al joven intérprete. El guerrero le resultaba vagamente conocido. Si bien nunca había visto su rostro tatuado, había algo en su voz que le recordaba a Rata Station.

En contra de lo esperado, el hombre respondió con frialdad.

—Se os someterá a un juicio. Y es probable que os maten.

El día transcurrió en una pesadilla de oraciones y canciones, tanto dentro como fuera de la iglesia. Völkner no se dejó intimidar por la amenaza. Rezaba y cantaba delante de la cruz, mientras fuera, en la plaza de la iglesia, se levantaba un *niu* ante el cual se reunían los nuevos y viejos militantes hauhau. Kereopa y Patara hablaron a los habitantes del poblado. Los guerreros bailaron alrededor del poste y gritaron conjuros, mientras las madres, preocupadas, sacaban a sus hijos de las salas de enfermos y los colocaban delante del *niu*. No había ni rastro del médico de la misión y sus ayudantes. Quizás ellos al menos habían logrado escapar a tiempo.

—¿Pueden las oraciones curar a los niños? —preguntó una mujer temerosa. El llanto de su hijita era conmovedor.

Kereopa negó con la cabeza.

—No, *wahine*, lo único que la curará será la sangre del corazón del traidor.

—¡Matad!

Esta palabra resonaba una y otra vez.

Franz estaba muerto de miedo. Mientras Völkner rezaba y parecía tan confiado como antes, él se ovillaba en un rincón de la iglesia llevado por el terror. Estaba convencido de que iba a morir al día siguiente.

13

Eru observaba fascinado de qué modo la tribu te whakatohea pasaba de ser un rebaño de complacientes ovejas cautivadas por la misión a una manada de lobos sedienta de sangre. Se sentía orgulloso de haber participado en ello. Precisamente Te Ua les había hablado de lo difícil que era ese *iwi*, sometido a un fuerte control de los misioneros cristianos. Habría gritado de alegría cuando el día anterior habían encerrado a los religiosos.

Tras una noche llena de entusiasmo y oraciones invocando al arcángel, estaba asustado. La canción de la mañana resonó y los te whakatohea llevaron madera y utensilios. La noche anterior, arrastrados por el delirio de las canciones y oraciones hauhau, escenificaron una especie de juicio tal como Eru había anunciado al tío de Mara. Nadie había hablado todavía de ello, cuando Franz Lange le dirigió la palabra. Eru simplemente había improvisado, como tantas veces los últimos días. Pero por la tarde otros tuvieron la misma ocurrencia y encontraron gracioso burlarse de la jurisdicción *pakeha*. Nombraron sonrientes a los miembros del jurado, los abogados y el juez, que luego pusieron en circulación las botellas de whisky. Los misioneros no guardaban alcohol, pero al parecer el médico tenía unas cuantas en su alojamiento. Los guerreros las descubrieron al registrar la misión en busca de objetos de valor, poniéndolo todo patas arriba. Sin embargo, lo único valioso posiblemente fuera la cruz con piedras engastadas que el joven tío de Mara llevaba colgada del cuello. Eru la había visto por unos segundos resplandecer, pero no les había dicho nada a los guerreros. Conocía esa joya. Era de Ida Jensch antes de que la hubiese regalado, como era evidente, a su hermano. Mara no aprobaría que él la robase. Al final habían condenado a Völkner —ausente, pues nadie había considerado necesario sacarlo de la iglesia para llevarlo ante el «juez»— a morir en la horca. Eru había participado en los gritos de júbilo con que se había celebrado la sentencia, pero sin creer que los guerreros llegaran a ejecutarla.

Sin embargo, ya no podía seguir negando la realidad: los whakatohea construían una especie de tarima bajo el sauce que dominaba la plaza de la iglesia. Por encima de la rama del árbol ya se había lanzado una soga con nudo corredizo. ¡Una horca! Y las mujeres sacaban a sus hijos para curarlos con la sangre de Völkner. Eru estaba horrorizado. De acuerdo, él y los demás hauhau habían prometido a la gente que sucedería algo en ese sentido. ¡Pero no había que tomárselo al pie de la letra!

—¡Matad uno, dos, tres! —Kereopa de nuevo hizo desfilar a los guerreros, agitando sus lanzas, alrededor del *niu*.

—¡Y ahora id a buscarlo! —Patara alzó los brazos.

Los guerreros irrumpieron en la iglesia, abrieron de par en par la puerta de la capilla lateral, donde estaban encerrados los misioneros, y arrastraron a Völkner al exterior.

—Kereopa, ¿de qué va esto? —Eru se volvió escandalizado a su superior—. ¿Por qué los lanzas contra él? ¿Qué van a hacerle?

El guerrero rio con el rostro desfigurado.

—¿Tú qué crees, gran guerrero? —se burló—. ¡Van a matarlo! ¡Vamos a matarlo! *Rire rire, hau hau! Rire rire, hau hau!*

Eru no consiguió articular palabra. Claro que lo iban a matar. Esa era la razón de la guerra. Era un enemigo y pagaba su traición con la vida.

El joven intentó en vano cantar y bailar como los demás cuando Völkner siguió a sus esbirros camino del patíbulo, tranquilo y erguido, sin defenderse ni quejarse. Hasta entonces todo había sido un juego, una aventura. De acuerdo, estaban las cabezas del saco de Patara. Pero hasta estas parecían un accesorio de la obra de teatro que interpretaban para reclutar adeptos a Haumene. Sin embargo, ahora correría sangre. Kereopa iba en serio. Y el enemigo ni siquiera era el ejército inglés, como Eru siempre había imaginado cuando pensaba en su bautismo de fuego. Se trataba de un solo hombre, alto, de rostro ovalado, cabello ralo y ojos dulces. Un cuervo, claro. Eru a menudo había maldecido a los misioneros de Tuahiwi. Pero aun así... ¡no se mataba a un hombre sin más!

Paralizado por el espanto, contempló cómo el joven Pokeno, junto a Kereopa y Patara, seguía al misionero hasta la tarima. Völkner subió erguido y sin mostrar ningún temor. Delante de la horca se arrodilló y rezó. Tendió la mano a sus verdugos cuando volvió a ponerse en pie.

—¡Os perdono! —dijo en voz alta, y se volvió a Pokeno—. ¡Estoy preparado!

Eru consiguió mirar hasta que Pokeno le puso el lazo alrededor del cuello. Luego se dio media vuelta. Se sentía mareado y se dirigió dando tumbos detrás de las casas de la misión. Vomitó ahí, mientras los te whakatohea celebraban con gritos la muerte de Völkner. Cuando regresó, indispuesto a causa de las náuseas y la vergüenza, el cadáver del misionero se balanceaba en la horca. Los guerreros volvían a rodear el *niu* cantando y dando gritos de júbilo, las mujeres sacaban comida.

Eru esperaba que ninguno de sus jefes lo buscara. Se mantuvo al margen de la fiesta, pensando horrorizado en Mara. ¡Su tío estaba cautivo en la iglesia! Tal vez fuera la próxima víctima de esa turba sanguinaria que el propio Eru había colaborado en formar. ¿Cómo, cómo iba a mirar a los ojos a Ida Jensch, que siempre había sido amable con él?

Y, entonces, una hora después de júbilo, cánticos y borrachera de fanatismo, la situación empeoró. Eru contempló boquiabierto que Kereopa y un par de hombres más descolgaban el cadáver del misionero. Patara le cortó la cabeza entre estridentes gritos de *hauhau* y roció a los enfermos con su sangre.

—¡Esto os curará, esto os curará! —gritaba mientras los niños cerraban los ojos y gemían.

Kereopa, totalmente ebrio y confuso debido a las danzas, los conjuros y, naturalmente, el whisky, le sacó riendo los ojos al muerto. Eru habría vomitado de nuevo cuando el jefe se tragó los glóbulos.

—¡Así me como yo el Parlamento inglés! —gritó con los labios manchados de sangre—. ¡Y así a la reina y la ley inglesa!

Eru se alejó tambaleándose. No quería ver más. Se acurrucó temblando tras una de las casas de la misión y esperó a que acabara esa pesadilla. A lo mejor despertaba en algún momento y todo volvía a ser como antes. Horas después, cuando el estómago se recompuso lentamente y su cabeza, aunque dolorida, logró volver a pensar con claridad, se acordó de Franz Lange. No debía permitir que el tío de Mara muriese también de un modo tan horroroso.

La fiesta proseguía en la plaza. Nadie se percató de que Eru se deslizaba al interior de la oscura iglesia. Lange y el otro misionero estaban todavía en la capilla lateral. Eru mismo había ayudado el día anterior a encerrar a Völkner y los demás ahí. Ahora, arrancó las tablas con que habían tapiado la puerta de la capilla. El miedo y la desesperación le infundían unas fuerzas sobrehumanas, y estaba bañado en sudor cuando por fin se encontró frente a Franz Lange y el otro misionero. Ambos estaban blancos como la cal. Thomas Gallant alzó su crucifijo frente a Eru.

—¡Dios nos guarde del demonio! —susurró.

Quería que su voz tuviera la misma firmeza que la de Völkner al pronunciar sus últimas palabras un par de horas antes, pero emitió más bien un gemido. Franz no podía decir nada, solo miraba a Eru. La mirada de un animal acorralado...

A Eru le pasó por la cabeza lo indigno que era de un guerrero descargar su cólera, por muy justificada que estuviera, contra personas tan débiles como esas. Fuera lo que fuese lo que Te Ua Haumene afirmara, el peligro para su pueblo no provenía de individuos como Lange y Gallant.

Eru levantó las manos sosegador.

—No hable —dijo bruscamente a Gallant, antes de abrir la puerta de una vez—. Y vengan conmigo. Los sacaré de aquí.

Franz Lange no sabía cómo había ocurrido que el chico de los tatuajes, cuyo discurso había avivado el día anterior la sed de sangre de la multitud, de repente le abriera el camino hacia la libertad. Franz ya se había preparado para morir. Le temblaban las rodillas. No se le ocurrían ni unas audaces últimas palabras ni ninguna oración. Solo percibía vacío y miedo. Aun así, se enderezó y siguió al guerrero a la iglesia. El joven parecía indeciso. Era evidente que tomaba conciencia del enorme riesgo que estaba corriendo al sacar a los presos por el portal principal.

—¿Se puede salir de aquí por otro sitio? —preguntó, y Franz volvió a admirar la perfección con que hablaba inglés.

Thomas Gallant miró confuso al interior. Solo llevaba un día ahí y no conocía todavía el lugar. Franz tuvo que tomar la iniciativa.

—Sí —respondió en voz baja—. Por la sacristía. —Señaló una puerta que pasaba inadvertida y que ahora, puesto que la iglesia estaba llena de camas, casi quedaba oculta por una mampara. Los misioneros empleaban en la actualidad la sacristía solo como almacén de medicamentos y ropa de cama—. Desde ahí se sale a los establos.

El joven guerrero asintió aliviado.

—Está bien —dijo—. Salgan y no dejen que los vean. Cojan caballos de la cuadra y huyan de aquí. ¡Suerte!

Franz dudó un instante antes de darse a la fuga. Quería preguntar por qué el guerrero los liberaba, por qué había cambiado de opinión y si todo eso no era tal vez una trampa. Pero Gallant ya se precipitaba hacia fuera. Franz lo siguió, sin siquiera dirigir una palabra a aquel joven que, pese a su rostro tatuado, le seguía resultando familiar. Sintió cierta vergüenza. Huir le parecía indigno. A lo mejor deberían haber dicho algo, unas palabras de perdón tal como había hecho Völkner. Pero, la verdad, Franz no sentía precisamente ganas de perdonar. Solo sentía alivio, mezclado con un renovado miedo a tropezar ahí fuera con los esbirros de Haumene.

El pasaje desde la sacristía hasta la cuadra estaba despejado. Si bien los maoríes habían registrado y saqueado las casas de los misioneros, los caballos no les interesaban. Gallant ensilló apresuradamente un animal y Franz lo imitó.

—No cabalgo especialmente bien —admitió.

Gallant se encogió de hombros.

—Yo tampoco. Dios guiará los caballos. Al igual que ha iluminado a ese joven salvaje hacia nosotros. —Miró a Franz con ojos extraviados—. Deberíamos... deberíamos rezar.

Franz negó con la cabeza. Ese día había sacudido definitivamente su fe. Era imposible confiar más en Dios de lo que lo hacía Völkner. ¿Y cómo se lo había agradecido el Creador?

—Deberíamos marcharnos —respondió jadeante, y se preparó para sacar al caballo del establo.

El portal de salida estaba abierto y Franz se estremecía de miedo al pensar hacia dónde llevaba. Para abandonar la misión, no debían pasar directamente por la plaza de la iglesia, pero sí muy cerca. Algunos guerreros los verían seguro y tal vez hasta los perseguirían o les dispararían. Dios todavía tendría que desviar las balas.

Franz pensó unos segundos. Luego sacó la silla del lomo del obediente castrado que ya le había llevado en una ocasión a ver a Maketu, y ensilló un pequeño y elegante alazán. Hacía poco que Paora lo había montado. El joven se lo había pasado muy bien, al parecer el caballo galopaba como el viento. Franz recordó de golpe una expresión por la que hacía unos meses había criticado a Chris Fenroy.

—Debemos cabalgar como alma que lleva el diablo —susurró.

Acto seguido salió de la cuadra al galope. Franz había dado un susto al animal al espolearlo con vigor. El caballo se encabritó y cuando pasó junto a la horca, vio a la gente bailando y percibió el olor a sangre, se espantó. Franz se sostenía en la silla llevado por la desesperación. Se agarró a la crin del caballo cuando oyó gritos, dispararon a sus espaldas y el gran caballo negro de Gallant lo adelantó. Su cofrade galopaba tan inseguro como él, pero se aguantaba valientemente. Caerse habría significado la muerte.

Los caballos, que ahora se azuzaban mutuamente, corrían entre las dependencias de la misión. Franz y Gallant vieron a guerreros que saqueaban los edificios dando gritos, pero ninguno de ellos fue lo suficientemente rápido ni se interpuso en el camino de los fugitivos. Los disparos y los gritos se fueron extinguiendo cuando pasaron por el portal de la misión, al igual que por el *marae* desierto salvo por un par de ancianos.

—¿Hacia dónde? —vociferó Gallant.

—Maketu... ¡por la costa!

En Maketu había un bastión militar, aunque se encontraba a más de setenta y cinco kilómetros. Por añadidura, el caballo cambiaba del galope a un trote ligero que todavía lo sacudía más. Si se mantenía en la silla era solo gracias a las pocas clases de equitación que Linda le había dado en Rata Station. Arrogante como era entonces, ni siquiera le había dado las gracias por ello.

Ya estaba algo oscuro y pronto anochecería. Franz se asustó cuando vio que la ruta llevaba hacia el interior. Aunque corría paralela a la costa, esta era muy accidentada entre Opotiki y Whakatane. El camino que habían tomado estaba bien, pero atravesaba bosques espesos. Los jinetes apenas si veían a un palmo de distancia. Aun así, el pequeño semental de Franz avanzaba con seguridad. El joven misionero tenía que contenerlo más que azuzarlo, y la mayor parte del tiempo dejaba las riendas sueltas.

—¿Qué ocurre con Whakatane? —preguntó Gallant.

Tras una hora de cabalgada iba sentado torcido en la silla y con el rostro contraído de dolor. Whakatane era el lugar más cercano a Opotiki, en su origen un poblado ngati awa. Hacía tiempo que ahí también había una misión dirigida por sacerdotes católicos. Los ngati awa se habían beneficiado de ello al igual que los te whakatohea de los anglicanos. El lugar prosperaba, había cultivos, ganado, un molino y una escuela. Hasta el momento, los maoríes locales siempre habían estado en buenas relaciones con los *pakeha*. ¿Cómo sería ahora? Franz reflexionaba si debía atreverse a ir a la misión. ¿Y si también ahí causaban estragos los reclutadores hauhau? ¿Volverían a correr peligro si buscaban refugio en Whakatane?

El pequeño alazán fue el que tomó la decisión. Junto al río Whakatane no solo había una misión y un conocido *pa* maorí, sino también algunas granjas *pakeha*. Ya en la primera junto a la cual corría la carretera en dirección a Maketu, había unas yeguas en el prado. Franz no tuvo ni fuerza ni conocimientos suficientes para evitar que su caballo se dirigiera hacia la granja. Apenas si tuvo tiempo de tirarse de la silla antes de que el alazán, relinchando con fuerza, hiciera pedazos la valla de madera que rodeaba la dehesa.

Gallant siguió a Franz, aunque él sí logró detener su veterano y dócil castrado. El granjero se percató de ellos al salir de la casa con sus hijos y cuatro perros que ladraban excitados por el alboroto. Después de coger al semental y de que uno de los chicos lo llevara al establo, fue hacia el caballo negro. Fue entonces cuando descubrió a los misioneros. Con la antorcha que llevaba iluminó los rostros pálidos de agotamiento.

—Por todos los diabl... ¿Cómo han llegado aquí? —preguntó atónito.

Poco después, Franz Lange y Thomas Gallant estaban sentados junto a la chimenea de la familia Thompson, todavía temblando de agotamiento y tensión. Bebieron agradecidos un té caliente, mientras el granjero y su hijo mayor ensillaban dos caballos. También ellos estaban preparados para galopar como alma que lleva el diablo, y sabían hacerlo. Todavía de noche, llegaron a las afueras de Maketu. Al amanecer, un destacamento de la caballería inglesa salía rumbo a Opotiki.

Eru se despertó ya entrada la mañana en la casa comunitaria de los te whakatohea. Kereopa y Patara dormían a su lado, ambos todavía manchados de sangre. Los maoríes habían prolongado la fiesta en su poblado y bailado y festejado hasta entrada la noche.

Cuando Eru se levantó y fue a dar una vuelta descubrió a algunas mujeres hablando en voz baja mientras encendían fuego y amasaban pan ácimo. Otras lloraban y hablaban de los entierros. Varios niños habían muerto durante la noche. La sangre del misionero ejecutado no los había curado, tampoco la fe de sus padres en Te Ua Haumene. Al contrario, la excitación y el frío nocturno habían empeorado el estado de muchos enfermos. Habían estado mejor cuidados en las camas y los hospitales provisionales que alrededor del *niu*.

Eru también se dio cuenta de que no había nadie dispuesto a entonar la canción de la mañana. El aspecto de los pocos guerreros que ya estaban despiertos respondía más a la intimidación que a la invulnerabilidad. Eru se planteó por un momento hablar con ellos, pero rechazó tal idea. Que fuera el mismo Kereopa quien estimara cómo reunir de nuevo a sus seguidores. Prefirió acercarse a una hoguera y pedir a una anciana un poco de pan ácimo. La mujer le dio una infusión de hierbas, pan y *kumara* y se sentó frente a él. Eru reconoció entonces que era una de las ancianas del poblado. Al igual que otros ancianos, se había retirado cuando Kereopa había empezado a predicar delante de la tribu.

—¿Qué sucederá ahora? —preguntó con serenidad, mientras Eru comía y bebía.

El joven se encogió de hombros.

—No lo sé, yo... yo nunca había... nunca había hecho algo así, ni tampoco lo había visto... Decapitar a un hombre... comerse sus ojos...

La anciana rio sin alegría.

—No —dijo—. Todavía eres demasiado joven. Cuando yo tenía tu edad sucedía con más frecuencia. Es *tikanga*, ¿sabes? Parte de la guerra. La fuerza del enemigo se traspasa al guerrero que lo mata y se come partes de su cuerpo. Al menos eso decían. Después los *pakeha* nos enseñaron que eso era pecado.

—¿Y tú qué creés, *karani*?

—Creo que es mejor no hacer la guerra. Así no se necesita tampoco la fuerza del enemigo muerto. Y, sobre todo, no se pelea con tribus que tienen más guerreros y lanzas más afiladas.

—¿Te refieres a los *pakeha*? —preguntó Eru—. ¡Pero debemos defendernos! No podemos permitirles que se apropien de nuestras tierras, nosotros...

Con un gesto, la mujer le pidió que callara.

—Los blancos nos dieron semillas, trajeron ovejas cuya carne comemos y cuya lana nos abriga. Claro que querían una parte de nuestra tierra, pero nos compensaron con mantas, ollas y sartenes. Luego vinieron los misioneros y nos dijeron que eso era demasiado poco, que nos estaban engañando. Enseñaron a nuestros hijos lo que vale la tierra según la fe de los *pakeha*. Les enseñaron su lengua y a leer y escribir. Ahora nadie más podrá engañarlos.

Eru se molestó.

—Pero a cambio debemos dejar a nuestros dioses, nuestras costumbres...

La mujer soltó una risa amarga.

—Tú has abandonado a tus dioses por tu Profeta. Ya veremos si te da más que ovejas y semillas. Y sus costumbres tampoco son de tu agrado.

La anciana levantó la vista hacia Kereopa, que salía vacilante de la casa dormitorio y buscaba agua para lavarse la sangre de la cara. La mujer contempló un buen rato el fuego antes de hablar.

—Sí, uno puede preguntarse si no deberíamos haber guardado más distancia con los blancos. Como dice tu Profeta. Pero queríamos mantas, ollas y sartenes... —Sonrió dulcemente—. En mi religión muchas cosas son distintas a las de la creencia *pakeha*. No sé si sus dioses son más fuertes que los nuestros y lo fuertes que son vuestros profetas. Pero sí sé que nunca bajó un dios del cielo para conducir a los guerreros a la guerra. Y esto tampoco sucederá ahora, da igual lo que vuestro Profeta os haga creer.

—¿Ahora? —preguntó desconcertado.

La mujer soltó un suspiro de desaprobación.

—Sí, ¿es que crees que los *pakeha* aceptarán lo que le habéis hecho a Völkner? ¡Hijo mío, habéis traído la guerra a nuestro poblado!

—¿Nosotros? —Eru oyó a sus espaldas la voz burlona de Patara—. Ah, no, *karani*, fueron los tuyos los que colocaron la soga alrededor del cuello de ese tipo. ¡Nosotros no tenemos nada que ver!

Eru lo miró atónito y sin entender.

La anciana ni se inmutó.

—Así que vosotros os marcharéis y nosotros moriremos —dijo lacónica.

—¡No! —Eru se enfureció—. Nosotros os apoyaremos, por supuesto, nosotros... —Se interrumpió al imaginar lo que seguramente les esperaba. Incluso si no hubiera liberado a Lange y Gallant, la muerte de Völkner no habría pasado inadvertida a las autoridades de Wellington. Era posible que los soldados ya estuvieran de camino—. Tenemos que reunirnos alrededor del *niu*. Los guerreros...

—Los guerreros que quieran unirse a nosotros se marcharán hoy hacia el oeste, con Te Ua Haumene —explicó Kereopa mientras se sentaba despreocupadamente con ellos, tras lo cual la anciana se levantó y se alejó de la hoguera—. Los acompañaremos un trecho, pero seguiremos rumbo al sur, a Turanganui, para llevar el mensaje del Profeta a las tribus del río. Tal como estaba previsto.

—¡Los ingleses vendrán aquí! —exclamó Eru perplejo—. ¡Querrán vengarse!

Kereopa se encogió de hombros.

—Pues más furia provocarán en los nuestros y más guerreros se unirán a nosotros.

Eru era incapaz de seguir escuchando. Se levantó y se marchó, quería ir en pos de la anciana, consolarla de algún modo. Pero no llegó a hacerlo. Invadido por la vergüenza, la rabia y el miedo, se escondió en su refugio detrás de la iglesia. No sabía qué debía hacer ni a qué lugar pertenecía. ¿Debía permanecer ahí y librar una batalla perdida, asumir la responsabilidad por la muerte de Völkner y morir por ello? ¿Debía huir? ¿Intentar retirarse a la Isla Sur y ocuparse obedientemente de ahora en adelante de las ovejas de su madre? ¿Con el rostro del guerrero que no era?

Kereopa había reunido entretanto a sus seguidores exigiéndoles lealtad hacia su nueva religión. Eru oyó que entonaban la canción matinal y que danzaban alrededor del *niu*. Luchaba contra las náuseas. Solo cuando Kereopa sopló la caracola para señalar la partida de los guerreros, abandonó su escondite. Con ello fue testigo de una última y deplorable escena. Kereopa y Patara impidieron al joven Pokeno que se uniera a los guerreros.

—¿Qué edad tienes? ¿Trece? Lo siento, chico. No necesitamos niños en el *pa*. Dentro de dos años tendrás edad para luchar, pero ahora... —Kereopa negó con la cabeza.

—¡Fui lo bastante mayor para colgar a ese sacerdote! —protestó Pokeno. Era un chico alto, todavía torpón, pero tan atrevido como lo había sido su padre. Ahora, sin embargo, su voz tenía un tono estridente a causa de la decepción y seguro que también del miedo—. Si no me lleváis con vosotros...

—Los ingleses lo harán a él responsable —señaló Eru.

Patara se encogió de hombros.

—Escóndete un par de días —aconsejó al chico—. Tampoco pasará nada tan grave.

—Lo matarán —anunció la anciana que había estado hablando con Eru—. Aquí no está seguro. En ningún lugar de la costa Este.

Kereopa se negó inmisericorde.

—Entonces que se vaya con alguna tribu amiga. Debéis de conocer algunos *iwi* en Waikato o en el norte. En cualquier caso, no puede marcharse con nosotros. Solo nos llevamos a guerreros adultos.

Eru creyó ver llorar a Pokeno cuando se fueron. Y él mismo volvió a sentir indignación. La vida de Pokeno estaba amenazada de muerte. Le harían pagar por lo que Kereopa y Patara, y él mismo, habían urdido.

Eru se pasó la mano por el rostro tatuado. Makuto tenía razón, los *moko* no lo convertían en un hombre. Pues si fuera un hombre, se quedaría ahí y lucharía y moriría con Pokeno. Intentó reunir todo su valor, pero no se decidió. Quería vivir.

Siguió a Kereopa, Patara y los nuevos guerreros reclutados con la cabeza gacha. Los hombres tomaron rumbo hacia Gisborne.

Apenas dos horas después de la partida de los guerreros, la caballería llegó a Opotiki. Los soldados encontraron una misión abandonada, un *niu* en la plaza de la iglesia y debajo el cuerpo ensangrentado de Carl Völkner. Alguien había expuesto su cabeza en el púlpito de la iglesia, desde donde contemplaba con las cuencas vacías su desierta misión. La cólera de los ingleses fue terrible.

Los maoríes que todavía no habían escapado, mujeres, niños y ancianos que se habían reunido asustados en la casa de reuniones del *marae* tuvieron que presenciar cómo destruían sus cultivos, caían sus árboles frutales y ardían sus casas. Al final, los arrastraron a la plaza de la iglesia, forzaron a algunos niños a confesar y cogieron a Pokeno. El muchacho oyó con expresión impertérrita cómo sus familiares y amigos lo culpaban solo a él de la ejecución de Völkner.

Únicamente la anciana de la tribu habló en su favor.

—¡No podéis llevároslo, es solo un niño! —dijo—. Ni siquiera los guerreros hauhau se lo han querido llevar. Es demasiado joven para ellos.

El oficial al mando de la unidad de caballería rio.

—¿Demasiado joven? ¡No te lo crees ni tú, vieja! ¡Esos canallas se contentan con lavarse las manos! Dirán que no han tenido nada que ver con lo sucedido cuando los pillemos. Y que indujeron al chico a cometer esta atrocidad. Pero eso no le ayudará. ¡En Auckland morirá en la horca!

Los soldados no solo se llevaron a Pokeno, sino a otros jóvenes que casi tenían la edad para combatir y a dos ancianos. Ambos habían intentado evitar que destruyeran sus casas.

Las tierras de la tribu fueron confiscadas y se disolvió la misión, al menos temporalmente. A fin de cuentas, ahí no quedaba nadie a quien evangelizar. La tribu te whakatohea se dispersó.

LA DESTRUCCIÓN

Otago, Campbelltown (Isla Sur)
Waikato, Otaki (Isla Norte)

1865

1

—¿Dónde está su marido, señora Fitzpatrick?

Linda, que iba a recoger la ropa del tendedor pero había comprobado que todavía estaba húmeda, se dio media vuelta. Reconoció a Tom Lester, el herrero de Tuapeka. El hombre, robusto y pelirrojo, parecía enfadado y Linda intuía la causa. Intentó esbozar una sonrisa de disculpa.

—Pensaba que Fitz estaba con usted, señor Lester.

El herrero resopló.

—¡Entonces no estaría buscándolo! —ladró—. El hecho es que ayer no apareció porque se suponía que su caballo cojeaba. No puede ir a pie, no vaya a ser que se le caigan los anillos. Y hoy tampoco ha venido. ¡Hay que acabar el establo antes de que nieve, señora Fitzpatrick! ¡No puedo seguir construyéndolo solo cuando al señor Fitzpatrick le dé la gana ponerse a trabajar!

Linda suspiró. Ya llevaban más de tres meses en Tuapeka y, por mucho que se esforzase, estaba muy lejos de ser feliz. El entusiasmo de Fitz por buscar oro se había reducido notablemente en los últimos tiempos. Las primeras semanas había desarrollado proyectos que Ireen siempre había considerado descabellados. Con otros *digger* había excavado galerías para intentar extraer oro de las minas subterráneas. Luego se había ido a las montañas para trabajar las rocas con martillo y cincel. Si en otras partes del mundo había filones de oro en piedras compactas, ¿por qué no iba a haberlas ahí? Linda lo había dejado marchar meneando la cabeza. La expedición había resultado más peligrosa que las galerías. Fitz se había visto sorprendido por dos guerreros maoríes poco antes de empezar el trabajo. Se enteró de que las rocas eran un santuario de su tribu y de haberlo profanado habría pagado con su vida. Por fortuna, todavía no había tocado la roca y había sabido escabullirse gracias a su palabrería.

En los últimos días, el marido de Linda todavía no había encontrado ni una sola onza de oro en Otago, por lo que había ido perdiendo el interés. Cada vez más a menudo realizaba trabajos temporales para comerciantes y artesanos del lugar. Siendo un hombre diestro, se había ganado al principio una buena reputación, pero luego se había hecho más descuidado. Linda entendía el enfado de Tom Lester. Fitz había prometido que le ayudaría a construir el establo de alquiler y ahora...

—Estoy segura de que... de que le habrá surgido algún asunto importante —balbuceó sin creerse sus propias palabras.

Era más probable que Fitz se hubiera distraído con cualquier tontería, jugando a las cartas, hablando con un *digger* australiano que le prometía una información privilegiada para encontrar nuevos yacimientos o conversando con entendidos en apuestas de caballos. Linda ya no se enfadaba por eso. Al principio no se lo había querido creer, pero realmente Fitz solía ganar más que perder jugando a las cartas y con las apuestas. Sin su pasión por el juego, habrían vivido en la miseria esas últimas semanas. Hasta el momento, Fitz mantenía su promesa: su esposa nunca había pasado hambre.

En general, sin embargo, vivían con el dinero que obtenía Linda con su modesta búsqueda de oro. Un trabajo que se hacía más duro a medida que se acercaba el invierno. Todavía no había nevado ni helado, un pequeño milagro en Otago, donde a finales de otoño ya hacía un frío de muerte. En cambio, llovía continuamente y con las subidas del cauce los arroyos se volvían demasiado peligrosos para lavar el oro. Ireen y Linda vagaban por las concesiones abandonadas y tamizaban el fango y la tierra. Cuando regresaban a casa estaban caladas hasta los huesos e Ireen ni siquiera tenía ropa de muda. Llevaba semanas acatarrada y tosiendo, igual que el pequeño Paddy. Linda compartía su comida con los dos y acabó desprendiéndose de uno de sus vestidos de invierno y de un chal en el que Ireen pudiera envolver al niño. Al empeorar el tiempo era más difícil encender una hoguera para cocinar o al menos para calentarse. Incluso aunque no lloviera, la madera estaba húmeda y desprendía más humo que calor.

Tom Lester arrojó una mirada entre enfadada y compasiva a la ruinosa cabaña de Linda, la humeante hoguera y la ropa húmeda. Luego se dio media vuelta para marcharse.

—Lo siento, señora Fitzpatrick, pero cuando vea a su marido dígale por favor que me he buscado otro ayudante. Así no puedo seguir trabajando con él. En lo que respecta al crédito... —Tom había herrado en las últimas semanas tanto a *Brianna* como al caballo de Fitz y este le había prometido pagarle con su trabajo—. Puede llevarme los dos chelines cuando le vaya bien.

Linda se mordió el labio. Seguro que Fitz no le llevaría el dinero. Últimamente, cada vez había más gente que le decía que su marido le debía dinero. Nunca era demasiado, pero ningún banco le habría concedido un crédito. El camarero del pub ya tenía apuntado lo que debía, el hombre del colmado le había dado un plazo para saldar una compra, otro buscador de oro le había prestado un par de chelines... Fitz consideraba que esas pequeñas cantidades no eran importantes, pero si se sumaban, había acumulado una deuda considerable para su situación. Linda no tenía ni idea de cómo pretendía devolver todo ese dinero. A menudo la preocupación le quitaba el sueño mientras Fitz roncaba plácidamente a su lado. Si es que estaba en casa. Cuanto peor le iba con la economía, más días pasaba jugando. Además, debía de depender del tiempo: Fitz prefería tabernas cerradas que obras de construcción al aire libre...

Linda se preparó, pues, para pasar sola una noche más, en la que contaría con el único calor de *Amy*. Sin embargo, no fue así. Mientras se esforzaba por mantener el fuego al menos hasta haber preparado algo que comer y secado la ropa húmeda, apareció

Ireen. La joven parecía excitada y Linda se percató de que llevaba botas recién estrenadas. Paddy iba abrigado con una chaquetita nueva. Linda iba a preguntarle al respecto, cuando oyó sonido de cascos. Fitz se acercaba a la cabaña al galope entre salpicaduras de barro.

—Lindie... —No sonreía cuando saltó del caballo—. Lindie, lo siento, pero tenemos que hacer las maletas. Me lo he pensado mejor y nos vamos a la costa Oeste.

—¿Có... cómo? —Linda se quedó de piedra—. ¿Que... que nos vamos? ¿Ahora mismo?

Fitz asintió y se dispuso a soltar a *Brianna*, que estaba atada a un árbol, para engancharla al carro.

—Venga, Lindie. A lo mejor todavía podemos irnos mientras es de día.

—¿Es buena idea, Fitz? —preguntó Ireen burlona—. Quizá sea mejor que huyas cuando esté oscuro. ¿O es que esta decisión repentina no tiene nada que ver con los tipos que han estado armando jaleo en el pub?

Linda miró a su marido más detenidamente. Fitz tenía un labio partido y el ojo casi cerrado por la hinchazón.

—Fitz, estás herido. Alguien... ¿Te han disparado?

Deslizó la mirada con temor por el cuerpo de su marido y suspiró aliviada cuando vio que ni sus gastados pantalones de algodón ni su vieja chaqueta de piel tenían manchas de sangre.

—Qué va —respondió Fitz—. Solo una pequeña... diferencia de opiniones. Unos tipos desagradables... Tenías razón, Lindie, este sitio no es para nosotros.

Linda miró a Ireen buscando ayuda. Esta se encogió de hombros.

—No sé qué ha sucedido en realidad —reconoció—. Solo hemos oído disparos Oppenheimer y yo, en el pub. Desde luego, ha habido un tiroteo. El encargado de correos ha ido a buscar al agente de policía, pero para cuando ha llegado, los tipos ya se habían marchado. Tampoco es que se haya dado mucha prisa, naturalmente no quería morir de un tiro. El camarero estaba blanco como la cal y dijo algo sobre cartas y trampas. Los tiros solo han sido una advertencia, ¿verdad, Fitz? De lo contrario es muy probable que ahora estuvieras muerto. En esa pequeña taberna es difícil errar el tiro.

Entretanto, Fitz había enganchado los caballos y se había puesto a lanzar al carro la colada recién secada. No parecía estar haciendo las maletas para un viaje. Eso tenía todo el aspecto de una huida precipitada.

—Bueno, esos tipos de Queenstown... No debería haberme fiado de ellos —Fitz intentaba dar al menos una explicación—. Tendría que haberme dado cuenta de que eran unos maleantes. Pero no me resisto a una buena partida de póquer.

—Tenías un trabajo —dijo Linda—. El herrero ha estado aquí.

Fitz arrugó la frente.

—Me desafiaron —afirmó con toda seriedad, como si solo hubiera podido negarse a participar en el juego a costa de perder su honra—. Ya he dicho que lo siento. Fue un error. De todos modos, esos tipos jugaban con cartas marcadas. Seguro. Lindie, no es que haya tenido solo una mala racha, ha sido...

—Así que has perdido —dijo Linda—. Y luego les has echado en cara que te hubieran hecho trampas.

—Estaba furioso, Lindie. Pero esa no es razón para armar camorra y encima sacar los rifles.

Fitz corrió a la cabaña y sacó sus pertenencias. De nuevo lo lanzó todo al carro. *Amy* saltó nerviosa al pescante, como si temiera que se olvidaran de ella.

—¿Y por qué tienes que irte ahora tan deprisa? —preguntó Linda—. Me refiero a que ya te han dado una paliza. Con eso ya debería haberse solventado ese asunto.

Fitz se frotó la frente.

—Es que... me han dado plazo hasta mañana por la mañana para que... les dé mil libras...

La confesión surgió de mala gana, pero produjo el efecto deseado. De repente, Linda también se sintió acosada.

—No podemos pagar esa cantidad —dijo con voz sofocada—.

Ni... ni aunque vendiéramos los caballos. Desde luego, *Brianna* vale mucho...

—¡Yo no vendería tu caballo! —protestó Fitz—. Sé lo mucho que lo quieres...

—¡Y por eso te lo has jugado, ¿no?! —replicó Linda. Siempre había evitado discutir con su marido, pero ahora estaba poseída por el pánico—. Fitz, esa gente no suelta presa. Quién sabe si no te seguirán.

—Qué va —terció Ireen—. No eran matones fríos, sino unos andrajosos que se habían perdido por aquí. No creo que maquinen grandes planes. A lo mejor preguntan un poco por los alrededores. Yo también me largaría. Pero más allá de eso no son un peligro. Si hubieran tenido algunas luces, no le habrían dejado marchar. Es probable que enseguida reconocieran que no tenía gran cosa. O es que los buscaban por algo grave y no querían caer en manos de la policía. En cualquier caso, poned lo antes posible una buena distancia entre vosotros y esa banda. Y mañana, lo mejor es que Fitz se esconda en el carro y Linda conduzca. Si por casualidad os encuentran (ellos también se irán), como mucho correréis el riesgo de que reconozcan el caballo de Fitz.

Linda tomó una decisión.

—El caballo de Fitz se queda aquí —declaró—. Confío en ti, Ireen. Véndelo, paga nuestras deudas y si queda algo, quédatelo. —Sonrió con tristeza—. Por el alquiler...

Ireen nunca había aceptado que le pagaran la suma acordada por el uso de la cabaña.

Ireen sonrió.

—También puedo enviároslo algún día, si es que os asentáis en algún sitio —sugirió—. Porque yo... yo ya no lo necesito.

—¿Ya no necesitas el dinero? —Linda se quedó tan perpleja que hasta se olvidó de su propia desgracia—. ¿Qué ha pasado? Ya quería preguntártelo antes. —Miró las botas nuevas de Ireen—. Ireen, ¿no... no te habrás vendido?

Linda no podía imaginárselo, pero a lo mejor habían abierto un nuevo burdel en Tuapeka.

Ireen se encogió de hombros.

—En el fondo, sí; aunque lo llaman de otra manera. Me caso. —Sonrió con timidez.

—¿Qué? —Linda dejó que Fitz siguiera recogiendo las cosas y concentró toda su atención en su amiga—. ¿Quién quiere tan de repente casarse contigo? Ni siquiera tenías novio...

—Oppenheimer —dijo Ireen en voz baja—. Me caso con Ely Oppenheimer. Me lo ha pedido hoy. Cerrará su oficina. Con la compra del oro ya no se gana aquí lo suficiente. Lo poco que queda de negocio lo traspasa al banquero. Oppenheimer ha hecho mucho dinero en los últimos años. Ahora puede descansar. Tiene una bonita casa en Queenstown. Dice que la ciudad es preciosa. Y le gusto yo. Y también Paddy.

Hizo brincar al niño en sus brazos. Paddy no reaccionó. Como siempre, estaba tranquilo de una forma poco natural.

Linda resopló.

—Ireen... todavía... todavía eres muy joven. ¿Y qué edad tiene Oppenheimer? ¿Sesenta?

—No se lo he preguntado —respondió cortante—. Por mí, que tenga cien. Me da igual. En lo que a mí respecta, sí soy joven, y me gustaría hacerme algo mayor. Y ver crecer a Paddy. Pero así no podemos seguir, se me morirá este invierno. Mira lo delgado que está, y débil y cansado. Sería peor que yo me muriera antes que él. Puede pasar, cada noche saco el alma del cuerpo tosiendo. Con Oppenheimer tendré una casa caldeada y suficiente para comer. Paddy irá más tarde a la escuela. Ely dice que lo adoptará. Tendría que estar loca para decirle que no.

—Pero a pesar de todo no está bien, es... Quizá sería mejor que os adoptase a los dos.

Linda vio que Fitz llevaba la mesa y la silla al carro aunque eran «muebles» de Ireen. Sintió que la invadía la cólera.

Ireen emitió una risa amarga.

—Me ama, Linda, pero no tanto. Ya tenga veinte o sesenta años, un hombre siempre es un hombre. Quiere algo a cambio de su dinero. Así que me obtiene a mí. Totalmente, día y noche.

Tampoco querrá hacerlo tantas veces. Y es limpio, Linda. Huele bien.

Linda ya no pudo objetar nada más. Ireen había tomado la única decisión correcta.

—Te echaré de menos —dijo Linda a media voz.

Ireen la abrazó.

—Y yo a ti. Me da mucha pena que no vengas a mi boda. Habrá una boda como es debido, ¿sabes? En la iglesia. A Paddy y a mí solo nos bendijo un tipo en el campamento de los buscadores de oro, en un momento, entre dos turnos. Eso no cuenta...

Linda se preguntó si ella le había contado algo de ese enlace a Oppenheimer. Pero tal vez al anciano comerciante de oro le importaba muy poco ese casamiento.

—Tendré un traje de novia. Y todos asistirán, el empleado de correos y el banquero y sus esposas. Seré una mujer realmente decente, Linda. ¡El de correos y el banquero nos han felicitado! ¿Te imaginas?

La voz de Ireen se llenó de más vida. No cabía duda de que siempre había soñado con una boda así. Linda intentó sonreír y sentir la misma alegría que ella. Fuera como fuese, esa historia del matrimonio hablaba a favor de Oppenheimer. No sabía demasiado sobre judíos, hasta ahora el comerciante de oro nunca se había dejado ver en la iglesia anglicana de Tuapeka. Si se casaba cristianamente por amor a Ireen, algo debía querer a la joven. Y en Queenstown nadie conocía a Ireen. Solo se hablaría de su edad. Nadie debía saber nada de su turbio pasado.

—¡En cualquier caso, te deseo suerte! —dijo Linda, abrazando con fuerza a su amiga—. Me habría gustado asistir a tu boda.

—Pero por desgracia no será posible —observó Fitz y tendió a Ireen la rienda de su caballo—. Qué tonto he sido de no echar un vistazo en casa de Lester. A lo mejor podría haberlo cambiado por otro caballo. —El herrero también comerciaba con caballos.

Linda se frotó la frente. Fitz no había hecho ninguna objeción a su sugerencia de dejar el caballo porque temía a los malhechores de Queenstown, que ahora seguramente emprendían el camino hacia la costa Oeste. Tampoco mostraba intención de ir a pagar sus deudas.

Dio unas pesarosas palmaditas al bayo en el cuello.

—Venga, Lindie, vayámonos de aquí.

Linda ya ni sabía cómo había ocurrido todo cuando Fitz enfiló hacia Christchurch con el caballo a un trote brioso. Tomarían la misma ruta por la que habían llegado y luego, a partir de Christchurch, irían montaña arriba hacia el oeste por Arthur's Pass. Linda tenía miedo a los pasajes de montaña. Había conocido las estribaciones de los Alpes Meridionales durante las subidas y bajadas del rebaño a las montañas, y eso solo ya era cansado y peligroso. Y ahora, en invierno, tendría que subir mucho más arriba con nieve y hielo.

—¿No podemos pasar el invierno en Christchurch? —preguntó.

Se estrechó contra Fitz buscando calor. Habían estado viajando durante la primera noche y al día siguiente solo habían hecho unas breves pausas para que *Brianna* descansara. Ahora estaban congelados y muertos de cansancio. *Amy* se acurrucaba a los pies de Linda. Ese día había empezado a nevar. Había llegado el invierno y ahí arriba, en las montañas, su furia sería devastadora.

Fitz se encogió de hombros.

—No sé, cariño. En realidad me he alegrado de irme de ahí...

Linda se enderezó de repente.

—Fitz, ¿es posible que también en Christchurch tengas deudas?

Él no perdió la calma.

—Ya deberían haber caducado —respondió.

Linda gimió.

—Tus acreedores lo verán de otra manera. ¿Qué va a ser de nosotros, Fitz?

El joven la cogió por los hombros.

—¿Ya vuelves a empezar? —repuso, pero ahora su tono no era

tan despreocupado como antes, sino tenso y enfadado—. Ya te lo he dicho muchas veces: de nada sirve preocuparse. La vida continúa. Y mira, Linda, la costa Oeste está llena de oro. ¡¡Oro fresco!!

Linda se separó de él. Por lo que había oído, la costa Oeste estaba llena de bandidos. No quería ir allí. Pero ignoraba qué hacer en lugar de eso. ¿Debía intentar convencer a Fitz de irse a la Isla Norte? Añoraba tanto a Ida y Karl, y sobre todo a Carol... ¿Cómo le iría a su hermana en la Isla Norte?

2

—Les he pedido que vengan, además de por la alegría que me causa su estimulante compañía, porque se les brinda por fin la posibilidad de seguir viajando.

El general Duncan Cameron levantó su copa de vino antes de seguir informando a Carol y Mara. Las había vuelto a invitar a cenar junto con Bill Paxton, cuyo trabajo era evidente que apreciaba. En cuanto a las chicas, el general tenía sentimientos encontrados. En los últimos tiempos, Carol le había dirigido sus quejas después de haber presenciado las expulsiones del río Patea. La joven consideraba errónea su política en el trato con los maoríes. Bill Paxton solía asegurar a las hermanas que, en el fondo, Cameron era de su misma opinión. El día anterior habían estado discutiendo acerca de eso.

—El general no se siente satisfecho sirviéndose de la violencia para requisar tierras para el gobernador —había dicho Bill—. Le ha aclarado varias veces que ese no es su cometido.

—Entonces, ¿cuál es su cometido? —preguntó Mara, tozuda. Estaba aburrida de tantas semanas en el campamento militar. Ya estaba harta de las acciones de Cameron.

Bill se encogió de hombros.

—Es un militar. Un general. Le han dicho que esto es una guerra que tiene que ganar. A su manera.

—¿Echando a tribus pacíficas por un lado y por el otro dejando intacta la fortaleza de ese Haumene? —preguntó Carol.

Consideraba más que cuestionable que se «limpiase» toda la región de maoríes pacíficos, mientras Te Ua Haumene organizaba su ejército desde Wereroa.

—Las tribus se han expulsado por orden del gobernador —repitió Bill—. Cameron no actuaría de forma tan radical, aunque convenga a su estrategia. Apuesta por aislar y cortar los suministros del *pa*. Atacarlos no ha resultado eficaz. En los últimos tiempos Cameron ha sufrido varias derrotas. No se inclina por estos ataques, conllevan demasiado tiempo y no son efectivos. Y se sabe por experiencia que los guerreros maoríes no se contienen eternamente, carecen de paciencia para ello. En un momento dado emprenden la batalla. Si se consigue que salgan a terreno abierto, eso beneficiará a Cameron. Por el contrario, puede pasar meses disparando a las empalizadas del *pa* sin conseguir nada.

—Pero el mensaje que envía con ello a las tribus es erróneo —dijo Carol.

No obstante, esa tarde el hombre despertaba su interés. Impaciente, esperó que acabaran los discursos del brindis para volver a insistir.

—¿A qué se refiere con seguir el viaje? ¿Nos pondrá una escolta para llegar a Auckland?

—Por decirlo de algún modo —respondió Cameron—. No puedo prescindir de hombres solo por ustedes, ya se lo había advertido cuando llegaron. Sin embargo, últimamente hemos apresado a algunos guerreros hauhau. Venían de la costa Este. Son enviados que reclutan soldados para Te Ua Haumene y así van llegando refuerzos constantemente a Wereroa. Queremos llevarlos a Auckland. Alejarlos de la región, interrogarlos un poco y a ser posible asustarlos para que vuelvan con sus tribus y renuncien a la causa hauhau. Destacaré a veinte hombres para su transporte. Esto debería garantizar seguridad suficiente. También para ustedes. Si lo desean, pueden marcharse con ellos.

Carol resplandeció.

—¡Pues claro! Muchas gracias. Nosotras...

—Disculpe, pero... tal vez no debería tomar una decisión tan... hum... precipitada, miss Carol —intervino Bill Paxton. Parecía muy preocupado—. Sin intención de contradecirle, general, el trayecto no es nada seguro. Por supuesto las tierras junto al río están pacificadas, y si hay todavía tribus escondidas en los bosques no intentarán nada. Pero el transporte pasa junto al *pa* de Wereroa.

—Que cada vez pierde más significado estratégico —apuntó el general con ojos brillantes.

Estaba muy contento de cómo habían evolucionado las cosas. Wereroa estaba a esas alturas prácticamente aislada en medio de una región controlada por los ingleses.

—Haumene sigue reuniendo guerreros —señaló Bill—. Por favor, entiéndame bien, general, apoyo totalmente su decisión de enviar a los presos a Auckland...

—Es para mí un honor y una alegría —ironizó Cameron—. Qué alentador resulta que apoye usted las decisiones de un general.

Bill se sonrojó, pero siguió hablando.

—A pesar de todo, creo que es en extremo peligroso para miss Carol y miss Margaret unirse a esa comitiva. De momento, Wereroa está aislado, y en un futuro próximo tomaremos la fortaleza o los maoríes renunciarán a ella. Hasta que eso suceda, deberían quedarse aquí, miss Carol. Por favor, no corran ese peligro.

Mara arqueó las cejas.

—Yo no estoy en peligro en tierras maoríes —dijo arrogante—. Estoy segura de que oigo antes cuándo se acerca un guerrero que sus soldados.

—¿Y entonces qué haría usted? —repuso Bill, inflexible—. Miss Mara...

—No tenemos que decidirlo ahora mismo —lo interrumpió Carol con diplomacia—. Primero daremos las gracias al general por su ofrecimiento y disfrutaremos de estos exquisitos manjares que su cocinero ha elaborado. Esto al menos sí lo echaré en falta.

—Se esforzó por esbozar una encantadora sonrisa—. ¿Cuándo tiene que saber la respuesta, general?

Cameron indicó a un asistente que llenara de nuevo las copas.

—El transporte parte pasado mañana —contestó—. Si permite que la acompañe a la mesa, miss Carol...

—¡Es peligrosísimo, Carol! Da igual lo que diga el general. ¡No deberías hacerlo!

Después de la cena, Bill había acompañado a las hermanas a su alojamiento y había sacado el tema. Ahora paseaban los dos con *Fancy*, Mara ya se había retirado a hacer las maletas, como había anunciado complacida. Mara no tenía duda respecto a su pronta partida.

Carol se frotó la frente.

—Bill, no podemos quedarnos eternamente aquí. —Los dos se habían acostumbrado a dejar de lado los tratamientos de miss y teniente cuando estaban solos—. Y si el general considera que el viaje es seguro...

—¡Pasará muy cerca de un fuerte donde hay dos mil sanguinarios guerreros armados hasta los dientes! Claro que Haumene mantiene todavía la calma. Nuestras tropas siempre transitan cerca del *pa*. Pero si se entera de que hay un transporte de presos rumbo a Auckland, la situación puede cambiar. ¡A fin de cuentas, es su gente! Si los dejan en la estacada, perderán credibilidad. Es un riesgo, Carol. ¡Por favor, no vayas con ellos!

La joven jugueteó vacilante con los flecos de su chal. Ya había llegado el invierno y, pese a que las temperaturas eran altas en general, hacía fresco en la Isla Norte.

—Mara sufriría una decepción... —murmuró.

—Mara todavía es una niña —replicó con vehemencia Bill—. No puedes permitir que decida contigo. Y por otra parte... Carol... Carol... —Se sacó la chaqueta del uniforme y le cubrió los hombros, mientras avanzaba lentamente a su lado. Entre las cabañas y la empalizada había unos árboles. Ofrecían algo de protección contra el viento y sobre todo algo de recogimiento frente a la vida del campamento—. Carol, hace tiempo que quería hablar contigo.

Mira, yo... tú... nosotros... Se podría decir que en estas últimas semanas nos hemos hecho... buenos amigos.

Ella frunció el ceño.

—¿Es que no lo éramos antes, Bill? Siempre te he tenido mucho aprecio.

Él resplandeció.

—¿Puedo entonces abrigar esperanzas, Carol? ¿Tú... tú también lo sientes? ¿Nos hemos acercado más recientemente?

Carol se detuvo y se volvió hacia el joven teniente.

—¿Te refieres a si nos hemos acercado más como hombre y mujer?

—¿Como qué si no? —Bill soltó una risita nerviosa.

Carol reflexionó un instante.

—Bill... —dijo entonces— sinceramente, todavía no he pensado en eso. Puede que al principio alguna vez, en el *General Lee*. Como un juego, cuando Linda bromeaba conmigo y me decía que eras muy atractivo, que si no te cambiaría por mi prometido...

—¿Y? —preguntó él, incómodo.

—En aquel entonces ni me lo planteaba —respondió con franqueza Carol—. Amaba a Oliver. Contigo solo quería coquetear un poco. Claro que eras agradable, incluso después... después de la catástrofe. Te aprecio mucho, mucho, de verdad. Pero... —Levantó las manos titubeante.

—No estás enamorada de mí —dedujo Bill con tristeza.

Carol hizo un gesto negativo con la cabeza.

—No —admitió—. No estoy en disposición de volver a enamorarme. Tengo la cabeza llena de otros asuntos. Y después de Oliver...

—¿Todavía le amas? —preguntó herido Bill.

—¡No! Es un... un... Lo he desterrado de mi corazón, Bill, puedes creerme. Pero estoy tan decepcionada, tan lastimada... Por el momento no quiero a ningún hombre. Quiero reunirme con mi madre, llorar mis penas y lamerme las heridas. Creo que nos marcharemos con el transporte de presos, Bill. ¡Quiero volver a casa! Si es que todavía tengo algo parecido a un hogar.

El oficial colocó dulcemente las manos en los brazos de la joven.

—Carol, yo podría ofrecerte un hogar —dijo—. Si te casaras conmigo, bastaría con que dijeras una palabra. En medio año a más tardar, empieza aquí el programa del Military Settlement. En cuanto se haya vaciado Wereroa, se ofrecerán las parcelas. Podríamos quedarnos aquí y tener una granja. Es posible que antes me promocionen y eso significaría que tendríamos realmente mucha tierra.

—¿Tenemos que bailar sobre las tumbas de los maoríes expulsados de aquí? —repuso Carol con dureza—. ¡No lo dirás en serio, Bill!

Bill gimió para sus adentros. Debería haber previsto esa reacción.

—Alguien ocupará estas tierras —se justificó—. Ya seamos nosotros u otros, no se las devolverán a los maoríes. ¡Piensa al menos en ello, Carol! Podrías volver a tener ovejas, podríamos empezar de nuevo... —Acarició a la perra—. A ti te gustaría, ¿verdad, *Fancy*? —preguntó sonriendo—. ¿Unos cientos de ovejas para ti, y tu amita para mí?

Fancy movió la cola.

Carol fulminó a Bill con la mirada.

—¡Menos mal que no es el perro quien decide! —exclamó enfadada—. Bill, ¡en estas condiciones no voy a casarme contigo! En tierra robada no hay felicidad. Y como ya te he dicho, es demasiado pronto. Por el momento, ni necesito un hombre ni quiero estar con ninguno.

Él corrió tras ella y la sujetó.

—¿No puedo hacerte cambiar de opinión? ¿No hay nada que yo pueda hacer? —La atrajo hacia sí e hizo ademán de ir a besarla.

Carol se desprendió enérgicamente de su abrazo.

—¡Haz que los dos últimos años no hayan pasado! —le pidió con dureza—. Haz que todo vuelva a ser como era. Entonces podríamos hablar de ello. Pero así... —Se separó de él y corrió a su alojamiento.

Dos días después, Carol y Mara se unieron al transporte de presos y partieron hacia el norte. El mando superior rechazó la petición de Bill de ir en la comitiva.

—Es usted demasiado importante para eso —dijo el comandante que le dio la noticia—. Realiza aquí una labor de primera clase como oficial de enlace. El general no correrá el riesgo de que le suceda algo...

3

El general había destinado veinte soldados bien armados para vigilar a los ocho guerreros maoríes. A Carol le pareció más que suficiente. Consideraba que el trayecto a caballo por la ribera del río Patea era seguro. La ancha carretera junto al río resultó fácil de vigilar y poco apropiada para una emboscada. Los temores de Bill sin duda habían sido exagerados... o tal vez eran una excusa para convencer a Carol de que se quedase. Pese a ello, tenía mala conciencia. No había sido honesto rechazar de forma tan ruda su propuesta y, además, echarle en cara los pecados de la política de asentamientos del gobernador. A fin de cuentas, sus intenciones eran buenas. Y en cuanto al amor... La propuesta de matrimonio la había pillado por sorpresa.

Al reflexionar con tranquilidad, vio el asunto de otro modo. De acuerdo, por el momento no estaba preparada para volver a enamorarse. Las heridas que Oliver le había dejado seguían demasiado abiertas. A ello se añadía su preocupación por Linda, a saber por dónde andaría con ese insensato marido suyo, y la pena por Chris y Cat. Pese a ello, Bill era uno de los hombres más agradables que había conocido. Era digno de confianza, apuesto y cordial. Y en el barco había surgido una chispa entre ellos. Carol había disfrutado cuando él la tomaba entre sus brazos para bailar y le susurraba palabras cariñosas al oído. Su corazón había latido con más fuerza cuando al pasear por la cubierta con el mar revuelto ella se había tambaleado y él la había sostenido sonriendo. En realidad, no había ninguna razón para desalentarlo de ese modo. Al menos podría haberlo invitado a que fuera a visitarla a Russell en algún momento, tal vez pasado un año.

Esa mañana, hasta la hora de partida, Carol esperó que él pasara a despedirse. Habría podido disculparse y hacerle la invitación. Pero Bill no apareció.

Entristecida, Carol siguió a los demás caballos con el suyo. El convoy avanzaba espantosamente despacio. Mientras los soldados montaban, los maoríes presos iban a pie, a paso de tortuga para demorar la marcha.

Esto sacaba de quicio a Mara, cuyo brioso caballo blanco avanzaba diligente.

—¿Es que no pueden hacer que los guerreros aceleren el paso? —preguntó al capitán de los casacas rojas—. No hay razón para que avancen tan despacio. Cuando migran siempre lo hacen a paso ligero. Mi caballo casi tenía que trotar para seguir el paso de los guerreros ngai tahu.

El capitán hizo un gesto de indiferencia y contempló interesado a su hermosa compañera de viaje. El voluminoso abrigo de montar no dejaba entrever demasiado la silueta de Mara, pero su bello rostro y la abundante cabellera trenzada eran suficientes para cautivar al joven. Sonrió seductor.

—Esos tipos no tienen ninguna prisa. Y además les molestan las cadenas. Por el momento no hay razón alguna para azuzarles. No tenemos que llegar a Auckland ningún día determinado. Considérelo desde este punto de vista, miss Jensch: la lentitud de los presos nos concede más tiempo para conversar, lo cual es para mí un placer muy especial.

Mara puso los ojos en blanco.

—¿Qué es exactamente lo que encuentra usted divertido en esto? —replicó—. A mí no se me ocurre de qué voy a hablar, con este frío, mientras mi caballo se duerme. Además, está lloviznando.

Carol, que la escuchó, no pudo evitar sonreír. Mara volvía a dar en el blanco. El viaje no tenía nada de agradable. Lloviznaba y hacía mucho frío. Las montañas, cuyo contorno se distinguía a través de una espesa cortina de nubes, estaban cubiertas de nieve y existía el riesgo de que la fina llovizna se convirtiera en aguanieve. Carol también habría puesto su caballo a trote ligero y seguro que a los soldados les ocurría lo mismo. Por otra parte, entendía a los maoríes. El camino estaba transitable, pero embarrado. Seguro que no era agradable caminar por allí, y menos con los pies descalzos. Una locura con ese frío. Pero a ese respecto, los hauhau actuaban a conciencia: los habían capturado medio desnudos, con el aspecto tradicional del guerrero. El ejército inglés no veía ninguna razón para suministrarles ropa de más abrigo.

Cuando la lluvia empezó a arreciar, los hombres avanzaron cabizbajos. El agua empapaba los moños de guerra y descendía por las espaldas desnudas. Debían de tener un frío tremendo, pero no lo dejaban ver.

Carol escondió la cabeza bajo la capucha y buscó a *Fancy*. Tampoco ella se lo estaba pasando bien con ese viaje, trotaba malhumorada protegiéndose del viento junto al caballo.

—¿Desea realmente continuar hoy? —preguntó el comandante del último reducto junto a la orilla del río.

A la hora del té, el transporte de presos pasaba junto a un recinto parecido a una fortaleza. Carol y Mara podrían entrar un poco en calor allí y ser discretamente atendidas por el joven capitán, a quien las lacónicas respuestas de Mara a sus continuos intentos de flirteo le resbalaban como la lluvia por su abrigo encerado.

—Pueden pasar la noche aquí —propuso el sargento de servicio—. Aunque en el establo no tenemos ningún espacio cubierto, salvo los dos puestos de guardia. Pero sin duda será más confortable que la tienda. Y más seguro. Ya saben que nos estamos acercando a Wereroa.

El capitán asintió pero rechazó la sugerencia.

—Debemos avanzar un poco más —contestó—. No es que tengamos mucha prisa, pero hasta ahora... ¡Por todos los cielos, hemos necesitado todo un día para una cabalgada de dos horas! Hoy mismo quería haber dejado atrás Wereroa.

—Seguro que no lo consigue —señaló el sargento—. A no ser que quiera intentarlo de noche. —Hizo una mueca.

—¿Lo aconsejaría usted, o mejor no? —preguntó el capitán. El sargento levantó las manos.

—Nosotros aconsejamos básicamente pasar por ahí lo más deprisa y a la mayor distancia posible. Seguro que habrá maoríes patrullando. Sería iluso creer que uno puede pasar por ahí sin ser visto. Por otra parte, esos exploradores no tienen órdenes de atacar a nuestra gente. Antes de hacerlo han de volver al fuerte y recibir las indicaciones del Profeta. Para entonces, por lo general ya hace rato que uno ha llegado al territorio que está bajo nuestro control.

—Por lo general... —murmuró el capitán.

De repente, Carol tomó conciencia de cuál era el problema. El transporte de presos avanzaba despacio y constituía un blanco fácil.

—Si circulan por la noche tendrán posibilidades de conseguirlo —siguió reflexionando el sargento—. Pero corren el riesgo de extraviarse. Los caminos no están especialmente bien trazados. Si ocurre algo, está usted listo. Así que yo, en su lugar, pernoctaría aquí. A lo mejor hasta encuentra un par de voluntarios que lo acompañen. —No sonaba muy prometedor.

El capitán lo meditó, pero decidió desoír el consejo.

—Creo que continuaremos un par de kilómetros más, montaremos el campamento y pasaremos por el territorio amenazado mañana al amanecer. No se atreverán a alejarse tanto de su fortaleza. Si descansamos a más de siete kilómetros de distancia... con este tiempo... Debería ser suficiente.

El sargento se encogió de hombros.

—Yo no se lo puedo decir —admitió—. Nadie sabe cómo se organizan los hauhau. En los últimos meses, ni uno solo se ha dejado ver. Sin embargo, se los oye cuando el viento es favorable. Sus cánticos meten miedo. Solo puedo desearles suerte.

Muy pronto se demostró que la decisión del capitán no había sido afortunada. Media hora después de haber abandonado el reducto, cayó un aguacero. Aunque el intrépido capitán ordenó seguir adelante, los caballos apenas podían avanzar. Anocheció. Cuando ya no veían ni a un palmo de distancia, el capitán se rindió y mandó montar el campamento. Poco después, Carol y Mara descansaban en una tienda oscura pero más o menos al abrigo del agua. Apartaron de su lado a *Fancy*, que estaba empapada y buscaba calor deslizándose entre las dos, y mordisquearon sin ganas algo de pan y queso. Ración de emergencia.

—Mi reino por una taza de té —refunfuñó Mara—. Deberíamos habernos quedado en la fortaleza. Y marcharnos bien temprano por la mañana, antes de que el capitán hubiera reunido a su comitiva. Habríamos pasado la mar de deprisa junto al fuerte.

Carol se consideró obligada a contradecir a su hermana pequeña, aunque la sugerencia parecía atractiva.

—Prefiero renunciar a un té caliente antes de llevarme una desagradable sorpresa. Una hoguera se vería a kilómetros de distancia. Y viajar en compañía es más seguro...

Mara suspiró.

—Aquí hay árboles y niebla por todas partes. El fuego, si es que consiguiéramos encenderlo, solo se vería a un par de metros de distancia. Además, ¡no creerás en serio que a los maoríes se les ha pasado por alto que treinta personas han montado aquí un campamento! Como intenten liberar a los presos, las cosas se pondrán feas.

Carol ya lo sabía, por supuesto, y la idea le quitaba el sueño aunque fuera hacían guardia los casacas rojas. Pero la noche transcurrió sin incidentes dignos de mención, y Mara durmió como un bebé. Carol seguía pensando en Linda. ¡Si al menos supiese cómo le estaba yendo a su «melliza»! Carol anhelaba estar de una vez con Ida. Los Jensch seguro que tenían noticias de Linda, el correo de la Isla Sur se enviaba por barco. Y ella misma podría por fin escribirle. A Linda... y también a Bill, respecto al cual todavía se sentía culpable. Hasta el alba no cayó en un sueño inquieto y enseguida la despertaron los soldados que estaban desmontando el campamento.

—Lo siento, miss Carol, vamos a proseguir la marcha lo antes posible —se disculpó el capitán cuando no repartieron el desayuno—. Pero se lo prometo: cuando hayamos superado este día, todo irá mejor.

Al menos ya no llovía. Incluso asomaba un pálido sol y avanzaban a través de una niebla que se iba disipando. De hecho, el bosque con bruma estaba precioso, parecía un bosque encantado. En tiempos mejores, Mara y Carol se habrían contado leyendas de elfos danzarines. Ahora, no obstante, su aspecto era casi amenazador. Seguro que no ofrecía cobijo a espíritus bondadosos.

Carol sabía que el *pa* de Wereroa estaba a unos siete kilómetros de allí, pero a pesar de ello creía ver la fortaleza junto al río erigiéndose en la niebla. Inquieta, prestaba atención por si oía los cantos de los hauhau en el bosque, pero solo llegaban a sus oídos el golpeteo de los cascos, el roce de los uniformes e impermeables de los soldados y algún retazo de conversación en voz baja. Nadie hablaba alto, aunque el capitán no había ordenado guardar silencio. El miedo flotaba en el ambiente. Carol sentía casi físicamente la tensión y no deseaba otra cosa que estar lejos de allí. Avanzaban con dolorosa lentitud. Pasarían horas hasta encontrarse en un lugar seguro.

De hecho, ni siquiera Mara, que tanto presumía de tener los sentidos aguzados de tanto jugar con los niños ngai tahu, oyó llegar a los guerreros maoríes. Las lanzas, que aparecieron volando de repente desde la maleza, los sorprendieron a todos. Los caballos se asustaron y los hombres necesitaron demasiado tiempo para sacar sus armas.

—*Rire rire! Kira, kira!*

El grito de guerra de los hauhau cortó el aire. Los hombres, tatuados y pintados, salieron saltando de la espesura como demonios.

—*Hau hau, hau hau!*

Los presos se unieron al cántico y golpearon con las cadenas las patas de los caballos mientras los asaltantes atacaban a los jinetes con lanzas y cuchillos. En un abrir y cerrar de ojos se produjo un caos de disparos de mosquetes y alaridos, una cacofonía de gritos de guerra, relinchos y órdenes pronunciadas en la confusión de la batalla. Estas últimas enseguida enmudecieron, Carol vio horrorizada cómo la lanza de un guerrero atravesaba al capitán. Cuando este cayó, su caballo escapó al galope. Mara siguió con su montura al bayo.

—¡Huye de aquí! —le gritó a Carol.

Fancy ladró y Carol chilló cuando un guerrero se aproximó a ella. Alcanzaron entonces los primeros árboles y se creyeron casi a salvo, pues habían logrado esquivar a los hombres de la siguiente oleada hauhau, que ya estaban listos para el ataque. De pronto, entre la niebla distinguió la silueta de un guerrero sujetando las riendas de su caballo. Intentó golpearlo pero él se defendió fácilmente. Oyó gritar a Mara, a quien alguien arrancaba del caballo, y también ella chilló cuando *Fancy* atacó furibunda a su agresor, quien lanzó un cuchillo a la perra. *Fancy* soltó un gañido. Carol la vio caer sin vida bajo un matorral. Entonces la sacaron del caballo y la golpearon. Desde el claro donde los guerreros habían asaltado a los soldados se oían gritos triunfales. Los hauhau celebraban su invulnerabilidad y su fuerza. Ya no resonaban disparos. Carol y Mara intercambiaron aterradas una mirada. Los maoríes habían derrotado por sorpresa a los casacas rojas. Y las mujeres estaban en manos de los hauhau.

Las hermanas nunca olvidarían la escena que se desplegó ante sus ojos cuando los guerreros las arrastraron al lugar del ataque. La niebla se había levantado y dejaba a la vista una carnicería que, si bien estaba decidida, no por ello había concluido. En el camino yacían soldados moribundos. Los gritos hauhau se mezclaban con los gemidos de los heridos, los gritos de pánico, sus ruegos balbucientes cuando presenciaban cómo los hauhau cortaban las cabezas de sus compañeros. No es sencillo separar la cabeza de un hombre de su cuerpo. Los guerreros clavaban sus cuchillos entre tendones y huesos y gritaban jubilosos cuando por fin lo conseguían. Cogían orgullosos las cabezas y las agitaban en el aire. Otros se acercaban a los heridos y los degollaban. Los hauhau no hacían prisioneros.

El jefe maorí, un guerrero mayor con el rostro tatuado, se apresuraba a liberar a los presos, que gritaban de alegría. Al final encontraron una llave ensangrentada en el bolsillo del capitán inglés. Cayeron las cadenas y los liberados bailaron y se dispusieron a colaborar en dar muerte a los heridos y mutilar a los muertos.

—¡El profeta Kereopa nos enseñó a comernos sus ojos! —gritó uno, y cogiendo un cuchillo empezó a sacarle los ojos al cadáver de un inglés. Cuando se los llevó a la boca, Carol se tapó la cara con las manos.

—¡Os los podéis comer a todos! —El jefe maorí rio—. ¡Los ojos, el corazón! ¡Ofreced sus corazones al dios de la guerra!

Abrió el tórax de un muerto, arrancó el corazón y se puso a saltar con él.

—¡Matad! ¡Matad! ¡Matad!

Los hombres formaron un círculo alrededor de él y golpearon rítmicamente el suelo con sus lanzas.

Petrificadas por el horror y olvidadas al parecer por los guerreros, Carol y Mara contemplaban esa escena cruel. Hasta que uno de los recién liberados las descubrió.

—*Hau!* ¡Tenéis a las mujeres! —gritó lleno de júbilo—. ¡Tenéis a sus mujeres! —Corrió hacia Carol y le abrió el abrigo—. ¿No la queréis? —preguntó a los dos guerreros que flanqueaban a las hermanas—. ¡Entonces me las llevo yo! *Rire rire!* —gritando, le desgarró el vestido por los hombros—. Piel blanca, cría *pakeha*.

Inmediatamente se colocaron alrededor de él unos guerreros sonrientes. Carol estaba rodeada. La tiraron al suelo y la sujetaron. Otros tiraron de Mara.

—Vosotros... vosotros sois guerreros maoríes —gritó Carol—. Vosotros... no hacéis algo así. Mi madre me dijo que no lo hacéis, que no es, que no es *tikanga*...

Los guerreros se detuvieron al oír su lengua en boca de una mujer blanca. Pero se echaron a reír.

—A lo mejor hemos aprendido de vosotros —dijo uno de ellos, y se quitó el taparrabos para enseñarle a Carol su sexo erecto.

Ella gritó cuando la penetró de golpe, se arqueó e intentó defenderse con patadas. Pero no tenía ninguna posibilidad contra los hombres que la sujetaban. Mientras el primer guerrero la violaba, otros estaban sentados sobre sus brazos y le sujetaban las piernas, Carol apenas podía moverse y gemía de dolor. Intentó morder y escupir, pero tenía la boca demasiado seca también para gritar. Desesperada, pensó en Mara. No tenían que hacerle esto. Todavía era muy joven... Intentó buscarla con la mirada, pero solo veía guerreros que la sujetaban contra el suelo como en un torno. Su agresor todavía estaba sobre ella. Sudaba y apestaba, reía...

Carol tenía la sensación de que iba a vomitar. Todo daba vueltas a su alrededor, hasta que por fin el hombre se separó de ella. Los otros empezaron a pelearse por quién iba a ser el próximo. Esto dio a Carol un par de segundos para ser testigo del martirio de Mara. Su hermana estaba junto a un árbol, daba patadas, pegaba y mordía a los hombres que intentaban acercarse a ella. Los guerreros parecían divertirse con ello. Sonriendo, desnudaron a la desesperada muchacha hasta que uno de los liberados, ensangrentado, llegó dando tumbos al círculo de violadores y señaló a Mara.

—¡Esta! Esta ha dicho que tenían que pegarnos. ¡Ha dicho al jefe *pakeha* que tenía que hacernos correr! —Al parecer sabía algo de inglés y había escuchado la conversación de Mara con el capitán—. Quiero matarla. ¡Dejadme matar a esta mujer!

Se acercó a Mara con un cuchillo, la cara contraída por el odio.

—¡Yo no dije eso! Solo quería que avanzáramos más rápido. —Mara se defendió en maorí—. ¡Soy la esposa de un guerrero! No tengo nada contra vuestro pueblo... Dejadme en paz, yo...

—¡Matad, matad!

Los hombres bailaban en torno a ella. Nadie parecía creer que el guerrero hablase en serio. Mara intentó rechazarlo y se cortó en la mano, gritó cuando el maorí la cogió y le dio media vuelta para abrirle la garganta con el cuchillo.

—¿No quieres clavársela primero de otra forma, Koro?

Los guerreros seguían bromeando.

—Cuando esté muerta ya no será tan divertido.

—¡Quiero verla suplicar! —El guerrero pareció cambiar de opinión y tiró a Mara al suelo—. ¡De rodillas! —gritó riendo—. ¡De rodillas! Y di: ¡Koro, por favor, *mai merire*! ¡Dilo, venga! ¡Ten piedad de mí!

Mara le escupió en la cara.

—*Pokukohua!*

Carol contuvo la respiración cuando su hermana lo insultó con una palabra que se traduciría como «¡que te jodan!».

Vio brillar el cuchillo de Koro. Pero alguien se lo arrancó de la mano antes de que alcanzara la garganta de Mara. El jefe se irguió ante él.

—¡Déjala! ¡No estás a su altura!

Mara se quedó mirando el rostro tatuado de su supuesto salvador. Él la miró a su vez, contempló el cabello suelto y negro, el rostro dulce y enrojecido por la lucha y los ojos azules. Lentamente se desprendió de la falda de lino endurecido con que protegía su miembro.

—¡Es mía!

4

—¿Dónde estamos?

Cuando Carol volvió en sí, oyó llorar a Mara y su propio y magullado cuerpo le confirmó que el ataque maorí no había sido un mal sueño. Le dolía todo, empezando por el vientre, donde sentía un dolor lancinante, hasta los hematomas de brazos y piernas. Le dolía incluso la cabeza. Sin embargo, no recordaba que la hubieran golpeado. Había perdido el conocimiento cuando el cuarto o quinto guerrero se había abalanzado sobre ella. Ahora pugnaba por volver a la realidad. Carol intentaba situarse en la penumbra de la habitación que compartía con Mara. Era pequeña, tenía paredes de madera y carecía de muebles. Maorí por el estilo, pero no un dormitorio, sino más bien un almacén. ¿O una cárcel?

—¿Hay... agua? —preguntó Carol con esfuerzo.

Mara negó con la cabeza.

—Ni agua ni comida —contestó con voz ronca—. Estamos en un *pa*. Es probable que Wereroa. Nos han arrastrado aquí. A mí a pie y a ti te han puesto sobre un caballo. Te has caído dos veces. Y toda esa sangre... Pensaba que habías muerto, como los demás. Todos... todos muertos.

Carol siguió su mirada, se observó a sí misma y vio que la falda de su vestido estaba ensangrentada. Mara tenía los restos de su corpiño extendidos para taparse a medias sus pechos. También estos le dolían. Carol recordaba vagamente que un maorí se los había mordido.

—Luego nos encerraron aquí. No sé lo que es. A lo mejor una habitación para esclavos. Dijeron algo de esclavos. El hombre... el hombre que me... que me... Dijo algo de «esclava». —Tembló—. Qué frío hace, Carol.

Carol se percató en ese momento del frío. Tenía mucha sed. Y le habría gustado lavarse aunque el agua estuviera helada. Todavía notaba el sudor y el esperma de los hombres en su piel y su sexo.

—Así que nos quieren vivas —reflexionó.

Mara se encogió de hombros.

—No lo sé... —respondió con voz ahogada.

Carol intentó enderezarse un poco. Lentamente acudían a su mente los recuerdos.

—*Fancy*... —dijo en voz baja—. ¿Has visto a *Fancy*?

Mara negó con la cabeza.

—Creo que murió —susurró—. Están todos... todos muertos...

Carol consiguió enfocar la vista en su hermana. Mara estaba sentada con la espalda apoyada en la pared de su celda, abrazándose las rodillas. Se mecía adelante y atrás.

—Todos muertos... todos muertos...

—¡Calla, Mara! —Carol quería gritarle, pero solo le salió un débil balbuceo—. ¡Pareces los hauhau!

—Todos muertos... todos muertos...

Mara tenía la mirada vacía. Su mente parecía muy lejos de allí.

Carol se enderezó, reunió fuerzas y dio una bofetada a su hermana. El movimiento le produjo un dolor que atravesó su maltratado cuerpo como una puñalada. Mara enmudeció.

Ambas se sobresaltaron cuando oyeron un ruido en la entrada. Un hombre muy joven abrió la puerta y metió un cubo.

—¡Lavaos! —ordenó—. El Profeta quiere veros.

Y desapareció antes de que ellas pudieran decir algo. Carol se arrastró por el suelo hasta el cubo, cogió agua con las manos y empezó a beber con ansia. Sabía a agua estancada, pero apaciguó su sed y se sintió un poco mejor. Luego descubrió un cucharón, lo llenó de agua y se lo tendió a Mara.

—Toma, tienes que beber algo. ¡Haz un esfuerzo, Mara! ¡Todavía no estás muerta!

—A lo mejor sí...

Carol le arrojó agua a la cara.

—¿Cuántos han sido? —preguntó en voz baja.

—¿Contigo? —puntualizó Mara—. No sé. Fue, fue horrible... no dejaron nada de ti.

Volvió a sollozar. Carol arrastró el cubo hasta ella, la cogió con firmeza y la forzó a llevarse el cucharón a los labios.

—Bebe. Y no he preguntado por mí. ¿Cuántos lo han hecho contigo?

—Solo uno —musitó Mara—. Solo su... su jefe. No... no fue tan malo. Pero... pero lo que hizo después... fue horrible. Yo... yo hubiera preferido que ese al que llamaban Koro me hubiese matado. Entonces... entonces no habría tenido que verlo. Tú al menos no lo has visto.

Carol tuvo el presentimiento de que el desmayo le había ahorrado presenciar más cosas que las violaciones. Recordaba las palabras del jefe: «Os los podéis comer a todos...»

—Y los cadáveres, ¿los han...? —No consiguió expresar lo que pensaba.

Mara cogió al fin el cucharón.

—No preguntes —susurró—. Voy... voy a lavarme la sangre. No es... no es mi sangre, ¿sabes...? Y luego... quizás el Profeta nos mate. No me importa que me mate. Lo único que no quiero... no quiero que me coman... —Y rompió a llorar.

Carol la estrechó entre sus brazos. La meció hasta que el maorí regresó. No era más que un niño, seguro que no era ninguno de sus agresores. Se preguntaba cuánto tiempo habría pasado desde el ataque y si los ingleses iban a reaccionar de algún modo. A lo mejor ya había soldados en camino para liberarlas.

—Ahora tenéis que venir. Ante el Profeta. —Los ojos del joven emitían un brillo extraño—. ¿Podéis andar?

Carol se esforzó en ponerse en pie. Mara la ayudó mientras intentaba cubrirse los pechos con el corpiño. En realidad daba igual. Las tribus no consideraban indecoroso que las mujeres llevaran el torso descubierto. Sus pechos no merecerían la atención de los maoríes. Sin embargo, era importante para Carol. Justo ese día. Echó un vistazo al vestido de Mara y confirmó que estaba manchado de sangre pero no desgarrado.

—Me apañaré —respondió al joven—. Cuando volvamos, ¿podremos tener un par de mantas? Aquí hace frío, estamos congeladas, no...

El maorí hizo un gesto de ignorancia.

—Todavía no saben qué van a hacer con vosotras —respondió indiferente—. Ya veremos si volvéis. ¡Vamos, moveos!

Las mujeres salieron al aire libre, pero no pudieron orientarse porque enseguida las metió en una especie de larga zanja. No eran lo bastante altas para ver por encima del borde. Conducía de un edificio al otro. El territorio de la fortaleza parecía surcado por esos pasillos abiertos. Carol había oído decir que protegían a los guerreros de la artillería enemiga. Poco después pasaron por una empalizada donde finalizaban las zanjas. Una escalera unía el pasillo con la superficie. Por lo visto, se hallaban lo suficientemente cerca del corazón del *pa* como para no temer las balas enemigas. Al menos ninguna disparada con un objetivo determinado.

Carol se arrastró penosamente escaleras arriba. Creía que volvía a sangrar pero ahora no podía detenerse. Parpadeó ante el pálido sol de invierno. El escenario recordaba a un *marae*. Varios edificios distintos se alineaban alrededor de una plaza de asambleas o de armas en cuyo centro se erigía un *niu*.

Pero no les dieron mucho tiempo para contemplar el entorno. Dos guerreros las empujaron con lanzas. Atravesaron la explanada, fueron conducidas entre dos edificios y distinguieron entre unos árboles la típica casa de un jefe tribal: apartada de las casas comunes, aislada de la tribu, un lugar *tapu*.

Junto a una hoguera encendida delante de la casa había dos guerreros sentados en el suelo; llevaban indumentaria de jefes y se protegían del frío con unas valiosas capas. Delante de ellos había dos hombres que gesticulaban y protestaban. Parecían defenderse. Se diría que los jefes los estaban sometiendo a un juicio. Carol y Mara, asustadas, reconocieron que uno de ellos era el jefe de quienes habían asaltado el transporte de presos. El segundo era el joven Koro, quien había querido matar a Mara. Carol había estado apoyándose hasta ese momento en su hermana, ahora tuvo ganas de abrazarla. Mara temblaba cuando los hombres la miraron. Se quedó quieta y solo avanzó cuando la empujaron enérgicamente con las lanzas. Al final, se acercaron a los hombres lo suficiente para comprender sus palabras. Mara gimió cuando oyó hablar al cabecilla.

—Yo la he cogido y puedo quedármela. Como esclava, *pononga*. ¡Es *tikanga*! —El cabecilla argumentaba con arrogancia y acentuaba sus palabras golpeando el suelo con la lanza.

Aun así, esto no impresionaba a los jefes tribales. A ellos parecía interesarles más los asuntos importantes.

—¡Ellas no deberían estar aquí, Te Ori! —exclamó el más alto de ellos en tono cortante—. ¡Habéis contravenido mis órdenes expresas! ¿Es que no sabéis hacer nada bien? ¡Primero ese misionero y ahora esto!

—¿Teníamos que haber abandonado a nuestra gente cautiva? —repuso el guerrero, altivo.

—A lo mejor —respondió el jefe tribal—. En cualquier caso, deberíais haberlo discutido conmigo. Se os ordenó que no provocarais a los *pakeha*. ¿Tan difícil es de entender?

—Kereopa nos envió esos guerreros. —El cabecilla no se dejó intimidar—. ¡Siguiendo tus órdenes!

—Y no consiguieron llegar hasta nosotros. No les bastó su fe. Para nosotros no habrían supuesto una pérdida.

Mara, que lentamente se iba tranquilizando, se acercó a Carol.

—Ese es el Profeta —susurró—. Te Ua Haumene.

—E incluso si los habéis liberado... —intervino el otro hombre vestido de jefe tribal. Su voz era dulce y paciente—. No debía ocurrir de este... de este modo.

—No habríamos podido liberar a los hombres sin matar a los

pakeha. Y les cortamos las cabezas. Te trajimos sus cabezas, Te Ua Haumene. ¡Es *tikanga*!

—Ya tenemos cabezas suficientes —respondió el Profeta—. Y lo que seguro que no necesitamos es una esclava.

—¡Entonces permite que la mate! —Era Koro, que dirigió su mirada llena de odio a las mujeres. Era el único maorí que se había percatado de la presencia de Carol y Mara—. Instigó a los ingleses en nuestra contra. Dijo que...

El Profeta lo interrumpió con un gesto.

—¿Qué importa lo que diga una mujer?

—¡Lo único seguro es que no las matarás! —añadió el otro dignatario—. La reacción de los *pakeha* si encontraran sus cadáveres sería muy perjudicial para nosotros. Y tampoco las convertirás en tus esclavas, Te Ori. Mujeres *pakeha* como esclavas... ¿dónde se ha visto?

—¿A quién le importa? —preguntó el cabecilla—. ¿O es que ahora tenemos que hacernos los simpáticos con Cameron?

Te Ua Haumene se frotó la frente. Ese asunto le estaba resultando sumamente desagradable.

—¡No deberían estar aquí! —repitió.

—¡No querréis dejarlas marchar, ¿verdad?! —se indignó Koro.

—¡La más joven es mía! —insistió Te Ori.

—Las dos son jóvenes... —señaló el jefe sentado junto a Te Ua—. No deberían estar aquí, pero no podemos echarlas. No, después de lo que han visto.

—¡Todo esto —insistió el Profeta— no debería haber pasado! No lo había previsto, no formaba parte de mi visión. *Pai marire*... —por primera vez se volvió hacia Carol y Mara— significa paz y amor.

—El amor podría ser una solución —observó el otro dignatario—. Si permitimos que Te Ori conserve a la muchacha... si se casara con ella, ya no sería una esclava. Entonces solo habría que buscar un hombre para la otra.

—¡Nunca me casaré con Te Ori, nunca! —gritó Mara—. Prefiero morir antes que ser su esposa...

Te Ua Haumene levantó la mano.

—¡Calla! —ordenó—. Tienes razón, Tohu, eso sería lo indicado. Casaremos a las mujeres. La tendrás, Te Ori, ya es tuya. La otra... será del primero que la poseyó ayer. ¡Averigua quién fue, Tohu!

Tohu Kakahi, el otro individuo con la capa de jefe tribal, movió negativamente la cabeza.

—Te Ua, así no se hacen las cosas —se atrevió a señalar. Su rango debía de ser muy elevado para contradecir al Profeta—. Tiene que ser un acto voluntario. Han de querer casarse con los hombres. Así no huirán en cuanto puedan moverse con libertad, y solo entonces hablarán en nuestro favor cuando encuentren *pakeha*. De lo contrario, los *pakeha* tampoco reconocerían los casamientos.

—¿Por qué tienen que hacerlo? —vociferó Te Ori.

De nuevo, nadie le hizo caso. Carol se hacía la misma pregunta. Te Ua Haumene parecía esforzarse por no irritar al enemigo. Era evidente que él no había ordenado la emboscada a los soldados, antes al contrario, estaba enojado por lo ocurrido. Carol se sentía mal. Estaban decidiendo su destino como si ella no fuera más que una molesta mascota.

El Profeta jugueteó con una pluma que se había desprendido de su capa.

—¿Esperamos que haya... amor? —preguntó.

Tohu sonrió. Al igual que Te Ua Haumene, tampoco iba tatuado. Tenía un rostro fino, nariz aguileña, cabello crespo y corto y una barba larga ya encanecida. En sus ojos apareció un brillo divertido.

—Como tú dijiste —explicó haciendo una pequeña inclinación—, *pai marire* es amor. A lo mejor Te Ori no tarda en convencer de ello a su esclava. Conservemos a las dos como *taurekareka*. Te Ori, tú las has capturado. Son tuyas hasta nueva orden.

Como enseguida quedó demostrado, Te Ori Porokawo no supo al principio qué hacer con sus esclavas. Alojarlas en sí ya constituía un problema. Te Ori dormía con sus hombres en la casa común. No tenía una vivienda para las mujeres y, sobre todo, ningún lugar donde encerrarlas. Con los prisioneros de guerra maoríes eso solía ser innecesario. Quien era apresado y esclavizado, en lugar de morir en la batalla, perdía su *mana*, el prestigio ante su propia tribu. Se convertía en un marginado. El único *marae* que le ofrecía refugio era el de su captor. Así pues, los *panonga* maoríes permanecían voluntariamente; en cambio, Mara hizo el primer intento de huida en cuanto Te Ori la cogió de la mano para llevársela. La muchacha se puso a chillar histéricamente e intentó librarse de él. Te Ori la arrojó al suelo, le gritó y le dio patadas hasta que Tohu Kakahi intervino y lo riñó.

—Así no tocarás su corazón —observó—. Deja que primero se recupere y considere su situación. ¿Qué has hecho para asustarla así? Ahora llévate a las dos.

Se detuvo, era obvio que no se le ocurría dónde dar cobijo a las mujeres. A unos prisioneros maoríes simplemente se les habría dejado en el *pa*. Ellos se habrían buscado un lugar donde dormir y habrían pedido trabajo a cambio de comida. Las mujeres *pakeha*, por el contrario, tenían una vida fuera de la fortaleza. Intentarían marcharse y causarían más confusión entre los hombres.

—¿Dónde han pasado la noche? —preguntó.

Los guerreros que habían escoltado a Carol y Mara hasta la casa del Profeta dieron un paso adelante.

—Las encerramos en el almacén —respondió uno de ellos—. Al lado de la cocina.

Tohu asintió aliviado.

—Bien. Con tu consentimiento, Te Ori, dejémoslas de nuevo allí. Más tarde les llevarás comida y mañana podrán trabajar en la cocina. Que te den la llave. ¡Pero sé bueno con ellas! No olvides que esperamos que en un tiempo no muy lejano una de ellas se case contigo. Así pues, gánate su afecto.

Mara lloró durante todo el trayecto de vuelta a su prisión. Te Ori no volvió a tocarla, pero siguió a los hombres que la conducían. Pese al rechazo y la evidente desesperación de Mara, él estaba de buen humor. Contestaba sonriendo a las bromas de los demás, que se referían tanto a la doma de su pequeña esclava como a los planes que tenía para Carol.

—Los *pakeha* alquilan chicas —explicó uno—. Pagas y ellas hacen tu voluntad.

—Quizá porque los *pakeha* son demasiado feos —supuso el otro—. Yo nunca he tenido que pagar por una chica.

Entre los maoríes no existía la prostitución ni escrúpulos morales respecto a las relaciones físicas entre hombres y mujeres. Quien todavía no estaba atado podía mantener relaciones con quien quisiera siempre que el otro lo consintiera.

—En tu *marae* puede que no —respondió el primero—. Pero aquí en el *pa*... donde no hay mujeres, tampoco puedes tener a ninguna, ni a las buenas ni a las malas. A mí no me importaría...

Te Ori se encogió de hombros y señaló a Carol.

—Entonces llévate a esa. Ya nos pondremos de acuerdo sobre el precio. O cásate con ella. Yo solo quiero a la otra, la salvaje...

Mara volvió a gemir.

Carol suspiró cuando la puerta de su celda volvió a cerrarse. El guardia no había aceptado la oferta de Te Ori, al menos de momento. Tampoco había tenido tiempo para Carol. Justo después de que las mujeres volvieran al almacén, se iniciaron las oraciones en las plazas de armas. Los gritos e invocaciones proferidas siempre al mismo ritmo resonaron durante horas a través del *pa*. La tierra vibraba bajo los pies de los guerreros corriendo alrededor del *niu*.

Mara permaneció un rato en un rincón, acurrucada en posición fetal. Los sollozos sacudían su cuerpo. Carol intentó abrazarla y consolarla, pero rechazaba sus caricias.

—Quiero morirme —gimió cuando Carol le dio agua—. Si no como ni bebo nada, moriré.

—¡Sería una tontería! —Ella se había tranquilizado algo y reflexionado acerca de lo que había averiguado durante la extraña audiencia ante Te Ua Haumene—. Mara, esto no durará mucho. Dentro de poco tiempo los ingleses llegarán al *pa* y nos liberarán. Este horrible profeta no tiene nada con que oponerse a ellos. Ya está pensando sobre cómo negociar, o no se habría enfadado tanto porque han liberado a los presos.

—Pero siguen reclutando guerreros —objetó Mara—. Ya lo has oído, ese Kereopa recorre la costa Este...

—Y hace tan poco caso de las órdenes de su Profeta como Te Ori —repuso Carol—. Lo que no resulta extraño. Haumene no sabe lo que quiere. Por una parte obliga a sus guerreros a matar, y por otra deben predicar el amor y la paz. Cameron tiene razón, pronto entregarán el *pa*. Y entonces tal vez podamos huir. A no ser que el general ya se haya enterado del asalto y nos esté buscando. Bill insistirá en que lo haga. ¡A lo mejor ataca mañana! No pierdas la esperanza, Mara. Resistiremos.

5

Bill Paxton estaba trastornado ante el escenario de la masacre perpetrada por Te Ori Porokawo y su *taua*. El cuartel general en la desembocadura del río no había tardado mucho en enterarse de lo ocurrido. El joven sargento del último reducto junto al Patea había enviado la noticia por la mañana, en cuanto habían aparecido los primeros caballos de los soldados en su baluarte. Todavía estaban ensillados y embridados. El sargento envió exploradores a la zona y enseguida encontraron el escenario de la batalla. Cameron envió a continuación un destacamento de rescate hacia el norte, a las órdenes de Bill por expreso deseo de este. Ahora, pocas horas más tarde, el joven miraba lo que quedaba de la escolta del transporte de presos. Se dominó a duras penas, mientras tres de sus hombres se dirigían a la maleza tropezando para vomitar.

—Algo... algo así... nunca había ocurrido —dijo un sargento, un veterano que había participado en las últimas guerras maoríes—. Los que han hecho esto... ¡no son seres humanos! He visto muchas cosas. Siempre hay algunos guerreros que recuerdan las viejas costumbres polinesias y provocan un buen baño de sangre. Incluso entre ellos. Pero esto...

—Es todavía peor de lo que hicieron con el misionero en Opotiki —dijo Bill con voz ahogada—. Solo nos queda esperar que ya estuvieran muertos cuando les hicieron esto. ¿Han... han encontrado a las mujeres?

Se frotó las sienes hasta hacerse daño. ¡Nunca, nunca habría tenido que dejar sola a Carol!

El explorador, un miembro de las tropas de apoyo maoríes, negó con la cabeza.

—Esto no se hace con las mujeres, señor —respondió convencido—. El guerrero come a su enemigo porque quiere tener su fuerza. Y coge cabeza para controlar su espíritu. La *wahine* no tiene tanto *mana*. No vale la pena comerla.

Bill se lo quedó mirando.

—Pero ¿dónde están entonces? —preguntó—. No pueden haber huido, sus caballos aparecieron en el fuerte. ¿Hay alguna pista?

Recorrió el área contigua junto con los rastreadores con el fin de reconstruir el desarrollo de la emboscada. No era sencillo. Los guerreros habían avanzado y retrocedido varias veces, al parecer habían celebrado una ceremonia hauhau. El campo de batalla y los matorrales de alrededor estaban pisoteados, por todos lados se veían pisadas ensangrentadas. Por otra parte, los rastreadores encontraron los escondites donde se suponía que los hauhau se habían guarecido antes del asalto.

—Seguro que son más de dos veces diez hombres —calculó el explorador.

Bill buscó en la maleza y se detuvo. ¿Había oído un gemido?

—¿*Fancy*? —Bill sintió que su corazón daba un brinco de emoción. ¿Se habrían escondido Carol y Mara y no habían salido porque habían tomado por enemigas a las tropas de apoyo maoríes?—. Carol, ¿estáis ahí? ¿Eres tú, *Fancy*?

Bill contuvo el aliento cuando la perrita salió de un matorral. Cojeaba y tenía el pelaje manchado de sangre. Pese a ello, agitó la cola al ver a Bill y se dirigió a él. A excepción de una herida encima del ojo y de la pata lastimada, parecía haber salido ilesa. Ni huella de Carol y Mara.

—¿Dónde está Carol, *Fancy*?

Bill se introdujo en la maleza y ordenó a sus hombres inspeccionar toda la zona. No encontraron nada salvo una hondonada en la hierba, bajo un arbusto.

—Aquí perro dormido —explicó el explorador maorí—. Demasiado pequeño para persona. Aquí no haber persona.

—¡Aquí hay sangre! —anunció uno de los soldados, señalando un sitio detrás de un árbol donde la hierba estaba pisoteada—. ¡Alguien ha estado tendido ahí!

Bill asintió. No cabía duda de que en ese lugar había ocurrido algo.

—Aquí hay un botón —añadió otro soldado—. Y no es de uniforme...

Bill palideció cuando vio el botón forrado de tela azul. Mara llevaba un traje de montar de ese color.

Fancy olfateó las huellas de sangre y soltó un gañido. Bill la siguió y descubrió los jirones de tela. No estaba seguro de si correspondían al vestido de Carol o Mara. Podía imaginar muy bien lo que había sucedido allí.

—Al parecer, a las muchachas les quitan algo distinto a la cabeza —dijo con amargura a los maoríes—. ¿Qué se hace con las mujeres que caen prisioneras?

El guerrero se encogió de hombros.

—Yo no saber. Las mujeres en poblado. Pelean hombres.

—¿Qué quiere que hayan hecho con las mujeres, teniente? —se oyó la voz del veterano sargento. Ignoraba cuán relacionado había estado Bill con Carol y Mara—. Las han violado y raptado. Si emprendemos una acción de represalia y nos acercamos más al *pa*, encontraremos sus cadáveres. Lo haremos, ¿verdad, señor? ¡Después de lo ocurrido el general ha de atacar a estos cabrones!

—Puede que las mujeres sigan con vida —dijo Bill. Por el momento, no podía pensar en algo distinto.

El sargento hizo una mueca.

—Es posible. Pero no deseable para ellas...

—¡Debemos averiguarlo! Cabalgaremos hasta allí...

El veterano lo miró con el ceño fruncido.

—¿Nosotros, señor? ¿Nosotros cinco con dos guías maoríes? ¿De verdad pretende atacar el *pa* con este ejército? ¡No conseguirá nada, señor! Volvamos e informe al general. ¡Él sabrá qué hacer!

Bill asintió vacilante. Por una parte, el veterano tenía razón. Había que informar al general lo antes posible para que pudiera tomar alguna medida. Sin embargo, le repugnaba abandonar las chicas a su suerte. Y además había que enterrar a los muertos. No podía dejarlos ahí tirados.

—Claro. Pero...

—Podemos acercarnos un poco al fuerte —terció un soldado más joven.

—Podemos buscar huellas —propuso un maorí—. Ahí, mirar, señor. Los guerreros caminar. Aquí para allá, de un lugar a otro. Celebrar cabezas cortadas. Los hauhau son así. Y luego irse al *pa*...

Señaló una huella, las pisadas también se veían ahí en parte ensangrentadas.

—Cuatro hombres, un caballo.

—¿Han cogido un caballo? —preguntó Bill inquieto.

Era extraño, a los maoríes no les gustaba montar. Los ingleses se contaban la graciosa historia de su recién coronado rey Tawhiao, quien pretendió presentarse a caballo ante los *pakeha*. Al final tuvo que desmontar y seguir a pie. Un médico inglés realizó un milagro de diplomacia proporcionándole una pomada para su lastimado trasero.

El explorador asintió e hizo una seña a Bill.

—Nosotros seguir, otros cavar —dijo.

Bill se lo pensó unos segundos.

—De acuerdo —respondió desenfundando el fusil. Era más seguro tenerlo listo para disparar mientras seguía al maorí. Luego se volvió hacia sus hombres—. Entierren a sus compañeros. Rezaremos una oración en cuanto esté de vuelta. Y luego se preparan para la partida. Iremos lo más rápidamente posible al cuartel general.

De hecho, Bill y el guía maorí solo tuvieron que seguir la pista unos cientos de metros para sacar conclusiones más precisas. El grupo había cruzado un arroyo, en la orilla arenosa se veían huellas nítidas de pies descalzos, cuatro cascos de caballo y un par de botas de mujer.

—Tienen a las mujeres y al menos una está viva —informó Bill un par de horas más tarde al general Cameron, que lo había recibido en su despacho—. La otra puede que también. Creemos que la transportaban en el caballo. ¿Para qué si no lo habrían cogido? Tal vez estaba herida. Tenemos que actuar deprisa, señor. ¡Seguro que todavía podemos rescatarlas!

El general reflexionó, luego abrió un armario y sacó una botella de whisky. Llenó dos vasos antes de responder.

—Teniente Paxton, lo lamento, pero considerando la situación, debo rechazar su petición.

—¿Qué? —Bill le habría tirado por la cabeza el vaso que le tendía en ese momento. Asustó a *Fancy*, que se había tendido a su lado. Desde que había encontrado a la perrita, esta no se separaba de él—. General, no es una petición, es una urgencia. ¡No podemos dejar a esas mujeres en manos de los hauhau!

—Es una decisión que tampoco a mí me resulta fácil. —El general tomó un trago de whisky—. Aun cuando no creo que todavía estén vivas. Puede que esos tipos se las hayan llevado, pero luego... Sea como fuere, teniente, desde un punto de vista estratégico, asaltar el *pa* ahora significaría un tremendo error y una pérdida de vidas humanas y material. Piense: esta región está perdida para los hauhau. Controlamos todo el río y la región de Waikato, también la mayor parte de Taranaki. Mi misión de liberar Waikato está cumplida. Sabe que llevamos semanas reduciendo nuestras tropas...

—¡Pero esto no tiene que ver con su misión! Se trata del rapto de dos mujeres. Es nuestro deber liberarlas. ¡Su deber! —*Fancy* ladró.

El general negó con la cabeza y señaló el whisky.

—Beba primero, Paxton, y tranquilícese. Antes de decir algo

de lo que pueda arrepentirse después. Mi deber consistía en limpiar de rebeldes maoríes Taranaki y Waikato.

—¿Y lo ha cumplido? —preguntó sarcástico Bill—. ¿Dejando atrás una región controlada por un fuerte lleno de caníbales? ¿Donde los colonos tendrán que contar con que tal vez rapten a sus esposas e hijos?

El general lo miró iracundo.

—Te Ua Haumene entregará Wereroa —declaró—. Su forma de proceder últimamente así lo indica, exceptuando este incidente. Partimos de la idea de que en este caso uno de sus subalternos ha actuado por propia iniciativa. Por parte del llamado Profeta ha habido acercamientos. Parece que está considerando negociar. Pero lo haga o no lo haga, se marchará. Ya no puede operar desde allí. Así que mi tarea está cumplida.

—¿Y el problema con los hauhau es entonces de otro jefe? ¡Muy metódico, general! —reprochó iracundo Bill.

El alto oficial torció la boca.

—Está usted excitado, teniente, y enamorado. Puesto que estamos a solas, pasaré por alto que es un subordinado. Como ya le he dicho, yo también lo lamento mucho por miss Carol y miss Mara. ¡Pero reflexione! Si sitio el fuerte ahora, con los pocos cientos de hombres que tengo, lo único que haré será demorar innecesariamente la solución del problema. Tendríamos que prepararnos para semanas de guerra. El fuerte es fácil de defender y está aislado del mundo exterior. Tal vez lo tomaríamos, pero seguro que no podríamos apresar a Haumene. Se lo llevarían de algún modo antes de la capitulación. Es posible que todos se fueran por la noche. No sería la primera vez que tomamos un fuerte vacío. Para entonces las mujeres ya no estarían con vida. No puedo hacerlo, Paxton. ¡Compréndalo!

—El gobernador podría verlo de forma distinta —insistió Bill.

El general tomó otro sorbo de whisky y asintió.

—Podría. Incluso es posible que lo haga. Nunca compartimos en este asunto la misma opinión. Así que si tanto le inquieta, vaya a verlo y hable con él. Incluso es posible que envíe sus tropas. El general Chute tal vez se deje convencer. De todos modos, tendrá que asumir el problema hauhau. Pero esto requerirá su tiempo, teniente. Y para entonces, hágame caso, el *pa* ya llevará tiempo vacío. Es posible que estén preparándose para partir porque temen represalias. Paxton, lo lamento muchísimo. No hay nada, absolutamente nada, que yo o el gobernador o usted mismo podamos hacer por esas señoritas. Hágase a la idea.

Bill no estaba convencido. Cameron podía hacer algo, aunque fuera para castigar a los hauhau por haber masacrado a sus hombres. Pero él no podía obligarlo. E ir solo...

El general pareció leerle el pensamiento.

—Le desaconsejo encarecidamente que emprenda cualquier intento de negociación o de rescate en solitario. Considere la situación por una vez desde el punto de vista de Haumene: en los últimos meses ha temido cualquier confrontación. Claro, no va a presentarse delante de sus seguidores y comunicarles que lamentablemente ha perdido la batalla por Waikato. Sin embargo, sabe que es así. Ahora tenía intención de retirarse sin armar alboroto y de repente ha ocurrido este incidente. Créame, el Profeta habría estado encantado de colgar de su propio *niu* al responsable. —El general sonrió con tristeza—. Y consideremos ahora que esos tipos, además, le han llevado al fuerte dos mujeres. Eso le pone en un compromiso. Ahora es imposible que encuentre una excusa como en otoño, con el misionero... —Después de la muerte de Carl Völkner, Te Ua Haumene había hecho correr la voz de que los únicos culpables de ella habían sido Kereopa y Patara. Él mismo había enviado a los hombres para predicar exclusivamente el amor y la paz—. Es probable que intente librarse de las mujeres. Lo más deprisa y definitivamente posible. Y si no lo ha hecho hasta ahora, seguro que lo hará cuando envíe un mediador o aparezca una bandera blanca en el *pa*. Afirmará que no ha visto nunca a miss Carol y miss Mara y todos los guerreros lo confirmarán. Siempre que consiga llegar tan lejos y no acabe como plato principal de un banquete. Abandone, Paxton. No tiene ninguna posibilidad de salir airoso.

Bill bajó la cabeza.

—Lo entiendo, general. Pero bajo protesta. Informaré al gobernador aunque no sirva de nada. Ya podría haber asaltado el *pa* meses atrás. Pero da igual, no puedo seguir con esto. Ni me gusta su cobardía, ni la política del gobernador. Carol siempre ha tenido la razón. Lo que ha sucedido aquí, no está bien. Casi hemos echado a los maoríes en los brazos de Haumene. A este respecto me siento culpable. Dejo el servicio, general. Puede echarme por lo que acabo de decir o darme una honorable despedida. Haga lo que quiera. Abandono Patea en el siguiente barco.

El general inspiró hondo. Luego se acabó de un trago el whisky.

—Acepto su solicitud de abandonar el ejército de su majestad. Pida la documentación, recoja su última paga y vaya usted con Dios, Paxton. Entiendo su postura, pero yo no tengo nada que reprocharme. Salvo no haber postergado cuatro semanas ese traslado de presos. Será una carga que llevaré por largo tiempo. Una vez más, lo siento.

Bill pasó las dos últimas noches en el alojamiento para oficiales de Patea desestimando un plan tras otro. Todo en él le urgía a intentar al menos buscar a Carol y Mara, pero la razón le decía lo contrario. Haumene no negociaría con él, ahora lo entendía, y la tentativa de introducirse en el *pa* sería inútil y, además, un suicidio.

Cuando tres días más tarde zarpó un barco hacia Blenheim, Bill iba a bordo, lleno de dolor y sentimiento de culpa, seguido de una infeliz *Fancy*. Tampoco esta vez había sido capaz de ayudar a Carol. Ya no se le presentarían más oportunidades.

6

Para Carol, el confinamiento en el *pa* de Wereroa significó trabajo duro, un frío gélido y el pesar de tener que ver cómo Te Ori destruía lentamente a Mara. Ella misma pocas veces sufría abusos sexuales. No le gustaba a Te Ori. A él solo le excitaban las mujeres muy jóvenes. Su intento de ofrecerla a otros hombres «a la manera *pakeha*» —o sea, a cambio de un poco de dinero o de cartuchos u otras nimiedades— no despertó apenas interés. Como mucho, Te Ori la sacaba de su prisión una o dos veces a la semana y la arrastraba detrás de cualquier esquina. Allí la esperaba algún joven y tímido guerrero maorí, a menudo con un regalo o como mínimo con unas amables palabras de disculpa. Ninguno de ellos era violento. Que la agredieran después de la batalla podía atribuirse a su excitación del combate. En el *pa*, Carol presenciaba cada día cómo los hombres entraban en una especie de trance con sus gritos fanáticos y su danza alrededor del *niu*. Seguro que no les hacía invulnerables, pero sí les quitaba la conciencia de su individualidad y de sus acciones. Además, los guerreros que habían violado a Carol pertenecían a los prisioneros liberados, hombres que habían sido educados en la misión de Carl Völkner y criados según principios *pakeha*. Antes de caer en sus manos, no habían estado con ninguna mujer y se habían resarcido con Carol. Los jóvenes que ahora pagaban un par de peniques por poseer una vez a una *pakeha wahine* rubia eran de otro tipo. Ya habían conocido antes el amor físico con una muchacha de su tribu. Ahora se sentían decepcionados cuando Carol, pese a no quejarse, tampoco se involucraba en el acto.

Carol no había tardado en percatarse de lo rápido que transcurría todo cuando se quedaba simplemente quieta, tendida boca arriba. Un poco de grasa de la cocina hacía más soportable el dolor físico, pero no había remedio contra la humillación. Por más que se controlase e imaginara que Mara lo pasaba mucho peor que ella cada noche, lloraba siempre que un hombre se le ponía encima. Para la mayoría de ellos, eso era horrible y seguro que no recomendaban a la esclava de Te Ori. Como consecuencia, cada vez acudían menos hombres.

Te Ori ganaba más dinero y favores alquilando a Carol como mano de obra barata en la cocina que con los hombres. Trabajaba de la mañana a la noche, cargaba agua, cortaba verduras y removía marmitas enormes, para que luego solo le dieran un mendrugo de pan. Los alimentos escaseaban en el *pa* y su reparto era riguroso. No quedaba ninguna sobra para las esclavas. Carol temía morir a la larga de hambre y frío. Ella y Mara seguían sin tener esteras ni mantas, y tampoco ropa. Carol se cubría con unos anchos pantalones de lino y una camisa de cuadros, ropa *pakeha* usada que un cliente le había regalado. En cualquier caso, eran prendas mejores que el traje de montar ensangrentado con el corpiño desgarrado, y también abrigaban un poco más. Fuera como fuese, esas prendas y los trozos de pan ácimo que a veces le pasaban a escondidas los hombres la mantenían con vida. Pronto volvería a ser primavera y, según había oído decir, se mudarían de Wereroa a otra fortaleza. Tal vez se diera entonces la posibilidad de huir y de ponerse en contacto con el ejército inglés.

Cada noche, cuando llena de miedo y compasión esperaba a que Te Ori devolviera a Mara a su cárcel, Carol rayaba la pared del cobertizo. Bill y el general debían de creer que estaban muertas, de lo contrario seguro que habrían hecho algo para rescatarlas. Cuando descubrieran su llamada de socorro, las buscarían. Estaba convencida de ello. Y estaba muy lejos de perder esa esperanza. Carol odiaba su existencia en el *pa*, pero podía aguantar.

El caso de Mara era distinto. Nunca se la llamaba para trabajar en la cocina. Te Ori también intentaba alquilarla para ello, pero la joven era incapaz de rendir. Tras pasar las noches con Te Ori, Mara estaba demasiado debilitada, magullada y desesperada para obedecer la más sencilla indicación. Te Ori había recomendado al cocinero que le pegara, pero este no se veía capaz. Y menos aún por el hecho de que Mara enseguida se arrojaba al suelo, se hacía un ovillo y ya no volvía a moverse aunque alzara la mano contra ella. Solo un hombre que disfrutara con el sufrimiento ajeno habría podido pegar a esa pobrecilla, y Carol sospechaba que ese era precisamente Te Ori Porokawo, el heroico guerrero.

Mara nunca hablaba de lo que le ocurría cuando él se la llevaba cada noche. Carol solo veía que durante el día apenas si podía sostener el cucharón con el que bebían agua. Te Ori no consideraba necesario darles vasos y platos. Mara siempre tenía el rostro hinchado, Carol no llegaba a distinguir si era a causa de los golpes o del mero llanto. Su hermana menor, que siempre había sido tan valiente, despierta e incluso gruñona, pero nunca una llorona, pasaba las semanas llorando sin cesar. Ni siquiera parecía darse cuenta de que las lágrimas resbalaban continuamente por sus mejillas. La joven pasaba los días acurrucada en un rincón. Carol tenía que obligarla a comer las escasas raciones que su torturador les concedía. Mara enseguida perdió peso. Pronto se convirtió en una sombra delgada y pálida de sí misma, escondía su rostro tras su enmarañado y sucio cabello oscuro y apenas pronunciaba palabra.

Carol se sentía impotente ante la pena de su hermana. Estaba segura de que Mara no podría resistir mucho más. Se moriría a causa del maltrato de Te Ori o de alguna enfermedad, si es que no ponía ella misma fin a su vida. Cada día, Carol temía encontrársela sin vida o agonizante al llegar de trabajar en la cocina. Si realmente quería morir, encontraría una manera de hacerse algo. Así pues, Carol intentaba no quitarle el ojo de encima. Para ello, era una ventaja que su celda quedara cerca de la cocina. Te Ori no encerraba a las mujeres durante el día. Confiaba en que Carol estaba muy ocupada y bien vigilada por el personal de la cocina y que Mara estaba demasiado agotada para intentar huir.

En cuanto le permitieron algo más de libertad, Carol estudiaba el lugar en busca de vías de escape. En caso de duda, forzaría a Mara a escapar con ella. No obstante, el *pa* estaba bien vigilado y poblado para que ellas pudieran escapar sin que lo advirtieran, incluso si hubiesen conocido las salidas secretas que sin duda había. Las zanjas siempre bullían de guerreros. Solo se vaciaban durante las horas de oración, cuando los hombres se reunían alrededor de los *niu*.

De ahí que Carol pensara en buscar un camino para fugarse mientras los guerreros gritaban extáticos. Pero eso era imposible de hacer con Mara. En cuanto resonaban los gritos hauhau, la hermana menor se acurrucaba todavía más en su rincón y se quedaba petrificada de miedo. De vez en cuando también se mecía y contraponía a los monótonos gritos que llegaban desde fuera otra salmodia también monótona: «Todos muertos, todos muertos...» Entonces, sus pupilas se dilataban y miraba tan horrorizada al vacío que Carol percibía el tormento que una y otra vez ocupaba la mente de Mara. Sería imposible escaparse con ella mientras se realizaban las ceremonias.

Carol se había acostumbrado a no mirar ni a derecha ni a izquierda cuando recorría el fuerte para ir en busca de agua, una tarea que al cocinero solía fastidiarle. La única fuente del *pa* estaba en el centro, junto a las cabañas del Profeta y los jefes tribales. El camino que conducía hasta allí era largo y los cubos, pesados. Carol solía ir cuando los hauhau se entregaban a sus oraciones. Solo entonces no la importunaban ni se la quedaban mirando. En algún momento había oído que antes los esclavos habían sido *tapu* para los maoríes. Eso no se podía aplicar a Mara y a ella. Había incluso guerreros que cuando pasaban por su lado las tocaban soezmente.

No había allí nadie que conociera bien las costumbres antiguas. Por mucho que Te Ua Haumene se refiriese a ellas, no había *tohunga*, ancianos sacerdotes ni mujeres sabias que transmitieran sus conocimientos a los demás. Por lo visto, no apoyaban el movimiento hauhau. De hecho, no había siquiera un maestro en el arte de la guerra. No se recurría a *rangatira* —como Te Ropata entre los ngai tahu— que se ocuparan tanto de las aptitudes físicas como de la preparación espiritual de los jóvenes guerreros. La formación militar de los hombres adolecía de ello. Los jefes por debajo de Te Ua Haumene no se sometían a una instrucción sistemática. Para qué, si en la batalla no se desarrollaba ninguna estrategia, sino la voluntad salvaje de matar y autoinmolarse. Eso no tenía nada que ver con el arte de la guerra. No se necesitaba ser ningún gran estratega para intuir lo inferiores que eran los hombres de Haumene frente a los ingleses. Claro que eran miles de guerreros dispuestos a batallar como leones, pero esto último no iba a ayudarlos.

Carol cada vez sentía más rabia hacia el general Cameron y los demás oficiales ingleses. ¡Deberían haber atacado ahora, tras el secuestro de ellas!

—¿Cuál es tu nombre en realidad?

Carol estaba dándose la vuelta cuando alguien le habló de repente. Estaba sacando el cubo del pozo de palanca, una técnica *pakeha* que habían copiado los constructores de Wereroa. En ese momento el recipiente se le cayó con estrépito. Debería repetir la tarea.

Sin embargo, unas manos más fuertes que las suyas se ocuparon de ello. Carol se apartó a un lado, atónita, cuando Tohu Kakahi agarró la palanca.

—No tienes que ayudarme —dijo—. Ya me las apaño.

—Precisamente eso quería saber —dijo el dignatario y levantó el cubo por encima del borde del pozo—. ¿Cómo estás? ¿Te tratan bien?

Carol lo miró.

—¿Lo preguntas en serio? ¿Y luego seguirá la pregunta de si hemos encontrado el amor en vuestra maravillosa comunidad? ¿Y que cuándo se casará mi hermana con el cabrón que cada noche la viola y la maltrata?

Tohu Kakahi se frotó la frente.

—Lo siento, muchacha. Era la única posibilidad que vi para salvaros. Estabais ahí y visteis cosas que... que nadie debería haber visto. De lo contrario os habrían matado o simulado que habíais muerto en un accidente. Esa fue mi primera idea y seguro que Haumene hubiera estado de acuerdo. Pero así está satisfecho, y todavía más porque nadie ha preguntado por vosotras, gracias a los dioses. Nunca deberíais haber estado aquí.

—¿Y debo estarte agradecida? —preguntó sarcástica Carol—. ¿Y mi hermana también? ¿Mi hermana, que cada día me hace temer que se va a matar porque ya no puede soportar las noches con su torturador?

Tohu negó con la cabeza.

—No te preocupes por eso. He visto su mirada. Está pasando por un infierno, pero es una guerrera. Puede ser ella quien al final mate a Te Ori. No le permitas que coma sus ojos. Se dice que así uno adquiere la fuerza del enemigo, pero yo creo que solo adquiere su odio.

Carol miró al maorí como si estuviera loco.

—¡Somos gente civilizada! —le replicó.

Tohu alzó las manos tranquilizándola.

—También lo eran estos antes —dijo, abarcando el *pa* con un gesto—. Míralos. Casi todos los portavoces del *pai marire* han crecido en escuelas misioneras. Vosotros los *pakeha* habéis creado vuestros demonios.

Carol cogió los cubos.

—Y ahora nos van a arrojar al mar. Para que volvamos nadando a Inglaterra. Sí, cada día oigo la misma historia... ¿Cómo debo llamarte? ¿*Poua*? No. ¿Señor? ¿O profeta?

Él sonrió.

—Tohu. Llegará un día en que todos nos llamemos simplemente por el nombre. Entonces seremos iguales, tú y yo.

Carol frunció el ceño.

—¿No era yo hace un momento una esclava? —preguntó—. ¿No querías matarnos?

Tohu suspiró.

—Todos cometemos errores. Ha llegado el momento de corregirlos. Mi pueblo debe seguir luchando contra los *pakeha*, incluso si pierde esta guerra. Pero tenemos que encontrar otra forma. Tenemos que concertar la paz. Una auténtica paz...

—¿Y si empezarais dejándonos en libertad? —sugirió Carol—. ¿Como muestra de buena voluntad? Podríamos declarar a vuestro favor. Al tuyo al menos —puntualizó.

El maorí negó con la cabeza.

—No hemos avanzado tanto —respondió con pesar—. Mañana nos vamos de aquí, esclava rubia, ya que no quieres decirme cómo te llamas. Vamos a Waikoukou, donde seguiremos atrincherándonos. Taranaki todavía no está totalmente en manos inglesas. No dejaremos a los guerreros en la fortaleza. Yo... yo mismo me ocuparé de que Te Ori no permanezca en el *pa*. Lo mantendré alejado de vosotras. No todo el tiempo, pero sí tan a menudo como sea posible. ¿Sería esto de ayuda para tu hermana?

Carol asintió.

—Claro. Estará agradecida por cada día que pase sin que él le ponga la mano encima.

Tohu asintió.

—Haré lo que pueda. —Dicho esto, se dio media vuelta.

Carol lo siguió con la mirada. Luego lo llamó.

—*Poua*... —dijo en voz baja—. Mi nombre es Carol.

Dos noches más tarde, el sonido del cerrojo de la puerta despertó a las hermanas. La noche anterior, Te Ori no había ido a buscar a Mara. La joven ya creía estar segura y gimió al reconocer la silueta de su abusador en el vano. El guerrero miró pestañeando a una y otra hasta que sus ojos se adaptaron a la oscuridad. Había luna nueva, pero era una noche estrellada.

—¡Tú! —dijo a Carol—. ¡Levántate!

Con movimientos veloces y rudos le ató las muñecas, tan fuerte que Carol temió que le cortara la circulación. Cuando protestó, la amordazó. A Mara, que se acurrucaba temblorosa en su rincón, no solo le ató las manos sino también los pies, antes de colocarle una mordaza en la boca. A continuación se la echó sobre el hombro como si fuera un saco.

—Tú vas delante —ordenó a Carol al tiempo que sacaba un cuchillo para intimidarla—. Hacia el río.

Mientras conducía a las mujeres primero por el *pa* y luego a través de una salida lateral para llegar por un sendero al río, era imposible pensar en huir. Se veían guerreros por todas partes. En contra de su costumbre, los hauhau se movían con sigilo. Como Tohu había anunciado, esa noche abandonarían el *pa*. La mayoría de los hombres se desplazaría a pie hasta Taranaki, aunque en el río también se habían reunido unas canoas. Al menos los jefes y profetas harían una parte del recorrido navegando. Te Ori preparó asimismo un bote. Incluso hizo gestos de colocar a Mara en una canoa todavía no equipada del todo cuando una figura se alzó en la embarcación vecina. Carol reconoció a Tohu Kakahi con su capa de jefe.

—¡Te Ori Porokawo! —La voz de Tohu cortó la noche como un cuchillo—. ¿Por qué tu *taua* no está todavía completa? Esperamos la salida de tu canoa. Está bloqueando el embarcadero.

Te Ori dejó caer a Mara al suelo.

—Tenía que ocuparme de mis esclavas, *ariki*. No iba a dejarlas aquí.

—¿No? Tal vez esa no hubiera sido la peor solución, ya que nos vamos. ¿O vas a afirmar que te acompañan por propia voluntad?

Alrededor del dignatario se oyeron risitas ahogadas.

—¡Son mías! —exclamó Te Ori—. El Profeta me las concedió.

Tohu asintió.

—Nadie lo pone en duda, Te Ori. Pero se te pidió que las trataras bien. Tenían que aprender a comprender el *pai marire* y a amar. Eso no se consigue con cuerdas y mordazas. Y hoy tu tarea consistía en reunir a tu *taua*, equipar tu canoa y llevar al Profeta a Waikoukou. Uno de tus guerreros debería haber recogido a las mujeres. Además, no es digno que Te Ua Haumene comparta la canoa con dos esclavas. Ahora desátalas. Viajarán en el bote conmigo y puedes estar seguro de que no se me escaparán. Las recuperarás en Waikoukou. Haz lo que te digo. Es un honor, Te Ori, estar al mando de la canoa del Profeta. ¡Demuestra que eres digno de ello!

Carol apenas se percató de lo que ocurría cuando el guerrero le quitó brutalmente las ataduras de las manos y dejó que ella desatara a Mara. Se abrazaron temblorosas y llorando después de que Te Ori las hubiera arrastrado al bote del *ariki*. Tohu Kakahi les indicó un lugar en la popa, lejos del banco en que él estaba instalado. Como jefe tribal, las esclavas eran para él *tapu* y prohibió también a los remeros que tuvieran contacto con ellas. Aun así, era imposible huir. Las canoas remontaban el Patea en fila. El jefe observaba a Carol y Mara. Incluso si esta última hubiera sido capaz, no habrían podido meterse en el agua y nadar a tierra sin que nadie lo advirtiese.

Quizá más tarde, pensó abatida Carol. Antes de llegar a Waikoukou, sin duda las esperaba una ardua marcha por el territorio controlado por *pakeha*. Sin embargo, Carol no creía que tuvieran la posibilidad de escapar. Tohu Kakahi había asegurado a Te Ori que le vigilaría las esclavas. Y aunque el guerrero estaba a favor de Carol y Mara, era una cuestión de *mana*. No faltaría a su palabra.

Carol se enderezó y por encima del río, que brillaba plateado en la noche, miró el *pa* que estaban a punto de abandonar. Wereroa caería sin protección en manos *pakeha*, tal como había vaticinado el general Cameron. Con ello había cumplido su deber. Las revueltas de Waikato se habían sofocado y se había castigado a sus responsables; nadie hablaría de los inocentes desplazados.

El gobernador tenía lo que quería. Las tierras junto al Patea habían quedado despejadas para los *military settlers*.

7

Bill Paxton no sabía qué hacer cuando, tras una agitada travesía, desembarcó en Blenheim. Allí ni conocía ni quería conocer a nadie. Al final decidió no quedarse. Le atraía el suroeste de la Isla Sur, donde estaba su hogar. Pero, por desgracia, no había ningún barco que zarpara hacia Campbelltown.

—Desde Lyttelton salen con más frecuencia —le indicó un capitán a quien preguntó.

Así pues, había que llegar hasta allí. Bill estaba pensando en si no sería mejor comprar un caballo para emprender el viaje por el interior, cuando *Fancy* empezó a ladrar excitada y corrió hacia un hombre pelirrojo y robusto. Estaba hablando con el capitán del puerto aunque llevaba abrigo encerado y traje de montar. Seguro que no era un marino, y enseguida reconoció a *Fancy*. La acarició cuando ella le saltó encima.

—¡*Fancy*! Pero ¿qué haces tú por aquí? Pensaba que estabas con Carol en la Isla Norte. ¿Es que ha vuelto?

El hombre se separó de la perra y miró en derredor. Arrugó el ceño cuando vio que *Fancy* corría hacia Bill. Este se dirigió hacia él para presentarse. El pelirrojo lo observó con unos vivaces ojos azules.

—¿No es esta la perra de Carol Brandman? ¿Qué hace usted aquí con ella? —le soltó antes de que Bill pronunciara palabra—. ¡Y no me venga con que esta no es una kiward fantasy! La conozco desde que era un cachorro. Esta es hija de ese. —Señaló un perro blanco y negro. El macho estaba tendido en el muelle, esperando paciente. *Fancy* corrió hacia él para saludarlo. Ya casi no cojeaba, la herida no había sido grave.

—Claro que es *Fancy* —dijo Bill, y se presentó por fin—. Carol...

Se mordió el labio, ignoraba cómo responder a la pregunta que planteaban los ojos de su interlocutor. No cabía duda de que conocía a Carol, pero ¿tenía que contarle lo que le había ocurrido? El desconocido lo examinó con la mirada. Pareció percatarse de su vacilación.

—William Deans —se presentó—. Criador de ovejas de las llanuras de Canterbury, amigo y vecino de Chris, Cat y los Jensch. Algo así como un tío para las chicas. Así que puede contarme lo que sucede con Carol. Algo debe de haberle pasado, ella no se separaría nunca de su perra. ¿Ha... —la voz de Deans enronqueció— ha muerto?

Bill se pasó la mano por la frente.

—Ha desaparecido. Es una larga historia...

Deans no se lo pensó y señaló una taberna del puerto.

—Es posible que se trate de una de esas historias que solo se encajan con un whisky en el estómago —refunfuñó—. Venga, mi barco con las ovejas todavía tardará en entrar. Estoy esperando una entrega de Australia. Tomemos un trago y me lo cuenta todo con calma.

A Bill le hizo bien contar los acontecimientos de la Isla Norte al criador de ovejas, que lo escuchó con atención. Casi se sintió aliviado cuando acabó expresando sus sospechas de que Carol y Mara todavía podrían hallarse con vida.

—Sencillamente, ¡no puedo creer que estén muertas! —dijo con vehemencia—. ¿Para qué iban a llevárselas los hauhau a su fortaleza y luego matarlas?

Deans se encogió de hombros.

—¿Tal vez como rehenes? —sugirió—. Podrían amenazar con

matarlas si se veían asediados. O esos tipos simplemente les han encontrado el gusto. Nunca se sabe qué les pasa por la cabeza. Sea como fuere, la posibilidad de que hayan sobrevivido a un asedio, a la guerra en sí, es mínima. En eso el general tiene razón. No puede poner todo un ejército en marcha para después encontrar únicamente sus cadáveres. La esperanza puede ser engañosa, joven. Precisamente cuando se siente afecto por alguien. ¡La de esperanzas que pusimos en el regreso de Cat y Chris! Las chicas no querían creer que hubieran muerto.

Levantó su vaso con un suspiro y pidió otras dos cervezas.

—¿Cómo va la granja? —preguntó Bill, más para cambiar de tema que por auténtico interés—. ¿Sabe algo de Linda?

Deans arrugó la frente.

—Durante las primeras semanas, Linda escribía de vez en cuando. Desde Otago. Hablaba con mucha prevención, pero por el momento no se había vuelto rica y por las cartas tampoco se diría que fuese muy feliz. Al menos eso dice mi esposa. Yo no leo mucho entre líneas. Y respecto a la granja, Jane empieza a darse cuenta de que birlar las tierras de sus vecinos no le ha dado la felicidad. Los maoríes no colaboran con ella. No entienden por qué tienen que trabajar cada vez más, ya que hace tiempo que tienen todo lo que desean. Además tenían cariño a Chris y Cat, y las chicas crecieron prácticamente en su poblado. Corren rumores de que fue la razón por la que se ha ido el hijo de Jane y Te Haitara. A Jane no le gusta admitirlo. Cuenta no sé qué de una escuela de la Isla Norte cuando se menciona al muchacho. Pero se rumorea que el chico se fue. Enfadado por lo que pasó en Rata Station. Entre él y la pequeña Jensch había un amor de infancia.

—¿Mara? —preguntó Bill, pensando con dolor en esa pequeña y confiada beldad. ¿Qué estaría pasando ahora con ella? Secuestrada y con certeza violada por el pueblo del joven al que amaba...

William Deans sonrió con tristeza.

—Pues sí, eso produjo varias tormentas en un vaso de agua. Jane se oponía empecinadamente, y eso que Mara seguro que habría aportado unas cuantas ovejas al matrimonio. Una pena por la chica, y por el chico también. Porque si ha escapado a la Isla Norte... un guerrero joven... Con decir «hauhau» ya basta.

Bill se frotó las sienes. La situación se le iba haciendo insoportable.

—¿Qué proyectos tiene ahora? —preguntó Deans. También él pensaba que había llegado el momento de cambiar de tema—. ¿Regresa a Fjordland? ¿Sabe ya cómo llegar hasta allí?

Poco después, Bill había encontrado una forma de viajar a Christchurch e incluso un trabajo para los días que iba a tardar en llegar. William Deans solo había llevado a un ayudante para conducir las ovejas. Estaba encantado ante la idea de tener otro y además una perra como *Fancy*, así que puso de buen grado un caballo a disposición de Bill.

—Nunca he trabajado con ovejas —señaló Bill.

Deans rio.

—Bah, eso se aprende pronto, joven. No es muy distinto del ejército: usted es el general, sus perros los oficiales y las ovejas los soldados rasos. A veces un poco más tontas que sus soldados. Son más ruidosas, pero a cambio no beben.

Para sorpresa de Bill, el criador de ovejas tenía razón. El antiguo teniente enseguida comprendió cómo desenvolverse con los perros pastores y las ovejas, y hasta disfrutó con ello. Por supuesto, *Fancy* se lo puso todo más fácil y a ello se añadió que, trabajando con los animales, el joven se sentía más cerca de Carol. El viaje a caballo a lo largo de la salvaje y maravillosa costa Oeste de la Isla Sur contribuyó a devolverle la serenidad. La mayor parte de las tierras estaban sin explorar u ocupadas por campos de cultivo y pastizales. En ningún lugar había campamentos militares, en ningún lugar se habían talado bosques y desterrado a sus pobladores. Bill recuperó la paz interior. Su indignación y desasosiego menguaron, si bien conservó su pena. Cuanto más se acercaban a Christchurch, con mayor frecuencia pensaba en la posibilidad de quedarse en las Llanuras y trabajar para los Deans.

Sin embargo, la idea de esa cercanía física con Rata Station le resultaba demasiado dolorosa. Era una locura, pero le transmitía la sensación de haber fracasado, de haber omitido algo que habría podido salvar la granja para Carol. Así que, tal como tenía previsto, en la desembocadura del Waimakariri se despidió de William Deans y su pastor, emprendió camino hacia Lyttelton y allí enseguida encontró un barco hacia Campbelltown. Pasó la travesía bajo cubierta, encerrado en su camarote, intentando no recordar el placentero y entretenido viaje con Carol y Linda, Cat y Chris, que tan horriblemente había concluido. En esta ocasión, el viaje transcurrió sin novedad. El barco atracó en el puerto de Campbelltown y Bill cogió una habitación en un hotel. Podría haberse alojado con sus parientes, pero también eso le hubiese recordado los dolorosos días que había pasado allí con Carol y Linda. Tenía la intención de buscar un buen caballo al día siguiente, comprarlo e ir a su casa. Al principio ayudaría a sus padres en la granja. Más tarde, ya se vería.

De hecho, pensaba irse a dormir pronto, pero en la habitación se sentía agobiado. Junto al hotel había un pub donde tomar una copa antes de acostarse. Afligido, fue, pidió un whisky y se escondió en un rincón del salón. Lo último que le apetecía era compañía, por lo que levantó la vista de mala gana cuando un hombre le habló.

—Discúlpeme... Tal vez esté confundido, pero usted, ¿no es usted uno de los supervivientes del *General Lee*?

Bill hizo una mueca.

—Sí —respondió con aspereza—. Pero, francamente, no es algo de lo que quiera hablar.

El hombre esbozó una ligera sonrisa.

—Entiendo... perdió usted a familiares. No quiero echar sal en sus heridas. Es solo que le he reconocido. Acudía muchas veces al muelle cuando yo buscaba a los supervivientes en mi barco. A lo mejor se acuerda, capitán Rawley, del *Hampshire*. —Tendió la mano a Bill.

En efecto, Bill recordaba vagamente el nombre del barco. Pero no había retenido los rostros de quienes habían colaborado entonces en las inútiles operaciones de salvamento.

—Ese asunto me afectó mucho —comentó Rawley y tomó un sorbo de su cerveza—. ¿Puedo sentarme con usted?

No es que Bill tuviera ganas de conversar, pero tampoco quiso ser descortés. Sin asomo de sonrisa, le indicó con un gesto al hombre, de baja estatura pero fornido, la otra silla. Rawley tenía un rostro franco, dominado por una barba cerrada, una nariz aguileña y unos ojos inteligentes.

—Yo mismo sobreviví en una ocasión a un naufragio —prosiguió después de haber tomado asiento—. Pasé tres días en un islote inhóspito antes de que me rescatasen.

Bill prestó atención.

—¿Fue usted náufrago? ¿Cree posible que alguno de los pasajeros del *General Lee* todavía viva?

Rawley negó con la cabeza.

—No creo. Recorrimos en aquel entonces todas las islas pertinentes. Pero teóricamente sería posible. La corriente podría haber arrastrado los botes más lejos, en dirección a las regiones antárticas. Pero ¿sobreviviría alguien allí un año y medio? Sea como fuere, pronto lo averiguaremos. Al menos se deberían encontrar los botes, aunque hayan muerto los ocupantes.

Bill lo miró extrañado.

—¿Pronto lo averiguarán? ¿Y eso?

Rawley tomó otro trago de cerveza.

—He logrado que el gobierno me dé dinero para un viaje —contestó con orgullo— a las islas Auckland, las Antípodas, islas Bounty. Todas esas islas inhóspitas y frías que hay a lo largo de la ruta del Gran Círculo.

La ruta del Gran Círculo era la ruta naviera preferida para ir de Australia Meridional a Europa.

—¿Y? —preguntó Bill—. ¿Qué va a hacer allí? ¿De verdad pretende buscar náufragos? ¿Tantos son los barcos que se hunden?

El capitán hizo una mueca.

—Créame que se hunden suficientes. Pero solo unos pocos

náufragos sobreviven en la zona subantártica más de un par de días. Carecen de ropa de abrigo, comida, un lugar donde cobijarse. Incluso si hay animales (seguro que ya oyó hablar de que se dejaron en algunas islas cerdos y cabras), no tienen armas para cazarlos. ¡Y precisamente eso es lo que quiero subsanar con mi viaje! —El capitán resplandecía de entusiasmo—. El *Hampshire* recorrerá todas las islas que sea posible y depositará en ellas equipos de supervivencia. Cajas con ropa de abrigo, mantas, compases, herramientas, cerillas, utensilios de cocina y aparejos de pesca. Algo de carne seca y galletas náuticas para los primeros días, fusiles y munición en las islas en que haya animales. Si estibamos bien, es posible que nos quepa algo de ganado en el *Hampshire*. Cuando nos parezca que una isla es adecuada, podremos dejar algún animal. Un buen proyecto, ¿verdad? —Sonrió—. No se me va de la cabeza desde que estuve en mi islote deseando poder contar con un par de ovejas. —Rio de su propio chiste.

—¡Un proyecto estupendo! —convino Bill.

De repente, vio que tenía una posibilidad de hacer algo más. Al menos por Cat y Chris, no por Carol y Mara, pero era algo importante, que tranquilizaría su conciencia.

—¿Tendría por casualidad trabajo para mí en su embarcación? Tengo experiencia en navegar. Me las apaño con el compás y los demás instrumentos, y estoy acostumbrado a compartir espacios reducidos. He sido marino de la Armada Realsoldado...

Rawley hizo una mueca.

—¿Qué tal cronista es usted? —preguntó—. ¿Contabilidad o algo así? El gobierno querrá saber adónde va a parar todo el dinero con que nos financia. Por desgracia, escribir no es mi fuerte.

Bill esbozó una ancha sonrisa.

—Será un placer anotarlo todo en el cuaderno de bitácora —respondió—. Por lo demás, soy trabajador y pragmático. Dígame lo que hay que hacer y lo haré. Hasta puedo conducir ovejas. Al menos con ayuda de ella. —Señaló a *Fancy*, que estaba sentada bajo su silla.

Rawley frunció el ceño.

—¿Se la quiere llevar? —preguntó escéptico.

Bill asintió.

—¿No se mareará? Por ahí abajo sopla bastante viento...

—También en el estrecho de Cook y aguantó bien. En cualquier caso, no puedo dejarla aquí. Solo me tiene a mí.

Rawley se lo pensó un momento y luego estrechó la mano al nuevo miembro bípedo de su tripulación y acarició la cabeza del cuadrúpedo.

—De acuerdo, le contrato. Llevará usted la contabilidad y espero que el perro sepa cazar ratas. Esos bichos pueden ser un fastidio con toda la comida que llevamos a bordo. ¿Su nombre era...?

—Paxton. Bill Paxton. Y ella es *Fancy*.

A la mañana siguiente, Bill entró a trabajar en el *Hampshire*. Se trataba de un velero de dos mástiles y el capitán Rawley navegaría con una tripulación muy pequeña. Hasta el momento había contratado a tres marineros con experiencia, a los que se sumaba ahora Bill, el más joven de a bordo. Los demás les dieron la bienvenida a él y a su perra pastora bromeando. «¡Que te has equivocado, muchacho!», «¡La próxima granja de ovejas está tierra adentro!», le decían, contentos por contar con un refuerzo. En general se precisaba de unas diez personas para navegar en un *brig*, pero no se habían encontrado navegantes que quisieran participar en una travesía tan larga e incómoda. Los demás no se extrañaron del interés personal de Bill en la misión. Ninguno de esos individuos estaba ahí por la paga, todos estaban preocupados por los náufragos. Peter había zozobrado con Rawley y había tenido mucha suerte de que lo rescatasen. Gus había perdido a dos amigos en la desgracia y Ben había sobrevivido a dos averías.

—Pasé horas a la deriva hasta que llegó ayuda. La primera vez hacía tanto frío que se me congelaron los huevos; la segunda, me cagaba de miedo por si los tiburones me los arrancaban de un mordisco. Por suerte para todas las chicas, ¡siguen ahí!

Todos se acordaban del hundimiento del *General Lee*. Peter

y Gus también habían colaborado en el rescate. Ben estaba en esa época navegando, pero había oído hablar después. A todos les pareció bien que Bill se involucrara, aunque fuera para dar gracias a Dios por haberlo salvado, pero no compartían sus esperanzas de encontrar supervivientes.

—¡Ya los habrían encontrado, hombre! Si hubieran estado más o menos cerca. De lo contrario... Billy, si la corriente los hubiera arrastrado hasta las Auckland, se habrían congelado por el camino.

Bill renunció a contar sus propias experiencias. También en su bote hacía mucho frío y, pese a todo, habían sobrevivido. Pero era ocioso discutir. Comprobaría con sus propios ojos si era posible sobrevivir en una isla.

En principio, su trabajo consistió en ayudar a los demás miembros de la tripulación a meter en el barco las cajas con ropa, mantas, herramientas y el resto de artículos. Los hombres colocaron la mayor parte bajo cubierta. En la cubierta superior estibaron lo que podía mojarse a fin de ahorrar el mayor espacio posible. *Fancy* colaboró conduciendo un pequeño rebaño de cabras al barco. Ladró enfurecida hacia la conejera abarrotada que los hombres bajaron por la escalera.

—No le gustan los conejos, se comen la hierba de sus ovejas —se disculpó Bill, ayudando a desmontar la rampa con que habían subido a bordo los animales.

Estaba animado y no veía la hora de partir. Por primera vez desde el hundimiento del *General Lee*, tenía la sensación de estar haciendo algo útil y, además, lo correcto.

Bill no volvió la vista atrás cuando el barco por fin zarpó. Era julio, un claro día de invierno, fresco pese a que brillaba el sol. Recibió el viento cortante en el rostro, pero no hizo caso. Por fin volvía a sentir algo de esperanza.

A casi mil quinientos kilómetros de distancia, más al norte, el ejército del general Cameron tomaba el *pa* de Wereroa el mismo día que los hauhau lo habían abandonado. Los hombres registraron el recinto y al atardecer un joven teniente se presentó ante el alto oficial.

—¡Se trata de las mujeres raptadas! —anunció inquieto—. ¡El teniente Paxton tenía razón, viven! O al menos vivían hasta que abandonaron el *pa*. ¡Hemos encontrado un mensaje!

Ansioso, tendió al general un papel en el que había apuntado la llamada de socorro de Carol.

—Tome, estaba grabado en las vigas de una cabaña.

Mara Jensch
Carol Brandman
Esclavas
¡Socorro!

Cameron la leyó circunspecto.

—En fin... —dijo, alargando las palabras—. Nadie podía sospechar algo así... Y, además, no corresponde a mis competencias. Hágaselo saber al gobernador. Y al general Chute. Los maoríes de Taranaki son ahora asunto suyo.

8

—He oído decir que está pensando usted en abandonar el servicio.

Habían pasado cuatro meses desde el asesinato de Carl Völkner y Franz Lange estaba cabizbajo delante de George Selwyn, obispo de Auckland. Tras huir de Opotiki se había refugiado en una tranquila comunidad de las afueras de la ciudad. El pastor había sido amigo de Völkner, se había enterado de su muerte a través de Franz y había ofrecido trabajo y hospitalidad al joven misionero. Le había dicho paternalmente que era probable que necesitara algo de tiempo para asimilar todo lo ocurrido y había pedido la colaboración del joven en la escuela dominical para mantenerlo ocupado. La pequeña comunidad no necesitaba dos curas. Así que Franz no se sorprendía de que el obispo reclamara su presencia. Sin embargo, no había esperado que lo saludara con palabras tan claras. Franz se ruborizó. En realidad, había confiado sus reflexiones sobre ese tema al párroco de Auckland bajo el sello de la discreción.

—Yo... —Franz buscó una disculpa. No podía admitir que casi se moría de miedo solo de pensar en volver a un *marae* maorí.

Pero el obispo no le dejó hablar. Levantó una mano y prosiguió.

—No me cuente ahora por qué quiere dejar la misión —advirtió con sequedad—. De todos modos, no acepto su petición. El servicio a Dios, reverendo Lange, no se abandona jamás. Hoy mismo le destinaré a un puesto nuevo y usted lo ocupará contento y lleno de confianza en la bondad divina. ¿Está claro?

—Sí... no... yo... —Franz se mordió el labio. No podía confesar lo mucho que dudaba de la bondad divina.

—Bien. Vayamos a su nueva tarea. Le gustará. La elección ha recaído en usted porque se desenvuelve bien con niños y adolescentes. Esto al menos es lo que concluyo de su expediente.

Franz asintió y volvió a alimentar esperanzas. ¿Tal vez un puesto de maestro en una escuela como Tuahiwi, al lado de Christchurch?

—¿Ha oído hablar de la misión de Waikanae? —preguntó el obispo.

Las esperanzas de Franz se desvanecieron.

—Fue allí donde trabajó Samuel Williams. —Williams era uno de los primeros y más conocidos representantes de la Church Mission Society—. Pero ¿no la cerraron?

El obispo asintió.

—Es cierto —dijo—. Ya no valía la pena una vez que se marcharon los te ati awa. Toda la tribu se fue a Taranaki. Allí tenían en algún lugar tierras de la tribu que el gobernador pretendía dar a colonos ingleses. Para evitarlo, el jefe migró.

—Y además hubo una epidemia de gripe, ¿no es así? —preguntó Franz, pensando horrorizado en las consecuencias de la fiebre tifoidea en Opotiki—. Muchos maoríes murieron.

El obispo le interrumpió con un gesto. Era evidente que no le gustaba oír hablar de que la población había desaparecido a causa de una epidemia. A fin de cuentas, era notorio que enfermedades como la gripe, la fiebre tifoidea y las paperas habían sido introducidas en Nueva Zelanda por los *pakeha*, quizás incluso por los propios misioneros.

—¿Quiere volver a abrir la misión? —preguntó Franz para cambiar de tema—. ¿Hay de nuevo... gente, allí?

El obispo negó con un gesto.

—No. Los maoríes se han ido. Pero sus casas permanecen. Y el gobernador no nos pondrá ningún obstáculo si queremos utilizarlas.

—¿Como edificios para la misión?

—No directamente... —El obispo jugueteó con la pluma y el tintero que tenía sobre la mesa—. Se trata más de... instalaciones militares. Un antiguo *pa* maorí, a quince kilómetros al suroeste de Otaki. Ideal para nuestros objetivos, bien cercado.

—¿Una cárcel? —preguntó Franz horrorizado.

El obispo rio.

—Qué va. Disculpe, pensaba que ya se lo había dicho. Un orfanato. Usted, reverendo Lange, dirigirá un orfanato. Como consecuencia de las guerras y los conflictos por las tierras, en estos últimos años nos ocupamos cada vez más de los niños. Niños huérfanos, niños abandonados y dispersos por toda la región.

—¿Hay tribus maoríes que abandonan a los niños?

El obispo se encogió de hombros.

—Digamos que en el transcurso de las operaciones militares cada vez son más los niños que se ven separados de sus padres. Alguien tiene que ocuparse de ellos y el interés de los colonos por adoptar niños maoríes está descendiendo. Tienen miedo de criar un pequeño guerrero hauhau. Así que necesitamos un lugar de acogida. Otaki está bien situado. Pertenece al distrito Kapiti, donde nunca se combatió, y está lo suficientemente cerca de Taranaki y Waikato para llevar allí a los niños sin grandes gastos. De momento hay diez huérfanos en Otaki, atendidos por el cura local. Pero está sobrecargado de trabajo. Así que póngase en camino lo antes posible, reverendo Lange. Eche un vistazo a ese *pa*...

—¿Está realmente abandonado? —insistió Franz—. ¿No he de contar con que una horda de enloquecidos hauhau nos ataque para recuperarlo y...?

El obispo se encogió de hombros.

—Hoy en día hay que contar con que los hauhau ataquen por toda la Isla Norte —respondió paciente—. Son malos tiempos. Antes no habría pasado. Deberían haber acabado con este falso profeta mucho antes. Pero los te ati awa, que construyeron el fuerte, se marcharon voluntariamente. No hay allí nada que reconquistar. Además ese jefe, ¿cómo se llamaba?, Te Rauparaha, nos regaló el terreno de la misión. De ahí...

—¿El jefe tribal nos regaló el terreno de la fortaleza? —preguntó Franz escéptico.

El obispo enarcó las cejas.

—Como ya he dicho, así es como nosotros lo vemos. Y el gobernador nos apoya. No sea usted tan pusilánime, Lange. Vaya allí, haga del *pa* un lugar habitable para los niños e instálese con ellos. Busque el personal sobre el terreno. Dispondrá de un pequeño presupuesto. Y le enviaré uno o dos misioneros de refuerzo en cuanto pueda. Al principio, tendrá que arreglárselas solo. ¿Lo logrará?

En realidad no era una pregunta, y Franz reprimió un suspiro.

—Con la ayuda de Dios —respondió resignado— saldré adelante.

El obispo asintió, miró el crucifijo de la pared y juntó las manos.

—Recemos juntos para que nos ayude. Y también por el alma del reverendo Völkner, quien murió de forma tan horrible en el ejercicio de sus funciones. ¡Señor, apiádate de nosotros!

Franz intentó rezar con él, pero en su cabeza solo resonaban los gritos de los hauhau: *pai merire!*

También ellos habían implorado piedad.

Un par de días más tarde, Franz partió hacia Otaki. Para bordear el interior, donde proseguían los combates, viajó primero en barco hasta Wellington y luego recurrió al transporte militar. La carretera de Wellington a Waikati estaba bien pavimentada. Al menos durante el viaje, Franz se sintió seguro. Tampoco en Otaki se vio amenazado. Apenas si se encontró con maoríes; al parecer, solo se habían quedado algunos ancianos cuando la tribu había emigrado. Se veía sobre todo colonos blancos que dirigían pequeñas granjas en los alrededores y pequeños comercios en la ciudad. El punto central de la localidad era la iglesia, Rangiatea Church. Te Rauparaha había iniciado en el pasado su construcción y su arquitectura fundía el estilo de construcción maorí con el colonial. Franz buscó la casa del Señor para rezar una breve oración y luego se dirigió a la parroquia para visitar al reverendo Bates. Esperaba echar ahí un primer vistazo a sus futuros pupilos. Al final, el obispo le había contado que el reverendo y su esposa se habían hecho cargo de los niños. Así pues, Franz se preparó para enfrentarse a los que podían ser unos hostiles adolescentes maoríes. Sin embargo, le abrió una muchacha pelirroja vestida con un pulcro vestido de casa, delantal y cofia.

—¿Qué desea? —preguntó atentamente.

Tenía ojos azules y nariz pecosa. Seguro que era una inglesa de pura cepa. Por una parte, Franz se relajó; por la otra, se sorprendió. La casa parecía muy tranquila. ¿Albergaba realmente a diez niños?

La muchacha torció un poco la boca cuando Franz le dijo qué deseaba.

—Enseguida se lo digo a mi padre —dijo luego amablemente—. O a mi madre. Creo que mi padre se ha ido.

Poco después, Franz se encontraba en un pequeño salón muy limpio y arreglado, bebiendo el té con la esposa del párroco, una mujer flaca y de aspecto severo. Louisa Bates no tenía mucho en común con su bonita hija. Su cabello era castaño oscuro, como también eran oscuros sus ojos de lince. A Franz le recordaba un poco a su propio padre.

—Los niños son testarudos —decía en ese instante. Desde que Franz había llegado y le había hablado de su nuevo trabajo, se explayaba contando todas las molestias que padecían a diario con los niños maoríes—. No quieren comer, no quieren hablar y son sucios. Hacen sus necesidades en cualquier sitio. Todo el granero apesta...

—¿Tiene a los niños en el granero? —preguntó Franz.

Estaban a mediados de invierno. En la chimenea de los Bates chisporroteaba un vivo fuego.

—¿Se supone que deberíamos tenerlos en casa? —replicó la señora Bates—. Usted mismo verá a esos chiquillos, reverendo. Unos salvajes maleducados. Totalmente incivilizados.

Franz se frotó la frente.

—¿No es justamente esa nuestra tarea? ¿Civilizar a los niños?

La señora Bates lo miró como si estuviera chiflado.

—Si es tarea de alguien, será la suya —repuso cortante—. Nosotros no tenemos nada que ver con esa gentuza. Por supuesto hemos cumplido con nuestra labor cristiana, pero ahora que está usted aquí... Lléveselos, reverendo, y civilícelos. ¡A ser posible, mañana mismo!

Franz se asustó un poco, pero aun así sintió pena por los niños. Habría deseado una madre de acogida más cariñosa para esos huérfanos, separados de sus tribus y confrontados con nuevas costumbres y un nuevo idioma.

—No sé si mañana ya habré hecho habitable ese *pa* —dijo prudente—, pero me gustaría conocer a los niños. A ser posible hoy mismo. ¿Podría ser?

La mujer echó un vistazo al exquisito reloj de pie, seguramente importado de Inglaterra.

—Incluso será inevitable —contestó—. En media hora mi marido leerá el servicio de la tarde y animamos a los niños a que acudan, al igual que a los invitados. ¿Se quedará aquí esta noche, reverendo? Ahora llevo la comida a los niños. Acompáñeme, si lo desea, así verá con qué se las tendrá que ver.

Franz no sentía muchas ganas de disfrutar de la hospitalidad de los Bates. Solo de pensar en no poder asistir al servicio de motu propio sino «animado» por alguien, le quitaba las ganas. Por otra parte, no tenía dinero para pagarse una pensión y tampoco parecía haber ninguna en Otaki. Y era demasiado tarde para salir a buscar el *pa* esa noche, arreglar un par de habitaciones y ocuparlas.

Así que asintió, dio las gracias por la invitación y se retiró a una limpia y modesta habitación de invitados en la parte posterior de la casita. Desde la ventana se veía el granero. No tenía ventanas y estaba cerrado. ¿Cómo podía hospedarse a unos niños ahí dentro? Meditó acerca de si cambiar de lugar y renunciar a la comodidad de la casa del párroco para dormir con sus futuros alumnos. Seguro que al menos la mitad de ellos tenía miedo a la oscuridad. Luego decidió observar con más detenimiento al grupo en la iglesia. Por mucha compasión y simpatía que sintiera por los huérfanos, esos eran maoríes. Y desde que Völkner había sido ejecutado, sabía de qué era capaz su pueblo.

Franz prefirió aprovechar el poco tiempo de que disponía hasta el servicio para lavarse cara y manos y peinarse. Sin duda era importante causar una buena impresión en el reverendo Bates.

El pastor era un hombre bajo, pelirrojo y de cara redonda, un tipo totalmente distinto de su enjuta mujer, pero igual de rígido en la religión y con la misma mala opinión sobre los niños.

—¡Desde luego, algo así era imposible con los te ati awa! —afirmó después de haber dado la bienvenida a Franz. Los miembros de la tribu que habían partido habían formado parte de su congregación—. Esos eran accesibles, llevaban veinte años cristianizados. Y eso ayuda. Estos niños, en cambio... Se dice que los de las tribus de los bosques, donde todavía no ha llegado ningún misionero, son caníbales. Hasta el momento no lo había creído. Pero ahora... En fin, ya verá usted mismo...

El pastor se puso la sotana y condujo diligente a Franz a su iglesia. Estaba medianamente concurrida. Durante la semana era poca la gente, en su mayoría anciana, que asistía al servicio nocturno. Así pues, había mucho sitio libre en los bancos delanteros, pero la señora Bates condujo a los diez niños maoríes a los bancos de atrás. Cuatro niños a la derecha y seis niñas a la izquierda. Enseguida empezaron a discutir. Al parecer, uno no quería sentarse al lado del otro. Dos niñas se peleaban en maorí y dos jóvenes parecían a punto de pegarse. Algo así no se habría permitido en Opotiki. Pero allí solo había que evitar que los niños hablasen entre sí o rieran durante el servicio, no que se pegasen. Incluso el aspecto de los niños no tenía nada en común con el de los alumnos de las escuelas de Opotiki y Tuahiwi. Las niñas y los niños, cuyas edades Franz calculaba entre los cinco y los once o doce años, llevaban indumentaria *pakeha*, pero la mayoría no parecía ser de su talla. La niña más pequeña, una criaturita con una trenza negra y enmarañada y ojos atemorizados, solo se cubría con una faldita. Llevaba el torso desnudo. Franz se escandalizó. La niña debía de estar pasando un frío horroroso y, por añadidura, era una forma indecente de ir vestida, nada adecuada para asistir a un servicio. Franz no pudo evitarlo. Dejó su sitio en la tercera fila, se quitó la chaqueta mientras iba a la parte posterior y se la puso a la niña alrededor de los hombros. Una mayor intentó quitársela. Franz lo evitó enérgicamente.

—¡No! ¡Esto para ella! ¡Frío! —chapurreó en maorí.

De repente, las niñas se lo quedaron mirando con curiosidad.

—*Ingoa?* —preguntó a la niña, con la esperanza de que lo entendiera.

—Pai —susurró su nombre la pequeña.

Franz le sonrió.

—*Kia ora*, Pai! —dijo cordialmente; luego se volvió hacia los demás y se señaló a sí mismo—. Mi *ingoa* reverendo Franz Lange. Luego iré a veros para hablar con vosotros. Ahora escucharemos todos juntos el servicio divino.

Los rostros de los niños se volvieron de nuevo inexpresivos. La señora Bates tenía razón, no entendían ni jota de inglés. De ahí su desinterés por el servicio religioso. Sin embargo, ahora que Franz estaba sentado con ellos ya no se atrevían a seguir peleándose. Se limitaron a echar miradas asesinas a sus vecinos. Franz los observaba discretamente. En efecto, estaban sucios y despedían olor a cuerpos desaseados. Franz no pensaba como la señora Bates que se les pudiera reprochar algo así. Muchos niños eran demasiado pequeños para cuidar de sí mismos. Tampoco parecía haber entre ellos hermanos.

Después del servicio, la señora Bates condujo a los niños al granero como si fuesen un rebaño de ovejas.

—¡Enseguida vendrá la comida! —les gritó mientras se disponía a cerrar la puerta tras ellos—. ¡Tiiiitas, tiiiitas! ¡Y usted se viene conmigo! —Las palabras que dirigió a Franz no sonaban menos severas—. Puede ayudarme a llevar la olla. De lo contrario tengo que pedírselo a mi hija y no me gusta exponerla a estos salvajes.

Le hizo una seña para que la siguiera a la cocina. El puchero de los niños estaba hirviendo desde hacía horas, por lo visto.

—¿Puedo probar? —preguntó Franz.

La mujer hizo un gesto de indiferencia y le tendió una cuchara. El revoltijo, mucha verdura y muy poca carne, no sabía a nada.

—Las especias son caras —respondió la esposa del párroco a la pregunta que él no llegó a pronunciar—. De todos modos, no lo saben apreciar. Sus modales en la mesa... Bah, usted mismo lo verá enseguida.

Franz la ayudó a llevar la olla al granero y se horrorizó al ver ese gran recinto. Los niños habían construido auténticas fortalezas para defenderse los unos de los otros. Parecían atrincherarse en ellas a solas o en parejas. Cuando la señora Bates colocó la olla con sopa sobre la única mesa que había allí, el grupo se acercó vacilante.

—¡Todos en fila! —ordenó la señora Bates, alzando la voz.

Creía poder compensar la falta de conocimiento de la lengua inglesa con el volumen de la voz. Al parecer, los niños habían comprendido el principio, pero al colocarse en fila intentaban guardar las distancias unos de otros. En el reparto de la comida triunfó al final la ley del más fuerte, si bien la señora Bates ponía cuidado en dar a cada niño un plato de sopa y un trozo de pan. Este último le fue arrebatado a la pequeña Pai por un chico mayor antes de que ella pudiera volver a su rincón. Todos los niños tomaban la sopa lo más deprisa posible, por lo que, naturalmente, se untaban la cara y se manchaban.

—¿Lo ve? —preguntó la señora Bates—. No tienen educación, no tienen modales.

Hasta vaciar la olla, permitió que repitieran todos los que pedían más. Así que los niños tenían que engullir la comida si querían más de un cucharón. La pequeña Pai y los demás niños de menor edad no tenían ninguna posibilidad de repetir. No era extraño que estuvieran tan delgados.

—¿Y bien? ¿Quiere conocerlos ahora? —preguntó la señora Bates, impaciente.

Franz no hacía ningún gesto de ir a marcharse, sino que observaba pensativo a los niños. Había abandonado la primera idea de reunirlos a todos en un círculo y sonsacarles al menos el nombre y un saludo.

Al final se le ocurrió algo.

—Tú... —dijo a uno de los chicos mayores—. ¿De dónde vienes? —Buscaba palabras en maorí—. ¿Cómo llamarse tu *iwi*?

El chico, de unos doce años, contestó:

—Ngati tamakopiri. —Y añadió una retahíla de palabras mientras señalaba a uno o dos jóvenes más—. ¡Los ngati toa!

Franz apretó los labios. Acababa de confirmar sus sospechas.

—Señora Bates, al parecer, alguien ha reunido en un grupo a niños de tribus rivales. Los pequeños todavía no lo entienden, pero los mayores ya saben de dónde proceden y la lucha encarnizada que han librado sus padres. Si queremos controlar la situación, necesitamos alguien que hable maorí. ¿Hay algún intérprete por aquí?

La mujer emitió una especie de resoplido.

—En el pueblo hay muchos maoríes. Pero no hay ninguno que quiera ayudar aquí...

Franz suspiró. Así que también los te ati awa estaban enemistados con las tribus de esos niños.

—Mañana me ocuparé de ello —señaló abatido—. Y echaré un vistazo en el *pa*. Los niños han de salir de aquí cuanto antes. Si siguen encerrados juntos, acabarán matándose entre sí.

9

Lo primero que hizo Franz al día siguiente fue visitar el viejo fuerte. Encontró la empalizada lo suficientemente intacta como para que no se escapara ningún niño. Hasta el día anterior todavía habría protestado ante la idea de organizar un orfanato del que, antes que nada, no pudieran huir los niños. Sin embargo, ahora pensaba que al menos sus pupilos mayores podrían intentar volver con sus tribus. Eso sería inútil, pues todos los niños procedían de *marae* insurrectos a los que se les había arrebatado las tierras. Franz no quería ni imaginar lo que podría sucederles vagando solos y amedrentados a través de un territorio rival. Más valía obligarles a quedarse ahí al principio.

La distribución de las casas le recordó la misión de Opotiki. Solo faltaba una iglesia en el centro del poblado. Los alojamientos no resultaban tan desagradables como cuarteles. Gran parte de las casas todavía eran habitables, bastaría con hacer un par de mejoras. El mismo Franz podría realizarlas fácilmente con ayuda de los chicos mayores si lograba entenderse con ellos. Era evidente que el idioma era el problema mayor y por la mañana él ya había intentado encontrar un intérprete. Por desgracia, la señora Bates tenía razón. Los maoríes que habían acudido al servicio matutino habían respondido con una negación a su primera pregunta. En la ciudad no había nadie que fuera a trabajar de intérprete para Franz. Eso podía deberse en parte a las enemistades entre las tribus y en parte a que los misioneros cristianos habían puesto mucho empeño en enseñar inglés a los miembros de su congregación. Los maoríes, en su mayoría ancianos e indigentes, no se atrevían a dar a conocer su lengua.

—¡Esos son niños hauhau! —declaró una con la que Franz habló maorí en la tienda de ultramarinos durante una segunda ronda—. No queremos saber nada de ellos. ¡Luego matan a un misionero o lo que sea y nos culpan a nosotros!

Al parecer habían corrido rumores sobre el destino de los te whakatohea.

Desanimado, Franz siguió buscando hasta que uno de los tres pubs que Otaki tenía que ofrecer atrajo su atención. Por supuesto, el reverendo siempre intentaba evitar las tabernas. Si bien últimamente dudaba sobre los principios de su religión, toda su vida le habían dicho que el disfrute del alcohol era una de las mayores tentaciones del demonio. Hasta entonces nunca había tomado ni un trago y para él un pub no era otra cosa que un semillero del vicio, la puerta de la perdición. Sin embargo, no pudo pasar de largo. Delante de la puerta había una pelea entre el dueño del Blue Horse y un cliente indeseado.

—¡Lárgate de una vez, Kahotu, no tengo aguardiente para ti! Mira, ¡ahí puedes leerlo! —El patrón, un irlandés bajo pero nervudo, señaló un cartel junto a la puerta del local: «No se sirve alcohol a maoríes.»

—A mí no me afecta —respondió el hombre de piel oscura y recia osamenta que al parecer quería entrar—. No soy maorí de verdad. Puede que me corra alguna gota de sangre maorí por parte de mi madre, pero...

—¡La gota asoma por todos los poros de tu piel! —se burló el patrón—. Pero aunque fueras blanco, aquí no te daríamos nada. Sobre todo porque no puedes pagar. ¡Tienes una cuenta pendiente!

Así que la decisión de no volver a servir a Kahotu era nueva.

—¡Venga, Stan! La semana pasada pagué la cerveza —rogó Kahotu.

Franz observó su rostro. Hinchado y con la nariz enrojecida, lo que delataba que era un bebedor habitual. Y seguro que no era blanco, probablemente mitad indígena.

—Te la pagó Harold por la traducción sobre los efectos de su medicina milagrosa —le reprochó el patrón—. Un día se arrepentirá de tomarles el pelo a los maoríes. A los pueblos *pakeha* ya no se atreve a volver.

—Tan malo no es —defendió Kahotu al vendedor ambulante—. A lo mejor no acaba con las enfermedades, pero consigue que las olvides un par de horas.

—Y además provoca dolores de cabeza. Míralo así, Kahotu: te los ahorrarás el día de mañana si te dedicas a otra cosa que no sea emborracharte.

Kahotu frunció el ceño. Franz se percató de que no iba tatuado. Llevaba unos sucios pantalones de montar y una camisa a cuadros debajo de una chaqueta de piel usada. Las botas estaban desgastadas y las suelas tenían agujeros. Era probable que viviera en la calle.

—No se me ocurre nada razonable —murmuró, y se dio media vuelta para marcharse al siguiente pub.

Franz necesitó unos segundos para superar su aversión. Sin embargo, siguió al hombre y por primera vez en su vida entró en una taberna.

—¿Señor Kahotu? —Franz se dirigió al medio maorí antes de que el patrón pudiese echarlo—. ¿Podría... bueno, aceptaría que yo... en fin... que le invitase a un trago?

El viejo bebedor lo miró unos segundos y esbozó una sonrisa burlona.

—¿Un reverendo por el mal camino? —preguntó, mirando el alzacuellos de Franz—. ¿O ahora predican en los pubs? Bah, a mí qué me importa, hasta del demonio aceptaría un vaso de whisky. A fin de cuentas, también es obra de Dios; eso dicen los irlandeses al menos. «Whisky» significa «agua de vida». ¿Lo sabía? —Kahotu se dirigió hacia la barra.

Franz ni lo sabía ni se lo creía, pero reprimió el impulso de persignarse. Acababa de decidirse a tratar a ese hombre como si el cielo se lo hubiese enviado. No podía amonestarlo de inmediato por pronunciar el nombre de Dios en vano.

—Acabo de oír por casualidad una conversación con... esto... el señor Stan —empezó sus negociaciones, e hizo un gesto de rechazo cuando el patrón depositó dos vasos de whisky sobre la barra—. Para mí solo agua, por favor.

El patrón movió la cabeza.

—Aquí solo hay agua para los caballos. Fuera en el bebedero, no cuesta nada. Para los hombres hay whisky o cerveza.

—¡Las dos, Jim! —ordenó Kahotu.

En la barra aparecieron dos vasos de cerveza.

—¿Y bien? —preguntó Kahotu.

—Creo poder concluir de dicha conversación que conoce usted la lengua de los maoríes. ¿Es correcto?

Kahotu miró con recelo el local y no encontró ningún cartel que prohibiera la entrada a los nativos.

—Pues sí, reverendo. Mi madre era maorí. Ya se me nota. —Hizo una mueca—. Crecí en un *marae*, más tarde en una misión. Todavía con el reverendo Williams; ese quería redimirnos a todos. Pero no funcionó. Al menos en mi caso. Y en el de otros, si me paro a mirar a ese Haumene...

—¿Y traduce usted? —interrumpió Franz.

Kahotu se encogió de hombros.

—Si lo que pretende es traducir la Biblia, es cosa hecha. Debería saberlo. ¿O es que no es usted misionero? Aunque se diría que llega demasiado tarde. Aquí la misión está cerrada, ¿sabe? —Soltó una sonora carcajada riendo de su propio chiste.

—Señor Kahotu, soy de Mecklemburgo. La puntualidad forma parte de nuestra naturaleza alemana —aseguró Franz sin pizca de humor—. Y la fiabilidad. Atributo que también apreciaría mucho si aceptara usted trabajar para mí.

Kahotu se tragó el whisky.

—¿Qué puedo hacer por usted? —preguntó con una sonrisa.

Franz se lo dijo.

—Si acepta, le podría facilitar un alojamiento en el orfanato

—concluyó—. Lo necesitaré cada día, y usted podría colaborar también de otros modos. Hay que restaurar las casas, cocinar y lavar para los niños. Se da la circunstancia de que por el momento no he encontrado a ninguna mujer que me ayude. La gente no quiere saber nada de los niños maoríes. Espero que no sea su caso.

Kahotu se tocó la frente y se acabó también la cerveza.

—Yo no temo a los hauhau. Y desde luego no a esos tan pequeños. Y lo que la gente del pueblo piense me importa un rábano. Pero voy a poner mis condiciones, reverendo: no pienso rezar con usted y no voy a convertirme en abstemio. Quiero una botella de whisky al día...

—¿Toda una botella?

—Es barato —terció el patrón—. Le haré descuento por la cantidad.

—Pero... pero ¿no estará usted todo el día borracho? —preguntó Franz con escepticismo.

Kahotu negó con la cabeza.

—Qué va. Cuando anochezca. Para entonces los críos ya estarán en la cama. Y hágame caso, borracho es como soy más tratable. Solo me pongo de mal humor cuando se me acaba el agua de vida. Así que... ¿acepta mis condiciones?

Franz suspiró y pensó en rezar allí mismo una oración de penitencia.

—No me queda otro remedio... —murmuró.

Kahotu le dio una palmada en el hombro.

—Lo toma tal cual es, eso me gusta. ¡Brindemos por una colaboración provechosa!

—No bebo.

Kahotu sonrió.

—Y yo no rezo... Pero va a hacerme traducir varias oraciones en el futuro, ¿verdad? Pues hagamos un trato: ¡usted se bebe un whisky cada vez que yo recite una oración! —Levantó el vaso que el patrón había vuelto a llenar.

Franz cogió el suyo de mal grado. Tal vez fuera ese el primer paso para comprar un alma para Dios. Se tragó el aguardiente y se asombró del agradable calor que se extendió por su estómago.

—¡Muy bien, reverendo! —lo elogió Kahotu—. Vayámonos ahora a su *pa*. ¿O vamos primero a donde los niños? ¿Quiere empezar a predicarles hoy mismo?

La verdad, Franz todavía no había pensado exactamente qué iba a decirles a los pequeños. Así que primero condujo a su nuevo colaborador al *pa* y le mostró los recintos. Kahotu se rio de que Franz temiese que los niños pudieran escaparse.

—Los maoríes nunca encierran a sus prisioneros de guerra —le explicó—. Esos no pueden volver a su tribu. Al dejarse capturar pierden su *mana*. La tribu no volvería a aceptarlos.

—Pero estos no son más que niños —objetó Franz horrorizado—. Huérfanos.

Kahotu negó con la cabeza.

—De huérfanos no tienen nada. Los raptaron. Como medida de castigo o por otras razones. Podemos preguntarles a los mayores. No me extrañaría que tuviera usted un par de pequeños príncipes y princesas entre sus protegidos.

Las suposiciones de Kahotu no resultaron del todo erradas. Cuando por fin alguien que entendía su lengua los escuchó, dos muchachos dejaron que su historia fluyera a borbotones. Los dos eran hijos de jefes tribales y pertenecían a dos tribus que se odiaban a muerte. Antes de la guerra, sus padres habían luchado uno contra el otro, y nunca habían sido seguidores de Te Ua Haumene.

—Entonces, ¿por qué han castigado a las tribus? —preguntó Franz sin entender.

Kahotu rio con amargura.

—Yo diría que porque el gobernador codiciaba sus tierras. Esa pequeña, Paimarama... —señaló a la niña más joven, la que se había presentado tímidamente como Pai— también es hija de un jefe tribal y en su tribu era algo así como *tapu* que la tocasen. Por eso se la ve tan desastrada. Nadie toca a estos niños antes de que ellos mismos puedan peinarse. Seguramente por eso ninguna de las niñas mayores la ayuda. Debería ser alimentada con el cuerno. Cuando toca la comida, los alimentos se convierten en *tapu*. Por eso Pai siempre es la última en recibir algo que comer. A Ahuru... —Kahotu señaló a uno de los hijos de jefe— le da pena, pero tampoco quiere contravenir ningún *tapu*. Los demás tampoco.

Franz se frotó las sienes.

—¿De dónde vienen?

Kahotu entabló un par de conversaciones más y le presentó a Franz a otro joven de unos diez años y a una niña de la misma edad.

—Hani y Aku son huérfanos —explicó—. Mataron a sus padres cuando se opusieron a que los desterraran de sus poblados. Están muy asustados, creen que también van a matarlos a ellos. En lo que respecta a los demás, a las tribus les arrebataron los niños como medida de seguridad. Para que estos no se unieran, los enviaron a distintos orfanatos y misiones. Todos pertenecen a tribus diversas, algunas de la cuales se odian mutuamente. No va a ser fácil, reverendo.

Franz hizo un gesto compungido. Luego se volvió a los niños.

—Mi nombre es Franz Lange, reverendo Lange. Me han enviado aquí para... —Tragó saliva. Los niños ignoraban lo que era un orfanato, una escuela, y también estaba claro que no querían que los civilizaran. Franz volvió a empezar—. Soy el reverendo Lange. Vengo de Mecklemburgo, que está muy lejos, al otro lado del mar. El barco en el que llegué a Aotearoa se llamaba *Sankt Pauli*. Pero para nosotros los *pakeha* esto no es tan importante. Algunos veníamos de Inglaterra, otros de Escocia e Irlanda. Pero aquí formamos una tribu. Y me han enviado para que haga con vosotros una tribu.

Los pequeños protestaron cuando Kahotu tradujo. Ahuru se negaba a pertenecer a la misma tribu que Aika. Dos chicas también protestaron. Surgió varias veces la palabra *tapu*.

—De acuerdo, es posible que no todos queráis —prosiguió

Franz—, pero no puede ser de otro modo. No podéis volver con vuestras tribus. Ya no os aceptarían, habéis perdido vuestro *mana*. ¡Pero yo os daré un nuevo *mana*! Os haré fuertes a través del amor de Dios. ¡Os traigo un nuevo Dios! Ya no habéis de tener más miedo a romper los *tapu*. —Franz se dirigió haciendo una demostración a la pequeña Pai y la cogió en brazos—. ¿Lo veis? No pasa nada. Al contrario, mi Dios dice: dejad que los niños se acerquen a mí porque suyo es el reino de los cielos.

Aika intervino y Kahotu sonrió irónico.

—¿Es por eso que nos habéis raptado? —tradujo—. ¿Para que os llevemos el cielo?

Franz suspiró.

—Lo que os ocurrió fue una injusticia —dijo—. Pero puede que tenga también su parte buena. Si aprendéis a convivir en paz los unos con los otros, esto no solo será grato a Dios, sino que también ayudará a vuestro pueblo. Mi Dios también quiere que todos los maoríes estén unidos, igual que los *pakeha* de Aotearoa se han convertido en un solo pueblo. Dios dice: «¡Os tomaré como mi pueblo!»

—Esto —observó Kahotu— es lo mismo que dice Te Ua Haumene. ¿Debo traducirlo?

—Es lo que está en la Biblia —respondió desconcertado Franz—. ¡Por todos los santos, Kahotu, qué otra cosa he de decirles a estos niños!

Kahotu se encogió de hombros y se volvió hacia los pequeños.

—Chicos y chicas, podríamos hablar y discutir durante mucho tiempo. Pero con eso no vais a comer vosotros ni a mí me darán nada de beber. Así que empecemos de nuevo. El reverendo y yo buscaremos una canoa. Con ella viajaremos juntos río arriba a nuestro *marae*. Y así todos podréis decir que... —Kahotu miró a Franz—. ¿Cómo quiere llamar al bote, reverendo? A ser posible que no sea Virgen María.

Franz casi se echó a reír. Carraspeó y dio el primer nombre que se le ocurrió.

—*Linda.*

—Bien. Bonito nombre. Inmaculado podría decirse. —Kahotu hizo una mueca y una vez más habló en maorí con los niños—. Todos podréis decir que habéis llegado con el *Linda* a vuestra peculiar parte de Aotearoa. Así que, ¿quién sabe remar?

Franz tardó un poco en encontrar un bote de remos para doce personas. Kahotu consiguió convencer a todos los niños de que subieran a él. Los mayores, Ahuru y Aika, procedían de tribus que vivían en las montañas. Solo conocían las canoas de las leyendas de sus antepasados. Tenían tantas ganas de remar que de pronto no les importaba quién arrojaba la sombra sobre quién. Pai chapoteaba feliz en el agua salpicando a los demás.

—Ahora también necesitamos un *haka* —observó Kahotu—. Una canción para la tribu.

Franz reflexionó brevemente y entonó vacilante *Michael Row the Boat Ashore*. Había aprendido el *spiritual* en Opotiki. Un misionero americano que estaba hospedado allí se lo había cantado a los niños.

Para cuando llegaron al *pa*, todos los niños conocían la palabra aleluya. La gritaron complacidos mientras Kahotu les ayudaba a encender fuego. Franz encontró que ese también era un buen comienzo para propagar la palabra de Dios, y lo primero que levantó fue una gran cruz ante la cual construyó un altar.

—¡Aleluya! —gritaron los niños cuando él se puso delante para darles la bienvenida al *pa*.

Dos horas más tarde, todos disfrutaban del pescado y los boniatos, tal como estaban acostumbrados en sus tribus. Kahotu y los niños mayores habían pescado los peces, mientras que las niñas de más edad habían rebuscado en los viejos campos de cultivo del *pa* y, efectivamente, removiendo la tierra habían encontrado un par de *kumara* de la cosecha de invierno. Franz cuidó de que nadie se quedara sin comer lo suficiente y se alegró cuando una de las niñas mayores se ocupó de la pequeña Pai.

—¡Aleluya! —dijo la pequeña cuando él la elogió por lo que hacía.

De golpe, a los niños pareció gustarles eso de ir infringiendo *tapu*. Y Kahotu se sentó con Franz al lado de la hoguera, mientras bebía complacido una botella de whisky ya medio vacía.

—¡Y usted también se bebe un trago! —le ordenó a Franz—. Tenemos que celebrar.

—¿Y la oración? ¿Va usted también a rezar una oración?

Kahotu se echó a reír.

—Le puedo traducir al maorí *Michael Row the Boat Ashore*. Pero tenga cuidado. Los niños tienen ahora un nuevo grito de guerra, el arcángel Miguel también está metido en este asunto y eso —señaló la cruz que se erigía en medio del campamento— recuerda a un *niu*. Como ahora le dé a usted por tener visiones, ¡yo me largo!

TANE

Christchurch (Isla Sur)
Río Patea, Waikoukou (Isla Norte)

1865-1866

1

A Linda siempre le había gustado Christchurch, pero ahora empezaba a conocer el lado oscuro de la ciudad. Fitz no tenía dinero ni para una mísera pensión, así que seguían durmiendo en el carro. La joven se moría de frío. En invierno, incluso en las Llanuras hacía demasiado frío para buscar cobijo en un lugar tan precario. Además, nadie quería tener a los Fitzpatrick al lado de su granja o de su casa. Ofrecían un aspecto andrajoso y deplorable después de pasar varias semanas viajando. A nadie le gustaban los nómadas. Linda se quedó horrorizada la primera vez que los llamaron peyorativamente «gitanos», aunque había que reconocer que eso había sido después de que pillaran a Fitz robando una gallina. Este había conseguido a duras penas escapar del furibundo granjero.

El único lugar de Christchurch donde se toleraba su presencia era cerca del matadero, en las afueras de la ciudad. Slaughterhouse Road bajaba hacia el Avon, donde instalaron el carro cerca del río y algo protegido en un bosquecillo.

—¡A que se está bien aquí! —afirmó Fitz al llegar. Los árboles ocultaban solo los recintos del matadero, pero hasta ellos llegaban los berridos de los animales y el olor a sangre y desolladero. Estos perseguían a Linda hasta en sueños.

Por añadidura, el entorno ofrecía refugio a otros sujetos indeseados en la ciudad. Las putas se vendían en las esquinas, entre el casco urbano y el matadero. Maleantes y vagabundos que se dedicaban a sus asuntos durante la mañana y la tarde en la ciudad, se envolvían en sus mantas por las noches al cobijo de los edificios. Nadie los echaba de allí. Los carniceros y otros trabajadores del desolladero se retiraban en cuanto acababa su turno. Entonces reinaba el silencio, salvo por el quejumbroso gimoteo de *Amy*. La perra parecía entristecerse por los animales sacrificados durante el día.

Naturalmente, el bosquecillo tampoco resguardaba el campamento de Linda del frío, la lluvia y el viento. Siempre estaba congelada y tras un par de días habría preferido Arthur's Pass que ese entorno. Al menos en las montañas el frío sería seco y seguro que el aire no apestaba. Sin embargo, el camino por los Alpes Meridionales era intransitable. En aquellas condiciones climáticas, como les habían indicado cuando habían ido a comprar mapas, intentar cruzar el paso de montaña equivalía a un suicidio. Además de que sería imposible hacerlo. Ahí arriba la nieve alcanzaba metros de altura. Ni siquiera encontrarían el camino, así que todavía menos podrían transitarlo.

Fitz escapaba siempre que podía de esa triste existencia refugiándose en los pubs. Afirmaba que la única posibilidad de ganar dinero era jugando. En invierno apenas había trabajos temporales en las granjas o en los talleres de oficio. Cuando a pesar de todo Linda ponía objeciones, él la consolaba con la perspectiva de invertir el dinero que ganase de ese modo en billetes a la Isla Norte. «Probemos suerte en Wellington, también en invierno podremos llegar hasta allí», había dicho un día.

Linda trataba de no pensar en los riesgos que Fitz tenía que correr en la mesa de juego. La travesía en barco no era barata, sobre todo cuando se zarpaba en Lyttelton. El camino más corto transcurría por Blenheim, pero la ciudad estaba a casi trescientos kilómetros de distancia. Deberían recorrer la carretera de la costa y luego pasar en barco a la Isla Norte. Linda no estaba segura de si realmente quería ir a Wellington. El ansiado encuentro con su familia no le quedaba cerca, tenían que cruzar la Isla Norte de sur a norte. En el distrito de Taranaki y en Waikato volvía a haber conflictos con los maoríes. Atravesar esa zona sería arriesgado. Para ella, lo preferible habría sido coger un barco directo a Northland, pero no se hacía ilusiones. Imposible pagar el pasaje para dos personas, un carro entoldado, un caballo y un perro.

Pese a todos los inconvenientes, la joven intentaba conservar el optimismo, aunque apenas conseguía que Fitz no notara su decepción y rabia. Cuando él estaba fuera jugando, se quedaba media noche con *Amy* en brazos, temblando de frío y miedo. La perra siempre ladraba, pero Linda sabía que una perra pastora no iba a amedrentar a ninguno de los oscuros personajes de ese barrio. Así que con una mano impedía que *Amy* ladrara y con la otra empuñaba un cuchillo. Si alguien la atacaba, aprovecharía el factor sorpresa y se defendería.

Aunque de hecho no parecía correr peligro. Era evidente que había una especie de pacto de honor entre malhechores, y las putas y ladrones consideraban a los Fitzpatrick como sus iguales. Fitz tampoco veía ninguna razón para mantenerse alejado de ellos. Al contrario, se entendía estupendamente con sus vecinos. No lograba comprender los temores de Linda. Cuando regresaba a altas horas de la noche y mostraba complacido los cinco chelines ganados en el juego, después de haber gastado al menos otros diez en emborracharse, Linda solía descargar su alivio lanzándole reproches. Fitz se enfadaba porque ella insistía en guardar a *Brianna* en un establo de alquiler barato. El joven afirmaba que era derrochar el dinero. Linda daba como argumento que el caballo era valioso y que lo robarían en el distrito del matadero.

—Y posiblemente lo maten aquí mismo —decía con amargura.

Para pagar el alquiler de *Brianna* empeñó el único objeto de valor que aún poseía: el medallón de su madre.

—¡Lo volveré a recoger! —aseguró al prestamista, y en cuanto Fitz ganaba algo volvía a desempeñar la joya por un par de días.

Lo más inteligente habría sido vender a *Brianna*, pero Linda se negaba. Sin caballo nunca saldrían de la miseria. Su única posibilidad de conseguirlo era el carro y, si no quedaba otro remedio, la costa Oeste.

Sin embargo, cuando la primavera desterró de una vez por todas al invierno y Linda ya se había hecho a la idea de emprender pronto la travesía del Arthur's Pass, Fitz apareció con esa sonrisa de superioridad tan familiar para ella. No fue a media noche, sino a primeras horas de la tarde.

—¡Linda, ha ocurrido una cosa! —anunció con tono triunfal—. Como yo te había dicho... ¡Una de cal y otra de arena!

—¿Qué sucede? —preguntó ella impaciente.

Había pasado todo el día recogiendo leña. Ya hacía mucho tiempo que no podían permitirse comprarla. Así que había remontado el Avon y caminado por los prados donde en tiempos felices habían celebrado comidas campestres y contemplado las regatas. Junto al río, fuera de la ciudad, crecían *raupo* y *rata*, y siempre había zonas boscosas con hayas del sur y árboles *kanuka*. Linda deambulaba por ellas varias veces a la semana en busca de ramas rotas, pero había solo unas pocas después del largo invierno. El escaso resultado casi nunca alcanzaba para encender un fuego que ardiera de verdad. La madera estaba casi siempre húmeda. Linda conseguía por la tarde unas brasas para asar un par de patatas o de *kumara* y calentarse un poco las manos al menos. Fitz habría podido reunir mucha más leña, pero solía «olvidarse».

—¿Te gustaría volver a tener una granja, Lindie? Con ovejas para esta pequeñita... —Acarició a *Amy,* que saltaba a su alrededor—. Y una bonita casa para ti...

Fitz iba a abrazar a Linda y hacerla girar por los aires, pero ella se desprendió de él.

—No te burles de mí —dijo con sequedad—. Sabes perfectamente que no podemos comprarnos ninguna granja. ¿O es que esta vez has ganado mil libras?

Sabía que era imposible. Para ganar una suma así había que jugar tal vez en las salas de caballeros de la Unión de Criadores de Ovejas, pero seguro que no apostando en los pubs del virtuoso Christchurch.

Fitz pareció ofendido.

—¡Nunca estás contenta! —gruñó—. Pero esta es una gran oportunidad. Lindie, ¡voy a alistarme! Como *military settler*. Se hace una breve formación en un lugar de Wellington, los pasajes del barco los paga el ejército. Y luego nos dan tierras en Taranaki. Veinte hectáreas como mínimo. Todavía más si consigo llegar a cabo o sargento. Esta tarde hay un acto informativo en el White Hart. También para mujeres, se espera que ellas también tengan espíritu pionero. Que tú sí tienes, ¿verdad, Lindie?

Ella se lo pensó. Recordó que Bill Paxton había estado viajando para promocionar el programa del Military Settlement. Bill era un hombre honrado. Debía de haber estado conforme con ello, aunque Cat y Chris habían expresado sus dudas.

«¿Cómo debe interpretarse esto? —La voz de Cat resonó en la cabeza de Linda—. ¿Tienen primero que conquistar la tierra los mismos interesados?»

—¿No se trata de tierras que se han arrebatado con violencia a los maoríes? —preguntó Linda preocupada—. Podría ser peligroso que volvieran.

Fitz la tranquilizó con un gesto.

—Lindie, cariño, no nos colocan allí solos en un bosque oscuro. Cada asentamiento incluye al menos cien granjas. Y todos los hombres están bien instruidos y armados. No hay un guerrero hauhau que se atreva a asomarse por ahí.

—Se supone que los hauhau son bastante intrépidos —objetó Linda—. No... no bastará con contarles una historia en caso de duda.

Fitz solía confiar en su talento como orador para salir de situaciones complicadas. Por lo que Linda sabía, nunca había tenido un arma. Ni siquiera para disparar a conejos o pájaros.

—Así que, cariño, te prometo que nunca verás a un guerrero hauhau. —Fitz rio—. Entonces, ¿te vienes conmigo y atiendes a lo que va a contar el capitán que se encarga de reclutar o prefieres ir a la costa Oeste? Acabo de hablar con alguna gente interesada en los asentamientos. Un par estuvo en la costa Oeste. Dicen que los yacimientos de oro no son tan productivos como los de Otago.

Cariño, con un poco de mala suerte llegamos allí y nos hemos quedado otra vez sin oro.

El día anterior había dicho lo contrario. Una persona había contado a Fitz algo sobre playas doradas. Pero Linda no se lo recordaría ahora. El viento volvía a llevarle el hedor del matadero, la lluvia empezaba a caer de nuevo y apagaba el escaso fuego. Linda cogió uno de sus últimos chales, todavía no se había hecho jirones del todo, para colocarlo sobre su desgastado abrigo. Quería causar buena impresión. Con todas las reservas, prefería la aventura del Military Settlement a la de la costa Oeste. Cualquier cosa que pudiera imaginarse sería mejor que lo que tenía ahora...

—Nuestra oferta va dirigida a todos los hombres menores de cuarenta años, con buena salud, de buen carácter y aptos para el servicio militar. Los interesados pasarán una prueba más en Christchurch. Quien la supere obtendrá un pasaje para la Isla Norte, con su familia, claro está. Allí se les agrupará por compañías al mando de un capitán al que están destinados seis suboficiales, cinco cabos y cien soldados rasos. Se les suministrará alojamiento, alimentación y una formación militar básica. Después se les repartirán tierras. Cada compañía formará un asentamiento. Así pues, a los miembros de la compañía se les distribuirán terrenos contiguos, de entre veinte y ciento cincuenta hectáreas según su rango militar.

El capitán, un joven delgado, rubio y de ojos azules, se había plantado delante del lastimero grupo de interesados en tierras. Estaba erguido ante unos cincuenta hombres. Las pocas mujeres e hijos presentes se veían consumidos, desnutridos y castigados por la vida. Las familias eran en gran parte de inmigrantes que habían acudido a Nueva Zelanda como consecuencia de la fiebre del oro. Tal vez habían querido comprar tierras y los habían timado. En cualquier caso, habían fracasado y se les notaba. Daban la impresión de haber perdido los ánimos y de ser infelices. Pese a ello, los hombres en general parecían cumplir con las condiciones del ejército. Se diría que estaban acostumbrados al trabajo físico. Algunos seguramente ya tenían a sus espaldas varias temporadas en distintos yacimientos de oro. Uno llevaba un fusil y los otros también se veían capacitados para la guerra. A la mayoría de ellos, Linda no hubiera querido encontrárselos de noche.

—Durante la fase de construcción de sus granjas, el gobernador los subvencionará con generosidad —prosiguió el capitán—. Todo el primer año obtendrán ustedes pensión completa y la paga íntegra, y proseguirán con la instrucción militar. Serán miembros del ejército, así que se podrá recurrir a ustedes para que participen en expediciones militares, de castigo y tareas de vigilancia en el marco de la defensa del territorio. Aunque no pasarán más de cuatro semanas al año fuera de su asentamiento. En caso de que sea necesaria tal actuación externa, se les pagará el sueldo completo. Por lo demás, sus deberes para con la Corona finalizarán a los tres años, entonces las tierras pasarán a ser definitivamente de su propiedad. Tendrán total capacidad para disponer de ellas. ¿Alguna pregunta?

Linda pidió la palabra.

—¿Qué sucede si matan a un *military settler*? —preguntó. Ya había tenido una mala experiencia una vez, no quería perder una segunda granja.

Mientras el capitán le aseguraba con voz calmada que, naturalmente, la tierra pasaba a ser propiedad de la viuda, Fitz la miró de un modo que ella nunca había percibido en él. Linda no sabía cómo calificarlo. ¿Decepcionado? ¿Molesto? ¿Indignado? ¿Alerta?

—¿Es peligroso? —preguntó otra mujer.

El capitán se encogió de hombros.

—El gobierno se esfuerza para que el territorio sea seguro para los colonos, esa es la razón de que se luche con tanta perseverancia contra las tribus rebeldes. Sin embargo, alguna vez los colonos se convierten en víctimas de asesinos y bandidos que merodean por ahí. Todos ustedes deben de haber oído hablar del movimiento hauhau, unos locos perniciosos que no conocen la piedad. En ningún lugar estarán más protegidos de ellos que en un asentamiento de miembros del ejército instruidos especialmente para proteger su nuevo hogar. Construiremos además instalaciones defensivas...

—¿Vamos a vivir en una fortaleza? —intervino vacilante Linda. El capitán rio.

—En cierto modo, señora. Al menos hasta haber acabado definitivamente con el peligro de los hauhau. No tardará mucho más. Háganme caso, el general Cameron y el general Chute tienen este asunto controlado. Y en toda la Isla Norte, nuestros valientes *military settlers* se encargan de que la alimaña, una vez derrotada, ¡no vuelva a levantar cabeza!

Un par de asistentes aplaudieron. Una señal para el capitán de que era innecesario seguir con las preguntas y respuestas. Hizo circular una lista de inscripción entre los interesados. Fitz miró un momento inquisitivo a Linda. Cuando ella asintió, escribió su nombre.

Después de la reunión muchos futuros *military settlers* se reunieron y discutieron sobre los asuntos acerca de lo que les habían informado. Casi todos los hombres se habían apuntado, salvo unos pocos que superaban el límite de edad. Sociable como era, Fitz pronto se hallaba en medio de un corro de colonos, reía e iba tomando whiskies. Linda no sabía qué hacer. Estaba hambrienta y cansada, pero no quería obligar a su marido a irse. Todavía recordaba la mirada que él le había lanzado cuando había planteado su pregunta y eso le daba que pensar. ¿Se había tomado Fitz a mal que ella se preocupase de su futuro si él moría? ¿O es que le había hecho recordar dolorosamente que era posible que no fuese inmortal? Linda temía un poco el camino de vuelta, los dos en el carro. Por fin alimentaba algo de esperanza y no deseaba que surgieran discrepancias entre ellos. Mientras charlaba con un par de futuras viajeras, pensaba en cómo podía justificarse. Estaba tensa y nerviosa cuando Fitz por fin estuvo listo para partir.

Él, por el contrario, parecía haberse olvidado del asunto. Estaba de un humor excelente y pasó alegre el brazo alrededor de los hombros de su esposa al marcharse. Un gesto indecoroso en público, pero Linda no se quejó. Paciente y cada vez más relajada, escuchó con atención sus eufóricas ideas sobre la maravillosa vida que había planeado llevar en la Isla Norte.

—Allí los inviernos son más suaves, Lindie. No hace tanta humedad como aquí, ya verás, te gustará más que las Llanuras. Y los vecinos no serán tan arrogantes y antipáticos como los Butler y los Redwood.

Linda arrugó la frente. ¿Arrogantes y antipáticos? De acuerdo, Deborah Butler era especial, pero los Redwood eran gente servicial y accesible. ¿Por qué entonces los rechazaba Fitz? ¿Acaso habría tenido un nuevo altercado con Joseph o uno de sus hermanos en Christchurch? Luego se preguntó cómo serían sus nuevos vecinos. Los asistentes a la reunión de ese día no le habían gustado especialmente. Parecían más unos aventureros que personas modestas y diligentes dispuestas a conquistar nuevos territorios con el rastrillo y el arado.

Fitz, en cambio, no tenía la menor duda. Hacía meses que no estaba de tan buen humor e insistió en cruzar con ella en brazos el «umbral» del carro en cuanto dejaron el matadero a sus espaldas. Esa noche el viento traía un aire más fresco desde el río y con mucha buena voluntad se intuía un perfume de verano. Linda casi podía imaginar estar acampados en algún lugar en plena naturaleza.

—Lindie, hoy... —dijo él con seriedad, depositándola sobre los sacos de paja cubiertos con mantas que protegían un poco su lecho del frío que subía de abajo— ¡empieza una nueva vida! Lástima que no tengamos champán para celebrarlo.

Ella le sonrió cansada.

—Tendría suficiente con que no hiciera tanto frío —dijo.

Fitz esbozó su irresistible sonrisa.

—¡Te calentaré en un momento! —dijo, y echó una manta sobre los dos y empezó a desvestir a su esposa.

Linda protestó. Lo único que deseaba era arrebujarse entre su marido y *Amy* para entrar en calor tanto como fuera posible y poder así tal vez dormir. No le apetecía hacer el amor, pero Fitz empezó a excitarla. No deprisa y fugazmente como de costumbre, sino dulcemente y... de otro modo. Cubrió con besos su cuerpo, la acarició, y de repente ella sintió por primera vez algo duro, palpitante, entre las piernas de él.

—¿A que nunca te habías imaginado, baronesita mía, que te iba a construir una granja, eh? —susurró y se enderezó sobre ella—. Dilo, di que nunca te lo habías imaginado...

Linda estaba desconcertada ante esas palabras de amor, pero ya estaba despierta y... excitada. Estaba húmeda, lo esperaba...

—¡Dilo!

Linda se irguió contra él.

—Nunca lo habría imaginado —susurró—. Nunca habría osado imaginarlo...

—¡Y a pesar de todo lo he conseguido! —exclamó jubiloso Fitz—. ¡Lo he conseguido!

Se tendió sobre ella y por fin la penetró. Linda lo aceptó feliz y expectante. No la decepcionó. La sensación cuando él se movía en su interior era única. Gimió y se arqueó bajo su peso para sentirlo todavía más profundamente, no quería separarse nunca más de él. En un momento dado, todo estalló en un delirio de liberación, en una pequeña muerte. Era como si un nuevo mundo se abriera ante ella, como si algo se hubiera desatado en su interior y ascendiera hacia un mar de estrellas.

—Fitz... —susurró y lo abrazó cuando sintió su cálido esperma—. Fitz, yo...

—Dilo... —murmuró él a su oído.

—Nunca... nunca me había imaginado que fuera tan bonito... Tan maravilloso, Fitz... —Lo besó.

—¡Di que lo he conseguido!

Ella sintió que las estrellas se precipitaban al suelo. La maravillosa y resplandeciente sensación de plenitud cedió paso al viejo desconcierto. ¿Acaso ella no lo había hecho feliz a él? ¿Había sido eso un acto de amor o un acto de triunfo, de sometimiento?

—Lo has... lo has conseguido —susurró con voz apagada.

2

Fitz conservó la euforia las siguientes semanas. Naturalmente, superó el examen de ingreso en el programa del Military Settlement. Estaba sano y era espabilado, así que triunfó de largo en lo que a reflejos, agilidad y destreza se refería. Además impresionó al capitán al conversar con él. Lo sedujo con su formación, sus modales y su encanto. Al final, el capitán dejó entrever una pronta promoción del rango de soldado raso al de cabo o sargento.

—¡Eso significa más tierra, cariño! —anunció encantado a Linda—. ¡A los cabos les dan veinticinco hectáreas, a los sargentos treinta y cinco!

A Linda le daba igual cuánta tierra tendrían para cultivar. Se alegraba por la pronta partida de Christchurch. Esta, sin embargo, se demoró. Primero tuvieron que pasar unos días hasta que todos los solicitantes se hubieron sometido a las pruebas y luego había que conseguir los pasajes del barco para ellos y sus familias. Todo ello se prolongó unas semanas que Linda vivió con el temor de que Fitz perdiera jugando la primera paga que le habían dado al alistarse. Necesitaban el dinero urgentemente para sacar a *Brianna* del establo de alquiler. Volvían a tener deudas, y Linda ni siquiera había podido rescatar su medallón. La paga de Fitz tenía que alcanzar para los dos, y en la nueva granja necesitarían al caballo más que nunca. Además, el ejército no vería con buenos ojos que sus miembros pasaran la noche desplumando a los habitantes de Christchurch. A saber si el capitán no anulaba el reclutamiento en caso de descubrir a Fitz en la mesa de juego. Este se enfadaba cuando ella se lo decía y, por supuesto, se marchaba al pub. La fabulosa noche de amor no volvió a repetirse. A veces, Linda creía que se lo había imaginado todo.

Pero al final salió todo bien. Como él nunca había puesto en duda, Fitz consiguió ganar suficiente e incluso le sobraba algo de dinero cuando Linda, aliviada, condujo a *Brianna* hacia Lyttelton Harbour. Llevaba el medallón en el cuello y bien escondido bajo el vestido y el chal. No pensaba ir luciéndolo. No confiaba en los nuevos compañeros de Fitz ni en sus esposas.

Al llegar a Lyttelton, Fitz pudo volver a ufanarse. El ejército pagaba los pasajes de Fitz y Linda, pero no el transporte del caballo y el carro.

—Si no hubiera tenido las ganancias del juego, Lindie, nos habríamos encontrado en una situación complicada.

Ella hizo un gesto de asentimiento, aunque estaba convencida de que el capitán les habría concedido un adelanto de la siguiente paga. El joven oficial estaba cautivado por *Brianna*. Elogiaba al animal y los arreos tan cuidados, y se mostraba muy atento con Linda. Esta conversó un poco con él y reforzó la estupenda impresión que Fitz le había causado.

—Es usted precisamente lo que deseamos para nuestro programa de asentamientos —confió a Linda—. Gente con espíritu pionero y con conocimientos tanto militares como agrícolas dispuesta a entregarse con todas sus fuerzas al cultivo de sus tierras.

Linda asintió amablemente y se preguntó de qué conocimientos militares estaría hablando. Fitz se lo explicó entre risas cuando le preguntó al respecto.

—Ah, le dije que fui cadete en la Royal Military Academy —contestó—. En Londres, Woolwich. Lamentablemente solo durante un año. Luego tuve que marcharme porque mi padre murió, un trágico destino. De lo contrario habría llegado a oficial.

La joven se llevó una mano a la cabeza.

—Fitz, si averigua...

Él la interrumpió con un gesto.

—A lo mejor es cierto, cariño. —Sonrió—. Y por otra parte, ¿no irás a creer que vayan a confirmarlo? ¿Por qué iban a hacerlo? Solo se lo he contado. Eso no influye para nada en que te acepten como *military settler*. Al menos, no de forma oficial.

El transporte militar que el capitán había organizado para los hombres los llevó directamente a Whanganui. La localidad disponía de un puerto bien construido. La travesía de varios días se convirtió en un tormento para Linda. Luchaba continuamente contra el mareo que, sin duda, le producía no solo el oleaje sino el trauma del hundimiento del *General Lee*. Ni siquiera en brazos de Fitz conseguía relajarse, y eso que la pareja dormía cómodamente en su carro, sujeto con firmeza a la cubierta. Los demás colonos se repartían los alojamientos comunes bajo cubierta. Durante los primeros días, Fitz se preocupó de calmar a su esposa, pero fue perdiendo la paciencia cuando ni siquiera sus cuidados la tranquilizaban. Bajo cubierta se reunían jugadores de póquer y blackjack, por lo que de noche, ya muy tarde, Fitz se acostaba junto a Linda en el saco de paja, oliendo a whisky. Ella escuchaba temblorosa y con el corazón palpitante sus ronquidos de satisfacción, mientras por su mente desfilaban imágenes horribles. El carro podía soltarse y caer por la borda. El barco podía partirse de un golpe y hundirse. Unas hordas enloquecidas de guerreros hauhau podían asaltar el barco en sus canoas. Linda apretaba contra sí a *Amy*, que lanzaba un gruñido de protesta, y la joven se sumergía en pesadillas de sangre y muerte.

La compañía de las demás esposas no la ayudaba a desprenderse de sus miedos, ni siquiera la distraía. Las pocas mujeres y niños que iban allí parecían indiferentes y apáticos; en parte eran tan buscavidas como sus maridos. Una de las viajeras, una pelirroja delgada llamada Mary, comerciaba con whisky. El capitán había puesto especial atención en que los hombres no llevaran alcohol a bordo. Pero no había controlado a las mujeres y niños. Mary apostaba el dinero obtenido con el whisky en la mesa de juego y corría el rumor de que vendía a sus hijas. Linda, en cualquier caso, no sintió ganas de entablar amistad con ninguna de ellas. Tampoco la ayudaba nadie cuando andaba tambaleándose a causa de la debilidad, corriendo el peligro de caerse por la borda porque tenía que vomitar por enésima vez. Esa no era una comunidad unida por los mismos propósitos como la de los colonos de Mecklemburgo en el viaje del *Sankt Pauli*, de quienes solía hablar con frecuencia Ida. Ahí cada uno iba a la suya.

Linda suspiró aliviada cuando el barco atracó por fin en Whanganui, un lugar que no le pareció amenazador. Claro que estaba marcado por la presencia del campamento de Cameron, pero también había maoríes que vivían pacíficamente con y de los soldados y colonos. Muchos se habían adaptado y realizaban tareas de apoyo, los hombres como guías o ayudantes en los establos; las mujeres en las cocinas del ejército. Otros vendían productos de la tierra o trabajaban en las granjas. A Linda le recordaban mucho a los ngai tahu, quienes enseguida se habían entendido con los *pakeha* en la Isla Sur.

Cuando les indicaron un alojamiento en la base militar, volvió a dormir tranquila y sin miedo por primera vez en semanas. La cabaña estaba ordenada, limpia y caldeada. Casi le pareció un lugar demasiado cómodo, y volvió a sentir preocupación y culpabilidad cuando Fitz le desveló sonriente que la había conseguido con sus triquiñuelas.

—El encargado de repartir los alojamientos pensó que era el nuevo médico. También se llama Fitzpatrick o Fitzgerald o algo así. Yo no protesté. —Hizo una mueca irónica.

—Pero Fitz... —Linda se mesó los cabellos. Era probable que Fitz no solo no hubiera protestado, sino que hasta hubiera dado un par de consejos médicos—. A más tardar se sabrá cuando llegue el nuevo médico.

Él hizo un gesto de indiferencia.

—Bah, cariño, para entonces es posible que ya llevemos tiempo en Patea. Dicen que nos instalaremos ahí, cerca de un río, a unos cincuenta kilómetros al noroeste de aquí. Y por lo demás, ¿a quién le importa? Amonestarán al aposentador, no a mí. Y a ti desde luego que no, querida. ¡Antes de que se enteren, todos se habrán enamorado de ti!

De hecho, los oficiales con que a la fuerza tenía que establecer contacto dada la cercanía de la cabaña con sus alojamientos, eran muy amables y educados con ella. Solo eran unos pocos, el campamento todavía no estaba lleno del todo. La mayor parte de los regimientos participaban en las campañas militares del general Cameron o del general Chute. Los demás se preparaban para nuevas intervenciones. Nadie hizo pesquisas acerca del hospedaje de Fitz y Linda hasta que no se formó el regimiento de Fitz.

Después de haber repartido uniformes y fusiles a los hombres, se los destinó a las órdenes de los comandantes. El sueño de Fitz de ser promovido a cabo o sargento antes del reparto de tierras se rompió ya al primer día con el mayor McDonnell.

Thomas McDonnell, nacido en Australia, no era mucho mayor que sus hombres, pero había llevado una vida muy agitada. Había llegado a una edad muy temprana con sus padres a Nueva Zelanda y había crecido en Northland, cerca de una tribu maorí. De ese modo, no solo había aprendido el idioma maorí, sino que se había formado una idea de su filosofía, estrategia y arte de la guerra. Se jactaba de saber manejar las armas tradicionales con más destreza que muchos jóvenes guerreros. En un momento dado, había regresado a Australia e intentado hacer fortuna en los yacimientos de oro. Trabajó después en Nueva Zelanda para el Land Purchase Department, no tardó en dejarlo y fundó una granja de ovejas en la bahía de Hawke. Luego había ejercido de intérprete autónomo entre *pakeha* y maoríes, hizo un intento más con el lavado de oro y por último ingresó en el ejército. Ahí tuvo realmente éxito, sobre todo en la dirección de las tropas de apoyo maoríes. Luchó en la costa Este y a continuación junto a Cameron.

Había tomado el mando del regimiento de los *military settlers* por propia voluntad. Estaba pensando en casarse y asentarse en la granja que le correspondía. McDonnell tenía reputación de luchador intrépido y despiadado, y de jefe severo.

Chocó con Fitz en cuanto sus hombres se formaron. Linda nunca supo qué había ocurrido exactamente, pero cuando Fitz regresó a la cabaña, estaba tan alterado como pocas veces lo había visto. Puso de vuelta y media al nuevo comandante.

—Se cree superior... No escucha... Y les tiene manía a los buscadores de oro...

Fitz criticaba rabioso a su superior y, por supuesto, al día siguiente su nombre no figuraba entre los recién nombrados cabos mencionados en un anuncio.

Para colmo, Linda y McDonnell tuvieron un desagradable encuentro cuando el mayor ocupó su propio alojamiento. Al parecer, el encargado de repartir los alojamientos no era demasiado eficiente; había cometido un error. Suponiendo que el comandante estaba casado, no le había dado vivienda en los aposentos de los oficiales, sino una cabaña. Casualmente, la contigua a la de Linda.

Ella acababa de hacer pan cuando se percató de que alguien se había instalado en la vivienda de al lado, así que le pareció un gesto amable recibir a su nuevo vecino con un pastel de carne de cordero y *kumara*. Se quitó el delantal, verificó rápidamente su cabello recogido en lo alto y llamó a la puerta vecina. Contaba con que le abriera otra mujer, a fin de cuentas las cabañas solían concederse a familias. No estaba preparada para encontrarse de frente con un hombre alto y fuerte, cuyo rostro oval estaba cubierto por una poblada barba. Su corazón se aceleró cuando reconoció al mayor McDonnell. Linda esperaba no haber cometido ningún error, pero ahora no podía dar marcha atrás.

—Una especialidad de mi casa —dijo amablemente, tendiendo al superior el molde—. Bienvenido al vecindario, al menos hasta que emprendamos el viaje. Hemos oído que también usted y su esposa se instalarán junto al río Patea.

El mayor frunció el ceño y no hizo gesto de coger el obsequio de bienvenida.

—¿Con quién tengo el placer? —preguntó con voz ronca—. Por lo que sé, ninguno de mis oficiales está casado.

—Oh... —Linda se dio cuenta de que había metido la pata—. Discúlpeme. Mi nombre es Linda Fitzpatrick. Mi marido sirve en su regimiento. Lamentablemente no es oficial, solo un *military settler*. Cómo lo llaman... ¿soldado raso?

Esbozó una sonrisa de disculpa. Debería haber recordado el rango, pero en las últimas semanas Fitz había hablado tanto de jerarquías, promociones y reparto de tierras que ella ya no le prestaba atención. Ya estaba más que contenta con las veinte hectáreas que les daban para la granja. Si tenía que trabajar allí sola con Fitz, al menos al principio sería suficiente. Más tarde tendrían la opción de comprar más tierras.

No estaba preparada para la contestación de McDonnell.

—¿Fitzpatrick? ¿El soldado Fitzpatrick? ¡Increíble! Ahora ese granuja va y me envía a su esposa para camelarme. ¡Lo que ya ha conseguido con el capitán Langdon y ese idiota encargado de asignar los alojamientos! Por quién se habrá hecho pasar este, ¿eh? Algo malo tiene que haber hecho para alojarse en las viviendas de oficiales cuando es un soldado raso. ¡Menudo desvergonzado!

Linda se sonrojó.

—Fitz no me ha enviado aquí —puntualizó—. Yo... yo solo quería ser amable. Y tampoco encuentro bien lo de la cabaña. Hubo un error y Fitz... en fin, no lo enmendó. Y en el fondo... en el fondo da igual. Me refiero... a que nosotros estemos aquí o a que la casa esté vacía.

El comandante resopló.

—No da igual —contestó—. Instalándose aquí, su marido ha obtenido ventajas ilícitamente. Es lo mismo que ha intentado hacer conmigo. Su experiencia militar, ¡no me haga reír! Si ni siquiera sabe desmontar un fusil. ¡Conocimientos de la lengua maorí!... ¡Ja! «Buenos días», sabe decir, y basta.

—Yo sí hablo maorí —repuso Linda intimidada—. A lo mejor se refería a que en caso de duda yo podía traducir.

McDonnell la fulminó con la mirada.

—He entendido perfectamente a qué se refería, señora mía. Al final se ha explicado en inglés y conoce la lengua. Demasiado bien, si quiere saber mi opinión. Sabe exactamente cómo utilizarla para aprovecharse de los demás. Pero si nos atacan los hauhau, señora Fitzpatrick, no voy a necesitar a alguien que se exprese bien, sino a alguien que dispare y dé en el blanco. Su marido todavía tiene que aprender precisamente eso. Y usted no le hace ningún favor intentando tentarme o seducirme o lo que sea que pensara usted hacer. ¡Que tenga un buen día, señora Fitzpatrick!

Y dicho esto, le cerró la puerta en las narices. La joven se quedó plantada. Se sentía ofendida y avergonzada, casi como si hubiera sido ella misma la que hubiese engañado y timado a los demás. Y se preguntaba cuánto de este desastre podía contarle a Fitz.

Al final, con el corazón palpitante, decidió utilizar la misma estrategia con que él solía contar sus descalabros. Se esforzó por describir entre risas el episodio, como si su encuentro con el mayor hubiese sido una broma.

—Espero... espero que ahora no nos echen... —concluyó titubeante—. A lo mejor deberíamos irnos por nuestra cuenta. Podemos dormir en el carro.

Fitz la miró iracundo.

—Echarnos, no nos van a echar —dijo—. No vale la pena. De todos modos, mañana nos vamos. A saber si McDonnell da parte. Por lo demás... por todos los santos, Linda, ¡me has fastidiado la vida en el regimiento! ¿Qué van a pensar? Mira que intentar seducir al comandante...

—¿Qué? —Ella se quedó patidifusa—. ¿No irás a creerte en serio que yo llevaba... segundas intenciones? Fitz, solo quería ser amable. No sabía que...

—Pues tendrías que haberlo averiguado antes de ir allí y estropeármelo todo. ¡Ya puedo olvidarme de que me promocionen!

Fitz, que ya se había desprendido de la chaqueta del uniforme, volvió a coger la gorra.

—¡Lo has hecho estupendamente, cariño! ¡Felicidades! —Y abandonó la cabaña.

Ella se quedó mirando la puerta con los ojos empañados e intentó luchar con el sentimiento de culpa y de torpeza que volvía a invadirla. Y, sin embargo, era Fitz quien con su fanfarronería la había llevado a esa lamentable situación.

Pensó en dar explicaciones. Pasó media noche eligiendo las palabras para hacerlo. A ser posible que no hubiera ninguna demasiado agresiva o amarga. No quería disgustar a Fitz, sobre todo para no provocar ninguna réplica que luego la dejara todavía más herida. Él se desenvolvía mucho mejor que ella con las palabras...

Inmersa en tales cavilaciones, se durmió. Al día siguiente se percató de que Fitz no se había acostado. Intranquila, empezó a empaquetar sus cosas. Él nunca había pasado toda una noche fuera de casa. ¿Dónde habría dormido? ¿Y de qué humor estaría ahora? ¿Cómo transcurriría el viaje?

Encontró a *Brianna* en el establo y el carro entoldado en la cochera. Un simpático mozo maorí la ayudó a sacar el carro y enganchar la yegua.

—El regimiento que va a Patea se reúne en la plaza mayor, *Missus* —le indicó, muy contento de poder hablar con alguien en su lengua—. Le darán una tierra muy bonita, *Missus*. Trátela bien.

Linda le prometió honrar a la tierra como era debido y cantar *karakia* para complacer a los dioses y espíritus de las personas que antes habían vivido allí. Y respetaría a Papa, la diosa Tierra, cuando cultivase el terreno.

El mozo la despidió sonriente cuando ella llevó el carro delante de su cabaña y lo cargó con sus pocas pertenencias. Para eso no necesitaba la ayuda de Fitz. Sin embargo, estaba intranquila. ¿Dónde se habría metido?

Al final, condujo a *Brianna* a la plaza de armas donde el regimiento de los *military settlers* ya se organizaba para la partida. Fitz se encontraba entre los hombres y Linda se tranquilizó.

Claro, el soldado raso Fitzpatrick tendría que desfilar con sus camaradas de armas. No podía ir con ella en el carro. Linda se reprendió por ser tan tonta. Tal vez el mayor les había hecho hacer más prácticas el día anterior y Fitz había intentado apaciguar los ánimos durmiendo luego en los alojamientos comunes.

Decidió saludar a su marido de forma discreta y animosa antes de unirse al convoy del regimiento. Las pocas mujeres y niños que habían llegado ahí con sus maridos iban a pie.

En cuanto Fitz la vio, se separó de sus compañeros y se acercó al carro. Así que la orden de marcha no era tan firme. El corazón de Linda dio un brinco cuando vio sonreír a su marido. La había perdonado, fuera lo que fuere lo que le había ofendido. Fue al verlo de cerca que distinguió que en su rostro no había aquella mueca confiada y segura con que solía engatusarla; su sonrisa tenía algo de porfiado y nervioso. Alarmada, Linda bajó del pescante. Hablarían en la intimidad junto al carro. Si había alguna novedad desagradable, no debía enterarse la mitad del regimiento.

Fitz permaneció delante del carro, algo torpe, sin acercarse a su esposa.

—Lindie, cariño, siento no haber podido ir a casa anoche. Pero por suerte no ha pasado nada. He visto antes al encargado de los alojamientos. El comandante no se ha ido de la lengua.

Linda sintió como si le hubiese propinado una patada. ¡Así que Fitz no había ido a casa por miedo a vérselas con el encargado! ¡Habría abandonado a Linda a su suerte en caso de que la hubieran puesto de patitas en la calle durante la noche!

Mientras buscaba una respuesta, una muchacha se separó del grupo de las mujeres. Con un hatillo al hombro, se acercó tranquilamente a Fitz y Linda con cara de estar harta y enfurruñada.

—¿Fitz? —inquirió con un deje de impaciencia.

Él esbozó su sonrisa.

—Eh... eh... Vera. Linda, quiero presentarte a alguien. Esta es Vera, la hija de Mary. Busca trabajo y le he dado empleo. Irá contigo en el carro y luego vendrá a nuestra granja.

—¿Qué? —La exclamación de sorpresa se le escapó antes de que pudiera reflexionar. Y eso que siempre reflexionaba antes de decir algo que pudiera provocar de algún modo a Fitz. Pero eso era insólito. Vera, la hija de Mary, una chica sobre la que se había hablado en el barco. La hija de la contrabandista de whisky, de una mujer que se daba a la bebida y al juego.

El corazón de Linda se aceleró mientras intentaba ser imparcial. A lo mejor la hija era distinta de la madre. A lo mejor había recurrido a Fitz porque necesitaba ayuda. Observó a la joven de cabello oscuro y de complexión recia. Vera debía de tener catorce o quince años; era algo más joven que Ireen, pero nada en ella le recordaba a su amiga de Otago. Vera era alta, más que Fitz. Aunque estaba delgada, parecía fuerte. Linda no habría sabido definirlo, pero en cierto modo transmitía algo violento. Sus ojos duros y fríos no conciliaban con su rostro todavía algo aniñado.

—¿De qué le has dado empleo? —preguntó, esforzándose por no perder la calma.

Vera le daba inseguridad. De repente Linda se sintió mal.

—Pensaba que podría echarte una mano. Como sirvienta... —respondió Fitz. Vera volvió hacia él un semblante aparentemente inexpresivo y él le sonrió—. O más bien como... como hija de acogida.

Linda no pudo evitarlo: el estómago se le había revuelto. Con un gemido se dio media vuelta y corrió tras el carro para vomitar.

Fitz y Vera seguían uno al lado del otro cuando regresó pálida, temblorosa y desolada. Vera miró a Linda con indiferencia. Entonces se dirigió a Fitz.

—No me has dicho que está embarazada.

3

El viaje a Patea transcurría a través de espesos bosques que se habían ido talando sin la menor consideración para construir carreteras y facilitar la movilidad del ejército.

En condiciones normales, Linda se habría sentido tan horrorizada por ello como sus hermanas unos meses antes. Pero ahora conducía el carro a través del paisaje costero con los poblados maoríes destruidos sin siquiera percatarse del desmonte. Iba concentrada en sus propias cavilaciones y en Vera, quien, sentada a su lado, parecía flotar satisfecha en un aura de triunfo y autocomplacencia. Linda no sabía por qué le causaba rechazo. Ni siquiera sentía celos. A fin de cuentas, tampoco parecía que hubiera algo entre su marido y esa chica. No se diría que estuvieran enamorados. Sin embargo, había algo que repelía a Linda, que le daba miedo y la molestaba. No quería compartir su casa con ella y se negaba a asumir el papel de madre postiza.

Y luego la idea de estar embarazada...

Hasta ahora Linda nunca lo había tenido en cuenta, ya que solo una vez había culminado el acto con Fitz. Pero, bien mirado, los síntomas eran claros: ese malestar continuo, los cambios de humor. Había pensado que se le había interrumpido el período a causa de las penurias pasadas en el campamento de invierno de Christchurch. De hecho, las hemorragias habían cesado después de esa noche de primavera en que Fitz la había amado por vez primera como ha de amarse cuando se quiere engendrar un hijo.

Linda no sabía si alegrarse de la noticia. Sin duda lo habría hecho el día antes, cuando parecía que todo iba a mejorar para ella y Fitz. El bebé no nacería en un carro o en una cabaña en un campamento de buscadores de oro, sino en su nueva granja de Taranaki. Tendría un futuro más seguro, garantizado los primeros tres años por la paga de Fitz y las subvenciones del ejército, y luego por los beneficios de la granja.

Pero ahora... Linda miró a Vera de reojo. La muchacha tenía la vista fija al frente. Su rostro no traslucía la menor emoción. Siempre parecía enfurruñada.

—¿Te gustan los niños? —preguntó Linda, vacilante. Quizá se sintiera mejor si lograba conversar con la joven.

Vera no contestó enseguida, solo cuando Linda repitió la pregunta.

—No —dijo.

Linda se sintió desconcertada. Y más porque antes le había causado otra impresión. Fitz había reaccionado alegremente al enterarse del estado de Linda. Otra prueba de que no tenía intención de sustituir a su esposa por Vera.

«Eh, Lindie, ¿en serio? —había gritado en la plaza de armas antes de que Linda pudiera decir nada—. ¿Esperas un hijo? ¡Oíd todos, voy a ser padre!»

Algunos *military settlers* habían aplaudido y lo habían felicitado. Y eufórico, Fitz había rodeado los hombros de Vera. «¡Qué bien que cuentes con Vera! —había dicho—. Podrá ayudarte en la granja y con el niño también. ¿Verdad, Vera?» Fitz había contemplado a «sus» mujeres con una sonrisa radiante y Vera había hecho una inclinación. «Claro —había contestado, y hasta se había molestado en esbozar una sonrisa—. Será un placer.»

Ahora parecía más sincera.

—¿Has trabajado alguna vez en una granja? —Linda hizo otro intento sin comentar la respuesta de Vera.

—No.

Linda la observó con más detenimiento. Llevaba una vieja falda azul y una blusa gastada. La deslucida tela dejaba entrever demasiado su cuerpo y sus pechos, ya muy desarrollados.

—Tendremos que... que comprarte ropa nueva —murmuró Linda.

Vera no podía pasearse así delante de los hombres. A lo mejor su mala reputación provenía solo de su aspecto.

La muchacha asintió sin hacer comentarios.

—¿Dónde habéis vivido hasta ahora, tus padres, tus hermanas y tú? ¿Estuvo tu padre buscando oro?

—Mi padre está muerto —respondió Vera.

Linda frunció el ceño. Mary y sus hijas debían de acompañar a alguno de los *military settlers*. Ninguna mujer podía unirse sola al regimiento. Pensó si alguna vez se había mencionado el apellido de Mary en el barco. Al final se acordó.

—¿Entonces el soldado Carrigan es tu padre adoptivo? —quiso saber.

—El marido de mi madre —respondió Vera, escueta.

Pese a ello, Linda le hizo otra pregunta.

—¿Y por qué no quieres trabajar en la granja de tu madre? Seguro que hay mucho trabajo por hacer... —Y más por cuanto Mary no parecía haber cogido en su vida un pico y una pala.

Vera se limitó a encogerse de hombros.

Linda pensó si no tendría un pasado similar al de Ireen. ¿La habría maltratado el nuevo esposo de su madre? Por otra parte, no se diría que Vera fuera incapaz de defenderse. Linda se acordó entonces: el soldado Carrigan era un hombre bajo y de aspecto tímido. Las mujeres habían estado cotilleando acerca de cómo había podido acabar con una mujer como Mary.

—¿No te cae bien tu padrastro? —preguntó Linda.

Por primera vez, Vera volvió el rostro hacia Linda. Tenía una expresión extraña. Muy distinta del semblante herido y atormentado de Ireen al hablar de su padre.

—Al contrario —respondió Vera, y su voz se volvió más suave sin que sus ojos mostraran mayor calidez. Solo resplandecieron cuando añadió—: Pero me gusta más Fitz.

Fitz había calculado bien, entre Whanganui y el nuevo asentamiento junto al río Patea había unos cincuenta kilómetros. Con el convoy de mujeres y niños resultaba imposible recorrerlos en un día, así que el regimiento descansó a medio camino y por la noche montó un campamento. El gran claro del bosque mostraba señales de haber sufrido un incendio, como si allí se hubieran destruido casas. Linda reconoció con un escalofrío el típico trazado de un poblado maorí. En ese lugar había existido un *marae*. Cameron debía de haberlo incendiado en su avance hacia Patea.

—Esto es *tapu*... —dijo inquieta a Fitz cuando él se reunió con ellas—. Aquí viven los espíritus de los desterrados. No debemos acampar aquí.

Fitz se encargaba de la guardia. Otros colonos encendían hogueras, montaban tiendas, iban a buscar agua y cocinaban. El mayor McDonnell mantenía ocupados a sus hombres.

Vera la escuchó e hizo una mueca irónica.

Fitz se encogió de hombros.

—Los espíritus no muerden —observó lacónico—. Y a nosotros seguro que no, nosotros no los hemos echado.

—Nos estamos apropiando de sus tierras —dijo Linda.

La desagradable sensación que había tenido desde un principio de estar instalándose en tierras anexionadas se vio reforzada.

—Uno coge lo que puede —terció Vera.

Fitz abrazó a Linda.

—¡Vamos, Lindie! Vuelves a darle demasiadas vueltas a la cabeza. Ahora la tierra pertenece a la Corona. Si no nos la quedamos nosotros, se la quedará otro. ¿Y acaso no nos han bendecido los espíritus hasta ahora? ¡Estás embarazada, Lindie, vamos a tener un hijo! Y volveremos a tener una granja, el sol brilla para nosotros.

De hecho era cierto. La primavera se exhibía por doquier. Incluso de los tocones que había en los márgenes de la carretera brotaban nuevas ramas, todo el día los había acompañado un tiempo muy agradable. Ni siquiera ahora, poco antes de que se pusiera el sol, hacía frío. Era evidente que en la Isla Norte hacía más calor que en las Llanuras.

Linda quería sentirse como antes, consolada entre los brazos de Fitz, pero la punzante sensación de vergüenza y preocupación seguían ahí. Cuando Fitz se marchó a su puesto de guardia, encendió una hoguera. No encontró todas las hierbas necesarias, pero imitó lo mejor que pudo el ritual de los muertos de Makuto. Conjuró y calmó a los espíritus y, de hecho, se sintió mejor mientras rezaba y cantaba las antiguas oraciones y canciones. Linda se disculpó con gravedad por su pueblo, suplicó que lo perdonaran por las quemaduras que habían causado a Papa y por los árboles talados cuya muerte debía de haber encolerizado a Tane, dios del bosque. Luego suplicó a Rango, la diosa del cielo, que bendijera a su hijo todavía no nacido.

—Tendrá que cargar con este lastre como todos los niños de mi pueblo —susurró—. No permitas que se quiebre bajo ese peso. No permitas que me quiebre bajo la maldición que yace sobre esta tierra.

Cuando Fitz regresó de la guardia, Linda seguía sentada junto al fuego, meditando junto a las agonizantes ascuas. Le puso las manos sobre los hombros y miró inquisitivo su pálido rostro.

—¿Qué estás haciendo aquí? —preguntó con dulzura—. ¿No te encuentras bien? ¿Has comido algo? No has cocinado, ¿verdad? Allí había un puchero. Vera, ve al carro de la cocina y mira si queda algo.

Vera estaba sentada al pescante del carro, mirando a Linda.

—Tu esposa está haciendo el ridículo —señaló con frialdad—. No me habías dicho que estaba loca.

Linda volvió a montar su lecho en el carro mientras Fitz «tenía» que volver a marcharse, probablemente a jugar a las cartas junto a una de las hogueras. Vera se ovilló debajo del carro. Tanto ella como Fitz parecieron intuir que Linda se desquiciaría si tenía que compartir la cama con la muchacha. Fitz volvió con Linda después de que esta pasara un par de horas sin dormir. El único consuelo de ese día horrible: Fitz buscaba su compañía, no la de Vera.

A la mañana siguiente, el viaje siguió del mismo modo que el día anterior. Linda ya no intentó conversar con su futura «hija de acogida». Entre ella y Vera había un muro, aunque ignoraba el motivo de su antipatía. De acuerdo, a lo mejor Vera percibía su rechazo instintivo, pero no podía reprochar nada a Linda. Al contrario, esta no se había negado a aceptarla, había tratado de ser amable con ella. Se sentía agraviada y percibía al mismo tiempo que Vera estaba enfadada.

Cuando los colonos hicieron un alto al mediodía, Vera habló un momento con Fitz. Inmediatamente después, este criticó a Linda.

—No deberías tratar de este modo a la chica. Vera ha sufrido mucho. Tendrías que ser más amable con ella.

Linda empezó a sentirse culpable.

—¿Se ha quejado? —preguntó.

Fitz movió la cabeza.

—Claro que no. Está contenta de estar con nosotros. Pero le duele tu rechazo. Se ve. Solo por la cara que pones...

Linda apretó los dientes.

—Intentaré poner mejor cara —respondió—. A lo mejor Vera también se puede permitir una sonrisa de vez en cuando...

Fitz se encogió de hombros.

—Ella no tiene que sonreír —observó con frialdad—. No necesita insinuarse con nadie.

Linda sintió el reproche tras esas palabras. A Vera nunca se le habría ocurrido dar la bienvenida con un regalo a un vecino.

Por la tarde llegaron a Patea, una localidad junto a la desembocadura del río homónimo. Como Whanganui, era un campamento militar. Los pocos civiles que lo habitaban eran las esposas e hijos de los *military settlers*, así como los agrimensores y funcionarios del gobernador que organizaban los repartos de tierras a los colonos.

Los terrenos destinados a Fitz y su regimiento estaban junto al río, protegidos por unos reductos construidos por los hombres de Cameron. Los fortines de madera se encontraban a ambos lados del río y los colonos los utilizarían como puestos de vigilancia. Entre ellos había parcelas de distintos tamaños que al día siguiente se sortearían.

Las parcelas estaban en su mayor parte cubiertas de bosque, solo junto a la orilla del río discurría una carretera. Únicamente en las parcelas donde antes hubo poblados maoríes se veían zonas más grandes despejadas de árboles y matorrales. Pero eran parcelas destinadas a oficiales superiores.

—Los demás tenemos que talar nosotros mismos y construir con la madera una casa —explicó Fitz.

No parecía entusiasmado con la noticia. Linda, por el contrario, suspiró aliviada. Nunca habría querido construir su granja en un *marae* quemado.

La mañana del día siguiente transcurrió con una lentitud horrorosa. Mientras los *military settlers* hacían prácticas —McDonnell no consideraba que el reparto de tierras proyectado para el mediodía fuera razón para renunciar a la instrucción de sus tropas—, Linda esperaba en el carro. Habría preferido echar un vistazo al lugar o explorar el terreno, pero no se atrevía a dejar el campamento militar. No quería volver a hacer algo que más tarde Fitz o Vera pudieran reprocharle. Vera estaba sentada en la entrada posterior del carro, observando a los soldados seguir las órdenes de sus instructores: saltaban, corrían, preparaban sus fusiles y disparaban a los blancos.

Linda se percató de que Fitz no sobresalía especialmente en los ejercicios. Era deportista y diestro, pero tenía piernas cortas. Era apto para el remo, pero no para correr. Además, parecía que realmente nunca había manejado un arma, algo sorprendente para Linda. En Nueva Zelanda, desde que años atrás alguien había introducido los conejos, todos los niños de las granjas aprendían desde pequeños a utilizar un fusil. Los conejos no tenían enemigos naturales, se multiplicaban a una velocidad vertiginosa y se comían áreas enteras de pastizales. Esa plaga solo se podía controlar con batidas periódicas. La caza de conejos formaba parte de las tareas rutinarias de las granjas; Linda y Carol habían tenido sus primeras armas de aire comprimido a los diez años de edad. La joven habría alcanzado con los ojos cerrados el blanco al que disparaban los colonos.

Fitz, por el contrario, no sabía manejar el fusil. Seguro que se lo habían explicado en las prácticas anteriores, y él se lo bajaba del hombro deprisa y lo cargaba con destreza, pero sus movimientos no eran fluidos ni naturales. Se veía como si le costara disparar. Su puntería era pésima y, además, no parecía agradarle calar la bayoneta, correr hacia un muñeco de paja y clavársela en el pecho gritando. Resultaba obvio que Fitz retrasaba el avance de su unidad.

—¿Tardará mucho, soldado Fitzpatrick? —No hubo que esperar demasiado para que el sargento le rugiera—. ¿Cuánto tiempo cree que el guerrero hauhau se quedará quieto esperando a que usted lo mate?

Fitz iba a replicar, pero se lo pensó dos veces. Miró enrabietado a su superior, se secó la frente y continuó. Tampoco consiguió hacerlo mucho mejor.

La torpeza de Fitz era más evidente debido a que la mayoría de sus compañeros dominaban bien las armas. Todos los buscadores de oro, cazadores de ballenas y otros buscavidas de ese variopinto ejército ya habían pasado en su vida por diversas contiendas. Algunos eran fugitivos por haber utilizado su arma con demasiada frecuencia. Linda se preguntaba si esa gente sería tan apropiada para cultivar sus tierras como para defenderlas.

Hacia el mediodía, el mayor McDonnell concluyó las prácticas no sin antes echar un buen responso a sus hombres. Según su opinión, no había ninguno que destacara especialmente. Para él todos eran demasiado lentos y les reprochaba vacilación y negligencia.

—¡Esto tiene que mejorar mucho! —acabó—. ¡Y se lo advierto! Incluso si esta región ya está pacificada y esos cabrones tatuados de Te Ua Haumene no se atreven a atacar nuestra colonia, pertenecen ustedes al ejército como *military settlers*. Pueden movilizarlos para realizar acciones especiales. Aunque se trate de solo cuatro semanas al año, ¡es tiempo suficiente para morir! ¡Así que concéntrense de una maldita vez y aprendan a luchar! Y ahora acérquense y cojan un número. Podrán tomar posesión de sus tierras y empezar a construir casas. Esto es recomendable sobre todo para las familias. ¡El invierno llegará antes de lo que creen!

McDonnell condujo su regimiento a una mesa y mandó formar filas. Fitz fue de los últimos en coger número. Linda se preguntaba si era casualidad o si McDonnell estaba castigando a los ineptos. Por otra parte, no era tan grave. Las mejores parcelas no tenían por qué ser las primeras en salir y, además, tampoco había tanta diferencia entre ellas. Los hombres se apelotonaban delante del gran plano en que estaban trazadas. Fitz solo echó un breve vistazo antes de subir al carro.

—La última parcela —anunció malhumorado—. La que está más arriba del río. Maldita sea, mis tierras limitan directamente con tierras salvajes.

Mostró a Linda un pequeño dibujo y un papel con su número. En efecto, por la ubicación de la parcela, esta solo tenía un vecino, no dos como las demás. Por otra parte, había un fortín al final del asentamiento y también iban a construir cercas. A Linda no le preocupaba la seguridad.

Se encogió de hombros.

—Pues está muy bien —opinó—. Así será más fácil comprar más tierra.

—Se necesita una hora para llegar a la ciudad —siguió refunfuñando Fitz—. A caballo. A pie todavía más.

Linda se reprimió la observación de que así pasaría menos tiempo en el pub y acabaría antes de construir la casa.

—El mayor te tiene ojeriza —apuntó Vera—. Y el sargento también. Se ve. Quieren machacarte, Fitz.

Fitz pareció revivir al oír estas palabras.

—¡Exacto! ¡Imposible no darse cuenta! Ese tipo me pone trabas. Esos miserables ejercicios, el número...

—¡El número lo has cogido tú mismo! —se atrevió a objetar Linda—. Y en el ejército siempre están haciendo prácticas. Bill Paxton nos contó que...

—Bill Paxton, Bill Paxton... Ya puede hablar, ese, enseguida lo ascendieron a oficial. Seguro que viene de familia rica... —Fitz resopló.

Linda sabía que en ese momento era mejor callar, pero si Fitz se entregaba a la autocompasión todo podía empeorar.

—Si quieres podemos hacer ejercicios de tiro —sugirió a su marido—. Te enseñaré. Cuando mañana nos den la parcela, montaremos una diana. No es tan difícil, solo tienes que...

—¿Ah, sí? —replicó él en un tono grosero—. ¿Qué más sabes hacer mejor que yo, Linda? ¿Coquetear con el sargento, quizás? ¿O directamente con el mayor? No es cosa mía, ya lo has oído. Los oficiales me tienen manía. Así que ahora voy a ver qué hago con esto... —Plegó el papel con el número de su parcela y se lo metió en el bolsillo del pantalón—. A lo mejor hay posibilidades de cambiarlo. Debe de haber otra gente descontenta con lo que le ha tocado.

Y, dicho esto, se sacudió el polvo del uniforme y se marchó. Fitz tenía aspecto de ofendido, pero con cada paso que daba para alejarse de Linda parecía alimentar de nuevo esperanzas y ganar en seguridad. Vera lo siguió.

Linda pensó en decirle a la joven que se quedase. Su compañía en esos momentos seguro que no era buena para Fitz, Vera solo lo reafirmaba en una evaluación incorrecta de su situación. Por otra parte, la muchacha no haría caso de lo que Linda le dijera. Esta se arriesgaba a recibir un comentario mordaz contra el cual no sabría defenderse. Al final, dejó que Vera se fuera y decidió no enfadarse más. Era un día hermosísimo, el río brillaba al sol y en la orilla se extendían los terrenos de la nueva colonia. ¡A ella, Linda, le pertenecía una parcela! Daba igual que Fitz estuviera o no contento con ella, ¡volvían a ser propietarios de tierras! Linda volvería a tener una granja. Haría un huerto y al año siguiente tal vez comprara un par de ovejas. Seguro que Ida y Karl le prestarían dinero si les escribía, y también tenía contactos entre los barones de la lana de la Isla Norte. Abriría una quesería, como había hecho Ida. ¡Seguro que en la ciudad había un mercado! Patea era una ciudad en crecimiento y Whanganui no quedaba lejos. El gran baluarte siempre necesitaba suministros.

Linda se iba sintiendo mejor cuanto más pensaba en todo eso, impaciente por ver el nuevo terreno donde se instalaría la granja. Decidida, ensilló a *Brianna*. ¡Que Fitz hiciera lo que quisiera! Comprobaría cómo era la parcela. Estaba convencida de que su marido no conseguiría cambiar sus tierras por las de otro. Seguro que nadie querría las parcelas linderas y a saber si los superiores permitirían el trueque.

Con un buen humor poco corriente en los últimos meses, echó un vistazo al pequeño dibujo con las parcelas, memorizó la situación de la suya y se dirigió al norte con su yegua. *Brianna*, contenta de haberse liberado del carro y de que la montara de nuevo, trotaba con brío. *Amy* corría ladrando y encantada a su lado. Poco después, Linda dejaba a sus espaldas el campamento militar. Pasó al lado de dos hombres que iban a pie a visitar sus parcelas y se encontró sola en un entorno fértil y verde entre las colinas y el río. Por primera vez en meses tomó aire profundamente cuando cruzó a caballo el río y descubrió helechos, *rimu* y *pohutukawa*, que tenía flores tan rojas como el *rata* de Rata Station. Unos enormes *kahikatea* y *pukatea* se elevaban hacia el cielo, seguro que ahí también habría *kauri*. Con cierta desazón, pensó en los maoríes para quienes esos árboles gigantescos eran sagrados. Como la montaña que se erigía al fondo y de donde descendía indolente el río: el monte Taranaki, el volcán que había dado nombre a esa región. Brillaba azulado al sol, con la cima cubierta de nieve.

El paisaje de Taranaki era ondulado, no plano como en las Llanuras. Sin embargo, derivaba hacia el río suavemente y a derecha e izquierda del Patea se veían superficies casi planas. Linda consideró que serían fáciles de sembrar, muy apropiadas para campos de cultivo y dehesas. La casa quizá sería mejor construirla en una colina.

Se orientó mediante los meandros del río y los reductos que se elevaban cada tanto en las riberas del río y de cuyo emplazamiento había tomado nota. Saludó a los guardianes y se sintió tranquilizada cuando la vieron y le hablaron. Los hombres estaban alerta, aunque Linda no estaba segura de si distinguirían en la espesura a un grupo de maoríes con experiencia. Pero la colonia todavía había de protegerse con muros y cercas. Linda decidió no preocuparse. Al final llegó a un recodo pronunciado del río. Al otro lado del Patea, a quizás un kilómetro de distancia, vio la torre del reducto de protección del último rincón de la colonia. Ahí era: ¡su tierra!

Miró alrededor emocionada. Su parcela era preciosa, mucho más bonita que las demás junto a las que había pasado. La tierra se inclinaba suavemente hacia el río y en la orilla no había bosque. Podrían empezar pronto, arar los herbazales y matorrales y cultivar. Detrás se elevaban suavemente unas colinas, de las cuales una recordaba a la de Rata Station, donde Chris había construido la casa de piedra para Jane. En la mente de Linda apareció ahí su nueva morada. Mucho más sencilla, por supuesto, una firme casa de madera con una terraza que diera al río. Podrían mirar el Patea desde lo alto y otear las embarcaciones que pasaran. Decían que el Patea era navegable. Lo mejor sería construir un embarcadero, así podría detenerse allí el bote del correo, como en casa.

Pensó dichosa en su dirección de correos, nueva, estable. Podría escribir a Ida y Carol. Ya no se sentiría tan sola como el año pasado, tal vez pudiera volver a aproximarse a Fitz. ¡Y pronto tendría una niña o un niño! De repente, se vio invadida por una alegría anticipada por su bebé. Ya se veía en la terraza de la casa, meciendo al pequeño en sus brazos. Lo vio jugar en el jardín, chapotear en el río. Tendría una niñez como ella y Carol la habían tenido junto al Waimakariri.

Seguro que Fitz sería un buen padre. En realidad era como un niño grande, seguro que también haría reír a su hijo o hija. Cuanto más feliz se sentía Linda con sus propias tierras, más retrocedían a un segundo término las diferencias con Fitz. Cuando se instalaran ahí y trabajaran juntos en la granja, se entenderían mejor. ¡Al diablo con el ejército! Los tres años que Fitz se había comprometido pasarían. A fin de cuentas, como *military settler* no se le exigía más que su disposición a defender sus propias tierras. Y ahí, con esa parcela, estaban fuera de peligro. Después de la instrucción básica, seguro que colocaban a Fitz en el fortín fronterizo para hacer guardia en lugar de llevárselo a Patea. Entonces apenas vería al mayor McDonnell.

Linda alejó un poco el caballo del río y se internó más en sus tierras. Las parcelas eran largas y delgadas, apenas dos de las veinte hectáreas del terreno limitaban con el río, el resto se extendía como una manga hacia el interior. Linda observó la colina por la que se extendían sus tierras. No estaba completamente cubierta de bosque. ¡Habían tenido suerte con esa parcela! Linda ya vio unas ovejas gordas devorando los matorrales y al año siguiente la hierba verde cubriendo como una alfombra la colina.

—¿Tú qué crees, *Amy*? ¿Cien ovejas? —preguntó a la perrita—. ¿Empezamos con cien ovejas?

Amy inclinó la cabeza, pareció pensárselo y luego dio un único ladrido.

Linda rio.

—Entonces estás de acuerdo.

Pero *Amy* dejó de retozar alrededor, volvió la cabeza y husmeó hacia el interior. Luego emprendió la marcha. Linda la siguió con *Brianna* por la colina y disfrutó de la vista del valle, donde destacaba un imponente *kauri*. El árbol era tan alto que superaba sin duda los edificios de la fortaleza de Cameron; el perímetro del tronco medía unos cinco metros. El *kauri* estaba solo, o bien no habían crecido otros árboles alrededor o alguien los había talado para dejarle espacio.

Sin embargo, *Amy* no se interesaba por el árbol, sino por una mujer que estaba sentada delante de él. En una mano sostenía unas hojas de *kawa kawa* y en la otra un *tiki wananga*, un bastón corto adornado con figuras divinas. Cantaba. Linda no estaba segura de si los sonidos que emitía correspondían a un *maimai* o a un *manawawera*, un lamento fúnebre. En cualquier caso, la mujer entonaba una melodía de dolor y rabia por una pérdida, tal vez también por una batalla perdida.

Linda condujo la yegua colina abajo. Cuando se acercó a la mujer, desmontó. Naturalmente podía ser una acción temeraria, pero Linda no sentía ningún temor. Lo mismo daba cuántos muertos se estuvieran llorando ahí, tanto el *haka maimai* como el *manawawera* debían ser cantados por varias voces y acompañados por bailarines. Si esa mujer entonaba su lamento sola, era porque también estaba sola. Y era anciana. Tenía el rostro hundido y arrugado, en su cabello blanco todavía se encontraban algunos mechones oscuros aislados. Linda no vio tatuajes. Eso significaba que tenía que ser una sacerdotisa de rango tan elevado que ni siquiera un maestro en *moko* se atrevía a derramar su sangre. Eso venía confirmado también por el *tiki wananga* al que se aplicaban diversos *tapu*. Una mujer normal no se habría atrevido a cogerlo.

La *tohunga* llevaba una falda larga y bordada y el torso desnudo. Los pechos fláccidos le colgaban sobre unas costillas pronunciadas. La mujer parecía famélica. Quién sabía cuánto tiempo llevaba ahí, llorando a sus muertos en soledad.

—*Kia ora, karani* —la saludó Linda, algo insegura de si el tratamiento de abuela era el indicado. Así había llamado a todas las ancianas ngai tahu—. Espero no molestarte ahora que conversas con los espíritus.

La mujer alzó la vista.

—¿Cómo ibas a hacerlo? —preguntó—. ¡Ya hace tiempo que habéis desterrado a nuestros espíritus!

Linda negó con la cabeza.

—No creo —dijo—. El alma de este árbol ya estaba aquí mucho antes de que las canoas de tu pueblo llegaran a Aotearoa. No temerá a mi pueblo. —Los *kauris* llegaban fácilmente a superar los mil años.

La mujer arqueó las cejas.

—Hasta que vuestras hachas destrocen el tronco en el que vive. Para vosotros no hay nada santo, no tenéis dioses.

Linda se acercó a ella.

—Sí, tenemos un Dios. Pero nuestro Dios nos ciega ante los demás dioses. Es... —intentó recordar alguna cita de la Biblia— es un Dios celoso.

La anciana gimió.

—¿Hacéis esto en su nombre? —preguntó—. ¿Cantáis *karakia* cuando quemáis nuestros poblados?

—No —contestó Linda, y de repente pensó en Franz Lange, el misionero—. Nuestros sacerdotes son pacíficos. Esto tiene que ver con dinero, con tierra... Pero dime, ¿qué ha sucedido, *karani*? ¿A qué tribu perteneces?

—A ninguna —contestó con dureza—. Había un *iwi* de los ngati tamakopiri, pero ya no lo hay. Nuestros guerreros se han ido y rezan a extraños dioses; en el fondo, a los dioses de los *pakeha*, aunque Te Ua Haumene los llame de otro modo. Y los *pakeha* han raptado a sus esposas e hijos. Dicen que los cambian de lugar. Lejos, al norte, en la región de los ngati whatua. Son nuestros enemigos desde tiempos inmemoriales. Y quién sabe cuántos de los nuestros habrán podido llegar hasta allí. Intenté evitarlo, pero los *pakeha* no quisieron escuchar. Entonces volví. Yo soy el río. El río soy yo. Y este árbol. Cuando él caiga, yo también caeré.

Linda hizo un gesto negativo.

—No lo talaremos —prometió.

La anciana rio.

—¿Cómo puedes estar tan segura? ¿No son los hombres vestidos de rojo los que deciden lo que pasa o no pasa? En Whanganui había una mujer con ellos con el cabello dorado como tú. Hablaba nuestra lengua, pero a ella le hacían tan poco caso como a nosotros. A ti tampoco te escucharán.

—Sí. —Linda se avergonzaba, pero ahora tenía que dejar claro a esa mujer que ella era la beneficiaria de la desgracia que le había ocurrido. Y al mismo tiempo la única que podía proteger su santuario—. Los *pakeha* nos han dado estas tierras a mi marido y a mí. Para que las cultivemos. Plantaremos *kumaras* y traeremos las ovejas a pastar. Pero no queremos molestar a los espíritus. Si me dices qué lugares son *tapu* en nuestras tierras, yo tendré cuidado.

La anciana contempló a Linda.

—Haces bien en no molestar a los espíritus —dijo con calma—, pero no puedes estar pura. Todo esto debería ser *tapu*. Pues aquí murió el alma de mi pueblo.

Linda negó de nuevo.

—También el alma de los ngati tamakopiri se conservará. Tu pueblo es fuerte, *karani*. Regresará.

La mujer la estudió con la mirada.

—¿Quién eres? —preguntó.

Linda empezó a contar su procedencia a la manera maorí. Habló de Rata Station, del Waimakariri, de la pérdida de sus padres y de la traición de los ngai tahu. Todavía seguía enfadada con los maoríes. Te Haitara no la había protegido.

—Yo también fui desterrada —dijo entristecida—, y he perdido a mi familia. Puedo entender cómo te sientes. —Bajó la cabeza—. Y ahora nos han dado a mi marido y a mí estas tierras. Tu tierra, *karani*. Me temo que cargo con la culpa si la acepto. Pero si no lo hago, se la quedarán otros que tal vez no sientan respeto hacia ella. Así que, por favor, *karani*, compártela conmigo. Deja que nos aloje juntas y que nos guarde de cualquier mal.

La anciana la miró largamente.

—Mi nombre es Omaka Te Pura —se presentó después—. Pertenezco a la tribu ngati tamakopiri y llegamos tiempo atrás a Aotearoa en la *aotea*. Patea es el río. Taranaki es la montaña...

Linda la escuchó con atención mientras contaba la historia de su pueblo y se sentía extrañamente consolada. El espíritu del árbol del *kauri* parecía protegerlas a ambas. Era casi como si Linda volviese a tener una tribu.

4

Por mucha tranquilidad y aplomo que hubiera encontrado bajo el *kauri*, Linda fue sintiéndose más insegura a medida que se acercaba a caballo al campamento militar. En su euforia por sus nuevas tierras y su pena por el destino de Omaka se había olvidado de que Fitz estaba intentando cambiar su parcela por la de otro colono. ¿Qué sucedería si lo había conseguido? Entonces no podría mantener las promesas que había hecho a la anciana *tohunga* y Omaka volvería a verse engañada y decepcionada por los *pakeha*.

Linda dejó que *Brianna* avivara el paso, pero incluso a trote rápido tardó una hora en llegar al campamento. Además, a partir del segundo reducto, tuvo que refrenar su montura pues se le unió otro jinete. El capitán Langdon, el encargado de reclutar soldados y quien los había llevado a Taranaki. Al parecer había inspeccionado el fuerte y ahora estaba de vuelta. Cuando reconoció a Linda, inclinó la cabeza y la saludó cortésmente.

—La señora Fitzpatrick y su preciosa yegua... Montada casi me gusta más que enganchada al carro. ¿Ha ido a ver sus tierras?

Linda asintió y lo miró resplandeciente.

—Sí. ¡Y son preciosas! ¡No puedo estarle más agradecida! ¡Si no hubiera usted convencido a mi marido, nunca habríamos vuelto a conseguir una granja!

—¿Vuelto? —La pregunta del capitán fue cortante—. ¿Así que ya tenían una granja? Una vida polifacética...

Linda se percató de la mirada recelosa de Langdon.

—¿Algo va mal? —preguntó con franqueza—. ¿No debería haber salido sola a caballo? Lo siento, ¡tenía tantas ganas! Y hay soldados en todos los puestos de guardia, yo...

—Puede usted moverse libremente por el asentamiento, señora Fitzpatrick —respondió formal el capitán—. Por supuesto que es un lugar seguro. Por otra parte, su marido no parece satisfecho con las tierras que le han concedido. Lo siento, señora Fitzpatrick, pero tuvimos que imponerle un castigo disciplinario. Monetario, solo, no se preocupe... —El capitán vio el semblante pálido de Linda—. Ha evitado por los pelos un arresto. Un par de palabras más y no solo tendríamos que haberlo castigado por participar en juegos de azar, sino también por faltar al respeto a un oficial.

Linda se rascó la frente.

—¿Qué ha hecho? —inquirió.

El capitán arqueó las cejas.

—Es mejor que se lo cuente él mismo. Pero en lo que a mí respecta, me ha decepcionado. Había esperado más de él tras la entrevista.

Linda lo miró entristecida.

—Mi... mi marido nunca había manejado armas —susurró—. Y no se le da...

—¿No? —Volvió a arquear las cejas—. Pues yo esperaba que en los colegios de cadetes enseñaran a sus alumnos el manejo de las armas ya el primer año. Sin contar con que les inculcaran los conceptos básicos relativos al trato formal con los superiores, la obediencia militar...

Linda se mordió el labio. Por lo visto, había vuelto a hablar demasiado.

—¿O podría ser... —prosiguió Langdon— que el mayor McDonnell tenga razón y su esposo no haya asistido a la Royal Military Academy? —Se quedó mirando fijamente a Linda.

—No lo sé. Sé muy poco sobre Fitz... bueno, sobre lo que hizo antes de llegar a Nueva Zelanda. Nos conocimos en Christchurch. Y luego trabajó de capataz en mi... en nuestra granja. Yo provengo de una granja de ovejas, ¿sabe...?

Langdon asintió. Posó la mirada en *Amy*.

—De ahí el perro pastor —señaló—. Nos preguntábamos... Entiéndame bien, señora Fitzpatrick, pero ese valioso caballo, el perro...

—¡No somos ladrones! —lo interrumpió Linda. Con sentimiento de culpabilidad recordó las gallinas que habían llegado «volando» a Fitz durante su viaje y en los artículos domésticos de la cabaña de Ireen.

El capitán hizo un gesto apaciguador con la mano.

—Nadie los acusa de ello, señora Fitzpatrick. Pensábamos más bien en la pasión de su marido por el juego. Pero ahora entiendo... Sus padres no debieron de estar satisfechos con la elección de su marido.

Linda quiso soltar una réplica cortante. Así que el comandante McDonnell y sus oficiales habían estado hablando sobre Fitz y ella. Y para el capitán, ella solo era una baronesa de la lana descarriada, repudiada por la familia por haberse casado con un jugador.

—No es lo que usted cree —respondió.

El capitán se encogió de hombros.

—Tampoco es un tema que me concierna, señora Fitzpatrick. Solo que debería vigilar usted a su marido. Tiene tendencia a encolerizarse y además no cumple las reglas de la guarnición. Aparte de que ya ha enojado al mayor. McDonnell es un zorro viejo. Él mismo ha llevado una... hum... una vida ajetreada. A él no se le embauca tan fácilmente, ya me entiende. Su marido no debería volver a intentar engañarlo. Y debería tomarse en serio los ejercicios militares. No estamos aquí para divertirnos, señora Fitzpatrick. Por muy bonitos que parezcan esos bosques, en su interior acecha un peligro mortal. Además, tienen ustedes una parcela fronteriza. Si por mí hubiera sido, solo habría dado esas tierras a soldados con experiencia. Fue una negligencia sortearlas. Así que recuerde a su marido que tiene que cumplir con su deber en la defensa de la zona. ¡Si hay una guerra, de nada le valdrá su labia!

Y dicho esto, el capitán se despidió llevándose la mano a la gorra y puso su caballo al trote. Estaban cruzando el portal del campamento y no quería que lo vieran con la esposa de un subordinado.

Linda se sintió aliviada. No quería ni imaginar que a Fitz se le ocurriera que ella colaboraba con el «enemigo».

Fitz y Vera estaban sentados, con aspecto abatido, junto a una hoguera que llameaba delante del carro.

—¡Son ganas de fastidiar! —estaba gruñendo Fitz en ese momento—. ¿Por qué no podíamos cambiar la parcela con la de Simon O'Rourke? Hasta esta mañana a los oficiales les daba igual quién se quedara con qué tierras.

—Es que no les da igual —dijo Vera con su voz inexpresiva—. Ya lo has dicho tú. Te han endosado esas tierras porque no les gustas.

Fitz asintió.

—Y por supuesto ya se imaginaban que yo no iba a tolerarlo. Por eso los controles... Mierda, maldita sea, ¡estaba ganando! O'Rourke tendría que haberme soltado su terreno. ¡Las veinte hectáreas enteras!

Linda ya podía deducir cómo había ido todo. Por lo que había dicho el capitán, las parcelas linderas no gustaban. Seguro que Fitz no había encontrado a nadie que quisiera intercambiar sus tierras. Así que había convencido a algunos de jugar y casi había despojado a ese O'Rourke de sus terrenos. Tal vez le habría dado a cambio los suyos, tal vez no. No era extraño que tales prácticas estuvieran prohibidas. Y seguro que Fitz no era el primer jugador y buscavidas del Military Settlement que intentaba algo así. Como consecuencia, los oficiales controlaban. Un proceder rutinario, no una venganza personal contra Joe Fitzpatrick.

—«Es la suerte la que decide el reparto de tierras, y los derechos sobre las tierras son inalienables» —citó Linda con el menor reproche posible la hoja informativa que se había repartido a los *military settlers* antes de ingresar en el servicio—. Tú lo sabías, Fitz. La administración nunca hubiera registrado las tierras de O'Rourke a tu nombre. ¿A cuánto asciende la multa?

Fitz replicó.

—¿La multa? ¿Qué multa? ¿Cómo sabes tú algo de la multa? ¿Es que ya corren voces?

Linda asintió. Había vuelto a irse de la lengua, pero esta vez no se dejaría intimidar.

—Sí —contestó—, la gente comenta. Has hecho una tontería, intenta no adornarla. No habrías tenido que intentar cambiar las tierras, Fitz, sino venir conmigo y echarles un vistazo. ¡Son preciosas! Una de las parcelas más bonitas, plana en su mayor parte, poco boscosa, ideal para ovejas. Es... ¡es tierra bendita! —Intentó una risita que al punto quedó apagada por la carcajada ronca de Vera.

—¡Está en el culo del mundo! —dijo la muchacha, volviendo su tosco rostro hacia Fitz—. Deberías renunciar a ella, Fitz. No tienes que convertirte en un *military settler*, puedes hacer otras cosas. Algo así se encuentra por cualquier sitio. —Los rasgos de Vera fueron demudándose mientras hablaba, expresaban admiración, confianza.

Ante su mirada, Fitz parecía crecerse.

—Yo...

Empezó a decir algo, pero Linda tuvo suficiente. Su rabia, su miedo a perder esa maravillosa tierra y desaprovechar la oportunidad que se les ofrecía la hizo montar en cólera. ¿Qué diablos quería esa chica? ¿Volver a los yacimientos de oro? ¿Volver a la calle? ¿Ansiaba Vera la aventura y el dinero fácil? Linda dejó a *Brianna*, a la que se disponía a desensillar, y se plantó delante de Vera.

—¡Oye, niña! Tu padre de acogida o como quieras llamarlo ha firmado un contrato. Es soldado, miembro del ejército. Si ahora pone pies en polvorosa, habrá desertado. ¿Y sabes lo que le espera entonces, Vera? ¿Y tú, Fitz? A los desertores se los fusila.

En el rostro de Vera apareció una sonrisa de superioridad.

—Primero tendrán que pillarnos —dijo con una voz inusualmente dulce, una voz seductora, pero esta vez se equivocaba.

A Fitz le gustaba vivir como si el mañana no existiera. Pero en ese momento, cuando de repente tomó conciencia de que el mañana podía consistir en un pelotón de fusilamiento, despertó de golpe. Había perdido su caballo para no arriesgarse a caer en manos de los maleantes de Queenstown. Y ahora tenía que cumplir el servicio militar, conteniéndose de rabia, para no ser juzgado por desertor. Huir de la Royal Army no era una opción.

—Primero echaremos un vistazo a las tierras mañana —señaló diplomático—. Luego ya me decidiré.

Linda lanzó una mirada triunfal a Vera. Conocía hasta qué punto estaba dispuesto a arriesgarse su marido y sabía que había ganado.

Al día siguiente, Linda, Fitz y Vera cargaron el carro con las herramientas que les había suministrado el ejército: una tienda y los utensilios necesarios para acampar en la nueva tierra hasta concluir la granja. Los colonos tenían ese día libre para instalarse. A partir del día siguiente deberían estar disponibles ocho horas diarias para la construcción de fortines alrededor de la colonia, así como para realizar ejercicios y prácticas con las armas. El resto de la jornada podían dedicarlo a la construcción de sus casas.

—Lo mejor es que se reúnan en cuadrillas vecinales y construyan primero las casas para las familias —aconsejó el capitán Langdon antes de que los hombres y las familias se dispersasen—. Para los solteros es viable pasar un par de semanas en una tienda. Está comprobado desde hace tiempo que es mejor talar primero tierras comunes y cultivarlas juntos el primer año. Así se consiguen pronto los primeros resultados y el segundo año pueden proseguir con ese sistema hasta que el propietario de cada parcela tenga suficiente tierra cultivable. Intenten pensar de forma cooperativa. Es imposible realizar una actividad agrícola a tiempo completo mientras estén al servicio del ejército.

—Nosotros lo conseguiremos solos —declaró Linda por el contrario, mirando a su único vecino, un malhumorado ex buscador de oro que no cesaba de mascar tabaco aunque apenas le quedaban dientes—. A fin de cuentas somos tres y tenemos a *Brianna* y *Amy*.

De hecho confiaba más en la yegua para cultivar la tierra y en la perra para vigilar las ovejas que en Vera. La enfurruñada muchacha llevaba las herramientas de trabajo al carro tan lentamente como si tuviera setenta años.

Fitz sonrió satisfecho. Parecía haber meditado acerca del sermón del día anterior por la noche.

—¡Claro, cariño! Nada que objetar. Arriba, Vera. ¡Nos vamos a nuestra granja!

Acto seguido, el carro recorría la carretera pavimentada que discurría junto al río hacia el norte. Además de Fitz, Linda y Vera también iba el buscador de oro. Habría sido descortés dejar que el vecino fuera a pie y cargando con sus herramientas. El hombre dio las gracias con un farfulleo. Linda no había entendido su nombre. Dedujo por el plano de las parcelas que se trataba del soldado raso Fairbanks.

La presencia de Fairbanks impidió a Linda por segunda vez que hablara a su marido de Omaka. Por regla general, no le habría mantenido en secreto a Fitz su encuentro con la maorí. Sin embargo, algo la había empujado a no mencionar a la anciana delante de Vera. Y eso que la muchacha se enteraría inevitablemente cuando vivieran en la granja. En un principio, Linda evitó pensar en ello. De no hacerlo, habría tenido que admitir que sentía temor.

El tiempo avanzaba más lentamente que el día anterior, *Brianna* no era tan rápida tirando del carro como ensillada y montada. Linda pudo dedicarse pues a contemplar el paisaje e impregnarse de él. Volvió a sentir un exultante sentimiento de felicidad. Se habría vuelto a extasiar delante del abundante verdor y la imponente presencia del Taranaki. Pero mientras que en su primera visita había reinado el silencio, interrumpido solo por el fluir del río, el susurro del viento entre los árboles y el trino ocasional de algún pájaro, ese día las orillas estaban flanqueadas por gente optimista y alegre. Muchos *military settlers* habían seguido las recomendaciones del capitán y se habían unido en cuadrillas. En esos momentos recorrían entre risas y gritos sus parcelas. Los colonos que iban a vivir bastante arriba del río habían aprovechado para viajar en los carros militares destinados a los reductos que había por el camino, y también allí la atmósfera era alegre.

Solo en el carro de Linda reinaba un silencio opresivo. Antes, cuando viajaba sola con Fitz, solían charlar y él la entretenía. Pero ahora la presencia de Vera impedía cualquier comunicación, y Fairbanks tampoco mejoraba el estado de las cosas. Miraba fijamente el entorno y masticaba tabaco inmerso en sus pensamientos. Linda no tenía ganas de compartir con ninguno de ellos su alegría ante esa hermosa tierra y ese maravilloso día. Se alegraba por Omaka. A la anciana sacerdotisa no le contagiaría su alegría, pero al menos no la haría sentir que estaba viviendo con personas intolerantes.

Finalmente, llegaron a la parcela de Fairbanks y dejaron al buscador de oro prometiéndole su ayuda y apoyo como vecinos. Entonces, Linda condujo orgullosa a su marido por las tierras que ella ya había visitado el día anterior. Disfrutó de la alegría de Fitz cuando este comprobó impresionado las planicies junto al río, la suave colina donde edificar la casa, los árboles que esperaban a ser podados y el monte bajo que no tendrían ni que limpiar para criar ovejas.

Vera no mostraba interés por las explicaciones de Linda y se marchó sola a explorar la parcela. Linda sintió entonces que le quitaban un peso de encima, y la ausencia de la joven también pareció influir positivamente en Fitz. Se abrió, bromeó con su esposa y la hizo girar en volandas cuando ella fantaseó sobre lo feliz que crecería su hijo en ese hermoso entorno.

—Jugará allí —dijo, señalando el jardín de la futura casa.

Fitz se había puesto a tallar un trozo de madera y le tendió un caballito toscamente perfilado.

—¡Para mi hijo! —anunció haciéndose el importante, para tallar luego una muñequita—. Y para mi hija. —Sonrió y le guiñó el ojo—. ¡A lo mejor son gemelos! En tu familia los hay, ¿no?

Linda se esforzó por contestar con una sonrisa a esa alusión, pero de hecho fue como si le cayera un chorro de agua fría por la espalda. También Ottfried, su padre, había salido de viaje con dos mujeres, su esposa Ida y Cat, a la que había presentado como su sirvienta. Y las había dejado embarazadas a las dos. Esperaba que Fitz no planeara hacer algo semejante con Vera.

Inmersa en sus pensamientos, Linda volvió a conducir a Fitz por sus tierras. Entonces Vera corrió a su encuentro, a ojos vistas horrorizada.

—¡Ahí abajo hay maoríes, Fitz! ¡Salvajes! Tienes que matarlos. ¿Y tu fusil? Lo has...

Fitz había dejado el arma en el carro, aunque tanto el mayor como el capitán habían recomendado que no la soltasen nunca en los meses siguientes. Cuando las tierras estuvieran vigiladas por los fortines, podrían relajarse. Los comandantes recomendaban primero prudencia. Sin embargo, en ese caso fue una suerte que Fitz fuese tan dejado. Linda vio de inmediato que solo Omaka montaba guardia junto al *kauri*. Un arma habría asustado a la anciana.

—No hay de qué preocuparse, es Omaka —explicó. Desde luego, habría sido más sencillo preparar antes a Fitz y Vera para el encuentro con la anciana—. Es una *tohunga*, tranquiliza a los espíritus de la tierra. Y está sola, su tribu se ha ido. Así que no hay razón para asustarse, Vera. Omaka es solo una anciana indefensa.

Vera le lanzó una mirada de reproche y volvió la vista a Fitz.

—¡Esa bruja me ha dado un susto de muerte! —dijo con dureza—. ¡No debería estar aquí! ¡Aquí no se le ha perdido nada! ¡Échala, Fitz!

Linda y Fitz descendieron la colina. Linda se sobresaltó al ver a la anciana. La sacerdotisa no estaba vuelta hacia el árbol, sino que apoyaba la espalda contra el tronco, lista para defenderlo. Sujetaba como un arma la vara con las tallas de los dioses con su mano extendida, y con la otra mano empuñaba una maza de guerra. Los ojos de la anciana, el día anterior como velados y entornados, brillaron alarmados cuando vio acercarse a los jóvenes. Se relajó al reconocer a Linda.

Esta la saludó con amabilidad.

—*Kia ora, karani.* Y transmite también a los espíritus de Tane mis saludos. —Señaló el árbol—. Por favor, disculpa a esta muchacha por interrumpir tus oraciones. Este es mi marido Joe Fitzpatrick, llamado Fitz. Esta es Omaka, Fitz, su nombre es muy antiguo. Significa «corriente que fluye». —Se volvió hacia Vera y su voz adquirió severidad al hablar en inglés—: Como sacerdotisa, Omaka es parte del río y parte de la tierra. Por ello encaja muy bien en este lugar, jovencita, y quiero que la honres y respetes como se merece.

A Linda siempre le había resultado más fácil luchar por los demás que por sí misma. Vera la miró unos segundos, atónita ante lo imperativo de sus palabras, antes de hacer una mueca.

—Yo pensaba... que esta tierra era de Fitz...

Omaka miró a Linda a los ojos.

—*Haere mai, mokopuna,* bienvenido... Fiits —saludó amablemente, y lanzó una fría mirada a Vera—. ¿Quién es esta muchacha?

Linda, conmovida por el hecho de que la sacerdotisa la hubiese llamado nieta, buscó las palabras adecuadas en maorí. Los ngai tahu no tenían un concepto para los sirvientes. Al final intentó definir la palabra «doncella».

—Una muchacha que trabaja para nosotros.

—¿Tu esclava?

Linda negó con un gesto.

—No es eso, pero... pero algo parecido. Aunque no nos pertenece. Puede irse cuando quiera.

—¡Échala! —pidió Omaka.

—¡Echa a esta vieja! —pidió Vera a Fitz—. Me da miedo.

Linda no sabía a cuál de las dos peticiones responder primero. No sabía hasta qué punto había entendido Fitz la conversación con Omaka. Sin embargo, sus últimas palabras habían sido suficientemente claras, y más porque la maorí gesticulaba. Había señalado con la vara tallada a la muchacha, como si quisiera azuzarla igual que a un animal con un látigo.

—No es posible —contestó primero a Omaka—, no tiene a nadie más que a nosotros, nos necesita.

Omaka arrugó la frente.

—*Mokopuna*, ¿me engañas a mí o a ti misma?

Linda se sonrojó.

—Mi... mi marido le ha dado un empleo —respondió abatida—. Pero no es lo que piensas.

Omaka volvió a estudiar con la mirada a Vera y luego a Fitz. Por su rostro se deslizó una sombra.

—Ya veo, *mokopuna* —dijo lacónica.

—No te molestará —se apresuró a aclarar Linda—. Trabajará para nosotros en el río, en los campos de cultivo, en la casa. No tiene que venir por aquí. ¿Querrás... querrás instalarte aquí? Podríamos construirte una casa. En cualquier caso, te he traído mantas y una tienda. No debería haberlo hecho, pero nadie se ha dado cuenta, simplemente he cogido un par de lonas más. Han puesto algunas a nuestra disposición, el ejército, nosotros... —Linda empezó a titubear y calló.

—Te doy las gracias, *mokopuna*, e intentaré protegerte —anunció Omaka con su voz serena de sacerdotisa. Luego su mirada volvió a posarse en Vera.

Linda lo encontró extraño y luchó contra la ansiedad y la risa nerviosa que eso le producía. A fin de cuentas, no era Omaka quien tenía que protegerla, más bien sería ella quien hiciera el esfuerzo de garantizar a la sacerdotisa un lugar donde instalarse.

—¿Qué pasa ahora, Fitz? —preguntó Vera con voz estridente. Era evidente que el menosprecio de Omaka no le resbalaba tan fácilmente como la mirada disgustada de Linda.

Fitz miró a Vera y Linda.

—Vera, yo... yo no puedo echar de aquí a esta anciana.

Linda tomó nota de su vacilación, pero los ojos de Vera echaban chispas de furia.

—¿Por qué no? —protestó—. Es una bruja. ¡Linda lo ha dicho!

—Una sacerdotisa —la corrigió la joven—. Es una sacerdotisa. Y... bueno, tal vez se la podría llamar hechicera. —Buscaba poner a Fitz de su parte. En el fondo era una situación absurda. Ella era la mujer legítima de Fitz y Vera solo una muchachita desvergonzada que no se sabía qué hacía allí. Sin embargo, Linda temía qué decisión iba a tomar Fitz. Pero entonces vio una solución: Fitz era un jugador, creía en la suerte—. Las mujeres como ella —afirmó— conjuran a los espíritus para su pueblo. Tallan *hei-tiki* y son capaces de echar maldiciones. Yo no me enemistaría con ella, Vera.

Puso atención en no dirigir sus palabras a Fitz, pero sabía que harían mella en este.

Vera, en cambio, se echó a reír.

—¡Como si la bendición de sus dioses le hubiera servido de gran cosa a su pueblo! —se burló.

—*Rere ka te ringa ki te ure, ka titoirira, katahi ka hapainga te karakia* —dijo Omaka.

Era una fórmula protectora que debía liberar a los seres de la obsesión. Linda no entendió todo lo que decía. Como todas las *karakia*, se pronunciaba rapidísimamente, las palabras y las sílabas se unían entre sí. La sentencia era inofensiva, nada más lejano a una maldición.

Sin embargo, Fitz palideció.

—No te molestará —dijo a Vera, y Linda suspiró aliviada—. Le ordenaremos que se quede aquí. Lo hará. Linda dice que vigila el árbol. Yo me ocuparé de traerle ese par de lonas para que se haga su refugio. Y seguro que tú pasas la mayor parte del tiempo en el río.

Vera miró a Fitz con ojos llenos de odio.

—Si yo estuviera en tu lugar —advirtió con voz gélida—, cortaría su árbol y lo quemaría. Alguien como el mayor lo haría así. Pero tú no tienes agallas.

Escupió delante de Omaka, Linda y Fitz. Luego se dio media vuelta y se dirigió al río. Fitz la siguió, lo que tranquilizó a Linda. Fitz no toleraría esa conducta.

—Asunto arreglado —le dijo a la vieja.

Omaka negó con la cabeza.

—*To kai ihi, to kai ihi. To kai Rangi, to kai Papa. To kai awe, to kai karu. To kai ure pahore...*

Linda escuchó a la sacerdotisa recitar sus sortilegios cuando se dirigió a recoger las lonas de la tienda y las mantas que había llevado para Omaka. La anciana *tohunga* no parecía compartir su optimismo. No era tan fácil conjurar a los espíritus.

5

Pese a todo, las esperanzas de Linda no llegaron a hacerse realidad. Después del desagradable encuentro con Omaka, Fitz no se deshizo de Vera. La discusión en torno a la anciana sacerdotisa maorí y su árbol se hizo habitual en los siguientes días. Siempre provocaba desencuentros y confrontaciones entre Fitz y Vera. La mayoría de las veces, ella empezaba la riña después de que él rechazara una de sus sugerencias o le negara uno de sus deseos. Vera parecía querer averiguar cuánto estaba él dispuesto a apostar por ella. Le pedía que la acompañara a pescar, en lugar de patrullar en los límites de la colonia tal como era su obligación. Lo convencía de que la dejara disparar con el fusil, aunque los *military settlers* tenían prohibido cazar con armas de fuego. En lo concerniente a los ataques maoríes, la dirección militar nunca bajaba la guardia, y un disparo inesperado podía desencadenar una movilización inmediata. Si se producía una falsa alarma se buscaba al tirador, aunque no siempre con éxito.

Fitz y Vera siempre conseguían salir airosos de tales insensateces. Se alegraban como niños cuando tomaban el pelo a los superiores de Fitz. Este se arriesgaba a tener problemas y una sanción económica sin siquiera haber matado una liebre. Era y seguía siendo un mal tirador, y Vera ni siquiera se tomaba la molestia de apuntar a un objetivo. Disfrutaba simplemente del estallido que producía el arma al dispararse.

Linda se soliviantaba a causa de tanta tontería. A fin de cuentas, no tenían tanto dinero como para ponerlo en riesgo. Además, las «gracias» de Fitz y Vera le hacían imposible ampliar el menú con los animalillos que cazaba a la manera maorí. Con el sonido de los disparos, cualquiera que tuviese carne en el puchero se convertía en sospechoso. Luego Fitz tendría que justificar adónde había ido a parar la munición que se le había repartido y, naturalmente, se habría averiguado que él era el tirador furtivo. Aun así, rechazaba hábilmente los reproches de Linda, echándole a ella misma la culpa.

—¡Eres injusta, Linda! Primero te quejas porque Vera no te ayuda a pescar y cazar. ¡Pero en cuanto intenta aprender a hacerlo, vuelves a criticarla!

Linda solo podía callar resignada. A cualquier justificación por su parte, se le daría la vuelta. Fitz no era accesible a argumentos racionales. Siempre le había gustado jugar con fuego, pero no parecía percatarse de que eso ahora carecía de sentido y no le proporcionaba las pequeñas ventajas de antes. De todos modos, tampoco se pasaba de la raya. Cuando le era posible cedía a los caprichos de Vera, pero no se arriesgaba a que lo echaran del ejército. Aunque si llevaba la contraria a la joven, ella siempre reaccionaba con violencia.

Linda cada vez se retiraba con más frecuencia junto a Omaka. A veces se sorprendía a sí misma tomando parte en sus conjuros. En cada ocasión esperaba que se produjera una ruptura definitiva entre Fitz y Vera, pero al día siguiente estaba todo olvidado.

En cierto momento, Linda dejó de oponerse a Vera. Simplemente la ignoraba, tal como hacía la muchacha cuando las dos estaban solas en la futura granja. Por supuesto, a Linda la exasperaba que no le echase nunca una mano. Pese a ello, la actitud negativa de la joven no formaba parte de los problemas más acuciantes de Linda, que se las apañaba bien sola. Pero no sin Fitz. Linda sabía poner trampas y pescar, podía desenterrar tubérculos y reunir provisiones de plantas medicinales. Con tesón y el empleo hábil de la fuerza de tracción de *Brianna* liberó de maleza la tierra, para luego removerla y esparcir semillas. Pero no podía talar árboles ni edificar una casa, levantar cercados ni construir establos. Lamentablemente, Fitz no ponía empeño en nada.

Mientras que en la nueva colonia se roturaba y se levantaban las primeras cabañas y edificios de servicios (un colono galés incluso ya tenía un par de ovejas), la construcción de Fitzpatrick Station avanzaba con una lentitud calamitosa. Y eso que el plan de Linda era fácil de realizar. Si hubiera sido por ella, Fitz habría construido en primer lugar un corral para *Brianna*, para que la yegua pudiese pastar sin que hubiese que vigilarla continuamente. Era peligroso dejarla amarrada a una estaca. La briosa yegua se asustaba en cuanto se le enredaban las patas a la cuerda y podía hacerse daño. Luego le habría tocado el turno a un establo. Linda quería escribir a Ida y Karl para que la ayudaran a comprar ovejas. Con *Amy* de perra pastora, podía mantenerlas vigiladas sin cerca. Solo necesitaba dependencias de servicios para la quesería y un lugar resguardado para ordeñar y esquilar los animales.

Todo eso podría haberse hecho en pocas semanas si Fitz hubiera trabajado de forma continua. Había cuadrillas de vecinos que ya estaban construyendo la segunda o tercera casa. Pero Fitz llegaba a casa del servicio matinal hecho polvo, se suponía que a causa de las prácticas y de la, en cierta medida, agotadora construcción de fortines. A ese respecto, McDonnell no regalaba nada a sus hombres. Los soldados construían muros sólidos que reforzaban con madera. Aun así, casi nadie se quejaba de nada. Entendieron por qué los instruían militarmente y para qué servían los recintos de defensa en cuanto sufrieron la primera escaramuza de una partida de maoríes que merodeaba por allí y atacó a unos colonos que araban sus tierras. No hubo muertos, pero desde entonces los *military settlers* estaban alerta.

Los hombres estaban acostumbrados al trabajo duro. Ni en los yacimientos de oro ni en las estaciones balleneras se holgazaneaba. Así que hacían su servicio diligentemente, para dedicarse luego a construir sus propias casas y preparar sus campos de cultivo. Había suficiente luz diurna. Puesto que McDonnell iniciaba las prácticas a las seis de la mañana, los hombres llegaban a casa a primeras horas de la tarde. Fitz descansaba primero y no empezaba a trabajar en la granja antes de entrada la tarde. Cogía sin ganas un hacha, talaba uno o dos árboles que dejaba que Linda y Vera descortezaran, y luego de repente se acordaba de que había prestado la sierra a Fairbanks u a otro colono, que estaba roma y había que afilarla o que ese trabajo necesitaba la ayuda de un segundo hombre, a ser posible de un artesano que vivía a tres parcelas de distancia y al que primero había que convencer de que colaborase. Por regla general, Fitz se limitaba a desaparecer para evitar discutir con Linda. Dejaba que Vera transmitiera sus ya gastadas disculpas. La chica permanecía impasible ante el enfado de Linda. Mientras esta seguía trabajando para adelantar las tareas secundarias, como descortezar o limpiar los árboles, Vera se retiraba tan sigilosamente como su patrono. En opinión de Linda, la chica no movía un dedo.

Un mes largo después del reparto de tierras, llegó un llamamiento para los *military settlers*. McDonnell había decidido que el fuerte Waikoukou era un baluarte hauhau. Era evidente que los últimos ataques procedían de allí, había razones para pensar que los hauhau mantenían escondido en ese lugar a su profeta Haumene. Para McDonnell, ese era motivo suficiente para reunir la tropa y atacar el fuerte enemigo. Cuando también el general Chute se acercó con sus hombres (el nuevo comandante había luchado contra distintos baluartes hauhau del interior para hacer más seguro el camino hacia Auckland), ya no hubo nada que lo impidiera.

—Se dice, además, que esos tipos retienen a la fuerza a dos mujeres blancas —advirtió McDonnell a los hombres reunidos en el bastión—. ¡Así que hay que sacarlas de allí! Ahora podréis demostrar vuestro valor, ¡demostrad que sois soldados! Quién sabe, a lo mejor os convertís en héroes. ¡Partimos mañana temprano!

—O somos hombres muertos —vaticinó Fitz nervioso, mientras Linda preparaba por la tarde sus cosas.

En realidad tendría que haberlo hecho él mismo. Se había instruido detalladamente a los *military settlers* acerca de qué debían llevar a una campaña militar y dónde y cómo había que prepararlo. Fitz, sin embargo, no había prestado demasiada atención. No había imaginado que hubiera una intervención militar. Estaba asustado.

—¡Intenta ser prudente! —dijo Linda, que estaba igual de intranquila.

Fitz no había llegado muy lejos en su destreza como soldado, eso ya lo sabía hacía tiempo. Aun así confiaba en su capacidad para salir adelante de algún modo. Durante los diez días que McDonnell y sus hombres estuvieron fuera, la acosaron sentimientos contradictorios. Linda estaba torpe y distraída, apenas conseguía concluir el trabajo diario y, por supuesto, ella y Vera no adelantaron mucho la construcción de la casa. La ausencia de Fitz dejó a Vera totalmente indiferente. Andaba todo el día dando vueltas y mirando cómo Linda trabajaba. De vez en cuando hacía algún comentario sarcástico cuando la intranquila joven volcaba un cubo de agua o se le quemaba la comida.

—¿De qué te preocupas? —dijo en una ocasión—. Si Fitz se muere, te quedas con la casa y la tierra. Y es posible que también con un capitán que te consuele. —Vera sonreía irónica. Era probable que hubiese advertido las miradas entre interesadas y compasivas que el capitán Langdon dirigía a la joven esposa.

Linda se quedó mirando a la muchacha. ¡Esa criatura no tenía corazón!

—Fitz es mi marido —repuso—. Es normal que me preocupe por él. Y no quiero a ningún capitán ni a nadie más. ¡Me casé con Fitz! ¡Y lo quiero a él!

Vera hizo una mueca de desdén.

—Pues sí, no siempre conseguimos lo que queremos —observó con maldad.

Linda le dio la espalda y salió en busca de paz junto al *kauri*.

Omaka mostraba tan poca comprensión hacia sus inquietudes como Vera.

—Tu marido no es un guerrero —sentenció con calma—, y tampoco se tiene por uno. No se acercará a las armas. Cuando disparen el primer tiro se enterrará como un kiwi durante el día. Es mejor que llores conmigo, *mokopuna*. Con Waikoukou mi pueblo perderá todavía más tierras y morirán todavía más seres humanos.

El asalto al fuerte se produjo sin derramamiento de sangre. Unos pocos soldados sufrieron heridas, pero no hubo que lamentar pérdidas en ninguno de los dos bandos. Los maoríes entregaron el fuerte rápidamente, al tomar conciencia de la superioridad de los atacantes. Algunos heridos se quedaron rezagados y fueron apresados, entre ellos, para gloria de los oficiales al mando, Tohu Kakahi, uno de los hombres de confianza de Te Ua Haumene. Chute envió a los presos a Wellington para que los interrogaran antes de partir con sus fuerzas hacia el norte. Dejó en manos de McDonnell y sus *military settlers* la destrucción del *pa* y el asentamiento contiguo. Estos redujeron a la nada las instalaciones defensivas así como las viviendas y los campos de cultivo.

En cuanto a Fitz, calificó la campaña de peligrosa, difícil y sangrienta. Pese a ello, sus heridas de guerra se limitaban a un par de picaduras de insectos. Describió con verborrea la batalla contra los hauhau. Al parecer, habían defendido el fuerte con armas de fuego modernas.

Según el capitán Langdon, que publicó en un periódico una crónica de la intervención, el camino a través del corazón del bosque, conducidos por guías maoríes y siempre con el temor de caer en una emboscada, había sido la parte más difícil y peligrosa de la campaña. Se había prolongado más tiempo del planeado, se habían quedado sin provisiones y las tropas habían estado a punto de amotinarse.

El general Chute había permitido al final que sus hombres sacrificaran dos caballos, lo que había levantado los ánimos. Linda lo encontró asqueroso. Esperaba que Fitz no hubiese participado del «banquete». Él no podía haberse quedado sin provisiones. Ella le había puesto pan, queso y carne seca en la mochila.

Durante la batalla, los hauhau habían peleado con tesón. Sin embargo, nadie había visto ni a un solo guerrero, pues se habían puesto a cubierto tras la empalizada. Los ingleses habían disparado los cañones desde un lugar igual de seguro. La noche después de la batalla, una gran parte de los maoríes había desaparecido. Después de que reinase el silencio durante varias horas, las tropas inglesas habían entrado en el *pa* con todas las medidas de prevención, y lo habían registrado.

Fitz lo describía como algo muy emocionante, pero Linda dudaba de que hubiese puesto un pie en la fortaleza. Seguro que él no había estado en la avanzadilla.

—¿Y no había ni rastro de las mujeres desaparecidas? —preguntó Linda unos días después al capitán Langdon en el cuartel, tras haberlo felicitado por la gráfica crónica sobre la campaña.

El capitán negó con la cabeza.

—Ni de las mujeres ni del Profeta. Aunque es seguro que él estaba allí. Debe de haberse marchado con su séquito de confianza mientras ese Tohu Kakahi se entregaba. Se supone que quiere la paz. Al menos dice que hay que acabar con las muertes. Se le ha ocurrido algo tarde, pero más vale tarde que nunca.

—¿No sabía nada de las mujeres? De ser cierta, es una historia terrible. No es corriente entre los maoríes tener a mujeres blancas como esclavas. ¿No han hablado incluso de abolir la esclavitud?

Langdon se encogió de hombros.

—Era parte del Tratado de Waitangi. Las tribus firmantes reconocían el derecho inglés y este prohíbe la esclavitud. Por desgracia, los hauhau no se sienten vinculados. La historia es cierta. Son... o eran dos hermanas que querían ir a Russell. Cameron las envió hacia allí con un transporte de presos. Una locura, debería haber imaginado que no funcionaría. El *pa* de Wereroa todavía estaba lleno de guerreros.

—¿A Russell? —preguntó Linda alarmada—. ¿Dos hermanas? ¿Cómo se llamaban? ¿Sabe sus nombres?

El capitán asintió.

—No sé si lo recuerdo bien. Pero me parece que se llamaban Margaret y Carol.

6

Tal como Tohu Kakahi les había prometido, la vida para Carol y Mara tras la partida de Waikoukou se tornó más pasable. El fuerte era más pequeño que Wereroa y le habían anexionado un asentamiento. Los hombres que lo habían defendido hasta entonces vivían allí con sus mujeres e hijos. No eran tan fanáticos como las excitadas hordas de Te Ua Haumene. Si bien rezaban oraciones hauhau, su vida cotidiana se acercaba más al quehacer diario de un poblado maorí que en Wereroa. En la aldea había muchachas suficientes para retirarse alegremente con sus héroes a rincones apartados para intercambiar carantoñas. Nadie necesitaba de los servicios sexuales que Carol se veía forzada a ofrecer.

Tohu también mantuvo su palabra en cuanto a lo que concernía a Mara. Como jefe del fuerte podía mantener a Te Ori alejado de su esclava. Empleó su autoridad, enviando primero al guerrero a un periplo de reconocimiento de varias semanas para observar los movimientos del general Chute. Nadie tocó a Mara durante ese tiempo. Se le curaron las heridas y pareció recuperarse por fin. Al menos volvía a hablar, aunque no mucho y solo con Carol. Las hermanas se mantenían a distancia de las mujeres maoríes, si bien estaban alojadas en el *marae* y no en la zona militar. En Waikoukou no había sitio para una cárcel. Pero a las hermanas no se les permitía dormir en la casa comunitaria. Los ancianos conocían la condición de los esclavos en los tiempos anteriores al Tratado de Waitangi. Declararon que Mara y Linda eran *tapu*.

—¡Dormid fuera! —les indicó con rudeza una mujer.

—¿No podemos huir? —susurró Mara cuando les dieron dos esteras sobre las que echarse—. ¿Si nadie nos vigila?

Carol hizo un gesto de impotencia.

—Del poblado, seguro, pero ¿cómo cruzamos la empalizada? La están reforzando, creo que temen un ataque. ¡Hay esperanza, Mara! Cameron enviará las tropas cuando encuentre mi nota.

En contra de lo esperado, dormir bajo las estrellas produjo un efecto beneficioso en la salud de Mara. Era primavera y hacía más calor que en las llanuras de Canterbury. Así que las hermanas no pasaban frío y se sentían seguras. Si alguien se les hubiera acercado lo habrían visto con antelación a la luz de la luna o se habrían despertado. Habrían podido esconderse. Mara se relajó y volvió por fin a dormir sin interrupción. Pocos días después tenía un aspecto descansado. Se sobresaltaba menos a causa de las pesadillas.

Durante el día tenían que trabajar duro, espoleadas por las mujeres del *marae*. Estas disfrutaban descargando su rabia en las esclavas blancas y humillándolas. Provenían de tribus distintas, cuando no rivales, y habían vivido casi todas la guerra y el destierro. Ahora se vengaban de los odiados *pakeha*, torturando a las hermanas. Se burlaban de ellas, las obligaban a hacer los peores trabajos y a veces incluso les pegaban o les hacían pasar hambre.

Carol soportaba ese trato apretando los dientes, pero Mara se ensimismó y no comía nada, igual que en Wereroa. Pero esta vez no aguantó mucho tiempo. Ya había pasado su fase autodestructiva y un día Carol volvió a percibir indignación en sus ojos verde azulados. Mara se quedó mirando a la joven que le tomaba el pelo tendiéndole un mendrugo de pan y retirándoselo, y la expresión de sus ojos era sanguinaria. Un paso adelante, después de haber estado contemplando tanto tiempo la nada, indiferente y apática. No obstante, Carol temía que Te Ori pudiera destruir todo eso de golpe en cuanto llegase. Tohu no podía mantenerlo eternamente apartado del fuerte.

De hecho, pocas semanas después ya empezaban a correr rumores en el poblado. Se decía que Te Ori conducía un grupo de guerreros y profetas de grandes méritos hacia Waikoukou. Al parecer, habían estado propagando su religión en la costa Este y al final habían luchado contra los hombres del general Chute. Te Ori los había encontrado en los bosques y se los llevaba a Haumene.

Carol y Mara estaban preparadas para su llegada, pero Mara se llevó un susto de muerte cuando de repente Te Ori se plantó delante de ella. Estaba cargando un pesado saco de cereales desde el almacén hasta la cocina y lo dejó caer con un grito. Como buen guerrero, Te Ori sabía aparecer cuando menos se lo esperaba, como un espíritu, y cuando Mara retrocedió ante su presencia, sonrió irónico. Ella resbaló por encima del grano esparcido del saco roto y tropezó. El joven guerrero se la quedó mirando con dureza.

—Esta noche paso a buscarte —se limitó a anunciar.

Como un océano ardiente que amenazaba con tragársela, Mara sintió que la invadía el antiguo horror. Quería tirarse al suelo, ovillarse, rodearse las piernas con los brazos, esconder el rostro y ofuscar su mente, pero resistió. En la oscuridad del cobertizo de Wereroa, inmersa en el terror y el dolor, el guerrero marcialmente tatuado se le había aparecido como el demonio personificado. Ella no se había defendido, había arrojado la toalla. Pero ahora, ya tranquilizada, vio al hombre que había en su torturador. Un hombre odioso, profundamente malvado y violento, pero a pesar de todo un ser humano. Y a un ser humano se lo puede matar... Mara se imaginó por un segundo cómo introducía su cuchillo en el cuello de ese bastardo y cómo brotaba su sangre...

Apretó los dientes, cerró los puños y se enderezó.

—Te esperaré —contestó.

Lo esperaría. Soportaría todo lo que él le hiciera y en algún momento lo mataría. Tal vez no ese día, pero al final sería ella y no él quien triunfara.

Te Ori le dio un bofetón y la arrojó de nuevo al suelo.

—¿Alguien te ha preguntado algo? —bramó.

Mara se acurrucó bajo sus piernas, pero no se abandonó. Se agarró a su ira como a una cuerda de salvamento. Miró a Te Ori, esperó el siguiente golpe o patada. El mundo se componía solo de él y ella. A lo mejor la mataba a palos, pero no conseguiría someterla nunca más.

Te Ori la levantó, alzó de nuevo el puño...

—¡Déjala en paz!

Mara oyó otra voz, la de un joven, que le resultó familiar. Muy familiar incluso. En su mente endurecida resonaron palabras de amor, risas, expresiones de afecto.

—¿Eru? —preguntó en un susurro.

La voz era exactamente como la de él, pero Mara tenía que haberse equivocado. Aún lo veía todo borroso a causa del bofetón que le había hinchado un ojo. Pero el hombre que había apartado a Te Ori de ella y que había empezado a pelearse con él no era Eru. Parecía un guerrero como Te Ori. Tenía el rostro cubierto desde la frente hasta la barbilla de zarcillos y símbolos azules y el cabello oscuro recogido en moños de guerra. Pero la piel era clara, más clara que la de su adversario, al que abatía en ese momento. Te Ori cayó al suelo y empezó a levantarse lentamente.

Su salvador se aproximó a la joven.

—¿Mara? —preguntó—. ¿Qué haces tú aquí?

De nuevo hablaba con la voz de Eru y le tendía la mano para ayudarla. Mara se acurrucó fuera de su alcance.

—Mara... Marama... —Las antiguas palabras de cariño. Consternación en la voz familiar del extraño.

De la boca de Mara brotó un sonido ahogado.

—Sal de aquí. ¡Es mi esclava! —Te Ori parecía dispuesto a reemprender la pelea—. Me pertenece.

El hombre que tenía la piel y la voz de Eru hizo un gesto de negación.

—¡No! —replicó—. ¡Me pertenece a mí!

Mara empezó a gritar.

La joven que informó a Tohu Kakahi de lo sucedido formaba parte de las más obstinadas maltratadoras de Carol y Mara. Ahora, sin embargo, cuando vio a la esclava blanca en el suelo, gritando y dando golpes, arañando y mordiendo como un animal acorralado, sintió pena. La joven Pania corrió a casa del jefe y se acercó audazmente a Tohu y Haumene, que estaban discutiendo la situación. Sin prestar importancia a lo que decían, dijo a Tohu Kakahi:

—¡*Ariki*, tienes que venir! La chica blanca... ella... ella... —No sabía como expresarlo.

—¿Todavía no hemos aclarado las cosas con esas mujeres *pakeha*? —Había un deje de enfado en la voz de Haumene—. Esto está llegando demasiado lejos, Tohu. Ese comedor de ojos de Kereopa, esos jóvenes asustados, y uno de ellos es medio *pakeha*... El movimiento está fuera de control. Si esto sigue así, los ingleses ya no negociarán.

—Por favor, *ariki*... —Pania no desistía.

Tohu Kakahi se volvió hacia la joven.

—¿Qué ha pasado, hija? Cuéntanoslo con calma. O espera, voy contigo y lo veo con mis propios ojos. —Miró de nuevo al Profeta—. Te Ua, ya hace tiempo que los *pakeha* no quieren negociar. Hemos ido demasiado lejos. En una dirección hacia la cual no queríamos ir. No ganaremos la guerra. —De nuevo se dirigió a Pania—. Voy contigo, hija.

Haumene contempló a su antiguo compañero de vida con un rostro furibundo y apretando los dientes. Podría haberlo llamado, pero no quería emprender una lucha de poder. Las expulsiones de las tribus de Waikato y Taranaki, las batallas perdidas y la ausencia de los milagros prometidos le habían costado adeptos. Su estrella entre las tribus, era consciente, empezaba a perder brillo.

Cuando Tohu Kakahi llegó delante de la casa cocina, Mara seguía gritando. Carol intentaba en vano tranquilizarla. Dos guerreros sujetaban a Te Ori, que se revolvía como un poseso. Si lo hubiesen soltado, tal vez habría matado a su esclava, o al otro, al guerrero que llevaba la cara cubierta de demasiado *moko* para su edad y del que Te Ua decía que era medio *pakeha*. Al menos hablaba inglés con fluidez. Estaba arrodillado junto a la esclava de cabellos oscuros que gritaba, le hablaba con dulzura, le suplicaba. Tohu intentó comprender las palabras.

—Soy yo, Mara, Eru. Tu Eru. No tienes que tener miedo de mí, soy tu marido, Mara, mi querida Mara. Mara Marama, te amo. No he cambiado...

—¿No? —intervino Carol con dureza. Ella, al menos, sí parecía reconocerlo—. Para mí tienes otro aspecto. Y para Mara, seguro. ¿Qué haces aquí con los hauhau, Eru? Deberías estar contando ovejas para tu madre.

El guerrero no le prestó atención.

—Por favor, Mara... por favor, Mara mía... tienes que reconocerme.

Tohu vio que por el rostro del muchacho se deslizaban lágrimas. Corrían por los surcos del *moko*. El joven no se las secaba.

—¡Mírame, Mara! —suplicaba.

La muchacha escondía el rostro en el hombro de su hermana. Carol la mecía suavemente. Los gritos de Mara se convirtieron en sollozos.

Tohu respiró hondo.

—¡Basta ya! —le dijo a Eru en tono imperioso—. ¡Deja de quejarte como una mujer! Y tú —se dirigió a Te Ori—, recupera el control. ¡Esto es indigno de vosotros! Dos guerreros peleándose como niños por un juguete...

—Ella no es un juguete —protestó Eru—. ¡Es mi esposa!

—Es mi esclava —lo contradijo Te Ori.

—Grita —constató Tohu—. Así que es evidente que no quiere ser la mujer de nadie. Habíamos hablado, Te Ori, de que debías ganarte sus favores. De que ella tenía que permanecer contigo por iniciativa propia. Está claro que no lo has conseguido. Y tampoco parece sentir afecto hacia ti, joven. Que su hermana se la lleve a algún dormitorio. Que la vigilen. —Se volvió a los hombres que tenían sujeto a Te Ori—. Vosotros haréis la primera guardia. No permitáis que nadie se acerque a estas mujeres, al menos ninguno de estos dos. Hablaré con el Profeta sobre cómo proceder.

—No es Eru —gemía—, no es Eru. Es... ¡es una locura! Los espíritus... las voces... Estoy perdiendo la razón.

Carol le apartó de la cara el cabello húmedo de lágrimas.

—Cálmate. No hay espíritus, ya lo sabes. Y tampoco estás oyendo voces inexistentes. Al contrario, tienes un oído estupendo. ¡Yo no habría reconocido a Eru a la primera! Pero es él, no hay duda. Se ha hecho esos horribles tatuajes. Es probable que para disgustar a Jane. A saber qué planes tenía ella para su hijo ahora que está en Rata Station. Pero al observarlo más de cerca se le reconoce. Tú también lo reconocerás, tranquilízate...

—¡No quiero reconocerlo! Si este es Eru, entonces es que mi Eru murió. Mi Eru está muerto y yo estoy muerta y Cat está muerta y Chris está muerto y... —Mara empezó a balancearse de nuevo, como en las primeras noches de su cautiverio.

Carol le dio una bofetada.

—¡No estás muerta! —espetó a su hermana.

—Mañana a lo mejor estáis las dos muertas. —La joven Pania entró en la habitación con una cesta de pan ácimo, boniatos hervidos y tubérculos de *raupo*—. Tomad, por si tenéis hambre. Necesitaba un pretexto para venir. —Dejó la comida sobre el suelo.

—Has sido tú la que ha ido a buscar a Tohu, ¿verdad? —preguntó Carol—. Gracias.

Pania asintió.

—Pero el Profeta está muy enfadado —explicó—. Con todos, creo. Con Tohu, con los misioneros que han regresado hoy... Y ahora se dice que vienen los *pakeha* para tomar Waikoukou. El Profeta no quiere que os encuentren. Hoy os sacará de aquí y mandará que os maten. Debe parecer como si hubieseis huido y la guardia os hubiese disparado por equivocación. Debe dar la impresión de que la culpa no ha sido de nadie.

—¿Y cómo sabes tú todo esto? —preguntó Carol, palideciendo.

—Lo ha dicho Te Eriatara, el guerrero que asegura ser su marido. —Señaló a Mara—. El Profeta los ha regañado a los dos, a él y al otro guerrero que os ha raptado. Y luego ha decidido lo que pasará con vosotras. Pero Te Eriatara no lo aceptará. Me ha dado dinero *pakeha*. —Pania resplandecía cuando sacó un centavo del bolsillo. Era probable que nunca hubiera tenido una moneda—. He de avisaros. Y dice que tenéis que estar preparadas. Vendrá a liberaros. Esta noche.

7

Eru había pasado unos meses difíciles. Desde el asesinato de Völkner había dejado de creer en la misión divina de Haumene. No cabía duda de que había que plantar cara a los *pakeha*, ¡pero no de esa arcaica y sanguinaria manera! La guerra, que hasta entonces había sido para Eru una especie de obra de teatro, en la que él interpretaba un papel estratégico como orador que encendía los ánimos, le resultaba ahora repugnante. Sin embargo, siguió con Kereopa Te Rau. Se convencía de que así tal vez podría vigilar y moderar al fanático guerrero, pero de hecho no tenía elección. Con el séquito de Kereopa y Patara llegó primero a Gisboner, luego a Urewera. Los hauhau predicaban de la manera habitual, solo Eru se contenía, pero Kereopa y Patara no se daban cuenta. Sus compañeros estaban como embriagados después del baño de sangre de Opotiki y los ngai tuhoe, que fueron los siguientes en darles alojamiento, los admiraban por ello. La tribu, que hasta el momento había mantenido poco contacto con colonos blancos, todavía tenía en alta estima las antiguas costumbres y rituales. Un poco de canibalismo, opinaban los ancianos, aumentaba el *mana* de un guerrero. Los hauhau podían sentirse seguros por mucho que los *pakeha* los buscaran. Urewera, la tierra tribal de los ngai tuhoe, se extendía entre la bahía de Plenty y la de Hawke. Era una zona de bosque espeso y poco poblada. Los blancos recelaban de penetrar en esas tierras salvajes.

Eru, sin embargo, tampoco encontró la paz. Los misioneros

hauhau se unieron de nuevo en Gisborne y, por supuesto, sus amigos tenían un montón de preguntas que hacerle. Iban del horror a la admiración en lo que se refiere a los sucesos de Opotiki y querían conocer todos los detalles al respecto. Eru sufrió con las pretenciosas descripciones del «proceso» sobre la ejecución de Völkner e ignoraba hasta qué punto podía contar su propia versión a Tamati y Kepa. Al final no les desveló que había ayudado a Lange y Gallant a huir. Un secreto más con el que tendría que vivir.

Y además había que seguir avanzando. La paz de Urewera aburría a Kereopa y Patara. El primero sugirió regresar a Waikato y llevar el mensaje del Profeta a las tribus establecidas allí, y el segundo lo apoyó complacido. Para ello había que hacer un largo recorrido, y esta vez los hauhau ya no pensaban en deslizarse sigilosamente. Emprendieron con tropas ngai tuhoe una campaña y enseguida, en las llanuras de Kaingaroa, un paisaje seco, escasamente cubierto de hierbas y algo de monte bajo, se toparon con guerreros ngati manawa y ngati rangitihi. Las dos tribus llevaban una eternidad enemistadas con los ngai tuhoe. Eso concluyó en unas encarnizadas guerras que, en opinión de Eru, al final convirtió la misión de Kereopa en algo absurdo. ¿No había dicho Haumene que los maoríes eran todos un único pueblo que debía unirse para luchar contra los *pakeha*? ¿No deberían haber predicado a las tribus y haberles llevado el mensaje del *niu*, en lugar de enfrentarlas entre sí con lanzas y mazas de guerra?

Naturalmente, los jefes ngai tuhoe y Kereopa explicaron que las tribus enemigas se habían aliado con los ingleses para luchar contra su propia gente y que por ello merecían un castigo. Eru no sabía si era cierto, pero le constaba que los guerreros no estaban en esos momentos como tropas de apoyo a los *pakeha*. Lo único que hacían era defender su territorio contra enemigos inveterados. Eru y sus amigos comprobaron aterrados cuánta sangre podía correr con las armas tradicionales maoríes. Los guerreros se clavaban las lanzas, se partían las cabezas con las mazas y las extremidades con el *tewhatewha*. A los muertos les separaban la cabeza del tronco. Kereopa Te Rau volvió a comer ojos, esta vez de tres guerreros ngati manawa. De ese modo se ganó definitivamente el apodo de Kaiwatu, «comedor de ojos». Tamati y Kepa estaban tan horrorizados como Eru.

A continuación los ngati manawa y los ngati rangitihi desplazaron a los guerreros hauhau peligrosamente cerca de Opotiki, donde las tropas inglesas solo esperaban capturar a los asesinos de Völkner. En el último momento, sin embargo, los ngai tuhoe enviaron refuerzos y Kereopa y sus hombres pudieron huir hacia Urewera. Eru, Tamati y Kepa ya estaban hartos de esas aventuras. Decidieron de común acuerdo abandonar a los ngai tuhoe. Pero no sabían hacia dónde huir.

—Yo soy partidario de volver a casa —anunció Tamati—. Ya hemos cumplido nuestra tarea, hemos peleado. ¡Somos hombres! Tendremos mucho *mana* en la tribu, me casaré con Tiana.

Tenía un deje soberbio. Tiana era una de las muchachas más hermosas de su *iwi*. Antes de esa aventura, Tamati no habría podido ni soñar con conquistarla.

—No irás a creerte que Te Haitara nos felicitará por haber estado con el comedor de ojos —objetó Kepa—. Ni siquiera hemos luchado realmente por los profetas. En el fondo solo hemos intervenido en un par de estúpidos asuntos tribales.

—La guerra es la guerra —señaló Tamati.

Eru se mordió el labio. Estas reflexiones no le venían de nuevo, a fin de cuentas ya había estado dándole vueltas a todo ello tras la muerte de Völkner. De acuerdo, a esas alturas nadie podría acusarle de ser un cobarde. Los tres habían demostrado su hombría y habían derramado sangre, aunque solo Kepa, por casualidad, había matado a un guerrero rival. Aun así, Eru tenía la sensación de que no había puesto punto final a algo que había iniciado.

—Creo que deberíamos volver a Wereroa —sugirió al final—. Veamos qué intenciones tiene el Profeta y cómo va a proseguir todo esto. Entonces podremos decidir si seguimos peleando o si volvemos a la Isla Sur. Si regresamos sería como si... como si no hubiésemos conseguido nada.

Tamati y Kepa se echaron a reír.

—¿Te refieres a que todavía tenemos que echar a los *pakeha* al agua? —bromeó Tamati.

Ya hacía tiempo que los jóvenes se habían dado cuenta de que las visiones de Haumene nunca se harían realidad. En Wereroa habían tenido un sueño. Ahora sabían lo fuertes que eran los ingleses y cuántos de sus congéneres no compartían sus deseos. La mayoría de los maoríes quería vivir en paz con los *pakeha* y en hostilidad con las tribus vecinas. Precisamente en la Isla Norte se hallaban muy alejados de formar un solo pueblo.

Eru se frotó el *moko*; le escocía.

—Solo quiero saber si todo esto tiene algún sentido —musitó.

Al día siguiente no fueron los aventureros quienes tomaron una decisión. Un mensajero de Haumene (o más bien de Tohu Kakahi) llegó a los ngai tuhoe con el encargo de que los misioneros regresaran lo antes posible.

—¡El Profeta está indignado por todo lo que ha ocurrido aquí en su nombre! —explicó—. Os enviaron para predicar la paz y el amor y no para combatir a los *pakeha*. En lugar de ello, ¡primero matáis a un blanco y luego lucháis con las tribus del interior a la que teníais que predicar! Habréis de justificaros ante el Profeta y sus consejeros. En Waikoukou... ¡y deprisa!

De hecho, ni Kereopa ni Patara se mostraban muy dispuestos a acudir a la llamada del Profeta. En lugar de ponerse camino de Taranaki conforme a las instrucciones, desaparecieron en el bosque. Solo uno de los misioneros se unió a ellos. Los otros se sometieron compungidos a la autoridad del mensajero, quien organizó su regreso. Los hombres se deslizaban a través de territorio enemigo en grupos pequeños, de la manera más discreta posible. Eru, Tamati y Kepa pasaban un miedo horroroso cada vez que una rama crujía a sus espaldas. No cabía duda de que los ngati manawa no tendrían piedad si caía en sus manos algún hauhau. Al final no ocurrió nada. Tal vez las tribus rivales estaban cansadas de pelear y preferían dejar pasar a los guerreros dispersos antes que entregarse a más combates.

Así pues, Eru y los demás llegaron a Waikoukou e informaron a Haumene. Como era de esperar, el Profeta no estaba nada satisfecho con el modo en que habían cumplido la misión. Les soltó una larga perorata sobre la paz y el amor.

—Teníamos que reclutar guerreros para ti —osó intervenir Eru—. ¿No fue correcto enviar a los jóvenes guerreros de las tribus a Wereroa?

Te Ua alzó las manos.

—Debíais llevar el mensaje feliz a las tribus de la costa Este. Si algunos de sus guerreros querían unirse a nosotros, les daríamos la bienvenida, por supuesto. ¡Aquí no se habló de guerra!

Eru lo recordaba de otro modo. Se puso furioso ante las injustas acusaciones que se pronunciaron en la plaza de las asambleas del *marae* donde encontró a Mara, y el mundo en que había entrado buscando cobijo con los hauhau se le cayó encima. ¿Cómo podía Te Ua apoyar la esclavitud? ¿Cómo había permitido que un tipo tan grosero como Te Ori abusara de dos mujeres blancas? ¿En nombre de la paz, el amor, la compasión, los arcángeles y los profetas?

Algo en Eru estalló cuando apartó a Te Ori de Mara. Le dolió, pero fue también como una liberación. El *pai marire* había sido un camino errado y Mara llegaba justo a tiempo para sacarlo de ahí. Quería levantarla, abrazarla y besarla. Cuando ella lo rechazó, se desmoronó. Fue demasiado. Se odió por lo que había hecho y apoyado. Si ahora también Mara le odiaba...

Lo único que deseaba Eru era llorar y acurrucarse en algún rincón. Pero Tohu reclamó su presencia y la de Te Ori ante los profetas y todo empeoró más. Te Ua Haumene sentenció a muerte a Carol y Mara. No le importaban las mujeres, eran meras piezas de un juego, siempre fastidiosas y ahora un peligro. Te Ua se desprendería de ellas con la misma falta de escrúpulos con que enviaba a jóvenes guerreros a la muerte con cautivadoras mentiras.

Eru tomó una decisión, sabiendo que ese no era el momento de esconderse y lamerse las heridas. Tenía que huir esa noche con las mujeres.

—¡Vas a tener que tranquilizarte! —advirtió Carol a Mara—. Tanto si te gusta Eru como si no, él es ahora nuestra única esperanza. Así que vamos a permitir que nos libere. Sin gritos ni llantos. Cuando venga a buscarnos, iremos con él. ¿Lo has entendido? —Como Mara no contestó, la zarandeó—. ¿Has entendido?

Mara asintió. Seguía temblando, pero cuando Carol le dio pan y verduras, comió su ración con ganas. Carol la observó con alivio. Necesitarían de todas sus fuerzas para marchar a través del bosque.

Y entonces, seguro que ya era medianoche, oyeron que cambiaban los guardias de su celda. Apenas una hora más tarde, alguien abrió la puerta. A la luz mortecina de la luna nueva, Carol distinguió la silueta de un guerrero en el umbral. Reconoció vagamente un rostro tatuado.

—Deprisa, ¡salid de aquí! —susurró.

—¡Ven! —Carol tiró de Mara.

La muchacha gimió, más bien parecía querer retroceder que levantarse.

—¡No es Eru! —susurró Mara.

Carol la levantó enérgica.

—¡Calla! —ordenó—. Quédate callada y ven conmigo.

—Pero no es...

Carol no hizo caso de su hermana, sino que la agarró de la mano y la arrastró fuera del cobertizo. De inmediato las cogieron por detrás. Alguien les puso una mordaza y ató sus manos a la espalda.

—Y ahora seguidme. ¡Sin rechistar!

Te Ori ató a Mara fuertemente a Carol y él mismo cogió la cuerda para tirar de Carol.

Esta captó la mirada de su hermana. Los ojos le brillaban. Mara sabía lo que la esperaba. Había reconocido la voz. Carol se reprendió por lo tonta que había sido. Eru habría tenido que actuar más astutamente para liberarlas; Te Ori, por el contrario, conocía a todos los guerreros del fuerte. Seguro que la guardia le había hecho el favor de marcharse un momento. También un vigilante lo había ayudado a atar a las mujeres. El rapto se realizó rápida y sigilosamente. ¡Y encima, ella, Carol, había cooperado!

Te Ori condujo a las mujeres sin esconderse a través de las puertas del *pa*.

—Orden del Profeta. Quiere deshacerse de ellas —explicó a los vigilantes. Estos no lo comprobaron.

—Pero ve deprisa —siseó uno de ellos—, y que no te descubran. Se dice que los *pakeha* están aproximándose, al final van a pelear. No vayas a tropezar con ellos.

—Tranquilo.

Te Ori cruzó la puerta con las mujeres y enseguida apretó el paso. Carol y Mara jadeaban tras él, oscilando entre el pánico y una vaga esperanza. Te Ori no las habría raptado para matarlas. Si hubiese insistido en matar él mismo a sus esclavas, seguramente Te Ua lo habría permitido. ¿Qué pretendía hacer con ellas?

Tras una marcha de varias horas por la selva, ambas tenían claro que sus vidas no corrían peligro. Te Ori había desobedecido al Profeta, quería conservar a sus esclavas. Sin embargo, en el transcurso de la noche, Carol empezó a preguntarse si no sería mejor una muerte rápida a seguir arrastrándose por esa intransitable espesura del bosque. Estaba agotada, tenía las piernas y el rostro cubiertos de arañazos. Se caía una y otra vez sin poder protegerse con las manos. Otro tanto le sucedía a Mara. Carol contempló el semblante pálido y rasguñado de su hermana a la luz del sol naciente. Sin embargo, no había en él huellas de lágrimas. Mara se abría camino con obstinación a través de la selva, resuelta a no mostrar debilidad.

Unas horas más tarde, ya se acercaba el mediodía, Te Ori se detuvo. Bebió de un arroyo y les quitó la mordaza. No las desató.

—¿Cómo vamos a beber? —le dijo Carol—. ¿Como perros? Te Ori hizo una mueca.

—Exacto —respondió—. Me gusta veros por detrás.

—¡Me verás por delante cuando te abra la garganta a mordiscos! —le advirtió Mara.

Sin decir palabra, Te Ori la derribó de un golpe.

—¿Adónde nos llevas? —preguntó Carol—. ¿Qué significa todo esto?

Te Ori pensó unos instantes si responder, luego expresó su rabia contra el Profeta.

—¡No voy a dejar que me quite a mis esclavas! —exclamó iracundo—. Me da igual que se llame Profeta o *ariki*. Jefe tribal, ¡me río yo de eso! A Te Ua nunca lo han elegido. Y no es hijo de jefe. Al contrario, él mismo fue un esclavo. Por eso tampoco tiene *moko*, como un hombre. ¡Si quiere lo que es mío, que me lo arrebate!

Eso no se lo habría dicho a la cara al Profeta. Carol reflexionó si debía reprochárselo, pero se contuvo por temor al inevitable golpe que seguiría.

—¿Y adónde quieres ir ahora? —repitió.

—Os llevo a mi poblado. A mi tribu, los ngati huia. Volveré a vivir allí. Necesitarán guerreros para defenderse si los *pakeha* quieren sus tierras.

Carol y Mara se miraron. Ambas pensaron lo mismo. Podrían huir de un poblado normal. Un *marae* no era un *pa*. En ambas nació la esperanza.

Eru, Tamati y Kepa necesitaron media noche para abrir sin que nadie los viera un agujero en la empalizada. Trabajaron muy lejos de los portalones, en un lugar cubierto por hierba alta y ramas de *rata*. El paso tenía que ser lo suficientemente amplio para deslizarse a su través. Al amanecer fueron a la celda de Mara y Carol. Golpearon a los dos vigilantes, que habían bajado la guardia, abrieron la puerta y encontraron la habitación vacía.

—Alguien se os ha adelantado... —El primer vigilante se puso en pie con esfuerzo cuando los jóvenes todavía miraban sin dar crédito el cobertizo desierto—. Y ya os podéis meter ahí. Os tendremos encerrados hasta mañana. El Profeta tendrá algo que deciros.

Eru no se lo pensó dos veces. Con un rápido movimiento volvió a derribar de un golpe al hombre y se aseguró de que el segundo también estuviera inconsciente.

—¡Démonos prisa! —susurró a sus amigos—. Yo no me dejo encerrar por estos. Quién sabe qué se les ocurrirá mañana. Lo mismo nos matan por traidores.

Tamati y Kepa corrieron tras Eru. Prudentemente, para no ser vistos por noctámbulos u otros vigilantes, fueron saltando de cobertura en cobertura hasta llegar a su vía de escape. Pasaron a través del orificio con esfuerzo, avanzaron reptando por el terraplén que protegía adicionalmente el *pa* y consiguieron llegar al bosque sin ser descubiertos.

—¿Creéis que las han matado? —preguntó Tamati cuando se tranquilizaron de nuevo—. ¿Hemos llegado demasiado tarde?

Kepa movió negativamente la cabeza.

—No creo. Los vigilantes todavía estaban allí.

—¡Pero estaban al corriente de algo! —señaló Tamati—. Deberíamos haberles sonsacado lo que sabían.

—¿Para qué? ¡Está claro! —replicó Eru lleno de odio—. ¡Están en manos de ese Te Ori! Pero las encontraré. Perseguiremos a ese tipo y las liberaremos. ¿Qué pensáis, hacia dónde las habrá llevado?

Incluso si Tamati y Kepa hubiesen sido lo suficiente hábiles para seguir un rastro, eso no les habría ayudado. Cuando dejaron Waikoukou, McDonnell y sus hombres ya hacía tiempo que habían rodeado el fuerte. Los amigos cayeron directamente en el cerco. Antes de que hubiera transcurrido media hora, se encontraban en manos de *military settlers*. Atados a un árbol y vigilados por dos hombres armados que pasaban el día jugando al blackjack, oían el estruendo de los cañonazos y los disparos de mosquete que salían del *pa*.

El fragor del combate se prolongó durante un día, pero la batalla no fue tan sangrienta como aquellas en que habían participado los jóvenes en Kaingaroa. Al final solo había unos pocos heridos. El Profeta y sus hombres los habían dejado atrás al huir. Los ingleses los reunieron delante del fuerte y les hicieron presenciar cómo destruían la fortaleza y el poblado. Luego el general Chute encargó que los vigilaran. Así pues, en lugar de ir tras Te Ori y las dos hermanas, Eru partió con el grupo de prisioneros en dirección a Wellington.

8

En otoño, en la granja de Fitz y Linda todavía no se habían terminado ni la mitad de las labores. Linda cada vez se sentía más pesada. Las tareas que antes le eran fáciles de realizar, ahora le resultaban un suplicio. Cada vez más a menudo tenía que pedirle a Fitz que fuera a buscar agua o cortar leña. Este normalmente lo hacía sin rechistar, pero lo tomaba como pretexto para ahorrarse las tareas de construcción.

—Cariño, yo solo puedo hacer una cosa: o mantener el fuego encendido o construir el corral de las ovejas.

Mientras que los demás colonos ya se habían instalado casi todos en sus casas, Linda había asumido que daría luz a su bebé en la tienda. Esta perspectiva no era de su agrado, pero tampoco era lo peor que podía ocurrirle. Linda ocupaba junto con Fitz una espaciosa tienda militar para cuatro soldados. Era más cálida y aislaba mucho mejor de la humedad que el carro entoldado o la cabaña en que habían vivido en Otago. En lo que iba de tiempo, Linda la había arreglado de modo acogedor. Si bien no había cama, contaban con esteras de dormir confeccionadas a la manera maorí y alfombras que Linda había tejido con Omaka. Para las mujeres, unir los símbolos de los ngai tahu de Rata Station y los de los ngati tamakopiri, tal como se habían tejido durante siglos las mantas y ropas junto al río Patea, tenía algo de espiritual.

—El niño conocerá los signos. Yo se los explicaré —prometió Linda a la anciana—. Su significado no caerá en el olvido.

Juntas confeccionaron también una cesta para llevar el bebé y otra para dormirlo. A Linda le hubiese gustado tener una cuna, pero Fitz no parecía dispuesto a construirla.

—¡Eso lleva tiempo! —dijo cuando Linda se lo pidió. No parecía consciente del avanzado estado de Linda.

Vera dormía en el carro, Linda ignoraba si por deseo propio o de Fitz. Solo daba gracias al cielo por al menos poder tener a su marido para sí sola en la tienda. Solo allí, cuando Vera quedaba fuera, Fitz volvía a mostrarse con ella como en los tiempos felices. Solo allí podían mantener conversaciones serias en que Fitz realmente escuchaba a su esposa y valoraba sus opiniones. Solo allí la hacía reír y se hacían carantoñas. A veces la hacía llegar al clímax y Linda pasaba una noche feliz entre sus brazos. Se preguntaba entonces si las oscuras nubes que desde la llegada de Vera pendían sobre su matrimonio eran imaginaciones suyas.

No obstante, se desengañaba enseguida al ver a la muchacha a la mañana siguiente. Y durante el día casi siempre se producían escenas desagradables entre la joven y Fitz. Sin duda, los celos desempeñaban una función importante, aunque Linda nunca había visto a Fitz y Vera coqueteando. Él se cuidaba de no ganarse la mala reputación de amante de Vera. Su relación con sus «dos mujeres» ya había dado que hablar en la colonia y en la compañía. Tanto los camaradas de Fitz como sus esposas se planteaban, sin tener en consideración los sentimientos de Linda, la pregunta que la misma Linda se hacía: ¿mantenía Fitz relaciones sexuales con esa muchacha demasiado joven para él, o se mantenía en un plano paternal?

Un día, el capitán Langdon habló directamente con Linda sobre ese asunto. Detuvo el caballo junto al carro, que Linda estaba sacando del almacén general de Patea cargado de material de construcción.

—Sin voluntad de ofenderla... —se atrevió a abordar el delicado punto, después de haber charlado de asuntos sin importancia—. Esos rumores sobre su esposo y la muchacha que vive con ustedes me inquietan. Como capitán de la compañía tengo cierta responsabilidad sobre mis hombres y sus familias. Por lo que, señora Fitzpatrick, por muy enojosa que me resulte esta pregunta: ¿no tendremos aquí un caso de bigamia? —Afligido, bajó la mirada al vientre de Linda—. El soldado Fitzpatrick ¿no tendrá... pues... esto... una segunda mujer mientras usted... hum... está indispuesta? Entiéndame, podríamos... sí, deberíamos tomar medidas.

Linda se puso como un tomate y rechazó la idea escandalizada. Y eso que le habría parecido estupendo que los superiores de Fitz hubiesen alejado a Vera de su esposo. Aunque le habría resultado lamentable admitirlo.

—No, no, nada de eso. Claro que no. ¿Cómo puede usted suponer...? Esa chica, por decirlo de algún modo, solo ha buscado cobijo con nosotros. Ya conoce cómo es la madre de Vera.

El soldado raso Carrigan, Mary y sus hijas mayores formaban parte de los sujetos problemáticos de la colonia. Si bien Carrigan trabajaba bien y cumplía su servicio con diligencia, de Mary se decía que había abierto una destilería de whisky, pero nadie sabía exactamente dónde. Aun así, sus reservas de alcohol parecían inagotables y regentaba una especie de pub en su parcela. El mayor McDonnell y el capitán Langdon lo sabían, sin ver la posibilidad de tomar medidas en contra. Lo que los *military settlers* hicieran fuera de las horas de servicio era asunto suyo. Eso se aplicaba también a la conducta de la hermana de Vera. Era un secreto a gritos que Kyra se ofrecía a los hombres por dinero.

Langdon se frotó la frente.

—Sin duda, Vera es una muchacha que afronta grandes dificultades —dijo con prudencia—. Es mérito suyo que la hayan acogido. Usted misma debe saber si... si su marido tal vez se ve... hum... superado por las circunstancias.

Tras estas palabras, se llevó la mano a la gorra para despedirse, puso el caballo a trote y se alejó del carro de Linda. Esta lo saludó con la mano. No se tomó a mal que Langdon le hablase con claridad, al contrario, el joven oficial le daba pena. Esa conversación no le había resultado menos desagradable que a ella. Y al menos sabía ahora su postura. Otros también sospechaban de Fitz y Vera. Linda no estaba loca al dudar del carácter inocente de su relación, como Fitz ya le había reprochado en dos ocasiones.

Con la pesada carga del carro, Linda tardó en ir de Patea a su parcela casi dos horas, durante las cuales estuvo inmersa en sombríos pensamientos. Sin ser ella misma responsable se había convertido en centro de escándalos y chismorreos. Por primera vez pudo realmente imaginar cómo se había sentido su madre Cat años atrás en Nelson.

Pensar en Cat la llevó a recordar a Ida, Karl y Carol. Linda no había logrado reanudar el contacto con su familia, aunque había escrito varias veces a Russell. En el campamento habían advertido que el correo no era fiable, la situación en el interior seguía siendo complicada e insegura. Los envíos postales se perdían con frecuencia. Pero Linda anhelaba con toda su alma tener a alguien a quien abrir su corazón. Ahí solo tenía a Omaka, pero ella hablaba más de los espíritus que sobre asuntos terrenales.

Linda guio el carro a través del bosque otoñal, a lo largo del río. Finales de abril, en uno o dos meses llegaría su hijo al mundo. Como siempre, admiró el paisaje de su nuevo hogar. La Isla Norte parecía mucho más exótica que las llanuras de Canterbury. Allí dominaban las hayas del sur y el *rata*, cuando había árboles. Aquí la vegetación era más variada. Muchos árboles y helechos siempre estaban verdes, y el invierno no prometía ser tan frío como en la Isla Sur. Linda estaba preparada para amar a su nueva tierra por encima de todo, pero tenía la sensación de no haber llegado todavía. ¡Si Fitz colaborase un poco más en echar raíces en su parcela! Cuando por fin pudieran dar su impronta a la tierra, cuando hubiera campos cultivados, cuando asomara la casa de la colina... Linda se frotó los ojos. No, no iba a llorar. ¡No había razón! Al contrario, tenía la granja, estaba contenta de esperar un hijo y todo lo demás también iría a mejor.

Y entonces pareció como si realmente sus sueños fueran a hacerse realidad. Cuando Linda se acercaba a su parcela oyó voces, y alguien cortaba madera con un hacha. Para su sorpresa reconoció a los soldados rasos Fairbanks y Hanks, el propietario de la siguiente parcela. Los dos talaban troncos y les quitaban la corteza, mientras Fitz y Vera habían empezado a construir una cabaña. Aunque no donde Linda había deseado edificarla. Fitz no construía sobre la colina, sino al lado del bosquecillo que estaban talando. Linda sintió una punzada: en lugar de seguir un plan racional había preferido la vía más cómoda. Pero reprimió su enfado. Qué más daba dónde construyera, ¡al menos trabajaba! A lo mejor eso era un establo. Si se trabajaba duro, todos los edificios podían levantarse en pocos días. Parecía que eso era lo que Fitz tenía ahora en mente. Tanto él como Vera trabajan con ahínco, la muchacha parecía haber sufrido una transformación sorprendente. Reía y bromeaba con los ayudantes y parecía haberse lavado. El cabello, que normalmente le caía desordenado por los hombros, le brillaba y lo llevaba recogido en una trenza. En lugar de la vieja falda azul, Vera llevaba un vestido de Linda que esta le había arreglado a petición de Fitz. Hasta ese día ni siquiera lo había mirado.

Linda se quedó tan contenta como asombrada ante ese espectáculo.

—Fitz... —dijo. Su marido también parecía cambiado. Estaba alegre y manejaba el martillo con energía—. Fitz, ¿cómo es que...?

Él se acercó y la bajó del pescante.

—Cariño, ¡algún día tenía que suceder! No puedes dar a luz en la tienda. Así que he reunido a unos cuantos colegas. ¡En dos o tres días tendrás tu casa!

Ella se frotó las sienes.

—Pero, Fitz... la casa tenía que estar en la colina, como Rata Station. Aquí van las dehesas, o establos o cobertizos de esquileo. Y...

—Y, y, y... —Fitz la miró furioso, perdiendo su buen humor—. ¿De qué tienes ahora que quejarte? Te habías ido con el caballo. ¿Teníamos que arrastrar nosotros mismos los troncos a la colina?

—No, pero... —Linda iba a decir que habían pasado meses sin casa. No venía del par de horas que había tardado en volver con *Brianna*.

Antes de que pudiera expresarlo, Vera se volvió hacia ella radiante.

—Oh, miss Linda, parece usted agotada. Ahora mismo iba a traer un poco de té. Lo he preparado para los hombres, tal como usted me ha enseñado. Seguro que también quiere un poco...

La muchacha se marchó presurosa para volver poco después con una tetera de hojalata. Vera llenó los vasos para los hombres, los repartió diciendo un par de bromas y se ganó miradas de admiración y alabanzas.

—Vaya, qué suerte tiene con esta hija tan servicial, señora Fitz —dijo cordialmente el soldado Hanks—. Mi esposa lo tiene que hacer todo sola... —La señora Hanks también estaba embarazada, aunque no en estado tan avanzado como Linda.

—¡Ella sí sabe ayudar, su Vera! —añadió Fairbanks—. Ya me gustaría que me la prestaran alguna vez, a la chiquilla.

Vera soltó un ronroneo que Linda nunca le había oído.

—Ya veremos, señor Phil. Me alegraría poder ganarme un par de centavos. Con los Fitzpatrick trabajo por el alojamiento y la comida, y... me gustaría comprarme un caballo... ¿sabe? —El rostro de Vera adquirió una expresión soñadora—. Como miss Linda. Su *Brianna* es preciosa... me gusta tanto ocuparme de ella...

Linda observaba incrédula cómo su «doncella» enfurruñada y parca en palabras mutaba en una adolescente vivaracha y servicial que cautivaba a sus vecinos con su ingenuo encanto. Vera fingía ser aplicada y tener ganas de aprender, se mostraba agradecida con Linda y parecía mirar a Fitz como a un padre. Linda se preguntaba si el capitán Langdon solo había hablado con ella o si también lo había hecho con Fitz o incluso Vera.

—¿Por qué no se acuesta un rato, miss Linda? —sugirió la muchacha en ese momento.

Linda decidió que ya llevaba tiempo suficiente presenciando ese numerito y permitió que la chica la acompañara, pretendidamente contenta por la propuesta. Allí le cantó las cuarenta.

—¿Qué significa todo esto? —le dijo en cuanto estuvieron fuera de la vista de los hombres—. ¿Qué es todo este teatro?

El semblante despejado de Vera se había vuelto a transformar en cuanto estuvo a solas con Linda. Le lanzó una mirada de menosprecio.

—Estoy harta de dormir en el carro —respondió lacónica—. Quiero una casa.

Por la noche, mientras Vera y Fitz asaban con los hombres un par de pescados que habían caído en las nasas de Linda, esta se disculpó y se retiró a la tienda. No podía seguir escuchando las mentiras de Vera, ni sus gorjeos con los hombres ni las alabanzas de estos, a las que Fitz se unía fervorosamente. Orgulloso y siempre en tono paternal, ponía a Vera por las nubes, diciendo la gran ayuda que era, sobre todo para Linda.

—¡No queremos perderla! Nos resulta inimaginable que un día pueda faltarnos.

Linda se quedó dormida mientras lloraba de rabia y decepción. No habría una casa en la colina para ella. En realidad, ahí no se construía ninguna casa para Linda y su familia. Fitz construía una casa para Vera.

9

En efecto, la cabaña de Fitzpatrick Station se construyó en tiempo récord. Linda, Fitz y Vera, para quien Fitz había construido un espacioso anexo, pudieron mudarse mucho antes del nacimiento del bebé. Linda se esforzaba por fingir alegría, aunque más bien sentía amargura. De todos modos, tampoco pensaba demasiado en ello. Cuando quedaba tan poco para el parto, tenía otras preocupaciones. En el asentamiento de los *military settlers* no había ninguna comadrona. Y en Patea ejercía una mujer en la que Linda no confiaba demasiado. Tampoco habría servido de mucho llamarla al comenzar los dolores. Tardaría horas en llegar. Para recurrir a sus servicios, Linda habría tenido que mudarse a Patea días antes del alumbramiento. McDonnell no ponía de buen grado a disposición de las mujeres de los colonos los alojamientos del campamento militar. Tampoco eso seducía demasiado a Linda. Prefería traer al mundo a su hijo en la granja y en su propia cama. Con la ayuda de Fitz. Confiaba en poder dirigirlo con indicaciones claras. A fin de cuentas, ella misma era una comadrona con experiencia. En Rata Station había ayudado a parir cientos de corderos, terneros y potros, y asistido en varios nacimientos de niños tanto a Cat como a la sanadora maorí Makuto.

Fitz había estado de acuerdo, con una buena disposición sorprendente, a que el alumbramiento se realizara sin ayuda de una comadrona. Traer un niño al mundo era un desafío al que parecía enfrentarse con su antigua euforia. En ese estado, Linda nunca lo había visto fallar. Así que la joven veía el parto sin temor. El embarazo había transcurrido sin complicaciones y esperaba que el nacimiento fuera fácil. Si había dificultades, podría contar con Omaka. La anciana *tohunga* seguro que tenía experiencia en partos. Linda había pensado en pedirle apoyo desde el principio, pero luego se había abstenido. Omaka había perdido su tribu a causa de los *pakeha*. ¿No era pedirle demasiado que ayudara a que un niño *pakeha* llegara a la tierra que habían robado a su *iwi*?

Omaka tampoco abordó el tema. Parecía cada vez más ensimismada en otro mundo, en continua conversación con los espíritus de su pueblo. De ese modo reflexionaba con preocupación sobre los crecientes conflictos entre *pakeha* y maoríes. En Taranaki no había paz en absoluto. En los últimos meses, guerreros maoríes habían asaltado la colonia junto al Patea. Linda se sorprendía un poco de que Omaka no se pusiera del lado de su pueblo.

—Ese no es mi pueblo —puntualizó cuando Linda le habló un día al respecto. Hacía poco habían estado recogiendo hierbas medicinales cuando oyeron disparos y las cornetas llamando a los colonos a las armas. Omaka había cantado *karakia* por la paz y por que los combatientes conservaran la vida. No por la victoria—. Antes luchaba una tribu contra otra —explicó—. Había amigos y enemigos, cogían tierras, cogían cabezas y cogían esclavos. Luego regresaban a sus poblados y cultivaban los campos. Ahora ya no tenemos poblados ni campos de cultivo y, en realidad, tampoco un enemigo concreto. Los *pakeha* son demasiado fuertes para nosotros. Sus armas escupen fuego y las nuestras solo provocan heridas. Y son demasiados. Vienen más y más por mar. Por cada uno que matamos llegan veinte. Los podemos odiar, pero no combatirlos como antes, a no ser que queramos morir todos. Nuestros guerreros no lo ven o no lo creen. Se agrupan todos bajo el manto de un «profeta» que ni siquiera invoca a sus propios dioses, sino a los de los *pakeha*, y que les promete la invulnerabilidad. Ya no son una tribu, sino una horda de posesos, salvajes y crueles. Y cada gota de sangre que derraman, cada cabeza que cortan a un soldado *pakeha* y que muestran con orgullo, enfurece más a los *pakeha*. Esa rabia atizada cayó sobre mi tribu. Entonces, ¿quién nos ha destruido? ¿Los *pakeha* o los guerreros de Haumene? ¿O los dos juntos? Esos hombres que se disparan unos a otros, *mokopuna*, no son auténticos rivales. En realidad, pelean todos en un mismo bando. Contra mí, contra ti, contra los espíritus y contra el orden entre Papa y Rangi en Aotearoa.

Linda admiraba la clarividencia de la anciana *tohunga*, al igual que su habilidad para combatir el odio por mucha que fuera la pena que sintiera por su pueblo. En momentos como ese, Linda se sentía muy cerca de ella y sabía que Omaka no se negaría a ayudarla durante el alumbramiento del niño. Si surgían dificultades, enviaría a Fitz a buscarla.

El niño estuvo listo para nacer un día soleado de principios de junio. Ya hacía algo de frío, pero el tiempo era espléndido. Linda se alegró del saludo matinal del monte Taranaki, que parecía tan cercano en el diáfano aire invernal que se diría que estaba junto a su casa. Cuando salió al exterior, notó que el niño descendía. A más tardar, por la noche empezarían las contracciones. Tenía que ir a buscar a Fitz y pedirle que no hiciera el servicio de guardia. Hasta que el niño naciera, el capitán Langdon lo había enviado al reducto más cercano. Allí podría avisar rápidamente y lo dejarían marchar.

Como siempre, Linda se enfadó un poco por tener que dar un rodeo a la colina, donde en realidad debería estar la casa, para ver el corral de *Brianna* y el río. Si se hubiera edificado tal como ella lo había planeado, tendría controlados todos los edificios de servicios desde la casa y habría bastado con llamar a Fitz en lugar de ir buscarlo. Esperaba encontrar a su marido con *Brianna*. Solía coger la yegua para ir a hacer el servicio, aunque apenas se tardaba unos minutos en recorrer el camino a pie. Generalmente, a esas horas todavía no se había marchado. Solía dar de comer al caballo y luego volvía a casa a desayunar.

De ahí que se asombrara al no verlos ni a él ni a la yegua en el corral donde Vera llenaba, enfurruñada como siempre, los abrevaderos. La chica respondió al saludo de Linda con un antipático gruñido. Linda detestaba tener que dirigirle la palabra.

—¿Dónde está Fitz? —le preguntó—. Hoy tiene que quedarse aquí. Creo que voy a tener al bebé.

Vera levantó la vista y en sus ojos, normalmente inexpresivos, afloró un brillo triunfal.

—Fitz se ha marchado a Patea, al mercado de ganado —respondió—. Va a comprarme un caballo.

—¿Qué es lo que va a hacer? —exclamó Linda.

Desde hacía varios meses, el primer martes del mes se celebraba un pequeño mercado de ganado en Patea. Solía venderse sobre todo ovejas y bueyes de escaso valor, ocasionalmente también cerdos y gallinas. Sin embargo, los colonos se peleaban por adquirir los animales. En todas las granjas abundaban los pastizales. La gente ansiaba tener ganado y pagaba precios altos. También se vendían caballos, los de mejor calidad. Los tratantes que se tomaban la molestia de llevar a sus animales hasta Patea conocían la clientela. La mayoría de los *military settlers* no eran campesinos, sino gente viajada y que por ello necesitaba montura. Entendían lo suficiente de animales para no permitir que les endosaran un jamelgo viejo y cojo.

—Me compra un caballo —repitió Vera arrogante—. He ahorrado lo suficiente.

En las últimas semanas había trabajado casi cada día en las granjas de los alrededores. Lo que hacía allí, Linda lo ignoraba. Vera no respondía a sus preguntas y Fitz siempre murmuraba algo sobre labores en el huerto o sobre ganado. Linda sospechaba algo muy distinto, pero no se atrevía a pronunciarlo. En cualquier caso, Vera había ahorrado bastante dinero en un tiempo muy breve y había envidado a Fitz, por lo visto, a que se lo gastara.

Linda la miró ceñuda.

—Vera, ¡estoy esperando un hijo! —exclamó fuera de sí—. Sabía que sería un día de estos. Necesito a Fitz en el parto. ¿Cómo has podido enviarlo al mercado? ¿Cómo...?

—El mercado es hoy —respondió tranquilamente Vera.

—El mes que viene volverá a haberlo, y el que viene y el otro. No tenías que...

Vera torció la boca en una sonrisa.

—Fitz no tendría que haberse ido —señaló con voz más suave.

Linda había escuchado con frecuencia la expresión «encendérsele a uno la sangre». Ahora sabía lo que se sentía. Tenía literalmente la sensación de que corría fuego por sus venas.

—Tú, mal bicho, ¡lo has planeado a conciencia! —le echó en cara—. Y Fitz, ese tonto, ese memo...

Fitz se alegraba de tener un niño. Vera no hubiera podido persuadirlo con una de sus exigencias habituales. Pero por un caballo... Fitz se creía un conocedor de caballos y le resultaba muy duro no tener su propia montura desde que se había marchado de Otago. No había podido resistirse a la tentación de escoger uno para Vera, de que ella le confiara seleccionar el animal correcto. Seguro que no había pensado en el niño o que había apartado tal idea sonriendo. Linda casi creía oír su voz: «No vendrá precisamente hoy por la mañana, cariño. Y para la tarde ya estaré de vuelta...»

—Deja que adivine... —Linda tenía que reprimirse para no abofetear el rostro pretendidamente indiferente de Vera. Veía el triunfo tras su semblante inexpresivo—. Les ha contado a sus superiores que tenía que quedarse con su mujer embarazada. Y se arriesga con ello a que descubran que ha mentido o desobedecido una orden. A fin de cuentas, ¡en Patea no es invisible!

Vera apretó los labios y se encogió de hombros tranquilamente. Linda la miró rabiosa.

—¡Esta es la última vez! —espetó con determinación—. Has estirado demasiado la cuerda, Vera. No voy a tolerarlo más. Cuando Fitz haya vuelto y el niño haya nacido, ¡tú te irás, Vera! Ya me ocuparé yo de que desaparezcas de aquí.

—¿Adónde se supone que he de ir? —preguntó Vera. En realidad no parecía plantearse esa opción. Más bien mostraba interés por saber a dónde pensaba Linda que podría enviarla.

—¡A mí me da igual! Vete con tu familia. ¡O márchate con uno de tus clientes! Pues es lo que son, ¿no es así, Vera? Todos esos tipos para los que se supone que trabajas en el huerto y a cuyos animales das de comer. ¡No veo que tengan huertos ni tampoco animales! ¡Sé exactamente lo que eres: una golfa! ¡Y ahora, largo de aquí!

En ese momento, sintió un pinchazo en el vientre. Justo después notó que le resbalaba un líquido por las piernas. Se estremeció. Ahora tendría que estar sola durante el parto.

Vera volvió a sonreír. Al parecer se había dado cuenta de la breve punzada.

—¿Y quién te ayudará a tener el niño? —preguntó—. Solo me tienes a mí, Linda. ¿De verdad quieres que me vaya?

Linda se dobló con la primera contracción y de repente sintió miedo. Lo más probable era que el niño estuviera bien colocado, ella era joven y fuerte. Resistiría el parto también sin ayuda. Pero luego estaría débil y el niño no tendría cuidados. Si Vera quería hacerle algo malo, nadie creería a Linda cuando afirmase que no había nacido muerto...

—¡Largo! —gritó sin esperanza de que Vera le hiciera caso.

Fatigosamente, dio la espalda a la muchacha. Tenía que intentar llegar a casa. No podía traer el niño al mundo en un corral. Sería mejor reunirse con Omaka, si no iba todo demasiado rápido...

Linda se apresuró rumbo a la casa, pero a los pocos pasos sufrió la siguiente contracción, como si alguien le clavase un puñal en el vientre. Tropezó y abandonó la idea de pedir ayuda a Omaka. No alcanzaría su campamento junto al árbol *kauri*. El niño tenía prisa. En circunstancias normales se habría alegrado. Ahora, sin embargo, desearía postergar el parto. ¡Si al menos las contracciones se prolongaran hasta la noche! ¡Si al menos Fitz pudiera estar de vuelta para proteger al bebé!

Linda se cogió el vientre y consiguió dar dos pasos más hacia la casa. Sentía la mirada de Vera posada en ella. La muchacha la seguía. Linda temblaba. Vomitó en uno de sus parterres y se forzó a seguir. Llegó a la cabaña en lo que le pareció una eternidad. Se arrastró al interior y se acurrucó en la cama con la siguiente contracción.

—¿Quieres un té? —preguntó Vera, cerrando la puerta y dejando fuera a *Amy*, que había seguido a su ama. La perra ladró inquieta y arañó la puerta.

—¡Lo que quiero es que te largues! ¡Déjame en paz...!

Vera sonrió.

—Creo que voy a prepararme un té —anunció relajada.

Linda observó cómo ponía agua a hervir. Había dejado preparadas unas hierbas para que Fitz le hiciera una infusión que le aliviase el dolor y activase las contracciones, pero no se lo pediría a Vera. No comería ni bebería nada de lo que la muchacha le diera, aunque no creía que la joven tuviese conocimientos para envenenarla con hierbas. Se dobló gimiendo con otra contracción. Maldita sea, tenía que desnudarse. Tenía que desvestirse y ponerse un camisón o dar a luz desnuda, como las parturientas a las que había ayudado en el poblado ngai tahu. Pero ahora estaba demasiado débil para deshacer todos los lazos y desabrochar todos los botones, y aún más para pasarse el pesado vestido de lana por encima de la cabeza, que le apretaba. Y estaba sudando con él puesto, cuando no se congelaba. Los sofocos y escalofríos se iban alternando. Sufría convulsiones y junto a su cama, sentada en una silla que había arrastrado, Vera contemplaba con interés su batalla. Como una gata jugando con un ratón condenado a muerte.

Por añadidura, *Amy* no dejaba de ladrar delante de la casa. Linda oía a la perra arañar la pared del dormitorio. Intentaba entrar por la ventana.

—La muy boba... —dijo Vera—. Molesta, ¿verdad, Linda? Molesta...

Sus ojos se posaron en el fusil de Fitz apoyado contra la ventana. Por supuesto, había olvidado llevárselo aunque los colonos tenían órdenes estrictas de no salir de casa sin el arma.

—Ni te atrevas... —advirtió Linda.

Pero Vera no alcanzaría a la vivaracha perrita ni tampoco dispararía. De hecho, a Linda le pasó por la cabeza que el arma habría sido su única posibilidad de salir airosa. ¿Por qué no había pensado en ello justo al entrar en la casa? Un par de tiros y en un abrir y cerrar de ojos se hubieran personado los guardianes del siguiente reducto o tal vez incluso los vecinos. Pero ahora solo quedaba *Amy*...

—¡Corre, *Amy*! ¡Ve a buscar a alguien! ¡Busca ayuda!

Linda dirigió ese ruego desesperado a la perra aun sabiendo que *Amy* no la entendía. El animal era inteligente, conocía las órdenes más complicadas para recoger las ovejas, pero no estaba entrenado para salir en busca de ayuda respondiendo a una orden.

La perra daba vueltas agitada a la casa. Algo no iba bien. Quería ir con Linda y además oía que su ama la llamaba. *Amy* ladraba, pero en un momento dado no bastaba con dar voz a su miedo. Como Linda con sus contracciones en el interior, también *Amy* se sentía deshecha por la preocupación y el desconcierto. Linda gritaba y *Amy* aullaba. Sus gañidos resonaban como una sirena por encima de la granja, desgarradores y lastimeros.

Fairbanks, el vecino de al lado, no oyó nada, acababa de empezar su guardia en el fortín. Los ocupantes del reducto sí oyeron, pero no sacaron conclusiones. ¿Por qué no iba a aullar un perro en alguna ocasión? Pero los aullidos de *Amy* sí que ahogaron las voces de los espíritus que hablaban con Omaka. La anciana se puso en pie, recogió un par de cosas y se marchó rumbo al río con el paso rápido y ágil con que su pueblo se desplazaba.

Delante de la cabaña se mezclaban los gritos de Linda con los aullidos de *Amy*. Estos se transformaron en ladridos y gañidos cuando la perra reconoció a Omaka. Tranquilizada, *Amy* saltó alrededor de la *tohunga* y se abalanzó al interior de la casa en cuanto la maorí abrió la puerta.

Vera la miró estupefacta, pero enseguida se recuperó. La muchacha cogió el fusil y apuntó a Omaka, pero con tanta torpeza que no provocó ningún miedo a la sacerdotisa. Esta lanzó una maldición a Vera y se acercó a la cama de Linda.

—No... no está cargado —jadeó Linda—. Siempre... siempre se olvida...

Pero Vera ya había bajado el arma. Sin ocuparse más de Linda y Omaka, se volvió hacia la puerta y salió.

—Quería matar al niño... —susurró Linda—. Lo habría hecho, ¿qué... qué clase de persona haría algo así?

Omaka no se inmutó.

—Ella no es como nosotras. Es como tu marido.

Linda se estremeció. Quiso objetar que aunque Fitz fuera infantil y un sinvergüenza, no era un hombre malvado como Vera. Qué divertido podía ser, qué feliz la había hecho a ella tantas veces. Y luego, el tremendo dolor de una contracción la hizo olvidarse de todo. Volvió a gritar, pero ya no estaba sola. *Amy* le lamía la mano y Omaka la ayudó a quitarse el vestido, la lavó y le dio brebajes que la tranquilizaron y aliviaron sus dolores. Cantó *karakia* y Linda se puso a llorar porque creyó oír la clara y cálida voz de Cat en lugar de la voz quebradiza de la anciana. Cat había entonado las mismas canciones cuando una mujer sufría contracciones y la propia Linda había formulado viejos sortilegios para las ovejas y las vacas al parir. *Ko te tuku o Hineteiwaiwa...* Confiada y sin miedo, Linda se dejó en manos de la anciana *tohunga* y lloró y rio al mismo tiempo cuando el bebé pronto se escurrió hacia las manos arrugadas de Omaka.

—Niña —anunció la sacerdotisa, lavándole la cara con suavidad para que Linda pudiera verla.

La pequeña era diminuta, roja y arrugada, y Linda tuvo la sensación de que bajo el tupé de pelo negro tenía el mismo aspecto aventurero que su padre. No pudo evitar reír.

—¡Espero que te tomes la vida un poco más en serio que tu papá! —advirtió a su hija.

—Está sana y es bonita —dijo Omaka, cortando el cordón umbilical.

La niña empezó a llorar y Linda la tomó entre sus brazos. La sensación era increíblemente agradable, mucho mejor que la que había tenido hasta ahora al coger cachorros y bebés. ¡Qué pena que Fitz se hubiese perdido ese momento!

Poco después, Linda volvió a gemir de dolor. Tras unas pocas y fuertes contracciones, expulsó la placenta.

—¿Quieres enterrarla, *karani*? —preguntó a Omaka. Era costumbre enterrar el cordón umbilical y la placenta en un lugar elegido con cuidado. Según la creencia maorí, siempre atraerían a los seres humanos al lugar donde se hallaban sus orígenes—. Mi hija... también forma parte ahora de tu tierra, *tangata whenua*.

Omaka movió entristecida la cabeza.

—Esta niña no obtendrá su *mana* de esta tierra —dijo con calma—. Sería erróneo unirla aquí.

—Pero... —Linda quiso protestar, pero Omaka puso las manos sobre la cabeza de ella y la de la niña, que en esos momentos dormía tranquila en brazos de Linda.

—No preguntes, *mokopuna*. Es mejor que me digas qué nombre quieres ponerle. ¿Sabes ya el nombre?

Mostraba una cálida sonrisa. Parecía abandonar la severidad de la sacerdotisa para convertirse realmente en la *karani* de la pequeña.

Linda reflexionó un instante. Claro que había hablado del nombre con Fitz, aunque este suponía que iba a tener un hijo. Como consecuencia, solo se le habían ocurrido nombres de chico. A Linda le hubiera gustado poner a su hijo el nombre de Chris. Al final se habían puesto de acuerdo en Christian Roderick Fitzpatrick. Y ahora tenía a una niñita que había nacido entre dos mundos. Su hija debía la vida a una maorí.

Linda sonrió cuando se le ocurrió el nombre indicado.

—La llamaré como tú, *karani* —respondió.

Omaka arqueó las cejas y sus ojos se velaron. La *karani* dejó paso a la vidente.

—Tampoco obtendrá su *mana* de este río, *mokopuna*.

Linda negó con la cabeza.

—No voy a ponerle el nombre que los humanos te han dado, sino aquel con que te llaman los espíritus —dijo.

Omaka frunció el ceño.

El bebé abrió los ojos y Linda le sonrió.

—Te llamo *Aroha*... —dijo a su hija—: Amor.

10

La noche después del alumbramiento de Aroha transcurrió tranquila, casi demasiado tranquila. Omaka, que vigilaba y rezaba junto a la parturienta, salía de vez en cuando al porche de la cabaña y escuchaba con atención un silencio inusual en Taranaki. En la Isla Norte había muchas aves nocturnas. Graznaban y chillaban, buscaban comida en el suelo del bosque y revoloteaban por la copa de los árboles. Esa noche nada se movía salvo *Amy*, que solía tener un sueño profundo. Se levantaba sin cesar y ladraba. Incluso despertó dos veces a Linda, que dormía agotada.

—Pasa algo en el bosque... —dijo Omaka.

Linda bostezó.

—Vera debe de estar trajinando por ahí —indicó—. Creo que *Amy* advierte su presencia.

La anciana negó con la cabeza.

—No. No tan cerca. Todavía está lejos. Pero viene... algo se acerca.

Linda frunció el ceño.

—¿Una amenaza? ¿Qué es lo que se acerca, Omaka? ¿Una tormenta? ¿Un aguacero?

La anciana se encogió de hombros.

—No lo sé, pero la tierra lo percibe. Los espíritus están agitados. Hemos de estar alerta.

Sin embargo, al final Linda se durmió pese al desasosiego de los espíritus. Volvió a achacar a Vera la inquietud de *Amy* y el silencio de las aves. A lo mejor la muchacha descargaba su furia corriendo por el bosque y golpeando árboles o maldiciendo a gritos. Eso explicaría el repliegue de las aves nocturnas y la intranquilidad de *Amy*.

Por la mañana se levantó feliz y descansada. Sonrió cuando Aroha, a quien Omaka había colocado a su lado, abrió unos ojos todavía azul claro. Linda se preguntó si conservarían ese color, como los suyos y los de Fitz, o se volverían castaños como los de su abuela Cat. Una lágrima resbaló por la mejilla de Linda al pensar en su madre. Cuánto le habría gustado tenerla a su lado.

—Ahora puedes darle de mamar —dijo Omaka, colocando con destreza al bebé junto al pecho de Linda.

Mientras la anciana sacerdotisa volvía a entonar *karakia* que tranquilizaban y apaciguaban a madre e hija, Linda sintió cómo su pecho se llenaba de leche. Puso el pezón en los labios de la niña y la boquita de Aroha se prendió de él. Linda disfrutó de sus primeras tentativas para sacar del pecho de su madre el nutritivo calostro y de cómo mamaba con afán y fuerza. El amor y la ternura la invadieron cuando la pequeña se quedó dormida, satisfecha y amoldándose al cuerpo materno.

Linda se enderezó con cautela en la cama. A través de la puerta abierta de la cabaña vio que Omaka había encendido un fuego delante de la casa para asar *kumara* y cocer pan ácimo. El hornillo, sobre el cual habría sido más fácil preparar el desayuno, no era del agrado de la maorí. Además, el fuego servía también a otros propósitos. Después de que Linda hubiese comido con hambre y bebido su infusión, Omaka volvió a salir. Esta vez atizó el fuego hasta que echó llamas, arrojó dentro hierbas e invocó a los espíritus para luego quemar ceremoniosamente el cordón umbilical y la placenta. Mientras, entonaba extraños conjuros. Linda solo conocía tales oraciones por la fiesta de Matariki, cuando los maoríes remontaban las cometas con saludos para los dioses.

—¿Has sujetado su alma al cielo? —preguntó vacilante.

Omaka asintió.

—He dado su custodia a Rangi —respondió. Rangi era la divinidad del cielo; normalmente las almas de los recién nacidos encontraban amparo con Papa, la diosa de la tierra—. Tu hija no estará unida a ningún río ni a ninguna montaña.

Linda rio nerviosa.

—Entonces tendrá que recitar un extraño *pepeha* —señaló.

Cada vez que un maorí se presentaba personalmente, mencionaba los ríos y montañas de su hogar. Describía su *maunga*, el paisaje al que estaba arraigado y al que se sentía unido, al que también se migraba.

La vieja se encogió de hombros.

—El cielo será su *maunga* —respondió lacónica.

Entretanto, el sol había alcanzado su cenit. Vera no se dejaba ver desde la noche anterior y Linda casi había abrigado la esperanza de que la muchacha se hubiese marchado. Pero no fue así. De hecho, Vera había estado esperando a Fitz junto al río, hasta que este por fin regresó de Patea. Ya que estaba en la ciudad había aprovechado para beberse unas copas a la salud de la bonita y pequeña yegua que le había comprado a Vera. Claro que también había jugado un par de timbas, donde casi había recuperado el dinero del caballo, como se jactaría después.

Linda no se enteró de lo que habían hablado él y Vera. Pero debía de haberla encontrado, pues ya sabía que su hija había nacido cuando se precipitó alborozado en la cabaña.

—¡Lindie! ¿Ya ha llegado el bebé? ¿Lo has tenido sin mí? De verdad, yo pensaba... —Su rostro resplandecía.

Besó a Linda y luego solo tuvo ojos para su hija. Fitz estaba tan entusiasmado con el bebé que Linda casi le perdonó su ausencia. En su alegría y euforia volvía a ser el mismo de antes. Bromeaba con Linda y la elogiaba, hacía cosquillas a Aroha y jugueteaba con ella. Linda apenas daba crédito, pero Fitz consiguió que la pequeña hiciera una mueca, casi como si le hubiese arrancado una sonrisa.

—¡Es encantadora! —exclamó jubiloso, cogiendo al bebé en

brazos para mecerlo—. ¡Qué pena no haber estado aquí durante su nacimiento!

El buen humor de Fitz había apaciguado a Linda, pero en ese momento volvió a enfadarse. ¿Es que no tenía ni una pizca de arrepentimiento después de haberla dejado sola en un momento tan importante? ¿Es que no lamentaba no haber asistido a la experiencia del parto?

Linda estalló. Le reprochó con dureza sus faltas. Como ella ya se esperaba, él no se sentía culpable. Su marido ni siquiera se tomó sus reproches en serio.

—Cariño, ¿cómo es que te pones así ahora? —dijo, casi asombrado de su estallido—. Todo ha ido bien. ¡Tenemos una niña preciosa! ¡Lo has hecho estupendamente! —Sonrió con ironía—. Incluso debo decir que ni yo mismo lo habría hecho mejor.

Ya iba a besarla cuando Linda se apartó de él.

—Fitz, no tiene gracia. Podría haber muerto. Y Vera lo habría presenciado riendo fríamente. Tenemos que hablar sobre ella...

—Al final llamó a la vieja maorí, ¿no? —replicó Fitz, casi con agresividad, dispuesto a impedir cualquier crítica contra Vera—. ¡Aunque le tiene miedo! Y aunque esa bruja le ha gritado de nuevo. Vera acaba de pedirme que despida a esa mujer de una vez, y creo que lo voy a hacer. Aquí no se le ha perdido nada, debería volver con su tribu.

Linda enrojeció de cólera.

—Fitz, esta noche Omaka ha salvado la vida de tu esposa y de tu hija. No sé qué te habrá contado Vera, pero ella no llamó a Omaka. Fue... fue *Amy*... —Enmudeció cuando Fitz sonrió con condescendencia. Lo que contaba debía de parecer una locura—. *Amy* se puso a ladrar desesperada —intentó explicar— y Omaka la oyó. Vera no movió un dedo, ¡a no ser que quieras felicitarla por haber dejado a la perra fuera!

—Entonces, estaba dentro contigo —confirmó Fitz—. Me ha dicho que iba a prepararte un té, pero que tú... que tú estabas bastante desquiciada. Claro que es comprensible. Las contracciones, los dolores...

Linda apretó los puños.

—Fitz, le da la vuelta a las cosas. Vera miente. Miente más que habla...

Él iba a replicar, pero en ese momento, asustada por el arrebato de Linda, Aroha empezó a gemir y se puso a llorar. A Fitz casi se le cayó.

—¡Uy! —exclamó riendo, a ojos vistas aliviado de cambiar de tema—. ¿Lo ves?, ya has despertado a la niña con todas tus quejas. Ten... —Le dio el bebé a Linda—. ¿Tendrá hambre?

La madre asintió resignada. En efecto, tenía que dar de mamar a Aroha y era importante que se tranquilizara para hacerlo. La niña tenía que impregnarse de amor y ternura a través de la leche, debía sentirse segura y confiada en el pecho materno. Así que en principio no le convenía proseguir con la discusión. Además se sentía cansada, infinitamente cansada.

—Entonces, salgo —anunció Fitz—, voy a montar el caballo para que lo vea Vera. Es elegante, estupendo para una muchacha joven...

Linda lo fulminó con la mirada por encima de la cabecita de Aroha.

—Ya hablaremos más tarde de Vera —dijo todo lo tranquila que pudo.

Él sonrió con soberbia.

—Claro, cariño, claro...

Linda cerró los ojos y se abandonó a su cansancio y al tranquilizador movimiento de Aroha al mamar, mientras Fitz salía de la habitación. Se calmaría. Omaka se sentó a su lado y empezó a canturrear sus canciones.

—No lo he conseguido, Omaka... —Linda suspiró antes de cerrar los ojos agotada—. Pero lo intentaré otra vez y entonces no me dejaré engatusar. Me impondré. ¡Vera tiene que irse!

Linda no abandonó su propósito. Ya entrada la tarde, cuando despertó y dio de mamar otra vez a Aroha, volvió a hablar con

Fitz acerca de Vera. La muchacha no estaba presente. Se había marchado a cabalgar con su nuevo caballo. Linda sintió pena por el animal. Vera no sabía montar. Se sentaba insegura sobre el lomo y se agarraba con fuerza a las riendas. Por eso Linda había prohibido a Fitz que le dejara montar a *Brianna*. Como siempre que no tenía que luchar por sí misma sino por otra cosa, había sido tan contundente que Fitz y Vera le habían hecho caso. Pensar en eso la animó a contar a su marido todo lo sucedido el día anterior.

Tal como era de esperar, Fitz respondió con una risa a sus reproches.

—Esto es absurdo, Lindie. ¿Qué iba a tener Vera contra tu bebé? ¿Y que lo del caballo era premeditado? ¿Cómo iba a saber ella que justamente ayer ibas a dar a luz? ¡No creerás que organizó un mercado de ganado para ese día precisamente! —Movió la cabeza sonriente.

—¡Yo había calculado el día del nacimiento! —gritó Linda, furiosa—. Y sabe Dios que no era difícil, después de que tú... —Inspiró hondo. Tampoco tenía sentido reprocharle ahora su fracaso en la cama—. Sabías que tenías que estar preparado, tus superiores lo sabían. Así que a Vera no debió de pasársele por alto. El mercado de caballos simplemente le vino como anillo al dedo. De lo contrario, habría encontrado otra razón para hacerte marchar...

De pronto se oyeron disparos. *Amy* ladraba. Llevaba toda la tarde haciéndolo, y aullaba. El sueño de Linda se había visto varias veces interrumpido, en algún momento incluso había llamado al orden con severidad a la perra.

—¿No tienes que irte? —preguntó Linda preocupada.

A los tiros se unía ahora el toque de corneta llamando a los colonos a las armas. Era evidente que en Fitz pugnaban el deseo de abandonar esa desagradable conversación y su rechazo a combatir.

—Hoy tengo libre —contestó, señalando sonriente a Aroha—. Hoy tendrán que rechazar a los salvajes sin mi ayuda.

En general, el mayor McDonnell y sus hombres lo conseguían sin dificultades.

—A no ser que sea una falsa alarma. El mayor siempre se preocupa demasiado. Igual que tú, cariño. Vera...

Linda se enderezó e inspiró aire.

—Vera es una mentirosa y una golfa, y si Omaka no hubiese llegado ayer, habría matado al bebé. ¡Estoy segura, Fitz! No es broma.

Pero él rio.

—¡Lindie, cariño, solo es una chiquilla!

Linda estrechó contra sí a Aroha, que dormía a su lado.

—Fitz —dijo. Volvían a oírse disparos. Resonaban amenazadoramente cerca, pero no podía ocuparse de ello en ese momento—. Fitz, me da igual lo que tú creas. Pero tendrás que decidirte: yo, tu esposa, quiero que Vera se marche. Así que haz el favor de echarla. ¡Tanto si ves razones para hacerlo como si no!

Su marido se irguió. En su rostro se reflejaba la cólera, Linda nunca lo había visto tan furibundo y enfadado. Su sonrisa, poco antes tan indolentemente altanera, se transformó en una mueca de odio.

—¡Ni hablar! —siseó—. ¡Y no pienso seguir escuchando tus bobadas. ¡Esta es mi tierra, Linda! Antes de que Vera se vaya, te vas...

La puerta se abrió de golpe. Omaka apareció y dijo algo.

—... ¡te vas tú! —acabó Fitz.

Linda se mordió el labio. Ahora no tenía tiempo de contestarle. La noticia de Omaka era más importante. Entonces resonó de nuevo el toque de corneta en el fuerte, ahogando el sonido ronco de una caracola. Linda sabía lo que eso significaba. Cogió a Aroha y se preparó para levantarse.

—Tienes que presentarte en el cuartel, Fitz. Aroha y yo nos vamos con Omaka al bosque. Dice que vienen los guerreros... Soplan la caracola.

Omaka se volvió también hacia Fitz y chapurreó unas palabras en inglés.

—*Putara*... Esposa, hija, huir... Bosque seguro... Yo lugar seguro...

Ayudó a Linda a levantarse.

—¡Bobadas! —Fitz sacudió la cabeza—. No son más que un puñado de salvajes locos. El mayor los ahuyentará sin problema.

—No si soplan el *putara* —objetó Linda, cogiendo un par de mantas y ropa para Aroha—. Es como un cornetín que da la orden de guerra. O sea, son muchos guerreros y bien organizados, ¡un ejército!

—Se juntaron la noche pasada —explicó Omaka en su lengua—, por eso había tanto silencio, deben de haberse escondido durante el día y ahora, en el crepúsculo...

—Ahora no atacarán —señaló Fitz convencido—. Enseguida oscurecerá.

—¡Precisamente por eso!

Linda estaba lista para la partida, entendía el apremio de Omaka. Desde los baluartes estaban disparando sin cesar y, aún más amenazador, también sonaban disparos en el más próximo. Era posible que los atacantes llegaran por el río.

Oyeron cascos delante de la cabaña y por la puerta abierta vieron a Vera bajar del caballo.

—¡Fitz! ¡Fitz! ¡Están aquí! ¡Vienen detrás de mí! —Por vez primera, Linda la vio fuera de sí—. Cientos... cientos de salvajes pintados, guerreros... Tienen... tienen...

—*Rire rire, hau hau!*

—*Pai marire, hau hau!*

Se oyeron en el exterior las voces de los guerreros. Los hombres entonaban el grito de guerra, pero no como al bailar un *haka*, sino que pronunciaban las sílabas como una letanía, una salmodia fantasmagórica interpretada por un coro de espectros.

—*Kira, kira, wana, tu, tiri, wha...*

—Matad, matad, uno, dos, tres, cuatro...

—Matad al norte, matad al sur, matad al este y matad al oeste...

—*Hapa, hapa, pai marire, hau hau!*

Linda oteó aterrada por la puerta abierta. Los hombres venían del río, estaban rodeando la colina. Huir era ya imposible.

Amy ladraba como una posesa. Los guerreros no le hicieron caso.

—¡Fitz, ven! —Mientras Linda se quedaba paralizada de miedo y también Fitz miraba como hechizado las sombras que pasaban delante de la casa, Vera reaccionó—. ¡El cobertizo, mi cobertizo!

El cobertizo donde Vera dormía era similar a los que se solían utilizar para almacenar la leña o guardar las herramientas del huerto. Tenía una puerta, que era la que solía utilizar Vera, pero también había un pasillo que lo unía con la casa. Era estrecho y estaba previsto solo para pasar leña y provisiones. Linda solía mantenerlo cerrado con un pestillo. De ninguna manera Vera iba a entrar en la casa sin permiso. En ese momento, la joven descorrió el pestillo.

—¡Vamos, Fitz! —urgió Vera.

Linda pensó un segundo. Podía funcionar. Sobre todo si apagaba los faroles de queroseno con que había alumbrado la casa. Apenas se distinguiría la puerta en la casa en penumbra. Por otra parte, los guerreros ya habían visto luz. Debían de deducir que en la cabaña había alguien y buscarían a los *pekeha* escondidos. Si no se les ponía un cebo...

—Quédate fuera, Fitz, ¡y coge el fusil! —gritó Linda—. Omaka, la niña y yo... y Vera, nos esconderemos en el cobertizo. Dispara contra cualquier cosa que pase por la puerta. Tienes que retenerlos hasta que venga ayuda.

Fitz cogió el fusil titubeando. Vera se lo arrancó de las manos.

—¿Estás loco, Fitz? —gritó—. ¿Vas a sacrificarte por esa mujerzuela y esa bruja vieja? ¡Ven conmigo!

Linda no dio crédito, pero Fitz siguió a la chica en dirección al cobertizo. Se encogió de hombros cuando sus miradas se cruzaron. La traición traspasó a Linda como una puñalada. Sin embargo, sacó a Aroha de su cesto. Antes de que Vera pudiese cerrar el acceso, le tendió el bebé a Fitz.

—¡Cuida de ella! —quiso decir, pero solo logró emitir un gemido quejumbroso.

Linda oyó la voz exasperada de Vera y a Fitz, que le pedía que callara. Luego echaron el pestillo desde el otro lado. Linda y

Omaka estaban solas en la cabaña. Los gritos de los guerreros estaban muy cerca, a lo lejos se oían disparos. Pero Linda ya no percibía nada. Cualquier sentimiento, también cualquier miedo, se había congelado en su interior. Dejó de pensar y actuó. Decidida, cogió el fusil, lo cargó y apuntó.

—Yo intento hablar con ellos —dijo Omaka—. Una vez fueron seres humanos... maoríes *tungata*...

De pronto, un guerrero llenó el umbral. Proyectó una sombra a la luz del farol. Linda miró el rostro tatuado y los ojos sedientos de sangre. El fornido torso desnudo. Bajo un faldellín de lino duro asomaban unas piernas musculosas y bien asentadas.

—*Rire rire, hau hau!*

Blandió un hacha. Detrás de él entraba otro. Linda se quedó petrificada al ver su faldellín impregnado de sangre. El guerrero llevaba una lanza en una mano, en la otra una cabeza humana. La agitaba como un espantoso hisopo, rociando el suelo con sangre.

—Hijos, deteneos. Soy Omaka Te Pura. Soy *tohunga*. Veis lo que soy. —Omaka se acercó tranquila al guerrero y expuso su rostro a la luz para mostrar que no llevaba *moko*. El primer guerrero retrocedió un poco—. Soy *tapu*. Ya por el hecho de que piséis mi sombra, ofendéis a los espíritus.

—¿Es esta tu casa, *maata*? —preguntó el guerrero alto.

Utilizó el tratamiento de señora. Linda alimentó ciertas esperanzas y luego reconoció aterrada la cabeza que sostenía el otro guerrero. Era la de su vecino Phil Fairbanks. En un arrebato de histeria, se preguntó si llevaría todavía la boca llena de tabaco de mascar.

Omaka asintió.

—Es mi casa —dijo—. Y es *tapu*.

El guerrero vaciló; el otro, el que sostenía la cabeza de Fairbanks, se echó a reír.

—¡Absurdo! ¿Cómo va a ser esta la casa de una *tohunga*? Es una casa *pakeha*, se ve. Forma parte de la colonia. *Kira, hau!*

Linda no esperó a que el primer guerrero, el alto, se pusiera también a gritar. Vio que levantaba el hacha contra Omaka, apuntó el arma y apretó el gatillo.

El guerrero se detuvo en mitad del movimiento. Linda vio el orificio en su pecho, justo después de salir un borbotón de sangre. El hombre dio un traspiés, iba a decir algo, pero de su boca salió una espuma ensangrentada y cayó al suelo.

—¿Cómo es posible? —dijo el otro, y deslizó una mirada desconcertada del maorí agonizante a la anciana sacerdotisa, y luego a Linda, que recargaba el arma—. Deberíamos... deberíamos ser invulnerables... Las palabras, la fe... El Profeta dice que... Aquí vive un soldado *pakeha* y esa es su esposa. ¡Haz lo que te han ordenado, Rua! *Rire rire, kira!*

—Entonces es que el Profeta os ha engañado —dijo con dulzura Omaka—. Ven, hijo mío. Deja el arma. Piensa... piensa en que el mismo profeta tuyo predicó la paz en su día y...

—¡Él no ha tenido suficiente fe! —replicó el guerrero con arrogancia—. El Profeta dice que quien cree es invulnerable. Las balas de la *pakeha* tendrían que rebotar en él. Rua no tenía fe suficiente. —Tras lo cual se lanzó hacia Linda con la lanza en ristre...

El segundo tiro, igual de certero que el primero, se mezcló con otras descargas de fusiles que resonaban delante de la cabaña. Oyó gritos, golpes, imprecaciones y también el monótono *rire rire* y *hau hau*, que fue disminuyendo lentamente. Omaka empezó a cantar *karakia*. Rezaba por las almas de los guerreros muertos.

—¿Soldado Fitzpatrick?

—¿Fitz?

—¿Señora Fitzpatrick?

Cuando Linda oyó las voces, fue volviendo lentamente a la realidad. Empezó a entender y sentir, y reconoció al capitán Langdon, que en ese momento se asomaba por la puerta detrás de los cadáveres maoríes. Tras él entraron otros miembros de la compañía.

—¡Por el amor de Dios, señora Fitzp...! —Langdon apuntó con el fusil a Omaka—. ¿Qué ha pasado?

Linda se puso delante de la anciana.

—¡No dispare! —exclamó—. No es de ellos. Está conmigo. Me ha ayudado a alumbrar a mi hija. No es enemiga.

El capitán miró alrededor.

—¿Dónde está la niña? —preguntó y clavó la mirada en el fusil que Linda seguía empuñando—. ¿Y dónde está su marido?

Linda bajó el fusil y señaló la puerta.

11

—Señora Fitzpatrick, no desearía ofenderla... —El capitán empezó el interrogatorio con la vieja fórmula de cortesía—. Pero hay algunas diferencias entre sus declaraciones y las de Vera Carrigan. En lo que respecta a la mujer maorí... ¿cómo se llama?

—Omaka Te Pura —respondió Linda con fatiga.

Desde el ataque hauhau —entretanto los *military settlers* más una centuria de refuerzos llegados de Patea habían rechazado en pocas horas entre trescientos y quinientos atacantes— había transcurrido un día. Primero habían instalado a Linda y Aroha en el campamento militar. Vera estaba alojada con su familia. El capitán Langdon había detenido a Fitz y este esperaba que lo juzgaran. Respecto a él, la situación era bastante clara: cobardía ante el enemigo. La mitad de la compañía había presenciado cómo había salido del cobertizo. El soldado Fitzpatrick se había escondido mientras su esposa hacía frente al enemigo. Sin embargo, no terminaría condenado a muerte. La consecuencia esperada era el despido deshonroso del servicio militar y, por supuesto, la pérdida de las tierras.

También habían detenido a Omaka. El mayor McDonnell y sus oficiales se reservaban una decisión. Habían determinado que la anciana permaneciera en prisión hasta que tuvieran tiempo de ocuparse de ella. Y este parecía ahora el caso. Linda se dispuso a explicar de nuevo el asunto.

—La sacerdotisa maorí es inofensiva —dijo—. Si son ustedes inteligentes, no adjudiquen de nuevo nuestra parcela, dejen que Omaka viva en ella y siga invocando a sus espíritus. A cambio, ella seguro que ofrece sus servicios como comadrona. A estas alturas ya hay cinco esposas de colonos embarazadas, a las que se sumarán otras.

—Una gran parte de los *military settlers* se había casado en los últimos meses—. Aunque Omaka no es una sanadora, seguro que sabe más de medicina que cualquier otro en el distrito. Incluido su médico militar. De ese modo todavía puede serles de gran utilidad.

El capitán Langdon sonrió con amargura. El médico del ejército estaba demasiado encariñado con el alcohol y tenía fama de chapucero.

—Lamentablemente, no soy yo quien tiene que decidirlo —respondió—. Además, miss Carrigan tiene otra opinión acerca de esa anciana. Según asegura, es una bruja, odia a los blancos y está en contacto con los hauhau. Miss Carrigan sospecha que nos ha espiado y que es responsable del ataque de la última noche. Su marido (no es que todavía demos mucho valor a sus palabras, pero no hay que dejar de mencionarlo) confirma las declaraciones de miss Carrigan. Explica haber estado muy intranquilo acerca de su relación con la anciana. Ya hacía tiempo que quería denunciarla. Lo único que le impidió hacerlo fueron los deseos de usted.

Linda respiró hondo.

—Capitán, ¿ha tenido en algún momento la impresión —preguntó sarcástica— de que yo pueda impedir algo a mi marido?

Langdon bajó abochornado la mirada.

—Como decía, no damos relevancia a las declaraciones del soldado... esto... del señor Fitzpatrick. Por otra parte, afirma usted que la anciana es sacerdotisa. De ahí que quepa la posibilidad de que esté relacionada con Te Ua Haumene.

Linda se llevó la mano a la frente, estaba a punto de estallar.

—Capitán Langdon, ¿sabe usted algo sobre la gente contra la que está combatiendo? Precisamente porque Omaka es sacerdotisa de los dioses maoríes tradicionales, rechaza la doctrina hauhau. Créame, en lo que respecta a Te Ua Haumene, entre el capellán del regimiento y una *tohunga* como Omaka reina una perfecta armonía. Para los dos es un hereje abominable. Omaka es una mujer muy inteligente. Reconoce las relaciones entre las revueltas hauhau y la expulsión de sus tierras de *iwi* inocentes. Por favor, no le hagan nada. Me ha salvado a mí y a mi hija de Vera Carrigan, aunque nadie quiera creerme. Y ahora, sea por favor tan amable y cuénteme qué ha dicho esta chica. Me gustaría saber qué me espera. También respecto al proceso contra mi marido...

Linda no daba crédito cuando el capitán Langdon le explicó las declaraciones de Vera. Al parecer, no había nada que reprochar a la muchacha. A fin de cuentas, en caso de un ataque enemigo, no estaba prohibido que una se acurrucase asustada en su cama, tal como Vera había descrito su estancia en el cobertizo.

Langdon dirigió una mirada grave a Linda.

—Ha dicho que se llevó al bebé... Se supone que de motu proprio, para protegerlo. El señor Fitzpatrick la siguió porque usted, señora Fitzpatrick, se había negado a que la muchacha se encargara de la niña. Sus palabras exactas fueron: «A Linda se le había metido en la cabeza que yo quería hacerle daño a la niña. Cuando estábamos en el cobertizo, entraron los guerreros en casa. ¿Qué íbamos a hacer? ¿Salir con el bebé?»

Linda clavó las uñas en la manta con que había envuelto a Aroha, imaginando que arañaba el rostro de Vera.

—No irá usted a creer eso, ¿verdad? —preguntó.

El capitán se encogió de hombros.

—Que yo la crea o no carece de importancia. Respecto a la cobardía del soldado raso Fitzpatrick ante el enemigo, no hay disculpa. La conducta correcta habría consistido en enviarla a usted y su hija, así como a miss Carrigan e incluso a la tal Omaka, a que se escondieran en el cobertizo, y que él mismo cogiera las armas para defender la posición. Todo lo demás, ya sea su versión o la de miss Vera, lo desacreditan.

Linda se mordió el labio.

—Para mí sí tiene importancia que usted me crea o no —declaró indignada—. Estoy harta de ver a esa chica salirse siempre con la suya mediante sus mentiras.

El capitán sonrió.

—De acuerdo, si tan importante es para usted mi opinión: la creo a usted. Ayer vi de lo que es usted capaz. Si miss Vera le hubiese cogido la niña, usted la habría seguido para recuperarla. Y creo que en ese caso nos las habríamos visto no con una, sino con dos cabezas cortadas.

Fairbanks había sido la única víctima mortal entre los soldados *pakeha*. Posiblemente habría sobrevivido si hubiera cumplido con sus obligaciones y atendido el toque de corneta para tomar las armas. En cambio, había estado con Vera. Al parecer, ella había querido enseñarle el caballo.

—¡Si eso fue todo! —se burló Linda.

El capitán volvió a encogerse de hombros.

—No hay duda de que a Fairbanks lo decapitaron fuera de la casa. En eso coinciden las declaraciones de miss Carrigan y las huellas de sangre. Vera Carrigan ya debía de estar a lomos del caballo cuando se produjo el ataque. O no habría podido escapar.

—Entonces ya estaba en camino —apuntó Linda—. Seguro, oscurecía, se oían disparos: quería llegar a casa. Lo que antes hiciera con Fairbanks...

—Nunca lo sabremos —la tranquilizó Langdon—. A menos que siga ejerciendo su oficio.

Linda lo negó.

—No creo. Al menos no lo hará aquí. Es probable que tenga usted suerte, capitán, y que Vera abandone Patea. A mi esposo lo echarán de aquí y él hará todo lo posible para que ella lo acompañe.

—¿Adónde irá usted ahora? —preguntó el capitán Langdon.

Linda cargaba su carro con las pocas pertenencias que se había llevado al campamento militar. Había pasado allí el tiempo durante el cual Fitz esperaba la corte marcial. Se había celebrado el día anterior y ahora ella se preparaba para la partida.

Tal como se esperaba, habían expulsado del ejército a Joe Fitzpatrick, con deshonor, y le habían sugerido que se alejara lo máximo posible del entorno de Patea. Linda ignoraba si ya lo había hecho o no, y si Vera se había reunido con él. En el juicio, la muchacha había declarado en su favor, mientras que Linda había empleado su derecho como mujer legítima para no acusar a su marido. Seguía sin poder odiar a Fitz. Era el padre de su hija y, aunque la razón le decía que ya era un adulto responsable de sus actos, lo veía como una víctima de Vera. La joven lo había engatusado y le había hecho bailar al compás que ella marcaba, como a Fairbanks y a muchos otros para los que al parecer había trabajado. Todos debían de ver algo especial en Vera, y Fitz, infantil y jugador como era, no había sabido resistirse a ella. Linda no podía ni quería tolerarlo más, pero tampoco le deseaba nada malo. Solo sentía ganas de vengarse de Vera.

De todos modos, de poco le había servido a Fitz que Linda renunciara a acusarlo. El capitán Langdon había descrito detallada y gráficamente ante el tribunal cómo había encontrado a Linda y Omaka delante de los maoríes muertos y de qué modo vergonzante habían salido después Vera y Fitz de su escondite.

—El único mérito que ha tenido el soldado raso Fitzpatrick con su «retirada» ha sido el de poner en lugar seguro a su hija —concluyó el capitán con mordacidad—. Pero la pequeña tampoco se encontraba en peligro, al menos mientras su madre empuñaba el fusil. La señora Fitzpatrick se ha comportado de forma ejemplar, ha demostrado ser prudente, valiente y audaz. Una auténtica pionera. Todos lamentamos perderla, pero por desgracia no hay manera de evitarlo. ¡Un cobarde y mentiroso como el soldado Fitzpatrick no tiene cabida en el ejército!

Así lo había visto también la corte marcial presidida por McDonnell. Fitz se había librado por los pelos del patíbulo. Si su compañía hubiese estado realmente en guerra y no en actitud defensiva frente a los maoríes que merodeaban por la zona, habrían tenido que fusilarlo por cobardía ante el enemigo.

Fitz había escuchado sin pronunciar palabra y luego aguantado estoicamente el ritual por el cual se le desposeía de su rango y uniforme. No fue una gran pérdida, dado que se encontraba en el nivel inferior de la jerarquía y no tenía condecoraciones ni otros distintivos honoríficos. Lo peor era que, como no había cumplido los tres años de servicio acordados, las tierras volvían a manos de la Corona. Linda y su hija tenían que dejarlas.

—Iré primero a nuestra casa y recogeré las cosas que nos quedan —respondió a la pregunta del capitán—. Si es que Fitz no se las ha llevado ya. Es muy capaz. —Palpó el medallón de su madre. Este al menos estaba en lugar seguro—. Luego viajaré a Russell. Tengo familia allí.

El reencuentro con Ida y Karl era lo único bueno que comportaba el nuevo giro que había dado su vida. Linda esperaba poder aliviar un poco sus temores por Carol y Mara. Las jóvenes todavía seguían desaparecidas.

El capitán negó con la cabeza.

—A Russell no puede ir. Al menos no por el camino más directo. Debería cruzar todo Waikato y por desgracia allí está lleno de poblados hauhau. Acabamos de presenciarlo. No querrá correr ese riesgo, ¿verdad?

—No. Ya me han hablado de los peligros que hay allí. El único camino sin riesgo pasa por Wellington, donde puedo coger un barco hasta Russell. Mis parientes me enviarán dinero cuando les mande un telegrama, y si eso no funciona venderé el carro. Tengo tiempo para decidirlo.

Linda fingió apartarse un mechón del rostro, aunque en realidad se secaba una lágrima. Odiaba tener que volver a echarse a la carretera. Y esta vez completamente sola.

—¿Ya puedo llevarme a Omaka? —preguntó, cambiando de tema.

También habían tomado una decisión respecto a la anciana maorí. Se la consideraba inocente en relación al ataque hauhau. El Estado Mayor, sin embargo, insistió en que abandonara el territorio en torno a la colonia y volviese a su tribu. Se ignoraba cómo iba a hacerlo, pues ni siquiera ella sabía adónde se había marchado su gente. La anciana no parecía haber entendido el significado real de la sentencia. Había pedido a Linda que la llevara de vuelta a su árbol, y eso iba a hacer la joven.

El capitán contrajo el rostro.

—Puede hacerlo, aunque... —Iba a decir algo más, pero pareció sentirse aliviado cuando alguien lo llamó—. ¡Ahora mismo voy, soldado Bannister! —respondió, y se despidió de Linda dándose un toquecito en la gorra—. Que le vaya bien, señora Fitzpatrick. Y no se tome a mal que yo a veces... En fin, se tiende a juzgar a una esposa por el comportamiento de su marido. A mí siempre me resultó difícil en lo que a usted respecta y me alegra haber estado en lo cierto. Ya lo dije ayer ante el tribunal: lamento que se vaya. Le deseo suerte. ¡Mucha suerte!

—¿Qué verán los hombres en Vera?

Linda hablaba más consigo misma que con Omaka, pese a que la anciana iba sentada a su lado. Mecía a Aroha entre sus arrugados brazos y susurraba ensimismada. Linda no tenía la sensación de que la escuchara o de que fuera a responderle. Sin embargo, necesitaba hablar, plantear las preguntas que la preocupaban desde hacía semanas. La conversación con el capitán había vuelto a inquietarla y ahora, mientras avanzaba junto al río y saludaba al monte Taranaki por última vez, todo volvió a acuciarla.

—No es bonita ni inteligente... De acuerdo, es astuta, pero sin la menor educación. Por muy buena voluntad que le ponga, no se me ocurre de qué podían hablar ella y Fitz. Claro, es joven, demasiado joven, casi una niña por su edad. ¿Qué es lo que tanto gusta de ella? Puede que tenga experiencia, yo no sé nada... no mucho sobre el amor, bueno, sobre el físico, Fitz fue mi primer marido... Pero ella tiene quince o dieciséis años, ¡tampoco debe de saber tanto! Y no puede ser que Fitz prefiera a una puta antes que a mí...

Linda enmudeció afligida. Sabía exactamente lo que Carol le diría: «todavía le quieres».

—No es que todavía le quiera —respondió al silencioso reproche. Omaka le lanzó una mirada de reojo de la que ella no se percató—. Lo único que quiero es entender. Me gustaría saber qué encuentra él en ella, qué se encuentran mutuamente, qué significan el uno para el otro, qué... qué he hecho mal.

—El uno con el otro pueden ser lo que son.

Inmersa en sus cavilaciones, casi pasó por alto la respuesta de Omaka. Pero entonces reflexionó.

—¿Significa que... que conmigo Fitz no podía serlo, *karani*? Te refieres a que yo... yo no le habría amado lo suficiente, que no lo he aceptado tal como es, que...

Omaka movió la cabeza.

—Tú no sabes cómo es, *mokopuna*. No te lo ha mostrado. Es como el tuátara, se muestra de una forma por la noche y de otra por el día, de una forma ante el sol y de otra en la oscuridad, ante ti se exhibe como tú quieres verlo. Y sabe lo que quieres ver, siempre lo saben. Lo ven con su tercer ojo...

Linda frunció el ceño. Había visto tuátaras alguna vez. Según la hora del día y la edad, los tuátaras cambiaban de color y una de sus peculiaridades consistía en tener un tercer ojo en medio de la frente, que en los especímenes más viejos estaba cubierto por una capa de piel o una escama.

—¿Quiénes lo ven? —preguntó.

Omaka suspiró.

—Los mensajeros de Whiro, *mokopuna*. Los seres que nos enseñan lo fría que es la muerte. Que siempre están solos porque no conocen el amor ni el miedo ni el futuro ni el dolor.

Para los maoríes, Whiro era el dios de la muerte, y los tuátaras se consideraban sus mensajeros.

—Pero Fitz es afectuoso —objetó Linda—. ¡Es buena persona, y se casó conmigo, no quería estar solo!

Un escalofrío le recorrió la espalda al escuchar esas palabras.

—Hacen lo que les resulta de provecho y es posible que también busquen. A lo mejor les gustaría formar parte de una tribu, a lo mejor les gustaría sentir calor. Pero no están hechos para eso. Ya te lo dije una vez, no son como tú y yo. Puedes sentir compasión por ellos, *mokopuna*. ¡Pero no te acerques a ellos!

Linda se frotó la frente. Recordó el tiempo que había pasado con Fitz, la facilidad con que hacía amigos y con qué naturalidad se aprovechaba de ellos, los traicionaba, les robaba y los timaba. Lo intrépido que era y la indiferencia con que se enfrentaba al futuro. Lo que ella siempre había considerado optimismo, lo que siempre había alimentado su esperanza, visto a través de los ojos de Omaka no era más que frivolidad. Quien ignoraba la culpa y el miedo, tampoco se preocupaba por la seguridad. Simplemente vivía al día. Y en lo que a ella concernía... Sí, tal vez había buscado algo en ella. Algo que luego había encontrado en Vera.

—Fitz es muy distinto a Vera —afirmó pese a todo.

Omaka se encogió de hombros.

—Y tú eres distinta de mí. Sin embargo, somos de una especie. Ellos lo son de otra. Mantente alejada de ellos, *mokopuna*. Hasta ahora has tenido suerte, los espíritus te han protegido... todas las *karakia* que he cantado, el *mana* que tienes, tu *maunga*. Fuiste fuerte aunque él te ha debilitado...

—¡No me ha debilitado! Al contrario, yo...

Enmudeció. ¿No había estado a punto de culparse por su malogrado matrimonio? ¡Cuántas veces en los últimos meses se había preguntado qué había hecho mal! ¡Cuántas veces había callado cuando debería haber hablado! ¡Cuántas veces había mentido por Fitz, a sí misma y a los demás! Omaka tenía razón. Había dudado de su propio *mana* y así lo había debilitado.

Omaka y Linda callaron hasta llegar a las tierras que solo un día antes todavía recibían el nombre de Fitzpatrick Station. Linda suspiró. Echaría de menos el río, la colina, su huerto, los campos con tanto esfuerzo roturados e incluso la cabaña, aunque nunca la había sentido como propia.

Omaka se volvió hacia ella para intercambiar un *hongi* de despedida. Quería volver a su campamento mientras Linda cargaba sus cosas para dirigirse al sur. Sin embargo, algo desconcertó a ambas mujeres. De las colinas de detrás de la casa salía humo.

—¡Viene de tu campamento, Omaka! ¡Alguien está haciendo fuego!

El rostro de la anciana se había quedado petrificado al ver la columna de humo, pero ahora se convirtió en una máscara de miedo y dolor.

—¿Pueden ser los maoríes? —preguntó Linda, poniéndose en marcha—. ¿Guerreros?

Cogió la escopeta de caza que guardaba bajo el pescante del carro. La tenía gracias a una absurda coincidencia. Cuando el capitán Langdon se la quiso llevar al campamento militar tras el ataque maorí, había cogido sin pensar la mejor prenda de vestir para envolver a Aroha. Era la vieja chaqueta de piel de Fitz y en un bolsillo había encontrado el dinero que había ganado en su última partida de cartas. No era suficiente para pagarse el pasaje en barco a Northland, pero sí para comprar víveres y un arma.

Omaka ya avanzaba con el paso rápido y seguro de su pueblo, si bien en ese momento no aspiraba a tener una vivencia espiritual ni iba a cazar o visitar otro *iwi*. Linda la siguió tan rápido como pudo, con Aroha sujeta a su espalda con un pañuelo y el arma en la mano.

Desde la colina siguiente divisaron el árbol, a los hombres y el fuego. Debían de ser unos diez *military settlers* y estaban talando con hachas el *kauri*. El tronco era demasiado grueso, solo hacían saltar trozos y los echaban a una hoguera llameante. Un sacrilegio desde el punto de vista maorí, un error desde el punto de vista *pakeha*. La madera de *kauri* era muy valiosa, con la venta de ese tronco se podría haber ganado una fortuna. Omaka emitió un sonido apagado, como si se hubiese quedado sin habla.

Linda miró a los hombres. Todos eran vecinos y amigos de Fitz o de Vera. Pertenecían a distintos rangos militares, pero ninguno parecía imponerse sobre los demás. Esa destrucción no era una orden del mando, en tal caso habría una cuadrilla con sierras que habrían actuado con más cuidado. Esos individuos, por el contrario, parecían alegres, borrachos. Y los estaban espoleando.

Sobre la piedra en que Omaka se sentaba para proteger el árbol, se encontraba Vera. Reía, gritaba a los hombres, los elogiaba, los jaleaba. Cuando vio a Linda y Omaka en la colina, las saludó triunfal desde abajo.

Omaka contemplaba desconcertada la imagen de la destrucción. No gimió, pero de sus ojos brotaron lágrimas. Linda cogió el arma. Su primer impulso fue disparar a Vera. Pero habría fallado el tiro.

—Era mi *maunga* —susurró Omaka—. Ahora que lo matan, moriré. —Palpó la maza que llevaba sujeta al cinturón—. Moriré en la guerra, por mi pueblo.

Sus palabras obligaron a Linda a volver en sí.

—¡No! —se opuso—. Ni hablar, *karani*. ¡Ella no conseguirá lo que quiere! No vas a convertirte en la bruja que ha contado que eres. ¡Piensa! Si ahora bajas corriendo, con el grito de guerra de tu pueblo en tus labios y esgrimiendo la maza, le darás la razón. Te matarán y a ella la felicitarán. A fin de cuentas, ha estado diciendo que eres una traidora. ¡No le concedas la victoria!

Los ojos de la anciana se habían vuelto de repente tan fríos como los de Vera.

—Tú puedes matarla —dijo.

Linda asintió furiosa.

—Ya, y en ese caso me condenarán a muerte. Sería un asesinato. Ahí abajo hay diez testigos. Me colgarían. Fitz se quedaría con mi hija y haría de ella una segunda Vera. No lo voy a hacer. ¡Nosotras somos más fuertes, *karani*! Nosotras tenemos *mana*...

—Ya no tengo poder, *mokopuna* —susurró Omaka—. Mi poder venía a través de Tane, con él destruyen mi alma.

Linda negó con la cabeza y señaló el fuego.

—No lo destruyen, *karani*, no pueden destruir los espíritus. ¿Es que no lo ves? Huyen con Rango al cielo, al lugar en que has enraizado el alma de Aroha. Ahí en las nubes, en el viento, está tu *maunga*, *karani*. Eres libre, puedes irte donde quieras. Ven conmigo, *karani*, ven con nosotras.

Omaka la miró. Le resultaba difícil apartar la vista del árbol agonizante. Luego su mirada se deslizó por el fuego y al final se posó en Vera.

—Vete, *mokopuna* —dijo.

Linda le cogió desesperada la mano.

—¡Por favor, *karani*, no me eches! ¡Por favor, no lo hagas, no te rindas, no permitas que te mate, no la dejes ganar!

—Eres fuerte, *mokopuna*, pero no lo bastante para los espíritus que voy a invocar. Si tienes razón, si Rongi me da la fuerza, si Tane me da la fuerza, si Papa me da la fuerza... ahora haré temblar la tierra.

Sus ojos seguían igual de fríos, pero ahora brillaba la cólera en ellos. A Linda le hicieron pensar en Vera.

—*Ma... makutu*? —preguntó en voz baja—. ¿Vas a echarle una maldición?

Con los ngai tahu había oído hablar de una *tohunga* que tras pasar toda su vida en contacto con los dioses disponía de *mana* suficiente para matar con las palabras. Magia negra, mortal para los maldecidos y peligrosa para los sacerdotes. Linda no creía realmente en eso, o al menos no había creído hasta ese momento.

—No puedes oír las palabras —dijo la anciana—. Nadie oirá las palabras.

Omaka se enderezó. Pareció crecer, y los hombres que estaban junto al árbol y Vera debieron de darse cuenta. Linda temía que alguno le disparara. Pero los colonos solo levantaban la vista hacia ella, primero curiosos, luego inseguros y por último fascinados. Al final se estremecerían de miedo.

—Te espero, *karani* —dijo Linda—. No lo olvides, te estoy esperando. No te confundas. Nosotras somos de otra especie. —Y se fue.

Cuando ya casi había llegado al carro, oyó el grito de Omaka. Parecido al *karanga*, el grito que la mujer más fuerte de la tribu soltaba en el punto culminante del *powhiri*, un grito que unía el cielo y la tierra, dioses y hombres. Por lo general invocaba la paz, ahora era portador de muerte.

Amy, a quien Linda había dejado en el carro, gimoteó. Aroha se puso a llorar. Linda temía que empezaran a sonar los disparos. Pero no ocurrió nada. Venció sus temblores y su miedo, tranquilizó a la perra y la niña y entonces, casi sin dar crédito, vio que Omaka descendía por la colina. Serena, relajada, como si no ocurriera nada.

—¿Lo... lo has hecho? —preguntó Linda.

La anciana asintió.

—Morirán todos —anunció con firmeza—. Hoy he sido mensajera de Wharu. Vámonos ahora, *mokopuna*.

—Tengo que coger mis cosas —objetó Linda.

La maorí negó con la cabeza.

—Déjalo todo aquí. A partir de hoy, esta tierra es *tapu*, esta casa es *tapu*.

Linda pensó con pena en sus cazuelas, su ropa, las mantas. Aunque no tuviera mucho, tenía afecto a sus cosas. Cogió las riendas.

—De acuerdo, *karani*, nos vamos. No necesitamos nada más. Somos libres.

LIBERTAD

Islas Auckland
Campbelltown, llanuras de Canterbury (Isla Sur)
Otaki, Taranaki (Isla Norte)

1866

1

Bill solía ser el primero en saltar a tierra al llegar a una nueva isla. Tras pasar casi un año en el *Hampshire*, sus expectativas deberían haber disminuido. Sin embargo, Bill despertaba cada día con esperanza renovada y su corazón latía más deprisa a la vista de cada nueva isla en que desembarcaba.

El capitán Rawley había empezado su viaje con el reconocimiento de las islas Bounty, algo decepcionante para Bill pues era imposible que Cat y Chris hubiesen llegado allí. Las islas Bounty se hallaban en el Pacífico Sur, a más de cuatrocientas millas al sureste de Christchurch. Bill hubiera preferido navegar directamente a las Auckland, pero era imposible en invierno. Era más sensato viajar en verano a esos islotes, todavía más inhóspitos.

Tras el viaje a las Bounty hicieron una breve parada en Christchurch para abastecerse de provisiones, y Bill de nuevo tuvo que poner su paciencia a prueba hasta que por fin Rawley zarpó rumbo a las Antípodas. Ahora el *Hampshire* ya se hallaba en la zona de las Auckland y ese día habían planeado llegar a Enderby, una de las islas más grandes.

Como era habitual, el *Hampshire* rodeó primero la isla para ver si descubrían botes salvavidas de barcos naufragados. La inspección no dio ningún resultado, aunque eso tampoco decía mucho. A fin de cuentas, podían haber arrastrado los botes al interior y haberlos escondido. El capitán Rawley buscó pues un lugar adecuado en el que echar el ancla y Bill y otros dos tripulantes prepararon el bote. Ya habían metido el equipo de supervivencia habitual.

Cuando una isla parecía habitable hasta cierto punto, los hombres empezaban con un reconocimiento a pie. Bill tendía a explorar el lugar con detenimiento, mientras que los demás lo hacían más por encima. De hecho, enseguida podía saberse si valía la pena perder más tiempo en una isla. Ese era el caso cuando, por ejemplo, había animales. *Fancy* colaboraba entonces en la misión. En un momento reunía cabras u ovejas, permitiendo con ello el recuento y el control del forraje. Si los animales estaban muy delgados y la estación era la apropiada, los hombres se quedaban un par de días y araban la tierra sin cultivar y sembraban hierba.

Se sabía que muchos náufragos habían sobrevivido bastante tiempo en ciertas islas. Algunas habían estado pobladas anteriormente. En tales casos se encontraban campos donde se habían cultivado plantas útiles. Los hombres del *Hampshire* arrancaban las malas hierbas y renovaban los plantíos. Las patatas, por ejemplo, podían sembrarse en casi todas las islas. No necesitaban cuidados para crecer y el tubérculo rebrotaba por sí mismo.

De vez en cuando encontraban alojamientos y cabañas construidos por los anteriores habitantes. En tales casos, Bill y los otros solían repararlos y dejar allí las cajas cerradas con ropa, mantas, cerillas y herramientas. De lo contrario, construían rápidamente un refugio contra las inclemencias del tiempo, con un gran cartel: «Ayuda para náufragos. Depositados por el bergantín *Hampshire*.» Debajo había una advertencia para ladrones bien legible: «¡Que la pena de las viudas y los huérfanos recaiga sobre cualquier no náufrago que abra esta caja!» Por último, colocaban señales indicativas en otras playas y, si las condiciones lo permitían, soltaban cabras o conejos.

Por regla general, permanecían entre dos y diez días en cada isla. En Enderby, hacia donde dirigían el bote auxiliar, estuvieron ocho días.

—Solo nos quedan unos pocos islotes —anunció Peter cuando remaban de vuelta al *Hampshire*—. El Disappointment nos detendrá un par de días, pero con la mayoría enseguida estaremos listos. ¡Ya tengo bastante! Pasaré el invierno próximo en Campbelltown. A ver si encuentro alguna mujer amable que me acepte. Un año de viaje como rescatador de náufragos seguro que conmueve el corazón de alguna viuda afectuosa.

Los demás rieron. Peter tenía razón, el viaje llegaba a su fin. Los hombres esperaban estar de vuelta en sus casas pasado un mes. Bill era el único que no se alegraba de ello.

—Todavía faltan un par de islas —advertía, echando un vistazo a su lista. Llevaba un cuaderno detallado con cada una de las islas visitadas y sabía exactamente cuántas les quedaban todavía—. La siguiente es Rose.

—Bonito nombre para una parcela desolada —observó el capitán—. Unas trescientas hectáreas de tierra. No me gustaría que me enterrasen allí...

—¿Conoce la isla? —preguntó Bill.

Rawley negó con la cabeza.

—No personalmente, pero he leído acerca de ella. Unos cazadores de ballenas se detuvieron allí e introdujeron conejos. Ahora debe de haber en abundancia.

Bill se encogió de hombros.

—Pues ya podemos estar contentos de que nos espere un conejo asado. Si hay tantos podemos cazar un par. ¿Cuánto queda para llegar?

Rawley hizo una mueca.

—Nadie lo sabe. Solo sé que es al suroeste de Enderby.

Las Auckland estaban muy mal cartografiadas.

—Entonces mañana izaremos las velas —indicó Ben—. Así acabaremos antes.

Necesitaron medio día navegando con buen viento para llegar a la isla Rose, que en efecto era muy pequeña. Pero no parecía desierta. Ya desde el mar distinguieron una colonia de focas en una cala.

—¿Desembarcaremos ahí mismo? —preguntó Peter.

El capitán hizo un gesto negativo.

—No molestemos a esos bichos. Ya encontraremos otro sitio.

—De todos modos tenemos que rodear la isla —recordó Bill.

Gus y Ben pusieron los ojos en blanco.

—¿No esperarás encontrar aquí un bote salvavidas? —dijo Gus.

Bill se encogió de hombros fingiendo indiferencia. Sabía que sacaba a los hombres de quicio. Le daba igual.

—Si no esperase encontrar náufragos, no estaría aquí —contestó.

El capitán le dio la razón.

—Todo es posible —dijo—. No tardaremos nada en rodear este islote.

Era cierto. Apenas tardaron dos horas en dar una amplia vuelta a la isla. Las calas eran rocosas y Rawley temía encontrar arrecifes y acantilados. Como siempre, Bill buscaba ansioso indicios de presencia humana.

—Otra vez nada —dijo descorazonado cuando volvió a aparecer el banco de focas.

El capitán, que inspeccionaba con los prismáticos, los dejó caer de repente alarmado.

—¡Humo! —exclamó excitado—. A lo mejor me equivoco, hay bastante bruma, pero... —Como solía ser frecuente en la zona de las Auckland, el cielo también estaba encapotado ese día. En la isla Rose había niebla y se anunciaba lluvia—. A pesar de todo, yo diría que es humo. Mire usted, Bill, tiene los ojos más jóvenes.

El corazón de Bill palpitaba al coger los prismáticos. Inspeccionó la costa sin resultado y luego el cielo sobre la isla. Vio algo que le quitó la respiración. ¡El capitán estaba en lo cierto! Una columna de humo se elevaba hacia el cielo. Una pequeña hoguera, un fuego de campamento tal vez. ¡Seres humanos!

—Allí hay alguien —musitó—. Dios mío, Carol... Los hemos encontrado...

El capitán Rawley le puso la mano en la espalda.

—No exagere, joven. Por ahora ignoramos si son náufragos. Puede tratarse también de cazadores de ballenas estacionados aquí...

—¿Sin ningún barco anclado? —preguntó Bill—. ¿Cómo deben de haber llegado? ¿Nadando?

—Pueden ser náufragos, pero no los del *General Lee* —terció Peter.

—O amotinados a los que han dejado aquí —supuso Ben.

—Si hay alguien que irrita al capitán en un ballenero... ese tipo de gente no se anda con medias tintas.

—Cazadores de focas a quienes vendrá a recoger el barco en un par de días —añadió Gus—. Podría ser gente así, Bill. ¡No te hagas ilusiones!

Bill ya estaba preparando el ancla.

—Vamos a comprobarlo, ¿no? —preguntó.

El capitán asintió.

—¡Claro que sí, joven! Arriad las velas, anclamos junto al banco de focas. Aquí la costa es demasiado escarpada. Ben, usted vigile la costa. Y usted intente ubicar con exactitud el campamento, Peter. —Peter era su navegante—. Así no tardaremos en comprobar quiénes son. Yo mismo bajaré a tierra con Bill y Gus. Cojan sus sables ¡y carguen los fusiles! Y nada de anunciar a gritos nuestra llegada a tierra. Confirmaremos primero si somos bien recibidos.

Bill estaba impaciente por desembarcar, pero el capitán insistió en actuar con prudencia. Buscó una cala en la que pudieran subir el bote con comodidad y echarlo luego al agua con rapidez. Al final encontraron una playa rodeada de rocas que le pareció adecuada.

—Si tenemos que huir, uno puede defender la retaguardia mientras los otros echan el bote al agua —explicó Rawley—. Y ahora, movámonos con sigilo en dirección al fuego. Las armas listas. Yo voy delante, los demás me siguen de cerca. Bill cubra la derecha, Gus la izquierda.

—Un momento, Rawley... —Bill ya se disponía a seguir al capitán, pero Gus sacó dos mochilas del bote—. Peter y yo las hemos preparado para la gente. Bueno, en caso de que sean náufragos. Tenemos que llevarles un poco de civilización...

Sonriente, dejó que Bill y el capitán echaran un vistazo a las mochilas: pan, un par de salchichas y una gran botella de whisky.

El capitán sonrió.

—Piensan en todo —señaló—. Demonios, ¡qué bien me supo el primer trago cuando me rescataron de mi islote con la palmera cocotera!

—¿Nos vamos ya? —se impacientó Bill.

Rawley asintió.

—¡Vamos allá! —dijo jovial—. Con la ayuda de Dios, rescataremos a esos desdichados.

La columna de humo se distinguía mejor cuanto más se acercaban al supuesto campamento. La vegetación de la isla Rose se componía en su mayor parte de matorrales de *rata*, en la costa desgreñados por el viento y en el interior más grandes y protectores. Las plantas no eran comestibles, pero si alguien sabía un poco de caza, podía procurarse alimento. De hecho, había conejos en abundancia y, por su experiencia en las otras islas Auckland, Bill creía que también anidaban allí patos, garzas y cormoranes.

La hoguera se encontraba entre un par de grandes árboles madera de hierro. Era el punto central de un campamento primitivo, compuesto de precarios refugios cubiertos de pieles de foca. No estaba vigilado. Los cuatro hombres sentados alrededor de la hoguera no tenían, al parecer, nada que esconder. Pese a ello, Rawley indicó con un gesto que se acercaran con sigilo y desde direcciones distintas.

—¡Cúbranme! —susurró.

Bill dirigió su arma a los hombres sentados junto al fuego. No infundían el menor temor, más bien se los veía fatigados, andrajosos y medio congelados. Su ropa, aparte de pieles de foca, se limitaba a unos harapos y estaba claro que ninguno se había afeitado en los últimos meses.

Cuando Rawley apareció de golpe entre la vegetación, todos reaccionaron con un grito sobrecogido, como si vieran una aparición.

—Soy el capitán Michael Rawley del bergantín *Hampshire* —se presentó Rawley—. Navegamos en busca de náufragos y para repartir equipos de supervivencia para quienes sufran ese destino. ¿Puedo preguntar quiénes son ustedes?

—¿Nos... nos están buscando? —preguntó incrédulo uno de los hombres—. ¿Todavía? Casi habíamos perdido la esperanza. Nosotros... nosotros llevamos más de dos años...

Otro hombre rompió a llorar.

Bill bajó el arma y salió de donde se había cobijado.

—¿De qué barco sois? —preguntó anhelante.

No había reconocido a ninguno de los hombres. Iban desastrados y habían envejecido años. En cambio, el tercero sí pareció saber quién era el joven.

—¿Es... es usted el teniente Paxton? Soy Edward Harrow, el camarero, ¿se acuerda? Usted estaba... ¡cielos, estaba en nuestro barco!

Ya nada pudo contener a los náufragos. Corrieron hacia sus salvadores. Reían, lloraban, les bombardeaban con preguntas.

Bill, por su parte, estaba petrificado. Había tenido razón. Era cierto que había supervivientes del *General Lee* y él los había encontrado. Pero Cat y Chris Fenroy no se hallaban entre ellos. La decepción le quemaba como fuego líquido.

Gus se percató.

—Es lo que hay, chico... —le dijo. El viejo lobo de mar hasta tenía lágrimas en los ojos. Apoyó la mano en el hombro de Bill como torpe consuelo.

¡Pero eso no podía acabar así! ¡Simplemente no podía! Bill se volvió hacia Harrow, que en ese momento estrechaba la mano del capitán.

—Son ustedes... ¿los únicos supervivientes?

Harrow negó con la cabeza.

—No —contestó—. Después de que tres mujeres cayeran por

la borda, quedábamos diez más. Dos murieron de hipotermia. Ya estaban en el bote medio muertos. Y dos se marcharon hace un par de meses en el bote. Querían llegar hasta Campbelltown, absurdo sin compás y sin saber la posición exacta. Pero no hubo quien los detuviera. ¿Han... han llegado a algún sitio?

Rawley lo negó escuetamente.

—Lo siento —añadió.

Harrow asintió.

—Hay dos que viven al otro lado de la isla. Un matrimonio. Se marcharon de aquí hace un par de meses porque siempre había peleas a causa de la esposa. Bueno, seguro que era suya, pero llevamos una eternidad sin ver a una mujer. En estas circunstancias se puede ser generoso, ¿no? Pero ella sabe defenderse la mar de bien. Una gata, como su mismo nombre indica...

Bill tragó saliva.

—¿Cat y Chris Fenroy? —susurró.

—Esos mismos —confirmó otro—. Y Chris hizo bien en marcharse. ¡Una conducta inaceptable esa de ir acosando a la mujer! Precisamente, teniendo en cuenta las circunstancias. ¡Sin ellos dos nunca habríamos sobrevivido aquí!

De pronto, en la espesura se oyó un ladrido y a continuación *Fancy* saltó encima de Bill.

—Pero ¿qué haces tú aquí? —preguntó él, sorprendido.

El capitán Rawley había insistido en que la perra se quedara en la cala junto al bote. Habría preferido que no fuera con ellos, pero había saltado al bote en el último momento y el oleaje era demasiado fuerte para devolverla al barco. Ahora debía de haberse soltado.

—¡No la regañe! —Una mujer de voz clara salió de la maleza detrás de *Fancy*—. He visto su barco y el bote en que han llegado mientras recogía hierbas. He corrido hacia él, pero ustedes ya se habían ido. Solo quedaba *Fancy*. ¡La perra de mi hija! ¿Sufro... sufro una alucinación? Señor Paxton... Bill... ¿es usted? ¿Dónde está Carol? ¿Y Linda? ¿Están las chicas con vida?

Bill no sabía qué contestar.

—Han sobrevivido al naufragio —balbuceó—. Y siempre han creído que también había sobrevivido usted... usted y Chris... Linda estaba convencida de que usted vivía. Decía... decía que si usted hubiese muerto, ella lo habría notado.

Cat sonrió.

—Y yo lo hubiese notado si a ella le hubiese pasado algo. Los maoríes lo llaman el *aka*, ¿sabe...?, el vínculo entre parientes próximos que se puede tensar, pero no se rompe mientras estén los dos con vida.

La sonrisa transformó su rostro. Después de pasar dos años en la naturaleza salvaje, Catherine Rat todavía era hermosa... casi estaba más hermosa que en el *General Lee* con sus galas de fiesta. Llevaba un sencillo vestido de piel de foca que dejaba al descubierto sus piernas y calzaba unos mocasines de piel de conejo. No llevaba el pelo largo y rubio recogido, sino que le llegaba casi hasta la cintura. Su rostro estaba enrojecido y tenía los labios agrietados debido al frío, pero su aspecto no era macilento y envejecido como el de los hombres junto al fuego, y la mirada de sus ojos castaños no era febril y hambrienta sino relajada. Cat parecía bien alimentada y contenta.

El capitán Rawley estaba como hechizado ante su presencia. Posiblemente le pasó por la cabeza lo mismo que a Bill. Entre la neblina de la isla Rose, Cat Rat surgía como un hada o una diosa de la tierra extraída de una antigua leyenda.

El capitán se presentó balbuceante.

Cat lo saludó con un gesto.

—Capitán Rawley, mucho gusto en conocerle. Soy Catherine Rat. ¡Bienvenido a la isla Rat!

2

—Es una larga historia —respondió Bill con una evasiva cuando Cat volvió a preguntarle por qué *Fancy* estaba con él. La perrita le pisaba los talones cuando Cat lo guio hasta su cabaña, en el otro extremo de la isla—. Tal vez... tal vez sea mejor que nos hable antes de ustedes.

Cat sonrió. Avanzaba con largas zancadas, como hacían los maoríes por caminos trillados. Los náufragos habían explorado la isla a fondo y habían tomado posesión de ella. Aun así, no se veían campos de cultivo ni huertos, tampoco plantas útiles.

—¿Qué les voy a contar? La noche del naufragio fue horrible. Ya lo sabe, usted mismo lo vivió. Hacía un frío helado, estaba oscuro, las olas eran altísimas. Tres mujeres fueron arrastradas fuera de la borda, fue horrible. Yo me sujeté a Chris, quien se sujetaba a su vez a los otros hombres. Al principio era impensable remar, tampoco al día siguiente, cuando se hizo de día. Era una tormenta tan furiosa que todavía no sabemos cuánto tiempo estuvimos en el mar. Al final se calmó, pero no teníamos ni idea de dónde estábamos. Nos imaginábamos que la corriente nos había arrastrado hacia el sur. Hacía mucho más frío que en Aotearoa. Los hombres discutían sobre si debían remar hacia el norte. Nos pudimos orientar un poco gracias a la posición del Sol. Yo también habría sabido por las estrellas y el marinero que iba a bordo afirmaba que él también se las apañaba...

Bill entendió.

—Deje que adivine... Era uno de los hombres que luego se marchó de aquí en busca de ayuda.

Cat asintió.

—Es probable que tampoco le hubiera servido de mucho saber realmente algo. Aquí siempre hace mal tiempo. Simplemente no hay noches claras como para navegar orientándose con las estrellas. Tras hundirse el *General Lee*, el cielo también estaba cubierto de nubes y llovía. No había posibilidades de que mejorase. Era una situación muy fea. Dos mujeres agonizaban... ¡Y entonces vimos la isla! Remamos hasta aquí, desembarcamos y encendimos fuego. Teníamos exactamente seis cerillas. Los hombres dieron gracias a Dios cuando la madera ardió alegremente. Luego les enseñé cómo encender fuego sin cerillas. —Sonrió de nuevo.

—Carol decía que usted vivió con los maoríes —quiso confirmar Bill.

—Seis años. Y Chris también creció con niños maoríes. Eso nos ha ayudado mucho aquí, aunque hemos tenido que improvisar también. Aotearoa es mucho más fértil que esta isla. Di gracias a todos los dioses cuando encontré un poco de *raupo*. Sin lino todo habría sido más difícil. Con el *raupo* puedo confeccionar esteras, trampas, nasas. Los tubérculos son comestibles. Algunos hombres llevaban navajas; yo también. —Sacó un pequeño cuchillo del cinturón de hojas de lino trenzadas—. Siempre la llevo encima, incluso con vestido de noche. Es una vieja costumbre. Cuando la olvidé, lo pasé mal. —Cat suspiró al recordar—. El primer día asamos un par de tubérculos de *raupo* y Chris pescó. Al final todos comimos algo, pero aun así las dos mujeres murieron. Sus tumbas están en la playa, no lejos de su bote. Los demás construimos refugios y sobrevivimos. Fue duro, sobre todo por el frío. Por fortuna hay conejos, focas y aves que caen en mis trampas. Podríamos haber pasado años aquí. ¡Mire, ahí está mi marido!

Chris Fenroy se abalanzó sobre Cat y Bill como la personificación de un guerrero esquimal. Llevaba una especie de taparrabos, una especie de abrigo y unas botas, todo de piel de foca. Empuñaban como una lanza una rama afilada. El cabello, que siempre había llevado largo, le llegaba ahora por debajo de los hombros. Parecía muy inquieto, no sabía si el hombre que estaba con su esposa había llegado en son de paz.

—Cat... yo... —Se detuvo jadeante cuando Bill levantó asustado los brazos y Cat le hizo un gesto sosegador con la mano—. He visto el barco, pero estaba en la otra punta de la isla...

—No pasa nada, Chris —dijo ella con dulzura—. Es un barco de rescate. Vienen a recogernos.

En ese momento *Fancy* salió corriendo de la maleza. Al momento, saltó encima de Chris. Atónito, miró a su esposa inquisitivo.

—¿Me estoy volviendo loco, Cat? —inquirió—. ¿No es esta la perra de Carol... *Fancy*? ¿Cómo ha llegado hasta aquí?

Cat negó con la cabeza.

—No te estás volviendo loco. *Fancy* ha llegado con el teniente Paxton. Ya sabes, el joven teniente del *General Lee*. ¿No lo reconoces? Estaba con las chicas en un bote. Todos se salvaron. Todavía no me ha contado cómo es que tiene a *Fancy*. Espero que lo haga cuando nos hayamos protegido de la lluvia.

Entretanto había empezado a lloviznar, Bill sentía el frío pese a su abrigo encerado. No podía hacer otra cosa que admirar a los náufragos. Cat lo describía como si no fuese tan difícil sobrevivir en una isla, pero él sospechaba las fatigas que sin duda habían padecido.

No estaban muy lejos del «domicilio» de Cat y Chris. El sendero discurría junto a un corral con cuatro cabras.

—¿De dónde las han sacado, señora...? —Bill iba a decir «señora Fenroy». Así había llamado a Cat en el *General Lee*.

—Llámeme Cat. Y las cabras ya estaban aquí, por supuesto. Hay doce en la isla, salvo que los otros hayan matado una. Alguien debe de haber dejado aquí a sus antepasados, como a los de los conejos. Son todas animales madre, las hemos cazado y domesticado. ¡Hasta puedo ordeñarlas! —Acarició los morros de los animales que se acercaron a la valla confiados.

A Bill el corral le recordó la empalizada del *pa* maorí. También aquí las ramas estaban unidas con cuerdas de lino. Todo se veía muy arreglado y no tan precario como el campamento de los otros náufragos. Eso también sucedía con la cabaña que habían levantado al lado. Con unas herramientas primitivas, Chris no había podido cortar suficientes troncos para construir una cabaña de madera, pero había edificado una estructura estable similar a una tienda y la había cubierto con pieles. En el centro tenía una salida de humo. La construcción recordaba a los tipis de los indios americanos.

—Utilizamos huesos de albatros como agujas y lino como hilo —explicó Cat al observar la mirada de admiración de Bill—. Lo más difícil fue curtir las pieles. Sabía más o menos qué plantas se utilizan para eso, pero por desgracia aquí no crecen todas. Tuvimos que hacer bastantes pruebas. Al principio el olor no era muy agradable. Me temo que todavía huelen un poco...

Con una sonrisa, abrió a Bill la cortina de piel que tapaba el acceso al refugio. En efecto, olía bastante todavía, pero era un lugar cálido que se veía habitable. La chimenea estaba rodeada de piedras y bien protegida. Chris avivó las ascuas y puso leña que enseguida ardió. Las provisiones de leña estaban apiladas en un rincón. En unas estanterías improvisadas, había platos y vasos de madera tallada. Las hojas de *raupo*, en las que podían envolverse las raíces o la carne para asar, estaban preparadas. También había un amplio lecho, una estera tejida de hojas de *raupo* y cubierta con una manta de piel de conejo. Cat extendió más esteras.

—Siéntese —invitó a Bill—. Puedo preparar una infusión de hierbas muy sabrosa. Pero es una tarea bastante fatigosa sin un cazo adecuado. Tenemos un hoyo para cocinar. —Señaló una cavidad en el suelo—. Pero hasta que las piedras se calientan...

—No se preocupe —rehusó Bill el ofrecimiento, al tiempo que abría la mochila—. Esto es mejor que una infusión. —Sacó la botella de whisky y observó complacido la cara de Chris.

—¡Y que yo pueda vivir esto todavía! —Chris rio, abrió la botella y bebió un sorbo. Luego se la pasó a Cat—. ¡Agua de vida! —bromeó.

—Que a veces nos ayuda precisamente a soportar esta vida —dijo Bill cuando la botella volvió a sus manos.

—¿Qué tiene usted que contarnos? —preguntó Cat, mirándolo preocupada. Acariciaba a *Fancy*.

Bill asintió. Había llegado el momento de hablar de Carol y Linda. Y de cómo Jane se había apropiado de Rata Station.

—¡Yo a esa mujer la mato! —En la cabaña improvisada de Chris y Cat no había espacio suficiente para pasear arriba y abajo como Chris solía hacer cuando Jane lo sacaba de quicio. Ahí tenía que resignarse con estrujar una piel de conejo para dar salida a su excitación. Casi la habría despedazado—. ¿Cómo pudo hacerlo? ¡Llevamos años divorciados! ¡Qué desgraciada! Conoce a Carol y Linda desde pequeñas... ¿Cómo ha podido hacerles esto? Y Te Haitara...

—El jefe no la ha defendido, por lo que he oído decir —disculpó Bill al *ariki*.

—¡Tampoco se lo ha impedido! —exclamó furioso Chris—. Y no me diga que no podía o que ella tiene demasiado *mana* o lo que sea. Ese hombre se llama a sí mismo guerrero. ¡A ver si no puede ajustarle las cuentas a su malvada mujer!

—No puedo imaginarme —lo calmó Cat— que alguien consiga echarle un rapapolvo a Jane.

Chris la miró.

—Espera a que la tenga delante y verás. ¡Se ha pasado, Cat! ¡Ha ido demasiado lejos! Echar a las chicas de casa...

—Y a continuación, Oliver Butler se retractó y deshizo el compromiso con Carol, ¿no? —supuso Cat en un murmullo.

Bill asintió.

—Carol estaba muy... dolida —musitó.

Luego habló de Linda y Fitz, la siguiente razón para que Chris perdiera los estribos.

—¡Ese pequeño charlatán! ¡Cómo pudo dejarse engañar por él! ¡Por Dios, podrían haberse marchado todas con Ida y Karl!

¡No había ninguna razón para ese matrimonio precipitado! Y además irse a los yacimientos de oro...

Bill se frotó la frente. Detestaba tener que seguir dando malas noticias.

—Señor Fenroy... Chris... tal vez ese matrimonio con Joe Fitzpatrick... tal vez le ha salvado la vida a Linda.

Contó compungido cómo había acompañado a Carol y Mara a Taranaki y Waikato y cómo se habían visto envueltos en los conflictos bélicos. Al final les dijo que las habían raptado.

—Yo les desaconsejé que fueran. Y luego cometí el error de pedirle la mano a Carol. Ella creyó que solo quería detenerla en Patea para seguir haciéndole la corte. Por eso no me hizo caso. Y el general no me permitió ir con ellas. Yo las habría acompañado, tienen que creerme...

Cat levantó las manos.

—Entonces Carol habría acabado viendo su cabeza ahumada —dijo con dureza—. Si le he entendido bien, los hauhau han despedazado a veinte soldados armados. ¿Qué le hace suponer que usted solo podría haberlos vencido?

—Debería haber intentado liberarla.

Bill repitió los mismos reproches que se hacía constantemente desde que Carol y Mara habían desaparecido. Chris volvió a tenderle la botella de whisky.

—Tenga, beba usted. Y deje de fustigarse. Usted solo no podría haber hecho nada. Y lo sabe. ¿Está seguro de que secuestraron a Carol y Mara? ¿Vivían... vivían todavía cuando los guerreros se fueron?

—De no ser así, habrían encontrado sus cadáveres —dijo Cat en voz baja—. No había razón para esconderlos. Que decapitaran a los soldados era razón suficiente para ordenar una expedición de castigo, si el general Cameron hubiese querido.

—¿Qué están haciendo entonces con ellas? —preguntó Bill desesperado—. ¿Qué... qué es lo normal entre maoríes?

Cat se encogió de hombros.

—Los ngati toa no tenían esclavos cuando yo vivía con ellos...

—Y el Tratado de Waitangi se lo prohíbe también a las tribus de la Isla Norte —añadió Chris—. Pero los hauhau seguro que no se sienten vinculados a eso.

—¿Esclavos? —repitió horrorizado Bill—. ¿Se refiere a que las tienen como... esclavas?

Chris le puso la mano en el brazo.

—¿Como qué si no? —preguntó en voz baja—. Es un *pa*, dice usted, ¿verdad? Eso significa que hay pocas mujeres o posiblemente ninguna. No piense en sus captores como maoríes o como hauhau. Por encima de todo son hombres.

Bill se tapó la cara con las manos. Claro que había temido que Carol y Mara fueran víctimas de abusos, pero siempre había esperado que...

—Pensaba que los maoríes... pensaba... bueno, como se supone que sus muchachas siempre están dispuestas...

Cat suspiró.

—Como la mayoría de los hombres, los guerreros maoríes prefieren dormir con mujeres a las que no tienen que forzar. Pero seguro que hay excepciones. En cuanto a la posesión de esclavos en tiempos antiguos, hay constancia de mujeres cruelmente maltratadas, y también de matrimonios entre amos y esclavos. Por amor o por razones de política imperialista. Cuando se apresaba a la hija de un jefe tribal y el jefe rival la tomaba por esposa, tenía derecho a las tierras de esta. No sabemos lo que actualmente ocurre en Wereroa. Solo podemos aferrarnos a la esperanza de que Carol y Mara estén vivas. No tendría ningún sentido raptarlas y luego matarlas. Además... lo sé, Chris no cree algo así. Pero pienso que si Carol no viviera, lo sabría, como lo sabía de Linda. Yo no la traje al mundo, pero Te Ronga tampoco me trajo al mundo a mí, y sin embargo había entre nosotras *aka*. No creo que Carol esté muerta, es más, ¡sé que está viva! ¡Las volveremos a tener con nosotros, Bill! Si Cameron no quiere ayudarnos, me pondré en contacto con el gobernador, si es que Ida y Karl no lo han hecho ya. Ha estado usted un año navegando, Bill. ¡Tal vez Carol y Mara ya lleven tiempo en libertad!

Bill la miró sin dar crédito.

—Me... me habría enterado... —calló, se dio cuenta de que eso no era seguro. El *Hampshire* había entrado en puertos para repostar provisiones. Salvo por una sola y breve estancia en Christchurch, habían sido pequeños baluartes en el fin del mundo. Allí no llegaba el correo y tampoco había periódicos. Cat tenía razón: el *pa* de Wereroa hacía tiempo que podía estar abandonado o tomado por asalto, los hauhau podían haberse marchado o haber sido derrotados. Solo de una cosa podía estar seguro: el general Cameron ya no estaba al mando. El nuevo responsable de combatir a los hauhau era el general Chute—. Debí haberme quedado —susurró—. No debí haber arrojado la toalla.

—¡No vuelva a empezar! —resopló Chris—. Nos ha encontrado. Puede estar orgulloso de ello. Y ahora confíe en Cat. En pocos días habremos vuelto a Nueva Zelanda. Entonces averiguaremos qué ha sucedido y qué podemos hacer. ¡Después de que descuartice a Jane Te Rohi Ingarihi, alias Fenroy!

Cat sonrió comprensiva.

—Pues sí, tenemos que hacer las maletas —bromeó—. Casi me da un poco de pena dejar la isla. Durante dos años y medio he tenido a mi marido para mí sola. Ahora volveré a compartirlo con diez mil ovejas.

—¿Sí? —preguntó Chris—. Bien, a mí no me da pena. Por mucho que te quiera, me alegro de volver a ver las ovejas. Y me alegra no tener que hacer de comadrona aquí.

—¿De comadrona? —Bill frunció el ceño y deslizó la mirada incrédulo por la esbelta figura de Cat, algo redondeada en el lugar oportuno.

Cat volvió a sonreír.

—Seguro que lo habríamos conseguido sin ayuda. Pero sí, con una comadrona será más fácil. Y no ponga esa cara, teniente Paxton: sí, tengo cuarenta y un años y hasta ahora solo he tenido una hija. ¡Y a pesar de todo estoy encinta!

3

El *Hampshire* partió de la isla Rose al día siguiente. El capitán Rawley y sus hombres dejaron el equipo de supervivencia en las cabañas de los náufragos. Chris y los demás hombres colaboraron en colocar los carteles indicadores. Cat dejó las cabras en libertad y enterró un par de patatas en una parcela de tierra que había preparado para una plantación adicional de *raupo*. Con ello se despidió de la isla Rose.

—Todavía creo que debería llamarse isla Rat —dijo al zarpar—. Está claro que aquí no crecen rosas. ¿Se le puede cambiar el nombre?

—Es posible que su descubridor no pensara tanto en el nombre de una flor sino en el de alguna muchacha —sugirió el capitán.

Chris rodeó a su esposa con el brazo.

—También podría llamarse isla Cat. ¿Hacia dónde vamos ahora, capitán? ¿Directos a Campbelltown? ¿O sigue con su ruta original y pasamos por el resto de islas para dejar equipos de supervivencia?

Rawley acababa de hablar de esta cuestión con sus hombres y con los supervivientes y se había decidido por esto último, si bien dos náufragos tenían problemas de salud y habría sido mejor llevarlos enseguida a Campbelltown para que recibieran cuidados médicos. Pero ellos mismos estaban a favor de concluir la misión del *Hampshire* según lo previsto.

—Toda nuestra vida lamentaríamos que allí muriese de hambre o frío otro náufrago por no haber tenido lo necesario para resistir —señaló Edward Harrow.

—O si llegaran allí otros supervivientes del *General Lee* —añadió Bill—. Por muy improbable que sea.

Así pues, aunque abastecieron deprisa las últimas islas, el viaje se prolongó otras tres semanas. Siempre que podían, los recién rescatados colaboraban en colocar los equipos de supervivencia. En ninguna isla precisaron de más de un día. Casi todo el tiempo se insumió en el viaje de regreso. No encontraron más supervivientes del *General Lee*. Los demás botes salvavidas debieron de zozobrar en alta mar.

Los hombres gritaban de alegría, *Fancy* ladraba y Cat se estrechaba entre los brazos de Chris cuando por fin apareció ante sus ojos el puerto de Campbelltown.

—Nunca lo hubiera creído —admitió—. Y eso que no me incomodaba mucho nuestra solitaria isla. Solo añoraba a las chicas... y un baño caliente de vez en cuando. Esperemos que en la ciudad haya un hotel decente. ¡Estoy deseando disfrutar de un poco de lujo!

—Y yo estoy deseando cantarle las cuarenta a Jane —refunfuñó Chris—. En serio, Cat, no querrás pasar ahora unas vacaciones en Southland, ¿verdad? Quiero llegar cuanto antes a Rata Station. Y luego salir en busca de las chicas. Ida y Karl deberían saber al menos dónde está Linda.

Cat asintió y miró a su marido con una expresión algo burlona.

—Querido, naturalmente estamos de acuerdo en lo que dices, pero ¿no podríamos ponernos también de acuerdo para no aparecer en Christchurch vestidos con piel de foca? ¿Y sería posible que no empalaras a Jane con una rama de *rata* afilada? Siempre que ella te reconozca con esa barba. Danos un día para volver a la civilización, para adaptarnos de nuevo. Luego tomaremos el primer barco a Lyttelton. ¿O prefieres ir a caballo? Tardaríamos una eternidad.

De hecho, el siguiente barco partía cuatro días más tarde, pero a los náufragos la espera no se les hizo larga. La noticia de su rescate se divulgó con la rapidez de un rayo. Mientras el *Hampshire* atracaba, ya se acercaban los primeros periodistas y fotógrafos. Todos se arremolinaban, sobre todo alrededor de Cat. A fin de cuentas, una mujer hermosa era mejor motivo de fotografía que un grupo de hombres desharrapados. La gente admiraba el vestido de piel y los mocasines. Los periodistas no se cansaban de escuchar cómo había cocinado en esa apartada isla, puesto trampas y domesticado animales. Todo eso tenía el agradable efecto adicional de que Cat y Chris no tenían que pagar nada. Eso también habría resultado difícil, pues todas las cuentas que pertenecían a Rata Station hacía tiempo que estaban a nombre de Jane. A pesar de todo, Chris telegrafió a Karl e Ida para que les enviasen dinero, aunque el banco de Campbelltown le ofreció un crédito sin intereses. El mejor hotel de la ciudad invitó a los náufragos. Puso a disposición de Chris y Cat la suite de recién casados, mientras que las tiendas se peleaban para vestir gratis a los rescatados. Cat estaba conmovida por tanta amabilidad y cooperación, y se esforzaba por complacer a todos los periodistas.

Pero a Chris empezó a exasperarle tanta atención. Quería seguir viaje lo antes posible, y su inquietud creció cuando el tercer día Bill llamó a la puerta de la habitación del hotel con novedades.

—¡Están vivas! —informó excitado el joven, al tiempo que agitaba una carta.

La población de Campbelltown también agasajó con entusiasmo a la tripulación del *Hampshire*, de modo que hasta esa misma mañana los hombres no habían podido recoger el correo. Bill había recibido un montón de cartas de su familia. Al abrir una de ellas cayó otro sobre.

«Recibimos esta carta para ti el 15 de agosto de 1865 —escribía la madre de Bill—. Disculpa que haya abierto el sobre, naturalmente no quería vulnerar la privacidad epistolar. Sin embargo, como tú mismo verás, el emisario es un capitán, y pensé que podría tratarse de una misiva oficial del ejército que esperara respuesta por tu parte. De hecho, se trata de una carta privada y creo que te alegrarán las noticias que te comunica.»

—Es de un conocido de la plana mayor del general Cameron —informó Bill a Cat y Chris—. Escribe desde Wellington, después de que las tropas se marcharan de Patea y las sustituyeran los *military settlers*. El *pa* de Wereroa se tomó en julio sin derramamiento de sangre. Los maoríes habían abandonado el fuerte. ¡Y se llevaron a Carol y Mara! El capitán Winter encontró un mensaje de Carol en un cobertizo junto a la casa cocina, grabado en una viga de madera. Las consideraban esclavas. Creo que tenían que trabajar en la cocina. —Lanzó a Cat y Chris una desgarradora mirada llena de esperanza.

Los dos evitaron responder. El joven debía saber por sí mismo que el trabajo en la cocina no excluía otros empleos en el caso de las mujeres.

—Sea como sea, están vivas —concluyó.

Cat sonrió.

—¡Es una noticia maravillosa! ¿Y saben hacia dónde se han desplazado los hauhau?

Bill asintió.

—Según Winter, Te Ua Haumene se fue a Waikoukou. Y el gobernador, así como el general Chute, estaban decididos a poner punto final a este asunto. Esto es al menos lo que escribió Winter el verano pasado.

—Entonces tenemos que averiguar si han conseguido tomar el fuerte —apuntó Chris.

Bill se enderezó.

—Si no lo han tomado, yo mismo me presentaré en Wellington, buscaré las tropas del general y volveré a ponerme a su disposición. Espero que me acepten.

Chris asintió.

—En vista de las circunstancias, estoy seguro. El general sería tonto si renunciara a un militar con experiencia.

Cat puso una mano en el hombro del joven.

—¡Ya verá, Bill, todo irá bien! —dijo con dulzura—. Volveremos a encontrar a Carol y es probable que comprenda lo mucho que usted vale.

Gracias a la excelente relación que Chris y Cat habían establecido recientemente con la prensa, los tres consiguieron abundante información sobre la victoriosa campaña del general Chute.

—Ha terminado —les explicó el redactor jefe del periódico local. El señor Hunt los había recibido enseguida—. Chute atacó desde Whanganui con varios cientos de hombres. Grupos heterogéneos, desde fuerzas de artillería hasta regimientos maoríes. Destruyó varios *pa* camino del oeste y arrasó cuanto estaba a su paso. Waikoukou cayó en febrero. Pero no fue Chute quien lo vació de ratas, sino McDonnell con sus *military settlers*. Justo después capturaron a Te Ua Haumene. Chute lo encontró con ocho hombres de confianza en un poblado cercano a Opunake. Lo llevaron a Wellington. Todavía se desconoce si lo someterán a juicio. Haumene se afana en hablar con todos los misioneros y se describe como una víctima de su propio movimiento. Al parecer, se vio superado por los acontecimientos. Dice que él solo quería que reinase la paz y el amor, y una buena relación con los *pakeha*. Nunca ordenó ningún asesinato. Tonto el que se lo crea.

Chris carraspeó.

—Tenemos razones para suponer que esos hauhau tenían como esclavas a dos mujeres blancas, al menos mientras estaban en Wereroa. ¿Sabe usted algo al respecto? ¿Han liberado a alguien?

El redactor jefe rio.

—¿Bromea? ¿Se imagina la que se habría armado si hubiesen aparecido dos mujeres blancas en el entorno de Haumene? Naturalmente, yo habría oído hablar de ello. Todos los periódicos del país habrían escrito al respecto. No, lamentablemente debo defraudarle.

Bill se frotó las sienes.

—¿Y seguro que la campaña ha terminado? ¿No hay más hauhau en los bosques?

Hunt hizo un gesto con las manos.

—Ahora no lo sé. Lo que sí sé es que Chute ha vuelto por la carretera de la costa a Whanganui después de haber arrasado siete *pa* y veintiún poblados. Si ha dejado algo en pie...

—¡Seguro que sí! —intervino Cat—. Pensar que ya no quedan maoríes en la región es ilusorio. Todavía pueden estar desplazándose docenas de partidas de hauhau, y una de ellas seguro que ha secuestrado a las chicas.

—Si es que no están muertas... —susurró Bill.

—Si es que no están muertas —repitió Chris.

Cat negó con la cabeza.

—No están muertas. Solo tenemos que encontrarlas. ¿Cómo está esa zona ahora, señor Hunt? ¿Quién es el responsable?

El redactor jefe pensó unos instantes.

—La tierra que se arrebató a los maoríes está ahora en manos de los *military settlers*. El responsable de la seguridad es el mayor McDonnell, tiene su cuartel junto al Patea...

—¿El que montó Cameron? —preguntó Bill.

—Se supone que sí. Desde allí organiza la ocupación de las tierras. Esa es su misión principal. Pero no rehúye ninguna campaña de guerra. Fueron él y sus hombres quienes entraron en Waikoukou. Si pretende hablar con alguien de la zona, él es la persona indicada.

Bill prestó atención.

—¿Se refiere a que él no tiende a contemporizar como Cameron?

Hunt sonrió irónico.

—McDonnell no duda, señor Paxton. Al contrario, cuando ve una razón para luchar, ¡se lanza como un pitbull!

Bill miró a Cat y Chris.

—Cogeré el próximo barco a Patea y hablaré con ese mayor. ¿Vendrán ustedes cuando hayan arreglado sus asuntos en las Llanuras?

Chris asintió.

—Lo antes posible. Muchas gracias, señor Hunt. ¡Y mucha suerte, Bill!

El redactor jefe les estrechó la mano a los tres.

—¿Tendré una entrevista en exclusiva cuando encuentren a las mujeres? —preguntó.

Chris y Bill dudaron. Ninguno de los dos quería hacerse demasiadas ilusiones. Cat, por el contrario, sonrió complaciente.

—Al menos intercederé por usted. Una de las desaparecidas es hija mía; si hubiese muerto, lo sabría.

Mientras Bill se embarcaba primero camino a Wellington para seguir desde allí hacia Patea, Cat y Chris subieron a bordo de la goleta *Rosemary*, un carguero que disponía solo de dos sencillos camarotes de pasajeros. En general lo fletaban comerciantes que viajaban con sus artículos. Era extraño ver a una mujer a bordo, de ahí que los oficiales obsequiaran como es debido a Cat. Chris y ella comían en el comedor de oficiales y tuvieron que contar varias veces cómo habían sobrevivido en la isla Rose. Cat siempre se alegraba de volver a su camarote. La travesía transcurrió sin infortunios. Hacía buen tiempo y el viento era perfecto. Al cabo de pocos días llegaron a Lyttelton.

—¿Enviamos un telegrama a nuestra querida Jane o le damos una sorpresa? —preguntó Cat sonriendo, mientras atravesaban el Bridle Path a lomos de dos mulas alquiladas—. Si optas por lo segundo, tendremos que evitar Christchurch. Los rumores se propagan deprisa.

Chris sonrió.

—Creo que primero daremos una sorpresa a los Deans. Allí podremos dormir esta noche y mañana Georgie nos llevará en barca. Estoy impaciente.

—Y yo me alegro de volver a ver a los Deans —dijo Cat—. A lo mejor saben algo de Linda. Y de Karl e Ida.

En Campbelltown no tuvieron tiempo para ponerse en contacto por carta con los Jensch e intercambiar todas las novedades, solo les enviaron un breve telegrama tras el cual Ida había expresado su alegría por el rescate de sus amigos, mientras que Karl solo había respondido: «¡Me gustaría estar con vosotros en Rata Station!»

Al principio, cuando *Fancy* se adelantó a Cat y Chris y los saludó, William y John Deans esperaban ver a Bill Paxton. Pero cuando aparecieron los dos náufragos, creyeron estar ante una alucinación. Cat volvió a sentir el abrazo de oso de William Deans, mientras la manaza de John casi retorció la mano de Chris. Los hombres llamaron a gritos a sus esposas, que se precipitaron fuera de la casa y abrazaron también a sus vecinos.

Antes de que resbalaran las primeras lágrimas por las mejillas de los presentes, John abrió una botella de whisky. Emma, la esposa de William, se llevó a Cat a la despensa y cogió de un rincón oscuro una caja de vino.

—Mira, ¡esto es tuyo! —anunció contenta—. En serio, tu último pedido de Blenheim. Georgie la trajo, pues las chicas todavía estaban en Campbelltown, pero no la quisieron. Linda nos dijo que la bebiéramos a tu salud, pero no fuimos capaces. Desde entonces, siempre que veía la caja pensaba en ti.

Cat, resplandeciente, cogió una botella.

—Pues vamos a brindar —decidió—. Ven, bebamos a la salud de Linda, Mara y Carol. Ahora son ellas las desaparecidas. Qué ganas tengo de que todo esto termine.

Se llevaron las botellas a la cocina. Alison, la esposa de John, fue a buscar el sacacorchos.

—Pero Linda no ha desaparecido —aclaró mientras llenaba las copas—. ¿No te ha contado Ida nada de ella? Ah, es cierto, solo os habéis enviado telegramas. —Levantó la copa y brindó con Cat—. Entonces soy yo quien os dará la buena nueva: ¡Linda tiene una hija!

Por reflejo, Cat se llevó la mano al vientre.

—Entonces yo...

—Exacto, ¡eres abuela! —Alison rio—. Pero el matrimonio no ha funcionado. Aquí nadie pensaba que fuera a funcionar. Ese Fitz...

—¿Significa eso que está sola? —preguntó Cat alarmada—. ¿Dónde vive? ¿En Otago todavía?

Emma negó con la cabeza.

—No. Fitz intentó abrirse camino como *military settler*. Tenían una granja en algún lugar de Taranaki, según escribió Ida. Pero volvieron a perderla. Ida no me dio más detalles, seguramente ella tampoco sabía la razón. Tan solo ha recibido una breve carta de Linda, en la que le hablaba de la niña y la separación. Por consiguiente, va camino de Russell.

—¡Doy gracias a todos los espíritus! —Cat suspiró—. También por el matrimonio fracasado, aunque no debería decirlo. Pero así volveremos a tenerla con nosotros. Puede vivir con el bebé en Rata Station, con o sin marido.

4

—¿Doce niños más? —Franz Lange levantó la vista indignado de un comunicado que un soldado de caballería acababa de entregarle.

El joven asintió.

—Sí, señor. Me he adelantado al transporte para informarle. Mañana estarán aquí. Vienen de un poblado de Taranaki. McDonnell lo ha tomado por asalto, como respuesta al ataque hauhau de hace un par de días.

Franz suspiró. Las campañas deberían haber concluido unas semanas atrás y él había dado gracias al cielo por ello. Los avances por el interior del general Chute habían llenado el orfanato hasta los topes. Por eso esperaba no tener que acoger a ningún maorí más. Sin embargo, seguían llegando niños a Otaki. A esas alturas era frecuente que fueran huérfanos. McDonnell no perdía el tiempo: cuando emprendía una expedición de castigo, no solo había guerreros muertos, sino también mujeres y niños. Franz debía ocuparse de las víctimas de guerra traumatizadas, una misión que le exigía demasiado. El proyecto había sido concebido para unos sesenta huérfanos, pero el viejo *pa* ya acogía a ciento veinte maoríes entre tres y quince años. Franz hacía lo que podía. Pese a ello, la organización funcionaba más mal que bien.

Comprenderse mutuamente seguía siendo un problema. No había ningún niño que hablase el inglés con fluidez. Y eso que Franz, tras los primeros y estimulantes días, había esperado que sus pupilos se impregnasen del idioma con tanta naturalidad como los niños pequeños. Desgraciadamente, eso fracasó porque había muy pocas personas de referencia que hablasen inglés. Kahotu solía hablar en maorí con los niños, pues Franz le había dado empleo para eso. El hombre sabía ponerse manos a la obra cuando le apetecía, pero tenía un concepto del trabajo peculiar. De vez en cuando desaparecía varios días, se iba o se encerraba en su alojamiento con una botella de whisky. Era imposible pedirle que diera clases sistemáticas de inglés. Aun así, Franz no quería prescindir de él.

El reverendo intentaba dar unas horas de clase tomando la Biblia como punto de partida. Por desgracia, los niños las encontraban aburridísimas, algo que el joven misionero ya conocía por su experiencia en Opotiki. Y aquí ni siquiera podía contar historias bíblicas como la de Jonás y la ballena de una forma adecuada para niños. No sabía suficiente maorí, por mucho que hubiese mejorado. Cada noche intentaba estudiar al menos un par de páginas de la Biblia en maorí y compararlas con la versión inglesa. Se peleaba con el Génesis, pero el hecho de que pudiera citar páginas enteras en maorí no lo ayudaba en la vida cotidiana. A veces caía dormido de agotamiento sobre el texto.

Los niños mayores, a su vez, aprendían de mala gana la lengua del enemigo y los pequeños pasaban semanas temblando o llorando en el orfanato simplemente por el hecho de que se les hablase en inglés. Por supuesto, los niños hablaban entre sí maorí. Franz se alegraba de que al menos hablasen unos con otros y no trasladasen al orfanato las querellas tribales. Kahotu le había explicado la razón. La mayoría de los niños recientemente llegados procedían de *iwi* amigos. La campaña de Chute se había realizado en una región habitada por tribus emparentadas. Los pequeños desarraigados no tenían nada los unos contra los otros. Eso era sumamente importante, pues la gente de la localidad de Otaki seguía sin querer trabajar en el hospicio. Franz y Kahotu pedían a las niñas mayores que cuidasen de los más pequeños y ayudaran en la cocina. Kahotu iba a pescar y poner trampas con los niños mayores para dar algo de variedad al menú. El orfanato estaba moderadamente abastecido. Si bien el Estado suministraba provisiones, no eran lo suficientemente nutritivas. Eso habría provocado síntomas carenciales si Kahotu y los jóvenes no hubiesen estado.

Los niños mayores realizaban todos los trabajos adicionales, un estupendo pretexto para no tener que asistir a la escuela. Las más visitadas eran las clases de cálculo, y la causa era el blackjack. Tras enseñarles los números, Franz había vuelto a empezar a jugar a las cartas en las clases y en ello encontró un apoyo inesperado por parte de Kahotu. Como era de esperar, el viejo borrachín sabía jugar y ahora compartía sus conocimientos de buena gana. Con toda certeza, la Church Mission Society habría estado escandalizada si hubiera visto las timbas que organizaban los alumnos en su tiempo libre. Con ellas, los niños no solo aprendían a contar, sino también a calcular los beneficios y las pérdidas. Claro que no se jugaban dinero, solo piedrecitas, pero pronto llegaron a las centenas.

Franz lo encontraba alentador, pero habría tenido que poner fin a esa práctica pecaminosa. Era dolorosamente consciente de lo mucho que se distanciaba de sus deberes religiosos y la evangelización de sus discípulos. Por el momento, ningún niño mayor de cinco años había sido bautizado, algo que seguramente le reprocharía la Sociedad de la Misión. Pero Franz no deseaba tomar decisiones sin contar con la opinión de los niños. Sin embargo, los adolescentes hubiesen confiado totalmente en él, incondicionalmente, pues amaban a su Revi Fransi, como ellos lo llamaban. Pero ¿podían calificarse de cristianos si no conocían la Biblia y si el servicio religioso solo significaba gritar «aleluya» cuantas más veces mejor? A Franz le habría gustado hablar sobre todo eso con sus hermanos de oficio. El piadoso e inflexible reverendo local no era para él un interlocutor válido. Y ahora estaban a punto de llegar doce niños más.

—De acuerdo, teniente —dijo Franz—. Los esperaré al mediodía en el pueblo. Instálese con ellos en las afueras en caso de que tengan que esperarme. Yo ya los encontraré. Y no los encierre en el pajar del párroco, aunque se lo ofrezca. Si empiezan su estancia aquí encerrados a oscuras, todo se complica.

Linda y Omaka llegaron a Otaki tras pocos días de viaje y estuvieron casi a punto de pasar por allí sin detenerse. El trayecto había transcurrido sin incidentes. Solían permanecer sentadas la una junto a la otra, inmersas en sus pensamientos. Linda guiaba el carro y Omaka llevaba a la niña, acunándola con sus canciones tradicionales y *karakia*. De vez en cuando se detenían y Linda daba de mamar a la pequeña. Omaka solía encender un fuego mientras tanto. Junio llegaba a su fin y se notaba el frío. Por las noches se acostaban en el carro con sus mantas y colocaban a Aroha entre las dos para que no pasara frío. Seguramente las habrían acogido en las granjas o localidades que flanqueaban el camino, pero la anciana maorí no quería pedir refugio en una granja *pakeha* y Linda cedía. Después de los asaltos hauhau, los maoríes no eran especialmente bien recibidos y Linda quería ahorrar a la anciana *tohunga* la humillación de verse rechazada.

Omaka estaba descontenta con su destino. Se hallaba totalmente desarraigada. Era inútil pretender recuperar a su tribu y las que había alrededor de Russell le resultaban tan ajenas como los pocos *marae* que quedaban junto a Wellington. Estaban habitados casi exclusivamente por tribus, cuyos miembros habían prestado apoyo a los *pakeha* en su lucha contra la gente de Omaka. Incluso si hubieran estado dispuestos a acoger a la anciana, ella no habría consentido de buen grado. Pero en Otaki se suponía que había una misión y Linda pensaba hablar con los misioneros acerca de la anciana sacerdotisa. A lo mejor allí sabían dónde habían trasladado a su *iwi* o incluso tenían a representantes de su tribu. Linda pensaba que deberían cuidar de esos seres humanos diseminados y perdidos que habían sido víctimas de la política de erradicación del gobernador.

El plan no fue bien recibido por Omaka.

—¡Yo no pienso rezar a los dioses de los *pakeha*! —advirtió cuando Linda guio a *Brianna* hacia la localidad—. ¡Esos misioneros predican la paz y traen la guerra!

—Aquí no vamos a rezar, sino a hacer un par de preguntas —la tranquilizó Linda por enésima vez. Por mucho que la entendiera, la testarudez de la anciana empezaba a ponerla nerviosa—. Ya sabes que estoy encantada de que vengas conmigo a Russell si no encontramos a tu tribu. A Ida y Karl les da igual a quién reces.

Al principio no encontraron ninguna señal que indicara dónde estaba la misión. Pero fue fácil encontrar el centro de Otaki. Delante de una iglesia bonita y cuidada se extendía una plaza que acogía un mercado con muchos puestos. Ese día había allí muchos casacas rojas. Al verlos, Omaka emitió un gritito ahogado y trató de esconderse en el interior del carro, pero con la niña en brazos no tenía suficiente movilidad. No le quedó más remedio que encogerse y cubrirse la cara con un chal para que no reconocieran que era maorí.

Los soldados de caballería estaban alrededor de un grupo de niños sucios y desaseados. Los habitantes de Otaki miraban a los pequeños con desconfianza y Linda vio la razón cuando se aproximaron a ellos. Eran maoríes, en gran parte con la indumentaria tradicional de las tribus y no lo suficiente abrigados contra el frío. Por su parte, los niños miraban con hostilidad a los de la ciudad, pero tras esa mirada fiera asomaba el miedo.

Un soldado se acercó en ese momento al carro.

—Buenos días, miss... hum... señora... —El hombre distinguió al bebé en los brazos de Omaka y también debió de darse cuenta de que la anciana era maorí—. ¿Son ustedes del orfanato?

Linda movió la cabeza.

—No; vengo de Patea y voy camino de Wellington. Solo quería pasar por la misión.

—Ya no existe —informó otro soldado, un capitán, sin duda al mando—. Solo ha quedado el orfanato. El reverendo viene a recoger a los niños aquí. Espero que aparezca pronto. Esta situación resulta sumamente desagradable. Los niños no entienden una palabra de inglés, están por primera vez en una colonia *pakeha* y no saben de qué han de tener más miedo, si de nosotros o de la gente de aquí. Tampoco es que esta sea muy amable. Y eso que algunos son maoríes. El reverendo ya nos había avisado. Provienen de tribus distintas que ya reñían entre sí antes de nuestra llegada. Muy turbio todo. Me gustaría poder hablar al menos con los niños. Parece que piensan que los vamos a colgar de un momento a otro.

—El idioma no es problema —señaló Linda, preparándose para bajar del pescante—. Con mucho gusto traduciré lo que tenga que decirles.

—Por ahí viene el reverendo con el que hablé ayer —se percató el joven teniente.

Señaló a un carro con adrales tirado por dos robustos caballos. Un hombre alto y flaco venía sentado en el pescante. No iba vestido de misionero, sino que llevaba unos pantalones de montar gastados y una camisa de leñador. Solo el sombrero de ala ancha que solía suministrar a su personal la Church Mission Society permitía reconocer al religioso.

—¡Estupendo! Así que ya podemos entregarle los niños. —El capitán dio la espalda a Linda y se dirigió al carro que se aproximaba.

—¿Reverendo Lange? Soy el capitán Tatler. Y estos son sus nuevos pupilos.

Linda se quedó estupefacta. ¿Había dicho Lange? No se lo podía creer. ¿No vivía Franz en Opotiki? Tras la muerte de Völkner había estado preocupada por él. Había sido un alivio averiguar que no había habido más muertos. Después no había vuelto a saber nada de él. Y ahora tuvo que mirarlo con atención para reconocerlo.

El hombre desgarbado que se levantaba para hablar desde el carro a los niños no tenía nada que ver con el misionero apocado y beato que les había visitado tiempo atrás en Rata Station. Era más musculoso y ya no estaba pálido, sino bronceado por el sol. Sin duda trabajaba con frecuencia al aire libre. Y su actitud era distinta. Sostenía con naturalidad las riendas del tiro y parecía más erguido que entonces. Linda recordó que a veces había pensado que el hermano de Ida llevaba la carga de todo el mundo sobre su espalda. Ahora parecía arreglárselas mejor con todo.

Y luego le esperaba otra sorpresa. Franz Lange saltó del pescante y se dirigió en un maorí vacilante, pero comprensible, a los niños.

—Bienvenidos al *marae* de los niños Otaki. Yo Revi Fransi... hum... *ariki*... o... *papara*.

Jefe tribal o padre. Linda sonrió.

—Vosotros no tener miedo. Nadie en *marae* hacer a vosotros mal, nosotros todos una tribu. Un pueblo.

Los niños cuchichearon entre sí.

—Ahora venir. Carro del *marae*. —Franz sonrió a los niños—. Carro es canoa del *marae*. Con canoa llegan todos nuevos a Aotearoa. Es un juego.

Los niños todavía no se atrevían a reír, pero sus expresiones se relajaron. Se acercaron.

—¿Cómo se llama la canoa? —preguntó un chico.

Franz cogió a una niña pequeña de la mano para ayudarla a subir.

—*Linda* —contestó, deslizando la mirada por el grupo de niños.

Y entonces, cuando los soldados se marchaban, descubrió el carro entoldado y a la joven sentada en el pescante que le escuchaba sonriente.

—¿Linda? —repitió esta vez sin dar crédito.

Ella bajó del pescante y se dirigió hacia él.

—¡Franz! —Contuvo el impulso de dar un abrazo al misionero y solo le tendió la mano.

Él, que también sintió el deseo de abrazar a Linda, le estrechó la mano.

—¡Linda! ¡Esto es increíble! ¿Cómo es que has venido? Pensaba que tenías una granja. ¿No quería tu marido unirse a los *military settlers*? —Franz había preguntado por Linda y Fitz en todas las cartas que había enviado a Ida.

Linda asintió.

—Lo de mi marido es una larga historia —respondió lacónica—. Se ha marchado, y ya no existe ninguna granja. Vamos camino de Wellington para coger allí el barco a Russell. Estoy impaciente por volver a ver a Mamida y Kapa. No sé nada de ellos desde que me marché de Christchurch. ¿Y qué sucede contigo, Franz? ¿Qué haces tú aquí? —Sonrió—. En una canoa llamada *Linda*.

Franz se ruborizó.

—Es solo un nombre... —musitó—. Se le ocurrió a un... empleado.

—Qué bonito que una canoa se llame como yo. Seguro que el hombre le puso el nombre de su novia. Pero ahora tienes que reunir a tus niños, ya hay algunos que te son infieles. —Señaló a dos niñas que hablaban junto a su carro con la anciana sacerdotisa. Era obvio que esta renacía—. Si quieres, te sigo. En realidad quería ir a la misión. Omaka, la mujer que viaja conmigo, está buscando a su tribu. A lo mejor tú puedes ayudarla. Así podremos hablar más tarde.

Franz asintió con vehemencia.

—Sería bonito. —Echó un vistazo a Omaka. Les estaba enseñando la pequeña Aroha a las niñas—. ¿Esa mujer tiene un hijo? ¿No es demasiado mayor?

Linda sonrió.

—Soy yo la que tiene una hija —contestó—. Omaka me ayudó a traerla al mundo. Es *tohunga*, Franz, una sacerdotisa. —Se puso seria—. Y está decidida a no rezar jamás al dios de los *pakeha*. Espero que igual le des la bienvenida. Esta es también otra larga historia.

Franz levantó las manos.

—Linda, dirijo un hospicio para niños. Yo solo con un viejo bebedor cuya única cualificación consiste en hablar maorí. No cree en nada y cuando habla en inglés, blasfema cada dos palabras. Es posible que también en maorí, pero yo no lo entiendo. Así que no puede ser peor. Tu *tohunga* es más que bien recibida... con todos sus espíritus.

Linda suspiró.

—Los ha perdido —dijo—. Pero parece entenderse bien con los niños. Si las chicas quieren, las llevaré complacida en nuestro carro. —Volvió a sonreír—. A fin de cuentas, también irán con Linda al *marae*.

Las dos niñas resultaron provenir de una tribu que Omaka había visitado varias veces en sus peregrinaciones a los santuarios de su pueblo. La mayor incluso se acordaba de ella y le contó con lágrimas en los ojos lo que había ocurrido con su tribu y sus padres. Omaka le acarició el cabello y la consoló con sus palabras.

Entretanto, Franz ayudó a los demás niños a subir al carro e hizo una señal a Linda cuando puso sus caballos en marcha. Parecía feliz.

Linda se puso en fila tras él. Poco después y para su sorpresa, oyó cantar. Franz practicaba con los niños una versión maorí de *Michael Row the Boat Ashore*.

—¿Te Ariki Makaera? —preguntó recelosa Omaka—. ¿Es hombre de los hauhau?

Linda lo negó alegremente. No podía explicárselo, pero se sentía mucho mejor que dos horas antes. Era como si encontrarse con Franz le hubiese quitado un peso de encima. Seguía estupefacta ante el cambio operado en el misionero, que ahora hablaba maorí y cantaba con los niños en lugar de estar dando gracias a Dios mediante oraciones interminables porque habían llegado sanos y salvos. De hecho, en lo que iba de tiempo, no había rezado ni una vez con sus nuevos pupilos ni se había santiguado. Un año y medio atrás eso habría sido impensable.

—¡Aleluya! —gritaron felices los niños.

A Linda también le había gustado el antiguo Franz, por mucho que sacara de quicio a su familia. Ahora estaba impaciente por conocer mejor al nuevo.

El *marae* de niños resultó un viejo *pa* rebosante de pequeños maoríes. Un mestizo maorí algo mayor recibió a los recién llegados y les preguntó por sus tribus de origen. A partir de ahí, según concluyó rápidamente Linda, se establecía en qué casa dormitorio estaban destinados los niños.

—No es importante —explicaba el hombre cada vez que un niño mencionaba el nombre de su *iwi*—. No olvidéis lo que ha dicho Revi Fransi: somos todos un *iwi*, todos hemos llegado en *Linda* a este *marae*. Solo creemos que os será más fácil hacer aquí amigos si vuestras madres y padres os han contado las mismas historias. Por eso unos van al dormitorio Kiwi y los otros al dormitorio Kea.

Era evidente que a las casas se les había dado adrede el nombre de aves y otros animales y no el de tribus.

—¿Y a quién tenemos aquí? —preguntó el maorí cuando Linda y Omaka le acercaron a sus dos pasajeras. Linda percibió que el aliento le olía a whisky.

Las niñas no querían separarse de Omaka.

—¿Te quedas con nosotras, *karani*? —preguntó una de ellas.

—Por favor, por favor, quédate con nosotras —suplicó la otra.

Omaka miraba titubeante a las maoríes y a Linda.

—Si quieres compartir el dormitorio con las niñas, *karani, haere mai!* —El hombre hizo un gesto invitador con la mano y se inclinó delante de Omaka.

Debía de haber reconocido que era una maorí de rango elevado. Omaka le ofreció formalmente el rostro para intercambiar el *hongi*.

—Apestas al brebaje que vuelve locos a los *pakeha* —dijo con severidad cuando se apartó de él.

Kahotu se encogió de hombros.

—Hay muchas cosas que nos vuelven locos —refunfuñó—. Unos beben, otros bailan alrededor de un palo y, si quieres saber mi opinión, tampoco da muestras de tener mucho entendimiento quien ve espíritus por todas partes. Así que déjame con mis tragos, que yo te dejaré con tus espíritus. ¿Y quién es usted? —preguntó volviéndose hacia Linda.

—Soy Linda... Fitzpatrick. —De repente le resultó difícil pronunciar su apellido de casada.

Kahotu sonrió.

—¿Es usted... Linda?

Repasó a la joven de la cabeza a los pies. Lo que vio debió de gustarle, aunque no hizo ninguna observación indecorosa. En lugar de eso, el mestizo miró a Franz, cuyo rostro volvía a teñirse ligeramente de rojo.

Kahotu le guiñó el ojo.

—Pues bueno, ahora que nadie me diga que no se atendieron sus oraciones...

—Me encantaría predicarles un poco. No horas, solo... contarles una historia por la noche, ¿entiendes? Algo sobre lo que pudieran reflexionar, algo que tal vez los consuele. Pero lamentablemente no sé suficiente maorí. Y Kahotu no resulta de gran ayuda para eso.

Franz contaba a Linda sus penas después de que esta hubiese asistido con los niños al sencillo servicio nocturno. Solo había rezado un par de oraciones de gracias, solo aquellas en las que encajaba la palabra «aleluya». Renunciaba a las plegarias, no fuera a ser que a Kahotu se le ocurriera que los niños entonaran *mai merire*. Kahotu le tomaba el pelo diciéndole que utilizaba recursos similares a los de Te Ua Haumene para convertir a sus pupilos en una comunidad de intrigantes.

—Podría ser más personal y solemne, ¿entiendes?

Linda asintió.

—Mañana puedo contarles algo —sugirió la joven—. Hablarles de Jonás y la ballena o... —Sonrió al evocar el recuerdo común.

Franz resplandeció.

—¿Te quedarías un poco? —preguntó esperanzado—. Pensaba que querías ir a ver a tu madre.

El rostro de Linda se ensombreció.

—Creo que aquí puedo hacer algo útil —contestó—. Aunque seguro que Mamida también necesita consuelo. ¡Ha sucedido algo horrible con Carol y Mara!

Franz asintió. Estaban sentados en el porche delantero. Había habilitado una vieja casa almacén situada en medio del *pa* para convertirla en su vivienda. Aroha dormía en su cesto junto a los pies de su madre, vigilada por *Amy*.

—Pero tienes que escribir a Ida —indicó Franz—. También está inquieta por ti. No le has comunicado nada sobre tu vida. ¿El ejército no cursaba cartas?

—¡Le escribía cada dos días! Sobre todo al principio, desde Patea. Pero como Mamida nunca respondía, fui espaciando las cartas. La verdad, creo que Fitz no las entregaba. O Vera metió baza. Se lo pasaba en grande torturándome.

—¿Vera? —preguntó Franz.

Linda suspiró.

—Otra larga historia —dijo.

Franz miró su rostro pálido. Por un instante, pareció debatir consigo mismo, luego se metió en la casa. Salió con una botella de whisky y dos vasos.

—Tengo tiempo —afirmó.

5

—¡Me importa un rábano lo que usted piense! —vociferaba Jane—. ¡Si yo digo que las ovejas madre se van a la dehesa oeste, usted las lleva a la dehesa oeste!

No era aconsejable chillar así a un capataz. Pero Jane estaba de mal humor y el señor Colderell se había pasado de la raya con su forma arbitraria de actuar. Sin embargo, sus argumentos no eran dignos de menosprecio. Si tenía a los animales más cerca de la casa, podía vigilar mejor las ovejas preñadas. Jane podría haberse contentado con consentir... si no le desagradara tanto que Colderell decidiera sin consultarla. Claro que él tenía más experiencia que ella con las ovejas, pero se excedía. El hombre sabía muy bien lo mucho que ella lo necesitaba.

Jane abandonó furiosa el establo de los toros. Había adquirido los jóvenes animales porque los precios de la carne se disparaban. La población de Nueva Zelanda crecía y los buscadores de oro y los mineros de la costa Oeste en especial ansiaban hincar el diente a un filete. Por desgracia, no había nadie en la granja que se desenvolviera lo suficientemente bien con el ganado bovino. Sobre todo con los machos agresivos, Colderell y sus hombres se veían superados.

Jane suspiró. A fuer de ser sincera, las cosas no iban bien en Rata Station. Le resultaba muy difícil dirigir la granja sin el apoyo de su marido y los pastores maoríes. Te Haitara se había retirado desde la marcha de Eru, mejor dicho, desde que con esa excusa Jane le montara un numerito tras otro. Los maoríes no veían nada raro en que los jóvenes guerreros partieran hacia lo desconocido. Al contrario, Te Haitara estaba orgulloso. Eru y los demás aumentarían su *mana* en la Isla Norte. Jane, por el contrario, estaba furibunda porque el chico se había rebelado. Creía que había malogrado todo su futuro con el tatuaje y la huida al norte, por no hablar del grave peligro que eso suponía. ¡Eru podía morir en la Isla Norte! La tranquilidad con que Te Haitara consideraba esa posibilidad la enfurecía y por eso habían estado peleados durante días.

—Es un guerrero, Raupo —había intentado explicarle el jefe tribal—. Las tribus siempre se han peleado entre sí. También los ngai tahu han librado batallas.

—¿Hace cuántos siglos? —había replicado Jane iracunda—. ¿Y contra qué enemigos? Aquí todos son ngai tahu. Bien, en el noroeste están los ngati toa, pero desde que Te Rauparaha se ha marchado están muy pacíficos. ¿Y qué más? Cielos, tal vez os habéis roto alguna nariz. ¡Pero ahí arriba está haciendo estragos una guerra que ese Profeta no puede ganar! Es una estupidez que Eru arriesgue su vida.

Según Jane, Te Haitara debería enviar al menos un *taua* de guerreros para recoger a Eru y al resto. Ella misma había contratado a un detective privado para que les siguiera la pista, pero este los había seguido solo hasta que desaparecieron en los bosques de Taranaki. Te Haitara consideraba absurdo lo del detective, y no creía que él mismo ni sus hombres pudieran cambiar algo en la Isla Norte. «Esas tribus son hostiles —repetía—. Si una canoa de los ngai tahu aparece en Taranaki, nos matan y luego nos ahúman la cabeza.»

De todos modos, la relación entre Jane y Te Haitara ya se había visto tocada por la controvertida «herencia». Al final, Jane, rabiosa, había asumido las consecuencias y se había mudado a la granja. Pronto haría un año que se había instalado en la casa de piedra y desde entonces no había vuelto a hablar con Te Haitara. Los maoríes que antes habían trabajado para Linda y Carol, dejaron de acudir a partir de entonces. Jane ignoraba de qué vivía ahora la tribu. Te Haitara solo había conservado unas pocas ovejas, las lecheras de la pastora Kunari. Era evidente que los ngai tahu habían vuelto a su forma de vida tradicional: los hombres cazaban, las mujeres tejían y cocinaban y todos juntos labraban los pocos metros cuadrados que tenían sus campos. Los artículos de lujo, como las telas y las herramientas de cocina se los financiaban con sus ahorros. Te Haitara tenía una cuenta en el banco de Christchurch. Seguro que no se vaciaría tan deprisa. Al fin y al cabo, en los últimos años la tribu había conseguido todo lo que cualquiera pudiera desear. Ahora triunfaba el consejo de ancianos, especialmente los *tohunga* que ya antes de la toma de posesión de Rata Station se habían preguntado si realmente valía la pena dedicarles tanto tiempo a las ovejas.

Jane, obstinada, había intentado encontrar nuevos trabajadores en Christchurch y solo con ayuda de su capataz Patrick Colderell había hallado algunos. A los hombres les resultaba sospechoso trabajar en una granja dirigida por una mujer. Cada día, Jane tenía la impresión de que no la tomaban en serio. Jane se esforzaba por hacerse respetar e imponía sus planes contra la opinión de sus empleados. Pero le costaba esfuerzo. A veces ocurría que, pese a toda su obstinación y fuerza, por las noches lloraba de soledad.

A eso se añadía la actitud de sus amigos *pakeha* y la de los vecinos. Jane nunca había tenido una relación especialmente estrecha con ellos. Gente como los Butler no trataban con una mujer que convivía con un jefe maorí. Pero Te Haitara y Jane no habían renunciado a su voto en la Unión de Criadores de Ovejas. Jane al menos siempre había asistido a las reuniones y la habían tratado con cortesía. Ahora, sin embargo, la marginaban. Los Deans y los Redwood la criticaban. La opinión general era que la apropiación de Rata Station no había sido justa. Cuando además se propagó la noticia de que habían raptado a Carol y Mara, la trataron como a una proscrita. Nadie la invitaba, nadie colaboraba con ella.

Para el último esquileo, Jane tuvo que llamar a una cuadrilla de Otago. Los hombres que habían trabajado para Cat y Chris se desviaron de Rata Station en su marcha por las granjas del Waimakariri. Jane también tuvo que organizar para ella sola el transporte de los vellones. El comerciante de lana le ofreció un precio peor porque su lana había llegado más tarde que la de los demás. Jane podía resistir económicamente. Como mujer de negocios era superior a la mayoría de los barones de la lana. Invirtió también en líneas navieras y en la construcción del ferrocarril. Pero la tensión permanente y los constantes desafíos le desgarraban los nervios.

Le había gustado la cría de ovejas cuando estaba con Te Haitara y Eru. ¡Y los planes que había trazado para su hijo! Eru podía comerse el mundo, y sin embargo se había embarcado en guerras arcaicas y absurdas en la Isla Norte. Te Haitara estaba de morros en el poblado de al lado y Jane se amargaba cada día.

Ese día fue a su casa, cerró la puerta y sacó una botella de whisky del armario. Había descubierto hacía un tiempo que el whisky consolaba mejor, era más fácil de adquirir y engordaba menos que el chocolate. Claro que nunca bebía demasiado, pero uno o dos vasos por la noche le hacían la vida más soportable.

—Miss Jane...

Jane no había oído los golpes en la puerta y se dio media vuelta irritada. Colderell se había limitado a abrir y asomar la cabeza.

—¿Y ahora qué pasa, señor Colderell?

El capataz hizo una mueca.

—Hay alguien que quiere hablar con usted, miss Jane...

—¡Ya le he dicho que no tiene que anunciarme a nadie!

Detrás de Colderell sonaba una voz furiosa y demasiado familiar. Jane comprobó el estado de la botella de whisky. ¿Bebía demasiado? ¿Tenía alucinaciones?

Colderell se retiró y en el mismo momento la puerta se abrió de par en par. Sin dar crédito, Jane miró los ojos brillantes de ira de Christopher Fenroy. Su primer marido parecía más flaco que antes. Su piel se veía áspera, como enrojecida por el frío y el viento, y la cara un poco manchada, como si hubiera llevado largo tiempo barba y se la hubiese afeitado. Su cabello era más largo de lo apropiado para un caballero, aunque siempre le había gustado llevarlo así. Detrás de él, sorprendentemente comedida, distinguió a Cat.

Jane tragó saliva.

—Chris...

—¡No hace falta que digas que te alegras de verme! ¡Ya pensaba yo que te encontraría en casa! ¿Has conseguido que Te Haitara se mude aquí o te ha echado? —Se dirigió amenazador hacia Jane con los puños apretados.

—Señor Fenroy... —intervino Colderell, alarmado.

—¡Usted no se meta! —ladró Chris—. De todos modos, queda usted despedido. No quiero que ninguno de los que han trabajado para esta mujer...

—Chris —terció Cat apaciguadora, y se volvió al capataz—. Por favor, Patrick, déjenos solos. Más tarde decidiremos qué trabajadores mantendremos.

Colderell torció la boca. Se acabó el señor Colderell. Cat se dirigió a él por su nombre de pila, como hacía con cualquier simple pastor. En cualquier caso, ya había perdido el puesto de capataz.

—Yo... usted... —quiso protestar.

Cat le indicó la puerta.

—Váyase, Patrick —dijo tajante—. No se preocupe por miss Jane. Impediré que mi marido la golpee y él evitará que yo le saque los ojos. Nos controlamos mutuamente.

Jane miró atónita a su capataz.

—Yo... yo pensaba que tú... que vosotros... estabais muertos —dijo.

Chris resopló.

—¡Ya lo sabemos! —exclamó irónico—. Y eso es comprensible, considerando las circunstancias. ¡Pero no lo de la granja, Jane! ¿Cómo has podido hacerles esto a las chicas?

—Desde un punto de vista legal... —Jane dio un paso atrás.

—Conoces a Linda y Carol desde que eran niñas —la interrumpió Cat—. Las has visto crecer junto a tu hijo. ¿Cómo pudiste echarlas de la casa y la granja?

Jane levantó las manos.

—Soy una mujer de negocios —se justificó.

—¿Y cómo has podido hacerle esto a Te Haitara? —prosiguió Cat—. Es tu marido, Jane. Ha sido tu marido durante veinte años. ¿Y de repente dices que tu matrimonio con él no tiene validez o que nunca se ha celebrado?

—¡Has hecho pasar a su hijo por hijo mío! —siguió reprochándole Chris—. Es el colmo de la perfidia. Y habías especulado sobre esa posibilidad. Solo te diré una cosa: ¡certificado de nacimiento!

—Quería que tuviera todas las oportunidades —respondió Jane.

—¡Más bien se las has quitado! —objetó Chris con frialdad—. Seguro que no lo reconoceré. Él no será mi heredero. Y si nunca te casaste con Te Haitara, no es más que un bastardo.

—De todos modos, se ha ido —musitó Jane.

—¡Y tú también te irás de aquí! —Chris la apartó de la mesa de un empujón. Parecía lidiar todavía con las ganas de atizarle un golpe—. Inmediatamente. Te doy cinco minutos para recoger tus cosas. Y no me pidas documentos. He estado en los despachos de Christchurch y tengo la constancia escrita de que Cat y yo no estamos muertos. Con ello pierdes tus derechos sobre la granja.

Jane lo miró con rabia.

—He trabajado todo un año. He tenido beneficios y...

—¡No irás a litigar por eso! —La voz de Chris oscilaba entre la incredulidad y la amenaza.

Jane apretó los labios.

—¡Me corresponden a mí! —siseó—. Necesito dinero para vivir. He dejado a Te Haitara. Yo...

—¡Cuánta pena me da! —se burló Chris.

—Has empujado a Linda a un matrimonio infeliz. Eres responsable de que Carol y Mara estén en manos de unos salvajes enloquecidos. ¡Mara acaba de cumplir dieciocho años! ¿Y por todo eso todavía pretendes que se te pague? —Cat se había dominado hasta entonces, pero ahora su voz sonaba más furiosa que la de Chris—. ¿Cómo eres capaz de mirarte en el espejo?

Jane se encogió de hombros.

—Nunca me gustó mi imagen en el espejo —respondió con cinismo.

Chris contempló su rostro presuntamente impasible. Era como si no le importara abandonar Rata Station, pero tampoco se diría que tuviera mala conciencia. De repente se sintió cansado.

—Dispondrás de las cuentas de inversión, Jane —dijo tranquilamente—. Tendría que conocerte mal si todo tu dinero estuviera en la cuenta de Rata Station. En caso de que realmente no tengas medios, pagaré tu mantenimiento. Antes de que me lo reclames... como mujer legítima tendrás mejores oportunidades. Así que coge una habitación en un hotel de Christchurch o donde sea, cuanto más lejos, mejor. Hazme llegar solo una dirección postal para los papeles del divorcio. Ya he estado con un abogado, Jane. El divorcio está en marcha. Será muy difícil y muy caro. También puede prolongarse. Si he entendido bien, precisa de una resolución parlamentaria. Pero es posible, y en vistas de nuestra historia no habrá ningún juez que no declare su conformidad. Te entregaré los documentos en cuanto el divorcio entre en vigor. Y entonces, Jane Fenroy Beit, ¡no querré volver a verte nunca más!

Te Haitara salió al encuentro de su amigo sin pronunciar palabra y le ofreció el rostro para intercambiar el *hongi*. El jefe tribal ya se había enterado del regreso de Chris. Las noticias no tardaban en propagarse en las llanuras de Canterbury. Todo el poblado se había reunido para dar la bienvenida a Chris y Cat en el *marae*.

—Me alegro de verdad —dijo Te Haitara.

En los pasados dos años y medio, el jefe ngai tahu había envejecido visiblemente y adelgazado. El que fuera un guerrero fuerte y robusto, era ahora la sombra de sí mismo. Bajo los tatuajes, el rostro estaba lleno de arrugas surcadas por la preocupación y el dolor.

Chris dudó un instante, luego puso la frente y la nariz contra el semblante del jefe.

—¿Cómo pudiste permitirlo? —preguntó sin poder contenerse.

Te Haitara hizo un gesto de impotencia.

—¿Cómo habría podido impedírselo? —repuso con tristeza—. La expulsé aunque se me partió el corazón. Eso no salvó la granja ni a vuestras hijas. Claro que podrían haberse quedado en el poblado...

—¿Al lado de la mujer que les había quitado la granja? —preguntó Cat, cortante—. Deberías haberla detenido.

—No debería haber confiado en ella... —Te Haitara suspiró—. Siempre decía que como hombre o mujer de negocios había que dejarse siempre todas las puertas abiertas. Yo nunca lo había entendido del todo. Ahora sé a qué se refería. Tú eras una opción, yo era una opción; la *karakia toko* era una opción; el certificado de nacimiento, otra. Lo siento. ¿Qué vas a hacer ahora con ella?

Chris se rascó la frente.

—En los documentos todavía es mi esposa, pero al menos la ley *pakeha* prohíbe cortarle la cabeza.

Te Haitara intentó sonreír.

—Tampoco es posible por la maorí. Pero tienes más derechos sobre ella que yo.

—La hemos echado —dijo Cat—. Va camino de Christchurch. Y Chris ha presentado la solicitud de divorcio. Según el derecho *pakeha* será muy complicado.

—Si después quieres volver a casarte con ella —añadió Chris—, es mejor que lo hagas delante de un juez *pakeha*. De lo contrario, no lo reconocerá y me exigirá que la mantenga. Estaría bien que reconocieras la paternidad de Eru por escrito. Yo tendré que demostrar que no es hijo mío.

Te Haitara bajó la cabeza.

—Llevo meses sin saber nada de Eru. A lo mejor ha muerto.

El jefe parecía tan infeliz... Cat le apoyó dulcemente la mano sobre el brazo.

—*Ariki* —dijo con afecto—, el tiempo dirá si recuperas o no a Jane. Pero Eru es tu hijo. Si hubiera muerto, lo sabrías.

6

—Los chicos del dormitorio Kea están jugando otra vez al blackjack en lugar de hacer los deberes —se quejó Linda—. ¡Estás criando a jugadores y bebedores!

Franz levantó la vista de su trabajo. Estaba intentando reparar la rueda partida de su carro. Por desgracia, hacía muchos años que no veía trabajar a un carretero. Tenía que concentrarse para recordar exactamente la forma en que el hombre había maniobrado entonces.

—Por ahora, Kahotu todavía no les ha enseñado a destilar whisky —contestó jovial—. Y cada vez hacen mejor los cálculos. Ya no buscan piedras, sino que fabrican dinero para jugar. Hoani acaba de perder un millón de libras. Nunca olvidará cuántos ceros lleva.

—Mientras pierdan, no hay problema —reflexionó Linda no muy entusiasmada—. Pero ¿qué pasará cuando ganen el juego y crean que así podrán costearse la vida?

Franz movió la cabeza.

—No les dejo ganar —contestó—. ¿Tienes preparado el texto del sermón?

—¡El sermón no, pero sí unos *scones*! —exclamó Linda, al tiempo que abría el cesto que llevaba en el brazo y sacaba una cafetera, un vaso y un plato—. Tienes que descansar o adelgazarás más. Así que he cogido algunas pastas antes de que los niños se las comieran todas. ¡El nuevo horno es fantástico!

Linda había instalado recientemente una cocina *pakeha* en uno de los edificios de servicio y enseñaba a las niñas maoríes a cocinar y hornear a la manera de los blancos. Los pupilos de Franz tendrían que ganarse por sí mismos la vida y en Auckland y Wellington se necesitaba personal de servicio. Ni siquiera el pastor de Otaki había podido refutar tal argumento. La cocina y los armarios procedían de los donativos de los comerciantes locales.

Franz se pasó las manos por los pantalones y se sentó sobre una piedra junto a la cual Linda había dispuesto esas pequeñas exquisiteces.

—¡Exquisito! —dijo, mordiendo un pastelillo.

Linda sonrió halagada. *Amy* rascó la pierna de Franz para pedirle un pedazo.

—En serio, Franz, te tomas los juegos de azar muy a la ligera —volvió Linda al tema—. He estado casada con un jugador. Sé perfectamente que no se puede influir en las cartas. No puedes permitir que los niños ganen o pierdan. Uno tiene cartas buenas o malas, gana o pierde. ¡Creer otra cosa es peligroso!

Franz tomó otro *scone*.

—¡Claro que puedo influir en las cartas! —explicó—. Dicho con franqueza, siempre me he preguntado qué tiene que ver el blackjack con la suerte. Lo único que uno ha de hacer es concentrarse... Por cierto, ¿te ha dicho Omaka que ha llegado correo para ti? Una carta de tu madre, la he dejado delante de tu casa.

Linda se olvidó al instante de los peligros de los juegos de azar y se puso de pie de un brinco.

—Claro que no me lo ha dicho. Me parece que todavía cree que leer y escribir son obra del diablo. Disfruta de los pasteles, voy a buscar la carta. ¿De quién es? ¿De Mamida o de Mamaca? A lo mejor es para avisarnos cuándo vendrá de una vez.

Desde que Linda volvía a estar en contacto con Ida y Cat, lo que más le importaban eran sus cartas periódicas. Esperaba con ansiedad las misivas de Cat, lo que a Franz no dejaba de sorprenderle. Catherine Rat parecía serle más próxima que su madre Ida. Linda había estado a punto de marcharse de un día para otro para presentarse en Rata Station cuando se enteró del feliz rescate de Cat y Chris. Solo se lo había impedido el hecho de que anunciaran que irían cuanto antes a la Isla Norte para colaborar en la búsqueda de Carol y Mara.

Linda dejó el cesto y se encaminó hacia los establos del centro del *pa* seguida de la perra. También su casa —un anterior edificio de servicios— se hallaba en el centro de todas las actividades. Como ocurría con Franz, también ella daba importancia a no perder de vista a los niños, mientras Kahotu prefería estar instalado en la antigua casa del jefe tribal y Omaka se había retirado al borde del *pa*. De todos modos, la anciana sacerdotisa recibía muchas visitas. Los niños estaban aprendiendo a leer y escribir, se familiarizaban con historias de la Biblia y ya se habían bautizado unos cuantos; pero cuando necesitaban consejo espiritual, se dirigían a Omaka.

Franz siguió a Linda con la mirada y como tantas veces últimamente, dio gracias a Dios de que hubiera vuelto a postergar su marcha. Aunque no estaba del todo seguro de que fuera Dios quien le había enviado a Linda y Omaka. Si bien ambas habían demostrado ser una bendición para el orfanato, no cabía duda de que Omaka era una pagana y Linda una tentación para Franz. Cada vez que estaban juntos, no podía dejar de pensar en lo mucho que le gustaría estrecharla entre sus brazos. Luchaba contra el modo en que su cuerpo reaccionaba ante sus eventuales roces, ante su risa, su olor. Por las noches soñaba con ella y se despertaba avergonzado entre sus sábanas húmedas. Al principio había pensado que se calmaría. Solo tenía que mantener el tono de tío cordial cuando hablaba con ella, no comportarse en ningún caso como un hombre susceptible de convertirse en su marido o amante. Franz evitaba el contacto físico siempre que le era posible, y después de la primera conversación, muy íntima, en compañía de la botella de whisky (Franz todavía se preguntaba cómo había podido abandonarse tanto) ya no abordaba ningún tema personal.

Ya tenían suficientes temas de que hablar. Los intereses del orfanato exigían un diálogo continuo. Linda se involucró desde el principio con mucho entusiasmo. Siempre le había gustado cuidar a niños y tenía experiencia. En Rata Station, después de que miss Foggerty se casara, ella había actuado como profesora auxiliar. Ahora aparecía cada día con nuevas ideas y sugerencias. Franz tenía que contenerse para no mostrarse demasiado eufórico en sus alabanzas, para no decirle claramente que la admiraba, que la quería y lo increíble que era que su vida hubiese mejorado tanto desde que ella estaba allí.

Linda y Omaka enseguida habían reconocido los inconvenientes del orfanato y habían puesto remedio a los problemas con determinación. Omaka había asumido el control de la cocina y la lavandería. Dirigía y distribuía a las chicas y chicos para que colaborasen. Ya nadie necesitaba saltarse las horas de clase para dedicarse a tareas domésticas y los niños tampoco querían hacerlo. Desde que Linda se ocupaba de la clase de los mayores, entendían de qué se trataba y colaboraban de buen grado. Franz podía concentrarse en los pequeños, que aprendían inglés con facilidad. De ese modo todos avanzaban a grandes pasos. Apenas se necesitaba ya a Kahotu en la escuela y él tenía más tiempo para pescar y poner trampas. No precisaba de la ayuda de los chicos maoríes. Por la mañana estos iban a la escuela y por las tardes Franz realizaba tareas manuales con ellos. Juntos rehabilitaron los edificios del *pa*.

—Sería una actividad superflua —dijo cuando los mayores expresaron a través de Linda su deseo de decorar las casas con tallas de madera.

Uno de los chicos era hijo de un *tohunga* de la talla de madera. Durante años, el artesano había introducido en ese arte a su hijo. Ahora, el adolescente de trece años quería compartir sus conocimientos con los demás.

—O incluso infiel. Las iglesias luteranas no tienen adornos. Las casas de los creyentes han de ser prácticas, no bonitas. Las tallas son muestra de vanidad.

Linda hizo una mueca, como siempre que Franz reincidía en la forma de pensar de su antigua congregación. En realidad, había contado con que pondría otras objeciones a la propuesta de los chicos. Para los maoríes las tallas no eran simples adornos, sino que tenían un significado espiritual. Seguramente, algo así no era grato a Dios desde el punto de vista de Franz. Pero quizá la tradición pudiese utilizarse como argumento para apoyar la petición de los chicos...

—Para los niños, esas tallas representan una unión con su tribu —explicó—. Cada *iwi* tiene sus motivos específicos. Explican su historia. Con ellas se conserva el espíritu de sus antepasados. ¡Déjales hacerlo, Franz! Si lo prohíbes lo harán a escondidas. Y en ese caso, no tallarán bonitos elementos de decoración para las casas, sino *hei tiki*. Eso sí que sería pagano.

Omaka estimulaba a los niños desde hacía tiempo a hacer figuras divinas de jade y llevar amuletos y recuerdos de sus tribus. Linda lo sabía, pero no se lo decía a Franz.

—De acuerdo. A lo mejor después pueden ganar un poco de dinero con eso —transigió Franz al final—. No tienen por qué tallar solo esos símbolos maoríes, tal vez puedan trabajar para familias de colonos.

Preparar a los niños para su futura vida laboral en el mundo de los blancos era uno de los objetivos de la Church Mission Society. Los misioneros habrían preferido convertirlos en perfectos *pakeha* y hacerles olvidar sus hábitos y formas de comportamiento tribales. Linda lo veía de otro modo y también Franz se iba haciendo más liberal cuanto más trabajaba con los niños. Pese a todo, los dos tenían claro que sus pupilos nunca más volverían a su antigua vida en los bosques, junto a los ríos o al pie del monte Taranaki. Sus discípulos peregrinarían siempre entre dos mundos. Linda y Franz consideraban que su deber era prepararlos mejor de lo que habían preparado, por ejemplo, a Kahotu.

Siguiendo las instrucciones de Franz, los chicos podían ahora trabajar la madera y tallarla. Aunque el misionero no destacaba por su habilidad, sabía bien cómo realizar un trabajo técnicamente.

—¿Dónde has aprendido todo esto? —preguntaba Linda asombrada cuando él tomaba medidas y las maderas que cortaba encajaban perfectamente.

—En ningún sitio —respondía Franz impávido—. Claro, me enseñaron a contar, pero siempre me desenvolví bien con los números. Lo otro lo he aprendido mirando. A veces uno no puede evitar observar a los trabajadores manuales.

Linda frunció el ceño.

—Yo también los he observado con frecuencia. Pero no he registrado cómo hacen exactamente su trabajo.

Él rio.

—Yo no necesito registrarlo de forma especial. Basta con que me acuerde de dónde lo he visto y luego todo el proceso acude a mi mente como si lo hubiese presenciado ayer. Pensaba que a todo el mundo le pasaba igual, pero al parecer tengo una memoria especialmente buena.

Linda consideraba que su memoria era potente. No comprendía lo deprisa que aprendía maorí ahora que ella se lo enseñaba de forma sistemática. Por sí solo no podría haber aprendido la complicada gramática de la lengua, pero aprender palabras le resultaba fácil. Solía retenerlas después de una sola lectura y dejaba a Linda anonadada cuando citaba la Biblia en maorí. Franz podía recitar pasajes enteros del Génesis en maorí, aunque hasta entonces no había conocido el significado de las palabras.

—¿De verdad pretendías aprender la lengua memorizando la Biblia? —le preguntó maravillada—. Habrías tardado una eternidad.

Franz se encogió de hombros.

—Ya —admitió—. Pero me resultó fácil. Leía el texto un par de veces y luego ya lo recordaba.

Linda no podía creérselo, pero al final no tuvo más remedio que asumirlo. Pocas veces se había divertido tanto como dando clases a Franz, si bien la forma que él tenía de comportarse con ella era un tanto enigmática. Por una parte parecía disfrutar trabajando con ella, pero por otra parte solía evitarla. La primera tarde con él le había hecho mucho bien, y al final había sentido que entre ambos había una confianza que casi rayaba la intimidad. Antes de acostarse, él había puesto dulcemente la mano sobre la suya y ella no la había retirado. Esa noche, Linda había pensado que tal vez ahí empezaba algo, algo mucho más grande que todo lo que la había unido con Fitz. Pero al día siguiente, Franz había vuelto a marcar distancias. Siguió evitando el contacto físico y daba las gracias por sus pequeñas deferencias con comedida amabilidad. Sin embargo, la forma en que sus ojos brillaban cuando la veía, contradecía lo anterior, y Linda notaba a menudo que él la seguía con la mirada.

La joven se sentía confusa. Franz parecía estar enamorado de ella, pero no daba ningún paso para cortejarla. Había incluso pensado en si habría hecho algún voto que le prohibiera amar. Por lo que ella sabía, ni entre los anglicanos ni los antiguos luteranos existía el celibato. Al contrario, Linda nunca había oído hablar de un misionero que no estuviese casado.

Esa forma contradictoria de comportarse de Franz la desanimaba y la hacía sentirse insegura. A menudo pensaba en Fitz y en que él también la había rechazado. ¿Sería culpa suya? ¿Acaso ella no comprendía a los hombres? ¿Interpretaba mal sus señales?

La pobre se devanaba los sesos, mientras que su cariño hacia Franz crecía con cada día que pasaba. Siempre le había caído bien el hermano de Ida. Algo en su vacilante y todavía torturada personalidad ya la había atraído en Rata Station. Entonces había interpretado sus sentimientos hacia él más como compasión que amor. Pero ahora que él había madurado, se había desprendido de su fanatismo religioso y se ocupaba de una manera tan conmovedora de los niños, había conseguido la atención y el respeto de Linda. Se emocionaba al ver con qué cariño ayudaba a la pequeña Pai a ponerse un abrigo y con qué inagotable paciencia explicaba una operación matemática al alumno más duro de mollera. A veces se descubría a sí misma deseando que la acariciara. Lo observaba cuando trabajaba la madera o forjaba el hierro, así como cuando guiaba la mano de los niños para enseñarles las primeras letras. Lo veía acariciar afectuosamente el cabello de los pequeños y le habría gustado estar en lugar de los niños sobre cuyos hombros él apoyaba paternalmente una mano protectora.

Nunca hubiese sospechado que ese hombre dulce se escondiera tras el antiguo luterano que había deambulado años atrás por Rata Station como un cuervo. Franz también era muy diestro con Aroha. Parecía que le encantaba mecer a la niña y llevársela de un sitio a otro. Aun así, siempre se la devolvía a Linda cuando Kahotu lo contemplaba y le lanzaba miradas burlonas. Otra de esas extrañas conductas que Linda no podía explicarse: Kahotu siempre tomaba el pelo a Franz diciéndole que la niña pronto le llamaría «papi», y Franz contestaba con la misma agresividad que si lo hubiesen ofendido. Lo peor era cuando, por azar, Linda y él se aproximaban demasiado. Él retrocedía como si ella lo hubiese quemado para luego devorarla con una ardiente mirada. No sabía qué conclusiones sacar de todo ello, así que acabó dirigiéndose a Omaka.

—A veces creo que es como Fitz —se quejó a la anciana sacerdotisa—. Con él nunca sabía lo que pensaba. A veces era dulce, amable, maravilloso y, de repente, otra vez brusco. ¿Son todos los hombres así?

Omaka atizó con un palo las llamas de la hoguera.

—¿Estás ciega, *mokopuna*? —repuso con dulzura—. No hay dos hombres que se parezcan menos. Tu marido no tenía sentimientos, mientras que este mastica una espesa papilla de dolor, una mezcla de raíces amargas, de miedo y también de amor. Mientras tenga la boca llena, no podrá decirte lo mucho que te desea.

—¿No puede dejar de hacerlo? —preguntó Linda abatida—. ¿Apartar esa papilla, simplemente? ¿O tragársela y olvidar?

Omaka se encogió de hombros.

—A lo mejor algún día, a lo mejor con tu ayuda. Y a lo mejor la papilla se seca un día o se diluye. No lo sé, *mokopuna*. Pero no te enfades con él. Sufre por ti.

La joven suspiró.

—¿Y nadie pregunta si yo sufro? —inquirió—. ¡Desearía encontrar a un hombre que no estuviese pendiente solo de sí mismo!

—Hay un hombre en la puerta que pregunta si puede dormir aquí.

Emere entró en la cocina y se dirigió a Linda en tono despreocupado. Sucedía a menudo que algunos extraños acudían al orfanato a pedir asilo. Al fin y al cabo, Otaki había sido durante mucho tiempo una misión abierta a todo cristiano. Muchos viajeros todavía no sabían que había desaparecido y la gente de la ciudad no se tomaba la molestia de decírselo. Cuando alguien preguntaba por los misioneros, lo enviaban a Franz Lange.

Al reverendo eso no le preocupaba. Quien pedía ayuda en una misión cristiana solía ser más un pobre diablo que un canalla. En la mayoría de los casos se trataba de hombres solos, pocas veces de familias enteras, que habían viajado al norte en busca de fortuna, para asentarse en un lugar y encontrar trabajo. Franz solía darles hospedaje y despedirlos al día siguiente con provisiones para el viaje.

—¡Bien, pues entonces no dejes que siga mojándose con esta lluvia! —respondió a la muchacha que diligentemente había anunciado al visitante.

Los niños siempre se ocupaban de la puerta por parejas. El hospicio estaba abierto para todos, pero desde la vez que Kahotu se pasó de la raya e invitó a dos de sus antiguos camaradas a beber y jugar a las cartas, Franz quería estar al corriente de quién entraba y salía.

Emere desapareció y Linda se preparó para dar la bienvenida al recién llegado. Kahotu estaba de viaje y Franz ocupado en los trabajos de rehabilitación en algún lugar del *pa*. Así que tendría que ser ella quien asignara un lugar donde dormir al visitante y tal vez ofrecerle una comida caliente. Cuando Emere había entrado, ella acababa de preparar el puchero que luego calentaría para la cena.

—¿Vigiláis vosotros a Aroha, niñas? —pidió a las chicas que la ayudaban en la cocina—. Tengo que ocuparme del recién llegado. Enseguida vuelvo.

Colocó la cunita con la niña al lado de las muchachas que amasaban la masa del pan. Las dos se pusieron a cantar una nana.

Hacía un día horrible. Linda se quitó el delantal, se cubrió con un abrigo y se envolvió la cabeza con un chal de lana antes de dejar la casa cocina. Fuera, la lluvia le golpeó el rostro y el viento casi la tiró. No se veía ni rastro de los niños. Debían de estar estudiando o jugando en las casas dormitorios o en la antigua casa de asambleas que Linda había transformado en una especie de aula y sala de estar.

Desde el portón de entrada hasta la plaza de las asambleas había unos cien metros, pero el visitante debía de haberse dado prisa. Linda oyó los cascos del caballo en cuanto llegó a la plaza y, sorprendida, vio aproximarse al trote un pequeño caballo blanco empapado. El jinete llevaba una chaqueta raída y un sueste de ala ancha que no lo protegía mucho de la lluvia. Linda se lo quedó mirando. Era más bien bajo de estatura y tenía las piernas cortas.

Linda reprimió el impulso de darse media vuelta y volver a la cocina, pero eso era imposible. Temblando en su interior, se dirigió a Joe Fitzpatrick y le señaló con gestos el establo. Fitz la siguió, posiblemente sin reconocerla pues llevaba la cabeza cubierta. Pero el plazo de gracia no sería lo suficiente largo para que ella recuperase el control. Tenía sentimientos encontrados. ¿Qué hacía él ahí? ¿La estaba buscando? ¿Y dónde estaba Vera? ¿No era suyo el caballo blanco?

—¡Vaya vaya! —sonó la familiar y seductora voz de Fitz—.

¡Uno se espera un nido de cuervos cantando salmos y va y lo recibe una mujer bonita! Señora...

Linda no sabía si enfadarse o echarse a reír. Era muy típico de Fitz hacer primero un cumplido y luego averiguar con quién estaba hablando. A través de la cortina de agua y observándola bajo el sombrero, él no reconoció a su esposa hasta que saltó del caballo.

Por un instante, se quedó sin habla.

—Lindie... —dijo al fin.

—Buenas noches, Fitz —lo saludó ella con frialdad—. ¿Qué te trae por aquí?

Fitz titubeó un momento.

—Bueno... ¡tú, naturalmente! —afirmó—. Te he estado buscando, Lindie. Te marchaste tan de repente... Di, ¿no podías haberme esperado? Habríamos podido marcharnos juntos...

—Estabas en la cárcel —le recordó Linda.

—Pero solo por un breve período de tiempo —adujo Fitz y puso el caballo bajo el alero del establo. Tenía un aspecto saludable pese a la lluvia y a que seguramente estaba aterido de frío. Había adelgazado un poco y le quedaba bien. Sus movimientos eran indolentes, como tiempo atrás—. Vaya, trabajas para la misión, pero no conoces la Biblia: «Estuve en la cárcel y no vinisteis a mí.» —Sonrió irónico.

—No querrás compararte ahora con Jesucristo... —se escandalizó Linda—. Te metieron en la cárcel por cobardía ante el enemigo. ¿No te acuerdas? Me entregaste a una *taua* de guerreros hauhau enloquecidos para esconderte con Vera. Lo siento, no vi razón para seguir ocupándome de ti.

Fitz movió la cabeza.

—Ay, Lindie, todo eso fue un simple malentendido. Y desde entonces me consumo por ti y nuestra hija. ¿Dónde está la pequeña? Ni siquiera sé qué nombre le has puesto. —Había reproche en su voz—. ¿La meto aquí? —Señaló la puerta del establo.

Linda asintió. Cuando Fitz condujo la yegua blanca al establo, *Brianna* relinchó. Conocía al caballo de Vera del establo en

Patea. Mientras esperaban el proceso de Fitz, las dos yeguas habían estado alojadas allí.

—Bueno, al menos el caballo me ha echado de menos —afirmó alegremente Fitz.

También *Amy* saltó encima de él.

—Perra desleal... —murmuró Linda.

—¿Qué has dicho? —Fitz acarició a la perra y luego se dispuso a desensillar el caballo.

»Puedo quedarme aquí, ¿no? Me gustaría pasar la noche en la misión. Aunque estés enfadada conmigo. ¡Ay, Lindie, precisamente porque estás enfadada conmigo! Tengo que enderezar nuestra relación.

Entretanto, se había sacado el sombrero y Linda podía mirarlo a la cara. Reconoció al viejo Fitz. De nuevo la contemplaba con aquella mirada que parecía excluir a todo lo que no fuera ella, sus ojos volvían a tener un brillo cálido y comprensivo. Era como antes de que Vera estuviese con él.

—Estoy un poco mojado... —Sonrió e hizo el gesto de ir a abrazar a Linda.

Ella retrocedió.

—¿Dónde está Vera? —preguntó inmisericorde.

Fitz movió la cabeza disgustado.

—¡Sigues estando celosa! —la censuró, y volvió a mostrar su sonrisa irresistible—. Lo que debería alegrarme. A fin de cuentas, esto demuestra que todavía te importo.

—¿Dónde está Vera? Respóndeme, Fitz. Quiero saber si mañana me la voy a encontrar en la puerta de mi casa.

Él rio.

—Vera seguro que no necesita refugio. Está en Auckland. ¡Ha encontrado un trabajo maravilloso de actriz! Fue a ver a un agente en Wellington y él enseguida reconoció su talento. Ahora trabaja en un teatro de variedades. Me he quedado con su caballo. —Señaló la yegua.

—Bien, entonces hace exactamente aquello para lo que mejor sirve —señaló Linda con frialdad—. Interpretar delante de la gente. Siempre que teatro de variedades no sea otro eufemismo para burdel. Da igual, lo importante es que esté lejos, muy lejos.

—Nunca te gustó —le reprochó Fitz y por un instante su rostro volvió a reflejar maldad y rabia—. En fin, como te gusta decir, da igual. Ya no tienes que seguir imaginándote que Vera se interpone entre nosotros. Se ha ido. —Adelantó la mano para acariciar la cara de Linda.

Ella se apartó.

—¿Y dónde has estado estas últimas semanas? —inquirió—. ¿Vuelves a huir de alguien?

—¡Qué va! —negó Fitz sin inmutarse—. Estaba de viaje... Después de ese estúpido malentendido con los hauhau me echaron del ejército. Cabrones. Solo buscaron un pretexto para quitarme la granja. Vale, no me importa. Yo no necesito granjas. Solo me entristecí por ti. En el fondo, alistarme con los *military settlers* lo hice por ti.

—¿Sí? A mí me parecía que estabas encantado.

—Entonces tampoco sabía que ese McDonnell fuera un tirano estrecho de miras. Bien, ahora se ha solucionado todo. He oído decir que ya vuelves a tener tu antigua granja. Por Dios, ¡qué alegría me dio saber que Cat y Chris Fenroy viven!

Fitz colocó su caballo junto a *Brianna* en el box vacío, donde ya había paja y avena. Franz había dejado el establo listo para el caballo que habían llevado para traer el material de construcción. *Brianna* enseguida se acercó a la yegua de Fitz, pasó los ollares a través de la reja y relinchó inquieta. Era evidente que se alegraba de volver a ver a su compañera de establo. Linda, por el contrario, estaba disgustada. ¿No podía Fitz preguntar al menos antes de apropiarse del sitio? Pero es que no se le ocurrían esas cosas. Se limitó a quitarse la chaqueta mojada y sonreír a Linda.

—¡Qué agradable no tener que estar bajo la lluvia! —dijo—. Si ahora me ayudases a entrar un poco en calor...

—¿Cómo te has enterado de lo de Chris y Cat?

Fitz se encogió de hombros.

—¡Cariño, en Auckland los periódicos no hacían más que hablar de eso! ¡Rescatados seis náufragos después de más de dos años! ¡Bill Paxton es un diablo de hombre! Solo me pregunto qué haces tú aquí todavía. ¡Joder, Cat es tu madre! ¿No deberías haberte ido a Rata Station?

Así que había estado en Auckland. Probablemente con Vera. Hasta que la chica había encontrado algo mejor. Los pensamientos se agolpaban en su mente. Un agente. El propietario de un teatro de variedades. Sin duda de otro calibre que los inofensivos *military settlers* y seguro que no dispuesto a compartir a Vera con Fitz. Este no la había dejado por propia iniciativa. Había tenido que marcharse. Linda se sorprendió de lo mucho que todavía la afectaba saber eso.

—A lo mejor aquí hay algo que me retiene —dijo—. O alguien.

Fitz rio.

—¡No irás a decirme que te ha salido un admirador entre tanto cuervo! ¿Le has dicho que todavía estás casada? Lo que Dios ha unido, Lindie, no puede desunirlo un misionero. —Sonrió sarcástico.

—Esto ya no es una misión. Es un orfanato. Dirigido por Franz Lange.

—¿Tu tío Franz? —Fitz la miró sin dar crédito—. ¿Ese pobre idiota al que dejamos plantado en el embarcadero? Ese ya estaba entonces enamorado de ti.

—¿Lo estaba? —preguntó Linda sorprendida. No se había dado cuenta de los sentimientos de Franz en Christchurch.

—¡Pues claro! —Fitz rio—. ¿No irás a decirme que ahora le correspondes? Cariño, ese hombre es una antigualla. Y además sería incesto.

Linda torció la boca y se preguntó cómo Fitz podía bromear sobre eso.

—Es el hermano de Ida, no el de Cat —respondió con frialdad—. Y además no es más viejo que tú, solo más maduro.

—Franz Lange nació demasiado maduro —se burló.

—Es una buena persona.

Fitz se santiguó teatralmente.

—Eso lo firmaría siempre. Pero de todos modos... cariño, no lo dirás en serio. Necesitas un hombro en el que apoyarte. ¿Quién lo haría mejor que yo? Y para eso he vuelto. Y justo a tiempo, por lo que veo. ¡Lindie! Tus padres se han salvado, te devuelven la granja...¡Hay que celebrarlo, y tú te quedas aquí encerrada, rezando y ocupándote de bastardos ajenos! ¡Así no hay quien se divierta, Lindie! Mira, mañana nos vamos. ¡Te llevo a casa, Lindie! ¡Enseñaremos Rata Station a nuestra hija! Olvídate de tu misionero. Tienes el mundo entero a tus pies.

Antes de que Linda pudiese responder, la cogió en brazos y la hizo girar en volandas como en los viejos tiempos.

—Al menos debería dejarle algo de tiempo para que se lo pensara.

Franz Lange se encontraba en la puerta del establo, guiando el caballo desenganchado. Con el repicar de la lluvia sobre la cubierta del establo y el crujido de la paja en los boxes, Linda y Fitz no se habían percatado de su llegada. Ella se preguntó cuánto tiempo llevaría allí y cuánto habría oído. Avergonzada, se desprendió de Fitz.

—No puede atosigarla así —siguió Franz—. Tiene que reflexionar acerca de lo que más les conviene a ella y la niña.

Fitz sonrió burlón.

—Muy buenas tardes, reverendo. Tiene usted toda la razón. Linda necesita aclararse. Por suerte es una chica lista y piensa rápido. —Fue a ponerle el brazo sobre los hombros, pero ella se apartó—. Por eso me sorprende que cuestione usted su decisión. Ay, reverendo, reverendo... ¿Tendré que volver a recordarle la Biblia? «A donde tú vayas, iré yo...» Me lo juró en su día Linda. Y sigue siendo mi esposa. —Fitz parecía enfadado.

—Usted la abandonó —repuso Franz mientras ataba el caballo cuyo box había ocupado la yegua de Fitz—. La ha maltratado y engañado. Son razones suficientes para divorciarse.

Fitz hizo una mueca.

—Ante los hombres tal vez —objetó—. ¡Pero no ante Dios! Linda lo miró indignada.

—¡Basta ya, Fitz! Deja de ser tan condenadamente hipócrita, todos sabemos que no crees en Dios. Al menos, yo no te he visto adorar a nadie más que a Vera Carrigan.

—Ya ve, reverendo, mi esposa sigue estando celosa. —Fitz sonrió—. Me quiere, así que la llevo conmigo a casa. Todo irá bien.

—¿Y si ella no quiere? —preguntó Franz cortante.

—Sí, ¿y si yo no quiero? —repitió Linda—. Y yo no quiero, Fitz. Ya estoy harta de ti y de tu falso galanteo, de vagabundear de un parque infantil a otro. Eso es el mundo para ti, ¿no? Un parque infantil gigantesco. ¡Estoy harta de ser para ti un juguete que tiras y vuelves a recuperar cuando te apetece!

Fitz miró a Franz y Linda, su buen humor se había desvanecido. Linda pensó en Vera al ver su expresión de repente taimada.

—Pues bien, entonces tendré que ir solo a Rata Station para hablar con tus padres, Lindie. A lo mejor ellos serán más comprensivos con un marido y padre abandonado. Seguro que un juez lo sería. Yo no te abandoné, Lindie. Tú te fuiste. Yo tampoco te engañé. Vera lo jurará. Nuestros vecinos declararán, sus padres... nadie me ha visto jamás ponerle un dedo encima. Tú tienes la culpa de todo esto. ¿Dejarán que te quedes con la niña?

Linda se quedó sin aire.

—Es absurdo —objetó—. Te despidieron con deshonor del ejército. Estuviste en la cárcel y eres un jugador. Ningún juez del mundo te dará a mi hija.

Fitz torció la boca. Esta vez era una mueca de maldad sin disimulo.

—¡Ya veremos! —respondió fríamente.

Linda temblaba. No tenía miedo por Aroha, pero Fitz y Vera dominaban su oficio. La horrorizaba un litigio, pasar de las adulaciones a las amenazas y al revés. Nunca más quería sentirse tan desamparada como en Patea, cuando todos alababan lo servicial y complaciente que era Vera. No quería volver a ver ni a Vera ni a Fitz.

Franz se puso a su lado.

—Señor Fitzpatrick, sea por una vez honesto —dijo con calma—. Al final lo que a usted (y a la encantadora miss Carrigan) les interesa es solo el dinero. Si se le pagara una cantidad suficiente aceptaría usted el divorcio.

Fitz lo miró con gesto ofendido.

—Eso es una acusación malintencionada —dijo—. Me casé con mi esposa cuando ella no tenía medios. ¿No te acuerdas, Lindie? ¡Y siempre la he mantenido!

Linda calló, lo que pareció dar ánimos a Fitz. Se volvió de nuevo hacia ella.

—Venga, Lindie, ¿de qué va todo esto? No quiero amenazarte. Solo quiero estar contigo y nuestra hijita. Olvídate del divorcio. Fuimos felices. Ven conmigo, Lindie, y volveré a hacerte reír. Deberías tomarte la vida más a la ligera. ¡Juguemos las cartas buenas que los dos tenemos! Tú ya lo sabes, Lindie, soy un hombre con suerte. ¡Yo nunca pierdo!

Franz tomó aire.

—Si lo ve de ese modo —observó con voz firme—, volvamos a barajar las cartas. ¿Qué le parece, señor Fitzpatrick, nos apostamos a su esposa jugando al blackjack?

Linda jadeó.

—¡No soy un objeto al que apostar! —protestó enfadada.

Fitz rio.

—Cariño, serías la apuesta más alta que jamás me haya jugado. ¡De acuerdo, reverendo! ¡Maldita sea, nunca le hubiese creído capaz de esto! Solo que... ¡usted debería apostar algo similar! Aunque seguro que no lo tiene. ¿O tiene usted algo de valor que jugarse?

Franz lo miró con frialdad.

—Se quedará usted satisfecho —respondió, y en su voz vibró todo el desprecio que sentía por Fitz—. Y ahora saque su caballo del box de *Herbie*. —Señaló a su bayo, que esperaba pacientemente—. Ha estado todo el día trabajando, si sabe lo que eso significa. Ahora quiere comer con tranquilidad y resguardado de la lluvia.

Fitz miró alrededor.

—Aquí hay sitio suficiente —respondió—. Póngalo en otro box.

Franz negó con la cabeza.

—No a todos les da igual donde se tienden a dormir, señor Fitz. Puede que usted sea un vagabundo, pero mi caballo no lo es.

8

—¿Y dónde jugaremos la partida? —preguntó Fitz.

Al menos aparentaba haber recuperado su buen humor después de dejar a su caballo en un box para las visitas y desalojar el box contiguo al de *Brianna* para que lo ocupara *Herbie*. Linda fue a buscar paja nueva para la yegua blanca y avena para *Herbie*, contenta de poder ocuparse de algo.

—No tendrán un pub aquí, ¿no?

—Tenemos una casa de reuniones —informó Franz—. Podemos instalarnos allí.

—Franz, ¡no delante de los niños! —intervino Linda.

Fitz sonrió.

—Podéis enviarlos a la cama —sugirió.

—No importa que miren —contestó el reverendo—. Nada previene mejor contra los juegos de azar que ver a un perdedor.

Linda se frotó la frente. Aquello empezaba a resultarle insoportable. Naturalmente conocía la firmeza con que Fitz creía en su suerte contra toda lógica. Pero ¿Franz? Era un religioso, con una educación severa, el hombre más serio que ella conocía. ¿Y de repente quería jugarse su futuro a las cartas?

Fuera seguía lloviendo. Linda apenas se percató de ello mientras corría hacia la antigua plaza de asambleas. Echó un vistazo a la cruz y el altar que había en el centro y que no producían un efecto muy reconfortante bajo la torrencial lluvia. Pese a todo, rezó una breve oración a todos los dioses y espíritus pidiéndoles suerte. Franz pareció leerle el pensamiento. Le cogió los dedos mojados y fríos.

—Esto es pecado, Linda. No se reza para tener suerte en el juego...

Ella negó con la cabeza e intentó vencer el pánico creciente. Franz no podría ayudarla. ¡Estaba loco!

De la casa de reuniones salían risas y cantos. Un par de chicas tocaban instrumentos maoríes. Sonaba algo extraño. Ni Linda ni Omaka dominaban cómo enseñar a tocar el *koauau*, el *nguru* y el *putorino*. Pero sí había niños que sabían de qué modo tallar estos instrumentos y Omaka los animaba a mantener vivo ese conocimiento. Lo que de ahí salía era más ruido que música, pero todos se divertían. Cuando entraron, vieron que un par de niños pequeños, entre ellos Pai, la favorita de Franz, estaban bailando. El reverendo sonrió. En una mesa, un par de niños jugaba al blackjack.

Fitz lo advirtió asombrado.

—Qué misión tan rara es esta —apuntó—. Los curas soléis predicar que las cartas son un invento del diablo.

—De vez en cuando hay que sacar provecho de la obra del diablo para vencer la maldad —respondió Franz—. Dejadnos sitio, niños. Siento interrumpiros, pero le he prometido al señor Fitzpatrick que jugaríamos una partida. Podéis mirar y seguir después.

Los niños dejaron la mesa, asombrados pero sin rechistar. El pequeño Hoani ofreció a Franz un montón de dinero falso para jugar.

—Mira, Revi Fransi —dijo en inglés con gravedad—. Cinco millones. ¡Tú poder perder mucho!

—Revi Fransi nunca perder —afirmó su amigo Kore—. Los espíritus estar con Revi Fransi.

Franz lo miró con expresión severa.

—No, Kore. Ya sabes que no hay espíritus. Y si los hubiera... entonces... entonces...

—Mañana ya hablaremos de los espíritus —dijo Linda a los niños—. Ahora dadle al reverendo las cartas.

Kahotu, que estaba sentado al fuego con los niños, vigilando, se acercó interesado.

—¿Vamos a abrir un pub? —ironizó—. Vaya, eso sí que no lo hubiera esperado nunca de usted, reverendo.

—Yo no quería jugar por esto —observó Fitz con frialdad, señalando el dinero falso—. ¡Ponga su prenda, reverendo Franz!

Franz se sacó en silencio la cruz que Ida le había regalado y la puso sobre la mesa.

—¿Responde esto a sus exigencias? —preguntó tenso.

—¡Franz, no lo hagas! —protestó Linda—. ¡Esa cruz tan bonita! Con lo que la quieres...

Franz levantó la vista hacia ella. Ya se había sentado frente a Fitz y cogía las cartas.

—Hay algo que todavía quiero más —dijo tranquilo—. Confía en mí, Linda.

—No me parece suficiente —observó Fitz, manoseando la joya—. Bonita, sí. Pero comparada con mi apuesta...

Linda se mordió el labio antes de coger el medallón y ponerlo junto a la cruz de Franz.

—Esto debería bastar —dijo.

Fitz sonrió.

—Será para mí un honor devolvértelo cuando luego nos vayamos —anunció—. Bien, reverendo, empecemos. ¡Soy mano!

—Entonces barajo yo —replicó Franz.

Fitz asintió.

Franz barajaba despacio y con torpeza. Al final extendió un momento la baraja en forma de abanico, volvió a juntar las cartas y las hizo crepitar en sus pulgares. Cogía las cartas de manera que podía ver sus valores un instante. Fitz no se percató de ello o no le dio importancia. Era un gesto por lo demás muy natural, como si Franz soltara las cartas antes de repartirlas. Pero Linda sí se dio cuenta de su expresión. Al mirar las cartas, Franz parecía ausente. Esa era precisamente su expresión cuando recordaba el más nimio movimiento de un trabajador manual al que había observado.

—Venga, ya puede dármelo —pidió Fitz. Cogió el mazo, lo

dividió en dos montones y colocó uno encima del otro—. Solo por si ha visto las primeras cartas —dijo, guiñando el ojo.

Linda temblaba en su interior. A Fitz no se le había escapado que Franz había echado un vistazo a los naipes.

Franz calló cuando Fitz destapó la primera carta, diez de picas. Franz cogió dos cartas.

—Me planto —dijo con calma.

Fitz descubrió su segunda carta. Dos de diamantes. Había muchas posibilidades de que Franz tuviera más de doce puntos. Y el riesgo que él corría de robar una carta más era limitado.

—Por cierto, ¿cuántas partidas vamos a jugar? —preguntó para ganar tiempo.

—¡Tres! —propuso Kahotu, que estaba detrás de Franz y miraba sus cartas.

Franz asintió. Fitz cogió otra carta.

—¡Maldita sea!

Furioso, arrojó una dama sobre la mesa junto a las otras cartas. La figura también valía diez puntos, así que en total sumaban veintidós. Un punto de más.

—Ha perdido —dijo Franz relajadamente, al tiempo que descubría sus propias cartas. Dieciséis puntos. Había ganado con una mano bastante mala.

—Qué arriesgado, reverendo —señaló Kahotu—. A esto se le llama confiar en Dios. Yo habría pedido una tercera carta.

Franz movió la cabeza.

—¿Cuántas veces he de decir —explicó— que en el blackjack no hay nada de sobrenatural? La partida siguiente, señor Fitzpatrick. Me gustaría acabar pronto.

Fitz le pasó las cartas.

—Ahora reparte usted.

Franz destapó un as, once puntos, y un ocho.

Fitz cogió dos cartas y sonrió complacido.

—¡Blackjack! —anunció y puso sobre la mesa un rey y un as: veintiún puntos.

—Es usted mano —indicó Franz tranquilo.

Linda contuvo la respiración. La última partida sería la decisiva.

Fitz no pidió más cambios de la banca. Observó que Franz destapaba un dos de picas y un nueve de corazones y luego cogía otra carta, mientras que él mismo robaba un jóker y se daba por satisfecho con las dos primeras. Franz destapó un siete de corazones, en total dieciocho.

—¿Y bien? —preguntó Fitz—. ¿Roba otra o las enseño?

Kahotu se frotó la frente. Linda se mordía el labio inferior con tal intensidad que notó el sabor de la sangre.

Franz inspiró hondo. Volvió a robar del mazo y añadió un dos de corazones a su mano.

—Veinte —anunció—. ¿Tiene usted más?

Fitz palideció. Arrojó con rabia las cartas sobre la mesa. Un diez de picas y un nueve de diamantes.

—¡Esto es obra del diablo! —exclamó, mientras Kahotu y los niños daban gritos de júbilo.

Linda no participó de la victoria. Estaba como petrificada. Necesitaba tiempo para tranquilizarse.

Franz se encogió de hombros.

—Tres partidas. Yo he ganado dos. —Cogió la cruz y dio a Linda el medallón mientras le sonreía. Se volvió hacia sus pupilos—. Bueno, ¿y quién ha sido aplicado y ha hecho los deberes en lugar de estar mirando? —preguntó al grupo, pero descubrió a dos niñas que leían—. Kiri y Reka, muy bien. Por hoy podéis terminar. A cambio Kiri me presta su tintero y Reka su cuaderno. Dejaremos por escrito nuestro acuerdo, ¿no es así, señor Fitzpatrick?

Fitz lo miraba echando chispas.

—Exijo dos partidas más, como mínimo...

—Fitz... —Linda negó con la cabeza—. Tú nunca fuiste un mal perdedor, ¿verdad?

Observó cómo Fitz inspiraba hondo. Era evidente que le resultaba difícil encajar la derrota, se notaba que buscaba febrilmente una salida. Linda esperaba que no se negase a firmar el papel que

Franz estaba redactando. El episodio de jugarse a su mujer al black-jack seguramente se mencionaría en el juicio para obtener el divorcio, y no sería en beneficio suyo.

Como tantas veces durante su convivencia con Fitz, Linda se sorprendió de lo deprisa que se relajaron sus rasgos. Su expresión furibunda dejó paso a su conocida sonrisa.

—Le felicito, reverendo. La suerte está de su parte. Entonces, despidámonos, mi querida Lindie... —Fitz le lanzó un beso con la mano—. Tienes vía libre para quedarte con este hombre de Dios. Si la suerte os acompaña, ya se verá. Yo...

—Limítese a firmar —le interrumpió Franz, tendiéndole la pluma.

«Yo, Joseph Fitzpatrick, apruebo el divorcio con Linda Fitzpatrick Brandman y cedo a mi esposa divorciada el derecho de custodia total y exclusivo de nuestra hija Aroha. Por mi parte, no existen reclamaciones económicas o de otro tipo que deba presentar a mi esposa o a su familia.»

Fitz leyó el texto por encima y no puso inconvenientes. Linda suspiró aliviada cuando trazó vigoroso su firma.

—Eso es todo —dijo relajado—. ¿Alguien tiene algo que objetar si paso la noche en el establo?

Linda ya iba a aceptar de mal grado, pero Franz cogió la cartera y sacó dos billetes.

—En el pueblo hay un hotel —indicó, poniendo el dinero sobre la mesa—. Instálese allí, con esto tendrá suficiente incluso para una botella de whisky.

Fitz se levantó como si no fuera a aceptar el dinero, pero luego su codicia o la mera necesidad venció a su orgullo. Cogió los billetes precipitadamente y abandonó la casa de reuniones sin despedirse.

—Lo sigo —gruñó Kahotu—. No vaya a ser que se lleve algo.

Franz y Linda se quedaron allí. Se miraron en silencio, aunque tenían muchas cosas que decirse. Pero había ciento veinte niños que esperaban la cena.

—Me... me voy a la cocina... —murmuró Linda.

Franz cogió su abrigo.

—No te dejo sola mientras él esté aquí —advirtió—. Los niños pueden ordenar y poner las mesas.

—¿Y la oración de la tarde? —preguntó la aplicada Kiri.

Franz recogió las cartas.

—Hoy no habrá —anunció tranquilo.

Aunque Kahotu y Omaka colaboraban con diligencia en el reparto de la comida, hubo que esperar casi dos horas a que todos los niños se hubiesen acostado y Kahotu y Omaka también se hubieran retirado. Franz y Linda prepararon la casa de las reuniones para la mañana siguiente. Ahí era también donde se impartían las clases. Aroha, a quien las chicas de la cocina ya habían traído, lloriqueaba en su cesto.

Linda rompió al final el silencio.

—Me gustaría llevar a Aroha a la cuna. ¿Vienes conmigo a mi casa?

Franz torció la boca.

—No sé. ¿Es... es decente?

A Linda se le escapó la risa.

—Franz, hoy me has apostado a las cartas. ¡Eso sí fue una indecencia! Además, Kahotu y Omaka son maoríes. Les da igual quién esté con quién.

—Los niños... —objetó Franz.

—También son maoríes. ¿Y quién dice que deban adoptar todas las tonterías de los *pakeha*? Ven. Aroha no duerme tan bien en la cesta, y, sobre todo, esto no podemos abrirlo aquí. —Dejó ver la botella de whisky que llevaba en el bolsillo de la falda—. Se la he cogido a Kahotu. Aunque él decía que hoy necesitaría dos botellas para tranquilizarse.

Franz la miró vacilante.

—Romperemos muchos preceptos —murmuró.

Ella negó con la cabeza.

—Solo reglas, nada de preceptos. Y los espíritus estaban hoy de tu parte. Aunque has hecho trampas, no lo niegues. También tuviste suerte.

Franz sonrió.

—En la segunda partida tuve sobre todo mala suerte. No la podía ganar, daba igual cómo jugase. Y por lo demás... él ha visto que yo miraba las cartas.

—Pero no podía saber lo deprisa que memorizarías los valores. ¡Y eso también es inquietante, Franz!

Él la ayudó a ponerse el abrigo.

—Siempre ha sido así —explicó—. Igual como registro la manera en que actúan los trabajadores manuales. Echo un vistazo a algo y siempre que quiero recuerdo la imagen. Me di cuenta de que era algo especial cuando tú me lo señalaste. En cualquier caso, el blackjack no tiene mucho que ver con la suerte.

Cogió la cesta con el bebé, que seguía lloriqueando, comprobó otra vez que el fuego estuviese apagado y sostuvo la puerta abierta para que Linda pasara. El viento y la lluvia los azotó. Ellos no hicieron caso.

—Por lo demás, no suelo hacer trampas —siguió Franz mientras avanzaban deprisa bajo la lluvia—. También se puede ganar así. Cuando los niños juegan, miro y registro las cartas que se han jugado hasta que se ha jugado aproximadamente una tercera parte del mazo. Luego calculo qué cartas quedan y averiguo si se trata de valores más altos o más bajos. Así casi siempre puede estimarse cuál es la mano del otro y correr menos riesgo.

—De todos modos, es increíble —dijo Linda, abriendo la puerta de su casa.

Franz encendió la chimenea mientras ella daba de mamar a la niña. Aroha se quedó dormida junto a su pecho. Seguro que las niñas habían estado todo el tiempo jugando con ella y la habían tenido despierta. Linda dejó a la pequeña en la cuna. Desde hacía poco tenía una muy bonita, confeccionada con tallas maoríes y adornada con símbolos portadores de la buena suerte. Finalmente, Linda y Franz se sentaron junto al fuego y ella descorchó la botella de whisky.

—Hoy lo necesito como medicina —afirmó—. ¡Oh Dios, que susto me he llevado cuando he visto de repente a Fitz delante de mí! Y luego sus amenazas y esa partida de cartas...

—¿Crees que realmente te estaba buscando? —preguntó Franz.

Linda encogió los hombros.

—Sí y no. En cualquier caso, no se imaginaba que me encontraría aquí. Pero había tenido noticias de Mamaca y Chris. Es posible que fuera camino de Rata Station.

Franz se frotó la frente.

—Y se sorprendió de que no estuvieras ahí. Luego he escuchado la conversación. ¿Qué quería decir con eso de que Cat es tu madre? ¿Y por qué has reaccionado de una forma tan extraña cuando ha dicho que yo era tu tío?

Linda lo miró sin comprender.

—Tú no eres mi tío —respondió—. Al menos no consanguíneo. Ni siquiera Carol te veía como a su tío. Eres demasiado joven.

Franz arrugó la frente.

—¿Carol? A ver, ¿cómo podía verme Carol como su tío y tú no? ¿No sois mellizas?

Linda rio. De golpe empezó a comprender lo que durante todo ese tiempo se había interpuesto entre ella y Franz.

—Carol y yo somos medio hermanas —explicó—. Ottfried Brandman era un hombre horroroso. Maltrató a su esposa y violó a Cat, que entonces trabajaba como sirvienta para él. Cuando Sankt Paulidorf se perdió, las dos estaban embarazadas de él. Cat quería marcharse y unirse a una tribu maorí, pero Ida la convenció para que se quedase. Fue idea suya hacernos pasar a Carol y a mí por mellizas y registrarnos como hijas de Ida y Ottfried Brandman. Vivían entonces en una granja apartada. Fue fácil esconder el embarazo de Cat. De hecho, nos llevamos dos o tres días. Carol es la mayor. Es hija de Ida. Luego llegué yo. Y como Ida no tenía leche, Cat nos alimentó a las dos. Siempre hemos tenido dos madres y tras la muerte de Ottfried eso dejó de ser un secreto. Bueno, no lo hemos gritado a los cuatro vientos. A gente como nuestros vecinos los Butler, nuestra familia ya le resulta bastante extraña. Pero yo pensaba que tú ya sabías todo esto.

Franz movió la cabeza.

—Ida nunca nos lo contó por carta. Lo que no me sorprende, nuestro padre no es alguien a quien se le pueda confiar algo así. —Se rascó la frente—. Y yo he sido... bueno... bastante cerril. En Rata Station todo era muy distinto a Hahndorf. Era tan... Bueno, la gente me parecía impía.

Linda sonrió.

—Creo que hace un año todo esto también te habría parecido bastante impío. Has cambiado. Para bien, creo. Y ahora debes decirme si Fitz tenía razón. Cuando ha dicho que tú... que tú ya estabas enamorado de mí en Rata Station.

Franz enrojeció.

—Hasta las orejas —admitió—. Pero nunca hubiese permitido que nadie lo notase. Tú la que menos. Igual que ahora.

Linda no pudo evitarlo y, seguramente a causa del efecto desinhibidor del whisky, se echó a reír.

—¡Franz, te equivocas! —dijo—. Kahotu y Omaka nunca han dudado de que estuvieras enamorado de mí. Solo yo estaba a veces insegura. Tal como te comportabas... a veces pensaba que eras como Fitz y eso me daba miedo. —Dejó de reír y bajó la cabeza.

Él se acercó a ella y la abrazó torpemente.

—¿Tenías miedo? ¿Así que yo no... no te resulto indiferente? —balbuceó.

Linda levantó el rostro hacia él.

—No —respondió—. En absoluto indiferente. Creo que te quiero, Franz Lange. Y no como se quiere a un tío.

Franz resplandeció.

—Nunca he besado a una mujer —confesó con timidez.

Ella le sonrió.

—Pues no es tan difícil —dijo dulcemente ofreciéndole los labios.

Él se acercó y la besó con ternura y cautela. Tuvo que reunir valor antes de atreverse a ir más lejos. Linda respondió a su beso. Nunca se había sentido tan plena. Fitz era más diestro, pero el beso de Franz transmitía auténtico amor.

—¡Ya no te olvidarás! —Se rio de él cuando se tendieron con los brazos entrelazados junto al fuego. Linda no tenía cama. Solía desplegar una estera para dormir. Era lo que había hecho entre tantos besos y caricias—. Es hasta un poco inquietante. Puedes proyectarlo una y otra vez en tu mente. Toda tu vida. ¿Es entonces necesario que lo repitamos?

Franz la estrechó contra sí.

—Quiero repetirlo siempre contigo —dijo—. Toda mi vida. Quiero vivir contigo, tener hijos contigo...

Linda sonrió.

—Ya tenemos más de cien —le recordó.

El reverendo la miró con gravedad.

—Entonces, ¿quieres quedarte aquí? ¿Conmigo y con los niños? ¿Querrás casarte conmigo cuando un día se acabe la pesadilla con Fitz? Lo del divorcio puede ir para largo, ¿no? Si es que realmente es posible.

Linda le guiñó el ojo.

—No te librarás de mí, Franz Lange. Y en cuanto al divorcio, si quieres le pedimos a Omaka que mañana celebre una *karakia toko*. Los *pakeha* no lo reconocen pero ante los espíritus... y ante Dios... ¡me hará libre!

9

Eru y sus amigos pasaron varios meses en un campamento de prisioneros de guerra cerca de Wellington, corría el año en que las tropas *pakeha* acabaron definitivamente con la rebelión hauhau. Poco después también apresaron a Te Ua Haumene y sus edecanes en un poblado cerca de Opunake. El Profeta se entregó al general Chute y fue trasladado bajo una estrecha vigilancia a Auckland. Ya de por sí, el dispendioso transporte era una demostración de fuerza: los hauhau que todavía se encontraban en los bosques debían enterarse de que la suya era una causa perdida. Luego, en Auckland, sometieron al Profeta a arresto domiciliario. No se le pudieron atribuir actos criminales. Hasta su muerte siempre afirmaría que él siempre había predicado solo paz, armonía y amor.

Chute regresó al norte con su ejército y acabó su exitosa campaña, si bien se le criticó duramente por su severo proceder. Según la opinión de la prensa y algunos políticos de la oposición, sus acciones habían sido de más provecho para la adquisición de tierras que para garantizar la paz. McDonnell y sus *military settlers* se ocuparon de los maoríes rebeldes.

El campamento de prisioneros al que fueron conducidos Eru y sus amigos servía para mantener a los jóvenes lejos de los bosques y no alargar inútilmente la guerra. La mayor parte de los cautivos eran guerreros muy jóvenes reclutados por los hauhau en sus poblados. La mayoría se había desplazado a Taranaki más por deseo de aventura que por necesidad. Los guerreros de más edad no se dejaron apresar. Cuando la situación se ponía crítica, huían a los bosques y, cuando ya no había solución, preferían la muerte al encarcelamiento. No se trataba de recalcitrantes del movimiento hauhau. Los ingleses lo sabían y no exageraron ni con las medidas de seguridad ni con la dureza de las condiciones del encierro. Los maoríes estaban recluidos en alojamientos precarios, pero los alimentaban y no los maltrataban. Para Eru, Tamati y Kepa, el problema principal era el aburrimiento... hasta que la dirección del campamento descubrió que los tres tenían conocimientos de inglés, de buenos a muy buenos, y que estaban dispuestos a cooperar. A partir de entonces, el director del campamento y luego también el cuartel general en Wellington les dio trabajo de traductores, en especial a Eru, que dominaba el maorí y el inglés hablado y escrito. En julio de 1866, antes de que los jóvenes guerreros fueran puestos por fin en libertad, el director del campamento lo llamó a su despacho.

—Mañana sale usted de aquí, Te Eriatara —le dijo—. ¿Qué piensa hacer?

Eru pensó si le convenía mentir, pero decidió decir la verdad. El capitán Tanner siempre había sido honesto con él.

—Mis amigos quieren regresar a la Isla Sur —explicó—. De hecho, es de donde venimos. Pero yo quiero volver a Taranaki. Tengo que arreglar allí las cuentas con alguien.

Tanner torció la boca.

—¿Maorí o *pakeha*? —preguntó.

—Maorí, señor —respondió Eru secamente.

El capitán asintió.

—Bien, me alegra saber que entre ustedes también se tiran los trastos a la cabeza. Pero recuerde que incluso en las luchas tribales está prohibido cortársela a los enemigos y ahumarla.

Eru sonrió.

—Sea como fuere, Te Eriatara, debo comunicarle que el Estado Mayor está pensando en ofrecerle trabajo. Es usted un traductor estupendo, tiene modales, lo que es grato a los *pakeha*, y *mana*, sea lo que sea lo que se entiende por ello. Esto es una ventaja entre los maoríes. Si está interesado, diríjase al coronel Herbert del Estado Mayor. —Anotó la dirección de Wellington.

Eru tomó la nota vacilante.

—Como ya le he dicho, debo volver a Taranaki.

El capitán asintió.

—Escuche simplemente lo que tiene que decirle el coronel. No puedo prometerle nada, pero tal vez su trabajo para nosotros y sus asuntos personales estén estrechamente vinculados. Limítese a ir al despacho y reflexione. Nadie le obliga a nada, Te Eriatara. Es usted un hombre libre.

A Eru y sus amigos los pusieron en libertad el día que Bill Paxton llegó a Wellington. Incluso se encontraron todos en el puerto. Bill observó con cierta admiración al joven maorí con todo el rostro tatuado. Eru ni se dio cuenta de su sorpresa, pues ya se había acostumbrado a que la gente se lo quedara mirando. Pero si se percataba, volvía el rostro hacia un lado. Desde que Mara había reaccionado horrorizada ante su presencia, ya no estaba tan orgulloso de su *moko* como antes. Al contrario, de vez en cuando hasta sentía vergüenza.

Ese día, sin embargo, estaba muy ocupado en despedirse de sus amigos y compañeros de aventuras para percibir lo que sucedía alrededor. Los tres jóvenes intercambiaron *hongi* y contuvieron las lágrimas.

—¿No queréis venir conmigo? —preguntó Eru.

Tamati y Kepa sacudieron la cabeza con vehemencia. Los dos estaban hartos de la Isla Norte. No era que se arrepintiesen de su viaje a la aventura; al contrario, estaban orgullosos del plazo de prueba en la guerra. Ahora con la distancia, les daba igual qué objetivo habían perseguido con ello. Los dos se habían hecho hacer más *moko* en la prisión. No eran, ni mucho menos, tan perfectos como los primeros; entre los reos no había ningún maestro. Pero se habían ganado honestamente el derecho a esos signos. En el rostro de los amigos estaba escrito cómo habían luchado y se habían merecido el *mana*. Su tribu los tendría en alta estima. Las muchachas más bonitas se interesarían por ellos. Tamati y Kepa llevaban semanas sin hablar de otro tema. Se alegraban de volver a sus tribus, a sus casas y, como Tamati afirmaba, hasta a sus ovejas.

Organizar la travesía resultó fácil. A ambos se les había pagado sus servicios como traductores y tenían suficiente dinero para el transbordador de Blenheim. Salía a diario. En pocas horas estarían en la Isla Sur, lejos de la guerra.

Eru los envidió cuando subieron a bordo charlando amigablemente y los siguió con la mirada hasta que el barco se perdió en el horizonte. A lo mejor debería haber renunciado a Mara y haberse marchado con ellos... Se permitió un momento de debilidad y pensó en el poblado ngai tahu, la vastedad de las Llanuras, los rebaños de ovejas, los lugares emisores de energía que les había enseñado su *rangatira*. Pero enseguida apareció en su mente la imagen de Mara el día que él debía meditar y ella de repente se había presentado a caballo... Eru soñaba con su amor en el suelo sagrado, con la risa de la joven, el sonido del *koauau* cuando ella tocaba su pequeña melodía. ¡No, no podía dejarla en la estacada! Aunque ella ya no lo amara. Tenía que encontrar a Te Ori y arrebatarle a la joven. Después, que Mara decidiera. El *moko* le escocía de nuevo. Tal vez todo habría sido de otro modo si él se hubiera presentado ante ella en Waikoukou con su rostro de antes.

Ensimismado, se encaminó al cuartel general del ejército. En la entrada casi tropezó con un joven teniente *pakeha* de cabello oscuro. Este le dejó pasar y le mostró el trayecto hasta el despacho del coronel Herbert. Cuando el teniente entró después que él en la antecámara, le sonrió.

—Al parecer, vamos al mismo sitio —comentó—. ¿Habla usted inglés?

Eru asintió.

—Quieren ofrecerme un trabajo —dijo.

—Entonces le va mejor a usted que a mí —observó el otro—. A mí no quieren devolverme el mío.

La puerta del despacho se abrió antes de que pudiera seguir

explicándose. Eru entró y se preparó para la expresión asustada de su interlocutor al descubrir el *moko*. No fue el caso del coronel Herbert. Al parecer ya había reclutado suficientes tropas *kupapa*.

—Usted es el joven que tan bien habla inglés —recordó Herbert después de que Eru se hubiese presentado y hubiese mencionado al capitán Tanner—. Así que quiere trabajar para nosotros...

—Tal vez —puntualizó Eru y explicó su situación—. Tengo que volver a Taranaki.

El coronel Herbert asintió.

—Esto se puede arreglar —dijo—. De hecho, el mayor McDonnell está planeando emprender otra campaña de castigo. Han vuelto a atacar la colonia que hay junto al Patea. Se trata de una partida de hauhau todavía activa. McDonnell sospecha que hay un *pa* oculto cerca de Hawera. Ha pedido refuerzos y rastreadores para ocuparlo. Tenemos algunos entre las tropas *kupapa*. Gente estupenda que parece olfatear las huellas...

Eru aguzó el oído. En el fondo, eso era lo que necesitaba o había necesitado. Después de tanto tiempo, la pista que Te Ori y las chicas hubiesen dejado debía de haberse enfriado incluso para el mejor rastreador.

—Por desgracia, no hablan ni una palabra de inglés —añadió el coronel—. Lo que dificulta la relación con el Estado Mayor, claro. Si acepta usted, lo enviaría con ellos.

Eru no se lo pensó mucho. Tal vez esa era su oportunidad... ¡precisamente la campaña de McDonnell! Te Ori debía de haber llevado a las chicas a algún poblado o a un *pa*. Era improbable que estuviera acampado en el bosque con ellas. Los rastreadores podían encontrar el poblado y este podía ser el mismo de donde habían partido los ataques a los *military settlers*. Te Ori había sido uno de los jefes en Waikoukou. A lo mejor también lo había sido en ese poblado.

—Yo soy el hombre que necesita —dijo.

Eru dejó el despacho ya como el soldado raso Eriatara.

El *pakeha* que esperaba fuera le guiñó el ojo.

—¡Suerte! —dijo amistosamente.

Era evidente que había oído la conversación.

—¡Igualmente! —le deseó Eru, y se detuvo curioso cuando el teniente entró en el despacho de Herbert.

Guardó pulcramente sus documentos en los bolsillos de los pantalones de lana y escuchó las primeras palabras de la conversación entre el coronel y el *pakeha*. Fue el visitante quien la inició.

—Bill Paxton, señor. Ya le había escrito.

Y entonces Eru escuchó una historia que le resultó casi inconcebible. Al parecer tenía un aliado. ¡También ese hombre estaba buscando a Carol y Mara!

—Esta es la causa por la que quería pedirle que me aceptara de nuevo en el servicio —concluyó Paxton—. Mi último rango fue el de teniente. Me gustaría ponerme a las órdenes del comandante McDonnell.

Herbert inspiró hondo.

—Señor Paxton, las cosas no son tan sencillas. Este es el ejército británico. No puede usted ir entrando y saliendo cuando le plazca. Y tampoco puede escoger a sus superiores. El general Cameron no le gustó y dejó usted el servicio, pero como McDonnell le cae mejor, entonces vuelve. Las cosas no son así, señor Paxton.

—Coronel Herbert, no se trata de mí. Solo se trata de dos mujeres jóvenes... —La voz de Paxton tenía un deje angustiado.

—¿Y solo usted puede encontrarlas? —puso en duda el coronel—. Señor Paxton, puede estar seguro de que si hay dos mujeres cautivas en alguno de los poblados que McDonnell asaltará en las próximas semanas, serán liberadas y recuperará usted a su amiga. Irá al frente de doscientos hombres. Que usted esté o no entre ellos no cambia nada.

—¡Para mí sí! —protestó Paxton.

Herbert suspiró.

—De acuerdo —concedió—. Lo cual no significa que yo vuelva a admitirlo. Usted presentó su dimisión, entonces con el rango de oficial. Pero en estos próximos días voy a enviar una compañía de tropas de apoyo maoríes a Patea. Por mí, puede usted unirse a ellas. Como soldado raso. Y en Patea, hable con McDonnell. A lo mejor él lo acepta en su campaña. Es un zorro viejo. Le gusta la gente que pone toda la carne en el asador. Por otra parte, le deseo que esas mujeres sigan con vida, aunque yo lo dudo. Después de tanto tiempo, señor Paxton...

Eru escuchó que Bill Paxton daba las gracias y dejó a toda prisa la antecámara antes de que Herbert descubriera que había estado espiando. Esperó a Paxton en el pasillo.

—¿Todavía estás aquí? —preguntó asombrado Bill al reconocer al joven maorí.

Eru lo miró.

—Carol Brandman y Mara Jensch viven —anunció lacónico—. Y el hombre al que está buscando se llama Te Ori.

Al día siguiente, los rastreadores se pusieron en marcha: un grupo de ngati poneke, que odiaban desde generaciones a todas las tribus asentadas al norte de Otaki. Siempre estaban dispuestos a delatarlas y a luchar contra ellas hasta la muerte. Nadie sabía el porqué, pero Eru ya no se planteaba ese tipo de preguntas. A esas alturas le daba igual si los maoríes se unían o no formando un solo pueblo para afirmarse frente a los *pakeha*. Apenas conversaba con los hombres y prefería marchar junto al caballo de Bill. Aliviado y feliz, escuchaba la descripción del rescate de Cat y Chris.

—Linda tenía entonces razón —dijo—. ¿Y cómo se lo ha tomado mi madre?

Bill se encogió de hombros.

—Ni idea, yo no estaba allí. Pero pienso que podrás volver a casa cuando esto haya terminado. Seguro que ya no corres el riesgo de que te casen con una baronesa de la lana.

Eru sonrió. Había contado su historia a Bill el día anterior, por supuesto omitiendo los peores episodios. Su nuevo amigo y aliado no tenía por qué saber que había estado viajando precisamente con Kereopa Te Rau.

El viaje a Patea transcurrió sin incidentes dignos de mención.

Los maoríes pernoctaron en la selva. Durante el viaje no eligieron los asentamientos de los *pakeha*, de ahí que Eru y Bill pasaron también junto a Otaki sin reunirse con Linda. Para Bill constituía una nueva experiencia atravesar el país con los indígenas de Nueva Zelanda. Fascinado, observaba cómo cazaban, hacían fuego y asaban la comida. Así era, pues, cómo habían sobrevivido Cat y Chris en la isla Rose, y así debía de vivir Carol desde hacía un año. Bill se sintió más cerca de ella cuando, con cierto estremecimiento, sostuvo sobre el fuego un tuátara pinchado en un palo y luego se lo comió. Los tubérculos asados a la brasa le gustaban más, aunque sin especias eran algo insípidos.

—En el *marae* te darán mejor comida —anunció Eru, sonriendo burlón mientras Bill mordía un trozo de carne de lagarto—. Esto es, por así decirlo, alimentación de emergencia. Un guerrero come lo que caza por el camino. Y, además, se cocina mucho mejor cuando se dispone de ollas y sartenes.

—Una buena razón para no echar a los *pakeha* al mar —bromeó Bill—. Antes de que viniéramos todavía vivíais un poco como en la Edad de Piedra.

Eru hizo una mueca.

—Pero aprendemos pronto —replicó—. No hay razón para tratarnos como a niños. ¡Y tampoco se debería timar a los niños!

Patea había cambiado desde que Bill la había dejado un año atrás. Del campamento militar de Cameron había nacido una mezcla de baluarte y poblado. Había una oficina de correos, una tienda de comestibles, una peluquería y un banco para los colonos. Naturalmente, también había dos pubs, uno de los cuales parecía muy serio e incluso alquilaba habitaciones. Bill invitó a Eru a una comida *pakeha* mientras ambos esperaban que McDonnell los recibiera. El *irish stew* estaba inesperadamente bueno. La mujer del propietario se encargaba de cocinar.

—Sin duda sabe mejor que el tuátara —admitió Eru—. Vuestra cultura tal vez sea mejor que la nuestra en algunas nimiedades.

Bill encontró habitación en el pub, Eru durmió con los *kupapa* en una casa común en el área de los alojamientos para hombres. Por la mañana informó a Bill de que McDonnell lo había citado con los rastreadores. Bill decidió unirse simplemente al grupo.

El capitán clavó la mirada en el único *pakeha* y civil que entró en su despacho con la comitiva de guerreros. Y también le llamó la atención Eru. A diferencia de los maoríes, que combinaban las chaquetas del uniforme inglés con el taparrabos tradicional, él llevaba el uniforme completo de soldado raso.

Para sorpresa general, McDonnell habló a los rastreadores en maorí. No lo hablaba con fluidez, pero sí lo suficientemente bien para saludar a sus hombres y, seguramente, para entenderse con ellos durante la campaña. Así que el mayor se molestó un poco cuando Eru se presentó como intérprete.

—Yo no he solicitado intérpretes —dijo con rudeza—. Hueles a rabia, chico. ¿Qué te ocurre?

Eru se mordió el labio.

—Sé a qué se refiere, señor —respondió tenso—. Creo que en Wellington ignoraban lo bien que habla usted maorí. Eso no es habitual ni imprescindible para...

—Para matar maoríes, ¿es eso? —le interrumpió el mayor—. Prefiero entender a mis enemigos. Así uno no se ve sorprendido tan a menudo. Pero volvamos a ti. Hay algo raro en ti. Apenas un crío y ya vas tatuado como un guerrero que ha asado en la hoguera a varios jefes tribales. ¿Qué te hizo cambiar de bando?

Eru bajó la vista. Las desagradables maneras de McDonnell lo desconcertaban.

—Por lo visto, el amor —se entremetió Bill Paxton—. Por favor, permítame que hable por este joven. Los dos tenemos, por decirlo de algún modo, la misma misión...

McDonnell escuchó lo que Bill le contaba sin interrumpirle. Al final torció la boca.

—Ya, la leyenda de las dos jóvenes que Cameron perdió. Primero parecía que estaban en Wereroa, luego en Waikoukou.

—Estuvieron tanto en un *pa* como en el otro —explicó Eru—.

El hombre que las raptó huyó con ellas antes de la toma de Waikoukou.

—Y es probable que Te Ori se encuentre detrás de los últimos ataques que se han producido en sus asentamientos —añadió Bill—. Un *rangatira* de Haumene, un guerrero experimentado y despiadado. Debió de ser él quien lideró el asalto al transporte de presos en el que nuestros soldados fueron brutalmente asesinados y decapitados. Yo estuve en el lugar pocas horas después, señor. Un espectáculo nada agradable.

McDonnell reflexionó.

—Me fío de usted, Paxton —dijo—. Que le den un arma y únase a nosotros, como observador mientras no pueda darle otras órdenes. Pero de ti... —Se volvió hacia Eru—. De ti no me fío. Tendrás que demostrar primero tu lealtad. Quédate con los *kupapa*, traduce un poco y cuando las cosas se pongan serias, ya veremos qué hago contigo. Ya pueden marcharse. —Indicó con un breve gesto que se fueran y se despidió de los rastreadores en su lengua—. *Haere ra!*

—Un tipo duro —opinó Bill—. Con experiencia y con mundo. Si hay alguien capaz de encontrar las últimas madrigueras de los hauhau, es él.

—Encontrará los poblados, sí —asintió Eru—. La cuestión es si también encontrará a Te Ori. Ese ya ha escapado en dos ocasiones. No se quedará con las chicas esperando a que asalten el *marae*.

10

Los poblados maoríes debían de hallarse al norte de Hawera y el camino, ya conocido, resultó fatigoso en extremo. Bill admiraba el modo estoico en que los guerreros maoríes asumían tener que caminar a paso ligero durante horas por la intransitable selva y cruzar ríos de aguas crecidas bajo lluvias torrenciales. Era finales de julio, pleno invierno en Nueva Zelanda. El tiempo no fue demasiado benigno con McDonnell y su heterogéneo ejército de Patea y *rangers* de Whanganui, *military settlers* y *kupapa* maoríes. El mayor había buscado refuerzos donde había podido y conducía ahora un ejército en toda regla por tierras indómitas. Bill estaba agotado cuando los rastreadores maoríes entraron en acción. Los rebeldes debían de haber salido de algún lugar de esa zona. Los maoríes, reforzados con los *forest rangers pakeha* que hacían lo posible por igualarse con los indígenas buscando pistas, estudiaban el bosque atentamente para descubrir el menor rastro humano. No tardaron en encontrar trampas y a continuación los primeros senderos que, sin duda, llevaban al poblado. Los guerreros lo exploraron para guiar luego al mayor y dos oficiales al fuerte. Bill, que se unió a ellos, reconoció un *pa* que se elevaba entre la niebla de la tarde como un castillo fantasma. Se trataba de un alto recinto defensivo, bien fortificado y difícil de tomar a través de la espesa arboleda que lo rodeaba.

—Pasaremos semanas sometiéndolos a asedio —comentó un

joven capitán—. Y luego desaparecerán en medio de la noche por algún agujero que no hayamos visto.

McDonnell negó con la cabeza.

—Qué va, capitán —dijo con calma—. Esto les pasa a los demás. A mí no. ¿Y sabe por qué, capitán? Porque yo no me atengo a las reglas. Porque esto es una guerra y no un juego de sociedad. Aunque a veces lo parezca. Ahora volvamos con la tropa. Y usted, Paxton, envíeme a su joven amigo, el renegado. Vamos a ver en qué bando está...

A Eru le latía el corazón, tenía miedo y también mala conciencia cuando se plantó en la entrada del *pa* con varios oficiales. McDonnell había desplegado a sus hombres, pero al menos no había empezado con un tiroteo. En lugar de ello, había enviado a mediadores. Eru rogaba que los maoríes que estaban en el fuerte también estuvieran dispuestos a negociar. Te Ori sería capaz de enviar de vuelta a los ingleses las cabezas ahumadas de sus emisarios de paz.

De hecho, recibieron amistosamente a los ingleses. Les dio la bienvenida un jefe ya mayor con su consejo de ancianos. Los condujo a la parte del *pa* que se parecía más a un *marae* civil. Eru distinguió a un par de guerreros, pero allí vivían sobre todo mujeres y niños. Era evidente que preparaban un *powhiri*.

—*Haere mai* en el *pa* de Pokokaikai —les saludó el *ariki*, un anciano y digno guerrero con el rostro apergaminado cubierto de tatuajes. Estrechó la mano de los oficiales a la manera *pakeha* e intercambió un *hongi* con Eru—. ¿Por qué estáis con un ejército delante de nuestra puerta? ¿Qué os hemos hecho?

Uno de los oficiales dijo algo que Eru tradujo.

—Han asaltado una colonia junto al Patea. Tenemos razones para suponer que los guerreros procedían de esta región.

—Yo no los he enviado —afirmó el jefe mirando a Eru a los ojos.

Eru se esforzó por sostenerle la mirada.

—¿Vais a negar también que apoyáis a Te Ua Haumene? —siguió preguntando. Era imposible pasar por alto el *niu* que se erigía en la plaza donde se encontraban.

—El Profeta está en Akarana, el lugar al que llamáis Auckland. Se dice que está enfermo y que pronto morirá —respondió el jefe.

Eru tradujo sus palabras a los oficiales.

—Es escurridizo —añadió—. Responde a las preguntas pero no dice ni que sí ni que no.

»Así pues, ¿no habéis acogido a un guerrero hauhau y le habéis dado protección? —preguntó Eru.

—Un guerrero no necesita la protección de un *pa* —respondió el jefe—. El *pa* necesita la protección del guerrero.

—¡Qué sutilezas! —exclamó enfadado el capitán al mando, después de que Eru tradujera.

—Tenemos razones para suponer que tenéis a dos mujeres blancas cautivas.

Los ojos del *ariki* brillaron, indignados o temerosos. Eru había dado en el blanco. El anciano debía de haber ayudado a los hauhau por convicción, pero no aprobaba que Te Ori tuviera esclavas.

—Echad un vistazo si queréis —invitó el *ariki*—. No encontraréis a ninguna mujer blanca.

Eru se encogió de hombros.

—Entonces nos marcharemos. Pero nos gustaría asegurarnos, interrogar a algunos guerreros y registrar el lugar tal como tú generosamente nos permites.

El jefe asintió.

—*Haere mai!* —dijo de nuevo solemnemente—. Sed bienvenidos.

Esa noche, Eru y los oficiales comieron y bebieron con los maoríes. Contemplaron sus danzas y oyeron sus cánticos. Una *tohunga* invocó el vínculo de amistad entre los habitantes de Pokokaikai y los hombres de McDonnell. Eru recitó su *pepeha* y fue acogido por la comunidad. El capitán intercambió formalmente el *hongi* con el jefe tribal.

—¡Es inconcebible! ¡Se dejan despistar! ¡Si no pasa nada, mañana se volverán a ir y nos quedaremos aquí para siempre!

Carol sacudía indignada una gruesa puerta de madera que la mantenía encerrada en un almacén de armas. Las mujeres las habían metido allí en cuanto habían visto la avanzadilla de McDonnell. Como siempre, Hera había obedecido a Te Ori. Le había ayudado a esconder a las esclavas, aunque por su propio interés habría preferido desprenderse de ellas.

—Solo vas a conseguir hacerte daño en las manos —señaló Mara.

La joven estaba sentada en un rincón de la habitación, resignada. Había luchado durante meses, se había defendido contra Te Ori y había intentado poner de su parte a las mujeres de Pokokaikai, pero la autoridad del guerrero había sido mayor. Pokokaikai estaba bajo el firme control de los adeptos al *pai marire*, tal vez era el último bastión de los fanáticos religiosos. Carol y Mara se habían percatado de ello cuando Te Ori las llevó al *pa*. Pokokaikai era de hecho el *marae* donde él había nacido y crecido y donde vivía su familia. Era un baluarte que en Inglaterra tal vez habría correspondido a la idea de una aldea fortificada. Pese a ello, en el *pa* apenas había hombres al llegar Te Ori, aunque tras la caída de Waikoukou un buen número de guerreros hauhau había huido a ese aislado fuerte. Pero a Carol y Mara las habían llevado a la zona civil de la fortaleza. Mara lo recordaba muy bien.

Para su sorpresa, Te Ori había confiado las esclavas a su esposa, sin el menor escrúpulo.

—Haz con ellas lo que quieras —dijo a la mujer, alta y bastante delgada para ser maorí, madre de sus hijos. Hera tenía tres hijas y la mayor era de la edad de Mara—. Pero trata a la pequeña con respeto. Estoy pensando en convertirla en mi segunda esposa.

Los ojos de Hera, negros como el carbón, brillaron. Iba a decir algo, pero Te Ori le cortó la palabra.

—El Profeta nos ha animado a recuperar las antiguas costumbres. Y según estas, a un guerrero se le permite tener dos o más mujeres —explicó—. Así que acéptalo.

—¡Podría ser tu hija! —replicó Hera.

—Cuanto más joven, más hijos tendrá y más guerreros criaré.

—¡Yo no tendré hijos contigo y si los tengo serán *pakeha*! —le espetó Mara.

Te Ori la abofeteó y la arrojó al suelo delante de Hera.

—Enséñale a comportarse —indicó a su esposa, y pareció olvidarse de sus esclavas—. ¿Dónde están los guerreros de este *pa*? —preguntó—. Vamos a prepararnos para defenderlo, será nuestro nuevo asentamiento. Mañana llegarán más guerreros de Waikoukou. El fin de los *pakeha* empezará aquí.

—¿Traerán también al Profeta? —preguntó el jefe con profundo respeto.

Te Ori negó con la cabeza.

—No. El Profeta está cansado y débil. Quiere negociar. Traiciona sus propias doctrinas. Es deber nuestro conservarlas. El arcángel elegirá a otro. *Rire rire, hau hau!*

Los habitantes del poblado se unieron a la salmodia y, en efecto, a partir del día siguiente Te Ori y otros *rangatira* instruyeron a sus guerreros y los condujeron contra las colonias de los blancos. De vez en cuando organizaban ataques en toda regla; con más frecuencia, incursiones a depósitos de armas y almacenes de provisiones.

A Carol esto le pareció su única esperanza. Los *military settlers* no aguantarían eternamente ser asaltados y robados. En algún momento encontrarían Pokokaikai y lo tomarían, y entonces las liberarían a ella y Mara. De hecho, su nuevo cautiverio ya duraba meses. Sus condiciones de vida no eran tan malas como en Wereroa, pero peores que en Waikoukou. Ahí ya no había ningún Tohu que mantuviese a Te Ori apartado de Mara. Las dos esclavas se alojaban en una cabaña algo alejada del pueblo. Los habitantes se negaban a tenerlas entre ellos. No obstante, Hera hacía lo que su marido le había pedido: vigilaba severamente a la esclava de Te Ori. Una fuga era inconcebible.

Y, naturalmente, nadie impedía al guerrero irse por las noches a la cabaña y poseer a Mara como le apeteciera. Ya no era tan violento como en Wereroa. La gente del poblado habría planteado preguntas si Mara hubiese ido por ahí magullada o se quedara tendida en la cabaña durante días quejándose. A los guerreros de Wereroa les habría sido indiferente lo que Te Ori hiciese con sus esclavas, mientras que a los ancianos del consejo de Pokokaikai no les parecía bien que en su *pa* se mantuvieran en cautividad a mujeres blancas. El jefe sabía que si los *pakeha* tomaban algún día Pokokaikai, eso recrudecería las medidas de castigo contra su poblado. Además, Hera era su sobrina. No le gustaba que la engañaran. No podía hacer nada si Te Ori pretendía casarse con una de sus esclavas, pero los ancianos intervendrían en caso de grandes maltratos.

Te Ori tampoco pasaba cada noche por la cabaña de sus esclavas, donde ataba a Carol mientras violaba a Mara. Solía ausentarse con los guerreros y era probable que también yaciera con Hera para mantenerla contenta. Ella le ponía buena cara, pero descargaba su ira en Carol y Mara. Esta sufría por causa de ella y sus hijas, y las otras mujeres del lugar maltrataban a Carol. Al parecer, veían en la muchacha una posible rival en relación a sus propios maridos. A grandes rasgos, allí se repetía lo que las hermanas ya habían conocido en Wereroa: se les cargaba con los trabajos más duros y sucios, se burlaban de ellas, les pegaban y les hacían pasar hambre.

Carol se tragaba la rabia y se resignaba; Mara se sublevaba contra las maltratadoras. Contestaba con insultos, y una vez hasta se pegó con la hija de Te Ori porque esta le había arrojado basura. Cuando Te Ori abusaba de ella, Mara se rebelaba con todas sus fuerzas. Él tenía que amordazarla para que sus gritos e insultos no resonasen en todo el poblado.

Y un día dejó de sangrar. Mara se sentía débil, vomitaba por la mañana la escasa comida con que la alimentaban y se le hinchaban los pechos.

—Me estoy poniendo enferma —se quejó a Carol.

La hermana mayor enseguida reconoció los síntomas.

—No te estás poniendo enferma, Mara, estás embarazada.

A partir de ese momento, Mara arrojó la toalla. Ya no se quejaba contra Te Ori. Ya no respondía a Hera y volvía a pasar horas mirando la pared. Pero su mente no parecía separarse del cuerpo, como Carol había temido en su primera época de cautiverio. Mara era dueña de sí misma, pero en ella solo había vacío y desaliento.

—Nunca saldremos de aquí —volvió a decir, mientras Carol pensaba desesperada cómo llamar la atención de los *pakeha* que estaban en el fuerte—. Nos mataremos trabajando aquí. Pariré los hijos de ese maldito cabrón y tendré que ver cómo bailan alrededor del *niu*.

Carol no le respondió. Solía repetirle que los *pakeha* derrotarían a los hauhau. Eran más fuertes, estaban mejor equipados y disponían de armas más modernas. También Pokokaikai caería en algún momento. Pero, maldita sea, ¿por qué no ahora mismo? Carol quiso gritar cuando oyó la música y las canciones que acompañaban al *powhiri* con que se daba la bienvenida a los invitados.

—¡Con tal que no se dejen engatusar! —repetía—. ¡Tendrían que saber que ese pacífico poblado de ahí abajo no es todo el *pa*! —El *marae* yacía al pie de la colina y las instalaciones militares se extendían hacia arriba—. ¿Es que no ven el *niu*?

—Solo ven lo que quieren ver. Y a nosotras, Carol, ya no nos busca nadie.

Eru y los oficiales regresaron al anochecer. El mayor los esperaba impaciente en el campamento.

—¿Se lo han creído? —preguntó ansioso.

El capitán asintió.

—Yo diría que sí —respondió—. Estaban muy tranquilos...

—Se han reunido con nosotros en son de paz —intervino Eru—. Han invocado a los dioses y han tejido un vínculo de unión con nosotros. Ahora somos una tribu.

—Maldita sea, muchacho, ¿no han sospechado nada? —McDonnell lo miró exasperado.

Eru negó con la cabeza.

—No —contestó—. Yo solo he aprendido que un *powhiri* es santo. Por eso me sorprende lo que vamos a hacer. Es una traición a los espíritus. Pero los maoríes de ese *pa* también menosprecian a los dioses. Esa ceremonia era una mentira. —Se volvió hacia Paxton, que había esperado con el mayor—. Tienen a las chicas, Bill, estoy seguro. Están escondidas en algún lugar de ese *pa*.

El rostro de McDonnell se endureció más.

—Bien —anunció—. Ahora mismo ordenaré cercar el fuerte. Y si mañana está seguro...

Por la mañana, los habitantes de Pokokaikai abrieron como cada día las puertas del *pa*. Los cazadores salieron al exterior y las mujeres fueron a los campos de cultivo al pie de la fortaleza. Las muchachas se acercaron riendo al campamento militar de los ingleses para probar suerte con los *pakeha*.

McDonnell no esperó a que nadie advirtiera que el poblado estaba rodeado. Cuando la niebla matinal se levantó, dio orden de atacar. Los habitantes de Pokokaikai se vieron sorprendidos por una descarga cerrada. En cuanto echaron a correr despavoridos de un lado a otro, lejos de oponer resistencia, McDonnell mandó calar las bayonetas y una compañía de *military settlers* asaltó el poblado. Los hombres se vengaron ampliamente de los ataques que habían sufrido sus granjas. Reunieron a los maoríes en la plaza, destruyeron sus campos y huertos, derribaron los cercados e incendiaron las casas, no sin antes registrarlas. Por lo general, McDonnell no tenía piedad, se le reprochaba con frecuencia haber incendiado casas con mujeres y niños dentro, pero esta vez buscaba a Carol y Mara.

11

Las hermanas oyeron los disparos en la zona del poblado, pero Te Ori no les dio tiempo a abrigar la esperanza de ser liberadas. El maltratador se había retirado con unos guerreros a la zona militar del *pa*. No eran muchos hombres. La mayoría había ido a cazar o patrullar por la mañana y habían caído en manos de los ingleses. Ahora, el resto se hallaba ocupado en una defensa caótica en la que Te Ori no participaba. El experimentado guerrero reconoció a primera vista que la lucha por Pokokaikai estaba perdida. A él solo le quedaba poner a buen recaudo a sus esclavas y esta vez contaba con la ayuda de algunos acólitos. El jefe había dicho a Te Ori en varias ocasiones lo que les esperaba si descubrían a las cautivas. Los guerreros lo habrían hecho todo para evitar que la tribu corriera ese peligro.

Así pues, Te Ori volvió a atar a Carol y Mara y las amordazó. Luego les ordenó que le siguieran. Carol se preguntó cuántas veces debería volver a vivir esa pesadilla. Las dos llegaron dando traspiés detrás de él a la plaza de armas, luego a una puerta camuflada en la empalizada. No lejos de allí había un portalón más grande ante el cual se estaba reuniendo un *taua*.

—Planean escapar —comunicó Te Ori en un extraño acceso de alegría a sus cautivas—. En caso de que el *pa* esté sitiado...

De hecho se oyeron disparos e incluso se produjeron peleas cuerpo a cuerpo cuando los hombres abrieron el portalón profiriendo gritos de guerra. Carol oía órdenes y alaridos de dolor, descargas y gritos pidiendo refuerzos. Te Ori se internó con ella y Mara en la oscura espesura del bosque en cuanto pasaron por la puerta lateral. Nadie los detuvo. Carol se preguntaba si habría otros fuertes escondidos a los que Te Ori pudiera huir con ellas. ¿O acaso iba por fin a obedecer la orden del Profeta y las llevaba al bosque para matarlas?

—Lo siento, señor Paxton, pero no hay rastro de ninguna mujer blanca.

McDonnell permitió a Bill que entrara en el *pa* con las tropas de apoyo maoríes una vez que estuvo bajo su control. De todos modos, allí no había mucho que ver o buscar. Lo que todavía quedaba como edificio, ardía en llamas. Esta vez, pensó Bill, no se encontraría ningún mensaje escrito de Carol.

Por lo general, los capitanes *pakeha* no permitían que las tropas de apoyo maoríes tomaran por asalto un *marae*. Su manera de actuar contra sus enemigos tradicionales era demasiado drástica. En una batalla campal, un hombre como McDonnell podía hacer la vista gorda cuando los guerreros luchaban sanguinariamente entre sí. Pero las mujeres y los niños brutalmente degollados daban mala prensa.

Esa mañana, el mayor había hecho una excepción con Eru y lo había dejado entrar en el *pa* durante el segundo asalto. En ese momento, el muchacho acompañaba a Bill y McDonnell.

—¿Lo ha mirado todo con detenimiento? —El mayor se volvió hacia Eru.

Eru asintió.

—Pero sigo convencido de que estaban aquí. Te Ori debe de haber huido con ellas. Ya lo ha hecho dos veces. Estoy seguro de que ahora mismo está escapando.

—Nos habíamos asegurado de tener rodeado el fuerte —señaló McDonnell y se volvió para recibir la información de un joven y alterado teniente. Luego mostró a Bill y Eru de nuevo su rostro más furibundo—. Puede que tenga razón —anunció—. En la otra parte del fuerte se ha producido una fuga. Veinte guerreros, dos de ellos han muerto, y entre los nuestros tenemos doce heridos. Huele a maniobra de distracción. La zona está cubierta de bosques, apenas habíamos colocado hombres en ella. Cuando aparecieron los tipos, el comandante de la sección tuvo que reunir a sus hombres. Es posible que alguno haya huido. En cuanto acabemos aquí, organizaremos una patrulla de búsqueda y...

—Señor, ¡entonces será demasiado tarde! —Eru se atrevió a interrumpir al mayor—. Te Ori podría matar a las muchachas si no encuentra otra solución... Y disculpe, usted, pero si hay cincuenta *pakeha* pisoteando ese bosque, será imposible encontrar ninguna huella.

—Tiene razón. —Bill se inmiscuyó antes de que el mayor montara en cólera—. Déjenos ir solos. Deje que nos acompañen los rastreadores que nos han traído hasta aquí. Ahora no los necesita. Y luego nos envía refuerzos.

McDonnell contrajo el rostro y luego asintió.

—Uno —concedió—. Pueden llevarse un rastreador. A los otros los necesito. Vamos a peinar el bosque, señor Paxton. Si se esconde alguien ahí, lo encontraremos. En cuanto a su objetivo personal... en caso de que se pierdan, yo no sabía nada, así de simple. ¿Nos hemos entendido?

Eru y Bill afirmaron aliviados. Luego se marcharon corriendo.

—Preguntaré a Te Katonga —dijo Eru—, el anciano al que no querían llevarse al principio.

Te Katonga era un guerrero con mucha experiencia que había peleado cada uno de los *moko* que cubrían su rostro. El anciano había insistido en acompañar y guiar a los jóvenes rastreadores que querían unirse a las tropas *kupapa*. El capitán Herbert no había estado de acuerdo. Había opinado que Te Katonga era demasiado viejo para las fatigosas tareas de una campaña bélica. McDonnell, por el contrario, no había puesto ninguna objeción. Conocía mejor a los maoríes. Naturalmente, con lo nervudo y resistente que era, Te Katonga no había demorado la expedición. Al contrario, casi sin hacer ruido, había precedido a sus hombres y las tropas *pakeha*. A ese rastreador no se le escapaba el mínimo indicio, ninguna pisada, ninguna rama rota en un matorral.

Eru, el joven guerrero de la Isla Sur, había observado a Te Katonga con recelo desde que se había unido a ellos. Su tribu no estaba enemistada con los ngai tahu, pero tampoco se había contado entre sus amigas. Después, sin embargo, se había granjeado la amistad del anciano. El tiempo que había pasado el joven con los hauhau lo habían convertido en un corredor tenaz que mantenía con facilidad el ritmo de los rastreadores. Además, a Katonga le halagaba el interés de Eru por su arte. Camino de Pokokaikai, el joven no se había apartado de su lado.

Cuando Eru pidió ayuda a Te Katonga, este se unió de buen grado a la operación en solitario del joven y Bill. No obstante, el anciano guerrero se negó a llevar un fusil para defenderse.

—Durante toda mi vida me han bastado la lanza y el cuchillo —declaró con dignidad, y guio a Eru y Bill a través de los escombros humeantes del recinto defensivo.

—Han debido de salir por aquí —señaló Bill, mirando la pequeña puerta camuflada en la empalizada. Los soldados todavía no habían llegado a ese rincón del *pa*.

Te Katonga escudriñó el suelo delante de la puerta. Bill y Eru lo imitaron.

—¡Sí, aquí! —Eru no pudo reprimir su alegría.

No había que ser ningún experto para reconocer las huellas de un hombre descalzo y dos mujeres con botas gastadas sobre la tierra húmeda. Te Katonga empezó a seguirlas relajadamente. Tampoco perdió la pista cuando el bosque se espesó y en la tierra crecía el musgo o se cubría de hojas y agujas.

—Van hacia el Este —indicó Bill en voz baja—, hacia la montaña. Si todavía quedan poblados maoríes ocultos, entonces seguro que es allí.

Eru asintió.

—Tampoco creo que quiera matarlas. Ya lo habría hecho antes. Solo tenemos que encontrarlas antes de que llegue a algún lugar. No podríamos asaltar ningún *pa* siendo tres.

—Los atraparemos —aseguró Te Katonga—. Van despacio, más despacio de lo que normalmente avanza un guerrero. Las mujeres caminan con pasos cortos y de vez en cuando una se cae. Mirad... —Señaló un sitio con el musgo ligeramente aplastado—. Aquí ha tropezado alguien. Y no fue el guerrero. Las mujeres lo retrasan.

—Entonces, adelante —dijo Bill después de que Eru hubiera traducido—. Y ojalá la lluvia no borre las huellas.

Llovía sin cesar, Carol y Mara estaban empapadas y temblaban de frío y cansancio. Hacía horas que Te Ori les hacía seguir un ritmo extenuante. Las arrastraba sin piedad, les gritaba y pegaba para que caminaran más deprisa. Pero ninguna de las mujeres podía seguir su ritmo. Una y otra vez, una de ellas tropezaba y arrastraba a la otra consigo. Mara lloraba de agotamiento y Carol estaba a punto de dejarse caer. En algún momento las dos lo harían, daba igual lo que Te Ori hiciera con ellas.

El guerrero se orientaba por la posición del sol mientras arrastraba a las mujeres por el bosque. En cualquier caso, no se distinguían senderos; atravesaban la naturaleza inexplorada del sur de Taranaki. En verano seguro que esos bosques oscuros eran de una belleza de ensueño y pasear por ellos, romántico. Más de una vez pasaron junto a *kauris* enormes. Carol nunca había visto uno. Incluso en esos momentos, con todo su cansancio, la visión del majestuoso árbol le cortaba la respiración.

En una ocasión tropezó contra uno de esos gigantes y creyó sentir su energía. Ese árbol debía de ser milenario y permanecería ahí cuando ya hiciera tiempo que el destino de ambas hermanas hubiese sido olvidado. Por alguna razón, saber eso la consoló unos instantes, antes de que la lluvia y Te Ori, que tiraba inmisericordemente de sus ligaduras, la devolvieran a la realidad.

Hacia el mediodía llegaron a un río que fluía caudaloso a causa de la lluvia. Su burbujeo y rumor las acompañaron durante las horas siguientes. Te Ori avanzaba corriente arriba pasando junto a cascadas y orillas pedregosas. Parecía como si estuviera buscando algo, pero no lo encontró hasta ya avanzada la tarde: una balsa en la orilla, en un tramo donde la corriente no era tan fuerte. Ahí era posible cruzar el río, aunque no por ello dejaba de ser peligroso. Carol se estremeció cuando Te Ori arrastró la burda balsa al agua y Mara se negó a subirse en ella. Las mujeres tuvieron que vadear el río, con lo que las botas, que hasta el momento les habían mantenido por lo menos los pies algo protegidos, se les llenaron de agua. Mara se defendió con vehemencia hasta que Te Ori la empujó brutalmente al agua. Arrastrada por su hermana, Carol se cayó, tragó agua y tosió. Incluso sin oponer resistencia, apenas les era posible subirse a la balsa atadas la una a la otra. El guerrero reflexionó unos segundos y luego separó la cuerda de *raupo* que mantenía unidas las manos de ambas.

—¡Agarraos! —ordenó, empujando la balsa hacia el centro del río.

Te Ori se subió e intentó impulsar la embarcación con un palo. Carol casi admiró su fuerza. De hecho, la corriente apenas las arrastraba. Sin embargo, la balsa cayó en un remolino. A pesar de la destreza de Te Ori, empezó a dar vueltas y chocó contra una roca. Las mujeres cayeron una sobre la otra. Carol se vio arrojada al borde de la balsa. Intentó agarrarse a ella aunque tenía las manos atadas, pero la balsa volvió a golpear contra una piedra y ella resbaló. Al caer vio que Te Ori agarraba a la impotente Mara y la retenía con fuerza... y luego, cuando la corriente se la llevó con un bramido infernal, no vio ni oyó nada más.

Carol luchaba, intentaba mantener la cabeza fuera del agua dándose impulso con los pies y cogiendo aire esporádicamente; nadar con las manos atadas y además con esa corriente era imposible. Su cuerpo golpeó contra una roca, otro torbellino la arrastró al fondo y la lanzó de nuevo a la superficie. Carol boqueaba en busca de aire, pese a que era una lucha baldía. Si no se ahogaba, se estrellaría al llegar a las cataratas. Sabía que iba a morir... y nunca hubiese creído que su último pensamiento se centrara precisamente en Bill Paxton. Lo llamó... y creyó sentir que él la desataba y la estrechaba contra sí...

Bill, Eru y Te Katonga siguieron la pista junto al río a paso ligero. Los dos maoríes casi iban a la carrera, Bill tenía que hacer un gran esfuerzo para seguirles el ritmo. Se detuvieron al encontrar huellas de sangre que la lluvia todavía no había diluido.

—Alguien ha caído en este matorral de espinas —indicó Te Katonga—. Y otro se ha herido la mano o el brazo en esta rama. Ahora hay dos que caen a la vez, como si uno tirase al otro. Las mujeres deben de estar atadas la una con la otra.

Entonces encontraron unas huellas recientes de algo arrastrado por la hierba de la orilla.

—Pronto las encontraremos. —Y en ese momento, Bill descubrió a Carol.

La reconoció enseguida, solo vio que una mujer se precipitaba hacia las cataratas indefensa, arrastrada por la corriente. El cabello rubio, las manos atadas...

Sin vacilar, Bill se lanzó al río tras despojarse del fusil y la mochila. La orilla caía vertical en ese punto y Bill saltó lejos. Siempre había sido un buen nadador y llegó en pocas brazadas hasta Carol. Oyó que Eru y Te Katonga gritaban desde la orilla y vociferó a su vez el nombre de Carol. La cogió, tiró de ella, la sostuvo entre sus brazos y la corriente los arrastró implacablemente, demasiado fuerte para lograr alcanzar la orilla. Bill no podía hacer otra cosa que mantener fuera del agua la cabeza de Carol... y la suya. Como la joven, también estaba a merced de las fuerzas de la naturaleza.

Bill intentaba recordar cuándo habían pasado junto a las cascadas. Desde ahí hasta donde se encontraba habían caminado entre una y dos horas. El río los llevaba a una velocidad impresionante.

En ese momento vio un peñasco ante ellos. Protegió a Carol de forma instintiva y recibió un fuerte golpe en la espalda. Por unos segundos se quedó sin respiración, pero al menos la roca evitó que el río los siguiera arrastrando. Ahí al lado había otra... Bill luchaba por conservar el control de las piernas, se apoyaba con los pies contra otras rocas. El agua tiraba de él, se movía embravecida a su alrededor, pero manteniendo la tensión muscular Bill avanzó entre las piedras. Sostenía a Carol y esperaba que ella siguiera respirando. Se había desmayado y Bill ignoraba si se había dado cuenta de que él intentaba salvarla. Un intento cuyo resultado dependía ahora de Te Katonga y Eru. Si lo seguían río abajo, podrían ayudarlo a salir. Pero si renunciaban, en algún momento se quedaría sin fuerzas y el río se los llevaría a los dos.

Bill llamó a gritos a sus compañeros, sabiendo que el estrépito del agua ahogaba su voz. Ya no sentía las piernas, se le agarrotaban los dedos que sujetaban a Carol. No conseguiría retenerla mucho más.

Tardó una eternidad en distinguir el rostro tatuado de Eru en la orilla. Bill creyó que se iba a echar a llorar.

—¡Aquí! —gritó—. ¡Estamos aquí! ¡No te vayas, por el amor de Dios!

Eru no pasó de largo. Oyó la llamada de Bill y se puso a su altura.

—¡Resiste! ¡Voy a intentar lanzarte algo para que te aferres!

Se sacó la chaqueta y los pantalones del uniforme, de un *denim* fuerte y tosco. Los cortó con el cuchillo en tiras y las anudó entre sí. Solo cabía esperar que la tela resistiera y que Bill tuviese fuerzas para cogerse a ella. La cuerda improvisada no era lo bastante larga para atársela al cuerpo, pero era fácil lanzársela a Bill. Las piedras entre las que se afianzaba no estaban a más de tres metros de la orilla. La cuerda llegó hasta Carol al primer intento. Bill la agarró con una mano mientras con la otra sujetaba a la joven. Intentó enrollársela en la mano con firmeza para que no se soltase cuando Eru tirase de ellos hacia la orilla. Pero era imposible. Al final anudó la tela a la ligadura de las manos de Carol.

—¡Tira de ella, deprisa! —bramó a Eru.

Sería inevitable que el agua cubriera la cabeza de Carol pero era la única posibilidad de rescatarla. Eru asintió y tiró con fuerza en cuanto Bill soltó a la joven. Por unos segundos, el muchacho y el río lucharon por el cuerpo inerte, hasta que Eru consiguió llevarlo a la orilla.

—¡Respira! —gritó y desanudó la cuerda improvisada, al tiempo que cortaba las ligaduras de la muchacha—. ¡Ahora tú! —Lanzó de nuevo la cuerda a su amigo.

Bill colaboró con unas fuertes brazadas. Aunque pesaba más que Carol, a Eru le resultó más fácil sacarlo del río. Jadeando, se quedó tendido en la orilla mientras Te Katonga y Eru se ocupaban de la joven. Y oyó los gritos de horror cuando esta volvió en sí y vio los dos rostros tatuados.

Bill se puso fatigosamente en pie.

—¡Estoy aquí, Carol! ¡A tu lado!

Se acercó a ella dando traspiés y cayó a su lado de rodillas. Reía y lloraba al mismo tiempo de alivio y agotamiento. Al final, la estrechó entre sus brazos.

12

Aunque Carol temblaba de frío y Bill al principio apenas si podía moverse, Eru y Te Katonga no se atrevieron a encender un fuego.

—Te Ori lo vería por muy pequeño que fuera —advirtió Eru—. Es un guerrero experimentado y se las sabe todas. Y estamos muy cerca de él.

—Hemos perdido tiempo —señaló Bill.

Por la posición del sol, había permanecido casi media hora en el agua con Carol antes de que Eru llegase a socorrerlos, y después tampoco habían podido avanzar deprisa. Carol estaba exhausta. Necesitaron una eternidad hasta volver al sitio en que Bill se había lanzado al agua. Eru había cogido su fusil, pero la mochila estaba en la maleza. Cuando Bill la encontró sonrió triunfal, la abrió y sacó una botella de whisky. Se la tendió a Carol.

La joven bebió un buen trago. Al momento su pálido rostro adquirió un poco de color. Eru también bebió. Te Katonga rehusó la invitación; el anciano guerrero tenía ansia de cazar. El río describía una curva y justo después encontró el lugar donde había estado la balsa.

—Estaba preparada —dijo—. Por Te Ori o tal vez por otros guerreros. Debe de haber un refugio al otro lado del río. Tenemos que cruzarlo.

Carol hizo un gesto negativo.

—No puedo —susurró—. Dios me perdone, quiero a Mara, pero esto... esto no puedo...

—Claro que no —respondió Eru—. Nos demorarías. No podemos construir una balsa, no tenemos tiempo. Yo lo cruzaré a nado. Tengo fuerza suficiente.

Bill lo miró dubitativo, pero supuso que tenía razón. Ahí el río se veía menos caudaloso y Eru era fuerte. Quizás hasta podría cruzarlo vadeando. Si Te Ori había conseguido llevar al otro lado una balsa impulsándola con un palo, también Eru conseguiría llegar a nado. Lo mismo no se podía aplicar a Te Katonga. Era fibroso pero no pesaba tanto como Eru, y era viejo.

—No sabes rastrear las huellas —señaló Bill—. No volverás a dar con la pista.

—Basta con que encuentre la balsa —respondió Eru.

—Podrías empujarla hasta esta orilla de nuevo y recogernos. Así Carol no tendría que esperarnos sola... —Se notaba que la idea no le gustaba, pero no quería dejar solos a sus compañeros.

Te Katonga rechazó la propuesta.

—No necesitas más rastreadores —dijo a Eru—. Los *pekapeka* te mostrarán el camino...

Señaló la otra orilla del río. Era arenosa y detrás había una pendiente escarpada. Hasta entonces ambas riberas habían sido onduladas. Ahora se volvían escarpadas. Frente a ellos se elevaba una colina, fácil de subir y un mejor mirador. A media altura parecía haber la entrada a una cueva. Los hombres y Carol no la hubiesen descubierto de no haber salido de allí una bandada de murciélagos. Algo los había asustado. Todavía faltaba un poco para el anochecer.

—Están ahí dentro —afirmó Te Katonga—. ¡Ve, muchacho, sal en busca de tu mujer y la cabeza de ese hombre!

Eru no pudo llevarse el fusil, pues se habría mojado en el río. Por otra parte, Te Ori no tendría ninguno. Tampoco habría permanecido seco tras el viaje en la balsa.

—Las armas antiguas deberían bastarte para vencerlo —dijo el guerrero con calma—. Lo conseguirás, los espíritus te acompañarán.

—Si es que en esa cueva no hay armas —dijo Bill pesimista—. En serio, Eru, podría ser una santabárbara de los hauhau.

Eru se mordió el labio.

—Creo que lo sabría —contestó, aparentando más seguridad de la que en realidad sentía.

De hecho, nunca había estado lo suficientemente cerca de un jefe rebelde como para estar al corriente de esas cosas. Pero no encajaba con el proceder de los hauhau tener un almacén de armas escondido. Para ello habrían precisado tener un ejército bien organizado y un hábil estratega. Haumene nunca lo había sido y sus seguidores tenían su *tikanga* en sus corazones, no en el manejo de las armas. En Wereroa se instruía a los jóvenes guerreros en el manejo de las armas tradicionales. En cambio, no sabían disparar bien.

—Debo irme antes de que oscurezca.

—Habrá oscurecido antes de que llegues a la cueva —advirtió Te Katonga—. Parece que la subida es escarpada, tardarás más de lo que crees. Pero los espíritus de los *pekapeka* estarán contigo.

El anciano guerrero lo bendijo con un gesto y le ofreció la cara para el *hongi*.

—¡Regresa! —le dijo.

—¡Regresa con Mara! —le pidió Carol.

Se puso de puntillas y le dio un beso en la mejilla, tal como solía hacer Mara. Eru sintió el beso en la piel cicatrizada de *moko*. Se sintió distinto de antes. Pero ahora no podía pensar en ello, saludó a sus compañeros de viaje, dirigió a Bill el signo de la victoria y se metió en el agua.

Cruzó a nado el río con unas potentes brazadas. No fue sencillo. La corriente también lo arrastraba, cayó en el mismo remolino en que la balsa casi había volcado y necesitó de todas sus fuerzas para vencer la corriente. Cuando por fin llegó a la otra orilla, buscó la balsa. A partir de ahí creía poder recuperar la pista de Te Ori. Orientarse para llegar a la cueva resultó más difícil de lo que parecía. El bosque entre el río y la colina era espeso y se extendía a lo lejos por la pendiente. Aunque Eru veía elevarse ante él la colina, ya no distinguía la cueva.

La balsa se hallaba un poco más abajo. La corriente la había arrastrado más que a Eru, y probablemente Te Ori había perdido el control cuando Carol había caído al agua. Además, Mara no parecía habérselo puesto fácil. Alrededor de la balsa había rastros de una pelea. Se diría que Mara había intentado lanzarse al agua. Seguro que había querido rescatar a Carol o morir con ella. Eru encontró unos mechones de pelo y huellas de arrastre. Era evidente que Mara se había arrojado al suelo una y otra vez para no seguir a su maltratador.

De repente, las huellas que mostraban resistencia desaparecieron. Desde la playa salía un único rastro: Te Ori debía de haber dejado inconsciente a la muchacha y cargado al hombro. Así habría avanzado más deprisa que tirando de una prisionera rebelde, aun cuando la carga lo debilitara. Eru esperaba que esto obrase en su provecho a la hora de pelear. Lo necesitaría. Sus únicas armas consistían en un *mere*, un arma manual contundente y pequeña de jade pounamu, y un cuchillo. Te Ori tendría otras, seguro que sabía manejar también el *wahaika* y el *kotiate*, armas tradicionales utilizadas en la lucha cuerpo a cuerpo y más efectivas que el *mere*, pero cuyo empleo exigía mayor destreza. Un guerrero como Kereopa las manejaba con unos movimientos tan ágiles como un hábil espadachín su florete. Eru casi nunca la había utilizado. En las contiendas en que había participado se valía sobre todo del fusil. Puesto que los tres amigos de la Isla Sur eran los únicos en el grupo de Kereopa que sabían utilizar armas de fuego, se las habían confiado a ellos.

Se internó en el bosque, perdió varias veces la pista de Te Ori y la volvió a encontrar resituándose en la dirección en que habían descubierto la cueva desde la otra orilla. Te Katonga tenía razón, estaba más lejos de lo que Eru había creído y la pendiente pronto se hacía abrupta. Al menos había dejado de llover. Eru, que se abría camino por el bosque casi desnudo, daba gracias a los espíritus por ello. Te Katonga le había ofrecido en silencio el faldellín de hojas de *raupo*. No era propio de un guerrero librar el combate tal vez más importante de su vida vestido con ropa interior *pakeha*. Eru estaba agradecido al anciano por ello. Quizá Te Ori lo matara, pero al menos no se burlaría de él.

Eru tenía la impresión de que llevaba horas escalando y, cuando la luz del día fue palideciendo, le pareció que se había perdido. Debía de estar a la altura de la cueva. Ignoraba, sin embargo, si esta se hallaba a la derecha o a la izquierda, por encima o por debajo. Pero cuando por fin oscureció, se cumplió efectivamente el vaticinio del anciano rastreador. Eru oyó un batir de alas y vio más arriba unos murciélagos alzar el vuelo. Los últimos *pekapeka* abandonaban la cueva donde dormían para dedicarse a la búsqueda nocturna de alimento. Eru suspiró aliviado. Había encontrado la cueva.

Mara despertó en una penumbra impregnada de un hedor repugnante. Consiguió orientarse, pese a que le dolía todo el cuerpo, sobre todo la cabeza. Recordaba vagamente que Te Ori le había pegado. Y además evocó el terrible viaje en la balsa: Carol, arrastrada por la corriente; Te Ori, que le había impedido saltar detrás de su hermana.

Ahora se encontraba en un nuevo calabozo... O no, ese no era un lugar cerrado. Estaba en una cueva, una cueva pequeña donde vivían muchos murciélagos que en ese momento oscurecían la entrada al salir volando. Fuera anochecía. Ahora sabía de dónde procedía el hedor. El suelo y las paredes estaban cubiertos de excrementos de murciélago.

Intentó ponerse en pie, pero enseguida distinguió a Te Ori. El guerrero estaba sentado a la entrada de la cueva y la vigilaba. No era una vigilancia necesaria: Mara seguía maniatada. Solo le había quitado la mordaza de la boca, probablemente para que pudiese respirar mejor.

—No has muerto —comprobó satisfecho—. Temí haberte pegado demasiado fuerte y que tu espíritu se hubiese marchado, aunque tu corazón todavía latía.

Mara iba a replicar, pero no pudo pronunciar palabra. Tenía la boca seca, la garganta como estrangulada. Miró la botella de agua en el cinturón de Te Ori. El guerrero lo advirtió y se levantó para dársela.

En ese momento, Mara distinguió una silueta en la entrada de la cueva. Ignoraba si era realidad o ilusión, en la penumbra solo percibía una sombra. Te Ori se dio media vuelta. Debía de haberlo notado. ¿O acaso ese ser no se había movido tan sigilosamente como Mara había creído? Te Ori sacó un arma del cinto y la sombra se abalanzó sobre él. En el acto, los dos hombres luchaban encarnizadamente en el suelo. En su perplejidad, a Mara se le antojaban como un monstruo de dos cabezas. Se pegaban, se acuchillaban y gritaban. Sus palabras llegaron a oídos de la joven.

—¡Traidor!

—¡Violador de mujeres!

—¡Es mi esclava!

—¡Es mi esposa, siempre me ha pertenecido!

La voz de Eru. El monstruo hablaba con la voz de Eru. Mara gritó.

El hombre que hablaba con la voz de Eru, que le había robado el cuerpo, se detuvo sobresaltado y miró hacia ella una fracción de segundo. Te Ori aprovechó ese momento de debilidad y le arrebató el cuchillo, que cayó al suelo. Derribó al joven y se arrodilló encima de él. Levantó con impulso el *toki poutangata*, el hacha de guerra, para cortarle el cuello. El hombre con la voz de Eru se defendió con encono. Su *mere*, el valioso ejemplar de jade que antes había pertenecido a Eru, golpeó con fuerza el antebrazo derecho de Te Ori. Instintivamente, este soltó el hacha de guerra, que con una patada del hombre con la voz de Eru se deslizó hacia Mara. Ahora los hombres peleaban sin armas, pero en el cinturón de Te

Ori todavía había un cuchillo. Palpó buscándolo mientras mantenía a su rival contra el suelo. Los dos guerreros eran corpulentos. El hombre con la voz de Eru no conseguía apartar a un lado a Te Ori.

—¡Mara!

La joven tembló al oír su nombre. Tantas veces lo había oído en sueños pronunciado por esa voz, pero entonces dulce, cariñosa, a veces anhelante... En ese momento, la voz de Eru resonaba impregnada de miedo.

—¡Mara, haz algo!

Ella vio el hacha de guerra, y de repente se liberó de los dolores, el agotamiento y la pena por Carol. Cogió el arma con las manos atadas delante del cuerpo, se levantó y descargó el filo del hacha sobre la espalda de Te Ori. La sangre salió a borbotones y despertó todas las fantasías que en los últimos meses la habían ayudado a soportar las noches con Te Ori. Antes de que este pudiera darse la vuelta, sacó el arma de la herida y volvió a clavársela. Esta vez dio con un hueso y el hacha resbaló...

Te Ori soltó a su enemigo, se giró aullando y aferró las piernas de Mara. Ella dio un traspiés y volvió a levantar el arma. Con todas sus fuerzas dirigió el hacha a la cabeza y le abrió la frente con su odioso *moko*. Te Ori se la quedó mirando paralizado y su boca se abrió en un chillido mudo. El hombre con la voz de Eru se había levantado empuñando su cuchillo y degolló a Te Ori. El guerrero cayó al suelo y sus ojos vidriosos buscaron los de Mara.

—¿Todavía no te has muerto?

Eru se estremeció al oír todo el odio que había en la voz de la joven.

—¡Pues toma esto! ¡Y esto! ¡Y esto!

Mara arremetió dándole hachazos, uno tras otro, hasta que ante sus pies solo yacía un cuerpo destrozado y ensangrentado.

—Mara... Mara, ya puedes parar, ¡está muerto! Mara, ¡tranquilízate, por favor!

La joven no parecía oírlo. Se detuvo por puro agotamiento, jadeando, temblando, manchada de sangre, todavía maniatada.

Eru quería acercarse a ella.

—Mara, ya está bien. Ya no puede hacerte nada. Ya ha pasado. Nadie va a hacerte daño, deja que te quite las ataduras. Y luego encenderemos un fuego. Debes de estar muerta de frío...

Se acercó lentamente a ella, mirando sus ojos enajenados y el hacha levantada.

—¡No me toques! —siseó Mara.

—Pero si soy Eru... —repuso el joven con desconcierto.

Mara negó con la cabeza.

—¡Apártate! —gritó histérica—. Apártate de mi lado o... ¡o te mato!

EL PERDÓN

Russell, Auckland (Isla Norte)

1866

1

—Dentro de poco ya no sabré qué hacer —dijo Ida—. Mara está y no está. Parece otra. A veces parece indefensa como una niña, llora y por la noche se acurruca junto a Carol en la cama. Y luego te mira con los ojos fríos como el hielo y busca su cuchillo. No va a ninguna parte sin ese cuchillo y sin esa funda grasienta y manchada de sangre... Antes siempre llevaba la flauta con ella, pero ahora es el cuchillo. A veces me resulta una desconocida, Cat... Y ese pobre chico...

—Bueno, yo no me preocuparía demasiado por él.

Estaban sentadas en la terraza de la bonita casa de campo de Ida, en las afueras de Russell, y disfrutaban del sol primaveral. El verano llegaba allí, como a toda la Isla Norte, antes que a la Isla Sur, y el invierno no era tan frío. En el jardín de Ida ya asomaban las primeras flores. Desde un lado de la terraza se podía ver el mar y desde el otro se contemplaba una dehesa ya verde en la que pastaban diez ovejas bien alimentadas.

—Tal vez hasta sería sensato que se fuera. De todos modos, Mara no quiere verlo. Al revés que su padre. Te Haitara está tan contento de que esté vivo...

—¿Que se fuera? ¿Después de todo lo que ha hecho por ella? Cat, no te imaginas todo lo que ha soportado. Ya solo para sacarla de esa cueva. Ella quería que la dejase sola, maniatada y a oscuras con el cadáver, con la cueva manchada de sangre. No se quería ir con él. Ni siquiera cuando él se desprendió de todas sus armas.

Las dejó todas delante de la entrada de la cueva, incluso el cuchillo de Te Ori que ahora ella siempre lleva consigo. Y luego encendió un fuego delante de la cueva, se sentó ahí y estuvo toda la noche intentando hacerla cambiar de parecer. Le contó que habían salvado a Carol, le habló de Linda, de ti y de Chris... Al amanecer ella empezó a serenarse y por fin se quitó las ataduras con el cuchillo, y cuando clareó se deslizó al exterior. Carol dijo que parecía un espectro. Y eso que la vio después de cruzar el río, cuando ya se había lavado la sangre.

—El cruce del río debió de ser una pesadilla. Después de lo que le ocurrió a Carol...

Cat se estremeció solo de pensarlo. Había partido a la Isla Norte en cuanto le llegó la noticia de que habían liberado a las hermanas. Chris se había quedado en Rata Station. La granja lo absorbía mucho, toda la organización había sufrido bajo la dirección de Jane. Los mejores trabajadores se habían ido. Los que se habían quedado habían jugado con Jane, sobre todo el capataz. Chris los había despedido e instruía ahora a otros nuevos. Por fortuna, la mayor parte de los pastores maoríes había regresado. Te Haitara había vuelto a encargarse formalmente de Maori Station, pero separar de nuevo los rebaños daba ahora un trabajo terrible.

—Eru contó que cruzar el río no fue tan horrible como lo que él sintió cuando Mara le estuvo amenazando con el cuchillo durante todo el camino hasta reunirse con Carol y Bill. Lo siguió, pero a distancia. En la balsa, forzosamente tuvo que acercarse más a él. Dijo que ella se sentó en el extremo más alejado. El chico estuvo todo el rato temiendo que se cayera al agua. Por suerte, la corriente no era tan caudalosa como el día anterior. Las aguas suben mucho cuando llueve en las montañas, pero después de medio día sin llover el río se apacigua.

—¿Y luego? —preguntó Cat, y tomó un sorbo de té. En realidad prefería café, pero como su embarazo estaba bastante avanzado tenía acidez de estómago. Salvo por eso, no tenía problemas. Estaba contentísima de esperar un bebé.

—Cuando volvió a ver a Carol, Mara se tranquilizó un poco

—explicó Ida—. Pero lloraba, lloraba y no dejaba de llorar. Era inconcebible llevarla directamente a Patea. Al final, Eru y el otro maorí volvieron a ese *pa* conquistado y le contaron a McDonnell todo lo que había ocurrido. El mayor envió un destacamento para traer a los tres y asegurar el entorno de la cueva. No había nadie, pero los soldados llevaron tiendas y provisiones y también a un médico, pero Mara no permitió que se acercara a ella. Físicamente estaba ilesa. Exceptuando el agotamiento, un par de heridas al ser arrastrada y las contusiones tras la marcha forzada. Se quedaron tres días en ese campamento improvisado, hasta que las chicas reunieron fuerzas para viajar. Bill las llevó a Auckland y nosotros fuimos a recogerlas allí.

—¿Y Eru?

Ida suspiró.

—Él sigue todos sus pasos —respondió—. Como un perro fiel. Por cierto, gracias por traerle a Carol la perra, aunque la echaréis de menos en la granja. Esto la ayuda mucho. Desde que *Fancy* está aquí, Carol ha renacido, pensaba que su perra había muerto. Siempre hablamos de Mara, y nos olvidamos de todo lo que ha sufrido su hermana. No cuenta mucho, pero a veces hace alguna alusión. También abusaron de ella. Bill necesitará mucha paciencia. Por suerte, la tiene, está prendado de Carol. Estos dos chicos son encantadores.

Bill había viajado con los Jensch y sus hijas a Russell, vivía ahora en una pensión y ayudaba a Karl e Ida en su pequeña granja. En realidad no precisaban de él. Los dos se las apañaban muy bien con las pocas ovejas lecheras que tenían y el joven no tenía ni idea de hacer queso. No obstante, se esforzaba por colaborar. Removía la tierra de los parterres, pintaba el establo y efectuaba pequeñas reparaciones. Lo que le interesaba más que nada era estar cerca de Carol, y ella cada día parecía confiar más en él. Seguro que algún día volvería a hacerle la proposición de matrimonio, tan fatídica en el pasado, y tal vez entonces pudiesen volver los dos a Rata Station. Linda, estaba claro a esas alturas, no se ocuparía de la granja. Cat la había visitado camino de Russell y la habían encontrado feliz. Había decidido quedarse con Franz y seguir ocupándose con él del orfanato. Trabajar con niños le gustaba más que criar ovejas. Por supuesto, *Amy* no rendía todo lo que era capaz; pero Linda y Franz estaban pensando en adquirir un par de animales para que los niños aprendieran a cuidarlos. Todos esperaban que las guerras con los maoríes acabasen pronto y que la calma reinara en el hospicio. Por el momento, seguían llegando huérfanos de guerra a Otaki.

—Eru ha conseguido llegar hasta aquí de alguna forma —siguió contando Ida—. Lo habríamos traído con nosotros, pero fue imposible. Mara se habría vuelto loca si se hubiera subido a nuestro carro. En cuanto le ve la cara se pone histérica. Y eso que la hemos convencido de que es realmente él. El chico dice que en el trayecto desde la cueva hasta abajo, ella desvariaba con que él era un espíritu maligno que había robado la voz de Eru. El pobre tuvo que pasar por un infierno, y todavía sufre. Llegó a pie hasta aquí y ahora está acampado detrás del bosquecillo. —Señaló en dirección a Russell—. La tierra es nuestra, no hay problema. En la pensión en que vive Bill no lo aceptan. La gente le tiene miedo. Y poco a poco él va resignándose a que eso ya no cambiará.

—¿Se arrepiente de lo que ha hecho? —preguntó Cat.

—Sí, y no solo de los tatuajes. A saber lo que habrá vivido durante el tiempo que pasó con los hauhau. En cualquier caso, tiene más paciencia que un santo con Mara. Ella no soporta verlo, por eso él viene por las noches. Se queda delante de su ventana, habla, le cuenta historias interminables, probablemente de antes. Hace poco le trajo un *koauau*. Y él mismo también se ha hecho con uno, y por las noches lo toca delante de la ventana, por cierto fatal; Karl y yo estamos cada noche tentados de lanzarle un cubo de agua encima. Pero por otra parte nos da pena. En las últimas semanas no ha adelantado nada. Ella no responde ni a la música ni a sus peroratas. Cuando se acerca a ella, Mara se escapa o le grita que se largue. Tendrá que esperar hasta que ella supere lo de Te Ori. En fin, además ese desgraciado embarazo todavía pone las cosas más difíciles. —Mara estaba ya en el cuarto mes.

Cat suspiró.

—Lástima que no haya perdido al niño —gimió.

Ida la miró.

—¡Cat! ¡Eso es pecado!

Cat puso los ojos en blanco.

—¡Ida, olvídate de la Iglesia! El hijo de Mara es medio maorí. Se parecerá a su padre. ¿De verdad crees que para Mara es bueno que cada vez que mire a su hijo vea el rostro de su torturador?

Una corriente de aire interrumpió a Cat. La puerta de la terraza se había abierto. Mara estaba en la entrada. Todavía se movía sin hacer ruido. Nadie la había oído llegar.

—¡Yo nunca vi la cara de Te Ori! —dijo con dureza.

A Cat casi se le rompió el corazón al verla. Mara estaba pálida y muy delgada. Su cabello, antes tan precioso, había perdido brillo, y la piel, otrora impecable, mostraba pequeñas venillas causadas por el maltrato y los golpes. A pesar de todo, seguía siendo bonita, aunque ya no aquella beldad resplandeciente e invulnerable, sino frágil y tierna como un hada.

—Solo vi lo que el maestro de *moko* hizo con ella. Cuando mire al niño, veré a Eru. Como era antes. Cuando lo veo ahora, veo a Te Ori.

Por la noche, cuando Mara ya se había retirado, Cat contó sus experiencias en la isla Rose. Ida, Karl y Carol escuchaban fascinados su narración.

—Por supuesto, fue duro, pero aun así bonito, en cierto modo. Nos sentíamos como si hubiésemos retrocedido en el tiempo y estuviéramos fuera de este mundo. Para los demás era más difícil, añoraban la civilización, pero nosotros siempre confiamos en que nos rescatarían algún día, solo había que resistir. Cuando Chris y yo nos instalamos solos, ya no resultó tan difícil. Nos teníamos el uno al otro y esa vida sencilla... nos recordaba un poco a cuando éramos jóvenes y vivíamos con los maoríes. No había ni cerillas ni servicio de cocina. Cada quehacer doméstico cotidiano, por pequeño que fuera, era más difícil y llevaba más tiempo, con lo que, de algún modo, ganaba en valor...

Cat se detuvo al oír un sonido estridente seguido de una melodía desafinada, ejecutada con un *koauau*. Ida cerró la ventana.

—¿Eru? —preguntó Cat, y pudo comprobar por sí misma el desespero con que el joven pretendía a Mara.

Carol asintió.

—Siempre empieza con la flauta. Así era como se llamaban en el pasado. Jane pensaba que las notas del *koauau* eran trinos de pájaros...

—Pues este pájaro debe de estar cambiando de voz —constató Karl, señalando hacia fuera.

Amy parecía encontrar la canción tan horrible como los demás. Aulló.

—Enseguida acaba con la flauta —se consoló Ida—. A continuación le cuenta una historia.

Cat apoyó la oreja en la ventana y escuchó una dulce cantinela: la voz de Eru.

—Debería poder oírlo bien —observó—. ¿Dónde está el chico? No lo veo.

—En las ramas más bajas de un árbol —contestó Karl—. Lo de pájaro ya le va bien. Podría estar más cerca de su ventana si trepara un poco más. Pero tiene miedo de asustarla.

—¿Y ella no reacciona nada? —preguntó Cat.

—No —dijo Ida—. Ni le responde ni lo echa.

—¿Qué es lo que hace, entonces? Me refiero... ¿Alguien ha ido a ver qué hace en su habitación? ¿Se sienta en un rincón y se tapa los oídos, se envuelve la cabeza con una manta, o qué? —Cat observó en la oscuridad. De la ventana de Mara salía un rayo de luz.

—No vamos a meternos en su habitación así como así —objetó Ida—. Claro que hemos llamado a la puerta. Nos ha abierto y ha dicho que estaba bien.

—Creo que ayer por la noche lloraba —añadió Carol—. Pero no estoy segura.

—Entonces, voy a echar un vistazo. —Cat se dirigió hacia la

puerta—. Si está a oscuras en un rincón y llora, tendremos que despedir al chico por mucho que entendamos su mal de amor. Por supuesto, sería muy triste, pero si ella no lo quiere de ninguna de las maneras, no se la puede forzar.

Karl se quedó sentado e Ida y Carol siguieron a Cat, aunque reticentes. Ida encendió una lámpara para alumbrar el camino escaleras arriba y el pasillo.

Cat abrió la puerta de la habitación de Mara sin hacer ruido. Esperaba que la joven se alertara cuando la lámpara iluminase la estancia y se preparó incluso para tranquilizarla. Pero Mara no reaccionó ante las inesperadas visitas. Cat tuvo que acostumbrar la vista a la oscuridad antes de percibir su figura. Mara estaba acuclillada junto a la ventana, bajo el marco para no ser vista. Una manta, que se había echado por encima para resguardarse del frío, cubría su frágil cuerpo. Sostenía en la mano la flauta que Eru le había regalado y tenía la oreja pegada a la pared para no perderse ninguna de las palabras que él, abatido, le dirigía desde fuera.

—Mara, Mara Marama, me conoces. Sabes quién soy, da igual qué aspecto tenga. Mara, tienes que mirarme con el corazón. No he cambiado. Sigo siendo yo.

La joven apretaba el *koauau* contra su mejilla.

Cat quiso retirarse con cautela. Si Mara no se había dado cuenta de su presencia, tanto mejor. Pero se dio media vuelta cuando Cat iba a cerrar la puerta.

—Ojalá fuera ciega —dijo a media voz.

—Tenemos que hablar con Eru —decidió Cat después de que se hubiesen rehecho. Habían regresado al acogedor salón de Ida, que en ese momento descorchaba otra botella de vino—. No tenemos que desanimarlo. Ella lo ama y sufre tanto como él. Pero esto no puede seguir así. Es posible que Mara intente hacerse algo. Ida, si tienes ácido o algo parecido en casa, escóndelo...

—¿Te refieres a que a lo mejor se daña los ojos? —preguntó Karl—. Entonces tendremos que esconder también los cuchillos.

—Ella ya lleva siempre un cuchillo —recordó Ida—. Tienes razón, Cat, Eru ha de marcharse, al menos temporalmente. No podemos correr ningún riesgo.

Al día siguiente, Cat fue a ver a Eru a su campamento. Esperó hasta el mediodía. En algún momento debería irse a dormir. Por la noche se había quedado sentado junto al árbol hasta las tres, hablando.

—No lo he encontrado —informó cuando regresó poco después.

Ida, que estaba cortando boniatos para un *soufflé*, levantó la vista sorprendida.

—¿No? ¡A ver si pierdes tu reputación de rastreadora! El bosquecillo no es tan grande, es imposible que la tienda pase desapercibida.

Cat puso los ojos en blanco.

—Claro que he visto el campamento. Pero Eru no estaba allí. Parecía haberse marchado a toda prisa. Apagó y pisoteó la hoguera, pero todos sus utensilios están esparcidos por ahí. En especial hojas de papel y lápiz. Y sobres. Todas encabezadas con un «Querida Mara...».

—¿Has estado fisgoneando? —la riñó Ida.

Cat hizo un gesto negativo.

—No, no me ha hecho falta. Como te he dicho, todo está a la vista. ¿Adónde puede haberse ido, Ida?

—Ni idea. —Tendió a su amiga una tabla de cortar y algo de verdura—. Toma, ayúdame. Después iremos las dos a llevarle un poco de comida. Siempre que cocino algo para él se alegra. Vive de la caza y la pesca.

—A lo mejor acababa de atrapar alguna presa —aventuró Cat—. Tienes razón, iremos a verlo más tarde. Ahora tengo que entrar un poco en calor. Por las mañanas temprano todavía hace algo de fresco.

Pero por la tarde tampoco encontraron a Eru y, aún más alarmante, por la noche no se presentó para darle la serenata a Mara.

—¿Habrá perdido toda esperanza? —dijo Ida vacilante—. Ayer se le veía con mucho ímpetu.

—A lo mejor ella ha hablado con él —reflexionó Carol—. Después de que nos fuéramos... O más tarde, ya de noche.

—O ha decidido solo escribirle cartas. De todos modos, es raro. Esto me da mala espina.

—El campamento sigue vacío. —Eran las ocho de la mañana del día siguiente y Karl volvía de dar de comer a los animales. De paso, había echado un vistazo por el bosquecillo—. Y no ha tocado la comida que le dejasteis ayer.

Depositó sobre la mesa el cesto que Ida había dejado en la tienda para Eru, además de un cántaro de leche fresca, seis huevos y el diario de la mañana. Las comodidades de su nueva vida en Russell incluían que el repartidor de periódicos pasaba todas las mañanas. Los Jensch nunca habían vivido tan cerca de una población.

Ida, Cat y Carol ya estaban sentadas desayunando, pero Mara todavía no había bajado. Ida le sirvió café a Karl. Cat cogió el periódico y lo abrió con curiosidad. Hasta el momento parecía contenta, pero al echar un vistazo a los titulares, una expresión de horror apareció en su rostro.

—¡Oh, no! —exclamó—. No puede ser verdad. Eru...

2

—¡Te dije que no quería volver a verte nunca más! ¡Es que no lo entiendes!

Chris Fenroy increpaba iracundo a su esposa, todavía no había entrado en vigor el divorcio con ella. El barquero Georgie, que en ese momento estaba ayudando a Jane a subir al embarcadero de Rata Station, se estremeció asustado. Tenía a Chris por una persona muy equilibrada.

—Tengo que hablar con Te Haitara.

Jane bajó a tierra impasible. Llevaba un traje de viaje muy elegante, color rosa, debajo de una blusa azul oscuro y un sencillo sombrero a juego. El conjunto le daba un aire distinguido. Se esforzaba por mostrarse segura de sí misma, pero no lo conseguía. A Chris le pareció que estaba emocionada, quizás un poco amedrentada; algo impropio de Jane.

—Te Haitara sabe dónde estás —contestó con dureza—. Si quiere hablar contigo podrá encontrarte.

Desde su partida, Jane vivía en una lujosa suite del White Hart Hotel. Te Haitara la pagaba solícito. Cualquier miembro de su tribu obtenía siempre lo que quería, así que era evidente que seguía considerando a Jane parte de su comunidad.

—Pero tengo que hablar con él ahora —respondió Jane—. ¡Es mi esposo!

—¿De repente? —se burló Chris.

Jane lo miró. Iba a darle una réplica cortante, pero de golpe adquirió un aire cansado.

—Ay, Chris, acabemos ya con esto —dijo—. Te Haitara querrá saber lo que tengo que comunicarle. No podría enterarse de otro modo porque, por lo que me consta, no lee los periódicos. Además, después podría ser demasiado tarde. Chris, han detenido a Eru en la Isla Norte. Se le acusa de haber participado en el asesinato del misionero Völkner. Es muy serio, algunos hombres han declarado contra él.

—¿Cómo? —Chris se olvidó de su enfado. Siempre le había caído bien Eru—. ¡No puede ser, Jane! Tal vez el chico se haya desviado un poco del camino con esa historia de los hauhau. ¡Pero no es ni mucho menos un asesino!

Jane se encogió de hombros. Se diría que había envejecido unos años.

—No sé, Chris. Tampoco yo me lo puedo creer. Él lo niega. Pero no sé mucho más. Un importante abogado de Auckland se ha puesto en contacto conmigo a petición de Karl. Ha sido muy amable por parte de Karl contratarlo para nosotros, pero hay que pagarle. Necesito dinero. También para un viaje, me marcharé cuanto antes hacia allí. Y si... si Te Haitara aceptara acompañarme, entonces... —Bajó la cabeza.

—Claro que te acompañará —respondió Chris, y no se lo pensó al añadir—: Y yo también. En la Isla Norte los jefes maoríes ya no cuentan con muchos amigos. Te Haitara no podrá mover nada, y tú tampoco. En cambio, Karl y yo tenemos contactos hasta con el gobernador.

Jane lo miró sin dar crédito.

—¿Vendrías con nosotros? ¿Lo harías?

Chris asintió.

—Pues claro. Te Haitara es mi amigo y Eru ha crecido en mi granja. Mara y él han estado juntos desde niños. Y acaba de salvarles la vida a ella y a Carol. Karl y yo declararemos en su favor.

Jane lo miró compungida.

—Después de todo lo que os he hecho...

Chris la miró con severidad.

—¿Es una disculpa? No te reconozco, Jane. ¿Estás segura de que no prefieres agitarme un certificado de nacimiento delante de las narices y recordarme mis deberes para con «mi hijo»?

Ella se sonrojó.

—Lo siento —dijo. En efecto, hacía mucho que no pronunciaba estas palabras. En rigor, no recordaba ninguna ocasión—. Lo lamento mucho, de verdad.

Sir Richard Brady recibió a Jane, Chris y Te Haitara en un elegante bufete del mejor barrio de Auckland. Se habían presentado antes en la prisión del distrito, pero no habían obtenido permiso para ver a Eru. Así que antes hablarían con el abogado. Sir Richard era un hombre alto y apuesto; el cabello, blanco como la nieve, empezaba a clarearle y tenía nariz aguileña y un rostro anguloso y con arrugas. A primera vista parecía seco, pero era muy simpático. No cabía duda de que sabía imponerse en los tribunales. Conocía a Chris y Karl del período en que ambos habían trabajado para el gobierno. Tras un breve saludo, dijo:

—En primer lugar, quiero aclarar algo: el muchacho es hijo de la señora y de... ¿Cómo ha dicho que se llama, caballero? —Cogió una pluma para anotarlo.

—*Ariki* Te Haitara —respondió el jefe tribal con orgullo—. Y Jane Te Rohi to te Ingarihi es «mi» esposa. Según la ley de mi pueblo, se divorció del señor Fenroy hace veinte años. Te Eriatara es mi hijo legítimo.

—Aunque existe un certificado de nacimiento algo molesto que...

Chris ya iba a dar una explicación, pero sir Richard lo detuvo con un gesto.

—Está bien, por suerte no se va a juzgar a nadie por sus vínculos familiares. Solo quería estar seguro, señor Fenroy. *Ariki*, señora... hum... Haitara, contra su hijo pesan unas acusaciones muy graves. Algunos guerreros hauhau que fueron apresados en el asalto del *pa* de Pokokaikai lo acusan de haber participado en el asesinato de Carl Völkner en marzo de 1865.

—¿Tiene algún valor esa acusación? —preguntó Jane—. Son unos simples hauhau.

Te Haitara la censuró con la mirada.

—Si la voz de un guerrero ya no cuenta...

—Su hijo estaría en una situación mucho mejor —lo interrumpió el abogado—. Considérenlo de forma pragmática, por favor. No se trata de orgullo u honor, sino solo de impedir que su hijo vaya a la horca.

—¿A la horca? —preguntó Chris aterrado.

Sir Richard se frotó la frente.

—Miren, el asesinato de ese misionero alemán ha hecho mucho ruido. El gobernador espera una explicación que no deje vacíos, el pueblo también, claro está; por no mencionar a la Iglesia. Ya se han realizado ejecuciones en este proceso. El hombre que hizo las veces de verdugo fue ajusticiado al instante. El responsable principal, un individuo llamado Kereopa Te Rau, ha huido, así como su cómplice Patara Raukatauri. Y según la información de ese guerrero, su hijo también estuvo implicado. Él tampoco lo desmiente del todo...

—¿Qué es lo que no hace? —intervino Jane alterada—. ¿Lo admite? ¡De su carta no se colegía tal cosa!

—Admite (ante mí, pero no ante las autoridades porque así se lo he aconsejado) que estuvo viajando con esos dos hombres como «misionero», o sea, reclutando hombres para Te Ua Haumene. Dice que predicó en la tribu te whakatohea y que colaboró solviantándolos contra los *pakeha* en general y el misionero Völkner en especial. Pero, según afirma, no se sumó a los atropellos que se cometieron el día siguiente. Ha dicho que le impactaron y repugnaron, y que al final ayudó a escapar a dos jóvenes misioneros a quienes la turba también había apresado. A uno de ellos ya lo he localizado. Es el reverendo Franz Lange, que dirige ahora el orfanato de Otaki. Por una extraña coincidencia es cuñado de su amigo Karl Jensch, señor Fenroy. El reverendo Lange ya está de camino. Por lo visto, se dispone a declarar a favor de su hijo. Si también Carol Brandman y Mara Jensch hablan en su favor, sobre todo esta última, entonces espero que podamos evitar la horca.

Te Haitara dijo algo en maorí. Su inglés no era malo, pero esa conversación parecía superarle.

—Dice que desde el punto de vista tradicional de los guerreros maoríes, la conducta de Kereopa no es reprochable —tradujo Chris—. Forma parte de las leyes del *utu*, la compensación. Los te whakatohea consideraban a Völkner culpable de traicionar a su pueblo y lo castigaron. Te Haitara reconoce que decapitar a los rivales muertos y comer parte de sus cuerpos para adquirir su *mana* formaba parte de la tradición, en especial en la Isla Norte.

Sir Richard volvió a frotarse la frente y miró al techo.

—Con vistas al inminente proceso judicial, vale más que se guarde usted esta forma de ver las cosas, *ariki*. Además, los maoríes han aceptado el sistema jurídico británico en el Tratado de Waitangi.

—Los ngai tahu —puntualizó Te Haitara dignamente— nunca firmaron ese tratado.

—Pero por eso tampoco tienen que comerse a ningún misionero —intervino Jane—. Y ahora no digas más tonterías y deja que hable sir Richard. ¿Qué podemos hacer por mi hijo?

El abogado jugueteó con la pluma.

—Poco —contestó—. Por supuesto, intentaremos minimizar el papel del muchacho en estos desagradables sucesos. Si tenemos suerte, podremos convertir la acusación de cómplice de asesinato por las de incitación a la rebelión y amotinamiento. Aunque esto tampoco lo salvaría de la cárcel, la pena se reduciría.

—¿Cuánto tiempo? —preguntó Chris.

El abogado suspiró.

—Considerando la gravedad del asunto, seguro que varios años. Lamento no poder ofrecerles un pronóstico mejor. Naturalmente, haré todo lo que esté en mi mano.

Si las circunstancias no hubiesen sido tan tristes, se podría haber calificado esa tarde en Auckland de reunión familiar. En el vestíbulo del Commercial Hotel se abrazaron Carol y Linda, Ida y Franz. Chris y Karl se palmearon la espalda e hicieron como si no hubiese nada más natural que reunirse de nuevo con un amigo que se creía muerto. Jane y Te Haitara se quedaron algo apartados, al igual que Mara, que parecía retraída y tímida. Cuando Te Haitara fue a saludarla cariñosamente, retrocedió.

—¿Habrá sido una buena idea traerla? —preguntó Chris.

Era el primer día que veía a la muchacha y se estremeció al percatarse de los cambios operados en ella. Las familias se habían reunido para comer juntas y Mara se colocó encogida en un extremo de la larga mesa, entre Carol e Ida.

Cat hizo un gesto de impotencia.

—No la podíamos dejar sola en Russell. Además, ahora mismo es la persona más importante. Tendrá que declarar en favor de Eru.

—¿Lo conseguirá?

Chris contempló la figura frágil, de aspecto amedrentado y que no hacía más que pasear la comida por su plato. Y eso que la comida era deliciosa y Mara no tenía que esconderse de miradas curiosas. Karl había reservado un pequeño salón separado en el hotel.

—A lo mejor no soporta su imagen actual, pero eso no significa que quiera verlo colgado —respondió Cat en voz baja—. Así que declarará en su favor. Aunque seguro que no será fácil.

—En cualquier caso, puedo eximir al chico de tal responsabilidad —dijo Franz—. Él no estaba allí cuando colgaron a Völkner, nos ayudó a Gallant y a mí a huir.

—Eso seguro que sirve de atenuante. En lo que concierne a su presencia en la ejecución, tu declaración choca con la de muchos guerreros —apuntó Karl.

—¿Y su palabra no vale más que la de un hauhau? —preguntó Jane.

Chris los había invitado expresamente a ella y Te Haitara a esa cena. Sobre todo porque con su presencia en el hotel el jefe tribal se convertiría en el centro de las miradas de los curiosos. El Commercial, el hotel más antiguo y distinguido del centro de Auckland, había aceptado porque Karl y Chris habían intercedido por él. Siguiendo el consejo de ambos amigos, Te Haitara se había comprado el traje más caro que había encontrado y en esos momentos era tratado con mediana cortesía. Chris no lo veía capaz de comer solo con Jane en el comedor o en la habitación.

—No deja de ser un religioso —añadió Jane—. Un reverendo. Los miembros del jurado le darán credibilidad.

Karl alzó los hombros.

—Seguro que no pensarán que Franz les esté mintiendo. Por otra parte, el fiscal señalará que para el *pakeha* medio todos los maoríes tatuados son iguales.

—Así también podrían intentar torpedear la declaración de Franz respecto a su liberación —señaló Cat.

Ida había permanecido callada hasta entonces, como siempre que daba vueltas a una idea que le parecía demasiado rara para expresarla sin reflexionarla a fondo. Al final, levantó la voz y comunicó lo que se le había ocurrido.

—Quizá... quizá no estaría bien que Franz se acordara tanto de Eru.

—¿Qué?

La pregunta resonó en varias bocas y Jane miró a Ida echando chispas por los ojos.

—Es que... —titubeó Ida—. Veámoslo así: Franz puede exculpar un poco a Eru, pero no totalmente, pues con su declaración confirma su culpa. Afirma que Eru estaba en Opotiki el día en cuestión. —Ida jugueteó con la servilleta.

—¿Y? —preguntó Karl—. Es que lo estaba.

—Todavía no lo ha afirmado oficialmente. —Ida fue cobrando valor—. También podría negarlo. Entonces sería su palabra contra la de los hauhau. Si además alguien dice que por entonces Eru estaba en otro sitio...

—¡Ida! —exclamó Cat—. ¡Eso sería una mentira!

—Yo, desde luego, no voy a mentir —aseveró Franz por lo bajo.

Linda le dio un empujón.

—Respecto a ti, acabamos de ponernos de acuerdo en que todos los guerreros maoríes te parecen iguales. —Le brillaron los ojos al mirar a Ida—. ¡Tienes razón, Mamida! ¡Es la única posibilidad de que Eru salga airoso! Lástima que en ese período de tiempo estuviera con los hauhau... y estos se han conjurado contra él por razones inconcebibles.

—Tampoco tan inconcebibles —terció Bill, sentado al lado de Carol; participaba por primera vez en esa gran familia—. Eru cambió de bando. En Pokokaikai traicionó a los hauhau. Ahora estos se vengan.

—Otro argumento a favor de Eru —dijo Ida—. Podríamos explicar por qué mienten los guerreros hauhau. Si tuviéramos una sola declaración contraria...

Jane, por el contrario, palideció.

—¿Se... se vengan? —preguntó con voz ahogada—. ¿Quieren verlo muerto como... como *utu*?

—¿Qué tendría de tan horroroso que el chico pasara un par de años en la cárcel? —preguntó Franz.

Después de comer, Linda y Carol habían salido a dar un paseo por la elegante Queen Street, y Franz y Bill observaban cómo las dos jóvenes admiraban los elegantes vestidos, sombreros y sombrillas que se exhibían en los escaparates. Mara seguía a Carol como si fuese su sombra. No parecía ver los escaparates ni percatarse de ellos. Probablemente las había acompañado por la mera razón de que se sentía más segura junto a Carol que sola en el hotel.

—A lo mejor hasta le conviene reparar sus actos. Parece sentirse bastante culpable...

Se refería a un asunto que a Jane y Te Haitara les dolía en el alma: a través del abogado, Eru había comunicado a sus padres que no quería verlos y que en el fondo tampoco quería ninguna defensa. Tras el impacto de la detención, explicar su historia al abogado parecía haberle sentado bien, pero ahora se había conformado con su situación. Aguardaba el día de la vista con estoica serenidad. Aceptaría, así le dijo a su abogado, la pena que le impusieran.

Linda desvió su atención de un vestido de tarde ribeteado de encaje que seguro que nunca llevaría en el orfanato. Miró a Franz moviendo la cabeza.

—Franz, vives entre maoríes desde hace tiempo y sigues sin entender sus costumbres —le riñó—. Ya sabes lo que significa *utu*.

—Claro —respondió él—. Ajuste, compensación.

Linda asintió.

—Sí, así lo traducimos para los niños. Cuando Ahuru Hanis vuelca un tintero tiene que limpiar la mancha y volver a llenarlo. Aquí, sin embargo, significa «venganza». Eru ha traicionado a los hauhau y por eso quieren matarlo. Hasta ahora ha sido difícil porque los principales involucrados se encontraban en la cárcel y además nadie sabía dónde estaba Eru. Supongo que lo harían en la Isla Sur con su tribu, fuera de su influencia. Así que a alguien se le ocurrió que los *pakeha* se encargasen de arreglar este asunto. Lo que más les gustaría sería ver a Eru colgado. Pero si no pasa eso, entonces... La prisión está llena de hauhau. ¡Eru no sobrevivirá a la primera semana!

Mara miró a su hermana con los ojos como platos.

—¿Lo matarán? —susurró, palideciendo todavía más.

—Si va a la cárcel —respondió Carol, rodeándola con un brazo—. Pero a lo mejor Jane consigue alcanzar un acuerdo. La idea de Mamida es una posibilidad. Jane solo tendría que encontrar a alguien que mintiera a favor de Eru.

—Que mienta con credibilidad... —añadió Bill—. Los miembros del jurado no son tontos. Y este caso va a ser difícil. Debería ser un blanco. Un maorí nunca lo haría, se convertiría enseguida en la próxima víctima del *utu*. Así que Jane tiene que encontrar a un *pakeha* que en el período en cuestión tuviera acceso a un *pa* hauhau. Y es ahí donde yo lo veo negro. Si hay alguien, tendrá que ser un vendedor de armas que, al suministrarlas al enemigo, ha infringido la ley. Para eso, o sea, para que ese individuo aceptara ir a la cárcel en lugar de Eru, se le debería ofrecer una fortuna. No conozco tan bien las costumbres de los maoríes, pero han explicado la muerte de Völkner diciendo que era *utu*, ¿no es así? Esto afecta también a los blancos.

Franz se rascó la frente.

—En cualquier caso, yo haré lo que esté en mi mano e intervendré de la forma más persuasiva que sepa a favor de Eru —prometió.

—Eso no bastará —susurró Mara.

3

El tiempo transcurrió velozmente hasta noviembre, cuando empezó el proceso. Jane, Te Haitara y Chris se quedaron en Auckland para apoyar la defensa en todo lo que pudieran. Los demás volvieron a Russell, Otaki y Rata Station. Bastaba con que regresaran para el juicio y ahora que se había vencido a los hauhau y las carreteras eran seguras, los viajes no suponían ningún riesgo.

Antes que nada, Chris puso al corriente a la familia. Las noticias no eran esperanzadoras. Eru permanecía callado, ya no solo durante los interrogatorios, sino también con sir Richard. Comunicó a su abogado y a sus padres que ya estaba todo dicho. El detective privado que Jane había vuelto a contratar no consiguió dar con algún testigo falso ni con el segundo misionero a quien Eru había salvado. Tras la traumática experiencia con Völkner, el reverendo Gallant había regresado a Inglaterra.

—La sentencia dependerá sobre todo de su declaración, reverendo —advirtió sir Richard, cuando volvió a entrevistar a Franz y a Mara el día anterior a la vista—. De la credibilidad con que describa que Eru no participó ni en la discusión acerca del planeado asesinato de Völkner ni en el propio asesinato. Espero que alguien haya documentado en el lugar del crimen que el escenario no se podía ver desde donde ustedes estaban confinados. Si no es así, podríamos tener problemas. Luego añadiríamos su liberación como circunstancia atenuante. También deberá describirla de la forma más vívida posible. Y por último tenemos el salvamento de miss Jensch. —Se volvió hacia Mara—. ¿Se ve usted realmente con fuerzas para declarar, miss Jensch?

Mara llevaba un sencillo vestido azul oscuro que Ida le había confeccionado para intervenir en el juicio. Cualquiera podía ver que estaba embarazada: en contraste con su delgadez, el vientre se veía prominente. En las últimas semanas no parecía haber mejorado, al contrario, todavía se la veía más afligida que durante su última visita a Auckland.

Mara asintió. Jugueteaba torpemente con una flautita, como si combatiera un desasosiego interno. Franz se preguntaba dónde habría escondido el cuchillo del que Ida le había hablado. ¿En uno de los bolsillos de la falda o en la bota?

—Por cierto, tengo una carta para usted —anunció el abogado, al tiempo que sacaba del bolsillo un sobre blanco—. De Eru. Me preguntó si declararía usted y yo le dije que sí. Cuando volví a visitarlo me dio esta carta. Espero... espero que no le haga cambiar de opinión.

Mara cogió la carta y se la guardó en el bolsillo. Ya la leería más tarde en el hotel. Ahora se centró en las instrucciones de sir Richard.

El abogado ensayó las intervenciones ante el tribunal, primero con Franz y luego con Mara. El reverendo habló tranquilo, con voz habituada a predicar; Mara, cabizbaja y en un murmullo, contó su historia a retazos y brevemente.

—Sería mejor que de vez en cuando mirase al juez y a los miembros del tribunal —indicó sir Richard—. O al menos a mí. Así no se la entiende con claridad, no da usted una buena impresión.

Mara asintió, levantó un momento la vista y luego dejó de nuevo que los cabellos largos y negros le cayeran sobre el rostro. Sir Richard pensó aconsejarle que se recogiera el peinado, pero consideró que eso no le correspondía a él. De todos modos, la muchacha era un mal testigo, y pedirle que se arreglara para presentar un aspecto más agradable tampoco serviría de mucho.

—Entonces, que duerman ustedes bien —despidió a sus testigos—. No se preocupen demasiado por el joven. Tendremos atenuantes para la pena de asesinato. —Sonrió levemente—. Y un par de años en la cárcel tampoco lo matarán.

El corazón de Mara latía con fuerza cuando por fin sola en la habitación abrió la carta de Eru. Compartía el dormitorio con Carol, pero esta había bajado a cenar. Mara había dicho que no tenía apetito. Era consciente de que comía muy poco, pero al pensar lo que le esperaba a Eru, era incapaz de tragar un bocado. Si él no la hubiese seguido hasta Russell... En la Isla Sur habría estado más seguro. Era uno de los pensamientos que la atormentaban. Absurdo, claro; Carol decía que lo primero que habrían hecho habría sido buscar a Eru en la región de los ngai tahu. No había ninguna razón para sentirse culpable, pero Mara se sentía así. Si no hubiese estado persiguiendo a Te Ori no habría traicionado a los hauhau...

Lentamente desplegó la carta y vio la familiar letra de Eru en el papel barato que se podía adquirir en la cárcel.

Mi querida Mara Mamara:
Perdona que todavía me dirija a ti de este modo, pero es así como pienso en ti. Recuerdo que siempre me has corregido, ya sé que no te llamas como la luna, sino como una flor que no crece en Nueva Zelanda. Pero no puede ser más hermosa que tú, Mara Margaret Marama. Ni nada ni nadie en el mundo puede ser más bello que tú. Sí, ya sé, te lo he dicho muchas veces. Y sé lo que siempre me has contestado. Sé que antes me encontrabas guapo. Lamento haber fastidiado todo. Me consume por dentro que no quieras volver a verme, que no puedas volver a verme. Perdóname por no haberlo comprendido al principio. Perdona mi impertinencia en Russell y, por favor, no te sientas obligada a exponerte también ante mí en la sala del tribunal. De ninguna manera tienes que encontrarte otra vez cara a cara con los guerreros de Pokokaikai. No tie-

nes que volver a mirar ningún rostro cubierto de *moko*, al menos a ninguno que te resulte hostil. Espero que vuelvas a acostumbrarte al rostro de mi padre y al de los otros hombres de mi tribu. Sería una pena que no volvieras a tocar con las mujeres el *koauau* ni a cantar nuestras antiguas canciones. Allí no volverás a encontrarme, no regresaré a la Isla Sur.

Deseo de todo corazón que vuelvas a ser capaz, algún día, de pensar en mí sin rencor, queridísima Marama. He cometido muchos errores, pero tal vez también me empujaron los espíritus a ello. Si no hubiese renunciado a mi cara y no hubiese ido a la Isla Norte, tampoco te habría recuperado en Waikoukou. No habría podido liberarte de Te Ori. Ahora no estarías segura. Saber que al menos he conseguido esto me da fuerzas para enfrentarme a todo lo que me espera.

Siempre te amaré, Mara, y bajo el *moko* que tú tanto odias siempre seré aquel a quien una vez amaste.

ERU

Cuando Mara dejó la carta a un lado, la tinta se había corrido a causa de las lágrimas. Dejó de llorar. Se puso un chal encima del vestido de verano y cogió la flauta.

—¿Es un pájaro? —preguntó el vigilante de los calabozos del juzgado de Auckland, escuchando la tierna melodía que se introducía por las ventanas abiertas del puesto de guardia—. ¿Aquí, en medio de la ciudad?

—¡Qué bien suena! —exclamó su compañero—. Debe de venir del parque. Pero no es un kiwi, ¿verdad?

El otro rio.

—No, esos más bien graznan. Esto se diría que suena como un ruiseñor o una alondra... Todavía recuerdo cómo trinaban en Irlanda.

—¿Lo sabrá el maorí? Debería saberlo. —Echó un vistazo a la

ventana con barrotes detrás de la cual el preso esperaba el juicio de la mañana siguiente—. Ya duerme... Se ha tapado la cabeza con la manta.

Eru se acurrucó protegiéndose del *koauau* que creía oír. ¿De dónde venía? Debía de ser una equivocación, una ilusión auditiva. A lo mejor después oiría voces, como Te Ua. Sin embargo, las notas no cesaron cuando se acurrucó bajo la manta. Toda la noche resonó la canción en su cabeza.

Sir Richard Brady observó a los miembros del jurado al entrar en el juzgado y los saludó cortésmente. Había coincidido con ellos en anteriores ocasiones y, más allá de si ahora bajaban de elegantes carruajes, ataban sus caballos delante del juzgado o iban a pie, todos eran personas íntegras. No había sido sencillo encontrar doce hombres que, pese a las luchas de los últimos años y los excesos y asesinatos de los hauhau, no guardaran rencor a los maoríes de Nueva Zelanda. El fiscal daba mucha importancia a que los miembros del jurado escucharan con la misma atención las declaraciones de los guerreros maoríes y las de los ingleses, y que no pusieran en duda la autenticidad de sus palabras. Esos hombres serían justos, y sir Richard los respetaba por ello, aunque su actitud perjudicaría antes que beneficiaría a su cliente.

A continuación también él entró en el juzgado. En el pasillo delante de la sala de audiencias se encontraba Mara Jensch. La joven parecía estar esperando a alguien y obraba un efecto distinto al del día anterior en su bufete. Aunque llevaba el mismo vestido, se había trenzado el cabello y lo llevaba recogido en lo alto, y su pálido y marfileño rostro estaba ligeramente coloreado a causa de la emoción. Se hallaba sola. Se diría que su familia ya estaba en la sala o en la habitación de los testigos, donde también él había esperado que aguardase Mara. La joven pareció aliviada al verlo, y se dirigió hacia él.

—¿Sir Richard? —Su voz había cambiado. Parecía más llena, más segura—. ¿Puedo hablar un minuto con usted? Tenemos que cambiar un poco mi testimonio.

Sir Richard se la llevó a una sala de entrevistas.

—Miss Jensch, no me parece una buena idea —dijo amablemente—. Sé por experiencia que de nada sirve cambiar en el último momento la estrategia convenida. ¿Qué le gustaría cambiar?

Mara respiró hondo.

—Quiero ser la primera en testificar. Tengo algo importante que decir.

—Es usted más bien una testigo secundaria, miss Jensch —objetó el abogado—. Se trata de los sucesos de Opotiki. Y de allí solo puede informar el reverendo Lange.

Mara negó con la cabeza.

—Al reverendo Lange no tiene ni que llamarlo al estrado —contestó—. Te Eriatara nunca estuvo en Opotiki.

Sir Richard todavía sufría los efectos del *shock* que le habían producido las revelaciones de Mara, como para centrarse a fondo en las enrevesadas declaraciones de los testigos de cargo. Y eso que la primera parte del juicio transcurrió como a él le convenía. Los cuatro guerreros maoríes que atestiguaban en contra de Eru no hablaban inglés y el traductor se enredaba en contradicciones. Los cuatro sostenían que Eru había desempeñado un papel importante en el asesinato de Völkner, pero no se ponían de acuerdo acerca de lo que había hecho exactamente. ¿Había dirigido el coro que salmodiaba el *hau hau* o realmente había llegado tan lejos como a lanzar la soga por encima de la rama del sauce? ¿Había golpeado o simplemente se había mofado del misionero antes de su ejecución? Sir Richard se esforzaba por analizar las declaraciones de los hombres en el interrogatorio cruzado, pero el intérprete se lo ponía difícil. El fiscal atribuyó todas las descripciones contradictorias a problemas de comprensión y errores de traducción.

—De todos modos, esto ahora no es importante, señoría —objetó sir Richard con una sonrisa—. Tengo intención de llamar a una testigo que demostrará lo absurdo que ha sido todo lo que los testigos han declarado hasta ahora. ¿Hay alguien más que quiera contarnos lo que se supone que hizo Eric Fenroy en Opotiki?

Eru y Te Haitara se estremecieron por igual. Jane bajó la cabeza. Sir Richard los había preparado a todos, pues durante el proceso se aludiría a Eru por el nombre que constaba en su certificado de nacimiento. Pero una cosa era saberlo y otra escucharlo. También Chris sintió una desagradable sensación.

—Podríamos llamar a un sinnúmero de testigos —contestó el fiscal con arrogancia—, pero no queremos abusar del tiempo de los honorables magistrados. Podemos discutir sobre los detalles (aunque los testigos tal vez no se acuerden de todos los detalles, el conjunto ya se ha expuesto), pero las circunstancias del delito son claras: Eric Fenroy participó en el asesinato de Carl Völkner. Actuó, por decirlo de algún modo, de asistente del autor principal Kereopa Te Rau.

—Su señoría, señores miembros del jurado... —Sir Richard se dirigió primero al juez y luego pareció hablar personalmente con cada uno de los doce individuos que lo escuchaban con interés desde el estrado del jurado—. Voy a rebatirlo todo. Si la acusación ya no cuenta con más testigos, llamaré al estrado a Margaret Jensch.

—¡Protesto, la joven no estaba presente! —exclamó el fiscal.

Sir Richard le obsequió con una pérfida sonrisa.

—El joven tampoco, señoría.

Un murmullo se alzó en la sala. El acusado, que hasta el momento había permanecido casi indiferente, emitió un sonido ahogado cuando el ujier acompañó a Mara. La joven estaba hermosa, una figura delicada, cubierta de seda azul oscuro, que buscó primero a su madre y a su hermana entre el público con sus claros ojos verde azulados y luego los deslizó por el juez y los miembros del jurado, sir Richard y el fiscal. Al final su mirada se posó en el acusado. Eru la sostuvo sin comprender.

El ujier pidió silencio. Mara avanzó para la toma de juramento y juró con voz nítida decir la verdad, toda la verdad y nada más que la verdad. Luego miró a sir Richard con la misma expectación que una niña en el colegio espera a que el maestro le pida que recite un poema. El abogado no se detuvo en largos preámbulos.

—Miss Jensch, ¿dónde se encontraba el acusado Eric Fenroy el dos de marzo de mil ochocientos sesenta y cinco hacia las diez de la mañana?

Mara lo miró con semblante serio.

—No lo sé —respondió con su dulce voz—. Me dejó hacia las seis de la mañana.

Los presentes volvieron a cuchichear entre sí. El juez llamó al orden.

—¿Dónde se encontraba usted el dos de marzo a las diez o también a las seis? —siguió preguntando sir Richard.

Mara bajó unos segundos la cabeza.

—Mi hermana y yo estuvimos desde marzo hasta junio de mil ochocientos sesenta y cinco en Patea, en el campamento militar del general Cameron. Y en la noche del uno al dos de marzo... en fin, en realidad casi todas las noches de los meses que siguieron... estuve en el bosque. Con Eru... bueno, con Eric Fenroy.

Entre el público se alzaron murmullos y exclamaciones de sorpresa. Los dibujantes de la prensa se afanaban en su trabajo. Al día siguiente, la imagen de esa joven en el estrado de los testigos aparecería en todas las portadas de la Isla Norte.

—¿Puedo preguntar qué hacían allí? —inquirió el fiscal.

El juez lo llamó al orden y volvió a pedir silencio a los presentes.

—Nos amábamos —dijo sencillamente Mara, no fuerte pero sí con claridad—. No es lo que usted piensa, no era... no era una relación pasajera... Eru y yo nos amamos desde hace mucho. Hemos crecido juntos, ¿sabe? Y estamos comprometidos desde hace mucho tiempo.

—¿Lo siguió usted entonces? —preguntó sir Richard—. Es decir, cuando él se marchó a la Isla Norte para unirse a los hauhau.

Mara negó con la cabeza.

—No, no lo sabía. Que nos encontrásemos en Patea fue sim-

ple coincidencia. Eru estaba... bueno... el Profeta lo había enviado a espiar el campamento del general Cameron y así...

—¿Cayeron uno en brazos del otro? ¡Qué conmovedor! —se
burló el fiscal.

El juez volvió a amonestarle.

Mara se ruborizó.

—No. Fue solo que... salí con *Fancy*, bueno, la perra de mi hermana. Y *Fancy* lo descubrió por el olfato y fue a saludarlo. Y así
fue como nos encontramos. —Miró al fiscal.

—Y los guerreros hauhau la raptaron —señaló sir Richard—.
¿Estuvo Eric Fenroy implicado en ello?

—No. En esa época, Eru ya no estaba en Wereroa. El Profeta
lo había enviado fuera. Creo... creo que como castigo por no haber descubierto nada al espiar el bastión y el depósito de municio-
nes y todo eso...

—Ya estaba lo suficientemente ocupado con usted —observó
sir Richard. No podía por menos que admirar a esa joven. Esta
historia eximía a Eru totalmente, incluso de una eventual participación en correrías y asaltos.

Mara volvió a ruborizarse.

—Sí —admitió—. Luego lo volví a ver en Waikoukou. Ahí ya
estaba... Por favor, no quiero hablar de Te Ori... del... del secuestro...

Bajó la cabeza y en su rostro apareció la conmovedora expresión humillada e intimidada que sir Richard ya conocía de conversaciones previas. El día anterior había temido que pudiera crear
un efecto negativo, pero ahora despertó compasión. Osó mirar a
los miembros del jurado. Todos estaban pendientes de las palabras
de la joven.

—Eru intentó rescatarnos a mi hermana y a mí en Waikoukou
—siguió Mara—. Por eso acabó en la cárcel. Más tarde llegó con
las tropas de *kupapa* del mayor McDonnell a Pokokaikai. Y él...
él me rescató. —Se le quebró la voz.

Sir Richard calló, pero el fiscal, un hombre bajo y regordete,
rojo de disgusto e inquietud, interrumpió ese efectista silencio.

—¿Y todo eso se le ha ocurrido ahora, miss Jensch? —preguntó cortante—. Su amigo lleva meses en la cárcel. ¿Por qué no contó todo esto antes?

Ella se frotó la nariz, y miró pudorosa a Eru de reojo. Volvía a tener el aspecto de una dulce colegiala.

—No podía. Bueno, no debía. Eru me lo prohibió. Me... me advirtió por escrito que no viniera al juicio. Tiene mucho miedo de los hauhau.

Eru frunció el ceño.

—El movimiento hauhau ya está sofocado, miss Jensch —le recordó el fiscal—. Te Ua Haumene ha muerto. —El Profeta había fallecido en octubre en Oeo, Taranaki, a causa de una enfermedad pulmonar.

—Pero el asesino del reverendo Völkner está con vida y muchos otros también —replicó Mara—. Y Eru los ha traicionado para poder liberarme. Esto... —hizo un gesto con la mano abarcando la sala— es todo *utu*. Venganza. Quieren inculpar a Eru y luego matarlo en la cárcel. —Se volvió hacia el juez y los miembros del jurado—. ¡No deben permitirlo! —suplicó.

—¿Se refiere —intervino sir Richard— a que Eric Fenroy estaba dispuesto a asumir cualquier castigo que se le impusiera aquí para protegerla a usted?

Mara asintió y miró a Eru.

—A mí y a nuestro hijo... —Tuvo que hacer un esfuerzo para mirar aquel rostro tatuado y no apartar la vista.

El público ya no pudo mantener más el silencio. Dos periodistas se pusieron en pie y abandonaron la sala. Era probable que fuera esperasen mensajeros a los que facilitar la noticia que causaría sensación en la próxima edición de sus periódicos.

El juez llamó al orden con vehemencia.

—¡Haré desalojar la sala! —advirtió—. ¿Alguna pregunta más a la testigo, señor fiscal? Si no es así, despedimos a la señorita y hacemos una hora de pausa. Creo que la acusación querrá reflexionar otra vez sobre su estrategia.

Sir Richard ayudó a Mara a bajar del podio. Temblaba un poco, pero en general se encontraba bien.

—Ha estado usted estupenda —le susurró—. Le ha salvado la vida.

Mara no respondió. Solo miraba a Eru, que era conducido por los alguaciles fuera. En el pasillo delante de la sala de audiencias, se desplomó agotada en los brazos de Ida.

—¿La creerán?

Jane cerró sus temblorosas manos alrededor de la taza de té. Todos los que apoyaban a Eru ocupaban una mesa en un café situado frente al juzgado.

—Tal vez sí, tal vez no... —Sir Richard estaba muy contento—. El fiscal seguro que no; el juez, quizá. Depende de lo bien que se haya leído el expediente. Los miembros del jurado se lo creerán todo, se los ha ganado a todos. Pero en el fondo da igual que la crean o no; mientras no se pueda demostrar falsedad, Eru no será condenado.

Te Haitara frunció el ceño.

—¡La palabra de una muchacha contra la de los hauhau! —se asombró.

—¡Justamente! —El abogado volvió a exhibir su pérfida sonrisa—. Por una parte tenemos a cuatro guerreros tatuados, violentos y sanguinarios, por cuyo aspecto al menos se diría que han pasado los últimos cuatro años matando a mujeres de colonos. Y por la otra, a una preciosa y joven *pakeha* con una trágica historia que interviene a favor del padre de su hijo —dedicó a Mara una inclinación. Ahora la joven ya no parecía nada cautivadora ni segura de sí misma, sino que volvía a estar encogida entre Linda y Carol—. Un joven, además, que le ha salvado la vida y que estaba decidido a sacrificarse por ella. Como el juez falle a favor de los maoríes, la prensa lo pondrá de vuelta y media, sobre todo si al chico le pasa algo en la cárcel. No correrá ningún riesgo, y menos si está a la espera de ocupar algún cargo en el gobierno. Si el fiscal no se saca un conejo de la chistera, o yo me equivoco totalmente al estimar a los miembros del jurado, su hijo estará esta noche libre, señora... ¿Cómo ha dicho que se llama?

—Jane Te Rohi to te Ingarihi —dijo orgulloso Te Haitara atrayendo hacia sí las miradas de Chris y Cat, Karl e Ida. El *ariki* entornó los ojos, pero se enderezó orgulloso y miró al grupo. Jane se ruborizó. Era evidente que se había producido una reconciliación—. Pero ¿qué... —preguntó— qué tiene que ver el fiscal con un conejo?

Cuando se reinició la sesión, el fiscal tocó todas las teclas para que la credibilidad de Mara se tambalease. Primero intentó golpear a sir Richard con sus propias armas y llamó a Franz Lange como testigo de la acusación.

Franz había estado esperando en la sala de testigos y no había escuchado la declaración de Mara, aunque algo le había llegado de un hecho excepcional y podía imaginarse lo que su hermana y Linda esperaban de él. De hecho, su declaración fue vaga.

—Sí, me liberó un chico tatuado que hablaba inglés.

—¿Con fluidez o con dificultad? —preguntó el fiscal.

—De eso no me acuerdo.

El fiscal inspiró hondo.

—¿Podría tratarse de Eric Fenroy?

—Sí, pero también de otro. Esas caras tatuadas... —Franz carraspeó— son todas iguales.

El fiscal parecía a punto de explotar.

—Eric Fenroy tiene los ojos verdes —señaló—. ¿Cuántos maoríes de ojos verdes conoce?

—En la iglesia estaba bastante oscuro —mintió Franz— y yo tenía miedo. Tampoco miré con tanta atención al maorí. —Parecía muy afligido.

Sir Richard renunció a hacer preguntas.

El último argumento de la acusación, para entonces bastante frustrado, se refería a las posibilidades que tenía Mara de abandonar el bastión militar. Había averiguado de algún modo que Bill

Paxton estaba en aquel entonces a las órdenes de Cameron e insistió en preguntarle acerca de las medidas de seguridad de Patea.

—No eran muy elevadas —contestó Bill con calma—. El campamento se encontraba en medio de territorio enemigo. Era un punto de convergencia, no un fuerte. Naturalmente, se vigilaba el depósito de munición y había guardias en las puertas. Al menos en las principales.

—¿Y una muchacha podía entrar y salir de ahí a su antojo? —preguntó el fiscal.

—Era un bastión, no una cárcel. Los guardias se ocupaban de que no entrara nadie sin autorización. Todo el mundo podía salir cuando quería.

—¿Sin ser visto?

Bill se encogió de hombros.

—A lo mejor había un agujero en la cerca. O la chica trepó y la saltó. O sobornó a un guardia. Cómo entraba y salía tendrá que preguntárselo a miss Jensch. Yo solo puedo decirle que no era imposible.

Por último, el alegato final del fiscal fue bastante flojo. Sir Richard, por el contrario, volvió a resplandecer. Resumió la historia de Mara, reunió todas las contradicciones que había en las declaraciones de los hauhau y señaló el *utu* como la causa de su falsa acusación.

—Margaret Jensch no tenía ninguna razón para mentir. Al contrario, los adeptos al movimiento hauhau le han causado grandes perjuicios, durante todo un año estuvo recluida en diferentes *pa*. Si a pesar de todo interviene con tanta vehemencia a favor de quien ha sido un guerrero hauhau, es porque demuestra tener un gran sentido de la justicia y predisposición al perdón. Y tal vez seamos aquí testigos de un gran amor. ¡Absuelvan a Eric Fenroy, señores del jurado! Este joven no tuvo nada que ver en el asesinato del reverendo Carl Völkner.

El juez lo escuchaba relajado y él mismo sorprendió a todos cuando se dirigió a Eru.

—Todavía no se ha pronunciado usted, joven —dijo con severidad—. Sin embargo, a mí me interesaría conocer su versión de los hechos. ¿Dónde estaba usted el dos de marzo de mil ochocientos sesenta y cinco?

Eru se enderezó. Dirigió la vista un momento al juez, y luego buscó con la mirada a Mara en la sala.

—Con Mara. En mi corazón siempre estuve solo con Mara. —Habló en maorí.

El juez lanzó una mirada al intérprete, que parecía conmovido.

—Dice que estuvo con miss Jensch —tradujo.

El juez asintió y despidió a los miembros del jurado.

Tras una breve discusión, Eric Fenroy fue declarado inocente.

Chris Fenroy volvió a reservar la sala del restaurante en el Commercial, esta vez para celebrar la victoria con toda la familia. Las personas más importantes, sin embargo, se mantuvieron aparte. Mara quiso cenar en su habitación porque se suponía que no se sentía bien. No cabía duda de que ese día había dado un gran paso hacia delante, pero no tenía ganas de que la agasajaran. Eru tampoco asistía. El jefe tribal y Jane querían cenar a solas con su hijo en su suite y marcharse al día siguiente, directos a la Isla Sur. Te Haitara se sentía en terreno enemigo y después de la ruptura de Eru con los hauhau no iba desencaminado.

—Cuídate de que Eru no se os vuelva a escapar —le advirtió Chris cuando Te Haitara se excusó con la familia—. Una cena en *petit comité* con Jane... Lo mismo prefiere volver a la cárcel.

Te Haitara negó con la cabeza.

—Jane está tan contenta de haberlo recuperado —explicó— que lo tratará con delicadeza.

Chris puso una mueca.

—Perdona, amigo mío, pero «delicadeza» y «Jane» no encajan.

El jefe se frotó los tatuajes.

—Ha cambiado —afirmó—. Esto la ha cambiado.

—¿Y si no es así? —preguntó Chris escéptico—. En serio, Te

Haitara, no te entiendo. ¿Cómo es posible que quieras volver a aceptarla contigo? ¿Después de todo lo que ha hecho? ¿Qué dirá tu tribu de ello? ¿Cómo vamos a vivir Cat y yo junto a ella?

Te Haitara suspiró.

—La necesito —dijo sereno—. Mis días eran oscuros sin ella a mi lado. Y me dolía el corazón al ver cómo también sus días cada vez se oscurecían más. No estaba contenta con lo que había hecho. No sé qué buscaba cuando se apropió de Rata Station. Solo sé que no lo encontró. Ahora reemprenderá la búsqueda junto a mí. Se dejará guiar, aprenderá quién es. ¡Yo le enseñaré quién es! Makuto me ayudará. Mi tribu me ayudará. Y nosotros no estamos siempre en Maori Station. Nos desplazaremos...

Chris contuvo la risa. La idea de que Jane acompañara a los maoríes en una de sus tradicionales migraciones le parecía fantasiosa. Pero Te Haitara ya sabría lo que hacía.

—Solo puedo desearos suerte —dijo Chris—. ¿Te casarás otra vez con ella según el rito *pakeha*?

El jefe asintió.

—No me gusta, pero nos ayudará a los dos. Te dan un papel, ¿no? Un papel que lo confirma, ¿no? Y cambia su apellido oficialmente. Eso también la cambiará.

Chris asintió.

—Tal vez eso ayude. Aunque no ha sido el apellido Fenroy lo que ha hecho de ella lo que es. Más bien debe provenir de su padre John Nicholas Beit. Tiene que dejar de empeñarse en demostrarle que ella es la mejor mujer de negocios del mundo. Él la casó en su día porque ella sabía demasiado sobre sus estafas a los maoríes. Sobre las compras de tierras a precios de risa que llevaron a Te Rauparaha a rebelarse contra los *pakeha*. Había trazado un plan que habría podido evitar el conflicto de Wairau. Muchas cosas habrían sido distintas si se le hubiese hecho caso. Pero su padre le buscó un marido que la apartara de su camino. Que se la llevara lo más lejos posible. Eso la hirió mucho. Me lo contó una vez, cuando estaba conmigo.

El jefe volvió a frotarse el *moko*.

—No lo sabía. Todavía hay muchas cosas que no sé de ella. ¿Cuándo podemos celebrar la boda *pakeha*?

Chris se encogió de hombros.

—No lo sé exactamente. Primero tiene que acabar el divorcio. Otro papel de Londres o de Wellington que confirme la *karakia toko*.

Te Haitara suspiró.

—Ya lo deberíamos haber hecho en aquel entonces —dijo—. Los papeles son importantes para Jane. Yo tendría que haberlo sabido.

Chris puso la mano en el hombro de su amigo.

—Tú no has hecho nada mal —lo consoló, sonriendo—. Espero que ella quiera. El certificado de boda *pakeha* todavía te da más derechos ante tu esposa. Ella tiene que pedirte permiso antes de cerrar un negocio o adquirir herencias cuestionables. Para Jane no será fácil. Es por eso que Cat no ha querido casarse hasta ahora conmigo. Quiere ser libre. Un papel la ataría.

Te Haitara movió la cabeza incrédulo.

—Nunca entenderé a los *pakeha* —afirmó—. Un papel ata a una mujer adulta. Si te entiendo bien, la convierte en hija y a su marido en padre. Por otra parte, la palabra de una muchacha joven ante un tribunal vale más que las voces de cuatro guerreros. Realmente, vivís en otro mundo...

Karl e Ida se echaron a reír cuando durante la comida Chris les contó su conversación con el jefe tribal.

—Lo que dice no carece de razón —apuntó Karl—. Pero estoy muy contento de que el tribunal haya escuchado a Mara. Estuvo estupenda. ¡Y tú también, Franz! —Se volvió hacia su cuñado—. La verdad, no te creía capaz.

—¿Quieres rezar una oración antes de comer? —preguntó Chris con espíritu conciliador.

Franz todavía no lo había pedido, lo que era poco habitual. Estaba sentado en silencio junto a Linda y era evidente que sufría.

—No —respondió—. No soy digno. Hoy he mentido bajo juramento. Os comportáis como si fuera un acto heroico, pero en realidad es un pecado grave.

—En este caso era lo justo —objetó Linda—. Dios lo entenderá.

Franz se la quedó mirando.

—¿Cómo puedes creer eso? —le preguntó—. ¿Cómo puedes creer que podemos tomar el nombre de Dios como nos apetezca? Debería dejar mi cargo, ya hace mucho que me he alejado de Él.

Ida negó con la cabeza. Dulcemente, puso la mano en la mejilla de su hermano.

—Franz, no te alejas de Dios. Te alejas solo de Raben Steinfeld, Sankt Paulidorf y Hahndorf. Luchas por salir de esa cárcel de deberes, culpabilidad y beatería en la que nos encerró nuestro padre.

Linda cogió la mano de Franz.

—Cuando llegaste aquí solo veías un mundo lleno de mandamientos —dijo—. Y ahora, cada vez más, ves un mundo lleno de seres humanos. Das un hogar a más de cien huérfanos. ¿Crees de verdad que te alejas de Dios acercándote a las personas?

Chris lanzó una mirada a Karl.

—Deberíamos pedir cerveza —propuso—. También para nuestro reverendo. ¡Por su feliz partida de Raben Steinfeld!

Linda les guiñó un ojo.

—El reverendo —reveló— prefiere el whisky. El agua de la vida, según los irlandeses. Un regalo de Dios.

—Linda... —Franz gimió, pero se repuso.

Por primera vez desde su llegada a Nueva Zelanda, Ida suspiró aliviada cuando él juntó las manos para rezar.

—¿Qué va a ser de nosotros? —preguntó Bill Paxton—. Ahora que todo ha terminado.

Había pedido a Carol que lo acompañara a dar un pequeño paseo por el jardín del hotel y ella lo había seguido complacida.

Era una tibia noche de finales de primavera que dejaba intuir el verano subtropical de la Isla Norte.

—No quiero presionarte, pero no puedo ser eternamente un ayudante de tus padres. Tengo que hacer algo con mi vida y desearía saber qué piensas tú.

—¿Sobre qué en particular? —preguntó ella, ignorante en apariencia.

—¡Carol, va en serio! Sobre tú y yo.

Ella dudó un momento y asintió.

—Si es lo que quieres... Bien, ya he hablado con Chris y Cat. Vuelvo a Rata Station. Me encanta el trabajo en la granja. Si quieres, puedes venir conmigo. Podrías considerarte un *military settler* —sonrió—. Tendríamos unas diez mil ovejas que defender. Entre otras cosas, contra la sarna y la duela.

Bill no sonrió.

—De ataques y defensas tengo suficiente para toda mi vida —respondió con gravedad—. Por eso me da un poco de miedo pensar en Rata Station. Tú estás segura de que toda tu vida serás bien recibida allí. Pero Cat está embarazada. Tendrá un heredero de su propia sangre. ¿Tenemos futuro allí?

Carol asintió despreocupada.

—La granja es lo suficientemente grande para dos familias.

—Si se llevan bien —observó Bill.

Ella se encogió de hombros.

—Ahora hay un testamento, Bill, en el que se establecen los detalles de la herencia. Algo como lo que ocurrió tras el naufragio nunca más volverá a pasar. Además, yo tendré mi dote. Una parte de las ovejas nos corresponde de todos modos a nosotros si te casas conmigo. Porque se supone que esto es una proposición de matrimonio, ¿no?

Bill hizo un gesto de abatimiento.

—Otra vez me ha salido mal —lamentó—. La última vez parecía un ladrón de tumbas y ahora un cazador de dotes.

Carol le rodeó el cuello con los brazos y lo miró.

—Limítate a no decir nada más —le pidió—. Déjame hablar a mí.

Él la besó.

—¿Qué tienes que decir? —preguntó.

Carol lo miró seria y dijo:

—Sí.

Todo instrumento conjura la magia en manos de un *tohunga*. El *putara*, la caracola, invoca a los espíritus de la guerra; el *putorino* habla con las voces de los muertos; el *pahu*, el tambor, llena la tierra de truenos. Se dice que a una buena flautista el pequeño *koauau* le confiere poder sobre los seres humanos.

En la oscura habitación del hotel, Mara tocaba el instrumento que Eru le había regalado y se preguntaba si habría conseguido tener poder sobre Te Ori si hubiese dispuesto de un *koauau* en aquel entonces. Tal vez había sido bueno no tener ninguno. Así al menos no había malos recuerdos que enturbiaran la idea del instrumento. Absorta en sus pensamientos, tocó su melodía para Eru. Se sentía bien habiéndolo salvado, no se imaginaba un mundo sin Eru. Si tan solo pudiese superar el miedo que tenía al rostro del joven...

Se llevó la flauta a los labios. No quería ningún poder sobre los demás, tocaba solo para recuperar el poder sobre sí misma.

Eru oyó la dulce melodía y esta vez no se escondió, sino que se dejó acunar por ella. Por primera vez en ese período eternamente largo, durmió tranquilo, profundamente y sin pesadillas bajo la protección de la canción de Mara.

Jane y Te Haitara se acercaron una vez más a su cama antes de acostarse. Jane vio el rostro relajado de su hijo, todavía tan joven.

—La verdad es que es bonito —dijo—. Me refiero al *moko*.

Te Haitara sonrió.

—Mis tatuajes no te molestaron —le recordó.

Ella le acarició la mejilla.

—Siempre los amé —contestó, y se acercó a la ventana cuando se percató de la melodía de la flauta.

Te Haitara le cogió la mano.

—Deja —dijo—. Es Mara. Toca para Eru. Es su llamada secreta.

Su esposa frunció el ceño, y en los ojos de la nueva y afable Jane rebrotó una chispa de severidad.

—¿Es Mara? —preguntó enérgica—. ¿Todos estos años ha sido Mara? ¿Y tú lo sabías?

Te Haitara asintió avergonzado.

—Yo no tenía nada en contra.

Jane apretó los labios. Parecía como si fuera a despotricar, pero luego sonrió.

—Maldita sea —masculló—. ¡Y yo que pensaba que era un pájaro!

Epílogo

Rata Station, Llanuras de Canterbury, otoño de 1867

Ida prefería la más cálida Isla Norte, pero ese día de abril, cuando contemplaba la verde inmensidad de las Llanuras y el Waimakariri brillando al sol, se sintió de vuelta en casa. Hacía un tiempo casi veraniego. El sol, ya bajo, inundaba el mar de tussok de una luz amarillenta, y había vuelto a florecer el *rata* gracias a ese clima extraordinariamente cálido. Cat se alegraba de ello. Así se había evitado la tarea de decorar el jardín para la fiesta. Carol, Linda, Bill y Franz solo habían colgado un par de farolillos, con la esperanza de que la noche fuera lo suficientemente cálida para poder estar fuera. Se habían mal acostumbrado en la Isla Norte, pensó Ida, aunque Carol ya llevaba varios meses de nuevo en Rata Station. Esa soleada tarde, Franz los casaría a ella y Bill Paxton, y ya que se reunía toda la familia para la ceremonia, también bautizaría a los hijos de Cat y Mara. Desde hacía un par de horas, los invitados iban llegando a la granja, paseaban entre los arbustos de *rata* y disfrutaban del bufet instalado en el prado cercano al río. Carol había invitado a todos sus vecinos, también a los Butler, a Jane y Te Haitara. Chris y Cat no habían puesto ninguna objeción. Ya les parecía bien hacer las paces con todos. Jane había aceptado la invitación algo encogida. Deborah Butler, por el contrario, se presentó como una reina.

—Nunca cambiará. —Cat sonrió cuando Deborah colocó decidida el cochecito de su nieto recién nacido bien lejos del cesto donde dormía la hija de Mara—. Ya ahora se preocupa de mantener alejado al príncipe de la corona de nuestra pequeña mestiza.

Ida rio.

—Si March sigue siendo tan bonita como ahora, de nada le servirá lo que haga —observó—. Pero no me hagáis caso, hablo como una *karani* enamorada.

—Todos el mundo se enamora de March —señaló Cat.

Llevaba a su propio hijo a la espalda, en un portador a la manera maorí y, naturalmente, todos lo encontraban precioso. Pero Robin no se ganaba tantas exclamaciones de admiración como la pequeña March. La hija de Mara era, simplemente, el bebé más encantador que cabía imaginar. Por el momento, solo su tez broncínea y los ojos redondos y ligeramente rasgados delataban sus orígenes maoríes. Por lo demás, la niña era como su madre. Conservaría, sin duda, la boca bien perfilada y los rasgos aristocráticos de ella.

Mara también parecía muy contenta con el bebé, aunque el parto de nuevo la había llevado a los límites de su capacidad de sufrimiento. Aunque la niña era pequeña, la joven, tan delicada, había sufrido contracciones durante muchas horas. La comadrona incluso había temido por su vida. Pero todo había acabado bien y desde que March estaba en el mundo, Mara se recuperaba. Por fin volvía a estar sana.

—Pero que no tenga muchos admiradores —objetó Ida—. Eso da problemas. Si es el adecuado, basta con uno. Y en cuanto a March y su madre, por el momento la relación se presenta muy bien.

Eru se desvivía por Mara y la niña desde que dos días antes la joven había llegado a Rata Station con Ida y Karl. Estaba sentado ahora a su lado y se miraban con los ojos brillantes, casi como se miraban antes. El *moko* de Eru ya no parecía tan importante. Por lo visto, la separación había obrado un efecto benefactor. En los meses pasados, Eru había vivido con su tribu en la Isla Sur, Mara había esperado y dado a luz a su hija en Russell. Así pues, se habían escrito, primero cada dos semanas, luego casi cada día. A través de las cartas se habían ido aproximando el uno al otro. Eru había participado de la vida en Russell y le contaba a Mara lo que ocurría en el poblado ngai tahu. La tribu había vuelto a aceptar a Jane, no precisamente con los brazos abiertos, pero nunca había tenido una relación demasiado efusiva con las demás mujeres. Al parecer, ahora se esforzaba por cambiar el estado de las cosas. Intentaba integrarse más en la comunidad, pasaba días trabajando en el huerto y tejiendo y tratando de aprender a tocar el *koauau*. Eru había descrito de modo muy cómico en una de sus últimas cartas cómo su madre había ahuyentado primero a los perros, luego a las gallinas y por último a las ovejas de los alrededores de su casa.

«En algún momento, Makuto le explicó que también los espíritus se disponían a largarse y le sugirió que dejase la música —escribió—. Sorprendentemente, lo hizo sin rechistar. Ella misma se percató de lo mal que tocaba. Mi madre no tiene oído musical, pero no es sorda.»

Con el tiempo, Jane también abandonó los demás intentos por convertirse en maorí. Las tareas de las mujeres simplemente no le gustaban y en cierto momento Te Haitara la compadeció y le pidió formalmente que volviera a ocuparse de la contabilidad y la organización de Maori Station. Chris y el jefe tribal por fin habían dividido los rebaños y, por supuesto, Jane se puso furiosa cuando al repasar los libros de contabilidad confirmó que, en caso de duda, siempre salía beneficiada Rata Station. Sin embargo, Te Haitara no pensó en quejarse.

—Chris tiene muchos gastos —explicó a su esposa—. Esos papeles para la *pakeha karakia toko* valen una fortuna. ¡Cinco mil libras, Jane! Y además necesitan otros para que Linda se case con ese hombre que reza tanto. Después de estar casada con el que hablaba tanto. Tampoco en ese asunto estás libre de toda culpa, Jane.

«Uno podía ver cómo trabajaba el cerebro de mi madre —escribió Eru—. No quería que la culparan por el casamiento de Linda. Pero no dijo ni pío. Y ahora está feliz con sus libros de contabilidad.»

Era cierto. Jane daba gracias por lo que tenía. Se entregó llena de afán a la contabilidad y la planificación de la crianza para el año siguiente, y de nuevo empezó a dar órdenes de aquí para allá a los pastores.

«Un poco más suavemente que antes —decía Eru—. Ahora dice "por favor" y "gracias" y "¿no te molestaría...?". Pero todos siguen poniéndose firmes ante ella. A cambio, vuelve a correr el dinero. Mientras mi madre estaba en Rata Station, la tribu casi no tenía ingresos y los más listos se habían dado cuenta. Ahora se alegran de su regreso.»

En los últimos meses, también Chris se había disculpado un poco con Jane. De hecho, ella no había arruinado Rata Station. Las diversas innovaciones que había introducido, como la cría de bovinos, habían amenazado con fracasar en la ejecución práctica, pero en la actualidad se estaban demostrando sumamente rentables. Chris y Cat estaban muy satisfechos con el primer balance tras la devolución de la granja. Podían permitirse los dos divorcios sin problemas, y puesto que ni Jane ni Fitz les daban ningún problema, los llevaban adelante sin dificultad.

—Linda y Franz celebrarán la próxima boda —dijo Ida satisfecha.

Vio que ambos se dirigían hacia Eru y Mara. Linda llevaba de la mano a Aroha, que se afanaba por aprender a caminar. *Amy* los seguía con expresión alerta. A falta de ovejas, la perra se cuidaba de la pequeña desde que gateaba.

—Si no se les adelantan Eru y Mara —prosiguió Ida—. Son demasiado jóvenes, pero después de que el amor haya superado esta historia...

—Vayamos con ellos —sugirió Cat—. A lo mejor así Franz no se pone a discutir. Después de que me haya soltado un sermón acerca de que Robin no es un nombre auténticamente cristiano, destrozará del todo el de March.

Cat estaba en lo cierto, Franz se dirigía muy serio en ese momento a Mara.

—¿De verdad quieres ponerle March? Si fuese un nombre maorí lo entendería. O un nombre mixto como Irihapeti.

Últimamente, muchos padres maoríes ponían a sus hijos nombres cristianos que vertían a su lengua. Irihapeti, por ejemplo, era Elizabeth; Arama, Adam.

Mara ni siquiera se dignó a mirar al reverendo, sino que dirigió la vista a Eru. Durante el viaje, todavía había sentido algo de miedo. Seguía sin poder mirar a maoríes que fuesen muy tatuados sin que la invadiera una desagradable sensación. Ahora eso estaba desapareciendo. Ya no veía su *moko*. Introducía la mirada por detrás de los zarcillos y caracoles azules que había en el rostro del muchacho. Makuto enseguida se había percatado al verlos juntos. «Tu alma —había dicho a la joven, ofreciéndole la frente para ejecutar el *hongi*— ha superado su rostro. Y su alma triunfa por encima de su dolor.»

—Se llama March porque fue engendrada en marzo —le explicó Mara.

Franz frunció el ceño.

—¡Pero eso no es cierto, Mara! —protestó—. Nació a finales de febrero. Tuvo que ser engendrada a principios de junio. —Se sonrojó. No le gustaba hablar sobre asuntos relativos al sexo, pero no podía pasar por alto una cuenta mal hecha.

Mara movió la cabeza.

—Para mí, fue engendrada en marzo. En marzo del sesenta y cinco. Cuando me encontré con Eru en el bosque de Patea.

—Pero eso... —Franz movió la cabeza como un profesor y ya se disponía a corregirla de nuevo.

—Venga, déjala —lo tranquilizó Linda—. Antes de que se le ocurra ponerle a la niña «Noviembre». Porque en la sala de la audiencia conoció a su padre. Mara, March es un nombre precioso y Franz estará gustoso de bautizar con él a tu hija.

Eru no decía nada, solo miraba resplandeciente a Mara.

—Tenemos que cambiarla ahora. —Mara se puso en pie—. Dentro de una hora es el bautizo y la boda. ¿Vienes, Eru?

El joven levantó el cesto con la niña y cuando se marchaban cogió con timidez la mano de la muchacha.

—¿Y por qué «Robin»? —preguntó Ida. Había acompañado a

Cat a casa y ahora contemplaba cómo cambiaba los pañales del bebé y le ponía el traje bautismal—. ¿No significa «petirrojo»?

Cat rio.

—El petirrojo es un pájaro, ¿verdad? Me lo enseñó Laura Redwood. La fauna de Europa me resulta bastante desconocida. El nombre de mi hijo procede de Robinson Crusoe. Leí la novela mientras estaba embarazada. Y me pareció que el nombre le iba bien. Después a Chris se le ocurrió «Robin Hood», el paladín de los desheredados. También encaja.

Una hora después, Mara y Eru sostenían a la pequeña March, y Chris y Cat a Robin, ya de cuatro meses, sobre una improvisada pila bautismal. Franz bautizaba a los niños según el rito cristiano, negociado en el último momento con los nombres de March Catherine y Robin Christopher.

—Si eso le hace feliz... —dijo Linda—. Una parte muy pequeña de él todavía pertenece a Raben Steinfeld.

Carol y Bill formaban una bonita pareja. Carol parecía sumamente dichosa en su vestido de novia blanco —la moda de vestirse de blanco como la reina Victoria en su casamiento hacía tiempo que había llegado a Nueva Zelanda— y se percató de que Oliver Butler la seguía con una mirada de admiración. Su propia esposa, Jennifer, la baronesa de la lana de Southland, tenía un aspecto normal, pero era simpática. Felicitó a la pareja de novios amablemente y se alegraba de tener tan buenos vecinos. No sospechaba nada de la relación que había existido en el pasado entre Oliver y Carol.

—¡Y espero que siga así! —advirtió Carol al resto de los vecinos—. A fin de cuentas, nuestros niños deben poder jugar juntos. Sin resentimientos por parte de la madre.

—Carol es muy generosa —comentó Chris cuando Cat se lo contó más tarde.

Los dos volvían a pasear por el jardín después de que los invitados se hubiesen retirado a bailar en uno de los cobertizos de esquileo decorado.

—Es feliz. —Cat sonrió—. Todo el mundo tiene que compartir su felicidad con ella.

—¿Ah, sí? —preguntó Chris, se detuvo y la abrazó—. ¿Y tú? ¿Eres tú también feliz?

Ella asintió.

—¿No quieres tú también compartir tu felicidad con todo el mundo? —siguió interrogándola. Su tono era grave.

Cat se estrechó contra él.

—Pues claro. ¿Me dejarías empezar contigo? Ida se cuida de Robin. Seguro que en las dos horas que siguen nadie nos echará de menos.

Esperaba que Chris la besara, pero él la obligó a mirarle.

—Yo no quiero que me hagas feliz por dos horas, Cat —dijo—, sino toda mi vida. Por favor, cásate conmigo. Solo... solo para regular las condiciones de la herencia...

—Para eso hay testamentos. Redactamos uno hace un par de meses. ¿Te acuerdas?

Chris se frotó la frente y lo intentó de nuevo.

—Sé que tú misma te das un nombre —dijo afligido—. Cat, Catherine, Rat... eres una mujer con mucho *mana*. Pero el pequeño Robin... Cat, ¿es pedir demasiado que desee que lleve el apellido Fenroy?

Cat fingió pensárselo. Luego no martirizó más a Chris. Sonrió y le ofreció los labios para que le diera un beso.

—Está bien —dijo—. Aunque me gusta más «Crusoe».

Nota de la autora

Como en todas mis novelas sobre Nueva Zelanda, *El rumor de la caracola* une una trama ficticia con acontecimientos históricos. Estos constituyen tanto el trasfondo de mi historia como mi objeto de inspiración. En este libro, esto se corresponde con la llamada Segunda Guerra de Taranaki, así como con los acontecimientos en torno al movimiento hauhau, y se refiere también al naufragio en el que Cat y Chris casi perecieron y a las circunstancias de su salvación.

Alrededor de Nueva Zelanda se produjeron muchos naufragios en todo el siglo XIX. Las frecuentes tempestades costeras no fueron la única causa, sino también, y sobre todo, la deficiente cartografía costera y la falta de faros y señales luminosas. Otras razones eran los puertos, que estaban situados de forma provisional en las desembocaduras de los ríos, y los anticuados veleros que tan difíciles eran de gobernar.

Me basé en el buque de tres palos *General Grant* para crear mi ficticio *General Lee*. Ese barco naufragó en 1866 habiendo partido de Melbourne camino de Londres, después de varar al oeste de las islas Auckland. Gran parte de su tripulación y pasajeros pereció, pero sobrevivieron diez personas durante dieciocho meses en la isla subantártica Disappointment. La descripción del campamento, así como de las condiciones de vida de mis náufragos en la isla Rose, está basada en las narraciones sobre aquellos supervivientes en la inhóspita isla. De ellas tomé tantos detalles como fue posible, entre otros el supuesto intento de dos miembros de la tripulación de llegar en bote de remos a la localidad de Bluff, el anterior Campbelltown.

Efectivamente, los náufragos del *General Grant* fueron salvados por una expedición que repartía equipos de supervivencia. El *Brigg Amherst* —modelo de mi *Hampshire*— zarpó en 1868 al mando del capitán Henry Armstrong. Hay datos exactos sobre la travesía con ayuda de los cuales he podido describir la misión de rescate de Cat y Chris con verosimilitud.

El desarrollo de la Segunda Guerra de Taranaki (1863-1866) también se halla documentado con todo detalle. Hay incontables fuentes de fácil acceso que, por otra parte, se contradicen con frecuencia, ya que fueron demasiados los escenarios, los bandos y los capitanes que determinaron la guerra. Por el bando *pakeha* fueron cuatro oficiales los que entraron en combate: Cameron, Warren, Chute y McDonnell, además del gobernador Grey, quien a su vez quería meter baza en todas las cuestiones estratégicas. En el bando maorí pelearon docenas de jefes tribales, jefes de clanes y «profetas», que a veces actuaban al mismo tiempo, otras de forma sucesiva y también, de buen grado, los unos contra los otros. Todos los capitanes del ejército inglés disponían de *kupapa*, tropas de apoyo, y algunos jefes tribales maoríes conducían a sus tribus por sí solos contra los enemigos tradicionales que se habían visto debilitados por la guerra contra los ingleses. A todo ello se añadía el llamado movimiento *kingi*, que tenía como objetivo transformar Nueva Zelanda en una monarquía. También este pretendía unir las tribus y colaboraba parcialmente con Te Ua Haumene. Lo he excluido en esta novela para no complicar demasiado la historia. De hecho, las tribus que dieron refugio a Kereopa tras el asesinato de Völkner pertenecían al llamado King Country.

Pero tampoco quería simplificar demasiado la historia de la guerra, aunque los nombres de las distintas tribus de la Isla Norte resultasen demasiado impronunciables y extraños. Esas tribus todavía existen. Lucharon por sus tierras y finalmente las recuperaron en parte. Habría sido sumamente desconsiderado sustituirlas por tribus ficticias de nombres menos complicados.

Como ya se ha mencionado, el intrincado desarrollo de la Segunda Guerra de Taranaki acarreó la aparición de numerosas fuentes contradictorias. Por ejemplo, unos dicen que fue Chute quien tomó Fort Waikoukou y otros hablan de McDonnell o de los dos. No me quedó del todo claro cómo había conseguido McDonnell mandar por una parte un regimiento de colonos del Military Settlement y fundar una granja (según una fuente) y al mismo tiempo desempeñar un importante papel en el combate contra los últimos guerreros hauhau (según otra fuente). Ahí me tuve que conformar con improvisar y he descrito su actividad de forma verosímil los meses dudosos. No me atrevo a juzgar cuán auténtica resulta mi descripción de los hechos.

Por el contrario, es muy posible que me acerque bastante a la realidad al describir la campaña de McDonnell contra el *pa* de Pokokaikai. Lo asaltó el 1 de agosto de 1866 después de hacer creer a sus defensores que venía en son de paz. Durante su período activo, su estrategia fue polémica. No cabe duda de que era un militar capaz, pero totalmente despiadado.

Las interpretaciones de las estrategias de los diversos generales, que tan a menudo divergen según las fuentes contemporáneas, es otro punto que dificulta la descripción de la Guerra de Taranaki. Ejemplo de ello es la actuación relativa al *pa* de Wereroa, cuando Cameron apostó por el aislamiento mientras que el gobernador Grey insistió en asaltarlo. Para las dos posiciones hay buenos argumentos que me sirvieron para matizar la «formación de una opinión» entre mis protagonistas. La estrategia de Cameron demostró ser acertada. Desde un punto de vista psicológico es posible que el hecho de que Te Ua Haumene aguantase durante meses alargara el conflicto general.

Hasta el día de hoy, hay opiniones diversas acerca del movimiento hauhau y su profeta Te Ua Haumene. En algunas fuentes, Te Ua se describe como el predicador de la armonía, el amor y la paz, que fue convertido en cabecilla de una revolución sin que él tuviera la culpa. Según mi parecer, esto no es sostenible. Está comprobado que Haumene decía a sus guerreros que serían invulnerables a las balas de los *pakeha* y que tras las batallas aseguraba que aquellos que habían caído carecían de fe suficiente. Debió pues de enviar a sus hombres a la batalla con premeditación. Además, seguro que no se le ocultó que sus «misioneros» Kereopa y Patara llevaban consigo las cabezas ahumadas de soldados ingleses cuando se marcharon a la costa Este. Todo eso es poco compatible con un mensaje de paz y amor. Por lo demás, fuentes contemporáneas anteriores tachaban a Haumene y sus visiones simplemente de locuras, otra prueba más de lo peligrosos que pueden llegar a ser los profetas y visionarios cuando no se les toma en serio y en caso de duda no se les detiene a tiempo.

Desde el punto de vista actual, se considera que la Guerra de Taranakai fue en primer lugar consecuencia de la confiscación ilegítima de tierras maoríes. Desde 2001, el gobierno neozelandés ha pagado más de ciento un millones de dólares de compensación a las nueve tribus maoríes afectadas.

Los testigos contemporáneos describieron con precisión el asesinato del misionero alemán Carl Sylvius Völkner. Debió de ocurrir casi exactamente como yo lo describo. En relación a los antecedentes, las fuentes vuelven a contradecirse, especialmente en lo tocante a la supuesta actividad del misionero como espía. También el papel de la «organización competente» católica, representada por el carismático sacerdote Joseph Garavel, es poco claro. Al parecer, los misioneros se acusaban mutuamente de ser espías para atraer a la población a su propia misión y enemistarla contra la otra. Testigos *pakeha* de la época no creen que el misionero alemán tuviera malas intenciones. De hecho, tenía fama de ser un hombre muy creyente y cordial pero algo ingenuo. William Fox lo describe como *a man of remarkable simplicity of character*, o sea: demasiado simple para urdir intrigas complicadas.

El demagogo Kereopa fue apresado en 1872, juzgado por el asesinato de Völkner y finalmente ahorcado.

También he intentado tergiversar la historia lo menos posible en cuanto al resto de escenarios y hechos que forman el telón de fondo de la trama ficticia. Esto atañe, por ejemplo, a la regata que se celebró realmente en octubre de 1863 por vez primera en Christchurch y al objetivo de la misión de Otaki. Es cierto que en Tuahiwi, junto a Christchurch, había una escuela para niños maoríes. No sé si ahí eran tan severos como lo son con Eru en mi historia. Es difícil conocer los hechos en torno a los orfanatos de los maoríes: Nueva Zelanda no está precisamente orgullosa de ese período de su historia.

El hospicio para niños de Franz en Otaki es pura ficción, probablemente nunca hubo allí una institución similar. Pero la capacidad de Franz para calcular los valores de las cartas del blackjack no es tan ficticio. De hecho, hay métodos de cálculo más o menos complicados para aumentar las posibilidades de ganar. Por desgracia, yo no suelo entenderlos, las matemáticas no se me dan bien y los juegos de cartas tampoco. Por esa razón tuve que hacer un poco de trampa y dejar que triunfara la memoria fotográfica de Franz.

En relación a la cultura maorí, este libro ofrece una visión del significado del tatuaje tribal, el llamado *moko*. He investigado rigurosamente quién se adornaba con qué *moko* y cómo los dibujos se imprimían en la piel. Mi lectora de pruebas, Patricia Mennen —conocedora de las culturas indígenas—, advirtió que era imposible que un guerrero se recuperase tan deprisa después de que lo tatuasen como yo lo describo. Para ello se remite a las técnicas similares que emplean los massai en África y las tribus indígenas del Amazonas. Los guerreros tatuados padecen fiebre y dolor durante semanas. Pero en esas tierras el clima no es comparable al de los Alpes neozelandeses, seguro que en África y Sudamérica se producen infecciones graves con más frecuencia. No obstante, he restado importancia al asunto. No creo que chamanes y guerreros tribales me guarden rencor por ello. Y, por favor, queridos lectores, no intenten imitar las técnicas aquí descritas de embellecimiento de cónyuges y amigos.

Por último, una observación más respecto a dos de mis personajes: ningún novelista puede inventarse a personas como Fitz y Vera. Ambos están tomados de una parejita muy grotesca de la vida real que, aunque a estas alturas los he perdido de vista, seguro que siguen haciendo la vida difícil a sus congéneres. Para comprender mejor a Fitz y Vera, y así perfilarlos de modo más auténtico, me ha ayudado sustancialmente el libro *Psicópatas* de Kevin Dutton. Para quien quiera saber más sobre el tema, se trata de un escrito de divulgación científica muy accesible.

¡Muchas gracias!

«He de volver a Nueva Zelanda...»

Con estas palabras terminan muchos mails y llamadas telefónicas de estas últimas semanas. A menudo con bastante brusquedad, pero es que cuando trabajo de forma intensiva en un libro apenas tengo tiempo para nada más. Muchas gracias a mis amigos y conocidos por ser siempre tan comprensivos, en especial a todos aquellos que me descargan de miles de tareas cotidianas para permitir que me sumerja en el mundo de mis novelas. ¡Sin vosotros, Nelu y Anna Puzcas, no podría escribir libros ni la mitad de buenos!

Y sin mi maravilloso agente Bastian Schlück no existiría ninguna Sarah Lark. A él y a todos los empleados de la agencia Schlück tengo que mencionarlos sin falta al principio.

Mi especial gratitud también, naturalmente, a todos los directamente implicados en el proceso de producción, sobre todo a mi correctora de texto Margit von Cossart, quien esta vez se encontró ante la tarea casi irresoluble de investigar la historia de docenas de tribus maoríes y que, además, tuvo que luchar con las dificultades tanto de la lengua maorí como la de los caballos (... y mira que los caballos chillan... ☺).

Muchas gracias también a mi editora Melanie Blank-Schröder, quien en el último momento mejora mis manuscritos modificando el texto, y a todos mis lectores de pruebas, que ejercieron con diligencia una crítica constructiva. Y, por supuesto, nada funcionaría sin muchos de los empleados de la editorial Bastei Lübbe, que hacen de un manuscrito un libro de verdad, con cubiertas, mapas y todo lo demás, y luego cooperan para que llegue a las librerías presentándolo y distribuyéndolo.

Gracias mil a todos los libreros que recomiendan mi novela a sus clientes. Gracias a Christian Stüwe del departamento de Derechos de Lübbe —¡es usted el mejor!—, mi libro ya ha llegado a más de veinte países y me da vértigo al pensar en cuánta gente se involucra para traducirlo, publicarlo y acercarlo a los lectores de distintas lenguas. Doy especialmente las gracias a mi editorial española, Ediciones B, la implicación de cuyos empleados en mi obra es inaudita. Deseo hacer una mención especial también a los colaboradores de la editorial en Chile y Argentina, quienes no solo me han dado a conocer a mis lectores de América Latina en este último año, sino también sus preciosos países.

Pero más que a nadie, doy las gracias a mis lectoras y lectores que no solo aman mis libros, sino que se interesan vivamente por mi vida y la de todos los perros y caballos a los que doy un hogar en mi finca en España. Muchos de ustedes siempre me dicen lo mucho que les gusta leer mis libros; yo les devuelvo este halago con toda sinceridad: ¡Me encanta escribir para ustedes!

SARAH LARK

Índice

Índice